Michael Peinkofer

TIEFER ZORN

Die Legenden von Astray 2

W0270831

Michael Peinkofer

TIEFER ZORN

Die Legenden von Astray 2

PIPER

Entdecke die Welt der Piper Fantasy:
PiperFantasy.de

Von Michael Peinkofer liegen bei Piper vor:
Die Zauberer
Die Zauberer. Die Erste Schlacht
Die Zauberer. Das dunkle Feuer
Das Zauberer-Handbuch
Die Rückkehr der Orks
Der Schwur der Orks
Das Gesetz der Orks
Die Herrschaft der Orks
Die Ehre der Orks
Unter dem Erlmond. Land der Mythen 1
Die Flamme der Sylfen. Land der Mythen 2
Splitterwelten
Die Könige (Die Könige 1)
Kampf der Könige (Die Könige 2)
Sieg der Könige (Die Könige 3)
Tote Helden. Die Legenden von Astray 1
Tiefer Zorn. Die Legenden von Astray 2

FSC
www.fsc.org
MIX
Papier aus verantwortungsvollen Quellen
FSC® C083411

Originalausgabe
ISBN 978-3-492-70374-1
© Piper Verlag GmbH, München 2018
Kapitelvignette: Sven Binner
Satz: Satz für Satz, Wangen im Allgäu
Druck und Bindung: CPI books GmbH, Leck
Printed in Germany

Dramatis Personae

(in alphabetischer Reihenfolge)

Astyragis pan Tyras	König von Altashar
Anara	ein Mädchen aus Skaradag
Birk	ein Junge aus Skaradag
Blodskegg	Aufseher in den Salzminen
Bray	eine junge Diebin
Jadissa	rechte Hand des Großexekutors von Morwa
Jennara	Bordellbetreiberin in Skaradag
Elayan von Archos	König des Inselreichs
Elmer Kimling	angeheirateter Vetter des Hauses Thinkling
Fena	eine Gefangene
Gadates	Wesir von Altashar
Gorbald	Dwarg, Krieger
Gunryk	Hauptmann aus Achaya
Hakan Minerbo	Sklavenhändler aus Satrapos
Hilalayan	Eunuch und Hofmarschall von Altashar
Inara	eine Tänzerin
Kai	ein junger Dieb
Kalid Sayf	Gardist des Hauses Tyras
Keral Gulfullur	Magistrat von Skaradag
Kira	eine Dienerin
Kynrik	ein Schwertkämpfer
Marukh	ein junger Gärtner

Nogen	ein Schmuggler und Pirat
Latimer	Lordkanzler von Westland
Lorymar Thinkling	ein Halbling
Nawyd pan Tyras	verstoßener Prinz von Altashar
Nyasha pan Tyras	seine Schwester
Osric Jarnhant	Stadtmarschall von Skaradag
Owein Renlurd	ein wohlhabender Kaufmann
Salacar-Syn	Großexekutor von Morwa
Seana	ein Freudenmädchen aus Skaradag
Shayak	Krieger der Draki
Skady	eine junge Diebin
Stannoth	Dwarg, Kommandant von Krakenwacht
Telman Spratt	Oberster Saliger von Skaradag
Thero Borkling	Exekutor des Westlands
Troas	Hofbeamter in Altashar
Vargyas	Abt des Klosters von Var'a'shek
Veysi	General, Kommandant von Makashar
Xusra	Hohepriester des Feuerkults
Yaron	Fürst von Archos, Vetter von König Elayan
Yolaş	Agha (Hauptmann) aus Yarowa
Yris	ein Freudenmädchen aus Skaradag
Zóltan	Ormest (Sergeant) aus Yarowa

Und wisset weiter, dass in jenen Tagen, in denen eine unbestimmte Furcht die Herzen der Menschen erfasste, die Welt in zwei Lager gespalten war. Die einen suchten ihr Heil im Licht des Feuers, die anderen in der Kraft des reinen Verstandes, doch irrten beide, während in dunklen Tiefen der Zorn der Finsternis schwelte.

Vielfältige Zeichen gab es, Träume und Visionen über den Anbruch einer neuen Zeit. Doch niemand spürte die Veränderung so sehr wie jene, die die Welt einst gerettet hatten. Die Sieben Legenden, denen in diesen Tagen gewahr zu werden begann, dass ihre Mission noch nicht beendet war …

Aus der Chronik der Sieben,
Fünfter Band

»Wann treffen wir Legenden wieder zusamm'?«
Bei Brückes Stadt, am Weltendamm.
Hei, wie Splitter brach die Welt entzwei.
Tand, Tand ist das Gebilde von Menschenhand.

Gedichtfragment,
Autor (beinahe) unbekannt

Prolog

Festung Vanheim
Im Winter

Hauptmann Gunryk hatte das Grauen gesehen.

Aus der Tiefe war es emporgestiegen und hatte sie getötet …

Zuerst die Besatzung der Festung, die oberhalb des tosenden Wasserfalls lag, an der Grenze zwischen den Reichen – und später auch Gunryks Grenzer, die tapfersten Männer, die er je befehligt hatte. Einer nach dem anderen war unter ihren mörderischen Klingen gefallen, hatte in tapferem Kampf sein Leben gegeben – doch Gunryks Qual hatte nicht damit geendet, seine Männer einen grausamen Tod sterben zu sehen.

Denn nun waren sie selbst der Feind.

Boten des Todes.

Splitter des Grauens.

Gunryk hatte es versucht … Unter Aufbietung all seines Wissens und der Erfahrung, über die er als Offizier des noryschen Grenzkorps verfügte, hatte er das Rätsel um die verlassene Festung zu lösen versucht. Er hatte herausfinden wollen, warum die Flagge von Altashar noch immer über den steinernen Zinnen von Vanheim wehte und die Vorratskammern der Festung prall gefüllt waren, von der Besatzung jedoch jede Spur fehlte. Hatten die Ostragier Vanheim freiwillig aufgegeben? Waren sie geflohen? Vor wem?

Die Antworten auf diese Fragen hatte Gunryk finden wollen, also waren seine Männer und er in die Festung eingedrungen, bis auf wenige Ausnahmen allesamt hartgesottene und erfahrene Scouts, der Stolz der noryschen Armee … Doch von Beginn an hatte sich gezeigt, dass etwas in der Festung, die einst von Baumeistern der Dwarge in den Tagen des alten Reiches der Astari errichtet worden war, nicht stimmte.

Eine bedrückende Atmosphäre der Furcht herrschte in den alten Mauern, und es hatte nicht lange gedauert, bis einer von Gunryks Leuten verschwunden war, ausgerechnet Mykol, der jüngste und unerfahrenste von allen … und dann hatte das Grauen seinen Lauf genommen. Sie hatten den alten Brunnen entdeckt und die schwärzliche Substanz, die dort überall zu finden war … und in der Tiefe des Schachts waren sie auf *sie* getroffen …

Die Schreie seiner Männer klangen ihm noch jetzt im Ohr. Gunryk hatte lange in den Diensten des Grenzkorps gestanden, hatte zahllose Scharmützel überstanden und Kämpfe gegen Schmuggler, Räuber und anderes Gesindel ausgetragen, das sich im Bergland herumtrieb. Er war dabei gewesen, als Männer verwundet wurden und starben, aber niemals, niemals in all den Jahren hatte er Soldaten so grässlich schreien gehört wie in diesem Augenblick. Die meisten, selbst die alten Veteranen, waren beim Anblick des grauenvollen Feindes in Panik ausgebrochen, hatten gewimmert wie Kinder und nach ihren Müttern geschrien … Und dann war das Grauen über sie hereingebrochen – und hatte sie alle getötet.

Auch Gunryk hatte gekämpft, hatte um sich geschlagen und gewütet wie ein Berserker, und endlich war es ihm gelungen, sich mit einer Handvoll Männer aus dem alten Brunnenschacht zurück an die Oberfläche zu flüchten. Doch das Grauen war ihnen gefolgt und hatte seine Männer einen nach dem anderen geholt.

Nur ihn hatte es verschont …

Auf dem Grund einer hölzernen Kiste sitzend, überdeckt von Zwiebeln in der Hoffnung, ihr Geruch würde den seinen übertünchen und verhindern, dass die Bestien ihn witterten, hatte er das Grauen überstanden – er, der erfahrene Offizier und viel gelobte Anführer, der Stolz des noryschen Grenzkorps!

Gunryk musste lachen.

Kein erleichtertes, fröhliches Gelächter, sondern das irrsinnige Gekicher eines Mannes, dessen Verstand kapituliert hatte angesichts des Grauens.

Gunryk wusste nicht, woher jener fürchterliche Feind stammte, doch in der Einsamkeit seines Verstecks hatte er viel Zeit zum Nachdenken gehabt, während draußen in der Festung die grässlichen Kreaturen umgingen – und irgendwann war ihm klar geworden, dass es kein Zufall sein konnte, dass der namenlose Schrecken ausgerechnet an diesem Ort zutage getreten war.

Denn die alte Festung Vanheim thronte über einem gewaltigen Abgrund, der sich in unergründlichen Tiefen verlor – am Ende des Risses, der die Welt trennte und sie bis ins Mark gespalten hatte. Und niemand, niemand in ganz Astray vermochte zu sagen, wie tief dieser Riss reichte und was in seinen unergründlichen Klüften lauern mochte.

ERSTES BUCH

Das Salz von Skaradag

1

Skaradag
Am Ende des Winters

Fünf Monde waren vergangen.

Fünf Monde, seit die Diebeszunft der Krähen zerschlagen worden und der fahrende Sänger Rayan einen ebenso jähen wie sinnlosen Tod gestorben war.

Fünf Monde, die Bray und ihre Freunde nun schon in der Obhut der Astara Dana Jennara im Haus des Doppelten Mondes lebten.

Fünf Monde voller Fragen – doch ohne Antworten.

Bray hatte noch oft über das nachgedacht, was Rayan ihr erzählt und wovon seine Lieder gehandelt hatten. Bis zuletzt hatte sie nicht begriffen, in welchem Verhältnis sie zu diesem seltsamen Mann gestanden hatte, der aus dem Süden stammte, jedoch in ganz Westray zu Hause gewesen war; dessen Lieder von alten Zeiten und begangenen Heldentaten kündeten und der in der Lage gewesen war, bisweilen, wenn das Schicksal es erlaubte, einen Blick hinter jene Schleier zu werfen, die die Zukunft verbargen.

Hellsichtigkeit.

Prophetie.

Bray scheute sich, jene Begriffe im Zusammenhang mit Rayan zu erwähnen, denn sie drückten nicht annähernd aus, wozu der Krähensänger – so hatten sie ihn genannt – fähig gewesen war. Einsam war er durch die Lande gezogen, ohne Heim und Obdach, stets auf der Flucht vor den Exekutoren und getrieben von seiner Gabe. Denn bisweilen, während er sang, hatte sein inneres Auge sich geöffnet und in die Zukunft geblickt; dann hatte der Klang seiner Worte sich geändert, und er hatte von Dingen gesungen, die dereinst geschehen würden, und dazu hatte er auf seiner Leier gespielt – jener Leier, die sich nun in Brays Besitz befand und auf der sie jeden Abend spielte und die Gäste im Haus des Doppelten Mondes unterhielt …

O Blume so zart aus dem fernen Khadir,
wie duftest du gut und schickst Grüße zu mir,
von meinem Liebsten aus gar fernen Landen
über Meere hinweg, über Grenzen und Banden
sagst du mir, dass er mich liebt all so sehr,
und ich wünscht' ihn zu sehen, ich wünschte ihn her,
in meine Arme, den Liebsten mein,
o Blume, möchtest du er doch nur sein!

Es war, als würde man Perlen vor Säue werfen.

So wohlklingend die Töne auch sein mochten, die Bray der alten Leier entlockte, und so lieblich die Worte, die sie dazu sang – niemand kam ins Haus des Doppelten Mondes, um ihre Lieder zu hören, zu speisen oder sich auch nur zu unterhalten. Der eigentliche Grund waren die Dienerinnen des Doppelten Mondes, die in Jennaras Diensten standen und den Ruf genossen, die schönsten Huren von ganz Skaradag zu sein. Die Preise, die die Gäste zu entrichten hatten, waren entsprechend, dennoch war das Haus stets gut besucht – und das mochte etwas bedeuten in einer Stadt, in deren armen Vierteln sich Frauen schon für ein Stückchen Brot feilboten.

Der Winter war hart gewesen. Und das nicht nur wegen der Stürme, die von Borea die Küste herabgezogen waren und die Stadt mit Eis und Schnee überzogen hatten. Sondern auch, weil der Orden einen neuen Großexekutor nach Skaradag geschickt hatte. Sein Name war Salacar-Syn, und es war seine Aufgabe, das spurlose Verschwinden seines Vorgängers Thorgon zu untersuchen und aufzuklären. Und für Osric Jarnhant, den ruchlosen Marschall der Stadt, war dies ein willkommener Anlass, um den Druck auf die Diebeszünfte zu erhöhen.

Allein während der vergangenen fünf Monde waren in Skaradag mehr Menschen hingerichtet worden als in den fünf Wintern zuvor; die Mauern der Eisernen Zitadelle, von deren Zinnen man die in Salz eingelegten Leiber der Gehenkten baumeln ließ, quollen beinahe über in diesen Tagen, und die Zahl derer, die zum Frondienst in den Salzminen verurteilt worden waren, ging in die Hunderte. Dabei war es weder Gier noch Übermut, die die Armen dazu zwang, in Rikstedt, dem Viertel der Reichen, auf Beutefang zu gehen – sondern die pure Notwendigkeit. Verzweiflung herrschte unter den Armen der Stadt. Viele waren im Winter elend verhungert. Andere, die kein Dach über dem Kopf hatten, in den kalten Nächten elend erfroren, auch Frauen und Kinder.

Im Haus des Doppelten Mondes jedoch war davon nichts zu spüren.

Die mit rotem Stoff beschlagenen Mauern waren nach wie vor erfüllt von ausgelassenem Gelächter und heiterer Musik, die schwüle Luft durchdrungen von betörenden Düften. Rosen, Zimt und Granatapfel vermischten sich mit dem süßlichen Duft des Ophirs, der die Luft in schweren Schwaden tränkte und dafür sorgte, dass auch jene, die tagsüber von Ängsten und Sorgen geplagt wurden, sie des Nachts an diesem Ort vergaßen. Und natürlich waren da die Dienerinnen – dralle Schönheiten aus Norya mit Haut wie Alabaster und cymrische Frauen mit Haar wie Feuer. Sie alle geizten nicht mit ihren Reizen, wenn es darum ging, die meist männlichen Besucher des Hauses zu verwöhnen und ihre geheimen Wünsche zu erfüllen. Die besonders wohlhabenden Gäste – Kaufleute oder Angehörige des Saligerstandes, die den Salzhandel in Skaradag kontrollierten – zogen es vor, sich in die Separees zurückzuziehen, die sich in den oberen Stockwerken befanden; die Übrigen verlustierten sich noch in der Halle, auf den Liegen und Teppichen, nur durch halb durchsichtige Seidenschleier getrennt.

Anfangs war Bray vor Scham errötet. Zwar war sie kein Kind mehr und hatte längst getan, was auch jene Männer und Frauen taten. Doch stets war es ihr als etwas Persönliches, Vertrauliches erschienen, das zwei Menschen miteinander teilten – hier im Haus des Doppelten Mondes war es mehr oder minder öffentlich, wurde Liebe als Ware gehandelt wie das Salz auf den Märkten der Stadt. Dennoch hatte es nicht lange gedauert, bis Bray gleichgültig geworden war gegenüber dem, was sich allabendlich vor ihren Augen abspielte. Und sie hatte auch zu verstehen begonnen, weshalb Dana Jennara, die Herrin des Hauses, stets so über den Dingen zu stehen schien: Sie war eine Astara, und ihr Leben währte ganz einfach schon so lange, dass sie alles gesehen und erfahren hatte und sie nichts mehr überraschen konnte. Gewohnheit war ihr ständiger Begleiter, und so begegnete sie allen und jedem mit derselben zurückhaltenden Freundlichkeit, ganz gleich, ob es die Dienerinnen waren, die im Haus des Doppelten Mondes für sie arbeiteten und sie wie eine Mutter verehrten; oder die Freier, die für eine einzige Nacht mit ihr ein kleines Vermögen boten.

Nur ein einziges Mal hatte Bray erlebt, dass die sonst stets so beherrscht agierende Astara ihre Zurückhaltung aufgegeben hatte – an dem Tag, da sie und der Halbling Lorymar Thinkling einen Tross des Exekutorordens überfallen und Bray und ihre Freunde damit vor einem dunklen Schicksal bewahrt hatten; an jenem Tag, der sich unauslöschlich in Brays Gedächtnis eingebrannt hatte, hatte der Krähensänger Rayan sein Leben gelassen – ebenso wie Thorgon-Syn, Großexekutor des Ordens. Sollte dessen Nachfolger Salacar jemals von diesen Dingen erfahren, würde das ihrer aller Ende bedeuten …

Ach Liebster mein, ach wärst du doch hier,
und nicht nur die Blume aus dem fernen Khadir.
Statt dir nur zu schicken dies Lied als mein' Gruß,
liebkoste ich dich mit feurigem Kuss
und ob der Sehnsucht roten Wangen
statt hier zu singen und zu bangen,
ob du einst kehrst zurück zu mir
o Liebster aus dem fernen Khadir!

Das Lied endete, aber es gab keinen Applaus und keine dankbaren Blicke, nicht einmal ein wohlwollendes Nicken. Die Gäste im Haus des Doppelten Mondes waren mit Dingen beschäftigt, die ihre Sinne weit mehr fesselten als der Gesang eines jungen Mädchens, das noch dazu seine Reize züchtig unter einem Kleid verbarg. Als Dana Jennara Bray und die anderen jungen Diebe der Krähenzunft, die sie aus der Gewalt Thorgon-Syns befreit hatte, in ihr Haus aufnahm, hatte sie versprochen, dass keiner von ihnen den Gästen zu Diensten sein müsse – und daran hatte sie sich stets gehalten. Die Jüngsten – wie der Knabe Birk oder das Mädchen Anara – verrichteten einfache Arbeiten in der Küche; die größeren und kräftigeren Burschen verdingten sich als Dienstboten und Führer, die die vom Ophir benebelten Freier nach Beendigung ihres Vergnügens sicher nach Hause geleiteten.

So auch Kai, der in diesem Moment zu ihr herüberkam, das rote Haar abstehend und die von Sommersprossen besetzten Züge hoch gerötet, was, wie Bray vermutete, nicht allein von der Wärme rührte, die das flackernde Kaminfeuer verbreitete …

»Es ist so weit«, raunte er ihr zu.

»Du schwitzt«, stellte Bray missbilligend fest.

»Heiß hier drin«, meinte er grinsend – er war nur wenig jünger als Bray, an den nackten Tatsachen, die sich ihm Tag für Tag präsentierten, hatte er sich offenbar noch nicht sattgesehen.

»Schwerenöter«, beschied sie ihm mit freudlosem Grinsen. »Also, was hast du?«

»Der Kaufmann Renlurd«, erwiderte Kai in unverhohlener Erregung. »Seana ist oben und kümmert sich um ihn – und sie hat mir verraten, dass es eine Weile dauert, bis er …«

»Verstehe.« Bray schnitt eine Grimasse. Seana, eines der Freudenmädchen, die in Jennaras Bordell arbeiteten, hatte einen Narren an Kai gefressen und ihn – zumindest nahm Bray das an – mit den Tatsachen des Lebens bekannt gemacht. Jedenfalls war er eines Abends in ihrer Kammer verschwunden und nur wenig später wiederaufgetaucht. Dabei hatte er gegrinst wie der sprichwörtliche Bär am Honigtopf …

»Kannst du weg?«, fragte er nur.

Bray nickte. »Ich habe Pause bis Mitternacht.«

»Das genügt – Renlurds Villa ist nicht weit weg. Ich habe ihn schon ein paarmal nach Hause gebracht.«

»Kluger Junge.« Bray lächelte verwegen – Kai mochte ein Aufschneider sein und bisweilen auch ein Tunichtgut. Aber wenn es darum ging, Beute ausfindig zu machen, war auf sein Gespür Verlass.

Bray erhob sich von dem Schemel, auf dem sie gesessen und gesungen hatte. »Ich gehe nach oben und ziehe mich um«, gab sie bekannt. »Wir treffen uns am Ende der Gasse.«

»Verstanden.« Er wollte zum Ausgang.

»Und – Kai?«

»Ja?« Er wandte sich noch einmal um.

»Steck deinen Kopf in den Schnee«, empfahl sie ihm grinsend. »So, wie er jetzt leuchtet, verrätst du uns noch.«

»Miststück«, erwiderte er.

Dann verließ sie die kleine Bühne, die inmitten der Eingangshalle errichtet worden war, nahm ihre Lyra, und durch den Wall der Schleier, vorbei an nackten, verschlungenen Körpern, ging sie über die schmale Treppe hinauf in ihr Quartier, das sie sich mit den anderen Mädchen aus Faginors alter Bande teilte.

Dabei spürte sie *ihren* Blick auf sich ruhen.

Bray widerstand dem Drang, stehen zu bleiben und sich nach Dana Jennara umzusehen. Bisweilen kam es ihr vor, als besäße die Astara die Gabe, die Gedanken derer zu lesen, denen sie tief in die Augen sah – und wenn es etwas gab, wovon die Herrin des Hauses nichts erfahren durfte, dann war es das, was Bray und Kai im Schutz der Dunkelheit taten, wann immer sich Gelegenheit bot.

Denn es war gefährlich.

Und konnte tödlich enden …

2

Oase Ayshak, Feuerwüste
Zur selben Zeit

Er war gestrandet.

Nicht etwa am Ufer eines Meeres, sondern inmitten jener endlos weiten, trockenen Leere, die sich im Süden Ostragiens erstreckte und nach Osten hin bis weit in die Gebirge Turaniens reichte. *Barra Harik* nannte man dieses Land in Altashar – die Feuerwüste. Nur zwei Handelsrouten gab es, die die Wüste durchschnitten – die eine führte nach Süden, der Wüstenstadt Hyraka entgegen, die andere von dort gen Westen nach Satrapos. Was weit im Osten jenseits der sich scheinbar endlos fortsetzenden Sanddünen lag, wusste niemand zu sagen, da keiner, der dorthin gegangen war, jemals zurückgekehrt war, um zu berichten. Im Süden grenzte die Feuerwüste an die Gebirge Drakistans, die von alters her die südliche Grenze des Reiches darstellten, denn die schlangenhaften Draki, die in der zerklüfteten, lebensfeindlichen Landschaft herrschten, waren wilde Barbaren, die den Kontakt mit den Menschen mieden; statt sich ihren Gesetzen zu beugen, hatten die Draki von jeher ihren eigenen Bräuchen gefrönt – barbarischen, grausamen Ritualen, über die man in den Wüstenstädten und auf den Oasen nur zu flüstern wagte.

Die Zahl jener, die im Feueratem der Wüste den Tod gefunden hatten und deren Knochen unter heißem Sand begraben lagen, war nicht zu ermessen; überleben konnte nur, wer genügend Wasser bei sich hatte und um Treibsand, giftiges Getier und andere Gefahren der Wüste wusste. Zuflucht gewährten nur die Oasen, zwischen denen die Handelskarawanen verkehren und die sich wie rettende Inseln im glühenden Sandmeer erhoben.

Mit einer solchen Karawane war auch Nawyd gereist – und bis hierher gelangt, in die größte Oase der *Barra Harik*, die den Namen Ayshak trug. Brunnen, Palmengärten und Dattelhaine erstreckten sich unweit des Wadi Thar und boten nicht nur reisenden Händlern Zuflucht, sondern auch den Menschen, die sich in Ayshak niedergelassen hatten und sowohl von den Segnungen der Oase als auch vom Geld der Reisenden lebten. Fragen wurden hier nicht gestellt; es spielte keine Rolle, woher jemand kam oder wohin er wollte – die Wüste machte die Menschen einander gleich, und so vermischten Turanier, Rajuli, Bakrer und Abydonier sich zu einem Volk schweigsamer Einzelgänger, die sich vorrangig um ihre eigenen Belange kümmerten. Auch einige Westmenschen und sogar ein Dwarg waren unter ihnen, sodass auch ein Königssohn, der seines Titels beraubt und aus seiner Heimat verstoßen worden war, hier nicht weiter auffallen würde.

Das jedenfalls war Nawyds Hoffnung.

Über mehrere Wochen war er der Karawane gefolgt, die auf der Südroute gen Hyraka zog, bestrebt, möglichst große Distanz zwischen sich und Altashar zu bringen, der Stadt der Könige … seiner Stadt. Die Warnungen, die sein alter Lehrer und Mentor Gadates ihm mit auf den Weg gegeben hatte*, hatten ihm noch lange im Ohr geklungen.

Unter Einsatz seines Lebens und seiner Stellung als Wesir des Reiches hatte Gadates ihn aus dem Kerker von Altashar befreit und ihm eingeschärft, niemandem zu vertrauen. Die Verhältnisse in Altashar hatten sich gewandelt – so sehr, dass auch Nawyd pan Tyras, der Sohn des großen und mächtigen Artaban, seines Lebens nicht sicher war. Machthungrige In-

* nachzulesen in TOTE HELDEN. DIE LEGENDEN VON ASTRAY Bd. 1

triganten und Emporkömmlinge und nicht zuletzt König Astyragis selbst, Nawyds leiblicher Onkel, trachteten danach, ihn zu vernichten, sodass ihm keine andere Wahl geblieben war, als die Heimat zu verlassen. Und so war aus Nawyd pan Tyras, dem Sohn Artabans und Erben der Krone von Altashar, über Nacht ein Ausgestoßener geworden. Seines Titels, seines Namens und seines Besitzes beraubt, war Nawyd nichts geblieben außer seiner Ehre und den Kleidern, die er am Leibe trug – und ein kleines, mit Wachs versiegeltes Fläschchen, das Gadates ihm bei ihrem letzten heimlichen Treffen gegeben hatte.

Die Worte, die der alte Wesir dabei gesprochen hatte, würde Nawyd nie vergessen, so tief und unauslöschlich hatten sie sich in sein Gedächtnis eingeprägt: *Hüte es gut, vielleicht wird es dir eines Tages sein Geheimnis offenbaren …*

In den Tagen und Nächten, die folgten, hatte Nawyd kaum etwas anderes getan, als über dieses Geheimnis nachzusinnen, denn Gadates' Worten zufolge enthielt die Phiole Gift – von jener Sorte, die Nawyds Vater Artaban getötet hatte.

Die Erkenntnis, dass sein Vater ermordet worden war, hatte Nawyd wie ein Blitzschlag aus heiterem Himmel getroffen. Damit das Ostreich geeint bleibe und nicht das Schicksal des Westens erleide, hatte der große Artaban sterbend verfügt, dass niemand, nicht einmal sein eigener Sohn und Erbe, die Wahrheit über seinen Tod erfahren solle. So waren Nawyd und seine Schwester Nyasha im Bewusstsein aufgewachsen, dass ein widriges Schicksal ihren Vater in der Blüte seines Lebens dahingerafft hatte. Nyasha war noch zu jung gewesen, um sich an ihren Vater zu erinnern, Nawyd noch nicht einmal geboren – und doch hatte der Schatten des großen Artaban, der das Reich aus den Wirren der Divergenz geführt und geeint und befriedet hatte, ihr ganzes Leben lang über ihnen gelegen.

Stets hatten sie alles getan, um den Verpflichtungen gerecht zu werden, die ihr großer Name ihnen auferlegte, hatten die Launen ihres Onkels Astyragis, der Artaban als dessen leiblicher Bruder auf den Thron gefolgt war, zumeist widerspruchslos hingenommen. Astyragis' Plan jedoch, Nyasha mit Elayan zu vermählen, dem König von Archos, hatte Nawyd seine Zustimmung verweigert, denn ihm war klar gewesen, dass in Wahrheit kein anderer als Xusra, der Hohepriester des Feuerkults, sowie der doppelzüngige Hofmarschall Hilalayan hinter den Plänen des Königs standen. Indem er seine Schwester fortschickte und sie zum Schein von dem Halbling Lorymar Thinkling entführen ließ, hatte Nawyd die Heiratspläne vereitelt – doch Hilalayan, der ihn vermutlich schon die ganze Zeit über bespitzelt hatte, war ihm auf die Schliche gekommen. Man hatte Nawyd des Hochverrats bezichtigt und ihn für schuldig befunden, sich dem Befehl des Königs widersetzt und die Gesandten der Astari getötet zu haben, und man hätte ihn wohl an Archos ausgeliefert – wäre er nicht mit Gadates' Hilfe in letzter Not aus Altashar entkommen, rechtlos und halb tot …

Doch Nawyd bereute nichts.

Als Nyashas Bruder war es seine Pflicht gewesen, die Ehre seiner Schwester zu bewahren und zu verhindern, dass der schändliche Pakt mit den Astari zustande kam. Und obschon er weder wusste, wo Nyasha jetzt war und was sie tat, war er in seinem tiefsten Herzen davon überzeugt, dass alles besser war, als in Archos zu weilen und eine Hure der *hadathani** zu sein.

Bis Ayshak war er der Karawane gefolgt, der Gadates ihn mitgeschickt hatte, und dabei langsam wieder zu Kräften gekommen; als sie die Oase erreichten, hatte sich Nawyd schließlich von seinen Begleitern abgesetzt und in einem der kleinen Dörfer Zuflucht gesucht, die Ayshak übersäten. Ein argloser

* »Spitzohren« – abwertende Bezeichnung für die Astari

Handelsmann, dem er in einer dunklen Gasse auflauerte, hatte ihm freundlicherweise seine Barschaft überlassen, sodass Nawyd nicht zu hungern brauchte und einen neuen Burnus und ein Langmesser sein Eigen nannte. Seither jedoch kreisten seine Gedanken nur um zwei Fragen: Wer hatte seinen Vater ermordet?

Und aus welchem Grund?

Die Thronbesteigung seines Onkels Astyragis, das Erstarken des Feuerkults und nicht zuletzt die Intrigen der Hofschranzen erschienen ihm plötzlich in einem anderen Licht, und ihm wurde klar, dass es viele Leute in Altashar gab, die einen Grund gehabt hatten, seinem Vater nach dem Leben zu trachten – Männer, deren Macht und Einfluss sich nach dem Tod Artabans des Großen entscheidend gemehrt hatten …

Die ersten Wochen in Asyhak hatte sich Nawyd in einer halb verfallenen alten Scheune versteckt; schließlich war zu befürchten gewesen, dass seine Feinde sein Verschwinden nicht einfach hinnehmen und ihn verfolgen würden. Tatsächlich waren mehrere Trupps von Sturmreitern auf der Oase aufgetaucht, nach kurzem Aufenthalt jedoch weiter nach Süden gezogen, wohl in der Annahme, der Flüchtling wolle möglichst rasch nach Hyraka; also hatte Nawyd sich schließlich wieder aus seinem Versteck gewagt und damit begonnen, die Karawansereien aufzusuchen, wo immer wieder Reisende aus Altashar eintrafen und Kunde aus der Königsstadt brachten – und insgeheim reifte in ihm der Plan, zurückzukehren und den Mörder Artabans zu suchen.

Der Inhalt der Phiole war der Schlüssel.

Fand er den, der das Gift gemischt hatte, fand er vermutlich auch den Mörder – und mit ihm würde sich Nawyds eigenes Schicksal erfüllen, zum Guten oder zum Schlechten.

Wie so oft in den letzten Wochen, wenn er sich schlaflos auf seinem kargen Lager wälzte und einmal mehr keine Ruhe fand, verließ er seine Behausung und ging zu einem der Feuer, die die Knechte und Kameltreiber des Nachts entfachten. Dort saß er dann, unerkannt unter Sklaven und Dienern, starrte in die Flammen und hing seinen Gedanken nach. Und bisweilen holte er dann auch das Fläschchen hervor, das er an einem Strick um den Hals trug, und betrachtete es zum ungezählten Mal.

Es war das Einzige, was ihm von seiner Vergangenheit geblieben war – und im Grund auch seine einzige Zukunft. Im Spätsommer, wenn die Karawanen aus Satrapos zurückkehrten und den Rückweg nach Altashar antraten, würde auch er in die Stadt seiner Väter zurückkehren.

Bis dahin würde er weiter als ein Niemand leben, würde verschweigen, wer er war und niemandem vertrauen, genau wie Gadates es ihm aufgegeben hatte.

Wehmut überkam ihn beim Gedanken an seinen alten Lehrer, und er nahm mit Erleichterung zur Kenntnis, dass sich Musikanten zu den Kameltreibern gesellten. Ein dunkelhäutiger Mann aus Ophir spielte die Flöte, ein anderer schlug die Trommel dazu, und eine Schar von Tänzerinnen, die nichts als seidene Hüfttücher trugen, drehte sich dazu im Kreis.

Besonders eine unter ihnen erweckte Nawyds Aufmerksamkeit. Ihr Haar war schwarz und so lang, dass es ihr fast bis an die Hüften reichte, und sowohl ihre Züge als auch ihre Bewegungen waren von einer Anmut, die man hier im Niemandsland kaum zu sehen bekam. Anders als bei den Frauen, die sonst um die Flammen tanzten, um den ausgehungerten Kerlen die Mäuler wässrig zu machen und ihnen das Geld aus der Tasche zu ziehen, schien ihr Tanz nicht nur Mittel zum Zweck zu sein; die Art, wie sie sich bewegte, wie ihre Hüften kreisten und sie sich drehte, dass ihr schwarzes Haar und die fransenverzierten Schleier nur so flogen, fesselten Nawyd auf eine Weise, der er sich kaum entziehen konnte, und zu seiner eigenen Verblüffung hatte es nichts mit Begehrlichkeit zu tun. Er bestaunte die junge Frau nicht, weil er sie haben wollte wie vermutlich die meisten anderen Kerle, sondern weil ihre Eleganz und Natürlichkeit nicht an diesen Ort zu passen schienen. Sie waren von einer Leichtigkeit und Unschuld, die vergessen geglaubte Empfindungen weckte.

An die Heimat.

An Nyasha.

Auch seine Schwester hatte früher getanzt, nicht weniger anmutig und ausdrucksstark, doch die Blicke, mit denen König Astyragis sie bedacht hatte, waren zunehmend lüsterner geworden, sodass Nawyd es ihr schließlich verboten hatte – wissend, dass die Tatsache, dass Astyragis ihr leiblicher Onkel war, ihn im Zweifel nicht davon abhalten würde, sich zu nehmen, was er begehrte. Jene junge Frau, die dort im Schein des Feuers tanzte, mochte Nyasha nicht ähnlich sehen. Doch ihre stolze Haltung und ihre Art, sich zum Rhythmus der Musik zu bewegen, weckten dennoch Erinnerungen – an eine Zeit, in der die Dinge noch einfacher gewesen waren und weniger verworren. Bevor Nawyd erwacht war und die Wahrheit gesehen hatte …

Die Musik endete, und die Tänzerinnen bückten sich, um das Geld aufzusammeln, das die Kerle ihnen hinwarfen. Einige von ihnen gesellten sich zu den Kameltreibern, andere tanzten zu dem nächsten Lied, das einsetzte.

Auch die Tänzerin, auf die Nawyd ein Auge geworfen hatte, begann sich wieder im Kreis zu drehen. Dabei kam sie Nawyd näher. Sein Blick sog sich förmlich an ihr fest, weidete sich an ihrem Liebreiz und ihrer Grazie wie ein Verdurstender an einer Quelle. In diesem Moment erst wurde ihm bewusst, was er hinter sich gelassen, was er tatsächlich verloren hatte – und dennoch war ihm klar, dass er, vor dieselbe Wahl gestellt, alles genauso wieder machen würde.

Nawyd bereute nichts.

Nicht um seiner und nicht um Nyashas Willen …

Die fremde Schöne wandte ihm den Rücken zu, die nackten Arme hocherhoben. Ihre Silhouette zeichnete sich gegen das orangerote Feuer ab, dessen züngelnde Flammen sie mit ihren Bewegungen nachahmte – und im letzten Moment, ehe sie herumfuhr, um sich wirbelnd zu drehen, warf sie Nawyd einen Blick zu.

Nawyd erstarrte innerlich.

Hatte sie ihn tatsächlich angesehen? Unter den vielen, die am Feuer saßen? Einst, als Prinz von Altashar, hatte es reihenweise junge Frauen gegeben, die ihm gefügig gewesen waren, von den Sklavinnen des Palasts ganz abgesehen – doch hier, an diesem Ort und zu dieser Zeit, war er ein Nichts und ein Niemand, nur einer unter vielen. Sicher, sagte er sich, hatte er sich geirrt – doch schon im nächsten Moment wandte sie sich zu ihm um, und für einige Augenblicke war es, als würde sie nur für ihn tanzen.

Er hatte das Gefühl, dass sie ihn durchdringend ansah. Ein Schauer durchrieselte ihn, und nun merkte Nawyd deutlich, dass die nur spärlich bekleidete Schöne in ihm auch noch andere Empfindungen weckte als nur Erinnerungen an eine verlorene Zeit.

Dann endete die Musik.

Die unbekannte Schöne beendete ihren Tanz.

Noch einen Augenblick blieb sie stehen, so als wollte sie sich Nawyd in ihrer ganzen, kaum verhüllten Anmut zeigen. Dann lachte sie leise, fast ein wenig spöttisch, und wandte sich ab.

Noch im Umdrehen jedoch blickte sie zurück, und indem sie nickte und eine einladende Geste machte, bedeutete sie ihm, ihr zu folgen.

3

Rikstedt, Skaradag
In derselben Nacht

Skaradag war auf felsigen Klippen erbaut.

Schon in grauer Vorzeit war die Landzunge, die weit ins sturmgepeitschte Nordmeer ragte, wegen ihrer Nähe zu den Salzinseln besiedelt worden, und beinahe so alt wie Skaradag selbst war auch die Teilung der Stadt in zwei Hälften: Eine reiche, Rikstedt genannt, in der es prunkvolle Häuser und vielstöckige Villen gab, die den reichen Kaufmannsfamilien und den begüterten Saligern vorbehalten waren; und die arme Hälfte Darlik, was in der bordischen Sprache so viel wie »arm« bedeutete, aber auch »heruntergekommen« oder »schäbig«. All das traf auf jenen Stadtteil zu – Darlik war wenig mehr als ein Konglomerat schäbiger Löcher und windschiefer Hütten, die sich aneinanderlehnen mussten, um nicht zusammenzubrechen. Hier lebten jene, die das Salz aus den Minen holten, es reinigten und mit ihrer Hände Arbeit dafür sorgten, dass die Kaufleute etwas hatten, woran sie sich bereichern konnten – gedankt wurde es den Leuten mit geringem Lohn und einem frühen Tod, denn die Arbeit in den Minen hielt niemand lange aus.

Obschon Darlik nicht größer war als Rikstedt, lebte der weitaus größere Teil der Bevölkerung hier; dies war dem strengen Regiment zu verdanken, das Keral Gulfullur, der Magistrat der Stadt, mit Unterstützung der reichsten und mächtigsten Familien führte. Und natürlich Osric Jarnhant, dem Stadtmarschall, der mit unnachgiebiger Härte das Gesetz vertrat – jenes Gesetz, das die Reichen und Mächtigen der Stadt erlassen hatten und das stets auf ihrer Seite stand. Und das viele brechen mussten, wenn sie in Skaradag am Leben bleiben wollten, ganz besonders in einem Winter wie diesem.

Auch Bray hatte es gebrochen.

Unzählige Male.

Als Mitglied der Diebeszunft der Krähen, die der alte Faginor um sich geschart hatte und die zum allergrößten Teil aus Halbwüchsigen bestand, war sie schon früh mit dem Gesetz in Konflikt geraten; genau wie die anderen hatte auch sie sich als Taschendiebin verdingt und den einen oder anderen kleinen Einbruch begangen, und meist war das Glück ihnen dabei hold gewesen. Dann jedoch hatte Osric Jarnhants Zorn sie mit voller Wucht getroffen. Die Zunft der Krähen gab es nicht mehr. Faginor war tot, die meisten von seinen Schützlingen ebenfalls getötet oder verschleppt worden. Nur noch Bray und diejenigen ihrer Freunde waren übrig, die bei Dana Jennara im Haus des Doppelten Mondes Zuflucht gefunden hatten, und die meisten von ihnen hatten sich geschworen, dass sie niemals wieder in ihrem Leben einen Diebstahl begehen wollten.

Auch Bray hatte diesen Schwur geleistet, hatte sich fest vorgenommen, ihren Lebensunterhalt in Zukunft mit der Leier zu bestreiten, die der Sänger Rayan ihr vermacht und auf der zu spielen er sie gelehrt hatte.

Doch ihre guten Vorsätze hatten nicht lange angehalten.

Nicht in Zeiten wie diesen …

In ihren weiten *skyor** gehüllt, das Gesicht und die Hände mit Ruß geschwärzt, damit sie in der Dunkelheit nicht gesehen wurde, huschte Bray über das flache, schiefergedeckte Dach, Kai hinterher, der diesen Teil von Rikstedt wie seine Westentasche kannte. Nicht von ungefähr hatte Jennara ihn

* bordisches Wollhemd

den Führern zugeteilt, die die Gäste nach durchlebtem Vergnügen wieder nach Hause brachten. Im Zuge dieser Tätigkeit hatte Kai manches gesehen, das seine Begehrlichkeit geweckt hatte – und in der Folge auch die von Bray.

»Ist es noch weit?«, raunte sie ihm zu, während sie sich hinter einen Schornstein duckten, um Atem zu schöpfen. Die Luft über Skaradag war feucht und eisig kalt. Das Meer war nur als fernes Rauschen wahrzunehmen. Tiefe Schwärze lag über der Stadt, die sich den Dieben als ein verwinkeltes Labyrinth flacher und steiler Dächer präsentierte, aus denen unzählige rauchende Schornsteine ragten. Entsprechend durchsetzt war die Luft von bitterem Brandgeruch, aber auch vom Odem des Salzes und dem Gestank von fauligem Fisch.

»Nicht mehr weit«, gab Kai zurück und deutete auf ein Haus, das nur eine Gasse entfernt war. »Die Villa dort.«

Bray maß das Gebäude, das die umliegenden um ein ganzes Stockwerk überragte und dessen Dach von großen, in den Stein gehauenen Wasserspeiern getragen wurde, mit einem fachkundigen Blick. »Hübsch«, stellte sie fest. »Ein bisschen protzig vielleicht.«

»Vor allem hübsch reich.« Kai entblößte die Zähne zu einem Grinsen. Eine Lücke klaffte darin – das Andenken an den Kampf gegen die Spinnenzunft, den sie im vergangenen Jahr geführt und gewonnen hatten.

Mit Rayans Hilfe, ging es Bray durch den Kopf, und wie so oft, wenn sie an den Krähensänger dachte, griff sie unwillkürlich nach dem dünnen Leder, das ihr um den Hals hing, und dem kleinen Anhänger, einer durchlöcherten Münze. Auch sie war ein Geschenk von Rayan gewesen*, und schon manches Mal hatte Bray sich gefragt, ob er damals womöglich schon gewusst hatte, was mit ihm geschehen würde.

* siehe TOTE HELDEN. DIE LEGENDEN VON ASTRAY Bd. 1

Sie verdrängte den Gedanken rasch wieder. Obwohl fünf Monde verstrichen waren, war der Sänger ihr noch immer so gegenwärtig, als hätte er sie gestern erst verlassen. Doch nun musste Bray sich zusammennehmen und konzentrieren – denn nur ein Fehler, und dieser Einbruch mochte der letzte gewesen sein.

»Dann los«, zischte sie, und beide gaben ihr Versteck hinter dem Schornstein auf und huschten in gebückter Haltung weiter über das Dach, lautlos und leichtfüßig, damit die Schindeln unter ihren Füßen nicht knackend brachen und sie verrieten. An der Stelle, an der die Dächer einander am nächsten waren, sprangen sie.

Es war nur ein Satz von zwei Schritten, jedoch führte er über einen gähnenden Abgrund: Drei Stockwerke Leere klafften unter ihnen, der Grund war mit Klippensteinen gepflastert. Wer dort aufschlug, war entweder sofort tot oder brach sich wenigstens sämtliche Knochen, und Bray wusste nicht zu sagen, was von beidem sie schlimmer fand …

Einen Augenblick lang schwebte sie buchstäblich zwischen Tod und Leben, dann landete sie sicher auf der anderen Seite und fing ihren Sprung katzengleich ab. Zu springen, zu klettern und sich lautlos zu bewegen, war ihr von frühester Kindheit an beigebracht worden, und sie hatte es nicht verlernt, ebenso wenig wie Kai, der schon dabei war, das Seil zu entrollen, das er über der Schulter trug. Mit geübten Griffen band er es am Schornstein fest, dann war er schon dabei, sich vorsichtig daran hinabzulassen, während Bray die Gasse im Auge behielt. Zwar war um diese späte Stunde kaum noch jemand unterwegs, aber schließlich konnte man nie wissen. Und außerdem waren da noch die Wachen des Stadtmarschalls, die des Nachts in den Gassen patrouillierten.

Kai war bereits im Haus verschwunden. Er zog zweimal am Seil, um Bray zu bedeuten, dass sie nachkommen sollte. Mit einem weiteren Blick in die Tiefe und über die umliegenden

Dächer vergewisserte sie sich, dass sie tatsächlich niemand beobachtete, dann ließ auch sie sich hinab.

Kai hatte sich für ein schmales, mit Butzenscheiben versehenes Fenster entschieden, das vermutlich nicht in ein Zimmer, sondern auf den Hausgang führte. Geschickt hatte er den Schließmechanismus ausgehebelt und es geöffnet, sodass er hatte hineinschlüpfen können. Bray folgte ihm in das ungewisse Dunkel, das dahinterlag, und landete geschmeidig auf einem Boden aus glattem Kirschholz. Der Gestank, der außerhalb des Hauses herrschte, war verschwunden. Der Geruch von Wachs lag in der Luft, mit dem der Boden wohl erst kürzlich poliert worden war. Entsprechend rutschig war er – Kai konnte der Versuchung nicht widerstehen, den Gang hinabzuschlittern.

»Lass das«, wies Bray ihn scharf zurecht. »Wir sind nicht zum Spaß hier!«

»'tschuldigung.« Er grinste im spärlichen Mondlicht, das von draußen hereindrang. »Hatte ich fast vergessen«, fügte er hinzu, während beide die leeren Säcke hervorholten, in die sie die Beute zu stecken gedachten.

»Wo?«, fragte Bray nur.

»Unten. Die Eingangshalle«, erwiderte der Junge, und beide huschten über die Treppe hinab, bemüht, die Stiegen unter ihren Tritten nicht knarren zu lassen.

Wie Bray feststellte, hatte Kai nicht übertrieben.

Schon die Eingangshalle des Hauses, das der Salzhändler Owein Renlurd sein Eigen nannte, glich einer Schatzkammer. Natürlich nicht jener der Eisernen Zitadelle, die Bray und Kai ebenfalls schon von innen gesehen hatten. Aber die meisten Menschen, die in Darlik ihr kümmerliches Dasein fristeten, hätten wohl das Gefühl gehabt, eine andere Welt zu betreten: Reich bestickte Teppiche zierten die Wände, dazu Waffen mit edelsteinbesetzten Scheiden und silbernen Griffen; ein goldener Kerzenleuchter fand ebenso Eingang in Brays Schnappsack wie eine kleine silberne Schale, deren einziger Daseinszweck darin zu bestehen schien, den Schlüssel zur Haustür aufzubewahren, wenn der Hausherr anwesend war. Niemand in Darlik besaß etwas Vergleichbares. Wozu auch, dachte Bray bitter bei sich, es besaß ja auch niemand einen Schlüssel. Geschweige denn etwas, das man hätte wegschließen müssen.

Sie nahmen nur mit, was sie gut tragen konnten – handliche Stücke, die ihnen auf der Flucht nicht hinderlich sein würden. Im ersten Stockwerk, wo sich der Salon des Hauses befand, setzten sie ihren Diebeszug fort. Hier, wo Renlurd seine reichen Freunde empfing, wo man Wein aus dem fernen Sarassa trank und sich mit vollgeschlagenen Bäuchen darüber amüsierte, wie primitiv und elend das Leben in Darlik doch sein musste, nahmen sie eine Sammlung kleiner Zinnfiguren mit, dazu zwei Kerzenleuchter aus Silber und ein in Gold gefasstes Wappen, das ein Schwert und eine Waage zeigte, die Insignien Skaradags. »Maß für Maß« war in verschnörkelten Buchstaben darübergeschrieben, das von den Reichen so gerne zitierte Motto der Stadt.

Bray verdrehte die Augen. Sie hatte dieses Motto nie gemocht, es war ihr immer wie bitterer Hohn erschienen angesichts der Unterschiede, die in Skaradag herrschten. Auf dem Schwarzen Markt allerdings würde es keine Rolle spielen, was auf dem Wappen geschrieben stand – allein schon seine goldene Fassung würde ein kleines Vermögen einbringen. Die Diebe verschnürten die Säcke und nahmen sie auf den Rücken – als ein Geräusch sie erstarren ließ.

Es war ein lautes Knarren, so als ob sich jemand über die Treppe näherte. Bray huschte zur nächsten Wand und tauchte in ihren Schatten, Kai zückte den kurzen Dolch an seinem Gürtel. Es war eine sinnlose Geste, denn wenn sie entdeckt waren und die Diener des Hauses sich auf sie stürzten, würde auch ein Dolch ihm nicht mehr nützen.

Augenblicke lang hielten sie den Atem an.

Standen wie erstarrt.

Warteten.

Lauschten.

Das Geräusch wiederholte sich, aber es näherte sich nicht. Und endlich dämmerte Bray und Kai, dass es nicht das Knarren der Stiegen waren, das sie da hörten …

»Da schnarcht wer«, erkannte Kai.

Bray, die zur Tür gehuscht war und vorsichtig auf den Gang hinausspähte, vergewisserte sich, dass dort tatsächlich niemand war. Erleichtert atmeten sie auf. Es war tatsächlich nur ein Schnarchen, das aus dem hinteren Bereich des Stockwerks drang und sich anhörte, als würde ein Seebeben die Felsen erschüttern, auf denen die Stadt errichtet war.

»Das kommt aus dem Schlafgemach«, stellte Kai grinsend fest. »Renlurd hat keine Kinder, also muss es Amilia Renlurd sein, seine liebreizende Gemahlin und Herrin des Hauses.«

Wieder ein Schnarchen.

Bray sah ihn zweifelnd an. »Klingt nicht sehr damenhaft.«

»Dafür schläft sie tief und fest.«

»Scheint so«, gab Bray zu. »Ob sie auch so tief und fest schlafen würde, wenn sie wüsste, was ihr Ehemann gerade treibt?«

Die beiden sahen einander an und grinsten.

Dann huschten sie die Stufen hinauf zum obersten Stockwerk. Durch das schmale Fenster mit den Butzenscheiben stiegen sie hinaus in die Nacht und erklommen das Dach – und im Schutz der Dunkelheit entkamen sie ungesehen.

4

Oase Ayshak
Zur selben Zeit

Nawyd folgte ihr.

Was ihn antrieb, vermochte er selbst nicht genau zu sagen, vermutlich eine Mischung aus Neugier und Begehrlichkeit. Oder vielleicht auch nur die Tatsache, dass nach Monaten, die er im stillen Exil verbracht hatte, unerkannt verborgen unter Kameltreibern und Sklaven, wieder jemand von ihm Notiz genommen hatte.

Was die Absichten der Fremden betraf, so gab er sich keinen Illusionen hin – ihr Tanz mochte anmutig und ihre Haltung stolz gewesen sein. Doch im Grunde wollte auch sie nur das, was all die jungen Frauen wollten, die sich der geifernden Meute präsentierten und für ein paar Münzen ihre Körper feilboten.

Überleben.

Sie war in einem der Palmengärten verschwunden, von denen es auf der Oase so viele gab – Horte grünenden, blühenden Lebens umgeben vom heißen Tod der Wüste. Mondschein fiel durch das Blätterdach und sorgte für blaues Zwielicht, das die Fremde noch unwirklicher erscheinen ließ, als sie es ohnehin schon war. Fasziniert folgte Nawyd ihr durch den Irrgarten der Palmen bis zu einer Lichtung. Dort wartete sie auf ihn, von hellem Mondlicht beleuchtet und noch um vieles schöner und begehrenswerter, als es im Widerschein des Feuers zu erahnen gewesen war. Und die Art, wie sie ihn ansah, legte nahe, dass sie ihn erwartet hatte.

»Du bist mir gefolgt«, sagte sie. Ihre Stimme war rauer als gedacht.

»Du wolltest, dass ich dir folge«, hielt er dagegen.

»Du hast mich beobachtet«, erwiderte sie.

»Das hast du bemerkt?«

»In meinem Beruf lernt man früh, vorsichtig zu sein.«

»Ich bin keine Bedrohung für dich.«

»Und was willst du dann?« Sie sah ihn herausfordernd an.

»Ich denke, das weißt du«, erwiderte er leise. Vermutlich, sagte er sich, gehörte es zu ihrem Spiel. Sie war nicht wie die anderen Tänzerinnen, die sich an den Feuern herumtrieben, und sie benahm sich auch nicht so.

Ein Lächeln huschte über ihre ebenmäßigen Züge, aus denen ein dunkles, feuriges Augenpaar blickte. Ihre nackte Brust hob und senkte sich unter heftigen Atemzügen, was sein Begehren nur noch mehr entfachte. »Leg deine Waffe ab«, verlangte sie, während sie das Tuch um ihre Hüften aufreizend beiseitezog. »Bei mir wirst du sie nicht brauchen.«

Nawyd hegte keinen Zweifel daran.

Den Blick auf das Ziel seines Begehrens gerichtet, löste er die Schärpe, in der das Langmesser steckte, und ließ sie zu Boden fallen. Dann entledigte er sich auch seines Mantels.

»Gut so«, beschied sie ihm mit einladendem Lächeln. »Nun komm, Fremder. Ich will dir geben, wonach du begehrst.«

Nawyd trat auf sie zu.

Er wollte sie haben. Vermutlich konnte er sie sich gar nicht leisten, aber das war ihm einerlei. In diesem Augenblick, an diesem entlegenen Ort, stellte diese junge Frau all das dar, was er hinter sich gelassen hatte und was er schmerzlich entbehrte: Schönheit, Annehmlichkeit, Freude … und Macht. All das wieder zu haben, und wäre es nur für eine einzige Nacht, schien ihm mit einem Mal erstrebenswerter als alles andere – über die Bezahlung würde er sich Gedanken machen, wenn das Geschäft getätigt war.

Sein Herz schlug heftig in seiner Brust, so als würde er zum allerersten Mal einem Weib beiwohnen, und tatsächlich kam es ihm vor, als ob …

Ein hässlich peitschendes Geräusch riss ihn aus seinen Gedanken, als sich die Schlinge zuzog, die im sandigen Boden verborgen gewesen war, und das Seil sich spannte.

Nawyd wusste nicht, wie ihm geschah.

Von einem Moment zum anderen wurde er an den Füßen gepackt und emporgerissen. Sein Hinterkopf schlug am Boden auf, sodass er für einen Augenblick benommen war – kurz darauf fand er sich kopfüber von einer der Palmen hängend, Auge in Auge mit der glutäugigen Schönen. Und obwohl sein Schädel dröhnte und das Blut in seinen Ohren unerträglich rauschte, wurde ihm bewusst, was für ein Narr er gewesen war …

»Nun?«, fragte sie ihn, während er vor ihr hing, zappelnd und hin und her baumelnd wie ein Stück Senkblei, hilflos und der Lächerlichkeit preisgegeben. »Ich fürchte, diese Nacht wird ein wenig anders verlaufen, als du es dir vorgestellt hast.«

»Was willst du?«, fuhr Nawyd sie an, außer sich vor Zorn. Er versuchte, mit den Händen, nach ihr zu greifen, aber sie war klug genug, außerhalb seiner Reichweite zu bleiben.

»Kannst du dir das nicht denken?«

»Ich bin nur ein einfacher Kameltreiber«, versicherte er. »Ich habe kein Geld, das ich dir geben kann.«

»Sieh an – und dennoch hättest du meine Dienste gern in Anspruch genommen«, konterte sie ihm mit einer Gelassenheit, die bewies, dass sie dies nicht zum ersten Mal tat. »Ihr Kerle seid alle gleich, einer wie der andere. Aber sei unbesorgt, auf dein Geld hatte ich es ohnehin nicht abgesehen.«

»Was dann?«, knurrte er feindselig. »Worauf hattest du es dann abgesehen?«

»Nur auf dich, mein Freund.«

Nawyd biss sich auf die Lippen, während er sich gleichzeitig einen elenden Narren schalt.

Also doch …

Die Befürchtung, die er insgeheim bereits gehegt hatte, hatte sich bestätigt. Die Fremde war weder eine Hure noch eine Diebin, sondern war geschickt worden, um ihn aufzuspüren und zurück nach Altashar zu bringen. Sie war Kopfgeldjägerin, vermutlich vom Stamm der Rajuli, was manches erklärt hätte. Und er in seiner Torheit hatte es ihr allzu leicht gemacht …

»Tochter einer Hündin!«, fuhr er sie an. »Das wirst du bereuen!«

»Du hängst kopfüber von einem Baum und drohst mir?« Sie hob die schmalen Brauen.

»Das Spotten wird dir vergehen!«, sagte er in seiner hilflosen Wut voraus. »Ich habe noch immer Freunde in Altashar.«

»Ich habe auch Freunde«, versicherte sie – und indem sie den rechten Arm hob, schienen die Schatten der Nacht ringsum lebendig zu werden. Grobschlächtige Kerle traten hervor, die schwarze Burnusse trugen und Tücher vor den Gesichtern. Ihre schartigen Säbel zeugten von häufigem Gebrauch.

»Gute Arbeit«, lobte einer von ihnen, ein wahrer Muskelberg mit dunklen Augen.

»Danke sehr«, erwiderte sie, ohne dass sie irgendwelche Anstalten machte, ihre Blöße zu bedecken. Die Kerle schienen sie dennoch zu respektieren, mehr noch, es hatte den Anschein, dass sie sie fürchteten. Trotz seines jämmerlichen Zustands begriff Nawyd, was es tatsächlich gewesen war, das ihn so an ihr beeindruckt und sein Begehren geweckt hatte: Es war ihr Selbstbewusstsein, die Autorität, die aus ihr sprach. Die fremde Schöne war nicht irgendein Flittchen, das den Kerlen als Köder diente – sondern ihre Anführerin.

»Wer bist du?«, keuchte er.

»Wozu willst du das wissen?« Der Spott in ihrer Stimme blieb, während ihre Handlanger sich daranmachten, Nawyds Hände auf seinen Rücken zu fesseln.

»Ich will den Namen der Frau kennen, die mich gefangen hat.«

»Das war nicht weiter schwer«, versicherte sie achselzuckend. »Wenn es dir hilft – mein Name ist Inara. Ich fürchte nur, dein Wissen wird dir nicht helfen.«

»Du musst das nicht tun, Inara«, sagte Nawyd. Er verzog schmerzvoll das Gesicht, als seine Häscher die derben Stricke zuzogen. In seinen Schultergelenken knackte es. »Noch können wir verhandeln.«

»Verhandeln? Sagtest du nicht, dass du nur ein einfacher Kameltreiber wärst? Was also hättest du wohl zu bieten, womit du handeln könntest?«

Nawyd stutzte. Spielte sie nur mit ihm? Oder ... war es möglich? Wusste sie womöglich gar nicht, wer er war?

»Womöglich bin ich mehr als ein Kameltreiber«, stieß er hervor. Das Sprechen fiel ihm zunehmend schwerer, weil immer mehr Blut in seinen Kopf floss und seine Zunge in seinem Mund zu einem unförmigen Kloß anschwellen ließ.

»Sicher«, konterte sie unbeeindruckt, »und ich bin die Königin von Gondar.«

Er sah in ihre Augen, konnte jedoch nichts als Hohn und Spott darin erkennen – und verspürte trotz seiner misslichen Lage so etwas wie Erleichterung.

Sie wusste nicht, wer er war! Hatte keine Ahnung, dass ihr Gefangener ihr in Altashar ein kleines Vermögen eingetragen hätte – und er hatte es nichts als einem dummen Zufall zu verdanken, dass er an diesem Baum hing.

Und seiner eigenen Dummheit ...

»Ihr ... seid Menschenhändler«, folgerte er.

»Natürlich, was hast du gedacht? Für einen jungen hübschen Burschen wie dich werden wir ein hübsches Sümmchen bekommen!«

Nawyd konnte nicht anders, als laut loszulachen, ob aus Erleichterung oder neuer Verzweiflung, wusste er selbst nicht. Vom Thronfolger Altashars zum Sklaven, und das in weniger als einem halben Jahr. Das war des einzigen leiblichen Sohnes des großen Artaban mehr als würdig. Sein Gelächter überschlug sich, gackerte hysterisch durch die Nacht.

»Der Kerl ist verrückt«, knurrte einer der Vermummten.

»Im Gegenteil«, widersprach sie, während sie ihn aus ihren klaren Augen betrachtete. »Er ist einer von den ganz Schlauen – aber ich bin noch schlauer. Stopft ihm das Maul und bringt ihn ins Lager zu den anderen. Morgen früh brechen wir auf.«

Damit wandte sie sich ab und verließ die Lichtung. Nawyd wollte ihr etwas hinterherrufen, wollte sie fragen, wohin man ihn bringen würde, aber er kam nicht mehr dazu.

Denn der Hieb einer mächtigen Faust traf ihn an der Schläfe, und es wurde dunkel.

5

Eiserne Zitadelle, Skaradag
Am nächsten Tag

In seiner schwarzen Robe stand Salacar-Syn am Fenster des Gemachs, das ihm zur Verfügung gestellt worden war, und blickte auf die Ruinen des Gebäudes, das sich einst östlich der Zitadelle erhoben und ein Gasthaus für reisende Händler beherbergt hatte. In Zukunft würden die Kaufleute, die den Salzweg heraufkamen, sich eine andere Bleibe suchen müssen, denn der Magistrat hatte das Gebäude dem Exekutor-Orden überschrieben. Und als neuem Großmeister von Morwa würde es Salacar-Syn obliegen, nun auch in Skaradag eines jener Bauwerke zu errichten, die in ganz Westray die Macht und Größe des Ordens repräsentierten: einen Schwarzen Turm.

Lange hatten der Magistrat und die Saliger sich gegen das Ansinnen des Ordens zur Wehr gesetzt und sich dagegen verwahrt, dass ein Exekutor Einfluss auf ihre Entscheidungen nahm. Doch nach den Ereignissen vom vergangenen Jahr hatten sie kaum anders gekonnt, als Zugeständnisse zu machen, wollten sie nicht den Unmut des Ordens auf sich ziehen. Denn die Macht des Ordens, das war kein Geheimnis, nährte sich aus einer ebenso einfachen wie ergiebigen Quelle: Furcht.

Aus den Wirren der Jahre nach der Großen Divergenz hervorgegangen, hatte der Orden der Exekutoren seinen Einfluss beständig gemehrt. Indem er den Glauben der alten, zugrunde gegangenen Weltordnung zum Feind erklärte und alle Magie, alle Religion und allen Schicksalsglauben aus den

Köpfen der Menschen verbannte, weil sie die Welt ins Chaos und um ein Haar auch in den Untergang geführt hatten, fand er vor allem in Westray großen Zuspruch. Zuspruch, den der Orden nutzte, um seine Macht immer weiter auszubauen und seine Türme zu errichten.

Die ersten Bollwerke der Ordensmacht waren im Süden errichtet worden, in Sontra, wo sich nach wie vor das Kernland des Ordens befand und sein Hauptsitz; doch so verzweifelt, wie die Menschen in den Jahren nach der Katastrophe gewesen waren, hatte die Lehre des Ordens sich schon bald darauf auch in Burgos und Cymria verbreitet und weitere Niederlassungen entstehen lassen; und seit einigen Wintern streckte der Orden der Exekutoren seine Hand nun auch nach dem Norden aus.

Skaradag war lange unberührt geblieben, eine Bastion des Handels, in der die Leute vor allem an die Macht des Geldes glaubten – und das war eine Religion, gegen die selbst der mächtige Orden nur wenig ausrichten konnte. Doch nach dem Vorfall hatte sich vieles geändert, und so fiel Salacar die Möglichkeit zu, das zu bewerkstelligen, wovon sein Vorgänger Thorgon-Syn nur hatte träumen können: Eine Bastion des Ordens in der Stadt des Salzes zu errichten – und damit früher oder später den Handel mit der wertvollen Ware unter seine Kontrolle zu bringen.

Salacars Methoden, Angst zu schüren, unterschieden sich von denen Thorgons. Die Bedrohung, die von ihm ausging, war weit subtiler, aber nicht weniger wirkungsvoll.

Wen Thorgon als Gegner oder gar als Feind betrachtet hatte, den hatte er kurzerhand aus dem Weg räumen lassen, vorzugsweise in einem Erdloch, in dem er ihn mit dem Kopf nach unten begraben ließ, die gängige Hinrichtungsmethode für Ketzer.

Salacar hingegen war lange genug der Unterlegene gewesen, hatte genügend gedient und gekrochen, um in seine jetzige Position zu gelangen, um zu wissen, dass es nicht allein Bestrafung war, die Menschen gefügig machte; bereits die Furcht davor genügte. Salacar brauchte die Menschen nicht lebend einzugraben. Es genügte vollauf, seine Gegner *wissen zu lassen*, dass er es konnte. Auf diese Weise machte er sie sich gefügig und bekam, was er wollte. Und noch einen Unterschied zu Thorgon gab es: Trotz seiner Mission, gegen alle Formen von Aberglauben vorzugehen und jene zu bestrafen, die dem Offenkundigen zum Trotz weiter an alten Irrlehren festhielten, hatte Thorgon selbst an Magie geglaubt und in ihr den Urgrund allen Übels gesehen. Für Salacar jedoch waren all diese Dinge nur ein Vorwand, um zur Macht zu gelangen. Weder glaubte er an Magie noch an übernatürliche Dinge, nur an den Wahn der Menschen, daran festzuhalten – und diesen Wahn zu bekämpfen und das Chaos, das er auszulösen vermochte, war seine Aufgabe.

Die Welt war in Unordnung geraten.

Die Exekutoren brachten die Ordnung zurück.

Er spürte die Präsenz des Mannes, der ihm angekündigt war und soeben leise das Gemach betrat. Sie stank nach Machthunger, Grausamkeit und Aggression.

»Osric Jarnhant«, sagte er, ohne sich zu ihm umzuwenden. »Ich bin überrascht, Euch zu begegnen, Stadtmarschall. Eigentlich wünschte ich Magistrat Gulfullur zu sehen.«

»Der Magistrat lässt sich entschuldigen«, schnarrte Jarnhant. »Dringende Geschäfte erfordern seine Aufmerksamkeit.«

»Dringende Geschäfte, soso. Oder wollte er mir nur nicht persönlich unter die Augen treten?« Salacar wandte sich um, weil er die Reaktion in Jarnhants Gesicht sehen wollte – und tatsächlich verriet ihm das unwirsche Minenspiel des Stadtmarschalls von Skaradag, dass seine Vermutung richtig war.

»Der Magistrat hat mich an seiner Stelle geschickt«, erklärte Jarnhant, wobei seine von weißem Haar umrahmten

Züge wieder zu der üblichen steinernen Maske erstarrten. Das Blau seiner Augen war kalt wie Eis.

»Nun gut.« Salacar lächelte verzeihend. »Dann ersuche ich Euch, mich über den Fortschritt der Untersuchung bezüglich des Verschwindens meines ehrwürdigen Vorgängers zu unterrichten.«

»Bedauerlicherweise«, entgegnete der Stadtmarschall, »gibt es keine Fortschritte.«

»Nein? Wie kann das sein?« Salacar hob die dunklen Brauen. »Ich dachte, Ihr wolltet mit aller Macht durchgreifen.«

»Nichts anderes tue ich«, versicherte Jarnhant, »aber ich habe nicht genügend Leute, um ...«

»Nicht genügend Leute? In einer Stadt wie Skaradag, die ein kleines Heer von Wachsoldaten ihr Eigen nennt?« Salacar schüttelte tadelnd den Kopf. »Bisweilen frage ich mich, Stadtmarschall, ob Ihr Euch über den Ernst der Lage im Klaren seid. Ein Großexekutor des Ordens ist spurlos verschwunden, im Machtbereich Eurer Stadt ... Was, wenn ich den Eindruck gewänne, dass Ihr nicht wirklich daran interessiert seid, die Wahrheit über Thorgon-Syns Verbleib herauszufinden?«

»Und was«, fragte Jarnhant dagegen, »wenn jemand den Eindruck gewänne, dass Ihr aus seinem Verschwinden Nutzen gezogen habt? Immerhin wurdet Ihr unmittelbar nach Thorgons Verschwinden zum neuen Syn von Morwa ernannt, oder nicht?«

»So wie die Regeln der Nachfolge es vorsehen«, bestätigte Salacar. »Ich sehe nichts, was daran verwerflich sein sollte. Ihr etwa?«

Jarnhants blaue Augen durchbohrten ihn mit Blicken, aber er blieb eine Antwort schuldig. »Die Stadt und der Magistrat haben Euch willkommen geheißen, Salacar«, sagte er stattdessen.

»Salacar-Syn«, verbesserte dieser.

»Sie haben Euch bei der Suche nach Eurem Vorgänger jede Unterstützung zugesichert und Euch sogar Grund und Boden zur Verfügung gestellt, auf dem Ihr einen Eurer verdammten Türme errichten könnt«, fuhr der Stadtmarschall fort. »Aber Ihr solltet es nicht übertreiben. So weit nach Norden reicht der Einfluss des Ordens nicht.«

»Ist das eine Nachricht, die der Magistrat mir ausrichten lässt?«, fragte Salacar ruhig.

»Nein, diese Nachricht stammt von mir persönlich«, gab Jarnhant schnaubend zurück. »Skaradag ist stets ohne den Orden zurechtgekommen, es braucht ihn nicht.«

»Das, mein Freund, hättet Ihr Euch überlegen sollen, ehe Ihr zugelassen habt, dass ein Großexekutor spurlos verschwindet. Überdies frage ich mich, ob es der passende Tonfall ist, dessen Ihr Euch mir gegenüber befleißigt.«

»Ich habe keine Angst vor Euch«, versicherte Jarnhant.

»Vielleicht nicht. Noch nicht«, räumte Salacar lächelnd ein. »Aber ich versichere Euch, es wird sich vieles ändern. Diese Stadt, Stadtmarschall, ähnelt einem Vulkan, und der Magistrat und die reichen Bürger der Stadt belieben darauf zu tanzen. Was, wenn er eines Tages ausbricht?«

»Das werde ich verhindern«, knurrte Jarnhant trotzig.

Salacar lachte in unverhohlenem Spott. »Ihr seid doch nicht einmal in der Lage, das Verschwinden eines Großexekutors angemessen zu untersuchen! Oder auch nur die dreisten Diebe einzufangen, die des Nachts die Stadt berauben. Erst gestern sollen sie wieder zugeschlagen haben, im Haus des Kaufmanns Renlurd, wie man hört.«

»Ihr seid gut unterrichtet.« Der Stadtmarschall nickte. »Aber Ihr solltet nicht alles glauben, was Eure Spitzel Euch zutragen – und was jene Diebe betrifft, so werden sie schon bald gefasst sein, das versichere ich Euch.«

6

Westland
Zur selben Zeit

Zurück zu sein, weckte Erinnerungen.

Nicht, dass Lorymar Thinkling von sentimentalem Gemüt gewesen wäre oder sich danach sehnte, in alten Anekdoten zu schwelgen; doch jeder einzelne Schritt, den er tat und der ihn weiter nach Westen brachte, führte ihn auch weiter in seine Vergangenheit.

Nicht nur die Landschaft war es, die sich mit ihren grasgrünen Hügeln, plätschernden Bächen und lauschigen Wäldern wieder in Erinnerung brachte; auch Gerüche, Geräusche und selbst die laue, nach Frühling duftende Luft ließen in seinem Kopf Bilder einer längst vergangenen Zeit entstehen. Einer Zeit, da der Halbling Lorymar Thinkling noch nicht heimatlos gewesen war, da er noch nicht all das entbehrt hatte, was seinesgleichen lieb und teuer war. Einer glücklichen Zeit, in der vieles einfacher gewesen war – und manches auch unendlich kompliziert.

Er hatte nie zurückkehren wollen.

Er hatte mit dem Gedanken gespielt, dereinst, wenn er mausetot und gestorben wäre, seinen Leichnam nach Westland zurückbringen und ihn dort in der Erde seiner Heimat begraben zu lassen – eher allerdings hatte er seinen Fuß nicht wieder daraufsetzen wollen. Dass er es nun doch tat, hatte Gründe – und er selbst trug Schuld daran.

Sein Leben lang hatte sich Lorymar viel darauf eingebildet, ein Mann des Verstandes zu sein; jemand, der nicht wie die meisten anderen Halblinge nach seinem Bauch handelte, sondern nach der Vernunft. Vernunft war der Grund dafür gewesen, dass er einst seiner Heimat den Rücken gekehrt und seinesgleichen verlassen hatte; sie hatte dafür gesorgt, dass er in all den Jahren – und inzwischen waren es achtunddreißig Winter – nicht zurückgekehrt war; und sie war es auch, die ihn jetzt zur Rückkehr nötigte. Denn wenn Lorymar Thinkling etwas tief in seinem Inneren wusste, dann, dass er einen Fehler begangen hatte. Und dass es nur einen Weg gab, diesen Fehler wiedergutzumachen …

Mit den verdammten Träumen hatte es begonnen.

Mit Visionen von Tod und Untergang, so wie schon einmal, und in seiner Not hatte er sich nicht anders zu helfen gewusst, als die Hilfe jener Frau zu suchen, die ihm schon zuvor den Weg gewiesen hatte – schließlich gehörte sie einem noch weit älteren Geschlecht an als er selbst und wusste über diese Dinge sehr viel besser Bescheid als er. Allerdings hatte er sich auch geschworen, sie niemals wiederzusehen, und so hatte er, der Vernunft gehorchend, auch diesen Vorsatz gebrochen.

Ein geheimes Bündnis mit Prinz Nawyd hatte die Lösung versprochen: Lorymar sollte die Schwester des Prinzen, Nyasha pan Tyras, außer Landes bringen, damit diese nicht nach dem Willen des Königs mit Elayan von Archos verheiratet werden konnte. Soweit es Lorymar betraf, hatte er seinen Teil der Abmachung erfüllt und Nyasha über den Bruch nach Westrien geführt; doch waren seine Pläne noch sehr viel weitergegangen. Denn für ihn, den Vernunftmenschen, war die Prinzessin von Altashar mehr gewesen als nur ein Grund, Ostray zu verlassen; von Anfang an hatte er vorgehabt, sie nach Skaradag zu bringen und dort als Zahlungsmittel zu gebrauchen, wenn er seine alte Freundin Jenya um Hilfe bat – Jenya die Astara, die sich nunmehr Jennara nannte und in Skaradag ein Bordell unterhielt, das Haus des Doppelten Mondes.

Ein zahnloses Lachen entfuhr dem Halbling, wann immer er daran dachte. Eine Astara, eine Sterngeborene, als Mutter eines Puffs – das gab es nicht alle Tage. Aber Jenya war nie wie andere Astari gewesen, schon damals nicht, als sie noch Seite an Seite gekämpft hatten. Anfangs war sie nicht gewillt gewesen, ihm zu helfen, doch dank der Ware, die er mitbrachte, hatte sie sich schließlich überreden lassen: eine Blume aus Altashar im Austausch für Informationen.

In Skaradag hatte Lorymar erfahren, dass er nicht der Einzige war, der von Visionen verfolgt wurde – auch Jenya hatte sie, und genau wie er hegte sie insgeheim den Verdacht, dass jene Träume eine tiefere Bedeutung haben könnten. Eine Bedeutung, die in der Vergangenheit lag … dennoch war Lorymar nicht in Skaradag geblieben. Als Prinzessin Nyasha mithilfe ihrer Zofe Kira aus Jenyas Obhut geflohen war, hatte er sich an ihre Fersen geheftet – nicht etwa, um sie wieder einzufangen und ins Haus des Doppelten Mondes zurückzubringen, sondern um sie zu warnen. Denn ihr Leibwächter Kalid, der ebenfalls bei ihr weilte, barg ein ebenso dunkles wie tödliches Geheimnis …

Also war Lorymar ihr gefolgt.

Von Klyftagor nach Havok und Barbicana und von dort nach Waywart, wo er ein Schiff bestiegen hatte und ein Stück den Ystros hinabgefahren war. Doch wohin er auch gekommen war, auf Spuren Nyashas und ihrer Diener war er nicht gestoßen. Er hatte mit dem Gedanken gespielt, seine Reiseroute zu ändern und gen Osten zu ziehen, doch in Claymor hatte seine Suche ein vorläufiges Ende gefunden. Das Cymrische Fieber, das in der Stadt grassierte, befiel auch ihn und fesselte ihn für mehr als zwei Monde ans Bett. Acht lange Wochen, in denen Lorymar Thinkling nichts anderes tun konnte als dazuliegen und zu warten, dass das Fieber wieder sank; in denen er ganz auf sich zurückgeworfen war und das tun musste, was er am meisten hasste, nämlich über sich und die

Welt nachdenken – und über das, was in der Vergangenheit geschehen war. Und als wäre dies die Einladung an die alten Dämonen gewesen, sich seiner wieder zu bemächtigen, waren auch die Träume zurückgekehrt – und nicht wieder gewichen. Während das Fieber irgendwann wieder nachgelassen und Lorymar sich von seiner Krankheit erholt hatte, waren die Visionen geblieben.

Bilder von verwüsteten Landstrichen.

Von zerstörten Städten.

Von Tod und Untergang.

Genau wie damals.

Und im selben Maße, wie seine Träume zurückkehrten, wünschte er sich, wieder in Skaradag bei Jenya zu sein – denn die Astara verstand es ungleich besser als er, die Dämonen der Vergangenheit zu bändigen. Zumal er die Spur von Nyasha pan Tyras verloren hatte …

Sein Entschluss, Claymor Richtung Norden zu verlassen, hatte bereits festgestanden, als er einem Kaufmann begegnet war. Es war ein Halbling gewesen wie er selbst, der den Westweg von Hobheim heraufgekommen war und in derselben Herberge nächtigte. Und von diesem Halbling, dem ersten, mit dem er seit undenklich langer Zeit sprach, hatte er einige Neuigkeiten erfahren.

Von einer Menschenfrau von unvergleichlicher Schönheit, einer Blume Ostrays, die nach Westland gekommen sei.

Von Lordkanzler Latimer, die sie an seinem Hof empfangen und in sein Haus aufgenommen habe.

Und von einer Dienerin, Ostragierin wie sie selbst, die ihrer Herrin stets treu zur Seite stünde.

In diesem Moment war es Lorymar gewesen, als ob Vergangenheit und Zukunft sich just in diesem Augenblick begegneten. Und als er sich entschloss, all den inneren Stimmen zum Trotz, die ihn ausdrücklich warnten, den Weg nach Westland einzuschlagen, um weiter nach Nyasha zu suchen, war auch das natürlich nichts anderes gewesen als eine rationale Entscheidung.

So jedenfalls redete er es sich immerzu ein.

Auf dem Rücken des Ponys, das er in Claymor erstanden hatte, kam er den Westweg herab. Vor zwei Tagen hatte er die Grenze überquert, und nun schien jeder Stein, jeder Baum und jeder Hügel entlang der Straße Geschichten zu erzählen. Einige davon waren heiter und unbeschwert, die meisten jedoch mit Melancholie behaftet, was ihm schwer auf das Gemüt schlug. Abhilfe gab es in den Gasthäusern, in denen er des Abends Unterschlupf suchte und in denen Heubier aus dem Periwinkel, seiner alten Heimat, ausgeschenkt wurde. Zwar hatte der Gerstensaft längst nicht dieselbe Wirkung wie mit Nachtkrautextrakten versetzter Ambrosiak, doch wenn man genug davon trank, stellte sich ein ähnlich beruhigender Effekt ein.

Und so saß Lorymar Thinkling Abend für Abend in den Wirtshäusern, die sich an der Handelsstraße reihten, während er Hobheim Stück für Stück näher kam – und damit auch seiner Vergangenheit.

Der Name des Gasthofs, den er an diesem Abend ausgesucht hatte, war ihm bereits wieder entfallen. »Zur Springenden Quelle«? »Zum Plätschernden Hirsch«? Oder umgekehrt? Lorymar wusste es nicht mehr, erst recht nicht nach den Humpen Heubier, die er bereits in sich hineingeschüttet hatte auf der Flucht vor der Erinnerung. Und eigentlich spielte es auch keine Rolle, denn die Gasthäuser Westlands ähnelten sich wie ein Ei dem anderen, so wie sich auch seine Bewohner ähnelten.

Halblinge waren fleißig, eifrig und untertänig, und ihr Horizont endete wenn nicht bereits an der Grenze, so doch spätestens am Ufer des Ystros; wer jemals bis in die Menschenstadt Claymor gekommen war, der galt als weit gereist – von den Gefilden, in die Lorymar gelangt war, oder gar von den fernen Landen jenseits des Bruchs wusste man hier so gut wie nichts und wollte auch nichts davon wissen.

Anders verhielt es sich freilich mit dem Klatsch und Tratsch, der aus dem entlegenen Periwinkel oder von der Hauptstadt heraufdrang – wann immer ein neuer Gast die Wirtsstube betrat, wurde er freudig begrüßt und sodann gleich aufgefordert, zu erzählen, was er wusste, zu wissen glaubte oder wovon er vielleicht auch nur ansatzweise gehört hatte. Die Glaubwürdigkeit spielte keine Rolle, und wer eine gute Geschichte zu erzählen wusste, dem war die Aufmerksamkeit der anderen Gäste gewiss – so auch an diesem Abend. Draußen regnete es in Strömen, und in den Schankraum trat ein bis auf die Haut durchnässter Kaufmann. Nachdem er seinen Umhang abgelegt und sich am Feuer gewärmt hatte, kredenzte die Wirtin ihm ein Gläschen von ihrem Selbstgebrannten. Der Gast begann zu erzählen, und alle lauschten – und für Lorymar Thinklings von Bierdunst umnebelten Geist war es, als würden Stimmen aus seiner Vergangenheit zu ihm sprechen …

»… von den Biklings aus dem Kleintal gehört? Leonora, die älteste Tochter, weigert sich beharrlich, ihren Vetter zu heiraten, obschon das Geld dann in der Familie bliebe!«

»Nicht zu glauben!«, echote es reihum.

»Ein Skandal …«

Lorymar lächelte dünn. In Westland brauchte es nicht viel für einen handfesten Skandal …

»Im Periwinkel gibt es Unruhe«, fuhr der Besucher fort. »Die Schicklings sollen das Heubier des letzten Jahres mit Wasser gepanscht haben, um mehr davon verkaufen zu können!«

»Eine Frechheit, fürwahr!«

»Und im Hinterdorf zeichnet sich ein heftiger Streit darüber ab, wer bei der Sonnwendfeier die Dorffahne tragen darf. Im Augenblick hat der junge Hintling seine dicke Nase vorn, aber die Grublings werden das nicht so einfach hinnehmen …«

Es war derselbe geistlose Tratsch, der in Westland schon die Runde gemacht hatte, als Lorymar seine Heimat verlassen hatte – und den es vermutlich auch noch in hundert Wintern geben würde.

Früher hatte Lorymar nie verstanden, warum die Leute sich für derlei Belanglosigkeiten interessierten. Was kümmerte es sie, wie der Fahnenstreit in Hinterdorf ausging oder wen Leonora Bikling am Ende heiratete? Wozu all dies Geschnatter über Dinge, die nicht wirklich von Bedeutung waren?

Inzwischen kannte Lorymar die Antwort.

Die Leute im Westland tratschten nicht, weil sie diese Dinge für wichtiger hielten als den Rest der Welt – sondern weil sie vom Rest der Welt nichts wussten. Und während er sie früher dafür verachtet hätte, ertappte er sich heute dabei, dass er sie insgeheim beneidete.

»Und wie steht es um die hohe Dame?«, fragte jemand. »Was ist von ihr zu hören?«

»Nur wenig«, gab der Kaufmann zwischen zwei Schlucken Schnaps bekannt.

»Ist sie wirklich so schön, wie behauptet wird?«

»Noch viel schöner – wie es heißt, ist der Kanzler ihr völlig verfallen. Aber noch immer weiß man nicht, woher sie kommt. Der Trostling allerdings will von seinem Schwager, dem Hänfling, der wiederum dem Karling nahesteht, erfahren haben, dass sie aus dem Süden stammen soll. Von der anderen Seite des Bruchs«, fügte er leiser und mit vorgehaltener Hand hinzu.

»Von der anderen Seite«, echote es ringsum aufgeregt. Von Alkohol gerötete Mienen erblassten – und Lorymar wurde hellhörig.

»Die einen behaupten, sie wäre eine geflohene Sklavin und würde die Dame nur spielen. Die anderen jedoch sind überzeugt davon, dass sie die Wahrheit sagt und tatsächlich von vornehmer Herkunft ist.«

»Von vornehmer Herkunft?«, schnatterte es.

»Die Tochter eines Herzogs womöglich?«

»Welches Herzogs?«

»Über die Lande jenseits des Bruchs ist nicht viel bekannt«, erwiderte der Kaufmann düster. »Doch wie man hört, gibt es dort Schlangenmenschen und andere garstige Kreaturen – was, wenn sie in Wahrheit eine von ihnen ist?«

Lorymar war innerlich erstarrt. Er zweifelte keinen Augenblick daran, dass die Rede von Nyasha war …

»Verzeiht, mein Herr«, sagte er mit schwerer Zunge und erhob sich von dem Schemel, auf dem er gesessen und gelauscht hatte. »Entschuldigt, wenn ich Euch unterbreche – aber diese Dame, von der Ihr sprecht, diese angebliche Prinzessin …«

»Ja?«, fragte der Angesprochene. Nicht nur seine, sondern auch die Augen aller anderen Anwesenden richteten sich auf Lorymar, der damit mehr Aufmerksamkeit bekam, als er eigentlich hatte erregen wollen.

»I-ich meine … ich wollte wissen, wo sie anzutreffen ist«, erklärte Lorymar schnell.

»Warum wollt Ihr das wissen?«

»Nun«, entgegnete Lorymar ausweichend, »ich habe einen ausgeprägten Sinn für alles Schöne. Und ich kann nicht glauben, dass diese Dame – eine Menschenfrau immerhin – tatsächlich so schön sein soll, wie Ihr behauptet!«

»Ihr zweifelt an meinen Worten?«

»Keineswegs. Doch sie haben mich neugierig gemacht.«

Ringsum wurde verständnisvoll genickt. Neugierde war ein Drang, den jeder Halbling nachvollziehen konnte.

»In der Hauptstadt ist sie, im Haus des Kanzlers«, gab der Kaufmann denn auch bereitwillig zur Antwort. »Doch seid auf der Hut, wenn Ihr dorthin geht.«

»Warum?«, fragte Lorymar – doch die Reaktion der anderen zeigte deutlich, dass er diese Frage nicht hätte stellen sollen.

Die Heiterkeit verschwand aus den Gesichtern und wich echter Anspannung. Ja sogar Furcht glaubte Lorymar in den rotwangigen Mienen zu erkennen, auch wenn er ein wenig aus der Übung war, was das Deuten von Halblingsgesichtern betraf …

»Ihr wart lange nicht in Eurer Heimat, oder?«, fragte die Schenkwirtin von jenseits des Tresens.

»Nein«, gab Lorymar unumwunden zu. »Warum?«

Die anderen sahen sich an, schienen sich vor einer Antwort zu drücken. »Weil sich manches verändert hat in Westland«, entgegnete der Kaufmann schließlich. »Der Kanzler regiert mit eiserner Hand – und er ist nicht allein.«

7

Unbekannter Ort
Währenddessen

Der schmerzende Schädel, mit dem Nawyd erwachte, erinnerte ihn an das, was geschehen war – und eine innere Stimme sagte ihm, dass er es nicht besser verdient hatte.

Wie ein Hund war er der Tänzerin nachgelaufen, war seinem inneren Drang gefolgt, statt seinen Verstand zu gebrauchen – und nun war er hier. Die Erkenntnis, dass er ein verdammter Narr gewesen war, ging ihm in aller Deutlichkeit auf.

Zu spät …

Selten hatte er sich elender gefühlt. Nicht nur des harten Schlages wegen, der ihn in tiefe Bewusstlosigkeit hatte sacken lassen, sondern auch wegen seiner eigenen Dummheit. Bei allem, das ihm bislang widerfahren war, hatte er sich stets eingeredet, dass es einem edlen Zweck gedient, dass er das Richtige getan hatte, um seine Schwester zu beschützen und den guten Namen und die Traditionen des Hauses pan Tyras zu wahren. Diesmal jedoch war es nichts als seine eigene Lüsternheit gewesen, die ihn dazu bewogen hatte, alle Vorsicht außer Acht zu lassen. Prompt war er dafür bestraft worden – und wie er feststellen musste, war er nicht allein.

In der Höhle, in die man ihn gebracht hatte, kauerten noch mehr zusammengesunkene Gestalten, wie er an Händen und Füßen gefesselt und an der kargen Felswand kauernd. Und im spärlichen Licht, das durch den Eingang fiel, konnte Nawyd erkennen, dass sie nicht weniger betreten waren als er selbst …

»Wo sind wir?«, fragte er den, der ihm am nächsten saß, ein junger Bursche mit kurz geschnittenem Haar.

Der Angesprochene wandte das Haupt und sah ihn an. »Ich weiß es nicht«, gestand er kopfschüttelnd. »Und es spielt auch keine Rolle mehr.«

»Sind wir noch in der Oase?«, beharrte Nawyd.

»Ich nehme es an«, erwiderte ein anderer halblaut. »Ich kann den Duft von Datteln riechen, ihr etwa nicht?«

Nawyd schüttelte den Kopf – tatsächlich war der Gestank von kaltem Schweiß und Kameldung das Einzige, was er in der Höhle ausmachen konnte, und es drehte ihm fast den Magen um.

»Sprecht leiser«, mahnte ein Dritter. »Wenn sie uns hören, stopfen sie uns die Mäuler. Oder sie schneiden uns gleich die Zungen heraus.«

»Kaum.« Nawyd schüttelte den Kopf. »Sklaven, die nicht sprechen können, sind weniger wert.«

»Du musst es ja wissen«, konterte der andere. »Du bist aus Altashar, oder?«

Nawyd nickte – sein Akzent hatte ihn verraten. »Und du?«

»Kawara«, kam es flüsternd zurück. »Aber wir haben auch Leute aus Abydon und Phrygos hier – allesamt Fremde, die keiner vermissen wird«, fügte er mit freudlosem Lachen hinzu.

»Wie lange seid ihr schon hier?«

»Die meisten bereits ein paar Tage, andere erst seit vergangener Nacht – je nachdem, wann sie dieser Tochter eines Schakals auf den Leim gegangen sind.«

»Ihr also auch.« Nawyd blickte in die Runde und fühlte sich noch dämlicher und elender als zuvor.

»Das Weib ist ein *shin*, anders kann ich es mir nicht erklären«, unternahm einer einen halbherzigen Versuch, sich zu rechtfertigen. Seiner Kleidung nach war er ein Schreiber oder Buchführer, der mit einer Karawane nach Ayshak gekommen war. Überhaupt fanden sich, soweit Nawyd es an

Kleidung und Haartracht festmachen konnte, kaum Träger oder Kameltreiber unter den mehr als zwanzig Gefangenen. Auch das entbehrte nicht einer gewissen Logik – gebildete Sklaven brachten mehr Gewinn als ungebildete. Inara schien ihr Geschäft zu verstehen …

»Ein Dämon, ja«, stimmte ein anderer zu. »Aber auch eine Schönheit! Ich war bereit, alles dahinfahren zu lassen, nur um sie zu haben!«

»Das hast du ja auch getan«, versetzte Nawyd säuerlich.

Niemand lachte.

Sie waren alle in derselben misslichen Lage, und ein jeder wusste nur zu genau, wie es dazu gekommen war. Sie alle waren Narren gewesen, hatten die schöne Fremde unterschätzt – und es hatte sich bitter gerächt …

»Was werden sie mit uns tun?«, fragte der junge Kerl, der den Dattelduft erkannt hatte – vermutlich war er Gärtner oder arbeitete für einen Kaufmann, der mit Früchten handelte.

»Was wohl? Uns bei Nacht und Nebel verschleppen und in Bakra auf dem Sklavenmarkt verkaufen.«

»In Bakra?«, fragte der Jüngere ängstlich.

»Keiner von uns wird seine Familie jemals wiedersehen.«

»Sicher nicht«, stimmte ein anderer zu. »Aber wenn es nach Bakra geht, können wir noch von Glück sagen.«

»Was meinst du damit?«

Der Befragte hob das bärtige Haupt und blickte in die Runde. Furcht sprach aus seinen kleinen dunklen Augen. »Vielleicht werden wir ja auch nach Süden gebracht.«

»Du meinst nach Hyraka?«

»Ich meine nach Süden«, entgegnete der andere tonlos, »in die Berge. Ich habe gehört, dass die Draki gut für Menschensklaven bezahlen. Und dass es Händler gibt, die deshalb gerne mit ihnen Geschäfte machen.«

»Draki!«, wisperte es aus dem Halbdunkel wider.

»Elendes Echsengezücht!«

»Verdammte Schlangenbrut!«

Nawyd biss sich auf die Lippen.

Er hatte kaum je einen Bewohner Drakistans zu Gesicht bekommen, aber natürlich wusste er, wer sie waren. Und es war kein Geheimnis, dass die Draki den Menschen nicht eben wohlgesonnen waren. Manche behaupteten sogar …

»Ich will nicht«, hauchte der junge Gärtner, der Verzweiflung nahe. Tränen rannen über sein staubiges Gesicht und hinterließen gezackte Spuren. »Ich will nicht der Sklave eines Drak sein. Wie es heißt, fressen sie Menschen …«

Unwillkürlich zerrte Nawyd an seinen Fesseln, aber natürlich gaben sie keinen Fingerbreit nach. Er kämpfte die Panik nieder, die in ihm aufsteigen wollte – und in ihm begann die hässliche Erkenntnis zu dämmern, dass er wohl niemals nach Altashar zurückkehren und dass der Mord an seinem Vater für immer ungesühnt bleiben würde.

8

Skaradag
Etwas später

»Ihr habt nach mir gerufen?«

Bray hatte die Tür von Dana Jennaras Gemach geöffnet und vorsichtig den Kopf hineingesteckt. Sie traf die Besitzerin des Hauses des Doppelten Mondes in ihrer Badewanne an. Yris und Seana, die beiden Dienerinnen, die ihr am nächsten standen, hatten die aus dem Gehäuse einer großen Seeschnecke gefertigte Wanne, deren Perlmutt im Schein des Kaminfeuers vielfarbig schimmerte, mit heißem Wasser gefüllt. Der Duft von Kalmusöl lag in der Luft, Rosenblüten schwammen obenauf.

»Allerdings«, bestätigte die Astara, deren rotes Haar offen über ihre nackten Schultern wallte. Das augenfälligste Merkmal ihrer Art – die spitz zulaufenden Ohren – war darunter nicht zu sehen. »Bitte leiste mir Gesellschaft. Spiel etwas für mich.«

Bray atmete innerlich auf.

Als es hieß, Jennara wollte sie sehen, hatte sie schon befürchtet, dass ihre nächtlichen Streifzüge mit Kai aufgeflogen wären – und was das bedeuten würde, wollte sich Bray lieber gar nicht ausmalen.

»Natürlich, Dana.« Sie nickte bereitwillig. »Was möchtet Ihr gerne hören?«

Mit einem Nicken bedeutete Jennara den beiden anderen Frauen, dass sie ihrer Dienste nicht mehr bedurfte. Yris und Seana verabschiedeten sich mit einer angedeuteten Verbeugung, die ihren Respekt und ihre Zuneigung zu der Frau ausdrückte, die sie von der Straße geholt und ihnen ein Heim und im Grunde sogar etwas wie eine Familie gegeben hatte. Denn die Dienerinnen des Doppelten Mondes bildeten eine verschworene Gemeinschaft, gaben einander Trost und Rückhalt, gerade so, wie es die Diebe von Faginors Krähenzunft getan hatten.

»Setz dich zu mir«, forderte Jennara Bray auf, nachdem die beiden das Gemach verlassen hatten. Bray griff nach einem Schemel, rückte ihn an die Badewanne heran und ließ sich nieder. Rayans Leier, die sie fast immer bei sich trug, hatte sie schon in der Hand und schlug sanft die Seiten an.

»Das klingt schön«, bestätigte die Astara. Sie schloss die Augen und lehnte sich in der Wanne zurück, tauchte auch ihr Haar in das warme, duftende Nass. »Spiel weiter.«

»Was genau wollt Ihr hören?«, fragte Bray noch einmal.

»Ganz egal. Ich höre alles gern.«

Bray überlegte einen Moment und nickte. Dann spielte sie einige Harmonien und begann:

Es ward aus alten Tagen von Wundern viel gesagt,
von dunkler Nacht und Helden, die kämpften unverzagt,
da alles schien verloren, als Myracors Tyrann
saß auf dem hohen Throne verhasst von jederm…

»Alles«, unterbrach Jennara sie barsch, und ihre grünen Augen sahen sie durchdringend an. »Aber das nicht.«

»Aber Dana! Das ist das Lied der Legenden von Astray!«

»Ich weiß«, versicherte sie.

»Rayan selbst hat es mir beigebracht.«

»Und wenn es der Großexekutor persönlich gewesen wäre – ich will dieses Lied in meinem Haus nicht hören«, stellte die Astara klar. Sie sagte es weder wütend noch aufgebracht, jedoch sehr entschieden.

»Natürlich, Dana.« Bray nickte. Sie wechselte Akkorde und Rhythmus und schickte sich an, etwas anderes zu spielen.

»Denkst du noch manchmal an ihn?«, fragte die Astara unvermittelt.

»An Rayan? Sehr oft«, gab Bray zu und strich über das Instrument in ihrer Hand. »Wann immer ich zu dieser Leier greife – sie war ein Geschenk von ihm.«

»Der Krähensänger war ein außergewöhnlicher Mann, in vielerlei Hinsicht.«

»Er hat von einer Welt geträumt, die besser ist als die, in der wir leben«, erklärte Bray. »Das war das Außergewöhnliche an ihm – und leider auch sein Tod«, fügte sie traurig hinzu.

»Es tut mir leid, Mädchen. Wäre es nach mir gegangen …«

Bray nickte und biss sich auf die Lippen. »Wahrscheinlich war es unvermeidbar, früher oder später … ein Sänger, der über die Gabe verfügt, die Zukunft zu sehen, hat viele Feinde. Jene, die die Wahrheit um jeden Preis erfahren wollen, aber auch jene, die sie vertuschen wollen. Und natürlich den Orden der Exekutoren, für den jede Form von Magie ein Verbrechen ist.«

»Diese elenden Finsterlinge«, stöhnte Jennara in Anspielung auf die schwarzen Kutten und Rüstungen, die die Exekutoren und ihre Schergen zu tragen pflegten. »Nach allem, was man hört, ist der Süden bereits völlig verseucht von ihren Schattentürmen. Wie Pilze schießen sie aus dem Boden, kaum eine Stadt ist davon verschont geblieben – wir können von Glück sagen, dass es hier in Skaradag noch keinen gibt.«

»Aber sie sind dabei, ihn zu errichten«, gab Bray zu bedenken, »und der Turm von Morwa ist nicht weit. Und der neue Exekutor soll noch schlimmer sein als sein Vorgänger.«

»Ist das nicht immer so?«, fragte die Astara dagegen. Kein Wort darüber, dass sie es gewesen war, die den letzten nach Skaradag entsandten Großexekutor vom Leben zum Tode gebracht hatte. Keine Genugtuung, kein Triumph stand in ihren

Augen zu lesen. Aber auch keine Reue. »Sei unbesorgt, mein Kind – hier im Haus des Doppelten Mondes bist du sicher. Und deine Freunde ebenso.«

»Ich weiß.« Bray nickte. »Wieso sollte ich mir auch Sorgen machen, Dana? Ich bin schließlich nur eine Sängerin.«

Die Astara erwiderte nichts darauf, sondern begnügte sich damit, sie weiter durchdringend anzusehen.

Ob sie es wusste?, fragte sich Bray.

Oder es zumindest ahnte …?

Damals, als Rayan sie im Umgang mit der Leier unterwies, hatte sie selbst einige Visionen gehabt, doch sie hatte sich gehütet, der Astara davon zu erzählen. Zum einen, weil Jennara zwar vieles zu wissen schien, dieses Wissen jedoch eifersüchtig hütete. Zum anderen, weil die Astara bereit gewesen war, Rayan seiner Visionen wegen zu töten – und wer vermochte zu sagen, ob sie dies nicht auch bei Bray versuchen würde, wenn sie von jenen Dingen erfuhr? Außerdem hatte Bray keine Visionen mehr – mit dem Tod des Sängers waren die Bilder aus ihrem Kopf verschwunden. Und je länger alles zurücklag, desto unwirklicher und verschwommener wurde die Erinnerung daran. Womöglich, sagte sich Bray, hatte sie sich ja auch alles nur eingebildet. Der Krähensänger mochte die Gabe besessen haben, aber sie ganz sicher nicht. Wie, bei den sieben Salzsäulen, hätte eine gewöhnliche Diebin auch dazu kommen sollen?

»Willst du reinkommen?«, fragte Jennara unvermittelt und sah sie auffordernd an.

»I-ins Bad?«

»Nicht doch, in die örtliche Kloake.« Die Astara lächelte. »Natürlich ins Bad. Hier ist Platz genug.« Um zu verdeutlichen, was sie meinte, rückte sie in dem ausladenden Rund ein wenig zur Seite – es war tatsächlich genügend Platz für eine zweite Person. »In Archos baden die Leute stets gemeinsam«, fügte sie erklärend hinzu. »Wusstest du das nicht?«

»Nein.« Bray schüttelte den Kopf.

»Schüchtern?« Die Astara hob die Brauen. »Das hätte ich nicht vermutet.«

»Nein, das ist es nicht. Nur …« Sie zögerte. Wohin würde das führen? Dana Jennara war bekannt dafür, Vertretern beiderlei Geschlechts zugetan zu sein – zu den Gästen, die sie in ihrem Gemach empfing, gehörten auch die Ehefrauen einiger der reichsten Kaufmänner Skaradags. Bray hingegen war sich ziemlich sicher, nur dem männlichen Geschlecht verbunden zu sein (obwohl die Kerle mitunter erbärmliche Trottel sein konnten).

»Nur zu, ich beiße nicht«, forderte Jennara sie auf. »Und ich verspreche, dich nicht anzurühren«, fügte sie hinzu und hob demonstrativ beide Hände aus dem dampfenden Wasser.

Bray zögerte, wäre lieber gegangen. Aber vermutlich hätte die Astara ihr dies als Schwäche ausgelegt, also blieb sie. Sie legte die Leier beiseite, schlüpfte aus dem wollenen Gewand und entledigte sich des Unterkleides. Ihr schwarzes Haar band sie rasch zu einem Knoten, dann stieg sie ebenfalls in die Wanne.

Das Wasser war angenehm warm und duftete wunderbar. Ein wohliger Schauer kroch ihren Rücken hinauf, als sie sich darin niederließ.

»Siehst du.« Jennara lächelte. »Hat gar nicht wehgetan.«

»Nein«, gab Bray zu.

»Gefällt es dir in meinem Haus?«

Bray nickte. »Ich bin Euch sehr dankbar – genau wie alle anderen Krähen, die Ihr bei Euch aufgenommen habt, Dana.«

»Jenya«, verbesserte sie. »So nannte mich einst meine Freunde.«

Bray war mehr entsetzt als überrascht. Niemand, noch nicht einmal Yris und Seana, sprachen die Herrin des Hauses so an. »Aber Dana«, wollte sie einwenden. »Ich meine, Dana Jenya …«

»Jenya genügt.« Die Astara kicherte, fast wie ein Mädchen. Dann schloss sie die Augen und ließ sich für einen Moment ganz unter Wasser gleiten. Als sie wieder auftauchte, strich sie das nasse rote Haar zurück, und ihre spitzen Ohren wurden sichtbar.

»Ihr … du bist wunderschön«, stellte Bray fest.

»Nicht schöner als du«, gab Jenya zurück.

»Findest du?« Bray betrachtete ihr Spiegelbild im schimmernden Wasser. »Ich weiß nicht …«

»Du bist zu jung, um beurteilen zu können, wie du auf Männer wirkst«, war die Astara überzeugt. »Doch als jemand, der es wissen muss, kann ich dir sagen, dass die Kerle Höchstpreise für dich bezahlen würden, wenn du im Haus der Dienerinnen arbeiten würdest.«

»Dana, ich …«

»Keine Sorge.« Die Astara winkte ab. »Ich habe versprochen, dass keine von euch den Gästen zu Diensten sein muss, und ich halte mein Wort. Oder vertraust du mir noch immer so wenig, dass du zweifelst?«

»Nein, Dana«, versicherte Bray, um ein halblautes »Jenya« hinterherzuschicken. Es fiel ihr schwer, diese Frau, der sie so viel zu verdanken hatte und zu der sie mit einer Mischung aus Respekt und Furcht aufblickte, beim Vornamen zu nennen.

Die Astara lächelte wieder, sagte aber nichts dazu. »In letzter Zeit muss ich oft an früher denken«, gestand sie ein. »Der verdammte Halbling hat mich dazu gebracht.«

Bray nickte.

Lorymar Thinkling.

Der Halbling aus dem fernen Westland war überraschend in Skaradag aufgetaucht, eine Prinzessin aus Altashar im Schlepp. Weder wusste Bray, was Thinkling gewollt hatte, noch woher Jennara und er sich kannten. Ganz offenbar steckte der kleine Kerl aber voller Widersprüche: Er hatte die

Prinzessin, die er begleitete, rücksichtslos als Liebesdienerin an das Haus des Doppelten Mondes verscherbelt; und nur wenig später hatte er geholfen, Bray und ihre Freunde aus den Fängen des Großexekutors zu befreien. Nur eines war offensichtlich gewesen: Dass der Halbling und die Astara sich schon sehr, sehr lange kannten – und dass es ein Geheimnis gab, das die beiden verband.

Vielleicht, dachte Bray, war dies ja eine gute Gelegenheit, um etwas mehr darüber herauszufinden ...

»Wer ist er?«, fragte sie deshalb unverwandt.

»Thinkling?« Jenya lachte auf. »Ein Freund, denke ich – soweit Halblinge so etwas überhaupt sein können. Diese kleinen Kerle sind so sehr daran gewohnt, stets auf sich zu achten, dass sie andere darüber gerne vergessen.«

»Du kennst ihn schon lange?«

»Sehr lange.«

»Und woher?«

Statt zu antworten, wandte die Astara das Haupt und schickte Bray einen amüsierten Blick. »Ein guter Versuch, Mädchen – aber ich durchschaue dich. Du wirst mich nicht dazu bewegen, über die Vergangenheit zu sprechen.«

»Warum nicht?«

»Weil nur Narren im Gestern leben. Den Weisen hingegen gehört die Gegenwart. Genieße sie, wenn du kannst, Bray. Denn das Leben ist schön.« Um zu verdeutlichen, was sie meinte, ließ sie sich noch tiefer ins Wasser gleiten und schloss genussvoll die Augen.

»Nicht für alle Menschen«, wandte Bray ein.

»Was meinst du?«

»In den Straßen von Darlik gibt es Hunderte, wenn nicht Tausende von Menschen, denen es am Nötigsten fehlt.«

»Und?«

»Das ist unrecht«, erklärte Bray ein wenig hilflos. »Jedenfalls, solange es in Rikstedt Leute gibt, deren Häuser fünfzehn Zimmer haben und die fünfmal am Tag zu Tisch gehen.«

»Davon kenne ich viele«, versicherte Jenya. »Und sie sind alle gute Kunden von mir.«

»Genau das meine ich: Die einen leben im Überfluss, den anderen fehlt es am Allernötigsten. Fast täglich verhungern in Darlik Menschen oder erfrieren elend. Ist dir das alles gleichgültig?«

Jennara öffnete die Augen wieder und sah sie herausfordernd an. »Nein«, gab sie zu. »Aber ich denke nicht, dass man etwas dagegen tun kann.«

»Man könnte es versuchen«, schlug Bray vor.

Die Astara schnaubte. »Du bist wie der Krähensänger«, stellte sie fest. »Du hast auch diesen Traum von einer besseren Welt.«

»Und? Was ist falsch daran?«

»Frag den Sänger.«

»Er ist tot.«

»Genau das meine ich«, konterte Jenya. »Der Sänger war ein idealistischer Narr – und alle idealistischen Narren beißen früher oder später ins Gras. Die Welt ist, was sie ist. Man kann sie nicht verändern.«

»Man kann es versuchen«, beharrte Bray. Die Gleichgültigkeit der Astara ärgerte sie, der Tatsache zum Trotz, dass sie gemeinsam in einer Badewanne saßen, von schwimmenden Rosenblüten umgeben. »Die Welt ist das, was die Menschen daraus machen.«

»So habe ich auch einst gedacht«, versicherte Jenya. »Vor langer Zeit.«

»Und jetzt nicht mehr?«

»Wie gesagt, das war vor langer, vor sehr langer Zeit. Seither ist viel geschehen.«

Bray setzte sich im Wasser auf.

Der Moment war gekommen. Wenn sie jemals Gewissheit bekommen wollte, dann war jetzt der richtige Augenblick …

»Hatte Rayan recht?«, fragte sie leise. »Seid Ihr damals dabei gewesen, als die Welt gerettet wurde und der Bruch entstand? Seid Ihr eine der Sieben Legenden?«

»Du«, verbesserte die Astara gelassen. »Die Frage muss lauten: ›Bist *du* eine der Sieben Legenden?‹.«

»Und?«, beharrte Bray nur.

»Würde es etwas ändern, wenn es so wäre?«

»Rayan hat mich gelehrt, dass es wichtig ist, die alten Lieder zu singen und der Vergangenheit zu gedenken, denn nur so können wir aus ihr lernen. Und nur so ist es möglich, Gefahren abzuwehren, die die Zukunft bereithalten mag.« Sie senkte den Blick. Die Bilder, die sie in ihren Visionen gesehen hatten, waren ihr plötzlich wieder gegenwärtig, verschwommene Albdrücke von verwüsteten Städten, von Tod und Untergang …

»Da ist nichts, was abgewehrt werden müsste«, erwiderte Jenya und sah ihr dabei fest in die Augen. »Was immer der Krähensänger dir über seine Visionen erzählt haben mag – sie sind mit ihm gestorben. Und was die Legenden von Astray betrifft, so ist es besser, wenn sie für immer verschwunden bleiben, Mädchen. Denn sie haben der Welt nichts als Unglück gebracht.«

9

Feuerwüste
Vier Tage später

Sie hatten Ayshak im Morgengrauen verlassen, auf einem schmalen Pfad, der durch steiniges Land nach Südwesten führte. Während Inara und ihre grobschlächtigen Begleiter auf Pferden und Kamelen ritten, mussten die Gefangenen zu Fuß durch die Barra Harik marschieren – eine Kolonne elend aussehender Gestalten, die müde einen Fuß vor den anderen setzten, wie Perlen an einer Schnur aufgereiht. Wasser gab es zweimal am Tag, und nur am Mittag, wenn die Sonne am höchsten stand und die Hitze am drückendsten war, wurde eine Rast gewährt. Vom Knallen der Peitschen begleitet ging es danach wieder weiter, bis nach Sonnenuntergang, wenn die Wüste in kalter und dunkler Nacht versank.

Da das Gelände des Wadi Thar weitgehend flach war und es für den, der es zu finden wusste, in ausreichender Menge Wasser gab, hatten sie bereits an die hundert Meilen hinter sich gebracht. Von der Südroute hielten die Sklavenjäger sich allerdings fern – die Gefahr, dass einer der Gefangenen von Reisenden einer begegnenden Karawane erkannt wurde, war ihnen wohl zu groß. Mit einiger Bitterkeit gestand Nawyd sich ein, dass Inara und ihre Leute all jene Vorsicht walten ließen, die er selbst in jener Nacht außer Acht gelassen hatte.

Die Schöne selbst, die ihnen allen die Köpfe verdreht und deren Tanz sie fast um den Verstand gebracht hatte, würdigte sie kaum mehr eines Blickes; sie ritt vorn an der Spitze, in ein weites Gewand gehüllt, das ihre vollendeten Formen versteckte und selbst ihre anmutigen Gesichtszüge verbarg. Inara überließ es ihren Handlangern, bei den Sklaven zu bleiben und sie mit Peitschen- und Stockhieben anzutreiben, wann immer sich Erschöpfung breitzumachen drohte.

Die Feuerwüste zeigte sich in atemberaubender, Ehrfurcht gebietender Schönheit, wenn ein neuer Tag heraufdämmerte und den Himmel im Osten in Brand zu setzen schien; oder wenn das letzte Licht des Tages die Felsen des Gondar-Gebirges scheinbar zum Glühen brachte. Wer darüber jedoch vergaß, dass die Wüste auch eine schreckliche, tödliche Seite hatte, der bezahlte dafür mit dem Leben. Das erste Opfer war Marukh, der junge Gärtner, der gleich in der ersten Nacht von einem Skorpion gestochen wurde und am Gift elend zugrunde ging; das zweite war einer von Inaras Leuten. Nach einer Nacht, in der er offenbar viel gezecht und wenig geruht hatte, schlief er in der Hitze des Tages ein, fiel vom hohen Reitsitz des Kamels und brach sich das Genick.

Von diesen Zwischenfällen abgesehen, verlief die Reise nach Süden ruhig – bis zum späten Nachmittag des vierten Tages.

Der Wind hatte gedreht, und als die Männer gen Osten blickten, entdeckten sie am Horizont eine dunkle Wand, die die Grenze zwischen Himmel und Wüste verwischte und rasch größer zu werden schienen. Unruhe griff um sich, denn sowohl den Gefangenen als auch ihren Häschern war sofort klar, was dies zu bedeuten hatte. Ein *rasif* zog auf, ein Sandsturm …

Und er kam rasch näher!

Man brauchte kein Sohn der Wüste zu sein, um den Sturm zu fürchten. Auch jene, die aus den Städten jenseits der Bucht von Drakis stammten, wussten, dass ein *rasif* sie alle das Leben kosten konnte. Nawyd erinnerte sich, dass sein alter Lehrer Gadates ihm von Stürmen erzählt hatte, die so heftig gewesen waren, dass der umherfliegende Sand Menschen das Fleisch von den Knochen gefressen und sie in bleiche Totengerippe verwandelt hatte. Und obschon den Gefangenen ein Leben in Knechtschaft drohte, hingen sie zu sehr daran, als dass sie als Skelette hätten enden wollen.

Inara und ihre Kumpane brauchten keine Peitschen, um ihnen Beine zu machen – die Gefangenen gaben auch so alles, was noch in ihren vom langen Marsch ausgezehrten Körpern steckte, um die nahen Berge zu erreichen. Dennoch zeichnete sich ab, dass sie den Wettlauf gegen die Zeit verlieren würden: Während sie Hals über Kopf dem Schutz der Felsen entgegeneilten, wurde der Wind bereits stärker und zerrte und riss an ihren Kleidern. Ein grässliches Pfeifen lag plötzlich in der Luft, die schlagartig erfüllt war von Myriaden winzig kleiner Staubkörner. Nawyd musste die Augen schirmen, um überhaupt noch etwas sehen zu können. Sand knirschte zwischen seinen Zähnen und peitschte um seine nackten Beine.

Die anderen begannen vor Furcht zu schreien – der einstige Prinz von Altashar beschränkte sich darauf, seinen Atem zu schonen und weiterzulaufen, auch wenn die Distanz zu den Felsen nicht geringer zu werden schien und sie zunehmend hinter gelben Staubschleiern verschwanden. Die Ausläufer des *rasif* hatten die Sklavenkarawane erreicht. Nicht mehr lange, und der Zorn des Windes würde sie mit voller Wucht treffen.

Inaras Pferd scheute, auch die Kamele ihrer Handlanger wurden unruhig. Die Tiere wussten um die Gefahr, wollten sich in Sicherheit bringen, doch ihre Reiter ließen sie nicht. Tücher vor den Gesichtern und nun doch die Peitschen benutzend, suchten die Menschenjäger ihre Gefangenen in den Schutz der Felsen zu treiben, gleich einer Herde Vieh – doch der tagelange Marsch zeigte Wirkung. Obschon die Gefangenen alles gaben, zeichnete sich ab, dass einige es nicht schaffen würden – und aneinandergebunden waren sie nur so schnell wie die langsamen unter ihnen.

»Schneidet uns los!«, schrie Nawyd gegen den heulenden Wind. Sand brannte in seinen Augen. »Nur so haben wir eine Chance!«

Ihre Häscher konnte er nicht mehr erkennen, zu dicht war das Gestöber von Sand und Staub. Doch plötzlich schälte sich die Silhouette eines Reiters aus dem gelben Nebel.

Es war Inara.

Durch den schmalen Schlitz, den ihr Gesichtstuch offen ließ, blickte sie auf Nawyd und seine Mitgefangenen herab, stolz und unnahbar ...

»Bitte!«, rief Nawyd ihr entgegen und streckte ihr die gefesselten Hände hin. »Schneidet uns los!«

Einen Augenblick schien sie zu zögern.

Dann griff sie kurzerhand an ihre Schärpe, zückte ihren Dolch und warf ihn so, dass er sich unmittelbar vor Nawyd in den Sand bohrte. Dann riss sie ihr Pferd herum, das sich wiehernd aufbäumte, und jagte durch den Sandsturm davon, der sie schon im nächsten Moment verschlungen hatte.

Nawyd verlor keine Zeit. Er brach in die Knie, benutzte den Dolch, um zuerst die Fesseln um seine Handgelenke zu durchtrennen und sich dann von den anderen loszuschneiden. Im Sturm hörte er die anderen schreien, sehen konnte er sie kaum noch im peitschenden Sand. Einen Augenblick lang erwog er, den Dolch an die anderen weiterzugeben, doch wenn er überleben wollte, würde er die Klinge sicher noch brauchen – also fasste er den Griff fester und begann zu laufen, fort von seinen Mitgefangenen, die schreiend hinter ihm zurückblieben, und in die Richtung, in der er die rettenden Felsen vermutete.

Nawyd rannte, so schnell er konnte.

Der Sandsturm hatte ihn eingeholt, aber noch tobte er nicht mit ganzer Kraft. Noch gab es Hoffnung, und der Gedanke, dass er überleben musste, um irgendwann nach Altashar zurückkehren und seinen Vater rächen zu können, beflügelte Nawyd und verlieh ihm zusätzliche Kraft. Sich gegen den heulenden Wind stemmend und sein Gesicht vor dem prasselnden Sand schützend, so gut es eben ging, setzte er seinen Weg fort, der wachsenden Verzweiflung zum Trotz. Machtvoll zerrte der Wind an seinen Kleidern, warf ihn mehrmals nieder, doch immer wieder raffte er sich auf die Beine, wankte einige weitere Schritte, bis er schließlich nicht mehr aufrecht stehen konnte und sich wie ein Tier auf allen vieren fortbewegen musste.

Dennoch gab er nicht auf.

Der Wille, gegen alle Widerstände auszuharren, die Flamme des Lebens in seiner Brust am Brennen zu halten, war stärker als der Schmerz, die Verzweiflung und die Erschöpfung – selbst dann noch, als die Sturmfront ihn endgültig erreichte und der Zorn der Wüste sich mit aller Macht über ihm entlud.

Bäuchlings im Sand liegend, der mit vernichtender Wucht über ihn hinwegtoste, kroch er vorwärts, Stück für Stück. Solange noch Leben in ihm war, wollte er nicht aufgeben, wollte nicht zugestehen, dass die Mörder Artabans ungestraft davonkommen sollten. Sehen konnte er längst nichts mehr, blindlings tastete er sich vorwärts, während der Sturm rings um ihn tobte.

Und plötzlich griff er ins Leere.

Wohin sein Weg durch das Inferno aus Sand und Staub ihn geführt hatte, wusste er nicht zu sagen – aber jäh fiel der Boden vor ihm ab, und er kippte vornüber.

Über einen Abhang aus Sand rutschte er in die Tiefe, so schnell und steil, dass er keinen Halt fand, und im nächsten Moment fand er sich an einem Ort wieder, der kühl war und dunkel. Das Heulen des Windes blieb hinter ihm zurück.

Die schützenden Felsen!

Offenbar hatte er sie erreicht …

Und indem er sich an das beruhigend kühle, glatte Gestein

schmiegte, kauerte er sich zusammen wie ein Kind, während draußen der Sturm tobte und die Gewalten der Wüste entfesselte.

10

Festung Vanheim
Zur selben Zeit

Das Gestein der alten Brücke erzitterte, als die Männer im Gleichschritt darübermarschierten, der Festung entgegen, die groß und düster vor ihnen aufragte.

Agha Yolaş hatte um dieses Kommando nicht gebeten. Im Gegenteil, wäre die Wahl auf einen anderen gefallen, hätte er sich gewiss nicht darüber beklagt. Doch die Dinge waren nun einmal, wie sie waren. Den Befehlshabern in Makashar, und noch mehr dem König im fernen Altashar, war es gleichgültig, ob er einem Befehl mit Freuden folgte oder mit Widerwillen, solange er ihn nur ausführte.

Auf seinem kleinen, stämmigen Pferd, das wie die meisten Pferde der yarowischen Armee aus der Zucht der ugaryschen Steppenvölker stammte, ritt Yolaş vor seinen Männern her. Ormest Zóltan, sein Unterführer und Sergeant, war wie immer an seiner Seite – doch auch ihm schien weder der Ort noch der Zeitpunkt ihrer Mission zu behagen. Ebenso wenig wie der Anlass …

»Noch kein Lebenszeichen«, stellte er fest. Obschon der dichte schwarze Bart und der von Fell umkränzte Kegelhelm kaum etwas von seinem Gesicht preisgaben, konnte Yolaş die Sorge darin erkennen – und einen Anflug von Furcht.

Vanheim war keine Festung wie jede andere. Zwei Dinge waren es, die die alte Burg von anderen unterschieden.

Da war einerseits die Lage am Rand eines riesigen, rund eine halbe Meile breiten Felsenkessels, dessen Grund nicht zu erkennen war, markierte er doch das Ende jenes gewaltigen Risses, der Astray seit der Katastrophe teilte; und als wäre dies noch nicht genug, tosten zu beiden Seiten der Festung ungeheure Wassermassen von den schroffen Bergen herab und ergossen sich in die unergründliche Tiefe – der Vanfall. Nur eine einzige Verbindung zur östlichen Seite des Kessels gab es – die schmale Brücke, über die Yolaş und seine Männer im Augenblick marschierten. Einsamer und den Launen der Natur ausgesetzter konnte ein Bauwerk schwerlich sein.

Und andererseits waren da die Geschichten …

Jedes Kind in Yarowa kannte die Sagen, die sich um Vanheim und seine Entstehung rankten – dass es in grauer Vorzeit ein Hort der Drachen gewesen sei, den die Astari in Besitz nahmen, nachdem sie die Feuerherzen besiegt hatten. Baumeister der Dwarge seien es gewesen, die die Festung auf den Trümmern des alten Drachenhorts errichtet hätten, mit den sterblichen Überresten von Šarkan Izzas Torok, dem gefürchteten Glutrachen und letzten Herrscher seiner Art, als grausigem Fundament.

Doch wie es weiter hieß, sei Šarkan in die Unterwelt entflohen und habe Vanheim und seine neuen Besatzer mit einem Fluch belegt. Einem Fluch, demzufolge keine Fahne dauerhaft über den Zinnen von Vanheim wehen solle, bis die Zeit seiner Rache gekommen sei und ein neues Zeitalter der Dunkelheit anbrechen würde … Als das Alte Reich unterging, als die Erde sich öffnete und die Hauptstadt Myracor verschlang, hatten viele Menschen in Yarowa geglaubt, dass jenes Zeitalter nun anbrechen würde – doch es war anders gekommen.

Lediglich die Lande westlich des Weltenbruchs waren im Chaos versunken, Ostragien war in Frieden und Wohlstand erblüht, was einzig Artaban dem Großen zu verdanken war, dem Einiger des Reiches. Aber hier in Vanheim, an der äußersten Grenze des Reiches, wo sich der Glanz der südlichen Zivilisation in den Klüften und Schatten des Nordgebirges verlor, schien jenes Glück, das dem Reich seit mehr als drei Jahrzehnten beschieden war, zerbrechlicher zu sein als andernorts. Und wenn von mysteriösen Vorfällen in der Festung berichtet wurde, so schwang darin immer auch die Furcht mit, dass Šarkans Fluch sich womöglich doch noch bewahrheiten mochte …

»Nein, keine Lebenszeichen«, stimmte Yolaş missmutig zu. Inzwischen hatten sie mehr als die Hälfte der Brücke überwunden. Durch den Nebel aus feinem Regen, der vom nahen Wasserfall rührte, drangen die Männer weiter auf die Burg vor, die immer noch größer und drohender vor ihnen aufragte: Schwarze Mauern, die direkt aus dem nackten Fels zu wachsen schienen, darüber trutzige, zinnenbewehrte Türme – an deren Masten jedoch keine Banner wehten. Auch waren nirgendwo am Tor oder auf den Mauern Wachen zu erkennen – was hatte das zu bedeuten?

Die Tatsache, dass keiner der Boten, die in den letzten Monden nach Vanheim entsendet worden waren, zurückgekehrt war, hatte Anlass zur Besorgnis gegeben; und nachdem auch ein Trupp von Spähern nicht wiedergekehrt war, hatte man Yolaş und seine Leute beauftragt, in Vanheim nach dem Rechten zu sehen und die Festung gegebenenfalls aus der Hand des Feindes zurückzuerobern.

Die Sache war nur, auch die Fahne Noryas wehte nicht über den Zinnen. Und, was noch weit merkwürdiger war: Das Brückentor stand offen, wie Yolaş im Näherkommen bemerkte …

Zóltan und er tauschten Blicke, und Yolaş nickte seinem Unterführer zu. Der Ormest ließ sein Pferd daraufhin in Trab verfallen und eilte dem Zug der vierhundert Mann voraus, die ihnen in Zweierreihe folgten – Speerträger, Bogenschützen und Pioniere. Yolaş hob den rechten Arm, worauf der Zug zum Stehen kam. Sein Pferd, das die Unruhe seines Reiters zu spüren schien, tänzelte unruhig hin und her und kam dem

Rand der Brücke, die weder über ein Geländer noch über eine Brüstung verfügte, gefährlich nahe. Für einen kurzen Moment beging Yolaş den Fehler, in die schwarze, bodenlose Leere zu blicken, die unterhalb der Brücke klaffte – und sofort hatte er den Eindruck, dass der Abgrund ihn verschlang!

Agha Yolaş war gewiss keine ängstliche Natur. Als Hauptmann der yarowischen Armee war er ohne Unterlass im Einsatz gegen abtrünnige Stambuli und andere Reiterstämme, die sich der Herrschaft Altashars widersetzten, und er hatte dem Tod oft ins Auge geblickt. Aber dies hier war anders … Von einem Augenblick zum anderen hatte Yolaş das Gefühl, wieder der achtjährige Junge zu sein, der zu Hause in seinem Dorf am Feuer saß und schaudernd den Worten des Ältesten lauschte, der von grauer Vorzeit berichtete, von der Ankunft der Astari und von den dunklen Flüchen, die seither auf Yarowa lasteten …

Zóltan kam zurück. Seinem Mienenspiel war zu entnehmen, dass er nichts Gutes zu berichten hatte.

»Das Tor ist unbewacht«, gab er bekannt. »Es scheint niemand da zu sein, aber es gibt Hinweise, dass im Innenhof ein Kampf stattgefunden hat.«

»Ein Kampf? Wurde die Festung angegriffen?« Yolaş erwartete keine Antwort. Abermals tauschten die beiden Männer Blicke, die Sache gefiel keinem von ihnen.

»Nur die Speerträger folgen«, wies er seinen Unterführer an, dann ließ er die Zügel schnalzen und trieb sein Pferd weiter voran. Während der Rest des Zuges wartete, blieben die Speerträger bei ihrem Befehlshaber und rückten weiter vor. Die vordersten Reihen hatten ihre Waffen gesenkt und bildeten nun eine Phalanx, bereit, es mit allem aufzunehmen, was ihnen aus dem Tor von Vanheim entgegenkommen mochte … Jedenfalls war es das, was Hauptmann Yolaş sich einredete, während sie sich der offenen Pforte näherten, die ihm wie der Schlund eines alles verschlingenden Ungeheuers vorkam.

Unter dem hohen steinernen Bogen hindurch rückten sie in die Festung ein.

Yolaş ließ seine Leute ausschwärmen und den Innenhof sichern, indem sie einen waffenstarrenden Halbkreis um ihn und Zóltan bildeten. Der Ormest hatte recht gehabt: Die Pfeile, die auf der Innenseite des Tores im Holz steckten, sowie der mit dunklen Flecken besudelte Boden legten nahe, dass tatsächlich ein blutiger Kampf in der Festung stattgefunden hatte.

Doch wer hatte gegen wen gefochten?

Und wo waren die Gefallen?

Natürlich gab es Aasfresser in diesen Breiten – Nebelkrähen, Schwarzgeier, Bohrwürmer und anderes Getier, das in den Nischen der Felswände hauste. Aber es stand zu bezweifeln, dass sie so gründlich arbeiteten – noch nicht einmal Knochen waren zu sehen. Dafür entdeckte der Hauptmann eine seltsame, schwärzlich schimmernde Substanz auf dem Boden …

Er stieg vom Pferd und bückte sich.

Das Zeug schien harmlos zu sein, dennoch scheute er sich davor, es zu berühren. Stattdessen zückte er seinen Dolch und stocherte darin herum – die Masse war klebrig wie flüssiges Pech, doch der Geruch war ein anderer. Der Hauptmann schauderte, als er Tod und Verwesung roch.

Er fuhr hoch und schaute sich um.

Die Burg wirkte verlassen, allerdings nicht wie nach einem geordneten Rückzug, sondern eher so, als ob die Besatzung Hals über Kopf geflohen wäre. Was immer hier geschehen war – Yolaş bezweifelte, dass es mit rechten Dingen zugegangen war. Und er musste versuchen, es herauszufinden …

»Lass die Männer einrücken«, wandte er sich an Zóltan. »Die Pioniere sollen die umliegenden Gebäude durchsuchen, die Bogenschützen die Mauern besteigen und nach beiden Seiten sichern, nach außen und nach innen.«

»Nach innen, Agha?« Der Sergeant sah ihn fragend an.

»Nur ein Gefühl«, versicherte Yolaş – was mehr konnte er erwidern? Er reinigte seinen Dolch an einem Stein, dann steckte er ihn in die Scheide an seinem Gürtel zurück – dass das schwarze Zeug, das eben noch an seinem Stahl geklebt hatte, sich plötzlich verflüssigte und über den steinernen Boden kroch, um sich wieder mit dem Rest der Substanz zu vereinen, bemerkte er nicht. So wenig, wie er den Schatten bemerkte, der hinter einem Mauervorsprung kauerte und ihn und seine Leute bereits die ganze Zeit über beobachtete.

Die Pioniere kamen und verteilten sich aus, um die Gebäude zu durchsuchen, die entlang der Mauern errichteten Stallungen und Baracken, die Türme, das Brunnenhaus und den Bergfried. Die Bogenschützen unterdessen bezogen auf den Mauern Posten, wobei der Ormest sie sich befehlsgemäß abwechselnd ausrichten ließ: Während die einen nach draußen spähten und den Felsenkessel und die Brücke im Auge behielten, wachten die anderen über den Innenhof – und schlugen plötzlich Alarm!

»Dort drüben! Da ist jemand …!«

Pfeile schwirrten, und es gab Tumult. Kurz darauf zerrten einige Soldaten einen Mann aus einer dunklen Mauernische, der sich nach Kräften wehrte – jedoch war er so geschwächt und abgemagert, dass seine Bewegungen matt und kraftlos waren und seinen Häschern nur müdes Gelächter entlockten.

Sie schleppten ihn zu ihrem Sergeanten, der ihn wiederum vor Yolaş bringen ließ.

Dessen Erleichterung darüber, einen lebenden Zeugen gefunden zu haben, der ihnen darüber Auskunft geben konnte, was auf der Festung vorgefallen war, zerschlug sich, als er den Mann aus der Nähe sah: Der Kerl war völlig verwahrlost. Nicht nur, dass sein Haar und Bart wild gewuchert waren und er abgemagert war bis auf die Knochen; der entrückte Glanz in seinen Augen legte auch nahe, dass er kaum noch Herr seines Verstandes war. Yolaş hatte dergleichen schon früher gesehen – in den Gesichtern von Soldaten, die am Grauen des Krieges verzweifelt waren. Auch wenn die Kleidung des Mannes verschmutzt war und zerschlissen, war noch immer zu erkennen, dass es sich um den grünen Rock eines noryschen Grenzers gehandelt hatte.

Eines Feindes von der anderen Seite des Bruchs …

»Wer bist du?«, fragte der Agha deshalb scharf – da die Sprachen Noryas und Yarowas eng verwandt waren, sollte die Verständigung kein Problem darstellen. »Wie ist dein Name?«

»Gunryk … Hauptmann«, drang es heiser zurück – so viel Verstand schien der Noryer immerhin noch zu besitzen.

»Warum bist du hier? Wo ist die Besatzung dieser Festung?«

»Tot … alle«, versicherte der Noryer, der nicht nur denselben Rang bekleidete wie Yolaş, sondern unter all dem Dreck und dem strähnigen Haar auch etwa in seinem Alter zu sein schien.

»Tot?« Yolaş holte tief Luft, wechselte einmal mehr einen Blick mit Zóltan. Ihre Befürchtungen waren also berechtigt gewesen – vorausgesetzt, der Noryer sprach die Wahrheit …

»Wer hat das getan?«, hakte er nach.

»Dasselbe, das auch meine Männer getötet hat«, entgegnete er tonlos und mit leerem Blick, der Yolaş schaudern ließ.

»Dasselbe? Was soll das heißen?«

»Als wir kamen«, begann der andere leise, »war die Festung bereits verlassen … Besatzung verschwunden, haben überall nach ihnen gesucht …«

»Und? Habt ihr sie gefunden?«

Der fremde Hauptmann nickte. Dann hob er den Blick und sah Yolaş direkt an. »Sie«, bestätigte er. »Und noch etwas anderes.«

»Etwas anderes?« Erneut fühlte Agha Yolaş, wie das

Grauen mit klammer Hand nach seinem Herzen griff. »Verdammt, Mann, wovon sprichst du? Rede gefälligst, oder muss ich dich erst auspeitschen lassen?«

Der Noryer hielt seinem prüfenden Blick stand. »Ihr hättet nicht kommen dürfen«, sagte er mit einem seltsamen Glanz in den Augen, »denn dieser Ort ist verflucht.«

Und plötzlich, Agha Yolaş konnte es nicht verhindern, war die alte Angst wieder da.

11

Feuerwüste
später

Mit einem erstickten Schrei fuhr Nawyd in die Höhe.

Rieselnd fiel Sand von ihm ab, der sich über ihn gebreitet hatte. Offenbar hatte er infolge der völligen Erschöpfung das Bewusstsein verloren, während er kauernd darauf gewartet hatte, dass das tosende Inferno endete – oder der Tod eintrat.

Letzteres war nicht geschehen, soweit er feststellen konnte, und eine seltsame Euphorie erfasste ihn. Keuchend sog er die Luft in die Lungen, die noch immer nach Staub schmeckte; der Sandsturm jedoch war vorüber, und die Sonne, die zuletzt hinter gelben Schleiern versunken war, stach wieder vom Himmel.

Als Nawyd zu ihr aufblickte, stellte er fest, dass er sich geirrt hatte: Der schützende Fels, in dessen Schutz er sich kriechend geflüchtet hatte, war gar keiner; vielmehr handelte es sich um die Überreste eines rechteckigen Turmes, der sich nach oben konisch verjüngte und an einer Seite eingebrochen war. Hier hatte er während der letzten Stunden ausgeharrt, diesem alten, verfallenen Bauwerk verdankte er sein Leben.

Nawyd erhob sich. Es fiel ihm schwer, seine Beine zu strecken, weil er die ganze Zeit in kauernder Haltung verbracht hatte. Aber auch, als es ihm endlich gelungen war und er sich auf die Beine gerafft hatte, musste er feststellen, dass der lange Marsch und die Flucht vor dem Sturm ihm noch tief in den Knochen steckten. Zumal er seit dem Vortag nichts gegessen hatte und sein Magen knurrte. Und da war Durst.

Quälender, brennender Durst ...

Jäh erinnerte er sich an den Dolch, den Inara ihm zurückgelassen und mit dem er sich befreit hatte. Er bückte sich und wühlte im Sand, den der Sturm ins Innere des Turmes geweht hatte, fand die Klinge nahe der Stelle, wo er gekauert hatte. Es war ein *kansha*, wie er von den Rajuli und anderen Wüstenstämmen benutzt wurde, ein Dolch mit kurzer, gekrümmter Klinge, die scharf geschliffen war. Nawyd behielt ihn in der Hand, während er vorsichtig aus dem Turm spähte. Das Erste, was er erblickte, war ein Drache – oder vielmehr sein steinernes Ebenbild.

Es war eine Statue, die aus dem Wüstensand ragte; der Sockel war verschüttet, ein Teil des Kopfes abgebrochen, der Rest glatt geschliffen von den Stürmen, die seit seiner Errichtung gewütet hatten. Doch der schlanke Körper, die mörderischen Klauen und die Vertiefungen zwischen den Schuppen waren noch deutlich zu erkennen, sodass kein Zweifel bestand: Es war das Abbild einer jener Kreaturen, von denen es hieß, sie hätten Astray einst beherrscht, noch lange vor den Riesen.

Und den Astari ...

Ein Verdacht keimte in Nawyd. Er kletterte vollends aus dem Turm und erklomm den Sandhügel, aus dem die Statue ragte. Ringsum, das konnte er nun erkennen, ragten noch mehr Ruinen und Trümmer auf, ein wahres Labyrinth aus Mauerresten, das sich einen flachen Hang hinauf erstreckte, bis zum Fuß steil aufragender, rotbrauner Felsen, die ihrerseits von brüchigen Türmen und Zinnen gekrönt waren. Aus den Trümmern ragten, bleichen Knochenfingern gleich, einsame Säulen in die Höhe, die keine Dächer mehr trugen; Statuen und Stelen, denen niemand mehr huldigte. Wie ein Leichentuch hatte sich der Sand der Wüste über die Ruinen gebreitet, die einstmals eine prächtige, von einer hohen Mauer umgebene Stadt gewesen sein mochten.

»Gondar«, hauchte er.

Dies musste sie sein.

Gondar, die verlorene Stadt …

Jedes Kind in Altashar kannte die Geschichte der stolzen Metropole des Südens, die in alter Zeit eine Dynastie mächtiger Könige hervorgebracht hatte. Die *thanan malikami*, die »Drachenkönige«, herrschten wie Götter über ihr Volk, bis sie sich am Ende über diese erheben wollten. Aus Zorn über den Hochmut von Gondar entfesselten die Götter einen Sandsturm, der über die Stadt hinwegfegte, alle Einwohner tötete und sie dem Erdboden gleichmachte. Seit jenen Tagen war Gondar eine Ruine, die die einstige Pracht nur noch erahnen ließ – und von der es hieß, dass böse Geister in den alten Mauerresten hausten.

Nawyd hatte von derlei Geschichten nie sehr viel gehalten. Geister interessierten ihn nicht – sie waren es schließlich nicht, die ihn versklaven und meistbietend verkaufen wollten. Anders als Inara und ihre Kumpane …

Von seinem erhöhten Aussichtspunkt schaute er sich nach allen Seiten um, wobei er Schutz und Schatten der Statue nutzte. Doch wohin er auch sah, erblickte er nichts als verfallene Mauern und heißen Sand, über dem die Luft flimmerte. Offenbar hatte sich Nawyd im Sturm sehr viel weiter von den anderen entfernt, als er zunächst vermutet hatte – denn von den Sklavenjägern wie auch von den anderen Gefangenen fehlte jede Spur. Entweder, sie waren tot und verschüttet, oder sie waren bereits weitergezogen, was wiederum bedeutete, dass sie ihn wohl für tot hielten.

In beiden Fällen war er frei.

Frei …

Das Wort selbst war süß wie Honig, jedoch hatte es einen bitteren Beigeschmack inmitten dieser Ödnis. So erleichtert Nawyd darüber auch war, den Menschenjägern entkommen zu sein – wenn es ihm nicht gelang, Wasser und Nahrung zu finden, war seine neu gewonnene Freiheit nichts wert.

Vorsichtig stieg er von dem Sandhügel hinab. Der lange Marsch und der Sturm hatten an seinen Stiefeln genagt. Sie waren löchrig und marode, von seinen Kleidern ganz zu schweigen. Nur wenig mehr als Fetzen waren von ihnen geblieben, die nur unzureichend vor der Sonne schützten. Entsprechend suchte Nawyd den Schatten – doch kaum war er in das kühle Halbdunkel eingetaucht, das sich zwischen den Mauern verfallener Häuser erstreckte, nahm er eine seltsame Veränderung wahr.

Sofern der Wind nicht heulte, herrschte in der Wüste stets eine geheimnisvolle, beinahe heilige Stille, die die Rajuli als *alassam* verehrten, das »große Schweigen«. Doch in dem Moment, als Nawyd in den Schatten der Ruinen trat, fiel eine Lautlosigkeit über ihn, die mehr war als das Fehlen eines jeglichen Geräuschs. Totenstille herrschte, und eine Einsamkeit ergriff von ihm Besitz, die ihn ängstigte. Erneut musste er an die alten Geschichten denken – mit einem Mal erschienen sie ihm nicht mehr ganz so weit hergeholt wie zuvor. Und selbst wenn nichts dran war an den Gerüchten über die Geister jener, die Gondar einst bevölkert hatten, gab es an diesem Ort vermutlich noch genügend andere Gefahren.

Nawyd fasste den Dolch fester, während er weiter in die kühle, dunkle Kluft hinabstieg, die einst eine belebte Gasse gewesen sein mochte. Unzählige Menschen hatten sich vermutlich in ihr gedrängt, Händler ihre Waren und Handwerker ihre Dienste feilgeboten. Und obwohl die Tage Gondars unter vielen Jahrhunderten und Schichten von Sand begraben lagen, kam es Nawyd fast so vor, als könnte er noch immer die Stimmen seiner Bewohner hören, ein seltsames Flüstern …

Alarmiert fuhr er herum.

Das Flüstern war keine Einbildung!

Er konnte es tatsächlich hören in der trägen Stille, ein leises Zischeln, das bald näher, bald weiter entfernt zu sein schien, aber immer blieb es gegenwärtig.

»Inara?«, fragte er halblaut – es schien ihm das Nächstliegende zu sein. Aber er bekam keine Antwort, und das geheimnisvolle Wispern dauerte an.

Es schien jetzt vom Ende der Gasse heraufzudringen, und Nawyd beschloss, ihm auf den Grund zu …

Dort!

War da nicht eben ein Schatten gewesen?

Ein flüchtiger Schemen?

Nawyds Nackenhaare sträubten sich. Ihm war klar, dass er der Sache nachgehen musste – oder er würde spätestens bei Einbruch der Nacht nicht mehr am Leben sein.

Vorsichtig ging er weiter.

Den Dolch stoßbereit in der Hand, drang er noch tiefer in die verlorene Stadt vor, setzte seine Füße auf Boden, den seit Jahrhunderten niemand mehr betreten hatte – und ein Gefühl sagte ihm, dass er dabei beobachtet wurde.

12

Hobheim, Westland
Bei Einbruch der Dunkelheit

Es dämmerte bereits, als Lorymar Thinkling die Hauptstadt erreichte. Doch selbst noch im Licht des letzten Tages konnte er erkennen, dass sich etwas grundlegend verändert hatte, seit er das letzte Mal in Hobheim gewesen war.

Noch immer waren da die Hügel, in deren sanftes Auf und Ab die Hauptstadt des Westlands sich schmiegte, noch immer die kühle Brise, der von den Berghängen Cymrias herabwehte und um die aus Fachwerk errichteten Häuser strich, die sich kreuz und quer aneinanderduckten und dabei wie zufällig Straßen, Plätze und Gassen formten; noch immer die Rauchsäulen, die von den Kaminen aufstiegen und Düfte von Schweinebraten und gesottenem Hasen in die milde Abendluft schickten und wohlige, wehmütige Erinnerungen weckten.

Doch etwas war anders als früher, störte die Harmonie: Der Schwarze Turm, der sich weithin sichtbar inmitten des Häusergewirrs erhob!

Trutzige Mauern wuchsen über dem achteckigen Grundriss in die Höhe und verjüngten sich, um sich hoch über den Dächern der Stadt wieder zu verbreitern und in einer stachelbewehrten Kuppel zu enden, dem Sitz des Großexekutors.

Lorymar wusste nicht viel über den Orden der Exekutoren, schließlich hatte er mehr als drei Jahrzehnte in Ostragien verbracht und war mit den Gepflogenheiten im Westreich nicht mehr vertraut. Eines jedoch war ihm im Zuge seiner Reise klar geworden: dass die Exekutoren und ihre Schergen blinde Fanatiker waren, die Furcht und Schrecken im Land verbreiteten – und damit ähnelten sie auf frappante Weise den Priestern des Feuerkults, die jenseits des Bruchs ihr Unwesen trieben. Mit einem feinen, jedoch bedeutsamen Unterschied. Während Xusra und seine Sektierer die Macht des Feuers predigten und es als Ursprung und Ziel allen Seins betrachteten, stand der Orden der Exekutoren für das genaue Gegenteil: In seiner Deutung war es Sünde, an etwas zu glauben, das nicht dieser Welt entstammte. Ihr ganzes Dasein hatten sie dem Kampf gegen jede Form von Religion geweiht und waren darin kaum weniger fanatisch und grausam als Xusra und seinesgleichen. Und auch wenn Lorymar selbst keiner Religion angehörte und schon Schwierigkeiten damit hatte, sich etwas wie ein waltendes Schicksal vorzustellen, gefiel es ihm dennoch nicht, dass die Menschen zum Unglauben gezwungen wurden. Dafür, sagte er sich, hatten seine Gefährten und er damals nicht gekämpft, dafür nicht so viel auf sich genommen und geopfert. Doch der Turm erhob sich wie ein steinernes Mahnmal inmitten der Stadt, und so, wie er dort stand, trutzig und unüberwindbar, würde er wohl auch noch in hundert Wintern stehen.

Vergeblich hatte Lorymar versucht, aus den Bewohnern der sich am Wegesrand reihenden Dörfer etwas herauszubekommen – mehr als verstohlene Blicke und kryptische Andeutungen hatte er nicht bekommen. Furcht hielt die Leute gefangen, und je weiter er sich der Hauptstadt genähert hatte, desto schlimmer war es geworden. Nun kannte er den Grund – und er gefiel ihm ganz und gar nicht.

»Oh Latimer«, murmelte er leise, »was hast du nur getan?«

Er seufzte, während er sein müdes Pony die schmale Straße hinabtrieb, die sich im Gewirr der Häuser verlor.

Stadtmauern gab es in Westland nicht.

Im Lauf ihrer langen Geschichte waren die Halblinge klug genug gewesen, sich aus den Konflikten der Welt herauszuhalten. Selbst der rachsüchtige, dem Wahnsinn verfallene Kaiser Malfertas hatte das Westland verschont, wenn auch wohl nur, weil er es als zu unbedeutend erachtet hatte, um seine Mordlegionen dorthin zu entsenden. Der Schwarze Turm jedoch, der sich nun immer riesenhafter vor Lorymar erhob und dessen keulenhafte Silhouette sich bedrohlich gegen das Licht der untergehenden Sonne abzeichnete, mochte ein Zeichen dafür sein, dass sich auch das geändert hatte …

Ein angenehmer Duft stieg Lorymar in die Nase, der von Hasenbraten mit kandierten Äpfeln kündete und seine düsteren Gedanken vertrieb. Er entsann sich des Wirtshauses, das sich gleich dort unten links befand, und das schon damals, als er selbst noch ein junger Spund gewesen war, den besten Apfelhasen in ganz Westland serviert hatte. Zumindest dies, sagte er sich, hatte sich wohl nicht geändert, und da der Tag sich ohnehin dem Ende neigte und er eine wärmende Mahlzeit und eine Bleibe für die Nacht brauchte, beschloss er, im »Fröhlichen Hasen« einzukehren.

Eine Frage der Vernunft.

Nicht mehr und nicht weniger.

Die Straßen waren wie ausgestorben, und so nahm niemand von dem einzelnen Reiter Notiz, der sein Pony durch die in Dunkelheit versinkende Stadt dirigierte, vorbei an Häusern, die noch genauso aussahen, wie er sie in Erinnerung hatte. Schon hatte er das Wirtshaus seiner Wahl ausgemacht, sah das gelbe Licht hinter den Butzenscheiben, und ertappte sich dabei, dass sich sein Pulsschlag in heller Vorfreude beschleunigte. So viel Halbling, musste er erkennen, steckte offenbar doch noch in ihm.

Aus dem Sattel zu gleiten und das Pferd an der Tränke anzubinden, war eins. Dann erklomm er auch schon die Stufen zum Eingang, drückte die schmiedeeiserne Klinke und stieß die Tür auf, um wie einst in die warme, von Bratenduft und Pfeifenrauch geschwängerte Schankstube zu treten …

Es war ernüchternd.

Zwar war es warm, aber die Luft roch nicht nach Apfelduft und Süßtabak, sondern nach billigem Fusel und kalter Kotze. Und die Gesichter, die sich ihm zuwandten, waren auch nicht rund und fröhlich, mit knollenförmigen Nasen und vom Heubier geröteten Wangen, sondern grau und unbewegt, mit kalten Augen, die ihn von oben herab taxierten.

Menschen!

»Äh … guten Abend«, grüßte Lorymar und rang sich ein freundliches Lächeln ab, während er nach dem über einer Reihe von Bierfässern errichteten Tresen Ausschau hielt – aber auch der schien sich nicht mehr an Ort und Stelle zu befinden.

»Was willst du, du Ratte?«, fragte einer der groben, in schwarzes Rüstzeug gewandeten Kerle. »Hast du dich verlaufen?«

»Ich … fürchte nicht«, gab Lorymar stammelnd zurück, der seine Sprache eben erst wiederfand. »Dies ist doch das Wirtshaus ›Zum Fröhlichen Hasen‹, oder nicht?«

Der Graue taxierte ihn unverwandt. Was er dabei dachte, war unmöglich zu erraten. »Nebenan«, knurrte er dann – und damit merkte Lorymar auch schon, wie er am Kragen seines Mantels gepackt, von den Beinen gerissen und kurzerhand hinausgeschleift wurde, zur Erheiterung der groben Kerle.

Im nächsten Moment fand er sich auf der Straße wieder, bäuchlings im Dreck liegend, und seine Würde lag neben ihm. Als er sich stöhnend wieder auf die Beine raffte, kam es ihm vor, als schaute sein Pony ihn fragend an.

»Mich darfst du nicht fragen«, erwiderte er. »Ich bin eine Weile nicht hier gewesen. Da kommt es schon mal vor, dass man an der falschen Tür klopft.«

Stöhnend raffte er sich auf die Beine. Nicht nur sein Stolz

hatte gelitten, auch seine Knochen taten ihm weh. Müde war sein Rücken schon vorhin gewesen, nun schmerzte er auch noch – und diese dunklen Schergen waren schuld daran.

Wer waren sie?

Söldner, die man ins Land geholt hatte? Räuber, die dabei waren, finstere Pläne zu schmieden? Was auch immer von beidem zutraf – Lorymar wurde das Gefühl nicht los, dass es mit dem Schwarzen Turm zusammenhing, der seinen dunklen Schatten auf Hobheim warf.

Das Gasthaus »Zum Fröhlichen Hasen«, immerhin, gab es noch.

Es stand zwei Häuser weiter, und auch hier waren die Fenster mit den Butzenscheiben hell erleuchtet. Als Lorymar jedoch diesmal eintrat, schlug ihm tatsächlich der Geruch von Braten und kandierten Äpfeln entgegen. Da er außerdem Stimmengewirr und dichtes Treiben erwartet hatte, wie er es von früher in Erinnerung hatte, war er dennoch überrascht. Denn der Schankraum, der noch ziemlich genauso aussah, wie er ihn in Erinnerung hatte (sogar der Tresen stand noch an Ort und Stelle), war beinahe leer. Nur wenige Gäste saßen in den Nischen entlang der Wände – Halblinge, die die Kapuzen ihrer Mäntel tief in die Gesichter gezogen hatten und gedankenverloren auf ihre Krüge mit Heubier starrten, während ein Fiedler seinem Instrument leise Töne entlockte und dazu sang, getragen und voller Melancholie …

Der Hügel Grün, der Äcker Gold,
der Wälder dunkles Schweigen
all das ist dir, du schönes Land,
oh Heimat mein zu Eigen.
Kein schöner'n Ort, kein besser Sein
kann es in Astray geben,
als hier in dir, oh Westland mein
zu atmen und zu leben.

Und wenn die Zeit gekommen ist
da ich einst sterben werde,
so habe ich nur einen Wunsch,
legt mich in Heimaterde.

Lorymar merkte, dass sich ein Kloß in seinem Hals gebildet hatte – und das nicht nur des Textes wegen. Sondern auch, weil just dieses Lied erklungen war, als er Westland einst den Rücken kehrte, damals, vor unbegreiflich langer Zeit. Dennoch kam es ihm in diesem Augenblick so vor, als wäre er erst gestern zuletzt hier gewesen. Und plötzlich war es wieder da, dieses Gefühl, das er so lange entbehrt und vor dem er sich in der Fremde stets gefürchtet hatte …

Heimat!

Es traf ihn unerwartet, und er konnte nicht verhindern, dass sich ein dicker Kloß in seinem Hals bildete, während er unschlüssig in der noch immer offenen Tür stand.

»Rein oder raus«, rief ihm jemand zu.

»Wa-was?«

»Rein oder raus«, erklärte der Schenkwirt, der hinter dem Tresen stand, ein selbst für einen Halbling nicht besonders großer Mann mit einem ungeheuren Schnauzbart im Gesicht. »Mir ist es gleich, aber entscheidet Euch, fremder Herr. Ihr lasst mir nämlich die Kälte herein und vertreibt mir die Gäste!«

»Verzeihung«, erwiderte Lorymar und schloss die Tür hinter sich. Die Kapuze behielt er auf dem Kopf und trat an den Tresen. »Kann ich einen Humpen Heubier bekommen?«, erkundigte er sich dann. »Und womöglich auch was vom Apfelhasen?«

»Wenn Ihr bezahlen könnt.«

Lorymar legte zwei Geldstücke auf den Schanktisch, die der Schnauzbart sofort einstrich. »Woher kommt Ihr?«, wollte er wissen. »Ihr sprecht seltsam.«

»Aus dem Periwinkel«, gestand Lorymar wahrheitsgemäß. »Aber ich bin eine Weile nicht hier gewesen.«

»Wo wart Ihr?« Der andere zog eine Braue hoch. »In Claymor?«

»Hier und dort.« Lorymar zuckte mit den schmalen Schultern, während er sich im Schankraum umblickte. Abgesehen davon, dass die Balken der Decke noch dicker mit Ruß geschwärzt waren als früher, hatte sich erfreulich wenig geändert – sogar das Geweih des alten Achtzehnenders hing noch über dem Kamin, den ein Vorfahr der Wirtsfamilie zur Blüte des alten Reiches erlegt hatte – angeblich mit einem Pfeil aus Astarstahl.

Plötzlich ging Lorymar auf, dass er auch den Mann hinter dem Tresen kannte: Es war Arndt Bückling, der Sohn des Wirts, der damals, als Lorymar gegangen war, noch unter dem Tisch gesessen und sich mit den jungen Hunden gebalgt hatte. Inzwischen schien er den Betrieb seines Vaters zu führen …

»Kenne ich Euch?«, erkundigte sich der junge Bückling unvermittelt, so als könnte er Lorymars Gedanken lesen.

»Kaum.« Lorymar schüttelte den Kopf. »Wie ich schon sagte, ich bin lange nicht hier gewesen, sehr lange … Umso größeren Appetit habe ich auf ein gutes Stück Hasenbraten, wenn's genehm ist.«

Der Wirt erwiderte etwas Unverständliches, dann ging er nach hinten in die Küche. Als der Vorhang kurz zurückschwang, erheischte Lorymar einen Blick auf ein knisterndes Feuer, über dem sich ein schönes Stück Braten drehte. Versonnen atmete er ein und aus, für einen Moment von Wehmut erfüllt und von Dankbarkeit darüber, dass sein Weg – natürlich nur infolge rationaler Entscheidungen – ihn zurück in die Heimat geführt hatte. Doch es war auch der Moment, in dem er unvorsichtig wurde und nicht merkte, wie sich rings um ihn Unheil zusammenbraute.

In Gedanken versunken und voller Vorfreude auf das Festmahl stand er am Tresen und wandte den anderen Gästen den Rücken zu, und so merkte er nicht, wie sie sich von ihren Plätzen erhoben, lautlos ihre Waffen zückten und sich ihm näherten. Und als er es endlich gewahr wurde, war es bereits zu spät.

»Lorymar Thinkling!«, rief eine Stimme laut und dröhnend. »Im Namen seiner Hoheit des Lordkanzlers von Westland – ihr seid verhaftet!«

13

Rikstedt, Skaradag
Zur selben Zeit

Es war eine neue Nacht, und es war ein neues Haus – die beiden Diebe jedoch, die im Schutz der Dunkelheit ihr Glück versuchten, waren dieselben wie in den Nächten zuvor. Und dieser Beutezug versprach besonders einträglich zu werden.

Telman Spratt war nicht einfach irgendein Kaufmann, der es beim Handel mit dem in den Minen abgebauten Salz zu Wohlstand gebracht hatte – als Oberster Saliger der Stadt stand er jener Behörde vor, die im Auftrag des Magistrats den Salzhandel kontrollierte; die die Quoten der Förderung vorgab und damit auch die Höhe der Preise. Mit anderen Worten, Spratt saß an der Quelle, die den reichen Teil der Stadt mit Wohlstand versorgte – und das wiederum bedeutete, dass auch er selbst im Reichtum schwelgte. Nicht wenige gab es gar, die behaupteten, der Oberste Saliger wäre noch wohlhabender als Magistrat Gulfullur selbst. Sein eigentliches Vermögen hatte er zwar – wie die meisten Leute in Rikstedt – in die Obhut der Dwarge von Nifelberg gegeben. Doch auch so stand in seinem Haus, das er ganz allein bewohnte, vermutlich genug herum, das einen Einbruch lohnte.

Zumal, wenn man wusste, dass der Hausherr mit verdrehten Augen im Haus des Doppelten Mondes lag und sich von den dortigen Dienerinnen beglücken ließ …

»Schau!«, zischte Kai.

Bray wandte sich zu ihm um. Ihr Begleiter, der wie sie die Kapuze seines Skyors hochgeschlagen und sich Gesicht und

Hände mit Ruß geschwärzt hatte, war vor einem Gebilde stehen geblieben, das im einfallenden Mondlicht geheimnisvoll schimmerte. Es war eine fast lebensgroße Statue, die eine nackte Tänzerin zeigte. Etwas jedoch war seltsam daran …

Bray streckte einen Finger aus, fuhr damit über die Wange der Figur und leckte dann daran. »Salz«, stellte sie fest.

»Wahnsinn«, staunte Kai. »Für diesen Kerl ist Salz wohl das Wichtigste in seinem Leben.«

»Das wäre es für dich auch, wenn es dich so reich machen würde«, konterte Bray. »Sozusagen das Salz in seiner Suppe.«

»Witzig.« Kai schnitt eine Grimasse, und sie huschten weiter den Gang hinab, so lautlos wie zuvor, um das Gesinde nicht zu wecken, das im untersten Stockwerk schlief. Am Ende des Ganges lag das Empfangszimmer des Hauses – gegen den sich Owein Renlurds Salon wie ein Rattenloch ausnahm.

Decke und Wände waren holzgetäfelt und mit überreichen Schnitzereien versehen, Teppiche und Vorhänge mit Goldfäden durchwirkt. Ein kleines, unstetes Feuer brannte noch im Kamin und verbreitete flackernden Schein – und vielleicht hätte dies Bray stutzig machen müssen. Doch sie und Kai waren so damit beschäftigt, all die Gegenstände einzusammeln, die ihnen wertvoll erschienen – die silbernen Löffel, die gläsernen Teller, die mit Edelsteinen besetzten Becher –, dass sie nicht darauf achteten. Und als ihnen aufging, dass in einem Haus, in dem angeblich den ganzen Abend über niemand gewesen war, kein Feuer mehr brennen durfte, war es zu spät …

Bray hatte ihren Sack gerade gefüllt.

Sie zog ihn zu und wollte ihn über die Schulter werfen, als ein markiges Knurren erklang.

»Hunger?«, fragte Kai grinsend.

»Das war ich nicht«, versicherte sie. »Irgendetwas …«

Erneut ein Knurren.

Beide sahen alarmiert zur Tür, die zwar geschlossen war – jedoch sogen beide nach Luft, als sie den Schatten gewahrten, der im Schlitz zwischen Schwelle und Türblatt zu erkennen war.

»*Skit*«, zischte Kai.

Beide reagierten augenblicklich und gingen hinter den riesigen, samtbezogenen Sesseln in Deckung, auf denen Telman Spratt und seine Gäste sich niederzulassen pflegten. Bray merkte, wie ihr Herz schneller schlug. Auch wenn sie es stets verdrängten und so taten, als würde es sie nicht interessieren – jeder von ihnen wusste verdammt genau, wie groß das Risiko war und was sie erwartete, wenn sie geschnappt wurden.

Dennoch trösteten sie sich damit, dass noch nichts verloren war. Vermutlich war es nur ein Diener, der nach dem Rechten sehen wollte. Bray suchte im Halbdunkel Kais Blick, nickte ihm ermutigend zu. Als Dieb lernte man früh, mit unvorhergesehenen Dingen wie diesen umzugehen …

Doch weder gehörte der Schatten vor der Tür einem Diener, noch war er allein. Das wurde den beiden in dem Moment klar, als die Tür des Salons krachend aufflog und der schwere, metallisch klirrende Schritt bewaffneter Wächter zu vernehmen war. »Ihr da, kommt raus und ergebt euch, oder ihr werdet in Stücke gehackt!«

Wieder tauschten Bray und Kai einen Blick – doch diesmal war sie nicht mehr in der Lage, ihm Mut zuzusprechen. Panik ergriff sie. Ihr Gesicht wurde heiß, das Herz schlug ihr bis zum Hals, während ihr gleichzeitig die hässliche Erkenntnis dämmerte, dass dies das Ende sein mochte …

Beide zögerten.

»Wird's bald?«, verlangte die Stimme unbarmherzig.

Sie nickten einander zu, und beide erhoben sich vorsichtig aus ihrem Versteck – nur um zu sehen, dass es keine gewöhnlichen Wächter waren, die sie auf frischer Tat im Haus des Obersten Saligers ertappt hatten.

Die Männer trugen lange, dunkelgrüne Waffenröcke und Eisenhüte über Kapuzen aus Kettengeflecht; bewaffnet waren sie mit kurzen Speeren und langen Äxten.

Es waren Soldaten der Stadtwache von Skaradag.

Osric Jarnhants Leute.

Und noch während Bray dies erkannte, wurde ihr klar, dass dies nicht nur ihr und Kais Ende bedeuten *konnte* – sondern dass dies unwiderruflich das Ende war.

14

Haus des Lordkanzlers, Hobbeim
Wenig später

Lorymar Thinkling hatte die Überraschung noch nicht verwunden. Er hatte damit gerechnet, dass er sich irgendwann hier einfinden würde, im Haus des Lordkanzlers, das sich inmitten des Häusergewirrs von Hobheim erhob und ein nicht minder verwinkeltes Gebilde aus Dutzenden von An- und Umbauten war, die im Lauf der Jahrhunderte an dem ehrwürdigen Gebäude vorgenommen worden waren. Aber niemals hätte er damit gerechnet, dass es so schnell gehen würde.

Da war er so lange fort gewesen, achtunddreißig Winter – und kaum setzte er seinen Fuß wieder auf Heimatboden, wurde er nicht nur erkannt, sondern auch verhaftet. Zwar besagte ein altes Sprichwort, dass kurze Leute ein langes Gedächtnis hätten, aber selbst er hätte nicht gedacht, dass dies derart wörtlich zu nehmen war. Andererseits war es wohl *vor allem ein* Halbling, dessen Erinnerungen noch so lebendig waren, als wäre alles erst gestern geschehen. Und dieser eine Halbling war nicht nur in der Lage, sich zu erinnern, sondern neigte auch dazu, überaus nachtragend zu sein …

Man hatte Lorymar in die Empfangshalle geführt. Und hier, unter den strengen Augen nicht nur seiner mit Hellebarden bewehrten Bewacher, sondern auch der Lordkanzler der letzten fünfhundert Jahre, die mit gravitätischen Mienen von lebensgroßen Gemälden blickten, stand er und wartete, wobei er selbst nicht recht wusste, worauf.

Auf seine Verurteilung?

Seinen Freispruch?

Eine Anklage gab es zwar nicht, doch er fühlte sich dennoch schuldig, und die Blicke der verblichenen Lordkanzler (vor allem die eines ganz bestimmten) trugen nicht dazu bei, dass er sich besser fühlte. Das Feuer im offenen Kamin spiegelte sich im gewachsten Boden. Wieder ein Geruch, der Erinnerungen weckte. An Vertrautheit und Geborgenheit – aber auch an genau jenen Kleingeist und jene Engstirnigkeit, denen er vor so vielen Jahren entflohen war …

Schritte vor der Tür!

Lorymar fuhr herum, sein Herzschlag steigerte sich. Bis zu diesem Augenblick hatte er es vermieden, sich vorzustellen, wie er wohl aussehen, wie ihr Zusammentreffen verlaufen mochte, nun jedoch konnte er es nicht mehr erwarten. Die Tür wurde geöffnet, zwei Diener mit Kerzenleuchtern erschienen.

Und dann betrat der Lordkanzler die Halle.

Angetan war er mit Beinkleidern aus grünem Samt und einem ebenso grünen Rock. Die Nähte waren goldbetresst, und ebenso goldene Knöpfe zierten die Brust. Der Lordkanzler trug keinen Bart, sein Haar war lichter als Lorymars. Dennoch war in den runden Gesichtszügen eine gewisse Ähnlichkeit festzustellen …

»Lordkanzler Latimer«, sagte Lorymar und verbeugte sich höflich, wie es dem Oberhaupt des Westlands gegenüber angemessen war.

»Lorymar Thinkling.« In wenigen Schritten Abstand blieb er stehen und betrachtete ihn eingehend. Seine Stimme war genauso, wie Lorymar sie in Erinnerung gehabt hatte, dafür hatte seine Leibesfülle ein wenig zugenommen. »Bist du überrascht, mich zu sehen?«

»Nicht unbedingt«, gab Lorymar zurück. »Allerdings hätte ich nicht gedacht, dass es so schnell gehen würde.«

Der Lordkanzler warf den Kopf in den Nacken und lachte.

Ein helles, geckenhaftes Lachen, zu übermütig für den Anlass. »Du musst in der Tat lange nicht hier gewesen sein, wenn du vergessen hast, wie schnell Gerüchte im Westland reisen. Als ich von einem Halbling hörte, der von jenseits des Flusses kommt und sich überall nach einer fremdländisch aussehenden Menschenfrau erkundigt, da wusste ich sofort, dass nur du es sein kannst.«

»Du weißt, dass ich lange fort gewesen bin«, räumte Lorymar ein. Zu seiner eigenen Überraschung verspürte er keine Reue darüber, dass er so unvorsichtig gewesen war – ein Teil von ihm, gestand er sich ein, hatte wohl entdeckt werden wollen …

»Natürlich weiß ich das.« Latimer grinste jovial. »Und es wird höchste Zeit, dass der verlorene Sohn des Westlands wieder zurückkehrt.«

»Denkst du das wirklich?«

»Was glaubst du wohl?«

»Es war vor achtunddreißig Wintern«, gab Lorymar zu bedenken.

»Und? Ist eine Demütigung weniger verletzend, wenn sie lange zurückliegt? Ändert es etwas an dem, was geschehen ist?«

»Nein«, gab Lorymar zu. »Aber wie ich sehen kann, hat es dir nicht geschadet. Du bist Lordkanzler geworden.«

Latimers Mienenspiel war unmöglich zu deuten. »Was weißt du schon von meinen Wünschen?«, fragte er schließlich. »Du hast dich dein Leben lang nur um dich selbst gekümmert.«

»Das ist nicht wahr, und das weißt du.«

»Ach nein? Bist du etwa nicht gegangen, obwohl alle, insbesondere ich selbst, dich angefleht haben zu bleiben?«

»Ich konnte nicht anders.«

»Du konntest nicht anders.« Latimer nickte. »Und das, obwohl die Borklinge alles daransetzten, das Amt des Lordkanzlers für sich zu gewinnen! Nicht viel hätte gefehlt, und wir hätten es verloren!«

»Das tut mir leid«, sagte Lorymar – sehr überzeugend klang es allerdings nicht. Er hatte den kleingeistigen Streitigkeiten seiner Art schon damals nichts abgewinnen können. Mit fast vier Jahrzehnten Abstand und den Erfahrungen eines blutigen Krieges waren sie ihm vollends gleichgültig geworden.

»Es tut dir nicht leid!«, deutete Latimer sein Minenspiel richtig. »Du hast dir deine Freiheit genommen – und mich dazu verdammt, das hier zu tragen!« Er hob die Hand mit dem goldenen Siegelring. »Glaubst du, das war es, was ich wollte? Ich hatte Pläne, Lorymar! Eine Frau, die mich liebte! Eine Schönheit …«

»Nun ja«, relativierte Lorymar, was ihm einen tadelnden Blick eintrug.

»Indem du Westland verlassen hast, hast du alle Verantwortung auf mich abgewälzt«, stellte Latimer klar. »Es wäre deine Aufgabe gewesen, in diesem Haus zu residieren und diesen Ring zu tragen! Deine, Lorymar!«

»Ich weiß.« Lorymar nickte und seufzte. »Ich weiß das alles, Latimer, wusste es schon damals – und doch konnte ich nicht anders, als zu gehen.«

Der Lordkanzler schnaubte. »Du konntest nicht anders, als die Deinen zu verlassen und dich den Großen anzuschließen! Die Gesellschaft von Menschen und Astari der unseren vorzuziehen – und das nur wegen ein paar schlechter Träume!«

»Es war mehr als das«, versicherte Lorymar. Für einen Moment erwog er, Latimer ein wenig von dem zu erzählen, was er erlebt hatte – von den Gefährten, die er gehabt hatte, von den Gefahren, die sie gemeinsam überstanden hatten, von den Verlusten, die sie erlitten und von den Opfern, die sie gebracht hatten – doch er schwieg. Zum einen, weil er Stillschweigen gelobt hatte. Zum anderen aber auch, weil Latimer ihm ohnehin kein Wort geglaubt hätte.

Ein wenig war es wie früher.

Latimer pflegte sich anzupassen.

Lorymar eher nicht …

Unwillkürlich schweifte sein Blick zu dem Gemälde hinauf, das den vorletzten Lordkanzler zeigte. Das Porträt war so lebensnah, dass Lorymar von einem Schauer durchrieselt wurde.

»Wann?«, fragte er nur.

»Ein Jahr, nachdem du gegangen warst. Der Arzt meinte, es wäre das Alter – aber wir wissen beide, dass es der Kummer war, der ihn umgebracht hat.«

Lorymar nickte. Eine tiefe Traurigkeit befiel ihn, und wäre er allein gewesen, wären ihm Tränen in die Augen getreten. So jedoch hielt er sie mit aller Macht zurück – Latimer hätte ihn nur der Heuchelei bezichtigt.

Manches Mal in den vergangenen fast achtunddreißig Jahren, wenn die Einsamkeit ihn plagte und er sein Heimweh in unzähligen Bechern Wein ertränkte, hatte er sich ausgemalt, wie es sein würde, wenn er dereinst nach Hause zurückkehrte.

Er hatte befürchtet, dass es so sein würde.

Gewünscht hatte er es sich anders …

»Lorymar«, sagte der Lordkanzler leise. »Was ist nur aus dir geworden?«

»Ich habe mich geändert«, gestand Lorymar ohne Zögern ein, »genau wie du. Wir sind nicht mehr die grünen Jungen, die am Dorfteich von Periwinkel beim Angeln saßen und dem alten Seitling seinen Fisch klauten, wenn sie bis zum Abend nichts gefangen hatten.«

Latimer nickte, und der Anflug eines Lächelns huschte um seine geröteten, pauswangigen Züge. Dann schwiegen sie eine lange Weile, während sie einander betrachteten.

»Vielleicht«, sagte Latimer schließlich, »sollten wir noch einmal von vorn beginnen. Ich grüße dich, Lorymar Thinkling – sei herzlich willkommen in deiner Heimat, Bruder.«

Damit streckte er die rechte Hand mit den kurzen Fingern

aus, um sie Lorymar zu reichen. Der stand einen Moment unentschlossen. In all den Jahren hatte er sich so sehr daran gewöhnt, allein zu sein, dass das Wort »Bruder« seltsam fremd in seinen Ohren klang. Noch dazu aus Latimers Mund …

Zögernd ergriff er dennoch die ihm dargebotene Hand. »Danke«, sagte er leise.

»Schon gut.« Latimer nickte großmütig. »Alles ist gut, Lorymar, du bist wieder zu Hause – und Helmar Thinklings Söhne sind wieder vereint, zum ersten Mal nach so langer Zeit. Das muss gefeiert werden! Ich werde ein Festmahl geben zu deinen Ehren – nur eine kleine Feier, dreihundert Gäste, nichts Außergewöhnliches. Aber alle Welt soll wissen, dass Lorymar Thinkling zurückgekehrt ist!«

»Danke, Latimer«, versicherte Lorymar, »das bedeutet mir viel. Es ist nur so …«

»Ich weiß«, versicherte Latimer.

»Was weißt du?«

»Dass du nicht meinetwegen nach Westland zurückgekehrt bist – und auch nicht, weil dich die Sehnsucht nach unserer Heimat dazu getrieben hat. Es ging um Nyasha.«

»Nyasha?«, fragte Lorymar hoffnungsvoll – bei aller Aufregung über das unverhoffte Wiedersehen mit Latimer hatte er sie beinahe vergessen. »Sie ist hier?«

»Allerdings.«

Lorymar atmete innerlich auf – einerseits. Andererseits waren noch viele Fragen offen! »Wie hat sie …? Ich meine …«

»Es geht ihr gut«, beteuerte Latimer. »Alles andere werden wir morgen klären. Du bist sicher müde von der langen Reise.«

»Das ist wahr«, kam Lorymar nicht umhin zuzugeben, »trotzdem muss ich zu ihr und ihr etwas sagen …«

»Das wird sich schwerlich machen lassen«, wandte sein Bruder ein. »Nyasha ist, wie du dir denken kannst, nicht gut auf dich zu sprechen.«

Lorymar schluckte hart. Sie hatte Latimer also zumindest in Teilen erzählt, was geschehen war – und offenbar auch, welche unrühmliche Rolle er selbst dabei gespielt hatte …

»Aber ihr Leibwächter Kalid«, unternahm er einen letzten Anlauf. »Er ist …«

»Morgen«, fiel Latimer ihm ins Wort. »Morgen werden wir darüber sprechen, und alles wird sich klären.«

Lorymar wollte abermals widersprechen – doch er ließ es bleiben. Er hatte so lange nach Nyasha gesucht, dass es auf eine Nacht mehr oder weniger nicht mehr ankam. Ohnehin hatte er sie nun sehr viel schneller gefunden, als er zu hoffen gewagt hatte. Und wenn sie im Palast des Lordkanzlers war, so bedeutete dies doch eine gewisse Sicherheit.

»Morgen«, sagte Latimer noch einmal.

Lorymar gab sich geschlagen.

Sein Herz wollte etwas anderes, aber schließlich war er ein Mann von Verstand, war nie etwas anderes gewesen. Und sein Verstand sagte ihm, dass es besser war, diese Nacht abzuwarten.

»Meine Diener werden dich in dein Quartier bringen, dort ist schon alles vorbereitet«, kündigte Latimer an, während zwei der mit Hellebarden bewaffneten Wächter bereits herantraten.

»Hab' Dank, Bruder.«

»Nicht dafür.« Latimer lächelte. »Hab eine gute Nacht.«

»Gute Nacht.«

Lorymar nickte und wandte sich zum Gehen, gleichermaßen müde wie seltsam berührt. Die Diener nahmen ihn in die Mitte und führten ihn hinaus, sein Bruder blieb im Empfangssaal zurück.

Das selbstzufriedene Grinsen, das über die rotwangigen Züge des Lordkanzlers huschte, sah Lorymar nicht.

Es hätte ihn gewarnt.

15

Ruinen von Gondar
Zur selben Zeit

Die Dämmerung brach herein.

Lange Schatten hatten sich über die Ruinen der einstigen Metropole gelegt und das Labyrinth ihrer Mauern in trügerisches Zwielicht sinken lassen – Nawyd jedoch war noch immer auf der Suche. Auf der Jagd nach dem rätselhaften Schatten …

Den Dolch in der rechten Hand haltend und ihn mit der linken führend, wie es ihm nach den Regeln des *kanshayar** beigebracht worden war, huschte er durch die engen Schluchten, unter brüchigen Torbogen hindurch und über von unzähligen Sandstürmen glatt geriebene Trümmer hinweg.

Das Flüstern war längst verstummt, und drückende Stille hatte sich wieder über die Ruinenstadt gesenkt. Eine Stille, die jedes Geräusch zu schlucken schien. Nawyd ertappte sich dabei, dass er sich nach Gesellschaft sehnte. Nicht unbedingt nach der von Inara und ihren Spießgesellen, aber nach seinen Mitgefangenen. Reue überkam ihn, und er wünschte sich, wenigstens einen von ihnen befreit und ihm ebenfalls zur Flucht verholfen zu haben. Doch er hatte anders entschieden.

Was geschehen war, war geschehen, und wie ein altes turanisches Sprichwort sagte, hatte es keinen Sinn, sich über verschüttetes Wasser Gedanken zu machen. Seine Gefährten waren entweder tot oder von den Sklavenjägern wieder ein-

* »Dolchkampf«, ritueller Kampfstil in Altashar

gefangen worden – in beiden Fällen konnte er nichts mehr für sie tun.

Und dennoch …

Mit Gewalt zwang er den Zug seiner Gedanken in eine andere Richtung. Schweiß stand ihm auf der Stirn, der nicht nur von der Hitze des zu Ende gehenden Tages rührte. Furcht hatte von ihm Besitz ergriffen, die Angst vor dem Unbekannten, die mit der hereinbrechenden Dunkelheit einherging. Die Sonne hatte den Horizont inzwischen erreicht. Nicht mehr lange, und der Mantel der Nacht würde sich über die Ruinen Gondars senken.

Durst und Hunger quälten Nawyd noch immer, aber sie waren ihm gleichgültig geworden. Den geheimnisvollen Schatten zu finden, war sein vorrangiges Ziel. Wer immer dort draußen war und ihm nach dem Leben trachtete – Nawyd musste ihm zuvorkommen, oder diese Nacht würde seine letzte sein.

Zum ungezählten Mal musste er an Nyasha denken, an die Heimat und das, was sie verloren hatten. Er dachte an ihre Kindheit in Altashar zurück, an den Überfluss, in dem sie gelebt hatten, ohne es auch nur je zu ahnen. Und an die Lektionen seines weisen Lehrers Gadates, die er oft genug verlacht hatte, ein verwöhnter Bengel, der in der Überzeugung groß geworden war, dereinst auf dem Thron von Altashar zu sitzen.

Was für ein Narr er gewesen war.

Was für ein Narr …

Irgendwann wollten seine Beine nicht mehr weiter. Müde ließ er sich auf eine umgestürzte Säule sinken, der kleinen, vielbeinigen Tiere ungeachtet, die im Zwielicht der Dämmerung aus ihren Löchern krochen und auf Beutezug gingen. Vielleicht, sagte sich Nawyd in seiner Einsamkeit und Furcht, hatte er es nicht besser verdient. Vielleicht war dies die Strafe dafür, dass er sich gegen den Willen des Königs aufgelehnt und seine Schwester entführt hatte; dafür, dass das Blut Unschuldiger an seinen Händen klebte …

Plötzlich sah er Licht.

Unvermittelt flammte es vor ihm im Halbdunkel auf, ein blaues Funkeln. Im ersten Moment glaubte er noch an eine Täuschung, aber das Licht war wirklich da, und es bewegte sich!

Nawyd schoss in die Höhe.

Den Dolch beidhändig umklammernd, ging er auf den Lichtschein zu. Dabei musste er die Überreste eines vor langer Zeit eingestürzten Hauses durchqueren. Die unteren Stockwerke waren vom Sand verschlungen worden, nur das oberste lag frei – ein beeindruckender Bau, der einst einem Kaufmann oder Beamten gehört haben mochte. Vorsichtig schlich Nawyd über den Sand, der sich zwischen den von Rissen durchzogenen Wänden erstreckte, und durch die drückende Stille – die ein plötzliches Ende fand.

Ein grässliches Geräusch erklang, ein Kreischen und Schnauben, wie eines Menschen Kehle es wohl niemals zustande gebracht hätte, und aus dem Boden, auf dem er stand, schossen ringsum knochige Beine hervor, acht an der Zahl.

Sie waren nur etwa so dick wie sein Arm, ihre Länge jedoch maß zwei Männer, und ihre vielen Glieder erlaubten es, dass die Beine sich über ihm schlossen und er sich schon einen Lidschlag später in einem bizarren Käfig gefangen sah. Und noch ehe Nawyd darauf reagieren oder auch nur recht begreifen konnte, was vor sich ging, öffnete sich der Boden unter seinen Füßen, und das schiere Grauen brach hervor: ein ungeheurer Hinterleib, groß wie ein Ochse, darüber ein klobiges Haupt, von dem sechs Augen auf ihn starrten; dazwischen ein Maul mit mörderischen Greifern und Mandibeln, von denen giftiger Geifer troff.

Nawyd wollte zurückweichen, doch die Beine der Spinnenkreatur hinderten ihn daran. Verzweifelt hieb er mit dem

Dolch nach einem der Beine und durchtrennte es. Zähflüssiger grüner Lebenssaft schoss aus dem Stumpf, was das Monstrum dazu bewog, abermals grässlich zu kreischen – dann hatten die anderen Spinnenbeine ihn auch schon erfasst und zu Boden gerissen. Das mörderische Maul erschien über ihm, in seiner Not trat er danach. Er traf eine der Mandibeln. Gift spritzte, und er stach mit dem Messer zu, geradewegs in eines der Augen – doch die Bestie hatte noch fünf weitere. Blitzschnell zuckte ihr Haupt vor und schnappte zu. Nawyd drehte sich zur Seite, entging dem Biss wie durch ein Wunder, doch schon hatten die Beine des Tieres ihn gepackt und herumgeworfen. Vergeblich hieb er mit der Klinge, die Bestie war zu schnell. Und im nächsten Moment begann sie, ihn einzuspinnen!

Indem sie ein dünnes, weißliches Geflecht ausspie, drehte sie ihn herum wie ein Spielzeug und wickelte ihn ein. Entsetzt stellte Nawyd fest, dass es zäh und klebrig war und sich nicht einfach zerreißen ließ – wenn er erst eingesponnen war, würde er sich nicht mehr bewegen können, und dann …

Nein!

Alles in ihm sträubte sich dagegen, von einer Spinnenkreatur gefressen zu werden, die in einer Ruinenstadt im Nirgendwo auf der Lauer gelegen hatte. Er war Nawyd pan Tyras, des großen Artabans Sohn – und es bedurfte mehr als dieser grässlichen Ausgeburt, um ihn zu töten!

Mit einem heiseren Kampfschrei warf er sich herum, stach auf ein Bein ein, das daraufhin zurückzuckte – und Nawyd nutzte die Chance, die sich für einen Lidschlag bot, und hieb abermals nach den Augen der Bestie. Diesmal traf er gleich mehrere. Kreischend warf die Kreatur sich herum und vernachlässigte ihre Beute für einen Augenblick, was Nawyd nutzte, um die Fäden um seine Beine zu durchtrennen. Er sprang auf – nur um die Bestie zu erblicken, die sich nun ganz aus dem Sand befreit hatte und sich blitzschnell auf ihn zukatapultierte, ein klobiges Monstrum auf spindeldürren Beinen. Erneut setzte die Spinne ihre mit Widerhaken versehenen Gliedmaßen ein, um Nawyd zu packen.

Mit unwiderstehlicher Kraft zog sie ihn an sich heran und versuchte ihn abermals zu beißen. Die Giftzähne kamen seinem Kopf gefährlich nahe, er konnte den beißenden Gestank der Bestie riechen. Nawyd wollte zustechen, doch ein Spinnenfaden traf seine Messerhand und hielt sie fest – und so tat er das Einzige, was er noch tun konnte, und schlug mit der freien Hand, der bloßen Faust zu.

Seine geballte Rechte bohrte sich in das letzte verbliebene Auge der Bestie. Gallerte spritzte, die Kreatur lockerte ihren Griff, Nawyd bekam seine andere Hand frei und stieß den Dolch tief hinein ins Haupt der Kreatur.

Die Spinne fuhr zurück und begann einen grotesken Todestanz. Auf ihren dürren Beinen bald hierhin, bald dorthin wankend, suchte sie nach ihrem Opfer, aber Nawyd war klug genug, sich außer ihrer Reichweite zu halten. Das zu Tode verwundete Tier spie Gift und Galle, während seine Bewegungen bereits langsam und kraftlos wurden – und schließlich brach es auf seinen Beinen ein und blieb reglos liegen.

Schwer atmend stand Nawyd über ihm.

Er verspürte keinen Triumph, wollte nur rasch fort. Atemlos und entkräftet stieg er über den Kadaver hinweg und verließ die Ruine nach der anderen Seite, wo er zuvor das Licht erblickt hatte. Das Licht, aufgrund dessen er alle Vorsicht hatte fahren lassen, geradeso, als ob es ihn in eine Falle hatte führen …

Der Gedanke kam ihm zu spät. Er erstarrte, als er die Gestalt sah, deren Silhouette sich nur wenige Schritte vor ihm im letzten Licht des Tages abzeichnete.

Sie war groß und schlank. In der einen Hand hielt sie einen Speer, der ihr auch als Wanderstab zu dienen schien, in der anderen ein bizarr geformtes Schwert. Was Nawyd jedoch am meisten irritierte, war der lange, reptilienartige Schwanz, der unruhig über den Sand wischte.

Ein Drak!

Nawyd stieß eine Verwünschung aus und wollte die Klinge zur Abwehr heben – doch sie war im Inneren der Bestie zurückgeblieben!

Seltsamerweise unternahm das Echsenwesen keine Anstalten, ihn anzugreifen. Stattdessen trat es auf ihn zu, und als das fahle Dämmerlicht auf das breite Reptiliengesicht fiel, konnte er sehen, dass der Drak grinste.

»Du Blut«, sagte er in schlechtem Ostragisch.

»Ach ja?« Nawyd lallte, hatte Mühe, die Worte hervorzubringen – ebenso wie er plötzlich Mühe hatte, sich auf den Beinen zu halten. Verblüfft sah er an sich herab – und entdeckte das Blut, das an seinem rechten Bein herabrann. Auch wenn er es im Eifer des Kampfes nicht bemerkt hatte – die Spinne hatte ihn offenbar doch gebissen …

Gift! war der einzige Gedanke, den er noch fassen konnte.

Dann brach er zusammen.

16

Haus des Lordkanzlers, Hobheim
Später in der Nacht

Lorymar fand keine Ruhe.

Es war die erste Nacht, die er nach fast achtunddreißig Jahren wieder unter den Sternen seiner Heimat verbrachte – an Schlaf war dennoch nicht zu denken. Und das, obschon er zum Umfallen müde war von der langen Reise und er seit Langem nicht mehr in einem so weichen Federbett gelegen hatte.

Zwei Seelen schlugen in seiner Brust.

Die eine war heimgekehrt, nach langer Zeit, und froh und glücklich darüber, dass der Bruder, den er damals allein zurückgelassen hatte, ihm offenbar nichts nachtrug und ihn in Frieden willkommen hieß.

Die andere fühlte sich so fremd und einsam, wie sie es nur sein konnte – und das lag nicht nur daran, dass Lorymar mehr als die Hälfte seines bisherigen Lebens fern von Westland verbracht hatte; das Gefühl, nicht mehr hierherzugehören, erfüllte ihn, und er wurde es einfach nicht los, ganz gleich, wie viele Argumente er sich zurechtlegte. Natürlich war dies nicht weiter verwunderlich nach all der Zeit, die verstrichen war – dennoch hatte es eine Zeit gegeben, da Lorymar Thinkling ein geachteter, der Tradition verpflichteter Bürger Westlands gewesen war, der ganze Stolz seines Vaters.

Entsprechend hatte der amtierende Lordkanzler nie ein Hehl daraus gemacht, dass er sein Amt dereinst an seinen ältesten Sohn zu übergeben beabsichtigte; seinen jüngeren Sohn Latimer hingegen, den romantischen Träumer, der nichts übrighatte für die Geschäfte seines Vaters und die Traditionen seines Volkes und sich stattdessen für Kunst und Musik begeisterte und von Reisen in ferne Länder träumte, hatte der alte Helmar stets mit Missachtung gestraft. Er war, wie Lorymar bitter dachte, wohl nicht der erste Vater, der sich in seinen Söhnen geirrt hatte …

Als Lorymar damals seine Entscheidung bekannt gab, Westland zu verlassen, hatte er sie sich beide zum Feind gemacht: den Vater, weil er ihn bitter enttäuschte und das Amt ausschlug, das dieser ihm als Vermächtnis hinterlassen wollte; den Bruder, weil er ihn daran hinderte, das zu tun, was er tun wollte, und ihn zu einem Leben voller Pflicht und Verantwortung zwang – und in gewisser Weise konnte Lorymar sie beide verstehen.

Was wussten sie von den Wesen, auf die er getroffen, von den Orten, an denen er gewesen, und von den Dingen, die er getan hatte? Was von den Verlusten, die er erlitten hatte? Von den Erinnerungen, die ihn seither quälten, und von den Träumen, die ihn noch immer verfolgten?

Nichts.

Nichts wussten sie.

Und das war besser so.

Immerzu musste er an seinen Vater denken, den noch einmal wiederzusehen ihm nicht vergönnt gewesen war. Helmar Thinkling war in der festen Überzeugung aus dieser Welt geschieden, dass sein ältester Sohn, in den er so große Hoffnung gesetzt hatte, ihn schmählich verraten und hintergangen hatte.

Auch damit würde Lorymar leben müssen.

Mit den Gedanken an seinen Vater, mit der seltsamen Trauer, die ihn nach so langer Zeit ereilte, dämmerte er irgendwann in einen unruhigen Schlaf, der durchsetzt war von Träumen und Bildern. Und von der Erinnerung an eine junge Frau, die schön war wie der Glanz der Morgensonne auf den Türmen und Kuppeln von Altashar …

»Ist er eingetroffen?«

»Das ist er, hohe Dame.« Latimer Thinkling verbeugte sich, so tief er es vermochte. Dann erst wagte er, wieder aufzusehen, und war einmal mehr geblendet von ihrer Erscheinung – ihrem schlanken Wuchs und ihrer stolzen Haltung, dem Gesicht mit den dunklen Augen und den hohen Wangenknochen, dem blauschwarzen Haar, das auf komplizierte Weise geflochten war. Das Seidenkleid, das er eigens für ihre Größe hatte anfertigen lassen, stand ihr ausgezeichnet.

»Ihr hattet also recht.« Sie nickte und ging in dem Gemach auf und ab, das er ihr zur Verfügung gestellt hatte. Ein Feuer flackerte lustig im Kamin und verbreitete wohlige Wärme. Vor dem Durchgang zum nebenan gelegenen Schlafgemach stand Kira, ihre Zofe, die kaum weniger schön anzusehen war als Nyasha selbst – dennoch war da etwas in den Augen der jungen Frau, das Latimer nicht gefiel. Eine tiefes Misstrauen, gegen das es kein Mittel zu geben schien, sosehr er sich auch bemühte …

»Natürlich hatte ich recht«, bestätigte er im Brustton der Überzeugung. »Mein Bruder hatte den Grenzfluss kaum überquert, da hatten meine Informanten mir von seiner Rückkehr berichtet. Und auch vom Grund seiner Reise …«

»Also ist es wahr«, folgerte sie. Ihr ostragischer Akzent war unüberhörbar und verlieh ihren Worten eine reizvoll exotische Note. »Er ist meinetwegen hier. Um mich wieder einzufangen und nach Skaradag zurückzubringen.«

Latimer nickte. »Ich fürchte, so ist es.«

»Das dürft Ihr nicht zulassen!« Sie kam auf ihn zu und ergriff seine Hände, und dann sandte sie ihm wieder jenen Blick, für den er zu morden bereit gewesen wäre. »Ich bitte Euch, Euer Lordschaft! Lasst nicht zu, dass er mich mitnimmt!«

»Das werde ich nicht«, versicherte Latimer gelassen. »Seid unbesorgt, hier in diesen Wänden seid Ihr sicher, Lady

Nyasha. Ich habe Euch und Euren Dienern Zuflucht gewährt, und ich pflege zu meinem Wort zu stehen.«

»Danke, Euer Lordschaft. Ihr seid ein Ehrenmann, im Gegensatz zu Eurem Bruder.«

»Was mein Bruder Euch angetan hat, ist unverzeihlich«, bekräftigte Latimer. »Er wird dafür bezahlen – so wie für manches andere, was er verbrochen hat. Lorymar Thinkling, das versichere ich Euch, wird sich noch wünschen, seinen Fuß niemals wieder auf den Boden seiner Heimat gesetzt zu haben.«

»Eure Worte beruhigen mich«, versicherte sie. Tränen glänzten in ihren dunklen Augen.

»Seid unbesorgt. Ich kenne meinen Bruder länger als jeder andere, und deshalb weiß ich, wozu er fähig ist. Er hat mich verraten, so wie er Euch verraten hat – und dafür wird er büßen.«

»Gut.« Sie nickte und schloss die Augen.

Wie schön sie war, dachte Latimer, selbst jetzt, da Furcht sie gefangen hielt – oder gerade deswegen?

»Ich will, dass er büßt«, bestätigte sie. »Ich will, dass er bezahlt für das, was er mir angetan hat.«

»Das wird er, seid dessen versichert«, sagte eine Stimme aus Richtung der Tür. Latimer erschrak und stieß eine Verwünschung aus – der Halbling, der dort in der Nische stand, war in seiner schwarzen Robe so mit dem Halbdunkel verschmolzen, dass er sein Eintreten gar nicht bemerkt hatte.

»Verdammt, Borkling! Muss das sein?«

»*Exekutor* Borkling«, verbesserte der Mann in Schwarz, der noch einen Kopf kleiner als der Lordkanzler war und damit auch für einen Halbling von äußerst geringer und schmächtiger Postur. Das Funkeln in seinen Augen ließ ihn dennoch gefährlich wirken, von der schwarzen Robe ganz abgesehen, die ihn als Mitglied des mächtigen Ordens auswies.

»Exekutor Borkling«, wiederholte Latimer und deutete

eine Verbeugung an, obschon sich alles in ihm dagegen sträubte. Die Familie der Borklings hatte mit den Thinklings von jeher um die Lordkanzlerschaft gerungen, war jedoch seit zwei Generationen leer ausgegangen. Statt seine Niederlage mannhaft hinzunehmen, hatte Thero Borkling seine Fühler daraufhin nach anderen Machtgefilden ausgestreckt – und sie gefunden …

Natürlich war er nur eine Puppe, eine Marionette für jene, die im Orden der Exekutoren in Wahrheit das Sagen hatten. Aber selbst Latimer musste zugeben, dass sein einstiger Rivale in der schwarzen Robe einiges hermachte. Von den grauge-sichtigen, ebenso großen wie brutalen Kerlen, die dem Orden dienten und ihm als Wachen zur Seite gestellt worden waren, ganz zu schweigen.

»Der Orden der Exekutoren kann keine Unruhestifter in Westland gebrauchen«, erklärte Borkling mit einer Stimme, die keinen Widerspruch duldete. »Schon aus diesem Grund lege ich keinen Wert darauf, dass Euer Bruder aus der Fremde zurückkehrt, Thinkling. Er ist ein Aufrührer und Störenfried und als solcher nicht willkommen.«

»Ja«, stimmte Latimer zu, wobei ein Grinsen um seine Züge huschte, »ich schätze, wir haben alle unsere Gründe, den guten Lorymar zu hassen – und wir alle, das versichere ich Euch, meine werten Freunde, werden unsere Genugtuung bekommen.«

17

Eiserne Zitadelle, Skaradag
Im Morgengrauen

Man hatte ihnen die Säcke mit der Beute abgenommen, sie in Ketten gelegt und abgeführt. Durch die Gassen der noch schlafenden Stadt wurden die beiden Diebe anschließend zur Eisernen Zitadelle gebracht – jenem Ort, den weder Bray noch Kai jemals in ihrem Leben wieder hatte betreten wollen. Denn hier, in diesen düsteren, von eisernen Zinnen gekrönten Mauern, waren sie schon einmal nur mit knapper Not dem Tod entronnen.

Man führte sie zum Quartier der Stadtwache, wo man ihnen die Kleider vom Leib riss und sie in stinkende, dreckstarrende Säcke steckte – Büßergewänder, die schon Dutzende anderer vor ihnen getragen hatten. Die Idee dahinter war, dass vor dem Auge des Gesetzes alle Menschen gleich sein sollten – in Wahrheit ging es wohl mehr darum, die Gefangenen zu erniedrigen. Und die dunklen Flecke von vertrocknetem Blut, die sich auf dem groben Stoff abzeichneten, ließen ahnen, dass es kein gutes Ende mit Brays und Kais Vorgängern genommen hatte. Unter Verwendung von Salzwasser und Meerschwämmen, die so rau waren, dass sie den Ruß mehr von der Haut schmirgelten, wusch man ihnen die Gesichter. Der neue Tag dämmerte bereits, als man die beiden schließlich in den Turm des Stadtmarschalls führte.

Bray schauderte. Sie konnte die Furcht beinahe riechen, die das alte Gemäuer aus schwarzem Schieferstein durchdrang, und musste alle Mühe aufwenden, um nicht selbst in

Panik zu geraten. Kai, der schweigend neben ihr herging, hatte Tränen in den Augen. Von seiner Unbekümmertheit war nichts geblieben, er wusste so gut wie Bray, dass dies das Ende war. Und dennoch wollte sich Bray keine Blöße geben.

Nicht vor Osric Jarnhant.

Nicht vor seinen gefühllosen Schergen.

Über eine schmale Steintreppe, die sich steil nach oben wand, führte man die Diebe in einen Vorraum. Dort wurden ihre Eisenschellen überprüft und so eng gezogen, dass es schmerzte. Als Kai zu wimmern begann, schlug man ihn ins Gesicht, sodass seine Nase blutete. So führte man die beiden in den angrenzenden Raum, in dem Osric Jarnhant residierte, der gefürchtete Stadtmarschall von Skaradag.

Trotz der frühen Stunde war Jarnhant bereits auf den Beinen, drohend wie ein Bergtroll erhob er sich hinter seinem Bollwerk von Schreibtisch. Beklommen fragte sich Bray, ob er immer so früh auf sein mochte. Oder vielleicht, sagte sie sich, benötigte ein Mann vom Schlage Osric Jarnhants ja auch gar keinen Schlaf; womöglich waren die Furcht, die er verbreitete, und das Leid, das er anderen Menschen zufügte, für ihn Elixier genug …

»Das sind die Diebe, Sire«, sagte der Anführer des Wachtrupps und verbeugte sich. Dann traten er und die Seinen respektvoll zurück, und Bray und Kai standen allein vor dem Mann, der in Skaradag mehr Menschenleben auf dem Gewissen hatte als selbst der ruchloseste Mörder – und dem Bray bittere Rache geschworen hatte. Denn auch der grausame Tod von Vater Faginor, dem Anführer der Krähen, war sein Werk* …

»So«, machte der Stadtmarschall nur und kam mit bedrohlicher Langsamkeit hinter seinem Tisch hervor, um die Gefangenen aus der Nähe zu betrachten. Sein Alter war un-

* siehe TOTE HELDEN. DIE LEGENDEN VON ASTRAY Bd. 1

möglich zu schätzen. Jarnhant gehörte zu jenen, die schon in jungen Jahren das Weiß des Alters annahmen, seither jedoch hatte er sich kaum verändert. Schulterlanges Haar und ein ebenso weißer Bart, stahlblaue Augen und eine Stimme, die wie das Klirren von Schwertern klang, machten den einen Teil seiner Erscheinung aus; seine hagere Gestalt, die Bray stets an ein Totengerippe erinnerte, den anderen.

Lauernd umkreiste der Stadtmarschall die Gefangenen und taxierte sie von allen Seiten. Bray fühlte Beklemmung. Was, wenn Jarnhant sie wiedererkannte? Wenn er begriff, dass sie schon einmal in der Eisernen Zitadelle gewesen waren, vor fünf Monden ... Würde er sie dann womöglich dem neuen Großexekutor übergeben? Und was würde dieser dann erst mit ihnen tun?

Doch Jarnhant schien weder Bray noch Kai zu erkennen, und andererseits, wie sollte er auch? Der Stadtmarschall hatte in letzter Zeit so viele Diebe gefasst und ihrer, wie er es nannte, gerechten Bestrafung zugeführt, dass er sich unmöglich an einzelne Gesichter erinnern konnte. Zudem hatte sein Augenmerk damals weder auf Kai noch auf Bray gelegen, sondern einzig allein auf Rayan, dem Krähensänger ...

»Ihr beide also«, stellte Jarnhant schließlich fest, und es klang fast enttäuscht. »Ich muss zugeben, ich kann kaum glauben, dass zwei Halbwüchsige für all die Einbrüche in letzter Zeit verantwortlich sein sollen – und doch ist es so, denn man hat euch in Telman Spratts Haus angetroffen. Und was gäbe es für zwei beschissene kleine Ratten wie euch im Haus des Obersten Saligers wohl anderes zu tun als das, was ihr am besten könnt? Rauben und stehlen und euch das unter den Nagel reißen, was andere sich im Schweiße ihres Angesichts verdient haben.«

»Das hier hatten sie bei sich, Sire«, sagte einer der Wächter. Er trat vor und reichte die beiden Säcke mit der Diebesbeute an den Stadtmarschall.

Jarnhant zog sie auf und warf einen Blick hinein. Der Anblick all der kostbaren Kleinodien, die Bray und Kai hatten mitgehen lassen, erboste ihn. Den einen Sack stellte er noch auf den Schreibtisch zurück, den anderen warf er zornig zu Boden. Dass es klirrte und irgendetwas Wertvolles darin zu Bruch ging, scherte ihn nicht. Es ging schließlich nicht darum, dem Geschädigten sein Hab und Gut zurückzugeben – Telman Spratt hatte schließlich mehr als genug, und womöglich hätte er bei all dem Überfluss, in dem er lebte, noch nicht einmal bemerkt, dass etwas fehlte. Es ging einzig darum, die Diebe zu bestrafen.

Dafür, dass sie sich ungefragt etwas genommen hatten.

Dass sie sich nicht an das Gesetz hielten.

Dass sie arm waren …

»Wie auch immer«, meinte Jarnhant mit überheblichem Grinsen, »wichtig ist, dass euch das Handwerk gelegt wurde – und dafür bin ich dem Obersten Saliger zutiefst dankbar.«

»Dem Obersten Saliger?«, brach Bray zum ersten Mal ihr Schweigen.

»Schau an, du kannst also nicht nur stehlen, sondern auch sprechen?« Jarnhant grinste. »Du hast richtig gehört – der Oberste Saliger war so freundlich, uns sein Haus zur Verfügung zu stellen. Denn mir war klar, dass ihr gieriges Pack euch eine Gelegenheit wie diese nicht entgehen lassen würdet.«

In diesem Moment begriff Bray. Es war kein Zufall, dass die Soldaten der Stadtwache in Spratts Haus gewesen und sie auf frischer Tat ertappt hatten. Ebenso wenig, wie es Zufall war, dass Jarnhant um diese frühe Stunde schon auf den Beinen war. Der Stadtmarschall und seine Leute hatten ihnen eine Falle gestellt – und sie waren blindlings hineingelaufen.

Die Erkenntnis ließ sie wanken.

Wie töricht sie gewesen waren, und wie unendlich leichtsinnig – und dieser Leichtsinn würde sie und Kai nun das Leben kosten …

»Was denn?«, stichelte Jarnhant weiter. »Seid ihr etwa überrascht, dass ich euch auf die Schliche gekommen bin? Das solltet ihr nicht sein, denn ich weiß genau, wie ihr Ratten denkt und was euch antreibt.« Er trat näher und beugte sich vor, kam so nah an Bray heran, dass sie seinen schlechten Atem spürte. »Ich kann es riechen«, flüsterte er und schnüffelte demonstrativ, um dann angewidert das Gesicht zu verziehen. »Den Gestank von Bosheit und Verrat, von Rücksichtslosigkeit und Hinterlist.«

»Wer ist hier hinterlistig?«, fragte Bray. »Ihr habt uns eine Falle gestellt!«

»In der Tat.« Der Stadtmarschall umkreiste sie wieder, lauernd wie ein Aasfresser. »Ihr habt rechtschaffene Bürger die längste Zeit um ihren Besitz gebracht.«

»Als ob das möglich wäre.« Bray lachte freudlos auf.

»Du hast ein loses Mundwerk – anders als dein Komplize hier.« Jarnhant deutete auf Kai, der am ganzen Leib zitterte. Tränen liefen ihm jetzt ungehemmt über die Wangen. Auch Bray wäre danach zumute gewesen, aber sie ließ es nicht zu – auch wenn sie selbst nicht genau wusste, woher sie die Kraft dazu nahm. Auch sie fürchtete sich vor diesem Mann und vor der Macht, die er repräsentierte, hatte Angst vor dem, was er ihnen antun konnte. Aber im Augenblick überwog ihre Wut …

»Aber keine Sorge, das werde ich dir austreiben«, versprach der Stadtmarschall, und ein grausames Lächeln spielte um seine schmalen, bärtigen Gesichtszüge.

»Was habt Ihr mit uns vor?«, wollte Bray mit bebender Stimme wissen. Die Ungewissheit über ihr Schicksal war schlimmer als alles andere. »Werdet Ihr uns verhören? Uns foltern?«

»Das wäre eine Möglichkeit«, bestätigte Jarnhant, was Bray längst wusste. Sie war schon in den Kerkern der Eisernen Zitadelle gewesen. Und der Krähensänger hatte am eigenen Leib erfahren, wozu Jarnhants Folterknechte fähig waren …

»Aber es wäre eine unnötige Verschwendung meiner Zeit«, fuhr er nüchtern fort. »Ich weiß auch so, wie ihr dreckigen kleinen Ratten es anstellt. Ihr belauert die Häuser argloser Bürger, bis sie sie schließlich verlassen – und dann kriecht ihr aus euren Löchern und schlagt zu. Doch diesmal haben wir auf euch gewartet!«

»Ich … verstehe.« Bray starrte zu Boden und gab sich Mühe, möglichst betroffen auszusehen – in Wahrheit verspürte sie trotz aller Furcht eine gewisse Erleichterung. Jarnhant schien nicht zu wissen, woher sie kamen und wo sie arbeiteten. Und es schien ihn auch nicht zu interessieren …

»Statt meine Zeit und eure Kraft zu verschwenden, sollten wir Letztere lieber im Dienst der Allgemeinheit nutzen«, fuhr der Stadtmarschall fort. »Ich werde euch in die Salzminen schicken.«

Bray und Kai horchten auf. Damit hatten sie nicht gerechnet, üblicherweise wurden auf frischer Tat ertappte Diebe hingerichtet. Anlass zur Hoffnung bestand allerdings nicht, denn alt wurde in den Minen niemand. Die Dunkelheit, die niedrigen Stollen, die kalte Feuchte und die teils giftige Luft sorgten dafür, dass man rasch alterte und früh starb. Es war ein Todesurteil – nur dass es nicht sofort vollstreckt wurde.

»Aber Ihr seid kein Richter«, wandte Bray ein.

»Was brauchen wir einen Richter, wenn die Schuld längst feststeht?«, fragte Jarnhant. »Der Bursche ist kräftig genug, um sich ein paar Monde nützlich zu machen, ehe er ins Gras beißt. Und in dir, Mädchen, scheint eine Menge Feuer zu lodern. Gut möglich, dass du ein Jahr lang durchhältst, vielleicht sogar zwei. Und wenn du irgendwann umfällst und man das, was dann noch von dir übrig ist, den Salzlachsen zum Fraß vorwirft, wirst du zumindest ein wenig von dem, was du anderen genommen hast, wiedergutgemacht haben.«

»Was *ich* anderen genommen habe?«, hakte Bray schnaubend nach. »Und was ist mit dem, was uns genommen wurde?«

»Bray«, raunte Kai ihr warnend zu, aber sie scherte sich nicht darum. Ein Teil von ihr mochte bereuen, was sie getan hatte, und sich vor der Bestrafung fürchten. Ein anderer Teil jedoch sagte ihr, dass sie nichts mehr zu verlieren hatte …

»Was willst du damit sagen?« Der Stadtmarschall sah sie fragend an, wirkte verblüfft und empört zugleich.

»Damit will ich sagen, dass einiges falschläuft in dieser Stadt«, beschied Bray ihm flüsternd. »Die Reichen werden immer reicher und die Armen immer noch ärmer. Während sie sich in Rikstedt den Wanst vollstopfen, verhungern die Leute in Darlik und erfrieren in der Kälte.«

»Jedem sein Maß.« Jarnhant zuckte gleichgültig mit den Schultern.

»Unser Vergehen ist nicht, dass wir gestohlen haben«, sagte Bray leise. »Unser Vergehen ist es, arm zu sein.«

Jarnhant war erneut stehen geblieben. Indem er sie von Kopf bis Fuß musterte, nickte er bedächtig. »Für eine Ratte machst du dir erstaunlich viele Gedanken.«

»In Euren Augen mögen wir nur Tiere sein«, räumte Bray ein. »Aber wir sind viele, sehr viel mehr als Ihr und Euresgleichen. Das wird eines Tages Euer Verhängnis sein.«

Der Oberkörper des Stadtmarschalls bog sich zurück, befremdet hob er die Brauen. »Was soll das werden? Eine Drohung?«

»Es ist die Wahrheit«, beharrte Bray schlicht. »Irgendwann werden die Armen dieser Stadt sich gegen Euch erheben.«

»Herrje.« Die Winkel seines schmalen Mundes fielen spöttisch herab. »Sollte ich dich unterschätzt haben? Solltest du eine Wahrsagerin sein? Einer jener selbst ernannten Propheten, die durch die Lande ziehen und alles Mögliche verkünden?« Er schüttelte den Kopf. »Ratten, du unwissendes Gör, werden sich niemals erheben, und weißt du warum? Weil es ihnen genügt zu sein, was sie sind. Es reicht ihnen, im Dreck zu hausen und von dem zu leben, was andere ihnen hinwerfen, und deshalb wird sich auch nie etwas ändern. Und falls es doch einmal jemand versuchen sollte«, fügte er mit überlegenem Grinsen hinzu, das seine gelben Zähne entblößte, »bin ich ja auch noch da, nicht wahr?«

Bray handelte, noch ehe sie nachdenken konnte. Einst, in ihrer Verzweiflung, hatte sie geschworen, sich an diesem Mann zu rächen – das konnte sie nun nicht mehr. Dafür nahm sie allen Speichel zusammen, den sie aufbringen konnte, und spuckte ihm mitten ins Gesicht.

Jarnhants Reaktion ließ nicht auf sich warten – seine Rechte ballte sich zur Faust und krachte mit furchtbarer Wucht in ihr Gesicht.

»Schluss damit«, hörte sie ihn sagen, während ihr Bewusstsein sich eintrübte und ihre Beine unter ihr wegsackten. »Steckt sie in den Kerker, und mit dem nächsten Transport bringt sie hinaus aufs Kap. Sie sollen sich schinden, bis sie tot umfallen.«

18

Haus des Lordkanzlers, Hobheim
Etwas später

»Guten Morgen.«

Als Lorymar Thinkling den mit dunklem Holz getäfelten Speisesaal betrat, fand er seinen Bruder den Lordkanzler bei einem üppigen Frühstück vor, das aus Speck und Eiern, gebratenen Bohnen sowie duftenden, mit Beerenmarmelade gefüllten Pfannkuchen bestand, die sich vor ihm stapelten.

»Guten Morgen«, erwiderte Latimer den Gruß. »Ich hoffe, du hast wohlgeruht?«

»Nicht wirklich«, gab Lorymar zu. Er trat an eines der Fenster und blickte hinaus. Zum ersten Mal nach so langer Zeit sah er Hobheim bei Tageslicht, doch der Eindruck vom Vorabend, dass die Hauptstadt des Westlands sich nicht sehr verändert hatte, blieb bestehen. Das Gewirr aus Fachwerkhäusern, die so verwinkelt angeordnet und mit derart vielen Erkern und Türmen versehen waren, dass sie einander gegenseitig zu stützen schienen, lud noch immer zum Verlaufen ein, und der Rauch, der von den Kaminen aufstieg, roch nach Schinken und Speck. Nur eines störte wie schon am Abend zuvor das Bild: der Schwarze Turm, der sich unweit des Hauses des Lordkanzlers erhob, achteckig und trutzig, ein Fremdkörper in der Idylle …

Sein Bruder fragte ihn etwas, aber Lorymar war so in Gedanken, dass er es nur am Rande mitbekam.

»Hm?«, fragte er.

»Das Bett«, sagte Latimer nun offenbar schon zum zweiten Mal, »war es nicht bequem genug?«

»Aber nein.« Lorymar winkte ab. »Ein so weiches Bett wie dieses hatte ich lange nicht. Es ist …«

»Ich weiß«, sagte Latimer nur und nickte, während er sich ein großes Stück Pfannkuchen gönnte. »Die Geister der Vergangenheit, richtig?«

Lorymar nickte. Er hatte viel nachgedacht vergangene Nacht, und war dabei auf manches gekommen, das ihm nicht gefallen hatte. Vielleicht deshalb, weil es die erste Nacht seit ziemlich langer Zeit gewesen war, da er seinen Geist nicht mit Alkohol betäubt hatte … »Es tut mir leid, Bruder.«

»Was genau meinst du?«

»Alles«, gestand Lorymar ein und wandte sich zu ihm um. »Ich entschuldige mich nicht dafür, denn ich hatte keine andere Wahl. Aber ich bedaure, was geschehen ist.«

Latimer sah ihn an. Wenn er überrascht war über dieses Eingeständnis, so ließ er es sich nicht anmerken. »Setz dich«, forderte er ihn auf. »Kann ich dich zu einem Frühstück überreden? Du weißt, bei uns im Westland ist das Frühstück die wichtigste Mahlzeit des Tages.«

»Ich erinnere mich.« Lorymar lächelte schwach. »Aber offen gestanden möchte ich keine Zeit verlieren. Nyasha, wo ist sie? Du hast gesagt, sie wäre hier …«

»Das ist sie.« Latimer nickte und griff zu einer Serviette, mit der er sich die Marmelade aus den Mundwinkeln wischte. »Ich habe dir versprochen, dich zu ihr zu bringen, und das werde ich auch tun. Aber vorher, lieber Bruder, möchte ich dir noch etwas zeigen.«

Indem er sich noch einmal den Mund abwischte, erhob er sich von seinem Platz am Ende des langen Eichenholztisches. Mit einer beiläufigen Geste bedeutete er Lorymar, ihm zu folgen, und gemeinsam verließen sie den Speisesaal und stiegen über die breite Treppe in die Empfangshalle hinab und von dort in den Keller. Schon auf halber Strecke begann Lorymar zu erahnen, wohin der Weg führte, und er wappnete sich innerlich.

Früher oder später, sagte er sich, hatte er ohnehin vorgehabt, diesen Ort aufzusuchen.

Warum also nicht gleich jetzt?

Zwei mit Hellebarden bewehrte Posten hielten vor dem niederen Durchgang Wache, über dem uralte Runen in den Stein gemeißelt waren. Als die Wächter Latimer erkannten, verbeugten sie sich ehrerbietig und traten beiseite. Der Lordkanzler nahm eine der Fackeln aus der Halterung, dann trat er seinem Bruder voraus in die Finsternis, die jenseits des Eingangs herrschte.

Modriger Geruch schlug ihnen entgegen, Lorymar fröstelte. Das letzte Mal war er vor fast vier Jahrzehnten hier gewesen, aber der Ort hatte nichts an Heimeligkeit gewonnen.

Im Gegenteil …

Vorbei an steinernen, in die Wände eingelassenen und mit Runenzeichen beschrifteten Tafeln drangen sie in den Hauptstollen vor, von dem mehrere Nebengänge abzweigten. Lorymar wusste selbst nicht zu sagen, warum er sich so unwohl fühlte. Es war eine Gruft, nicht mehr und nicht weniger – diejenigen, die hier zur letzten Ruhe gebettet waren, stellten keine Bedrohung mehr dar. Dennoch verspürte er ein Gefühl von wachsender Unruhe, während er Latimer in den Stollen folgte – der Grund dafür war das Grab, das sich am Ende des Ganges befand und vor dem sie stehen blieben. Der Schein der Fackel beleuchtete die in die Wand eingelassene Tafel, und obwohl Lorymar lange keine Westland-Runen gesehen hatte, konnte er sie mühelos entziffern.

»Hier ruht Helmar Thinkling, Vierter seines Namens und Lordregent zur Zeit der Großen Divergenz«, las er leise vor. »In Heimaterde gebettet von seinem geliebten Sohn und

Erben Latimer, Erster seines Namens und neuer Lordkanzler von Hobheim.«

»Du warst nicht da, als es passierte«, fügte Latimer erklärend hinzu. »Sonst hätte ich auch deinen Namen …«

»Schon gut.« Lorymar winkte ab. Er hatte sich vor diesem Augenblick gefürchtet. Natürlich hatte er in der Fremde vom Tod ihres Vaters erfahren und sich längst damit abgefunden. Nun jedoch vor Helmars Grab zu stehen, weckte dennoch Gefühle, die er längst überwunden geglaubt hatte.

»Er hat dich über alles geliebt«, stellte Latimer fest, dem es ebenso zu gehen schien.

»Ich weiß.« Lorymar nickte beschämt.

»Du warst sein Leben und seine ganze Hoffnung.«

»Auch das weiß ich«, versicherte Lorymar. Und doch, fügte er in Gedanken hinzu, war er nicht hier gewesen, als sein Vater ihn brauchte, hatte er ihm nicht die Hand gehalten und ihm Trost zugesprochen, als es zu Ende ging …

»Nachdem du Westland verlassen hattest, war Vater nicht mehr derselbe«, erklärte Latimer leise. »Es war, als hätte ihn mit dir auch sein Lebensmut verlassen.«

Lorymar fühlte einen Stich im Herzen – späte Trauer, vielleicht auch Reue. Er streckte eine Hand aus und berührte sanft, fast zärtlich die steinerne Platte, fuhr die Runen darauf mit dem Finger nach. »Vater«, flüsterte er dabei.

»Sei unbesorgt, er hat dir vergeben«, versicherte Latimer.

»Glaubst du?« Lorymar hatte nicht verhindern können, dass sich seine Augen mit Tränen füllten. Die Jahre hatten ihn zynisch werden lassen und abgebrüht, und für gewöhnlich stand ihm ein ganzes Arsenal an Maßnahmen zur Verfügung, wenn es darum ging, die Dinge nicht an sich heranzulassen. Hier jedoch, an diesem geweihten Ort, verfing nicht eine einzige …

»Ganz sicher – noch auf dem Sterbebett sagte er mir, dass er dir verziehen hätte, und dass auch ich dir verzeihen solle.«

»Wirklich? Das … das ist mehr, als ich …«

»Überhaupt hat er nur von dir gesprochen, Bruder, bis zum letzten Atemzug. Nicht ein einziges Wort an mich … kein Wort der Ermutigung oder des Stolzes. Nicht einen einzigen Blick hatte er übrig, der nur für mich bestimmt gewesen wäre …«

»Das tut mir leid«, versicherte Lorymar und wischte sich die Tränen aus dem Gesicht. Plötzlich waren sie ihm peinlich. »Aber warum erzählst du mir das alles? Warum diese alten Geschichten? Weshalb hast du mich hierhergebracht?«

»Sehr einfach, Bruder – weil ich will, dass du die Folgen deiner Entscheidungen erkennst.«

»Die Folgen meiner Entscheidungen? Glaubst du denn, für mich wären sie folgenlos geblieben?«

»Das vermag ich nicht zu beurteilen – alles, was ich weiß, ist, dass unser Vater gestorben ist, nachdem du gegangen warst. Und dass er mich mit der Bürde alleingelassen hat in den schweren Jahren.«

»Wie ich schon sagte, das tut mir leid. Aber ich kann dir versichern, Bruder, dass mein Leben auch nicht leicht gewesen ist in diesen Jahren. Ich habe Dinge gesehen und erlebt, die …«

»Du warst im Krieg, nicht wahr?«

Lorymar nickte und schloss die Augen. Wieder kämpfte er mit Erinnerungen, diesmal ganz anderer Art …

»Wir hörten noch, dass du dich einer Gruppe von Widerstandskämpfern angeschlossen hättest – Astari, Menschen, Magier und andere …«

Lorymars Zögern währte nur einen Moment. »Das ist wahr«, räumte er ein. Wozu es leugnen, es war so lange her …

»Du gibst es also zu?«

»Was meinst du?«

»Dass du dich mit den Großen eingelassen hast? Mit Zauberern und Sterngeborenen.«

»Nun – ja«, gestand Lorymar. »Das sagte ich doch gerade, oder nicht?«

»So habt Ihr alles gehört und vernommen?«, erkundigte sich Latimer mit lauter Stimme, die von den Wänden der Gruft widerhallte, so als wollte sie die Ruhe der Toten stören.

»Allerdings«, kam die Antwort zurück, und eine Gestalt löste sich aus der Schwärze der Grabkammer, die klein war und gebeugt und eine schwarze Robe trug. Das Gesicht unter der Kapuze jedoch erkannte Lorymar sofort wieder, selbst nach all der Zeit …

»Thero«, sagte er nur. »Thero Borkling.«

»*Exekutor* Borkling«, verbesserte der andere, wobei sich seine fein geschnittenen Züge missliebig verzerrten. »Warum nur nennt mich jeder nur Borkling?«

»Soll … das ein Scherz sein?«, fragte Lorymar zweifelnd. »Wir sind gemeinsam zur Schule gegangen und haben am Dorfweiher geangelt, dem alten Seitling den Fisch geklaut …«

»Das war vor langer Zeit«, räumte Latimer ein. »Nun ist unser Freund Thero Borkling der offizielle Repräsentant des Ordens der Exekutoren, der seit einigen Jahren im Westland vorstellig ist.«

»Ja«, knurrte Lorymar nur. »Ist nicht zu übersehen.«

»Deinem Tonfall entnehme ich, dass du darüber nicht begeistert bist«, stellte sein Bruder fest. »Doch nicht du bist Lordkanzler, sondern ich. Es war meine Entscheidung.«

»Das bestreite ich auch nicht«, versicherte Lorymar. »Ich verstehe nur nicht, warum du Fremde in unsere schöne Heimat gelassen hast.«

»Und das von jemandem, der ausgezogen ist, um gemeinsame Sache mit Fremden zu machen! Was weißt du schon von Heimat, Bruder? Was von Treue und Tradition? Ich will es dir sagen: gar nichts! Außerdem ist Thero kein Fremder, wie du sehr wohl weißt.«

»Aber da sind andere, Große«, widersprach Lorymar. »Ich habe sie gesehen, als ich gestern ankam. Brutale Kerle mit grauen Gesichtern, Söldner und anderes Gesindel …«

»Sie sind meine Diener«, ergriff Borkling für sie Partei. »Sie helfen uns dabei, unsere schöne Heimat sicherer zu machen.«

»Von wegen.« Lorymar schnaubte. »In den Tavernen habe ich den Leuten zugehört – sie haben Angst!«

»So ist es in der Tat, wir leben in unruhigen Zeiten – aber die Diener des Turmes werden die Ordnung wiederherstellen, dessen sei versichert.«

»Unfug!«, rief Lorymar aus. »Westland ist nie ein Ort des Aufruhrs gewesen, das liegt unseren Leuten einfach nicht im Blut. Ihr jedoch stürzt sie in Furcht und Schrecken!«

»Ohne Furcht keine Ordnung«, erklärte der kleinwüchsige Exekutor seine schlichte Sicht der Dinge und grinste.

»Ist das auch deine Meinung?«, erkundigte sich Lorymar bei seinem Bruder – doch der schwieg nur und blickte zu Boden.

Lorymar merkte, wie sein Herz schneller schlug. Allmählich begriff er, was hier vor sich ging. Den goldenen Siegelring mochte noch immer der Lordkanzler tragen – das Sagen hatten inzwischen jedoch andere in Hobheim …

»Wissen die Matronen hiervon?«, fragte er.

»Diese Hinterlassenschaft aus alter Zeit gibt es nicht mehr«, entgegnete Borkling, wobei er weiter grinste. »Der Lordkanzler hat die Zeichen der Zeit erkannt und die Dorfräte der Matronen aufgelöst – seither sind die zahnlosen alten Weiber wieder zu Hause und machen die Wäsche, wie sie es immer hätten tun sollen.«

Lorymars Blick flog zu seinem Bruder. »Und du sprichst von Traditionen?«, fragte er fassungslos. »Was hast du nur getan, Latimer?«

»Was ich tun musste«, verteidigte sich der. »Mir ist keine

andere Wahl geblieben, denn du bist gegangen und hast mich im Stich gelassen!«

»Das wollte ich nicht«, versicherte Lorymar, »du musst mir glauben, dass ich …«

»Nicht, dass es jetzt noch eine Rolle spielen würde, Thinkling«, fiel Thero Borkling ihm ins Wort. »Ihr habt vorhin zugegeben, Euch mit Magie befasst beziehungsweise die Gesellschaft von Menschen gepflegt zu haben, die sich mit Magie befassen – dies stellt einen Verstoß gegen das Gesetz dar.«

»Gegen welches Gesetz?«

»Das des Ordens«, erklärte der kleine Exekutor schlicht und mit einem Tonfall, der keinen Widerspruch mehr duldete. »Diener – ergreift ihn!«

Er hatte kaum zu Ende gesprochen, als aus einem der Nebenstollen zwei in schwarze Lederrüstungen gekleidete Menschen traten. Ihre Helme bedeckten ihre Gesichter und ließen nur die Kinnpartien frei, aber Lorymar war sicher, dass sie zu den Kerlen gehörten, denen er in der Spelunke begegnet war. Beide konnten sich in dem Stollen nicht aufrichten und mussten gebückt gehen – was sie nicht daran hinderte, Lorymar zu ergreifen.

»War es das, was du mir zeigen wolltest?«, fragte er seinen Bruder. »Du hast mich in Sicherheit gewogen und mich in eine Falle gelockt! Am Grab unseres Vaters!«

»Könnte es einen besseren Ort dafür geben?« Latimer lächelte wehmütig. »Gib nicht mir die Schuld dafür, Bruder. Was geschehen ist, hast du dir ganz allein zuzuschreiben.«

Lorymar schnaubte.

Es hätte manches gegeben, was er hätte erwidern können, aber die Worte stockten in seiner Kehle. »Es ist also wahr«, presste er schließlich voller Bitterkeit hervor. »Kurze Leute haben ein langes Gedächtnis.«

»Offenbar«, stimmte Latimer zu, während Borklings Schergen seinem Bruder Ketten anlegten und sich anschickten, ihn abzuführen – wohin, wollte dieser lieber gar nicht wissen.

»Einen Augenblick noch!«, rief er aus.

»Was?«, fragte der Lordkanzler gereizt.

»Nyasha«, stieß Lorymar hervor. »Ist sie hier? Oder war das auch nur eine Lüge?«

»Es war keine Lüge«, sagte eine Stimme hinter ihm, leise und traurig.

Die Ketten klirrten, als er herumfuhr. Eine schlanke Gestalt stand im Stollen, deren Silhouette sich gegen den Eingang abzeichnete.

»Nyasha?«, flüsterte Lorymar.

Die Gestalt trat näher und in den Lichtkreis von Latimers Fackel. Es war Nyasha pan Tyras – und sie war noch ungleich schöner, als er sie in Erinnerung hatte. Ihr blauschwarzes Haar glänzte im Fackelschein und ihre Augen funkelten geheimnisvoll. So erleichtert Lorymar darüber war, die Prinzessin von Altashar lebend und wohlbehalten anzutreffen, so sehr erschrak er auch über die Kälte und Grausamkeit in ihren Zügen.

»So sehen wir uns also wieder, Lorymar Thinkling«, beschied sie ihm kalt.

»Nyasha«, wiederholte er, sich der bitteren Ironie des Augenblicks bewusst. Fünf Monde lang hatte er nach ihr gesucht, hatte fast sein Leben dabei verloren – und nun, da er sie endlich gefunden hatte, stand er als Gefangener vor ihr …

»Du hättest mir nicht nachspüren sollen«, sagte sie leise, Ablehnung in ihren dunklen Augen. »Nun wirst du für das, was du mir angetan hast, doch noch büßen müssen.«

»Ich erwarte nicht, dass Ihr mir vergebt, Nyasha«, versicherte Lorymar, »aber bitte hört Euch an, was ich zu sagen habe, nur für einen Augenblick!«

Ihr Gesicht war eine unbewegte Maske. Ihm war immer klar gewesen, dass ihr Wiedersehen sich bestenfalls schwierig gestalten würde, aber er hatte sich niemals wirklich Gedanken darüber gemacht, was er sagen würde, wenn sie einander gegenüberstanden. Er hatte wohl gehofft, dass sein natürlicher Halblings-Charme ihm zu Hilfe eilen würde.

Ein Irrtum, wie sich nun herausstellte …

»Ich bin nur Euretwegen hier«, beteuerte er.

»Ich weiß«, erwiderte sie mit zornbebender Stimme – die Sprache Westriens schien sie inzwischen gut zu beherrschen. »Um mich einzufangen und nach Skaradag zurückzubringen.«

»Nein«, wehrte Lorymar ab. »Das ist nicht der Grund!«

»Lügner!«

»Ich bin Euch gefolgt, um Euch zu warnen.«

»Du lügst, Halbling«, sagte sie nur und schüttelte den Kopf. »So wie du immer gelogen hast.«

Damit trat sie zur Seite und gab den Stollen frei, worauf die Wächter Lorymar packten und hinausschleppten.

»Nein!«, schrie er. »Bitte! Ihr müsst mich anhören, Nyasha! Es geht um Euren Leibwächter Kalid …!«

»Was ist mit ihm?«, fragte sie unwirsch, worauf die Wachen noch einmal innehielten.

»Ist er hier?«, fragte Lorymar dagegen. »Hier in der Stadt?«

»Warum willst du das wissen?«

»Erinnert Ihr Euch an den Morwald, Nyasha? An die Kreaturen, die uns dort aufgelauert haben? Die Morwölfe?«

»Was soll mit ihnen sein?«

»Ich habe allen Grund anzunehmen, dass nicht nur Kalids Bruder, sondern auch er selbst von ihnen verwundet wurde – und Ihr wisst, was das bedeutet …«

»Du lügst«, sagte sie wieder. »Lüge, nichts als Lüge!«

»Glaubt Ihr, ich hätte den weiten Weg auf mich genommen wegen einer Lüge?«, fragte Lorymar. »Ich weiß, was ich Euch angetan habe, und ich erwarte nicht, dass Ihr mir vergebt – aber bitte glaubt mir, wenn ich Euch sage, dass Ihr

Euch vor Kalid hüten müsst! Der Fluch der Morwölfe ist auf ihn übergegangen!«

Nyasha sah ihn an, und einen Augenblick lang schien es, als wollte sie sich besinnen …

»Das reicht jetzt, schafft ihn weg!«, ordnete Exekutor Borkling an. »Um seinen Hals zu retten, würde der Ketzer alles Mögliche behaupten …«

»Ich spreche die Wahrheit«, beteuerte Lorymar, während sie ihn abermals packten und davonrafften. »Kalid ist ein Morwolf, er muss getötet werden oder …«

»Oder was?«, spottete Borkling. »Erwartest du im Ernst, dass wir dein Geschwätz glauben? Der Morwald ist ein Wald wie jeder andere – weder gibt es dort dunkle Flüche noch sonst etwas, das die Leute fürchten müssten.«

»Nyasha weiß es!«, beteuerte Lorymar, der sich nach Kräften gegen seine Bewacher zur Wehr setzte – leider vergeblich. Schon hatten sie ihn an der Pforte und bugsierten ihn hinaus. »Sie weiß, dass ich die Wahrheit sage!«, beteuerte er.

Doch sein Ruf verhallte unerwidert im Dunkel der Gruft.

19

Kerker der Eisernen Zitadelle, Skaradag
Später am Tag

Der Gang, der vor ihr lag, war feucht und dunkel. Nur die Fackel, die der Kerkerknecht vor ihr hertrug, verbreitete schwachen, fauchenden Schein.

Es kostete sie Überwindung hinabzusteigen, jeder Schritt war eine Qual. Und das nicht nur, weil das Gefängnis des Stadtmarschalls der Ort war, den sie in ganz Skaradag am allerwenigsten aufsuchen wollte; sondern auch, weil ihre Art nicht dafür geschaffen war, in dunklen Kellern zu weilen. Sie war eine Astara, eine Sterngeborene, und obwohl sie schon lange unter Menschen lebte, brauchte ihre Seele die Freiheit des weiten Himmels so sehr, wie ihre Lungen Luft zum Atmen brauchten. Hier unten zu sein, eingeschlossen von Fels und Stein, bedrückte sie und sorgte dafür, dass dem Urgrund ihres Bewusstseins Gedanken entstiegen, Gefühle und Empfindungen, die sie aus gutem Grund verdrängt hatte. Unter Tage zu gehen, verursachte ihr fast körperliche Schmerzen – und dennoch hatte sie es getan. Schon weil sie Gewissheit brauchte …

Noch immer war sie in Aufruhr. Ihr Herz schlug heftig, ihre Handflächen waren feucht. Gleichzeitig verspürte sie seltsamen Zorn, der sich zu ihrer eigenen Verblüffung vor allem auf sie selbst richtete.

All die Jahre hatte sie sich eingeredet, dass sie nur für sich lebe, hatte sich auf sich selbst zurückgezogen und niemanden an sich herangelassen, noch nicht einmal die Dienerinnen des Doppelten Mondes, die in ihr etwas wie eine fürsorgende Mutter, in jedem Fall aber ihr Oberhaupt sahen und ihr treu ergeben waren.

Doch dann hatte sich alles geändert.

Lorymar Thinkling war in ihr Leben zurückgekehrt, und schlagartig war nichts mehr gewesen wie zuvor. Ganz plötzlich war sie wieder mit ihrer Vergangenheit konfrontiert gewesen und mit dem, was einst geschehen war, und wie einst hatte dieser elende Halbling ihr nichts als Schwierigkeiten gebracht. Dann war sie dem Sänger Rayan begegnet, und obschon er wohl nicht mehr als ein Fantast gewesen war, war sie wiederum gezwungen gewesen, sich unangenehmen Fragen zu stellen. Und aus einem Grund, den sie im Nachhinein selbst nicht mehr genau hätte benennen können, hatte sie die Überlebenden der Krähenbande bei sich aufgenommen – und entgegen allen Vorsätzen, die sie einst gefasst hatte, war sie ihren jungen Schützlingen zugeneigt.

Nicht, dass sie es nicht bemerkt hätte – eine Stimme tief in ihrem Inneren hatte sie vom ersten Tag an gewarnt. Aber sie hatte geglaubt, klüger zu sein und die Dinge kontrollieren zu können. Was für eine Närrin sie gewesen war, wurde ihr erst jetzt in vollem Umfang klar, da sie durch die Katakomben der Eisernen Zitadelle schritt. Denn was sie fühlte, war nicht nur Beklemmung der Dunkelheit und der umgebenden Mauern wegen.

Sondern vor allem Furcht.

Furcht um die Menschen, an denen ihr angeblich nichts lag …

Sie durchmaßen einen langen Stollen, über dem sich eine niedrige, von Ruß und Schimmel geschwärzte Decke wölbte. Zu beiden Seiten mündeten Zellentüren aus rostigem Eisen, hinter denen in Lumpen gehüllte, ausgemergelte Gestalten kauerten, dem Tod näher als dem Leben. Der Gestank, der aus den Zellen drang, verschlug der Astara den Atem, eine ekelerregende Mischung aus Fäulnis, kaltem Schweiß und Exkrementen … und nackter Angst.

Sie erreichten einen Quergang, der noch enger und niedriger war als die zuvor. Am Ende befand sich eine rostige Zellentür. Nur in Bodennähe gab es eine Öffnung, durch die die kargen Essensrationen geschoben wurden.

Es war die Zelle eines Schwerverbrechers – was auf Skaradag bezogen nichts anderes bedeuten konnte, als dass ein Dieb in diesem Loch einsaß. Denn in einer Stadt, die durch Handel groß und mächtig geworden war und in der materieller Besitz alles bedeutete, konnte es kein schlimmeres Vergehen geben, als einen anderen darum zu erleichtern …

»Ist das die Zelle?«, erkundigte sich Jenya dennoch.

Der Kerkerknecht, ein triefäugiger Kerl mit hängenden Schultern, grunzte eine Bestätigung.

»Lass mich allein«, verlangte sie.

»Das kann ich nicht«, widersprach er und schüttelte das kahle Haupt. »Ich habe Order, Euch im Auge zu behalten.«

»Sehe ich denn so gefährlich für dich aus?« Sie schlug die Kapuze des Umhangs zurück, sodass ihr rotes Haar zum Vorschein kam, das offen über ihre Schultern wallte. Dann schlug sie den Umhang zurück, sodass das Kleid aus grüner Seide sichtbar wurde, das sie daruntertrug und das ihren weiblichen Formen schmeichelte. »Glaubst du im Ernst, ich könnte dir gefährlich werden, stolz und stark, wie du bist?«

Sie konnte sehen, wie sich seine Züge entkrampften. Zu fühlen, was andere dachten, ihre geheimen Wünsche und Träume zu erfassen und in Worte zu kleiden, war einst ihre Aufgabe gewesen und ihre herausragende Fähigkeit. Davon war nicht viel geblieben – für diesen einfältigen Zeitgenossen jedoch genügte es allemal.

»Aber nur kurz«, knurrte er, rammte die Fackel in eine Wandhalterung und wankte dann leise vor sich hin murmelnd davon.

Jenya wartete, bis er um die Ecke verschwunden war, dann ließ sie sich nieder und beugte sich so weit hinab, dass sie durch die Türöffnung spähen konnte.

»Bray?«, fragte sie halblaut. »Kai?«

Einen Augenblick regte sich nichts, und sie fürchtete schon, der tumbe Zeitgenosse hätte sie zur falschen Zelle geführt. Aber dann waren jenseits der metallenen Tür leise schlurfende Schritte zu vernehmen.

»Bray? Bist du das?«

Weitere Schritte, diesmal hektischer – und plötzlich erschien ein Gesicht in der Öffnung.

Bray.

Der Fackelschein beleuchtete ihre Züge nur spärlich, aber es war deutlich zu sehen, dass sie geschlagen worden war. Und in ihren dunklen Augen, in denen sich die lodernde Flamme spiegelte, stand panische Furcht zu lesen.

»Dana Jennara!«, entfuhr es ihr. »Jenya ...«

Noch ein zweites Gesicht erschien in der Öffnung, blutig und verschwollen. »Sie ist es«, stellte Kai mit fast versagender Stimme fest. »Sie ist es wirklich.«

»Ich bin es«, versicherte die Astara.

»Wie seid Ihr ...?«

»Mein Beruf bedingt, dass ich viele Männer kenne«, erwiderte die Astara ausweichend. »Und manche davon sind mir einen Gefallen schuldig.«

»Könnt Ihr uns hier rausholen?«, fragte Kai hoffnungsvoll. »Bitte, Dana, Ihr müsst uns helfen ...«

»Muss ich das?« Sie hob die schmalen Brauen. »Ist es denn wahr, was man Euch vorwirft?«

Bray erwiderte nichts. Die Art, wie sich ihr Gesichtsausdruck änderte und sie dem Blick ihrer Gönnerin auswich, war allerdings auch eine Antwort.

»Es ist also wahr«, stieß Jenya hervor, angewidert und enttäuscht zugleich. Nicht, dass sie nicht damit gerechnet hätte, aber ein Teil von ihr hatte bis zuletzt gehofft, alles möge nur ein tragisches Missverständnis gewesen sein …

»Ich fürchte ja«, gestand Bray ein.

»Ihr seid beim Diebstahl im Haus des Obersten Saligers gefasst worden. Und davor habt ihr ein ganzes Dutzend weiterer Häuser ausgeraubt, die alle rechtschaffenen, stadtbekannten Bürgern gehören.«

»Stadtbekannt ja, rechtschaffen nein«, konterte Bray, ihrem geschwächten Zustand zum Trotz. »Die Mehrheit der Saliger arbeitet in die eigene Tasche, ihr Oberhaupt ganz besonders. Und die Kaufleute erwirtschaften ihre Gewinne auf Kosten derer, die in den Minen für sie schuften.«

»Und ihr dachtet, das könntet ihr ändern, indem ihr sie ausraubt?«

»Wir haben sie nicht ausgeraubt, nur um ein paar Sachen erleichtert. Keiner von denen hatte auch nur einen Bissen weniger zu essen als vorher.«

»Darum geht es nicht«, wehrte Jenya ab. »Ich habe keine Sympathien für diese reichen Narren, denen Geld und Gold über alles geht, das könnt ihr mir glauben. Schwerer wiegt, dass ihr das Vertrauen, das ich in euch gesetzt habe, schändlich missbraucht habt. Ich habe euch in mein Haus aufgenommen, als ihr allein wart und kein Dach über dem Kopf hattet, habe euch Zuflucht gewährt und Schutz vor den Exekutoren – und so dankt ihr es mir?«

»Das war nicht unsere Absicht«, versicherte Bray, während Kai nichts als unartikulierte Laute hervorbrachte.

»Und ihr glaubt, damit wäre es erledigt? Ihr habt mich nicht nur hintergangen, sondern auch die Meinen und mich in Gefahr gebracht! Was denkt ihr, wird geschehen, wenn Jarnhant herausfindet, dass alle, in deren Häuser ihr eingebrochen seid, Kunden im Haus des Doppelten Mondes waren?«

»Woher …?«, wollte Kai fragen, aber die Astara ließ ihn

nicht ausreden. Ihre Wut, die sie vorhin noch mühsam zurückgehalten hatte, brach sich jetzt Bahn. Wut auf sich selbst und auf diese unwissenden Kinder, die alles gefährdeten, was sie sich aufgebaut hatte … »Ihr solltet nicht den Fehler machen, mich zu unterschätzen! Ich weile lange genug auf dieser Welt, um die Menschen genau zu kennen – und ihr beiden bildet keine Ausnahme!«

»Verzeih«, bat Bray. »Wir wollten dich nicht hintergehen. Aber du brauchst dich nicht zu sorgen. Keiner der Männer wird zugeben, wo er gewesen ist, denn damit würde er sich zum Gespött der Leute machen. Und einige müssten gar den Zorn ihrer rachsüchtigen Ehefrauen fürchten …«

»Und ihr glaubt, das reiche aus?« Jenya konnte nur den Kopf schütteln über so viel Naivität. »Was, wenn einer trotz allem sein Schweigen bricht? Oder wenn sie euch foltern, um die Wahrheit aus euch herauszubekommen, was dann? Habt ihr daran gedacht?«

Wieder kam keine Antwort. In Kais aufgedunsenen Zügen stand schiere Verzweiflung zu lesen, die nur zu deutlich machte, dass er die möglichen Folgen seines Handelns nie wirklich erwogen hatte. Brays Miene hingegen war zur Maske erstarrt. Wissen stand in ihren Augen zu lesen.

»Du hast also daran gedacht«, folgerte Jenya atemlos. »Und es war dir gleichgültig.«

»Nein, Jenya, ich …«

»Wie konnte ich mich nur so in dir irren?« Die Astara schüttelte den Kopf, fassungslos über ihre eigene Torheit. »Wie konnte ich nur jemals glauben, dass mehr in dir steckt als ein unverschämtes Gör, das sich rücksichtslos bereichern will?«

»Darum ging es nicht«, widersprach Bray entschieden.

»Ach nein?«

»Wir sind in diese Häuser eingebrochen und haben diese Männer bestohlen – aber es ging uns nie darum, uns zu bereichern, zumindest das musst du uns glauben.«

»Worum ging es euch dann?«

»Wir wollten … etwas verändern«, gestand das Mädchen leise.

»Was meinst du?«

»All das Unrecht in der Stadt, das Elend in den Straßen … Kinder verhungern, während die Reichen sich mästen. Du bist eine Astara! Wie kannst du diesem Unrecht tatenlos zusehen?«

»Eben weil ich eine Astara bin«, erwiderte Jenya leise. Sie war nicht stolz darauf, aber genauso war es. »Denn ich lebe lange genug, um zu wissen, dass all das nicht zu ändern ist. Es ist die Natur der Menschen.«

»Das hat Rayan auch gesagt«, pflichtete Bray ihr bei. »Und dennoch hat er versucht, etwas zu tun.«

»Weil er ein Narr gewesen ist«, konterte Jenya ohne Zögern. »Was hat es ihm gebracht?« Sie konnte sehen, was ihre im Zorn geäußerten Worte in Brays Gesicht anrichteten, und seltsamerweise tat es ihr leid. Warum, bei allen Sternen? Sie brauchte sich nicht vor diesem Gör zu rechtfertigen!

»Ich habe in meinem Leben mehr als genug getan, glaub mir«, fügte sie dennoch leise hinzu. »Aber es hat nichts genützt, denn gegen Habgier und Dummheit vermag selbst der tapferste Kämpfer nichts auszurichten.«

»Das sagst du.« Widerstand blitzte in Brays Augen auf. »Aber Rayan hat etwas bewirkt. Und auch Kai und ich haben etwas bewirkt. Wir haben nichts von dem behalten, was wir den Reichen genommen haben. Stattdessen haben wir es auf dem Nachtmarkt verkauft und jedes einzelne Silberstück dafür ausgegeben, um Kleidung und Nahrung für die Armen zu kaufen, die wir dann unter ihnen verteilten. Zugegeben, angesichts der vielen Tausend, die hungern und frieren, war es nicht viel. Aber jedes einzelne Leben, das wir gerettet haben, ist es wert gewesen.«

Jenya sah sie prüfend an. »Ist das wahr?«

»So wahr wir hier drin sind und du da draußen.«

Die Astara wusste weder, was sie erwidern, noch was sie denken sollte? Sollte sie verwundert sein? Beeindruckt? Noch immer enttäuscht? Die Wut jedenfalls, die sie noch soeben verspürt hatte, verpuffte angesichts dieses Bekenntnisses und ließ sie ratlos zurück.

»Einst war ich wie ihr«, hörte sie sich selbst sagen. »Idealistisch und töricht, voller Hoffnungen … aber das vergeht. Spätestens in den Minen«, schloss sie, wobei sie sich langsam wieder erhob. »Denn genau dorthin werden sie euch bringen.«

»Was tut Ihr?«, fragte Kai panisch.

»Dana, geh nicht weg!«, verlangte auch Bray.

»Es gibt nichts, was ich noch für euch tun könnte«, erwiderte die Astara leise und hasste sich selbst dafür. »Es war eure Entscheidung. Ihr müsst damit leben – und wohl auch sterben.«

Damit wandte sie sich ab und ging den schmalen, von der Fackel nur unzureichend beleuchteten Gang hinab.

»Dana!« Kais Stimme überschlug sich. »Geht nicht! Lasst uns nicht allein, hört Ihr …?«

Doch sie blieb weder stehen noch wandte sie sich noch einmal um, den Tränen zum Trotz, die in ihre Augen traten und über ihre Wangen liefen. Den ersten Tränen seit langer, seit sehr langer Zeit. Sie verließ den Kerker und die Eiserne Zitadelle und über einige Umwege, die sie in Kauf nahm, um sicherzugehen, dass ihr niemand folgte, ging sie zurück ins Haus des Doppelten Mondes.

Und in der Nacht, die folgte, kehrten die Träume zurück.

ZWEITES BUCH

Die Tiefen von Vanheim

1

Festung Vanheim
Im Morgengrauen

Der neue Tag hatte gerade erst zu dämmern begonnen. Nebel stieg aus dem Weltenbruch auf und hüllte den Felsenkessel und die alte Festung ein – Nebel, der so dicht war, dass man die Hand kaum vor Augen erkennen konnte.

Agha Yolaş hatte kaum Schlaf gefunden.

Das Schicksal der Festungsbesatzung hatte ihm keine Ruhe gelassen – was war mit all diesen Männern geschehen? Der Noryer, den sie gefunden und gefangen genommen hatten, redete wirres Zeug, auf das sich Yolaş keinen Reim machen konnte. Ganz offenbar war er der Anführer eines noryschen Grenztrupps gewesen, der die Festung verlassen vorgefunden hatte und deshalb eingedrungen war, um nach dem Rechten zu sehen. Wenn es jedoch darum ging zu schildern, was seinen Leuten oder der ursprünglichen Besatzung widerfahren war, verlor er sich in dunklen Andeutungen, in denen Hauptmann Yolaş auch mit viel gutem Willen nicht mehr als das Gebrabbel eines Irrsinnigen erkennen konnte. Zwar hatte er einen Falken entsandt und Makashar benachrichtigt, dass sie die Festung verlassen vorgefunden hatten, doch die wichtigste Frage blieb bestehen: Was, bei allen vier Winden, war in Vanheim geschehen?

Unruhe hatte Hauptmann Yolaş erfasst, und er merkte, wie sie auch unter seinen Leuten um sich griff. Furcht, das hatte Yolaş schon früh erfahren, war wie eine ansteckende Krankheit – und dieser düstere Ort war voll davon.

Als hektische Schritte vor der Tür seines Quartiers zu vernehmen waren, war er beinahe erleichtert darüber, dass die Nacht und das Warten ein Ende hatten.

»Agha!« Die Tür flog auf, Ormest Zóltan stand auf der Schwelle. »Der Gefangene!«

»Was ist mit ihm?«

»Er gebärdet sich plötzlich wie von Sinnen! Ich glaube, er verliert den Verstand.«

Yolaş unterdrückte eine Verwünschung und erhob sich von seinem Lager. Bekleidet war er ohnehin gewesen, brauchte nur noch in die Stiefel zu schlüpfen und zu Schwert und Umhang zu greifen. Dann folgte er dem Sergeanten nach draußen.

Das Geschrei des Noryers war schon von Weitem zu hören. Unheimlich scholl es durch den von Zwielicht beleuchteten Nebel und klang von den umgebenden Mauern wider. Da der Mann geschwächt war und bis auf die Knochen abgemagert, hatte Yolaş ihn kurzerhand in einen der Ställe sperren und mit Wasser und Haferbrei versorgen lassen. Offenbar vergalt er es ihm jedoch schlecht …

Sie fanden ihn in der hintersten Ecke seines behelfsmäßigen Gefängnisses, wo er sich wie ein kleines Kind zusammengekauert hatte, nackte Panik in den Augen.

»Sie kommen!«, rief er Yolaş und Zóltan entgegen. »Sie sind ganz nah …«

»Wer?«, verlangte Yolaş zu wissen. Die Blicke des Mannes und sein geistloses Geschrei jagten ihm kalte Schauer über den Rücken. »Rede, Mann!«

»Sie sind ganz nah«, wiederholte Gunryk, wobei er am ganzen Leib zitterte. Yolaş stieß abermals eine Verwünschung aus. Zu Beginn hatte es so ausgesehen, als ob der Hauptmann aus Norya noch einzigermaßen zurechnungsfähig sei – jetzt wurde klar, dass er nicht mehr Herr seines Verstandes war. Er schrie und riss schützend die Hände über den Kopf, so als befürchte er, dass etwas Schreckliches über ihn hereinbrechen könnte.

»Wer ist ganz nah?«, wiederholte Yolaş seine Frage. »Von wem sprichst du?«

»Die anderen«, erwiderte Gunryk mit irrsinnigem Flüstern. »Meine Leute …«

»Eure Leute? Ich dachte, sie sind tot.«

»Das sind sie … aber sie kehren wieder. Alle kehren sie wieder und sind nicht mehr die, die sie waren …«

»Unsinn«, knurrte Zóltan.

»Ihr müsst mir glauben!« Der Gefangene sah sie flehend an. »Habe auch so gedacht, geglaubt, dass ich alles erklären könnte, was geschieht … bis es zu spät gewesen ist. Ihr müsst fliehen, auf der Stelle!«

»Und Vanheim verloren geben?« Yolaş grinste matt. »Das käme euch Noryern gelegen, wie?«

»Vanheim *ist* verloren«, versicherte der andere, und die Endgültigkeit in seiner Stimme sorgte dafür, dass sich Yolaş' Nackenhaare sträubten. Ein dunkles Grauen befiel ihn, aber er bemühte sich, sich nichts davon anmerken zu lassen.

Nicht vor seinen Leuten, die am Eingang Wache hielten.

Und erst recht nicht vor dem Feind …

»Diese Krieger, von denen du sprichst«, versuchte er es anders, »woher kommen sie?«

»Aus der Tiefe«, entgegnete Gunryk prompt.

»Aus dem Abyss?«

»Aus dem Brunnen«, widersprach der Gefangene und lachte hysterisch. »Wer käme schon darauf, dort nach ihnen zu suchen? Aber die Tiefen von Astray sind allgegenwärtig – und sie sind miteinander verbunden, alle …«

»Er hat den Verstand verloren«, war Zóltan überzeugt.

»Vielleicht, Ormest.« Yolaş nickte. »Vielleicht aber auch nicht … Sprichst du vom Brunnenhaus der Burg?«, wandte er sich wieder an Gunryk. »Sind deine Leute dort verschwunden?«

Der Noryer nickte langsam, dann wurde er von Grauen geschüttelt. Die Erinnerung schien ihn zu entsetzen.

»Hast du sie dort hinabgestürzt?«

»Nein! Nein, Ihr versteht nicht … das Grauen ist dort unten in der Tiefe! Und es steigt nach oben, versteht Ihr? Es kommt immer näher, und bald schon wird es hier sein.«

»Woher weißt du das?«

»Weil es bei meinen Männern genauso gewesen ist«, erwiderte Gunryk prompt – und wirkte dabei sehr viel weniger unzurechnungsfähig, als es Yolaş lieb sein konnte. »Flieht«, fügte er mit beschwörendem Tonfall hinzu. »Flieht, solange noch Zeit dazu ist! Dann brecht die Brücke hinter Euch ab und hofft darauf, dass …«

In diesem Moment zerriss ein heiserer Schrei die Stille der Nacht – der Todesschrei eines Mannes.

»Zu spät«, sagte Gunryk trocken – und das wissende, von Irrsinn verzerrte Lächeln, das dabei über seine bärtigen, ausgemergelten Züge huschte, ließ jähe Wut in die Adern von Agha Yolaş schießen. Wut, gepaart mit banger Furcht …

»Was ist da draußen los?«, fragte Zóltan, als ein weiterer Schrei erklang.

»Wir werden nachsehen«, knurrte Yolaş entschlossen. »Den Gefangenen nehmen wir mit.«

»Nein, bitte!«, rief Gunryk entsetzt und drängte sich noch weiter in die Ecke, als wollte er eins werden mit dem schwarzen Gestein. »Lasst mich hier!«

Yolaş dachte nicht daran. Mit einem knappen Befehl wies er seine Leute an, den Gefangenen zu ergreifen, und im nächsten Moment stießen sie ihn auch schon nach draußen. Sein Rufen endete, als sie inmitten des von Nebel verhangenen Innenhofs standen, von fahlem, undurchdringlichem Grau umgeben.

Erneut waren Schreie zu hören, doch im Nebel war unmöglich festzustellen, woher sie kamen. Längst hatten Yolaş und seine Männer die gekrümmten Klingen gezückt, stellten sich Rücken an Rücken, um sich nach allen Seiten verteidigen zu können.

Wieder ein Schrei, lang gezogen und grässlich, der sich in bodenloser Tiefe zu verlieren schien. Offenbar war jemand von den Zinnen gestürzt worden – aber von wem?

Was ging im Nebel vor sich?

»Signal zum Sammeln geben«, ordnete Yolaş an – doch die Rufe seines Sergeanten, der den Befehl mit heiserer Stimme weitergab, verhallten ungehört. Dafür schienen nun überall ringsum Kämpfe auszubrechen – das Geräusch klirrender Klingen war zu hören, dazu Kampfgebrüll und gellende, von Todesangst verzerrte Schreie, die kaum noch etwas Menschliches hatten.

Yolaş stieß eine Verwünschung aus.

Wie sollte er einen Feind bekämpfen, den er noch nicht einmal sehen konnte? Er fasste sein Schwert mit beiden Händen, doch gegen einen unsichtbaren Gegner kam es ihm nutzlos, beinahe lächerlich vor.

Plötzlich ein Geräusch ganz in der Nähe …

»Was war das?«

Zóltan fuhr herum, in seinen Zügen dieselbe Panik, die auch Yolaş angesichts dieser unheimlichen Bedrohung verspürte. Beide hatten viele Gefahren gemeinsam überstanden, hatten Schulter an Schulter gekämpft – doch dies hier war anders …

»Agha?«, fragte der Ormest flüsternd.

»Ja?«

»Ich …«

Was Sergeant Zóltan hatte sagen wollen, blieb für immer sein Geheimnis – denn in diesem Moment brach etwas aus Zwielicht und Nebel und durchbohrte ihn. Was genau es war,

war nicht zu erkennen, denn schon einen Lidschlag später wurde es wieder zurückgezogen. Zóltan stand noch einen Moment lang wie vom Donner gerührt, die Brust zerfetzt und einen Ausdruck namenloser Überraschung im Gesicht. Dann kippte er von den Beinen – und Gunryk, der Gefangene, brach in hysterisches Gelächter aus.

»Sie sind gekommen!«, schrie er.

Yolaş wurde von Grauen gepackt. Er wollte zu seinem tödlich verwundeten Sergeanten, der auf dem Boden lag und keuchend verblutete, brachte es jedoch nicht über sich, die Hände vom Schwertgriff zu nehmen und seinen Blick von der umgebenden Nebelwand zu lösen – in der er plötzlich einen verschwommenen Schemen zu erkennen glaubte.

Irrte er sich, oder ...?

Nein, der Schatten war da, so wirklich wie er selbst und seine Leute, die panisch zu schreien begannen – und im nächsten Moment teilte sich der Nebel, und eine Kreatur trat daraus hervor, die aufrecht auf zwei Beinen ging, mit einem Menschen jedoch kaum noch etwas gemein hatte.

Bis auf die bleichen Gesichtszüge, die mit toten, kalt leuchtenden Augen auf Yolaş und seine Leute starrten.

»Tymon!«, rief Hauptmann Gunryk, der dieses Gesicht zu kennen schien. »Alter Freund, du bist zurückgekehrt ...!«

2

Ruinen von Gondar
Drei Tage später

Das Erste, was Nawyd wahrnahm, als er aus tiefer Bewusstlosigkeit erwachte, war erbärmlicher Gestank. Jäh kam er zu sich und riss die Augen auf.

Mit noch verschwommenem Blick sah er einen bleichen Schädel über sich schweben, aus dem zwei leere Augenhöhlen auf ihn starrten. War er tot? Ins Jenseits enteilt? Nein, sagte er sich – dort hätte es vermutlich nicht so erbärmlich gestunken. Sein Blick fokussierte sich, und ihm wurde klar, dass es der Schädel eines Schakals war, der über ihm hing, zusammen mit weiteren Knochen und getrockneten und zu Bündeln geschnürten Vogelfüßen, die vermutlich die Quelle des infernalischen Gestanks waren. Übelkeit überkam ihn, und er drehte sich zur Seite und übergab sich. Eine bräunliche, zähe Flüssigkeit blubberte aus ihm heraus, die zu sich genommen zu haben er sich nicht entsinnen konnte. Danach ging es ihm etwas besser. Erschöpft sank er auf das karge Lager zurück, auf dem er erwacht war, und blickte sich um.

Die Felsenhöhle, in der er sich befand, hatte eine niedrige, rußgeschwärzte Decke und mochte an die fünf Schritte im Quadrat messen. In der Mitte gab es eine Feuerstelle, in der kalte Asche lag, darüber einen Abzug für den Rauch. Das Licht, das in einem hellen Schaft einfiel und ihn blendete, verriet Nawyd, dass es Tag sein musste – das war allerdings auch schon alles, was er mit Bestimmtheit sagen konnte.

Wo, bei den Säulen von Isos, war er?

Und wie viel Zeit war vergangen?

Als er an sich herabblickte, stellte er fest, dass sein Bein verbunden war. Der Biss, den die Sandspinne ihm zugefügt hatte, schmerzte noch immer, jedoch schien das Gift seinen Körper verlassen zu haben. Er war am Leben – wenngleich er nicht wusste, ob dies eine gute Nachricht war.

Denn das Gewölbe, in dem er sich befand, war ganz fraglos der Schlupfwinkel eines Drak.

Mit einem Ruck versuchte er, sich aufzurichten – vergeblich. Und das nicht nur, weil sein Schädel schmerzte und er noch zu schwach war, um auf die Beine zu kommen. Sondern auch, weil um das Fußgelenk seines unverletzten Beins eine eiserne Spange lag, mit der er an einen in den Boden geschlagenen Holzpflock gekettet war, gerade so wie ein wildes Tier. Halbherzig zerrte er daran, natürlich ohne Erfolg. Schließlich blieb ihm nichts, als erschöpft wieder auf sein karges Lager zu sinken.

In diesem Moment wurde der Vorhang vor dem Eingang der Höhle zurückgeschlagen, und im blendend hellen Tageslicht betrat ein Echsenmann die Hütte.

Er war ausnehmend groß und von sehnigem Wuchs. Teile einer abgewetzten Lederrüstung bedeckten seine gelbe Schuppenhaut, an seinem Gürtel baumelte ein unförmiges Schwert. Als der Drak sah, dass Nawyd erwacht war, trat er näher und musterte ihn von oben herab. Nawyd schauderte unter dem Blick der grünen Augen mit der senkrechten, linsenförmigen Pupille, die aus dem von Schuppenhaut überzogenen Gesicht starrten. Die kleinen Nasenöffnungen, die unmittelbar über dem breiten Maul lagen, blähten sich, dazu züngelte das Wesen unentwegt. Kein Wunder, dass man diese Kerle in den meisten Gegenden Turaniens nur schlicht als *thubaki* bezeichnete – als Schlangen.

»Du noch schwach«, knurrte der Drak ebenso unvermittelt wie vorwurfsvoll. Seine Reptilienkehle war nicht in der Lage, stimmhafte Laute zu erzeugen, weshalb seine Stimme wie bei allen Abkömmlingen seiner Art zischend und tonlos klang.

»Was du nicht sagst.« Nawyd erwiderte den stechenden Echsenblick. »Hast du mich deshalb angekettet wie einen Hund?«

»Du Fieber wegen Gift«, erklärte der Echsenmann unverwandt. »Du nicht wissen, was du tun. Hinauslaufen in Wüste …«

»Und? Was geht es dich an?«

»Ich dich gerettet«, kam die Antwort nicht ohne Stolz. »Kenne Gegengift. Gut für Draki, gut für Menschen.«

»Warum hast du das getan?« Nawyds Augen verengten sich misstrauisch. »Willst du mich fressen? Jedes Kind in Altashar weiß, dass ihr Schlangen Menschenfleisch fresst!«

Der Drak blickte weiter auf ihn herab. Was hinter den schuppigen Gesichtszügen vor sich ging, war für Nawyd jedoch nicht festzustellen. »Kann nicht sprechen für alle Draki, aber ich nicht«, erklärte er dann schlicht.

»Warum hast du mich dann gerettet?«, wollte Nawyd wissen. Das Sprechen fiel ihm noch immer schwer, er fühlte bleierne Müdigkeit, vermutlich noch eine Nachwirkung des Gifts. »Was hast du mit mir vor, Schlange?«

Das breite Maul des Echsenmannes verzog sich. »Du Undank«, stellte er in seinem holprigen Ostragisch fest. »Viele Fragen.«

»Und wenig Antworten«, konterte Nawyd grimmig. »Wie lange …?«

»Drei Tage.«

»Bei Isos' Säulen.« Nawyd griff sich an die schmerzenden Schläfen. Ihm war es vorgekommen, als hätte er die Augen nur für einen kurzen Moment geschlossen, entsprechend deutlich konnte er sich an alles erinnern …

»Dieses Flüstern«, stöhnte er. »Das Licht, das mich angelockt hat … Bist du das gewesen?«

Der Drak nickte, auf eine Laterne deutend, die an der Wand hing. »Blaufeuer aus Drakistan«, erklärte er.

Nawyd verzog das Gesicht – und er hatte schon angefangen, an Magie zu glauben … »Du wusstest, dass die Spinne in diesem Haus war, oder?«, folgerte er. »Du hast mich absichtlich in eine Falle gelockt.«

»Shi«, bestätigte der Echsenmann in seiner eigenen zischelnden Sprache.

»Du wolltest, dass ich sterbe.«

»Shi.«

»Und warum hast du mich dann vor dem Gift gerettet? Das ergibt keinen Sinn!«

»Nai«, verneinte der Drak nicht weniger ernst.

»Vielen Dank auch.«

»Gern geschehen.« Der Drak entblößte die spitzen Zähne zu einem zufriedenen Grinsen. Die Ironie der Worte schien ihm nicht aufzugehen.

Nawyd schnaubte.

Er hatte keine Ahnung, was für ein Spiel der verschlagene Echsenmann da trieb, aber ihm war klar, dass seinesgleichen nichts ohne Hintergedanken tat. Es musste einen Grund dafür geben, dass der Drak seine Wunden verbunden und ihm ein Gegenmittel gegen das Spinnengift verabreicht hatte, und Nawyd bezweifelte, dass ihm dieser Grund gefallen würde. Doch was auch immer die Schlange im Schilde führte – Nawyd würde es ihr gründlich vergällen. Denn längst hatte er einen Entschluss gefasst – und sich der Phiole entsonnen, die noch immer um seinen Hals hing. Die Phiole mit dem Gift, das seinen Vater getötet hatte.

Und was den größten Herrscher töten konnte, der jemals auf dem Thron von Ostragien gesessen hatte, würde auch ausreichen, um einen verdammten Echsenmann vom Leben zum Tod zu befördern. Alles, was Nawyd zu tun brauchte, war, auf eine passende Gelegenheit zu warten …

3

Hobheim, Westland
Unterdessen

Das Gefühl für Zeit hatte Lorymar verloren.

Man hatte ihn in den Schwarzen Turm gebracht und dort in ein dunkles Loch geworfen, in das kein Tageslicht drang. Wie viel Zeit genau er dort verbracht hatte, als man ihn wieder aus der Zelle holte, wusste er nicht. Ebenso wenig, wie er wusste, ob es Tag war oder Nacht. Und als wollte man auch nicht, dass er es herausfand, stülpte man ihm einen schwarzen Sack über den Kopf. Erst dann schubste man ihn nach draußen.

»Was soll das?«, fragte er. »Wohin bringt man mich?«

Eine Antwort bekam er nicht.

Da er nichts sehen konnte, stolperte er über seine eigenen Beine und fiel. Grobe Pranken packten ihn und hoben ihn hoch, warfen ihn auf die Pritsche eines Karrens, der sich sogleich in Bewegung setzte. Wohin es ging, wusste Lorymar noch immer nicht zu sagen, aber er spürte die wärmenden Strahlen der Frühlingssonne und hörte Stimmen, also folgerte er, dass es Tag sein müsse.

Die Fahrt dauerte nicht sehr lange. Der Wagen, der wohl von einem Ochsen gezogen wurde, hielt an, und man ließ Lorymar absteigen. In diesem Moment packte ihn die Angst.

So seltsam es ihm nun selbst vorkam – bislang war ihm die Möglichkeit, es könne für ihn um Leib und Leben gehen, so abwegig erschienen, dass er kaum einen Gedanken daran verschwendet hatte. Sein Bruder machte als Lordkanzler eine so erbärmliche Figur und Thero Borkling war als Exekutor eine solch groteske Erscheinung, dass er die beiden ihren Drohungen zum Trotz nicht hatte ernst nehmen können. Nun jedoch dämmerte ihm eine Einsicht, die er eigentlich schon vor langer Zeit gewonnen hatte – nämlich dass die feigsten und lächerlichsten Zeitgenossen oft zu den größten Gräueln fähig waren.

Und da war Nyasha ... Natürlich wollte sie Genugtuung, natürlich wollte sie ihn bestraft sehen. Und er konnte es ihr noch nicht einmal verdenken.

»Was soll das?«, maulte er, als seine Bewacher ihn erneut ergriffen und eine Treppe hinaufzerrten. »Was habt ihr mit mir vor? Wollt ihr mich umbringen? Dann nehmt mir gefälligst den Sack vom Kopf, ihr feigen ...«

Er verstummte, denn in diesem Moment wurde der Stoff tatsächlich gepackt und mit einem Ruck von seinem Kopf gerissen. Helles Tageslicht blendete ihn, sodass er zunächst gar nichts sehen konnte und seine Augen schirmen musste. Als sie sich endlich daran gewöhnt hatten, sah er ein Gesicht vor sich.

Latimer ...

»Wie geht es dir, Bruder?«, erkundigte sich der Lordkanzler von Westland mit hochgezogenen Brauen.

»Als ob dich das interessieren würde.«

»Mehr als du denkst«, stellte Latimer klar.

»Warum hast du das getan?«

»Es war nicht meine Entscheidung, nicht wirklich.« Latimer lächelte und sah ihn fragend an. »Weißt du, wie das ist, wenn verschiedene Dinge zusammenkommen? Wenn die Zeit einfach reif ist?«

Lorymar schnaubte. Seine Kleidung war schmutzig und zerschlissen, er stank wie ein Eber, und sämtliche Knochen in seinem Leib schmerzten vom Kauern in der engen Zelle – ihm stand wirklich nicht der Sinn nach philosophischen Erwägungen. »Wovon, zum Henker, sprichst du?«, wollte er wissen.

»Von Schicksal – oder etwas Ähnlichem«, fügte er rasch hinzu, so als fürchte er, Thero Borkling könnte ihn hören und der Ketzerei bezichtigen. »Mein Leben lang habe ich davon geträumt, es dir heimzuzahlen, Bruder. Unzählige Male habe ich mir vorgestellt, wie du zurückkehren würdest und ich dich des Verrats bezichtigen …«

»Ich habe niemanden verraten«, stellte Lorymar klar. »Dich nicht und auch niemanden sonst.«

»Dir mag es nicht wie Verrat erschienen sein«, fuhr der andere unbeirrt fort. »Doch was mich betrifft, hast du uns alle verraten. Zuerst unseren Vater, dann mich, deinen leiblichen Bruder, und schließlich auch Nyasha, die dir zum Schutz anvertraut worden war!«

»Lass sie aus dem Spiel. Das eine hat nichts mit dem anderen zu tun.«

»Nein? Willst du bestreiten, dass du ihr Leben zerstört hast? So wie das meine?«

»Ich habe dein Leben nicht zerstört. Sieh dich doch an!«

»Nicht dieses Leben, Lorymar!«, herrschte sein Bruder ihn an. »Ich hatte ein anderes! Ich hatte Pläne – du hast sie alle zunichtegemacht!«

»Ich hatte Gründe …«

»Das sagtest du schon.« Latimer lächelte matt. »Heute wird sich herausstellen, ob sie gut genug waren.«

»Was hast du vor?«

»Das wirst du gleich erfahren«, entgegnete der Lordkanzler, und das Blitzen in seinen Augen gefiel Lorymar ganz und gar nicht. Im Nachhinein schalt er sich einen Narren dafür, nicht auf Jenya gehört zu haben und ihren Warnungen zum Trotz nach Westland gegangen zu sein. Andererseits – er hatte keine Wahl gehabt …

»Wo ist Nyasha?«

»Ganz in der Nähe.« Latimer grinste.

»Und Kalid? Habt ihr euch um ihn gekümmert?«

»Gewiss doch.«

»Du verstehst das nicht, Bruder! Er wurde von einem Morwolf verwundet, und das bedeutet, dass er früher oder später selbst zu einem Morwolf wird – und wen auch immer er dann verletzt, wird ebenfalls zur Bestie werden …«

»Thero Borkling sagt, dass das blanker Unfug ist«, hielt Latimer dagegen.

»Und du glaubst ihm?«

»Er hat mir noch keinen Grund gegeben, ihm nicht zu glauben – anders als du, Bruder.«

»Ich habe es dir bereits gesagt, und ich sage es dir noch einmal«, wiederholte Lorymar, jedes einzelne Wort betonend. »Ich bedaure, was geschehen ist, und ich kann deine Verbitterung verstehen. Aber wenn du mir in dieser Sache nicht vertraust, begehst du einen schweren Fehler!«

»Der Exekutor ist anderer Ansicht.«

»Natürlich«, stieß Lorymar bitter hervor, »und du schenkst ihm Vertrauen, weil du jemanden brauchst, auf den du die Verantwortung abwälzen kannst. So ist es schon gewesen, als wir noch Kinder waren. Immer musste ich für dich entscheiden – bis zu dem Tag, da ich Westland verlassen habe und du auf dich gestellt warst. Doch statt Verantwortung zu übernehmen und zu lernen, auf eigenen Beinen zu stehen, hast du den Orden zu Hilfe gerufen!«

Die Reaktionen in Latimers Gesicht – sein Mienenspiel, das Mahlen seiner Kieferknochen und das Zucken in seinen kleinen Äuglein – machten Lorymar klar, dass er ins Schwarze getroffen hatte. »Ich erwarte nicht, dass du mir verzeihst, Bruder«, fügte er versöhnlicher hinzu, »aber ich bitte dich inständig, mir dieses eine Mal zu glauben. Thero Borkling mag eine schwarze Kutte tragen und eine Schar von Söldnern befehligen, aber er ist noch immer derselbe Vollpfosten, der er schon früher gewesen ist, und als solcher auch nicht in der Lage, eine Gefahr zu erkennen. Ich hingegen bin weit herumgekommen. und ich habe Dinge gesehen, die noch sehr viel sonderbarer und schrecklicher sind als Morwölfe. Also bitte glaube mir und …«

»Was immer du gesehen haben magst, Bruder«, fiel der Lordkanzler ihm ins Wort, »es ist nicht mehr von Belang. Das Zeitalter der Wunder ist vorbei, der Orden ist jetzt das neue Gesetz in Westrien. Die Städte haben sich ihm bereits gebeugt, und früher oder später wird auch Archos einsehen, dass es sich der Macht der Schwarzen Türme nicht länger entziehen kann. Was Wölfe betrifft, so habe ich meine Lektion wohl gelernt. Entweder, man heult mit ihnen, oder man wird von ihnen gefressen. Die Dinge sind nicht mehr, wie sie waren, Bruder.«

»Offensichtlich«, entgegnete Lorymar tonlos, während ihm gleichzeitig klar wurde, warum ihr Vater Latimer nie zum Kanzler hatte ernennen wollen. Der alte Helmar hatte vermutlich schon früh erkannt, was Lorymar erst jetzt wirklich aufging: dass sein Bruder ein elender Feigling war.

Und diesem Feigling hatte er, Lorymar Thinkling, die Herrschaft über das Westland überlassen.

»Was geschieht jetzt mit mir?«, wollte er wissen.

»Das wirst du gleich erfahren.«

»Ich kehre nicht zurück, oder?«, fragte Lorymar und sah ihn fragend an.

»Nein«, beschied Latimer ihm tonlos, »wahrscheinlich nicht. Der Orden der Exekutoren hat … dein Ableben beschlossen.«

»Der Orden der Exekutoren, natürlich.« Lorymar lachte freudlos auf. »Noch nicht einmal dazu hast du selbst den Mut aufgebracht.«

»Genug geredet, Bruder.« Latimer hob eine Hand und wies zu der Tür, die aus der Kammer führte. »Bitte.«

Lorymar bezweifelte, dass ihm gefallen würde, was er hinter der Tür vorfand, zumal er bereits zuvor Stimmengemurmel wahrgenommen hatte. Offenbar war eine große Menge draußen versammelt – man hatte wohl vor, ihn öffentlich hinzurichten.

Zu früheren Zeiten hatte schon allein der Gedanke an sein eigenes Ableben Lorymar Thinkling regelmäßig an den Rand einer handfesten Panik getrieben; nun jedoch, da es tatsächlich so weit gekommen schien, erfüllte ihn eine seltsame Ruhe.

In mancher Weise, sagte er sich, mochte er verdient haben, was dort draußen auf ihn wartete, ganz sicher aber im Hinblick auf das, was er Nyasha angetan hatte.

Und zumindest würden seine Erinnerungen und die Träume, die ihn quälten, in dem Augenblick enden, da des Henkers Beil niederging …

Gefassten Schrittes und gefolgt von Latimer und den grobschlächtigen Schergen des Ordens, stieg Lorymar die Stufen zu der Tür empor und stieß sie auf. Das Gemurmel der Stimmen wurde schlagartig lauter, und ein weites, grubenförmiges Rund öffnete sich vor ihm, das von hölzernen, steil ansteigenden Sitzreihen umgeben war. Die Plätze waren bis auf den letzten mit Zuschauern belegt, die ungeduldig zu warten schienen …

Lorymar prallte zurück, doch Latimer, der unmittelbar hinter ihm ging, schob ihn wieder hinaus.

»Du erkennst es wieder«, sagte er.

»D-die Keilergrube«, nannte Lorymar das Erste, was ihm in den Sinn kam – auch wenn er diesen Ort sehr viel kleiner und bescheidener in Erinnerung hatte. »Hier wurden früher die Schweinerennen abgehalten …«

»Sie finden immer noch statt. Auch wenn wir die Regeln ein wenig … geändert haben.«

»Wir?«, fragte Lorymar.

»Exekutor Borkling hat mich eine wichtige Lektion gelehrt«, erklärte Latimer, während ein blecherner Fanfarenstoß erklang. »Nämlich dass ein Volk nur zwei Dinge benötigt, damit es den Mund hält und sich leicht regieren lässt – nämlich einen vollen Wanst und von Zeit zu Zeit etwas Zerstreuung.«

Er hatte kaum zu Ende gesprochen, als das Gemurmel der Menge zu lautem Jubel anschwoll – und von der gegenüberliegenden Seite des Runds zwei Wagen in das Rund einfuhren. Es waren leichte, zweirädrige Karren, die von jeweils zwei wilden Keilern gezogen wurden. Die Kutscher, die aufrecht auf den Wagen standen, waren Halblinge, die in unterschiedlichen Farben gekleidet waren, der eine rot, der andere grün. Als ein neuer Fanfarenstoß erklang, ließen beide die Peitschen knallen.

Das Rennen begann!

Unter dem Jubel der Menge trabten die Keiler an und rissen die Wagen mit. Der grüne Lenker verlor das Gleichgewicht und geriet ins Taumeln, stürzte um ein Haar hintenüber, was die Menge mit einem erfreuten Aufschrei quittierte. Indem er sich an die Zügel klammerte, gelang es ihm jedoch, sich auf der kleinen Plattform zu halten.

Umtost vom Jubel der Zuschauer jagten die Keiler um das Rund, die Wagen hinter sich herziehend, die eine Wolke von Staub aufwarfen. Wohin auch immer Lorymar blickte – überall auf den Zuschauerrängen sah er schreiende Münder und leuchtende Augen. Und es waren keine Menschen, die er dort sah, sondern Halblinge. Offenbar, musste er sich bitter eingestehen, hatte sich in Westland doch mehr verändert, als er geglaubt hatte. Die Sensationslust und Schadenfreude, die den Westländern schon immer innegewohnt hatte, vom Periwinkel bis herüber nach Hobheim, hatte sich in Blutdurst gesteigert – und in gewisser Weise trug er selbst die Verantwortung dafür …

Der grüne Wagen hatte jetzt zum roten aufgeschlossen, und die Keiler lieferten sich ein Rennen Kopf an Kopf, während die Wagenlenker mit ihren Peitschen auf sie einschlugen. Die Tiere keuchten, wilde Panik sprach aus ihren Augen, während das Publikum immer noch weiterschrie und wild gestikulierte. Der Staub war inzwischen so dicht, dass er die gesamte Grube überdeckte, doch dank ihrer bunten Kleider konnte man die beiden Kontrahenten noch immer erkennen – und so sah man auch, dass sie inzwischen gegenseitig mit den Peitschen aufeinander einschlugen, zur hellen Freude der Zuschauer.

Lorymar wand sich innerlich vor Abscheu.

Auch in Altashar hatte es Grubenkämpfe gegeben – dort hetzte man entweder Sklaven zum Kampf aufeinander oder warf Verbrecher wilden Tieren zum Fraß vor, und Lorymar hatte sich stets damit getröstet, dass die Freude an derlei Grausamkeiten den Menschen vorbehalten war. In den Gruben Westlands hatte man früher allenfalls Wildschweine um die Wette laufen lassen und sich darüber amüsiert, wenn ausgerechnet das Schwein mit den kürzesten Beinen mal wieder gewann … Seinesgleichen nun dabei zu sehen, wie sie sich an Blut und Tod erfreuten und keinen Deut besser waren als die Menschen, verstörte Lorymar – zumal das mörderische Duell im nächsten Moment ein grausiges Ende fand.

Von einem Peitschenhieb seines Rivalen getroffen, verlor der rote Wagenlenker die Kontrolle über sein Gefährt. Die Zügel glitten ihm aus der Hand, und die Keiler, der Führung ledig, brachen zur Seite aus. Die hölzernen Wagenräder versuchten noch einen Moment, der Gewalt standzuhalten, dann zerbarsten sie, und die Überreste des Wagens überschlugen sich. In hohem Bogen wurde der Lenker davongeschleudert, überschlug sich in der Luft und fiel in den Staub – wo er im nächsten Moment vom Gefährt seines Rivalen überrollt wurde.

Die Keiler trampelten über ihn hinweg und die Wagenräder zerschmetterten ihm die Brust. Dann wurde er noch ein Stück weit mitgeschleift, ehe er reglos liegen blieb. Während der unterlegene Gegner blutig und zerschunden im Sand der Grube lag, drehte der Sieger unter dem Jubel der Menge eine Ehrenrunde und ließ sich feiern.

Auch Latimer, der von seiner sicheren Warte aus zugesehen hatte, bemühte sich, volle Begeisterung zu zeigen.

»Nun, Bruder? Ganz wie in alten Zeiten, oder?«

»Ja«, stimmte Lorymar zähneknirschend zu. »Ich kann mich nur nicht erinnern, dass früher jemand dabei draufgegangen wäre.«

»Wie ich schon sagte – wir haben die Regeln ein wenig geändert. Und nun, Bruder … bist du an der Reihe.«

»Ich soll einen Wagen lenken?«

Der Lordkanzler schüttelte langsam den Kopf. »Für jemanden, der so lange nicht in der Heimat gewesen ist wie du, haben wir uns etwas Besonderes ausgedacht.«

Lorymar drehte sich zu seinem Bruder um und sah ihm prüfend in die blasse Miene. »Das glaube ich dir aufs Wort.«

»Begreif doch! Das ist eine faire Chance. Wenn du die Prüfung bestehst, bist du frei und kannst gehen, wohin es dir beliebt. Wenn nicht … nun ja.«

Die Wachen schoben Lorymar hinaus und eine Treppe hinab – und plötzlich fand er sich selbst im Rund der Grube wieder, umlagert von schätzungsweise etwas mehr als zweitausend grölenden, schreienden und völlig entfesselten Halblingen.

Gleichzeitig betrat von der anderen Seite her sein Gegner den Kampfplatz – und durch den Staub, den das Wagenrennen aufgeworfen hatte und der sich erst ganz allmählich wieder legte, erkannte Lorymar entsetzt, wer es war.

Kein anderer als Kalid.

4

Salzminen, Skaradag
Zur selben Zeit

Osric Jarnhant hatte seine Ankündigung wahr gemacht.

Noch vor Sonnenaufgang hatte man Bray und Kai aus ihrer Zelle geholt und sie zusammen mit anderen Gefangenen wie eine Herde Vieh aus der Stadt getrieben.

Die Salzminen befanden sich nördlich von Skaradag auf den dem Kap vorgelagerten Felseninseln. In alter Zeit, als Skaradag noch nicht mehr gewesen war als eines von vielen Dörfern an der Nordküste Bordlands, hatten die Fischer von dort das Salz geholt, um ihren Fang einzupökeln und für den Winter haltbar zu machen. Dann jedoch war jemand auf den Gedanken gekommen, das Meersalz, das sich über Jahrtausende im porösen Fels der Insel angelagert hatte, gezielt abzubauen und zu verkaufen – der Beginn eines beispiellosen Aufstiegs, der ein kleines Fischerdorf zum Mittelpunkt des Nordens gemacht hatte. Und zugleich auch die Geburtsstunde des Unrechts, das in Skaradag herrschte, denn längst nicht alle Bürger hatten am Wohlstand teil, den das Salz gebracht hatte. Während die einen es unter großem Gewinn verkauften, mussten die anderen es dem Fels in mühsamer, kräftezehrender Arbeit entringen.

Vom Festland aus waren die Inseln nur mit dem Boot zu erreichen – flache Gefährte, die im Seegang vor den Klippen schaukelten und für den Transport von Arbeitern gleichermaßen bestimmt waren wie für den des abgebauten Salzes. Die Inseln selbst waren untereinander über hölzerne Stege und aus

Abraum aufgeschütteten Dämmen verbunden. Vom ersten Licht des Tages an wimmelte es dort von Menschen, die im Schweiß ihres Angesichts schufteten, der Stürme und Unwetter ungeachtet, die gerade im Winter über die Inseln tosten.

Auf einem der Salzboote brachte man Bray, Kai und ihre Mitgefangenen auf eine der weiter außen gelegenen Inseln, wo man dabei war, neue Salzlager zu erschließen. Im Gegensatz zu den ›Ausbringern‹, deren Aufgabe es war, das Salz abzubauen, und den ›Packern‹, die es in großen Körben zu den Landungsstegen trugen, war es die Aufgabe der ›Stollentreiber‹, immer neue Gänge und Flöze in das dunkle Gestein zu schlagen. Da es immer wieder vorkam, dass im Bau befindliche Stollen einstürzten, ließ man diese Arbeit gerne von Sträflingen vornehmen, deren Verlust zu verschmerzen war. Anders als die unzähligen Tagelöhner, die bei Sonnenaufgang vom Festland herüber- und erst nach Sonnenuntergang wieder zurückgebracht wurden, übernachteten die Sträflinge auf den Inseln; gemeinhin sanken sie erschöpft dort nieder, wo sie ihr Tagwerk verrichtet hatten, um es gleich am nächsten Morgen wieder aufzunehmen – so lange, bis entweder die Stollendecke, ihre Kraft oder ihr Lebenswille nachgab.

Doch auch jene, die nicht in Ketten gelegt waren, fristeten auf den Inseln ein elendes Dasein. Die Gesichter, in die Bray blickte, waren ausgemergelt und totenbleich, und obwohl kaum jemand in den Minen arbeitete, der älter war als vierzig Winter, hatte sie das Gefühl, nur Greise zu erblicken: Die meisten Ausbringer gingen gebückt von der schweren Arbeit und waren ausgezehrt von der kargen Nahrung. Haut und Haare waren von weißem Salzstaub überzogen, die Augen rot und entzündet, und die meisten husteten und atmeten rasselnd von der schlechten und bisweilen giftigen Luft, die unter Tage herrschte; auch viele Frauen und Kinder waren darunter, die man gerne einsetzte, weil sie kleiner waren und man die Gänge und Stollen so niedriger und enger halten konnte – und das wiederum sparte beim Graben neuer Stollen Zeit und damit auch Geld. Und um Geld drehte sich nun einmal alles in Skaradag.

Die Aufseher, die die Gefangenen zum Mundloch des neuen Stollens brachten, waren so erbarmungslos wie gleichgültig. Wann immer sie den Eindruck hatten, dass einer der Sträflinge es an Bereitschaft mangeln ließ, brachten sie ihre Stöcke und Peitschen zum Einsatz. Ein Junge aus Darlik, der wegen des Diebstahls von ein paar Äpfeln inhaftiert worden war, bekam den Zorn der Wächter als Erster zu spüren. Und das nur, weil er auf dem glatten, vom Seewasser glitschigen Gestein ausglitt. Die Schergen des Magistrats prügelten ihn wieder auf die Beine, wobei sie ihm die Nase brachen. Röchelnd und Blut spuckend reihte er sich wieder in die Kolonne ein, und man brachte die Gefangenen unter Tage. Eine Einweisung in ihre neue Arbeit bekamen sie nicht. Man drückte ihnen lediglich Laternen, Spitzhacken und Bergeisen in die Hände und schickte sie vor zum Stollort. Dort trafen sie auf jene Sträflinge, die vor ihnen zum Dienst in den Minen verurteilt worden waren – geistergleiche Erscheinungen mit fiebrigen Blicken, die willenlos auf den Fels einschlugen.

Bray und Kai wurden der Gruppe zugeteilt, die im Hauptstollen arbeitete. Hier konnten sie zumindest fast aufrecht stehen und bekamen Luft, auch wenn sie von beißendem Salzgeschmack und klammer Feuchte durchsetzt war. Und indem sie die Spitzhacken ansetzten und sie ein um das andere Mal in das Gestein senkten, schlossen sie sich dem gespenstischen Reigen an, der sich im schwachen Licht der Laternen abspielte.

Es dauerte nicht lange, da waren auch sie von Staub bedeckt, und Bray konnte sehen, wie sich gezackte Rinnsale einen Weg über Kais Wangen suchten, Tränen der Verzweiflung, die ihn so aussehen ließen, als hätte sein Gesicht Sprünge bekommen. Das Feuer in seinen Augen war erloschen, während er sich immerzu zu fragen schien, wie lange er diese Tortur durchstehen würde, ehe der Tod ihn erlöste. Vermutlich hätte sich auch Bray mit dieser Frage beschäftigt, doch sie konnte es nicht.

Denn die Bilder, die ihr vor Augen standen, waren noch ungleich schrecklicher als der Anblick der lebenden Toten, die in den Minen von Skaradag schufteten.

Seit dem Tag, da Rayan der Krähensänger sein Leben gelassen hatte, war sie von neuen Visionen verschont geblieben. Weder des Nachts im Schlaf noch während ihres Leierspiels war sie von jenen Schreckbildern ereilt worden, die sie in Rayans Gegenwart häufig gehabt hatte, und sie hatte zu hoffen begonnen, dass sie sich jene Dinge entweder nur eingebildet hatte, oder dass sie tatsächlich mit dem Sänger in Verbindung gestanden hatten und deshalb auch mit ihm verschwunden waren.

Ob es an ihrer Angst lag oder an der bedrückenden Umgebung des Kerkers, wusste Bray nicht zu sagen – doch in der vergangenen Nacht waren die Visionen zurückgekehrt.

Schrecklicher und schlimmer als je zuvor.

Waren es einst nur verschwommene Bilder gewesen, die sie wahrgenommen hatte, verstörende Eindrücke von Tod und Untergang, waren sie diesmal sehr viel deutlicher gewesen. Mehr noch, Bray hatte das Gefühl gehabt, tatsächlich dort zu sein, auf jener einsamen Bergfestung am Abgrund der Welt. Sie hatte die Kälte gespürt, den Wind und den Nebel, hatte die grässlichen Schreie der Männer gehört und den furchtbaren Odem des Todes gerochen. Unheimliche Kreaturen waren finsteren Tiefen entstiegen – Kreaturen, so grauenvoll und grausam, dass sie sich unauslöschlich in ihr Gedächtnis eingebrannt hatten und ihr noch immer gegenwärtig waren, in jedem einzelnen Augenblick.

Noch nie zuvor hatte Bray einen Traum wie diesen gehabt, und unentwegt fragte sie sich, was er bedeuten mochte. Die

Dinge, die sie bislang gesehen hatten, mochten geschehen oder auch nicht, Schemen der Zukunft, wie Rayan ihr erklärt hatte. Doch diesmal hatte es sich anders angefühlt, wahr und wirklich …

Bray wusste sich darauf keinen Reim zu machen. Weder hatte sie eine Erklärung dafür, weshalb sich dieser Traum so beklemmend wirklich angelassen hatte, noch dafür, warum sie diese Visionen hatte. Rayan war nicht mehr am Leben, und ihre Leier hatte sie in ihrer Kammer im Haus des Doppelten Mondes zurückgelassen. Warum also?

Die Antwort, die Bray sich selbst gab, war so einfach wie beklemmend: Es hatte weder an dem Sänger gelegen noch an seinem Instrument. Sondern an ihr.

Aber wieso ausgerechnet sie? Und was genau hatte sie in diesen Träumen gesehen? Gab es diese einsame Festung tatsächlich? Was mochte das alles bedeuten?

Unablässig stellte sie sich diese Fragen und wusste doch, dass sie unbeantwortet bleiben würden. Nur eine Person in ganz Skaradag gab es, die ihr vermutlich Auskunft hätte geben können – doch nicht genug damit, dass diese Person für sie unerreichbar war, hatte sie sich auch von ihr abgewandt und wollte nichts mehr von ihr wissen. Und wenn Bray ehrlich zu sich selbst war, konnte sie es ihr noch nicht einmal verd…

»He du!«

Erschrocken zuckte sie zusammen. Sie war so in Gedanken vertieft gewesen, dass ihr nicht bewusst gewesen war, dass sie ihre Arbeit vernachlässigte. Erst der scharfe Ruf des Aufsehers brachte sie wieder ins Hier und Jetzt zurück. Alarmiert fuhr Bray herum – doch der Ruf hatte nicht ihr gegolten.

Unmittelbar neben ihr und Kai schuftete ein anderer Gefangener im Schweiße seines Angesichts, und wie sein Äußeres vermuten ließ, tat er das schon eine ganze Weile. Sein langes, wild wucherndes Haar war ergraut, und tiefe Falten durchzogen sein Gesicht, obschon er wohl noch keine dreißig

Winter zählte. Die Spitzhacke hatte er sinken lassen, keuchend stand er da, einen leeren Ausdruck in den Augen.

»Arbeite gefälligst!«, verlangte der Aufseher unbarmherzig. Den Stock hatte er schon in der Hand.

»Bi-bitte«, stieß der Gefangene hervor. »Nur eine kleine Pause … kann nicht mehr.«

»Du kannst nicht mehr?« Der andere, ein bärtiger Hüne mit zornig loderndem Blick, lachte derb auf. »Was glaubst du denn, wer du bist? Du vergisst wohl, dass dein Leben nicht mehr dir gehört? Dein stinkender Kadaver ist jetzt im Besitz des Magistrats von Skaradag, und er allein bestimmt, wann du noch kannst und wann nicht mehr!«

»Aber ich … ich …«

Der Aufseher kam für sich wohl zu dem Schluss, dass jedes weitere Wort überflüssig wäre. Stattdessen hob er den Stock und schlug damit zu. Der erste Hieb traf den Gefangenen an der Schulter, der zweite im Gesicht.

Der Mann drehte sich, um dem nächsten Hieb zu entgehen, dabei sah er Bray direkt an. Bray konnte die Hoffnungslosigkeit in seinem blutigen Gesicht erkennen. Er öffnete den Mund und schien etwas sagen zu wollen, als ihn der nächste Hieb traf.

Lautlos sackte der Mann zusammen und fiel auf das lose Geröll. Dabei stieß er sich den Kopf und blieb reglos liegen.

»Los, auf die Beine!«, verlangte der Aufseher. »Willst du wohl, du Stück Dreck?«

Er stieß ihn mit dem Fuß an, doch der Mann regte sich nicht mehr. Dafür war zu sehen, wie sich in einer Kuhle unter ihm dunkelrotes Blut sammelte. Ein anderer Wärter kam heran und untersuchte ihn mit flüchtigem Blick.

»Der ist hin«, sagte er nur.

Der Aufseher nahm es gleichmütig hin und spuckte auf den Boden, dass es klatschte. »Schafft ihn raus und werft ihn zu den Fischen«, wies er dann seine Kumpane an. »Und ihr«, wandte er sich an die übrigen Gefangenen, »lasst es euch eine Lehre sein, habt ihr verstanden?«

Niemand antwortete, aber alle wandten sich augenblicklich wieder ihrer Arbeit zu und bearbeiteten den Fels.

Auch Bray, in der sich alles gegen dieses Unrecht und diese Grausamkeit empörte.

Maß für Maß.

5

Keilergrube von Hobheim
Unterdessen

Sich Kalid im Kampf zu stellen, war aus zwei Gründen so lächerlich wie aussichtslos: Zum einen war er ein Gardist des Hauses Tyras, das nur die besten der besten Kämpfer in seine Reihen aufnahm; zum anderen musste Lorymar annehmen, dass in seinem Inneren eine reißende Bestie lauerte – auch wenn sie bislang wohl noch nicht zum Ausbruch gelangt war …

Instinktiv wandte sich Lorymar um und wollte zurück, doch die Tür, durch die er gegangen war, wurde in diesem Moment zugeworfen. Er erheischte noch einen Blick auf das ausdruckslose Gesicht seines Bruders, dann fiel die Tür ins Schloss, und der Riegel wurde geräuschvoll vorgeschoben.

Das Geschrei der Zuschauer schwoll an, als sie durch den sich lichtenden Staub Kalid erblickten, der wie der Inbegriff eines Kämpfers wirkte: Nackt bis auf einen ledernen Lendenschurz, die bronzefarbene Haut glänzend im Licht des späten Nachmittags; bis auf ein Stirnband, das sein schulterlanges schwarzes Haar zurückhielt, trug er keine Kopfbedeckung; seine Bewaffnung bestand aus Eisenfäusten – schweren ledernen Handschuhen, die ihm bis zu den Ellbogen reichten und aus deren geballten Fäusten mörderische Stacheln aus Metall ragten.

Lorymars Anblick hingegen entlockte den Zuschauern nichts als Spott, und er konnte es ihnen noch nicht einmal übel nehmen, klein und schmächtig, wie er dastand, mit nichts am Leibe als seinen abgetragenen Kleidern und noch nicht einmal bewaffnet.

Es war ein Witz.

Ein schlechter Witz.

»Als Nächstes, Bürger von Westland«, hörte er plötzlich jemanden mit lauter Stimme von oben rufen, »wird sich ein überführter Verbrecher in der Grube verantworten!«

Wie benommen taumelte Lorymar noch einige Schritte weiter in das Kampfesrund. Als er sich umdrehte und nach oben blickte, konnte er sehen, woher die Stimme kam: Oberhalb des Tores, durch das man ihn hinausgestoßen hatte, ragte eine Art Loge in den Zuschauerrängen auf. Dort stand, von seinen graugesichtigen Wachen umgeben, Thero Borkling und gerierte sich in seiner schwarzen Robe wie der Herr über ganz Westland. Und vermutlich, dachte Lorymar bitter, war er das auch …

Der kleinwüchsige Exekutor saß nicht allein dort oben; Nyasha pan Tyras war an seiner Seite, ebenso wie Kira, ihre Zofe, und beide blickten mit grimmiger Genugtuung auf Lorymar herab. Und soeben gesellte sich auch Latimer zu ihnen …

»Der Halbling, den ihr vor euch seht«, fuhr Borkling an die Menge gewandt fort, »wird des Verrats und anderer scheußlicher Vergehen beschuldigt. Vor allem aber hat er selbst gestanden, sich mit Magie befasst zu haben!«

Die Art, wie der kleine Exekutor die letzten Worte betonte, war dazu angetan, einen Sturm der Empörung zu entfachen – und so brach im nächsten Moment denn auch der gesammelte Zorn der Zuschauer über Lorymar herein, die wütend ihre Fäuste ballten und ihn mit Beschimpfungen überzogen.

»Und obwohl die Schuld dieses Verbrechers eindeutig bewiesen ist, bin ich Thero Borkling, Exekutor des Westlands, bereit, Gnade vor Recht ergehen zu lassen und ihm eine letzte Chance einzuräumen. Gelingt es ihm, diesen edlen Krieger in fairem Zweikampf zu besiegen, soll ihm die Freiheit geschenkt werden!«

Die Menge lachte – jedem war klar, dass die Großmut des Exekutors nur gespielt war und es mit dem Verurteilten ein übles Ende nehmen würde. Und den vor Erregung leuchtenden Mienen entnahm Lorymar, dass sie es kaum erwarten konnten …

»Möge der bessere Kämpfer gewinnen!«, verkündete Borkling und grinste. Auch über Nyashas anmutige Züge huschte ein Lächeln, und anders als seinem Bruder und Borkling konnte Lorymar es ihr nicht einmal verdenken.

Von der Loge warf man ihm einen kurzen Speer und einen kleinen Schild herab. Zuerst machte er keine Anstalten, sie aufzuheben, aber dann kam Kalid auf ihn zu, und Lorymar wurde klar, dass er eine Entscheidung zu treffen hatte – und wenn ein Lorymar Thinkling die Wahl hatte zwischen Leben und Tod, so wählte er noch immer das Leben!

Rasch hob er den Speer auf und schlüpfte in die ledernen Riemen des Schildes, während Kalid ihn bereits lauernd umkreiste, die Handschuhe mit den tödlichen Spornen bedrohlich gesenkt. Die Menge brüllte und feuerte ihn an, jeder wollte den Halbling durchbohrt niedersinken sehen.

»Weißt du noch, wer ich bin?«, rief Lorymar Kalid zu, während sie einander lauernd umkreisten. »Erinnerst du dich an mich? Wir sind gemeinsam im Morwald gewesen …«

In den dunklen Augen des Mannes aus Altashar flackerte kein Erkennen. Sein Blick war auf Lorymar geheftet, folgte jeder seiner Bewegungen. Wie er es geschafft hatte, die Bestie in seinem Inneren so lange zu zähmen, entzog sich Lorymars Kenntnis. Vermutlich, sagte er sich, lag es an der Disziplin, zu der er als Kämpfer des Hauses Tyras von Kindesbeinen an erzogen worden war … Und plötzlich griff er an!

Mit einem heiseren Schrei, der dem Publikum Rufe der Verzückung entlockte, sprang er auf Lorymar zu, die rechte seiner tödlichen Fäuste zum Stoß erhoben. Der Halbling reagierte, ohne nachzudenken – indem er sich blitzschnell zur Seite warf, entging er dem wuchtigen, aber schwerfälligen Angriff, rollte sich auf dem Boden ab und stand sofort wieder auf den Beinen – am Sand würgend und spuckend, den er versehentlich geschluckt hatte. Wie er es hasste zu kämpfen!

Er hatte es niemals gemocht, schon damals nicht – doch es war an der Zeit, sich einige der Tricks ins Gedächtnis zu rufen, die Jenya ihn gelehrt hatte … Als Kalid erneut angriff, ging Lorymar zum Schein darauf ein, nur um im letzten Augenblick erneut wegzutauchen und seinen Speer zu schleudern.

Jeden anderen Kämpfer hätte das Geschoß vermutlich getroffen – Kalid jedoch reagierte mit derartiger Schnelligkeit, dass das Auge ihm kaum folgen konnte. Mit einer blitzartigen Bewegung wehrte er den Speer ab, der splitternd zerbarst, dann wirbelte er auch schon um seine Achse und griff erneut an.

Lorymar, der zurückwich, verlor das Gleichgewicht und landete rücklings im Sand der Grube – während sein Gegner bereits über ihm war und die Eisenfaust zum Todesstoß hob, begleitet vom Beifall der Menge.

Der bedrängte Halbling tat das Einzige, was ihm in seiner Not einfiel – er riss den Schild hoch, den er abgenommen hatte und nun mit beiden Händen umklammerte, und schon einen Lidschlag später schlug die Faust seines Gegners mit der Wucht eines Schmiedehammers ein. Der Aufprall war so heftig, dass der dünne Schild durchbohrt wurde – als Kalid seinen Arm zurückriss, riss er damit auch den Schild aus Lorymars Händen.

Während der Krieger aus Altashar fluchend versuchte, die eisernen Stacheln wieder frei zu bekommen, raffte sich Lorymar hastig auf die Beine und wich bis an den Rand der Grube zurück, wo sich der Spott der Menge wie Jauche über ihn ergoss. Sein Blick glitt hinauf zu Nyasha, die noch immer lächelte. Als sie seinen Blick mit eisiger Kälte erwiderte, traf es Lorymar bis ins Mark. Denn in diesem Moment ging ihm auf, dass kein anderer als er die einstmals so sanftmütige Prinzessin von Altashar in dieses kaltherzige Wesen verwandelt hatte …

Kalid griff wieder an.

Lorymar war klar, dass er verloren hatte, es gab nichts mehr, das er der Gewalt des Kriegers entgegensetzen konnte – keine Waffe, keinen Schild und ganz sicher keine Körperkraft. Außer …

Ein Gedanke schoss ihm jäh durch den Kopf.

Vielleicht, wenn es ihm gelang …

»Hakan!«, rief Lorymar laut und hob abwehrend die Hände. »Erinnerst du dich an Hakan? Deinen Bruder?«

Kalids Angriff stockte jäh.

Abrupt blieb er stehen, die tödlichen Fäuste erhoben, und starrte Lorymar an.

»Wir haben ihn getötet, weißt du noch?«, fuhr der Halbling fort, dem klar war, dass dies seine letzte, seine allerletzte Chance war. »Er hat für uns gekämpft, hat unter Einsatz seines Lebens die Morwölfe abgewehrt und wurde dabei verwundet – und was haben wir getan? Wir haben ihm weder gedankt noch seine Wunden verbunden – stattdessen haben wir ihn umgebracht. Sie«, rief Lorymar aus und deutete zu Nyasha hinauf, »hat es getan!«

Kalids Blick flog zur Loge hinauf, wo die Prinzessin saß. Dem Blitzen in seinen Augen war zu entnehmen, dass er sich zumindest bruchstückhaft erinnerte – doch offenbar genügte das nicht …

»Wir haben deinen Bruder sterbend dort zurückgelassen, ganz allein im dunklen Wald«, fuhr Lorymar fort. »Wieso haben wir das getan? Der Fluch der Morwölfe existiert nicht, oder? Man verwandelt sich nicht in eine reißende Bestie, nur weil man von ihnen gebissen wird, richtig?«

Kalid nickte zögernd.

»Richtig«, gab Lorymar sich selbst die Antwort. »Niemand weiß das so gut wie du, denn du hast es am eigenen Leib erfahren. Du weißt, was der Biss der Morwolfs anzurichten vermag – nämlich nichts. Du bist immer noch der, der du gewesen bist – dein Bruder hingegen ist tot, weil wir zu feige waren, ihn am Leben zu lassen! Und das, obwohl er uns gerettet hatte …«

Kalids Blick traf ihn mit voller Wucht, die Wildheit darin erschreckte ihn – und verriet Lorymar zugleich, dass er auf dem richtigen Weg war …

»Dein Bruder hätte nicht sterben müssen, das wissen wir jetzt!«, rief Lorymar ihm zu. »Aber er ist tot, denn wir haben ihn umgebracht und auf jener Lichtung zurückgelassen. Was, glaubst du, haben die Morwölfe mit ihm gemacht? In Stücke gerissen haben sie ihn, ihm die Eingeweide aus dem Leib gefetzt und ihn dann gefressen!«

Die Zeit schien stillzustehen.

Das Geschrei der Zuschauer, ihre Anfeuerungsrufe und ihre Aufforderungen, den verdammten Halbling endlich zu durchbohren – all das war zu einem fernen Rauschen verblasst. In diesem Augenblick schien es nur noch sie beide zu geben, ihn und Kalid – und dann, plötzlich, gesellte sich noch ein Dritter hinzu. Es war die Bestie, die in diesem Moment Oberhand gewann.

Der Schrei, der aus Kalids Kehle drang, hatte kaum noch etwas Menschliches an sich – es war jenes schaurige Gebrüll, das sie auch in jener Nacht im Morwald vernommen hatten und das dazu angetan war, jede sterbliche Kreatur in Todesangst zu versetzen.

Die Rufe der Zuschauer gingen darin unter, blankes Entsetzen griff auf den Rängen um sich – und dies umso mehr, da Kalid unter heiserem Gebrüll die beiden Eisenfäuste abstreifte. Während die eine Hand noch die eines Menschen war, hatte die andere – vermutlich jene, an der er damals verletzt worden war – bereits die Form einer Wolfsklaue angenommen. Die Finger waren deformiert, und mörderische Krallen ragten daraus hervor. Die Zuschauer, die es sahen, schrien entsetzt – und als wäre dies das Signal zu weiterer Verwandlung, begann sich in diesem Moment auch Kalids Gesicht zu verändern!

Mit Körperkraft und Willensstärke war es Nyashas Leibwächter bislang gelungen, die Verwandlung einzudämmen – nun jedoch, durch seinen entfesselten Zorn aller Schranken beraubt, brach sie sich Bahn. Seine Kiefer, zum Schrei geöffnet, schoben sich vor, während dornenartige Fortsätze aus seinem nackten Rücken stachen und die Haut durchbohrten – und der Schmerz und der Anblick seines eigenen Blutes, das den Sand der Arena färbte, ließen den Mann, der einst Kalid Sayf gewesen war, seine Menschlichkeit verlieren.

Er brüllte weiter, während die Zähne in seinem Kiefer sich zu mörderischen Fängen auswuchsen. Auch seine Beine und Füße veränderten ihre Form, streckten sich auf bizarre Weise und bogen sich wie die Hinterläufe eines Tieres. Sein ohnehin gestählter Körper schien noch an Muskeln zu gewinnen, das Band um seine Stirn zerriss – und seine Augen, die nunmehr aus einer grässlichen Wolfsfratze starrten, verfärbten sich gelb.

So entsetzt die Zuschauer waren, konnten sie ihren Blick doch nicht von dem Schauspiel wenden – anders als Lorymar, der darauf gefasst gewesen war, ja sogar darauf gehofft hatte. Denn jäh war ihm eingefallen, was es sein mochte, das die Verwandlung vom Menschen zur Bestie auslöste: Wut und Hass …

Bereits beim ersten Anzeichen hatte er sich zum Rand der Grube zurückgezogen und möglichst großen Abstand zwischen sich und die entfesselte Bestie gebracht. Ein Blick hinauf zur Loge sagte ihm nun, dass der Schrecken auch dort Einzug gehalten hatte: Nyasha und Kira waren aufgesprungen und beobachteten entsetzt, was mit ihrem Beschützer vor sich ging, während Thero Borkling – *Exekutor* Borkling – offenbar beschlossen hatte, zumindest dieses eine Mal doch an Dinge zu glauben, die sich nicht ohne Weiteres erklären ließen. Seine Gesichtszüge waren aschfahl geworden, er zitterte am ganzen Körper, während er seinen Leuten heiser befahl, die Bestie zu erledigen.

Die Ordensschergen ließen sich nicht lange bitten. In der Überzeugung, leichtes Spiel zu haben, sprangen einige von ihnen von der Loge in die Grube – die ersten beiden lebten nicht lange genug, um ihren Leichtsinn zu bereuen.

Mit einem Heulen, wie ihn nur der Rachen eines Wolfs zustande brachte, setzte Kalid auf sie zu, zerfetzte dem einen die Kehle, ehe er dem anderen im wörtlichen Sinne das Herz aus der Brust riss. Das schreiend rote Blut und das Gebrüll der Bestie lösten Panik auf den Rängen aus, und die Zuschauer, die zuvor noch mit lauter Stimme den Tod Lorymar Thinklings gefordert hatten, schrien nun um ihr eigenes Leben, während sie panisch die Flucht ergriffen. Auf ihren kurzen Beinen suchten sie über die Sitzreihen nach oben zu klettern, dabei stürzten und trampelten sie wild übereinander und stießen sich gegenseitig aus dem Weg – ein junger Halbling, der das Pech hatte, das Gleichgewicht zu verlieren und von der Balustrade in die Grube zu stürzen, geriet in die Fänge der Bestie und wurde zerfetzt.

Die Ordensschergen waren gewarnt.

Sie schickten sich an, die Kreatur, die einst Kalid Sayf gewesen war, zu umzingeln. In geduckter Haltung und mit blanken Waffen näherten sie sich, jeder Einzelne ein erbarmungsloser Schläger – doch im Kampf gegen die entfesselte Bestie war dies nicht genug. Statt abzuwarten, bis seine Gegner ihn umkreist hatten, wählte die Kreatur einen von ihnen aus und griff ihn an, riss ihm mit schrecklicher Gewalt das behelmte Haupt von den Schultern. Noch während der kopflose Torso zu Boden sank, war die Bestie bereits beim nächsten Krieger, der seine Klinge nach ihm schwang und ihn leicht verletzte.

Die Kreatur schrie auf, weniger vor Schmerz als vor blinder Wut. Ihre Klaue zuckte vor und traf den Mann am Hals, sodass er an seinem eigenen Blut würgend niedersank. Unter den verbliebenen Wachen brach Panik aus.

Zwei von ihnen suchten zu entkommen und aus der Grube zu klettern, zwei weitere stellten sich der Bestie zum Kampf. Was sie nicht hätten tun sollen. Der eine Ordensdiener verlor sein Schwert mitsamt der Hand, die es noch umklammerte. Der andere wurde von der Kreatur gebissen. Die lederne Rüstung bot den mörderischen Kiefern keinen Widerstand, Blut spritzte und blanker Knochen kam zum Vorschein, als die Bestie ein Stück aus seiner Schulter riss.

Mit einem Sprung, wie ihn kein Mensch bewerkstelligen konnte, setzte der Kalid-Wolf daraufhin zum Rand des Runds, packte den Wächter, der dort gerade hinaufklettern und sich in Sicherheit bringen wollte, und benutzte ihn kurzerhand als Leiter. Indem sie die Fußkrallen in den Rücken des Mannes grub, huschte die Kreatur hinauf und sprang auf die Loge – wo sie im nächsten Moment Thero Borkling gegenüberstand.

»Halt!«, kreischte der Exekutor von Westland. »Grässliche Bestie, verschwinde!« Seine Züge verzerrten sich vor Furcht und Entsetzen, während die schwarze Kutte zwischen den Beinen noch dunkler wurde. Die Überzeugung, dass es ein Wesen wie dieses nicht gab, hatte offenbar einige Risse bekommen. »Ich befehle dir …«, setzte Borkling zu einem verzweifelten Versuch an, von der Würde seines Amtes zu retten, was noch zu retten war.

Er kostete ihn das Leben.

Als wäre der Exekutor von Westland nur eine Nebensächlichkeit, nur ein lästiges Hindernis auf seinem Weg zum Ziel, packte die Bestie den Halbling, riss ihn in der Leibesmitte entzwei und schleuderte die Hälften von sich. Und im nächsten Moment entdeckte die blutrünstige Kreatur die beiden Frauen, die sich in den hintersten Winkel der Loge zurückgezogen hatten und dort angstvoll aneinanderkauerten.

»Nein!«, schrie Lorymar – doch es war zu spät.

Mit einem Satz sprang die Bestie auf Nyasha und Kira zu, beugte sich mit blutigen Klauen über sie. Einen quälenden Augenblick lang sah es so aus, als wäre es um die beiden geschehen – doch plötzlich hielt die Bestie inne.

Von seinem Platz in der Grube aus konnte Lorymar erkennen, wie der Kalid-Wolf schnupperte und zögerte. Zu sprachlicher Äußerung schien er nicht mehr fähig, aber ihm entfuhr ein Laut, der sich ratlos und verwirrt anhörte – und unvermittelt wandte sich die Bestie von den beiden Frauen ab, setzte mit ausgreifenden Sprüngen von der Loge auf die inzwischen leeren Ränge und war im nächsten Moment über deren obere Kante verschwunden.

Ihr Gebrüll war verstummt, so wie die Schreie der Menge, die sich zum größten Teil in Sicherheit gebracht hatte. Zurück blieben nur Tod und Blut und blanker Schrecken.

Lorymar sah zur Loge hinauf. Und Latimer, Lordkanzler von Westland, blickte von dort zurück, schreckensbleich und am ganzen Körper zitternd.

6

Salzminen, Skaradag
Zwei Tage später

Der Traum hatte sich wiederholt.

Nicht nur in der darauffolgenden Nacht, sondern auch in der vergangenen, und was immer Bray auch unternahm, um die Bilder aus ihrem Kopf zu bekommen, es gelang ihr nicht. Stets sah sie sie vor sich, wie sie aus dem Schacht stiegen und über die Besatzer der Festung herfielen – grauenvolle Kreaturen, so schwarz und dunkel wie die Nacht, auf eine Weise lebendig, die der Natur spottete. Und da waren ihre Augen …

Diese Augen!

Sie leuchteten in kalter, unirdischer Glut, so als wären diese Krieger kein Teil dieser Welt.

Wer waren sie?

Woher kamen sie?

Und wieso verfolgten sie Bray?

Nachts konnte sie sich nicht dagegen wehren – die Bilder erschienen im Schlaf, ob sie es wollte oder nicht, und jedesmal spürte sie von Neuem die Angst, hatte das Gefühl, diesen Kreaturen ausgeliefert zu sein, allein und hilflos … und anders als gewöhnliche Träume endete dieser nicht, wenn sie zu schreien begann und das Grauen übermächtig wurde. Dieser Albdruck währte bis zum grässlichen Ende, und allein bei der Erinnerung an das, was die Kreaturen mit den leblosen Körpern der Dahingemetzelten taten, drehte sich Bray der Magen um. Selbst jetzt noch konnte sie auf der grauen Felswand, vor der sie stand und die sie mit ihrer Spitzhacke bearbeitete, das schreiend rote Blut sehen.

Beklommen entsann sich Bray auch ihrer früheren Visionen, die sie gehabt hatte, als sie auf Rayans Leier spielte. Darin hatte sie eine zerstörte Welt gesehen ... niedergebrannte Dörfer, zerstörte Burgen, Tod und Pestilenz. So erschreckend dies gewesen war, so vage war es auch geblieben, und selbst Rayan hatte nicht mit Bestimmtheit sagen können, ob es tatsächlich die Zukunft war, die Bray sah. Ebenso wenig, wie er gewusst hatte, ob sich diese Zukunft, wenn sie es denn war, verhindern ließ. Sein Einbruch in die Schatzkammer der Eisernen Zitadelle, bei dem sie alle gefangen genommen worden waren, hatte letztlich nur dem einen Zweck gedient, Gewissheit zu erlangen. Bekommen hatte er sie nicht – dennoch hätte sich Bray in diesem Augenblick nichts sehnlicher gewünscht, als den Krähensänger an ihrer Seite zu wissen und mit ihm über diese Dinge sprechen, ihm all die Fragen stellen zu können, die sie immerzu quälten.

Was hat das alles zu bedeuten?

Warum sehe ich diese Bilder?

Und warum ausgerechnet jetzt ...?

»Bray!«

Eine Stimme riss sie aus ihren Gedanken. Kai stand neben ihr, Bestürzung stand in seinen von der schweren Arbeit geröteten Zügen. Da wurde ihr erst klar, dass sie in ihrer Bestürzung keineswegs nur in Gedanken gesprochen hatte, sondern laut ...

»Alles in Ordnung mit dir?«, raunte Kai ihr zu, dabei verstohlen nach den Aufsehern blickend.

Bray nickte nur.

»Bist du sicher?« Er sah sie besorgt an. »Du redest wirres Zeug, das ist nicht gut ... Es hat Leute gegeben, die hier drin den Verstand verloren haben.«

»Es geht mir gut«, versicherte sie ein wenig barscher, als

sie beabsichtigt hatte. Was hätte sie Kai auch anderes sagen sollen? So anrührend seine Fürsorge war, so wenig würde er verstehen, was sie bewegte. Vermutlich würde er sie erst recht für verrückt halten – und vielleicht hatte er ja auch recht damit! Waren die Visionen, die sie neuerdings erlebte, womöglich wirklich nur eine Folge der Überanstrengung, der giftigen Luft und der ständigen Furcht? War sie tatsächlich dabei, den Verstand zu verl…?

»Ihr beiden da!«

Der Ruf des Aufsehers zerschnitt ihre Gedanken scharf wie ein Messer. Den Oberkörper drohend nach vorn gebeugt, kam er heran. Es war der Bärtige – der Mann, der erst vor zwei Tagen einen ihrer Mitgefangenen zu Tode geprügelt hatte.

»Du!«, zeigte er anklagend auf Kai. »Was hast du dich zu beschweren, Ratte?«

Der Junge wurde schlagartig kreidebleich. »Aber ich … ich habe mich nicht beschwert, Herr!«, beeilte er sich zu versichern.

»Was hattest du dann zu quatschen?«

»Ich weiß nicht … ich meine, ich habe nicht …« Seine Augen blickten Hilfe suchend umher, aber natürlich gab es keine Hilfe. Angst schüttelte ihn, dennoch sagte er nichts von seiner Sorge Bray betreffend, was sie ihm hoch anrechnete.

»Dein Gestammel macht mich krank«, beschied ihm der Wärter, den die Häftlinge alle nur *Blodskegg* nannten – Blutbart.

»Da-das tut mir leid«, beeilte Kai sich zu versichern, der in seiner Panik den Tränen nahe war. »Ich wollte nicht …«

»Was wolltest du nicht? Hierherkommen? Zum ersten Mal in deinem Leben etwas Vernünftiges tun? Das hättest du dir überlegen sollen, bevor du dich am Hab und Gut ehrbarer Menschen vergriffen hast!«

»J-ja«, erwiderte Kai und senkte schuldbewusst das Haupt. Seine Angst vor Blutbarts Stock war in diesem Augenblick sehr viel größer als sein Stolz, und Bray konnte das gut nachvollziehen. Stolz war das Erste, das man in den Minen verlor – spätestens dann, wenn man gezwungen wurde, an derselben Stelle, an der man arbeitete und wo man des Nachts schlief, auch seine Notdurft zu verrichten.

»Ja was?«, herrschte Blutbart ihn an.

»Bi-bitte«, hauchte Kai. »Ich will keinen Ärger. Ich will nur arbeiten …«

»Warum störst du dann? Warum machst du das Maul auf, obwohl es dir niemand erlaubt hat? Kannst du mir das verraten?« Bray sah das Blitzen in den Augen des Aufsehers und wusste, dass es böse für Kai enden würde. Genau diesen Ausdruck hatte Blutbart auch in den Augen gehabt, kurz bevor er über den anderen Gefangenen hergefallen war – den Ausdruck eines Mannes, der gelangweilt war von seinen Aufgaben und es als willkommene Abwechslung betrachtete, zu erniedrigen und zu quälen …

»Bitte, Herr«, flehte Kai noch einmal. »Ich wollte nichts Böses. Ich wollte nur …«

»Zurück zu deiner Mama?« Blutbart hatte sich zu ihm herabgebeugt und schrie ihm direkt ins Ohr. Seine grobschlächtigen Züge wurden puterrot dabei. »Dafür ist es zu spät! Du bist hier, und ich allein bestimme, ob du arbeiten darfst oder nicht, reden darfst oder nicht, scheißen darfst oder nicht! Hast du das verstanden?«

Kai zitterte am ganzen Körper. Zu einer Antwort war er nicht mehr fähig, also nickte er nur.

»Wie war das? Du verfluchte Ratte sollst gefälligst antworten, wenn ich mit dir rede!«

Vermutlich wollte Kai antworten, aber er brachte kein Wort hervor. Seine Lippen bebten, sein Unterkiefer klappte auf und zu wie bei einem Fisch, aber es kam kein Ton heraus.

»Du machst dich über mich lustig?« Blutbarts Tonfall verriet, dass er auf eine Gelegenheit wie diese nur gewartet hatte. »Warte, Bursche, das werde ich dir austreiben!«

Damit ging der Stock auch schon nieder.

Der erste Hieb traf Kai an der Schläfe. Haut platzte auf und Blut spritzte hervor, doch der Wärter scherte sich nicht darum. Im Gegenteil schien er seinem Spitznamen alle Ehre machen zu wollen. »Wer hat dir erlaubt, dich hinzulegen?«, brüllte er, als Kai benommen niederging. »Du kleines Stück Dreck, weißt du, wie viele von deiner Sorte ich schon an die Haie verfüttert habe?«

Kai war zu keiner Erwiderung mehr fähig. Er rollte sich am Boden zusammen, nahm die Hände über den Kopf in Erwartung weiterer Hiebe – und sie kamen.

Noch zweimal ging der Stock nieder, traf ihn an Kopf und Schulter. Dann begann Blutbart, mit dem Fuß auf den Jungen einzutreten, der wehrlos und halb benommen vor ihm lag. »Da und da!«, schrie er dazu. »Das wird dich lehren, dich nicht mehr gegen mich aufzulehnen!«

Bray, die alles mit angesehen hatte, stand in regloser Starre. Was geschah, war so irrsinnig und sinnlos grausam, dass ihr Verstand einen Moment brauchte, um es zu begreifen – dann jedoch konnte sie nicht anders, als zu handeln.

»Aufhören!«, schrie sie aus Leibeskraft – die Konsequenzen waren ihr in diesem Moment egal.

»Noch eine Ratte?« Blutbart verzichtete darauf, sich zu ihr umzudrehen. Über die Schulter sandte er ihr einen abschätzigen Blick. »Warte, Kleine, du bist auch gleich an der Reihe. Für deine Sorte habe ich eine besondere Methode, um ihr das Maul zu stopfen.«

Damit wandte er sich wieder Kai zu, der sich vor Schmerzen windend am Boden lag, schiere Verzweiflung im Gesicht. Bray war klar, dass Blutbart nicht eher aufhören würde, als bis Kai sich nicht mehr regte. Und anschließend würde er sich mit ihr befassen …

Sie überlegte nicht lange.

Ihr Zorn und ihre Empörung übernahmen die Kontrolle, und in einer einzigen fließenden Bewegung hob sie die Spitzhacke, die sie in ihren schwieligen Händen hielt, holte aus und hieb sie mit voller Wucht in Blutbarts ungeschützten Rücken.

Als kleines Mädchen hatte Bray einmal mit angesehen, wie ein Dieb, der während eines Unwetters über die Dächer hatte entkommen wollen, von einem Blitz getroffen war – Blutbart erging es in diesem Augenblick nicht viel anders.

Der grobschlächtige Mann zuckte und warf die Arme hoch, den Stock ließ er fallen. Jäh hatte er damit aufgehört, Kai zu malträtieren, wankte stattdessen auf seinen pfeilerartigen Beinen hin und her. Befremdlicherweise schrie er nicht – zwar war sein Mund weit aufgerissen, aber es kam kein Ton daraus hervor, was vermutlich an dem Eisen lag, das Bray von hinten in seinen Brustkorb geschlagen hatte.

Vergeblich tastete er nach dem Fremdkörper, der in seinem Rücken steckte – er bekam ihn nicht zu fassen. Stattdessen wandte er sich wankend um, starrte Bray aus ungläubig aufgerissenen Augen an – und im nächsten Moment trat ein Blutschwall über seine Lippen und färbte seinen Bart.

Dann brach er zusammen.

Bray war es vorgekommen, als wäre alles mit unendlicher Langsamkeit geschehen – in Wahrheit hatte es sich innerhalb von Augenblicken abgespielt. Und erst, als ihr Anführer gurgelnd zusammenbrach, sahen die anderen beiden Wärter, dass etwas nicht in Ordnung war.

»Verdammtes Weib!«, schrie der eine. »Was hast du ge…?«

Weiter kam er nicht – ein anderer Gefangener warf seine Spitzhacke nach ihm. Das Eisen traf ihn am Kopf und ließ ihn wanken. Er stürzte, und ein Gesteinsbrocken von der Größe eines Kürbis gab ihm den Rest. Der dritte Wächter schrie wutentbrannt auf und entrollte seine Peitsche, um damit auf die Gefangenen einzuschlagen – in der Aufregung übersah er jedoch, dass er damit in die Reichweite ihrer Fußketten kam.

Fena, eine junge Frau, die nur wenig älter war als Bray, schlang das eiserne Band von hinten um seinen Hals und rang ihn mithilfe zweier Mitgefangener zu Boden – und ein Faustkeil, den kein anderer als Kai in seinen Hals rammte, setzte auch seinem Leben ein ebenso jähes wie blutiges Ende.

Keuchend fiel der Junge zurück auf den Boden, noch immer am ganzen Körper zitternd. »U-und jetzt?«

Nicht nur er, sondern auch die anderen Gefangenen, die am Ende des Stollens arbeiteten, vierzehn an der Zahl, sahen Bray fragend an.

»Wir müssen weg«, sagte sie nur – und hieb mit der Spitzhacke nach der Öse, die die Kette mit der Schelle um ihr Fußgelenk verband. Der erste Hieb ging daneben, der zweite traf mit voller Wucht. Funken stoben – und das Eisen war so beschädigt, dass es sich abbrechen ließ. Die anderen Gefangenen taten es ihr gleich, während sie sich bückte und Kai behilflich war. Wegen des Lärmes brauchten sie sich keine Sorgen zu machen – jeder einzelne Stollen der Insel hallte wider vom Klang der Hämmer und vom Bersten des Gesteins.

»Wird es gehen?«, fragte Bray, nachdem sie auch Kai von der Kette befreit hatte. Sein Gesicht war blutig und von den Tritten geschwollen, sein linkes Auge kaum mehr zu sehen. Er hatte ein paar Zähne eingebüßt und vermutlich auch einige Rippen gebrochen – dennoch nickte er.

»Danke«, stieß er hervor.

»Ob es Grund zum Danken gibt, wird sich zeigen«, knurrte sie, während sie seinen rechten Arm über ihre Schulter legte und ihm half, sich aufzurichten. Er unterdrückte einen Schmerzensschrei.

»Wohin gehen wir?«, fragte Fena, und auch die Übrigen sahen Bray erwartungsvoll an. Offenbar war sie einhellig zur Anführerin bestimmt worden …

»Hinaus, und das möglichst rasch«, verriet sie, was sie für Kai und sich geplant hatte.

»Aber dort werden sie uns fangen!«, wandte ein anderer ein. »Wir sollten hierbleiben und uns verstecken.«

»Nein«, wandte ein Dritter ein. »Wenn sie das merken, werden sie uns ausräuchern!«

»Tut, was ihr für richtig haltet«, erwiderte Bray nur. »Aber wenn sie das hier finden«, – sie deutete mit dem Kinn auf die am Boden verstreuten Leichen –, »solltet ihr möglichst weit weg sein.«

Niemand widersprach. Sie überließen es Bray, sie anzuführen, und so ging sie voraus, Kai stützend, der leise stöhnte. Wo andere Stollen kreuzten oder der Gang sich verzweigte, war Bray anfangs unsicher, welcher Weg nach draußen führte und welcher nur noch tiefer in den Fels. Aber dann bemerkte sie, dass die Luft sich zunehmend verbesserte, und endlich konnten sie auch das Rauschen des Meeres hören.

An der Stollenmündung, im grellen Tageslicht, das von draußen einfiel und in ihren Augen schmerzte, sahen sie einen weiteren Wächter stehen. Eine Spitzhacke traf ihn in die Brust, eine zweite erwischte ihn am Kopf, noch ehe er Alarm geben konnte. Und dann fassten Bray und ihre Mitgefangenen zum ersten Mal nach drei Tagen wieder freien Atem. Die Luft roch schlecht, war durchsetzt vom Gestank verrottenden Seetangs und fauligen Fischs – aber sie war besser als alles, was sie unter Tage geatmet hatten. Und ihre Herzen schlugen schneller angesichts des unermesslich weiten Himmels über ihren Köpfen.

In der Senke, die sich vor ihnen erstreckte, herrschte rege Betriebsamkeit. Dutzende von Sträflingen luden das aus den Stollen herausgebrochene Gestein in Körbe und transportierten es ab. Die Aufseher standen oben am Felsenrand und behielten sie scharf im Auge – mit etwas Glück würden sie die entflohenen Gefangenen nicht sofort bemerken …

»Wir brauchen ein Boot«, stieß Brays Mitgefangene hervor.

»Zu gefährlich«, wehrte Bray ab. »Wir werden schwimmen.«

»Bist … du sicher?« Kais verbliebenes, nicht völlig zugeschwollenes Auge blickte fragend aus seinem deformierten Gesicht.

»Besser als geschnappt zu werden«, erwiderte sie nur, und das schien nicht nur ihn, sondern auch die anderen zu überzeugen.

Nacheinander lösten sie sich aus dem Mundloch des Stollens, und indem sie sich vergewisserten, dass keiner der Aufseher zu ihnen herübersah, huschten sie jenen Felsgrat hinauf, hinter dem sie das tiefblaue Wasser des Nordmeers wussten. Tatsächlich erreichten sie den Kamm, ohne gesehen zu werden – doch dann verließ sie das Glück.

»He! Ihr da!«, schrie einer der Wächter.

»Weiter! Weiter!«, zischte Bray.

»Alarm! Gefangene versuchen, von der Insel zu fliehen!«

Der Ruf war so laut, dass er unmöglich überhört werden konnte. Gleichzeitig wurde eine Glocke geschlagen, sodass auch der letzte Aufseher mitbekam, was vor sich ging – und es war, als hätte man in ein Nest mit Wespen gestochen.

Aufgeregtes Geschrei drang plötzlich von allen Seiten. Überall auf den Graten und Felsen tauchten Aufseher auf, von denen einige die Verfolgung der Flüchtigen aufnahmen – und die Soldaten, die stets um die Inseln patrouillierten, griffen zu ihren Bogen und schossen ohne Warnung.

Fena, die unmittelbar hinter Bray lief, stieß einen erstickten Schrei aus, als ein Pfeil sie in die Brust traf. Es blieb keine Zeit, sich um sie zu kümmern, Bray und die Übrigen rannten weiter, dem Ufer entgegen. Ein hässliches Flirren lag in der Luft, als weitere Geschosse heranzuckten und auf dem Felsgestein zersplitterten.

Kai stieß einen Schrei aus, so sehr quälten ihn seine gebrochenen Rippen. »Gleich, nur noch ein Stück«, redete Bray ihm zu, während sie ihn verzweifelt weiterzerrte. Ihr Ziel war eine Klippe, von der es nur zwei oder drei Mannslängen ins Wasser waren. Dort konnten sie springen …

Wieder ein erstickter Schrei – ein weiterer ihrer Mithäftlinge war von einem Pfeil ereilt worden und ging nieder. Von den verbleibenden brachen ein paar zur Seite aus, um sich außer Reichweite der tödlichen Geschosse zu bringen – doch dadurch liefen sie einem Trupp von Verfolgern in die Arme.

Gehetzt sah Bray sich um.

Die Aufseher kamen von der einen Seite, Jarnhants schießwütige Schergen von der anderen. Nur noch ein Sprung in die wogende See konnte sie retten.

Mit zusammengebissenen Zähnen holte Bray alles aus ihrem geschundenen Körper heraus und erreichte im nächsten Moment den Rand der Klippe. Heftiger Wind zerrte an ihr und Kai, rauschende, von weißer Gischt gekrönte Wellenberge türmten sich zu ihren Füßen auf.

»Spring!«, rief Bray und wollte Kai einen Stoß versetzen, um sich dann selbst hinabzustürzen – doch in diesem Moment brüllte der Junge gequält auf.

Ein Pfeil hatte ihn in die rechte Wade getroffen und sie durchbohrt. Blutig steckte das gefiederte Geschoss in seinem Bein, während er vor Schmerzen schrie.

Bray überlegte fieberhaft.

Was sollte sie tun?

Trotzdem springen und Kai seinem Schicksal überlassen? Ihn dennoch hinunterstoßen und darauf hoffen, dass er sich über Wasser halten konnte? Selbst wenn er schwimmen konnte – mit der Fahne aus rotem Blut, die er hinter sich herzog, würde er Haie und Kraken anlocken. Und womöglich noch Schlimmeres.

Ihr Zögern währte nur einen Augenblick – und war dennoch zu lang. Im nächsten Moment waren die Verfolger heran. Gut die Hälfte von ihnen zielte mit Pfeil und Bogen – wenn Bray und Kai sich jetzt anschickte zu springen, waren sie tot.

Die Erkenntnis, dass ihre Flucht zu Ende war, sank bleischwer in ihr Bewusstsein und ließ sie wanken. Erst jetzt bemerkte sie, wie schnell ihr Herz schlug und wie laut das Blut in ihrem Kopf rauschte.

»Wir haben sie«, stellte der Anführer der Soldaten selbstzufrieden fest. »Bringt sie zurück und lasst sie auspeitschen, bis sie nicht mehr aufrecht stehen können. Das soll sie lehren …«

In diesem Moment kam ein Aufseher angelaufen, das Haupt vor Anstrengung gerötet und die Züge vor Zorn verzerrt. »Mörder!«, brüllte er schon von Weitem und zeigte auf Bray und ihre Mitgefangenen. »Drei Aufseher sind tot! Diese da haben sie umgebracht!«

»Sieh an.« Der Anführer nickte ungerührt. »Das bedeutet dann wohl euer Todesurteil«, stellte er fest und grinste schadenfroh. »Denn diesmal führt euer Weg ins Salz …«

7

Palast von Altashar
In der Nacht

Die Schreiber der Hofkanzlei, die des Tags in ihren Nischen saßen und ihrer Arbeit nachgingen, hatten den Thronsaal von Altashar längst verlassen; ebenso die Sklaven, die König Astyragis während der heißen Sonnenstunden kühle Luft zufächelten. Lediglich die *khalimi* waren noch anwesend, die ebenso gesichtslosen wie schweigsamen Beschützer des Herrschers, die auch dann Wache hielten, wenn der Kronrat tagte.

Es war ein Treffen im engsten Kreis, anberaumt, um Dinge zu besprechen, von denen die Schreiber und kleinen Beamten nichts erfahren sollten. Oder vielleicht, dachte Hilalayan, der als Hofmarschall den Beamten vorstand, ging es auch nur darum, seinen Einfluss zu beschneiden.

Die Machtverhältnisse in Altashar hatten sich geändert – und das nicht nur, weil der Ratssitz neben dem ehrwürdigen Großwesir Gadates verwaist war, seit Nawyd, des Königs leiblicher Neffe und Prinz von Altashar, des Hochverrats überführt worden war. Astyragis mochte noch immer auf dem Thron sitzen, und seine in dunkel geschminkten Höhlen liegenden Augen mochten noch immer misstrauisch umherblicken, wie sie es stets getan hatten; doch die wahre Macht in seinem Reich drohte dem König zunehmend zu entgleiten. Der Grund dafür saß auf der anderen Seite der Ratsrunde: Xusra, der Hohepriester des Feuerkults.

Nicht nur, dass der Kult im Verlauf der letzten Monde weiter um sich gegriffen hatte und immer mehr Menschen dem

Glauben an die heilige Kraft des Feuers frönten; auch König Astyragis selbst gehörte dem Kult an, der einst aus den Wirren der Großen Divergenz erwachsen war und seinen Anhängern die Teilhabe an etwas versprach, das größer war als sie selbst … wenngleich Hilalayan zugeben musste, dass er davon noch nicht viel gesehen hatte. In seinen Augen war alles, was der Feuerkult verbreitete, Furcht und Schrecken. Es verging keine Woche, in der nicht irgendwo im Reich die Scheiterhaufen loderten und die Körper von Sündern der reinigenden Kraft des Feuers übergeben wurden – so jedenfalls pflegten Xusra und seine Diener es zu nennen. Dass es stets ihre Gegner waren, die in Flammen aufgingen, schien ihnen dabei sehr gelegen zu kommen …

»Nun also«, verschaffte sich König Astyragis Gehör. Der ebenso große wie hagere Mann, der auf dem Thron von Altashar saß, wirkte müde wie immer, und seine goldberingte Rechte hielt den ebenso goldenen Weinbecher, als wäre er darin festgewachsen. »Was haben meine Berater mir zu sagen, das so dringend ist, dass es nicht bis zum Morgen warten kann?«

»Es geht um Nawyd, erlauchter Herrscher«, ergriff Xusra sofort das Wort – die alte Sitte, nach der dem Hofmarschall als Vorsitzendem des Rates das erste Wort zustand, hatte schon seit Langem nicht mehr Bestand. Xusra war ein kleinwüchsiger, drahtiger Mann mit funkelnden Augen, auf dessen kahlem Haupt die Rote Flamme prangte, das Erkennungszeichen seiner Religion. Auch der König trug das Feuermal, Zeichen seiner religiösen Überzeugung und seiner Einstellung gegenüber dem Kult.

»Um Nawyd?«, echote Astyragis gedankenverloren. Seine Augen verengten sich, er schien Mühe zu haben, sich seines Neffen zu entsinnen – und der Staatskrise, die dieser im vergangenen Herbst heraufbeschworen hatte …

»Gewiss doch, Euer Neffe«, brachte Xusra in Erinnerung.

Seine orangerote Robe leuchtete im Schein der Öllampen, die den Thronsaal beleuchteten. Einmal mehr hatte Hilalayan den Eindruck, dass dieser Mann nicht nur das Feuer predigte, sondern in mancherlei Hinsicht das Feuer *war* … »Die Sturmreiter, die wir nach seiner Flucht aus dem Kerker nach ihm ausgesandt haben, haben keine Spur von ihm gefunden.«

»Weil es keine Spur von ihm mehr gibt«, wandte Gadates ein. Der alte Wesir, der den jungen Astyragis einst in Staatsdingen unterwiesen hatte und auch Nawyds Lehrer gewesen war, machte eine endgültige Handbewegung. »Die Wüste hat ihn getötet, daran kann es keinen Zweifel mehr geben.«

»Selbst wenn es so wäre«, beschied Xusra ihm spitz, »blieben noch Fragen offen. Bis heute ist nicht geklärt, wie der Hochverräter aus seinem Kerker entwischen konnte.«

»Was seht Ihr mich dabei an? Die Aufsicht über den Kerker liegt in der Zuständigkeit des Hofmarschalls …«

»… der seinen Pflichten nach bestem Wissen nachgekommen ist«, beeilte sich Hilalayan sofort zu versichern. Die Erfahrung lehrte, dass man in Gegenwart des Herrschers besser nicht ins Hintertreffen geriet. »Wir haben das bereits geklärt – Prinz Nawyds Ausbruch aus dem Kerker kann nicht anders erklärt werden als dadurch, dass er Hilfe hatte.«

»Natürlich.« Xusra nickte, seine Augen funkelten wie bei einer Raubkatze kurz vor dem Sprung. »Das versucht Ihr uns nun seit jener Nacht einzureden, in der der Verräter verschwand – dennoch habt Ihr es bis zum heutigen Tag nicht geschafft, Beweise dafür zu erbringen.«

»Welches weiteren Beweises bedarf es denn noch?« Hilalayan hatte sich von seinem Sitz erhoben. Seine jahrelange Erfahrung als Mitglied des Kronrats hatte den Eunuchen ein feines Gespür dafür entwickeln lassen, wann es besser war, sich wie ein Schilfrohr im Wind zu biegen und alles über sich ergehen zu lassen, und wann, wie in diesem Fall Widerstand angezeigt war. »Es ist Nawyd gelungen, aus einer Zelle zu entfliehen, die schwer bewacht wurde und nur einer Handvoll Männern zugänglich war – wie anders könnte er entflohen sein, wenn nicht durch fremde Hilfe? Ihr sitzt hier und verlangt Beweise für das Offensichtliche, Xusra, und Ihr tut das nur aus einem einzigen Grund – um Zweifel in das Herz unseres erlauchten Herrschers zu säen!«

Er wandte sich Astyragis zu, um zu sehen, wie der König darauf reagierte – doch der stierte nur weiter vor sich hin und trank aus seinem Becher, vermutlich hatte er nicht einmal mitbekommen, was gesprochen wurde. Der Vergleich mit dem zahnlosen Löwen, der zu den Füßen des Herrschers auf dem Teppich lag und schlief, drängte sich Hilalayan unwillkürlich auf. So wie sein Bruder Artaban war Astyragis nie gewesen – doch im Verlauf der letzten Monde war der König von Altashar zu einem Schatten seiner selbst verkommen, zu einer leeren Hülle. Und der Verrat und das Verschwinden seines Neffen schienen ihren Teil dazu beigetragen zu haben …

»Zweifel brauchen nicht mehr gesät zu werden, Hofmarschall«, konterte Xusra mit überlegenem Lächeln, »sie sind bereits hier. Wir alle müssen nach dem, was geschehen ist, tiefe Zweifel daran hegen, ob das Reich noch sicher ist. Zumal Ihr es versäumt habt, den Flüchtigen wieder einzufangen.«

»Wie ich schon sagte – er ist tot«, bekräftigte Gadates. Der ehrwürdige Wesir sah es als seine vorrangige Aufgabe an, die Traditionen des Hauses pan Tyras zu wahren, entsprechend hatte er Hilalayans pragmatischen Einstellungen nie etwas abgewinnen können. Dass er für den Hofmarschall Partei ergriff, zeigte, wie sehr sich die Verhältnisse in Rat und Reich geändert hatten. »Fürchtet Ihr Euch etwa vor einem Toten, Hohepriester Xusra?«

»Sicher nicht«, räumte dieser kopfschüttelnd ein, »doch

frage ich mich, ob Ihr auch selbst glaubt, was Ihr da sagt, greiser Gadates. Denn wie jeder hier weiß, standet Ihr in einem besonderen Verhältnis zu Nawyd pan Tyras, wart Ihr doch einst sein Lehrer ...«

»Und? Ich war auch der Lehrer der letzten beiden Könige«, erwiderte der Wesir in unverhohlenem Zorn. Sein Turban, nach alter Sitte gebunden, schien dabei zu beben. »Oder wollt Ihr mit Euren Worten etwas andeuten? Dann sagt es lieber freiheraus – oder schweigt auf immerdar!«

Die beiden starrten einander an.

Es war offensichtlich, dass Xusra nur zu gerne geantwortet hätte, doch etwas schien ihn davon abzuhalten. Womöglich vermutete er einen Zusammenhang, hatte jedoch keine Beweise – und so begnügte er sich damit, Zweifel zu säen und die Situation dann mit einem Lächeln zu entschärfen. »Nichts will ich andeuten, mein guter Wesir, gar nichts«, versicherte er. »Ich weiß, dass Ihr dem König und dem Reich treu verbunden seid und niemals etwas unternehmen würdet, das dem einen oder dem anderen – oder gar beiden – Schaden zufügen könnte.«

»Bei alldem sollten wir«, wandte Hilalayan ein, »auch die Rolle des Narren nicht vergessen. Wir wissen, dass der Zwerg Lorymar Ghurab eine nicht unerhebliche Rolle in Nawyds verschwörerischen Plänen gespielt hat.«

»Das ist wahr«, pflichtete der greise Gadates bei. »Der Zwerg war es, der Prinzessin Nyasha entführt hat, und niemand sonst.«

»Auf Geheiß ihres Bruders Nawyd«, fügte Xusra hinzu. »Versucht gar nicht erst, Euren Schützling aus der Verantwortung zu nehmen.«

»Das tue ich nicht«, versicherte der Wesir mit einer für sein Alter erstaunlichen Vehemenz. »Aber es kann kein Zweifel daran bestehen, dass der Narr sich ebenfalls schuldig gemacht hat – des Hochverrats und der Entführung!«

»Wie schön, dass Ihr so genau wisst, was der *ghurab** sich hat zuschulden kommen lassen – nur leider hat auch er sich seiner gerechten Strafe entzogen, und genau wie bei Nawyd konnten die Sturmreiter auch ihn nicht fassen, nicht wahr?«

»Euer Sarkasmus ist unangemessen, Hohepriester Xusra«, verteidigte sich Hilalayan. »Habt Ihr vergessen, dass ich es war, der die Verschwörung des Prinzen aufgedeckt hat? Dass auch ich für das Bündnis mit Archos war, das auf so schändliche Weise hintergangen wurde?«

»Ich weiß es wohl«, versicherte Xusra. »Und Ihr, Hilalayan solltet nicht vergessen, dass völlig unerheblich ist, was Ihr *einst* getan habt – die Frist, die Euch gesetzt wurde, um die Urheber der Verschwörung zu fassen, wird in wenigen Tagen verstrichen sein – und da Ihr nicht in der Lage wart zu tun, was der König Euch befohlen hat, werden wir nach anderen Antworten suchen müssen. Antworten, die wir Elayan von Archos und seinem Vetter Yaron geben werden.«

Hilalayan nickte. Sosehr er es ihm widerstrebte es zuzugeben, zumindest in dieser Hinsicht hatte der intrigante Hohepriester recht. Der König von Archos war der eigentlich Geschädigte im Zuge dieser infamen Ereignisse – und das gleich in mehrfacher Hinsicht. Einerseits natürlich, weil die entführte Prinzessin Nyasha seine Gemahlin hatte werden und so ein Bündnis mit Ostray hatte besiegelt werden sollen; andererseits, weil im Zuge der Entführung nahezu die gesamte Gesandtschaft aus Archos von Nawyd und den Seinen niedergemetzelt worden war**. Prinz Yaron, der leibliche Vetter des Herrschers, der als Botschafter am Hof von Altashar weilte, hatte deutlich gemacht, dass König Elayan die Verantwortlichen bestraft sehen wollte, und Hilalayan hatte ausgehandelt, dass Nawyd nach Archos ausgeliefert werden sollte, wo

* Ostragi für »Fremder«

** vgl. TOTE HELDEN. DIE LEGENDEN VON ASTRAY Bd. 1

der König mit ihm verfahren könne, wie es ihm beliebte. Die Frist freilich, die ihnen zur Ergreifung Nawyds gesetzt worden war, würde in Kürze verstreichen, und Fürst Yaron hatte deutlich gemacht, dass sich sein Vetter für diesen Fall alle Handlungsmöglichkeiten vorbehalte – was jenseits der verklausulierten Sprache der hohen Diplomatie nichts anderes bedeutete, als dass es Krieg geben würde …

Hilalayan war klar, dass ein neuerlicher Krieg zwischen Menschen und Astari keine Sieger, sondern nur Verlierer hervorbringen würde; entsprechend hatte er alles getan, um diese Auseinandersetzung zu verhindern – anders als Xusra, der von Anfang an darauf hingearbeitet hatte. Sogar das Bündnis mit Archos hatte letztlich nur dazu dienen sollen, den Feind in Sicherheit zu wiegen und ihn so von den eigenen Kriegsvorbereitungen abzulenken. Dass ausgerechnet Xusra nun fragte, welche Antwort man König Elayan geben wolle, war der Gipfel der Heuchelei …

»Wir werden ihm die Wahrheit sagen«, eröffnete Hilalayan schlicht, »nämlich dass sich der Verräter unserer strafenden Hand entzogen hat, jedoch in der Weite der Wüste den gerechten Tod gefunden hat.«

»Und Ihr glaubt, das wird ihm genügen?« Xusra lachte auf. »Er wird denken, dass es sich um ein abgekartetes Spiel handelt und wir mit Nawyd unter einer Decke stecken – und dann wird er uns durch seinen Vetter Yaron den Krieg erklären lassen.«

»Und das stört Euch? War es nicht genau das, was Ihr immer wolltet? Krieg mit Archos? Nun bekommt Ihr ihn, Xusra!«

Der Hohepriester schüttelte den Kopf, dabei sah er den Eunuchen mitleidig an. »Ihr habt mich nie verstanden, Hofmarschall. Es geht mir nicht darum, Krieg zu führen, sondern darum, die Kontrolle zu behalten. Auch Elayan weiß das – deshalb hat er die Initiative längst ergriffen.«

Hilalayan sah ihn fragend an. Auch Gadates hatte aufgemerkt, anders als der König, dem alles gleichgültig schien. Im Gegenteil wirkte Astyragis, als wollte der Schlaf ihn jeden Augenblick auf seinem Thron übermannen. Dass es um seine Herrschaft, um sein Reich ging, schien er nicht einmal im Ansatz zu begreifen.

»Wie ich schon sagte«, bekräftigte der Hohepriester. »Wenn die Frist verstrichen ist, wird König Elayan Ostray den Krieg erklären – in Wahrheit jedoch hat er ihn längst begonnen.«

Hilalayan schnaubte. »Erklärt das!«

Statt zu antworten, richtete Xusra den Blick auf den König. »Soll ich, Herr?«, fragte er in geheuchelter Unterwürfigkeit. »Soll ich Ihnen sagen, was geschehen ist?«

Astyragis schien etwas erwidern zu wollen, denn er holte keuchend Luft, doch zu einer Erwiderung schien er nicht mehr fähig. »Vanheim«, war alles, was er schließlich hervor brachte.

»Vanheim?«, wiederholte Gadates. »Was bedeutet das?«

»Das bedeutet«, eröffnete Xusra mit einer Genugtuung, die Hilalayan schaudern ließ, »dass der Kontakt zu Vanheim, unserer Grenzfestung im äußersten Norden des Reiches, abgebrochen ist.«

»Und?«, fragte Hilalayan. »Was folgert Ihr?«

»Das will ich Euch sagen: Während Ihr Euch fünf Monde lang den Kopf darüber zerbrochen habt, wie Ihr den Verräter Nawyd fassen und es anstellen wollt, dass König Elayan Euch das erlittene Unrecht nachsieht, hat er bereits vollendete Tatsachen geschaffen. Während sein Cousin Yaron Euch hingehalten und uns alle abgelenkt hat, hat Elayan ein Heer von noryschen Söldnern entsandt, um Vanheim einzunehmen.«

»Wisst Ihr das mit Bestimmtheit?«, fragte Hilalayan, der spürte, wie ihm das Blut in die fleischigen Gesichtszüge schoss. »Könnt Ihr es beweisen?«

»Noch nicht«, räumte Xusra ein. »Doch bald schon werden wir Gewissheit haben, denn es wurden Kundschafter nach Makashar entsandt, deren Rückkehr schon bald erwartet wird.«

»Es wurden Kundschafter entsandt«, sagte Gadates. »Und warum haben wir nichts davon erfahren?«

»Ihr erfahrt es jetzt«, beschied Xusra ihm mit unverhohlenem Spott, der deutlich machte, dass er den ehrwürdigen Wesir des Reiches nicht mehr als Konkurrenz betrachtete. »Seine Majestät der König und ich hielten es für das Beste, zunächst zu warten.«

»Zu warten? Worauf?«, ereiferte sich Hilalayan, seiner sonst so beherrschten Natur zum Trotz. Dass er dabei noch mehr errötete und seine Stimme einen hohen, mädchenhaften Ton annahm, nahm er notgedrungen in Kauf. »Euch musste doch klar sein, dass …« Er unterbrach sich und holte ächzend Luft, als ihm die Zusammenhänge klar wurden. »Die Suche nach Nawyd – war also nur eine Finte«, ächzte er. »Eine Maßnahme, um Fürst Yaron in Sicherheit zu wiegen.«

»Ihr begreift schnell.«

»In Wahrheit hattet Ihr gar kein Interesse daran, dass Nawyd gefasst wird und an Archos ausgeliefert …«

»Nein«, bestätigte Xusra mit einem selbstgefälligen Grinsen. »Zwar hätte ich nichts dagegen gehabt, den übermütigen Spross des Hauses Tyras an Elayan zu übergeben. Doch Ihr solltet mich inzwischen gut genug kennen, um zu wissen, dass ich nichts, das mir wichtig ist, dem Zufall überlasse. Jeder sollte das tun, was er am besten kann – Ihr wart sehr nützlich darin, Fürst Yaron zu beschäftigen und ihn glauben zu machen, wir würden alles tun, um seinen Vetter zu besänftigen. Ich hingegen habe …«

Er unterbrach sich und lächelte – ein Lächeln, das Hilalayan ganz und gar nicht gefiel. »Was habt Ihr, Xusra?«, fragte er leise, fast flüsternd. »Sagt es mir!«

»Nicht ich, sondern unser erlauchter Herrscher hat Maßnahmen ergriffen«, eröffnete der Hohepriester, »und Befehl gegeben, in Makashar ein Heer von zehntausend Mann zusammenzuziehen, das zum Marsch gegen Brückstadt rüstet.«

Hilalayan schüttelte den Kopf, wie um die Benommenheit loszuwerden, die sich seiner bemächtigte. »Ist Euch auch klar, was das bedeutet?«

»Durchaus«, bestätigte Xusra stolz – im selben Moment löste sich der goldene Weinbecher aus Astyragis' Hand und fiel scheppernd zu Boden, den blutroten Inhalt über den Teppich verspritzend. Der König war eingeschlafen, das schmale Kinn auf die Brust gesunken. »Es bedeutet nicht mehr und nicht weniger, als dass diese Welt schon bald in Flammen stehen wird – und was mehr kann ein Feuerpriester sich wünschen?«

Xusra lachte laut und triumphierend – und Hilalayan wurde klar, dass seine Einschätzung richtig gewesen war.

Dieser Mann predigte das Feuer nicht nur.

Er *war* das Feuer.

8

Haus des Lordkanzlers, Hobheim
Währenddessen

Erneut waren sie zur Beratung zusammengekommen, zum ungezählten Mal in den vergangenen Tagen. Doch eine Entwarnung gab es noch immer nicht …

»Die Wachleute haben den Norden und den Osten der Stadt durchkämmt«, fasste Lorymar zusammen, auf die Karte von Hobheim deutend, die auf dem Tisch vor ihnen ausgebreitet lag, »jedoch ohne eine Spur der Kreatur zu entdecken.«

»Und die Bürgerwehren haben jede einzelne Gasse des Westteils erkundet, jeden Keller und jedes Loch – nichts«, ergänzte Elmer Kimling, ein angeheirateter Vetter des Hauses Thinkling und der Anführer der Bürgerwehr, mit grimmiger Miene.

»Also muss er sich hier befinden«, folgerte Lorymar und hieb mit der Faust auf das Südviertel, das mit all seinen Häusern und Straßenzügen in der Karte eingezeichnet war. Dass sie diesen Teil der Stadt bis zuletzt aufgespart hatten, hatte einen Grund – es war das bei Weitem älteste und somit auch verwinkeltste Viertel von Hobheim, in dem es nicht nur reichlich Verstecke, sondern auch Gelegenheit zum Hinterhalt gab. Und der Wolf schien das zu wissen …

»Oder er hat die Stadt bereits verlassen«, fügte Nyasha hinzu, die ebenfalls an dem großen Tisch im Audienzraum des Lordkanzlers stand – während der Kanzler selbst abseits auf seinem fellbeschlagenen Schemel hockte und gedankenverloren ins Leere starrte, so als würden die grausigen Vorgänge in der Keilergrube ein um das andere Mal vor ihm ablaufen.

Wie sich die Dinge geändert hatten!

Der Augenblick, in dem aus dem Menschen Kalid Sayf ein Morwolf geworden war, der ein halbes Dutzend Leben vernichtet hatte und seither eine blutige Fährte durch Hobheim zog, hatte die Verhältnisse auf den Kopf gestellt. Einen Exekutor, der die Dinge Kraft seiner Autorität regelte, gab es nicht mehr, und so war Latimer Thinkling in apathisches Selbstmitleid versunken. In Ermangelung eines Anführers war sein Bruder Lorymar nun plötzlich derjenige, der in des Lordkanzlers Namen mit der Sicherheit und der Verteidigung der Hauptstadt betraut war – derselbe Lorymar, der nach dem Willen desselben Lordkanzlers ein blutiges Ende in der Grube hatte finden sollen …

»Nein«, entschied Lorymar nach kurzem Überlegen. Er vermied es, Nyasha dabei ins Gesicht zu sehen. Eine Aussprache zwischen ihnen hatte es nicht gegeben, es war die pure Notwendigkeit, die sie zur Zusammenarbeit zwang. »Ich denke nicht, dass er die Stadt verlassen hat.«

»Aber es hat seit gestern keine Opfer mehr gegeben«, wandte Kira ein, die wie immer nicht von ihrer Herrin wich. Lorymar wusste, dass sie Kalid innig zugetan gewesen war, was es für sie noch schwerer machte. Was in der Grube vorgefallen war, ehe Kalid zur Bestie wurde, was Lorymar zu ihm gesagt hatte, um das Tier aus ihm hervorzulocken, hatte glücklicherweise weder Kira noch irgendjemand sonst mitbekommen – das Geschrei der Menge hatte dies verhindert. Lorymar jedoch erinnerte sich an jedes einzelne Wort, und es ging ihm nicht aus dem Kopf. Natürlich, irgendwann hätte Kalid, so stark er auch gewesen sein mochte, den Kampf gegen das Morblut ohnehin verloren, und für ihn selbst war es die einzige Möglichkeit gewesen, die Grube zu überleben. Dennoch fühlte er sich elend. Er gab sich eine Mitschuld am

Tode jener, die dem Wolf zum Opfer gefallen waren, und fühlte sich verantwortlich, etwas gegen ihn zu unternehmen …

Noch vor ein paar Monden, sagte er sich, hätte ihm das nicht passieren können – er war abgebrüht gewesen und zynisch, mit allen Wassern gewaschen. Doch die erneute Begegnung mit Jenya nach all den Jahren hatte dies geändert. Die verdammte Astara hatte etwas in ihm geweckt, von dem Lorymar nicht gewusst hatte, dass er es überhaupt noch hatte – sein Gewissen.

»Nein«, räumte er ein, während er sich noch tiefer über die Karte beugte, um sie im Kerzenschein zu studieren. »Opfer hat es keine mehr gegeben, aber ich bezweifle dennoch, dass er die Stadt verlassen hat. Ich denke«, überlegte er und deutete auf ein besonders dichtes Gewirr von Häusern und Gassen, »dass er sich hierher zurückgezogen hat.«

»Um was zu tun?«, fragte Nyasha leise.

»Möglicherweise wurde er verletzt und leckt seine Wunden. Im wahrsten Sinne des Wortes. Oder er wartet dort ab, bis die Verwandlung ganz abgeschlossen ist.«

»Die Verwandlung? Ihr meint …?«

»Was wir in der Grube gesehen haben, war nur der Anfang«, bestätigte Lorymar. »Am Ende steht der Absturz in die Raserei – und die Umwandlung in eine jener Kreaturen, denen wir im Morwald begegnet sind.«

Die beiden Frauen starrten ihn an und nickten, und ihm war klar, dass vor ihrem inneren Auge grässliche Bestien Gestalt annahmen, Raubtiere, die aufrecht auf zwei Beinen gingen und deren Körper von räudigem Fell und fauligem Moos überzogen war.

Tränen traten in Kiras Augen, und sie wandte sich ab, verbarg ihr Gesicht an der Schulter ihrer einstigen Herrin, die ihre Gefährtin und Freundin geworden war. »Können wir denn nichts tun, um ihn zu retten?«, fragte Nyasha.

»Nichts.« Lorymar schüttelte den Kopf. »Außer ihn von

seinem Leiden zu erlösen und dafür zu sorgen, dass er Unschuldigen keinen Schaden mehr zufügen kann.«

»Das hat er nicht verdient«, flüsterte die Prinzessin.

»Nein«, gab Lorymar zu. »Aber es ist die einzige Möglichkeit.«

»Wir müssen ihn finden«, ließ sich Latimer leise vernehmen, der zusammengesunken auf seinem Schemel ein Bild des Elends bot. »So rasch wie möglich.«

»Wir geben unser Bestes, Herr«, beteuerte Vetter Kimling und beugte ehrerbietig das Haupt, der elenden Erscheinung des Lordkanzlers zum Trotz. »Aber die Bestie ist schwer zu finden.«

»Wir müssen ihn jagen und zur Strecke bringen«, fuhr Latimer fort, des Einwurfs ungeachtet. Sein Blick war glasig wie von jemandem, der unter hohem Fieber litt. »Ein Exekutor wurde getötet, und der Orden wird verlangen, dass wir ihm darüber Rechenschaft ablegen.«

»Du bist der Lordkanzler von Westland«, beschied Lorymar ihm. »Du brauchst vor niemandem Rechenschaft abzulegen.«

»Glaubst du das wirklich?« Der Blick, den sein Bruder ihm sandte, war voller Verzagtheit. »Sie werden jemanden schicken, einen anderen Exekutor, vermutlich einen Menschen – und dann werden sie uns alle bluten lassen für das, was geschehen ist.«

»So weit ist es schon gekommen«, sagte Lorymar. »Der Lordkanzler fürchtet sich vor den Exekutoren.«

»Du kennst sie nicht«, versicherte Lorymar flüsternd. »Bist du jemals dabei gewesen, wenn sie einen Ketzer bestrafen? Wenn sie ihn lebend vergraben, mit dem Kopf nach unten, sodass nur noch die Füße herausschauen?« Er schauderte sichtlich. »Wenn sie kommen, wollen sie Blut sehen. Sie werden ein Exempel statuieren, womöglich am Lordkanzler selbst. Es sei denn …«

»Du hättest sie nicht ins Land holen sollen«, sagte Lorymar einmal mehr. »Niemals, Bruder.«

»Glaubst du denn, ich hätte mir das ausgesucht?« Latimer war den Tränen nahe, und Lorymar ertappte sich dabei, dass ihm sein Bruder leidtat. Zumindest einem winzig kleinen Teil von ihm ...

Er seufzte. »All die Jahre, die ich in der Fremde verbracht habe«, erklärte er dann, »habe ich mich damit getröstet, dass die Opfer, die ich gebracht habe, für etwas gut gewesen sind, dass ich meiner Heimat einen Dienst erwiesen habe, indem ich sie verließ. Und ich habe mir eingeredet, dass, während die Welt entzweibrach, wenigstens zu Hause in der alten Heimat alles in Ordnung wäre und die Leute dort ein Leben in Glück und Frieden führen könnten. Nun sehe ich, dass es nicht so ist.«

»Ich habe getan, was ich konnte«, versicherte Latimer kraftlos.

»Ich weiß, Bruder, ich weiß. Vielleicht hattest du recht, und ich hätte nie zurückkommen sollen ...«

»Ghurab?«, fragte Nyasha in diesem Moment leise.

Lorymar fuhr überrascht herum. Zum einen, weil er lange nicht so genannt worden war. Zum anderen, weil sie ihn überhaupt von sich aus ansprach. »Ja?«

»Es ist also wahr, dass du meinetwegen nach Westland gekommen bist. Um mich vor Kalid zu warnen.«

»Ja.«

»Er lügt«, war Kira überzeugt. »Hört nicht auf ihn, Nyasha!«

»Ich kann verstehen, wenn Ihr mir nicht glauben wollt«, versicherte Lorymar. »Andererseits – wieso sollte ich Euch jetzt noch belügen? Der Exekutor ist nicht mehr, und der Lordkanzler hat die Anklage aufgehoben.«

Nyasha nickte. »Und woher wusstet Ihr ...?«

»Von Jenya ... Dana Jennara«, entgegnete er. »Astari können manches fühlen, was Sterblichen verborgen bleibt. Sie spürte das Tier in Kalid, noch ehe er selbst es spürte.«

»Und seither ...«

»... bin ich Eurer Spur gefolgt und habe nach Euch gesucht, Prinzessin.«

»Prinzessin?« Latimer horchte auf.

»Du hast keine Ahnung, wer sie ist, oder?«, fragte Lorymar ihn kopfschüttelnd.

»Nun – die Tochter eines Kaufmanns aus Altashar«, gab der Lordkanzler zur Antwort. »In seinem Namen hat sie um Aufnahme und Schutz gebeten, und ich habe ihn ihr gerne gewährt.«

»Verstehe«, sagte Lorymar und war drauf und dran, seinem Bruder die Wahrheit über Nyasha pan Tyras' Herkunft zu enthüllen – als diese ihm in die Augen sah und dabei kaum merklich den Kopf schüttelte. »Du hast ein ausgeprägtes Talent dafür, Brocken abzubeißen, die größer sind, als du sie schlucken kannst, Latimer«, meinte Lorymar schließlich.

»Ich weiß«, versicherte der Lordkanzler kleinlaut. »Deshalb brauche ich Hilfe ...«

»Ich werde die Bürgerwehr versammeln und damit anfangen, das Südviertel zu durchkämmen, Herr«, verkündete Vetter Kimling entschlossen.

»Wenn du das tust, wird im Morgengrauen keiner deiner Leute mehr am Leben sein«, sagte Lorymar voraus. »Morwölfe vermögen in der Dunkelheit zu sehen. Die Bestie wird dir und deinen Leuten auflauern und euch zerfleischen, ohne dass ihr sie auch nur zu sehen bekommt.«

»Was sollen wir stattdessen tun?«

Lorymar schürzte die Lippen, rieb seine runde Nase und überlegte. »Vielleicht hält er sich dort verborgen, weil er will, dass wir nach ihm suchen«, überlegte er. »Also dürfen wir genau das nicht tun. Stattdessen sollten wir versuchen, ihn aus seinem Versteck zu locken.«

»Wie?«, fragte Nyasha.

»Ich weiß es nicht«, gestand Lorymar.

»Aber ich«, meldete Kira sich zu Wort und trat vor. Tränen glänzten auf ihren Wangen, doch sie wirkte ruhig und gefasst. »Kalid und ich … haben einander geliebt. Und etwas in ihm liebt mich vielleicht noch immer.«

»Kaum.« Lorymar schüttelte den Kopf. »Was immer einmal menschlich an ihm gewesen ist, existiert nicht mehr.«

»Er brachte es in der Arena nicht über sich, mich zu töten, und er wird es auch jetzt nicht tun«, gab Kira sich überzeugt. »Das müssen wir nutzen.«

»Ihr wollt den Köder spielen?«, fragte Lorymar.

»Nein, Kira, tu das nicht!«, rief Nyasha aus – doch ihre einstige Zofe gab ihr mit einem Blick zu verstehen, dass sie ihre Entscheidung getroffen hatte.

»Ich werde Kalid aus seinem Versteck locken«, bestätigte sie, »unter einer Bedingung: Dass ich es sein werde, die ihn tötet.«

»Ausgeschlossen!«, platzte Vetter Kimling heraus. »Was, wenn Ihr versagt? Oder wenn Ihr es im entscheidenden Moment nicht über Euch bringt? Was dann?«

Lorymar hatte den Einwänden gar nicht zugehört.

Sein Blick war auf die junge Frau gerichtet, deren Mut und Tapferkeit ihn zutiefst beeindruckten. Da er wusste, dass die Menschen in Altashar ein anderes Verhältnis zum Tod pflegten als die Bewohner des Westlands; dass sie Treue anders auslegten und ihre Ehre höher achteten als ihr Leben, zweifelte er nicht daran, dass Kira meinte, was sie sagte. Zumal ihr Vorschlag womöglich die einzige Chance bot, den Morwolf zu fassen, ehe er noch mehr Unschuldige tötete …

»Einverstanden«, sagte er leise.

»Was?«, schnaubte Kimling. »Du willst unser Schicksal in die Hände einer Fremden legen?«

»In gewisser Weise«, entgegnete Lorymar leise, »sind wir

alle Fremde. Wir nehmen Euer Angebot dankbar an, Lady Kira. Das Westland und der Lordkanzler stehen tief in Eurer Schuld.«

»Ich tue es nicht für sie, sondern für Kalid«, stellte die Ostragierin klar und straffte sich stolz.

Niemand schenkte dem seltsamen Glanz Aufmerksamkeit, der in ihren Augen lag.

9

Eiserne Zitadelle, Skaradag
Im Morgengrauen

Man hatte keine Zeit verloren.

Noch am selben Tag hatte man Bray, Kai und die anderen Gefangenen zurück nach Skaradag gebracht und sie Osric Jarnhant vorgeführt. Und genau wie der Aufseher auf der Insel angekündigt hatte, war das Urteil des Stadtmarschall gnadenlos gewesen und hatte die schrecklichste aller Strafen über die Gefangenen verhängt: den Tod im Salz.

Wer derart ruchlose Verbrechen begangen hatte, so der Gedanke, dass er der Stadt und dem Magistrat nicht mehr dienen konnte, sollte ihnen wenigstens noch einen letzten nützlichen Dienst erweisen und als abschreckendes Beispiel für all jene dienen, die in Skaradag gegen das Gesetz verstießen – und das für eine wirklich lange Zeit. Denn ihre mumifizierten, in Salz konservierten Körper würden für Jahre an den Zinnen der Eisernen Zitadelle baumeln, für jedermann weithin sichtbar.

Die Nacht hatten sie in einem dunklen Kerkerloch verbracht, eng aneinandergedrängt und ohne auch nur einen Augenblick Ruhe oder gar Schlaf zu finden. Schon deshalb, weil Kai die ganze Nacht hindurch vor Schmerz geschrien hatte.

Die Wachen der Stadtwache hatten sich weder um ihn noch um sein verletztes Bein gekümmert. Es war an Bray gewesen, den Pfeil aus seiner durchlöcherten Wade zu ziehen und die Wunde behelfsmäßig zu verbinden, indem sie einen

Streifen ihres ohnehin zerfetzten Sträflingsgewands opferte. Vergeblich hatte sie die Wachen um Wasser gebeten, um die Wunde zu säubern – Jarnhants Leute hatten nur gelacht und gefragt, wozu das noch gut sein sollte. Und je mehr Blut Kai verloren und je verzweifelter er in seiner Pein geschrien hatte, desto lauter hatten sie gelacht.

Erst gegen Morgen war es Bray gelungen, die Blutung zu stillen. Kai war kreidebleich. Kalter Schweiß stand ihm auf der Stirn, und er zitterte am ganzen Körper. Bray wusste nicht zu sagen, ob es bereits das Wundfieber war, das ihn quälte, oder die nackte Todesangst. Immerhin, sagte sie sich, hatte die Sorge um den Freund sie selbst davon abgehalten, über die Zukunft nachzudenken und über das, was der Morgen bringen würde; selbst die grässlichen Gestalten aus ihren Albträumen waren für einige Stunden in den Hintergrund getreten. Doch mit den maskierten Männern, die kurz nach Tagesanbruch vor die Zellentür traten, kam die Furcht auch zu Bray. Denn nun ließ sich die bittere Wahrheit nicht länger leugnen.

Sie alle würden sterben.

Jeder Mann, jede Frau und jedes Kind in Skaradag wusste, wer die Männer waren, die weiße Säcke über den Köpfen trugen, in deren Stoff schmale Sehschlitze geschnitten worden waren. In Säcke wie diese wurde gewöhnlich das Salz gefüllt, wenn es auf den Märkten verkauft wurde – den ›Salzern‹, wie die Vermummten genannt wurden, dienten sie als schaurige Kostümierung. Sie waren die Schergen des Stadtmarschalls, die Henker von Skaradag und Vollstrecker auch jenes Urteils, das über Bray und ihre Mitgefangenen gefällt worden war.

»Bray«, hauchte Kai, als er die bizarren Gestalten von ihrer Zelle gewahrte. »Ich will nicht«, hauchte er und griff nach ihrer Hand, drückte sie mit aller Kraft, die ihm geblieben war. »Ich will nicht sterben …«

Sie wusste nicht, was sie erwidern sollte, schenkte ihm ein mattes Lächeln, während ihr Tränen in die Augen traten.

Dann wurde die Zellentür geöffnet, und die Pranken der Salzer griffen zu und zerrten sie aus dem Loch.

Soldaten hatten auf dem Innenhof Aufstellung genommen, eine ganze Abteilung bis an die Zähne bewaffneter Wachen – lächerlich angesichts des Häufleins elend aussehender und von der Zwangsarbeit geschwächter Gestalten, die zum Schafott geführt werden sollten. Aber Bray war klar, dass es längst nicht mehr um sie ging, sondern nur noch darum, vor den Bürgern von Skaradag Macht zu demonstrieren, eiserne Entschlossenheit, das Gesetz zur Anwendung zu bringen – jedenfalls gegenüber dem ärmeren Teil der Bevölkerung.

Trotz der frühen Stunde war die Stadt schon zum Leben erwacht. Tagelöhner kamen auf der Suche nach Arbeit, die Läden öffneten, und die Händler brachten ihre Waren auf den großen Marktplatz, der sich unterhalb der Eisernen Zitadelle erstreckte. Hier befand sich auch die Richtstätte, womit die Stadtoberen wohl ausdrücken wollten, dass dies die beiden Pfeiler waren, auf denen Skaradag ruhte, genauso, wie es auf dem Wappen der Stadt dargestellt war.

Gesetz und Handel.

Schwert und Waage.

Maß für Maß.

Der Wahlspruch von Skaradag hallte in Brays Bewusstsein wider, während sie die Zitadelle verließen und durch ein Spalier von Schaulustigen zu dem steinernen Podest geführt wurden, auf dem die Hinrichtung stattfinden würde. Der Pfuhl mit dem Salzbad war ein gutes Stück erhöht, sodass er weithin zu sehen war; es war nicht dasselbe Salz wie jenes, das in den Minen abgebaut und verkauft wurde, sondern eine scharfe, ätzende Substanz aus tieferen Schichten, die einen menschlichen Körper innerhalb von kürzester Zeit zur Mumie werden ließ.

Unter schrecklichen Qualen …

Der Pfuhl befand sich unmittelbar unterhalb der Mauer

mit den Eisenzinnen; ein an einem Ausleger befindlicher Flaschenzug diente dazu, die Körper der Hingerichteten in das Bad hinabzulassen und sie anschließend zu den Zinnen hinaufzuhieven, wo ihre elenden Vorgänger bereits hingen.

Bray vermied es, zu den bizarren Gestalten emporzusehen, die dort oben baumelten – ganz gelang es ihr dennoch nicht. Bei denen, die schon sehr lange dort hingen, war es schwer, sich vorzustellen, dass es einmal Menschen gewesen waren – Wind, Wetter und die stets hungrigen Krähen hatten dafür gesorgt. Bei anderen hingegen war sogar noch das Entsetzen auf den erstarrten, von grauem Salz überzogenen Minen zu erkennen …

»Sieh nicht hin, Kai«, schärfte Bray dem Jungen ein, der sich beim Gehen auf sie stützte. Sein verletztes Bein schleppte er nach. Die Wunde hatte sich wieder geöffnet und blutete wie zu Beginn, aber es spielte keine Rolle mehr.

Nichts spielte mehr eine Rolle.

Nicht mehr lange, und es würde vorbei sein …

Die Gefangenen wurden erwartet. Auf dem Podest, das wiederum von Soldaten im grünen Rock der Stadtwache gesäumt wurde, stand Osric Jarnhant, breitbeinig und mit vor der Brust verschränkten Armen. Und bei ihm war Keral Gulfullur, der Magistrat und bei Weitem mächtigste Mann von Skaradag.

So einig sich Gulfullur und sein Stadtmarschall in ihrer Entschlossenheit sein mochten, das Verbrechen in Skaradag zu bekämpfen, so unterschiedlich war ihre äußere Erscheinung. Während Jarnhant so groß war wie hager, war Gulfullur ein kleiner, untersetzter Mann, der in seinem bodenlangen Mantel aus golddurchwirktem Brokat aussah, als hätte er keine Beine. Seine feisten, trotz der morgendlichen Kälte schweißglänzenden Züge waren zu einem selbstgefälligen Grinsen verzerrt, mit dem er den Verurteilten entgegenblickte. Bei ihm war wie immer sein Schoßtier, eine Schuppensau, die nicht weniger rund und wohlgenährt war als er selbst und womöglich die einzige Kreatur auf dieser Welt, zu der er echte Zuneigung verspürte. Die vergoldeten Zähne des Tieres glänzten im fahlen Morgenlicht, sodass es aussah, als würde das Schwein ebenso selbstgefällig grinsen wie sein feister Herr. Wenn sie beieinanderstanden, boten Keral Gulfullur und Osric Jarnhant einen eigentümlichen Anblick. *Lana og fada* wurden sie deshalb boshaft vom Volksmund genannt – der Lange und der Fette. Oder vielleicht, dachte Bray beklommen, versuchten die Leute damit auch nur zu vertuschen, wie sehr sie diese beiden Männer fürchteten.

Unter den Blicken der Schaulustigen ging es die Stufen hinauf. Händler und Bürger, Bettler und Tagelöhner, Diener und Mägde, Diebe und Glücksritter – kurz, alles, was sich um diese frühe Stunde auf dem Markt herumtrieb, hatte sich um den Podest versammelt, um der Hinrichtung beizuwohnen. Und wohl auch einige, die eigens deswegen gekommen waren, zerlumpte Gestalten aus Darlik, deren einziger Trost es war, wenn das Elend anderer noch größer war als ihr eigenes. Alte und Junge, Männer, Frauen und Kinder starrten zu den Verurteilten hinauf, die jetzt das Podest in Begleitung ihrer Henker betraten. Der scharfe Geruch des Salzes stieg ihnen entgegen und brannte in Brays Nase. Ihr Herzschlag raste, ein dumpfes Rauschen lag in ihren Ohren, sodass ihr die Situation seltsam unwirklich vorkam. Und doch war ihr klar, dass es kein Entrinnen gab, kein Zurück vor dem schrecklichen Ende.

»Das sind sie also?«, fragte Gulfullur seinen Stadtmarschall und sah fast ein wenig enttäuscht dabei aus.

»Ja, Magistrat. Das sind die Gefangenen, die aus den Minen fliehen wollten und dabei drei Aufseher getötet haben.«

»Wie töricht.« Mit der goldberingten Rechten griff Gulfullur in die Tasche seines Mantels und holte ein paar Fleischbrocken hervor, die er auf den Boden warf. »In seiner Großmut hatte Skaradag euch die Möglichkeit zugestanden, eurem verwirkten Leben noch einen Sinn zu geben«, räsonierte er, wobei er die Gefangenen keines Blickes würdigte, sondern lieber zusah, wie das Schuppenschwein grunzend über das Futter herfiel. »Doch ihr habt dieses Ansinnen abgelehnt und werdet nun die gerechte Strafe dafür erhalten.«

»Gerecht«, echote Bray spöttisch.

Sie hatte nicht sehr laut gesprochen, aber Gulfullur blieb es dennoch nicht verborgen. Befremdet schaute er auf, und der Blick seiner kleinen, beständig zwinkernden Augen richtete sich auf sie. Für einen Moment glaubte sie, er würde sie wiedererkennen, aber wie zuvor sein Stadtmarschall schien auch er keine Ahnung zu haben, dass sich ihre Wege schon einmal gekreuzt hatten, vor nicht allzu langer Zeit …

»Jeder in Skaradag bekommt das, was ihm zusteht«, beschied der Magistrat ihr lächelnd. »Maß für Maß.«

Damit nickte er Jarnhant zu, der mit unbewegter Miene den Henkern das Zeichen gab – und diese packten die Gefangenen und führten sie an den Pfuhl heran, aus dem beißender Dunst aufstieg und in dessen Tiefe das tödliche Bad brodelte.

»Im Namen der Bürger und des Magistrats von Skaradag«, verkündete Jarnhant daraufhin mit lauter Stimme, »werden diese überführten und verurteilten Mörder nun dem Salz übergeben, auf dass ihre Körper der Nachwelt erhalten werden und sie auf ewig daran erinnern mögen, dass Verbrechen sich nicht auszahlt in Skaradag. Maß für Maß!«

»Maß für Maß!«, echoten jene auf dem Platz, die auf der üppigen Seite des Lebens standen. Die überwiegende Mehrheit der Schaulustigen schwieg, ihrer Neugier zum Trotz.

»Fangt an«, wies Jarnhant die Henker an, die sich daraufhin den erstbesten Gefangenen griffen – es war der Älteste von ihnen, obschon auch er noch keine dreißig Winter gesehen hatte. Der Mann brüllte wie von Sinnen, und es bedurfte der vereinten Kraft gleich mehrerer Henkersknechte, seine

Fußgelenke zu binden. Sodann wurde die Kette mit dem Haken herabgelassen, an den man den Gefangenen hängte. Anschließend wurde die Kette wieder hochgezogen, und im nächsten Moment baumelte er kopfüber und wie von Sinnen schreiend über der brodelnden Grube.

Panisch flehte der Mann Gulfullur um Gnade an, doch der Magistrat lachte nur und winkte ab. Dann wurde die Kette mit der zappelnden Last hinabgelassen, und Bray konnte sehen, wie ihr Mitgefangener mit vor Angst weit aufgerissenen Augen in der kreisrunden Öffnung verschwand.

Quälende Momente lang waren seine Schreie noch zu hören, sein verzweifeltes Flehen.

Dann ein hässliches Geräusch, und die Schreie verstummten. Stattdessen war ein Zischen und Brodeln zu hören, und aus dem Schacht stieg stinkender Dampf auf.

Einer der Henker trat an den Rand des Pfuhls und vergewisserte sich mit einem routinierten Blick, dass die Arbeit getan war. Indem er den Arm hob, gab er den Männern oben an der Winde zu verstehen, dass sie die Kette wieder einholen sollten.

Quietschend und rasselnd hob sie sich, Stück für Stück, und aller Augen waren auf den Rand des Pfuhls gerichtet – über dem kurz darauf der kopfüber am Haken hängende Verurteilte erschien.

Oder besser das, was von ihm geblieben war.

In bizarrer Verrenkung hing er dort, die Arme, von denen die Säure das Fleisch genagt hatte, in spitzem Winkel abgespreizt. Seine Kleidung hatte sich aufgelöst, nur noch Fetzen davon waren übrig. Sie klebten auf ausgebleichter, mit glitzernden Salzkristallen überzogener Haut, die sich unmittelbar über den Knochen zu spannen schien. Von seinem Gesicht war wenig mehr geblieben als eine schädelhafte Fratze, von der das lange, zu bizarren Strähnen erstarrte Haar hing. Sein Mund war zu einem lautlosen Schrei geöffnet, die leeren

Augenhöhlen schienen anklagend in die Menge zu starren, während er sich am Haken drehte wie ein Stück Holz.

Schweigend sah die Menge zu, wie die Kette weiter eingeholt wurde, bis der mumifizierte Leichnam schließlich hoch über ihnen an den rostigen Zinnen der Zitadelle baumelte. Dann wurde der Haken unter grässlichem Quietschen wieder herabgelassen.

»Der Nächste«, sagte Osric Jarnhant.

10

Palast von Altashar
Zur selben Zeit

Der alte Teil des Palasts, der sich jenseits der strahlenden Kuppeln und grünenden Gärten erstreckte, stand seit Jahren leer. Zum einen, weil König Astyragis beschlossen hatte, sich einen neuen Palast zu errichten, der sowohl der Größe des Reiches als auch seinen persönlichen Ansprüchen besser genügte; zum anderen deshalb, weil der alte Palast als verwunschener Ort galt … Wann immer Kaiser Malfertas zur Zeit des alten Reiches in Altashar gewesen war, hatte er hier residiert, und es ging das Gerücht, dass er den Palast durch seine Bosheit und Rachsucht verflucht hatte. Artaban der Große hatte nichts auf diese Gerüchte gegeben und sie als puren Aberglauben abgetan – und war in der Blüte seines Lebens aus dieser Welt geschieden.

Die alte Eingangshalle lag in geheimnisvollem Dunkel, nur durch die schmalen Oberlichter fiel Mondschein ein, der die riesigen, auf steinernen Podesten stehenden Statuen in blaues Licht tauchte – Darstellungen aus den Mythen der Astari, unter Schichten von Staub versunken und darob vergessen. Doch in einer der dunklen Nischen, die sich zwischen den Sockeln erstreckten, regte sich eine menschliche Gestalt …

»Was wollt Ihr?« Der ehrwürdige Gadates reckte unwirsch das Haupt vor. Die Augen hatte der alte Wesir des Reiches zu Schlitzen verengt, sein spitzer grauer Kinnbart bebte vor Ungeduld. »Warum lasst Ihr mich des Nachts durch den Palast schleichen wie einen gemeinen Dieb? Was ist so wichtig, dass es nicht bis zum Anbruch des neuen Tages warten kann?«

Der Gescholtene, der in einer dunklen Nische gewartet hatte, schlug die Kapuze seines weiten Gewandes zurück und trat vor. »Nehmt meine Entschuldigung dafür, werter Wesir«, bat er beflissen. »Glaubt mir, dies ist weder die Stunde noch der Ort, die ich für ein Treffen bevorzuge, doch ich fürchte, in Anbetracht der Lage bleibt uns keine andere Wahl.«

»Wovon sprecht Ihr?«

»Muss ich Euch das wirklich auseinandersetzen? Ich denke nicht. Natürlich weiß ich, dass Ihr und ich im Rat nicht immer einer Meinung waren ...«

Der alte Wesir gab ein verächtliches Geräusch von sich. »Ihr und ich, Hilalayan, sind nicht nur unterschiedlicher Meinung – wir leben in verschiedenen Welten. Ich bin Wesir des Reiches und ein Freund des Hauses pan Tyras – Ihr mögt Euch Hofmarschall nennen, aber im Grunde seid Ihr nur ein Beamter von vielen. Ihr seid ein Speichellecker und Intrigant, der seine Ziele zu erschleichen sucht – ich hingegen bin ein Mann des offenen Wortes und als solcher Euer natürlicher Feind.«

»Ein Mann des offenen Wortes.« Hilalayan lächelte – einerseits aus Genugtuung darüber, dass der alte Wesir der Einladung zu diesem nächtlichen Treffen gefolgt war, andererseits aber auch aus Überlegenheit. »Ihr meint, wie im Fall von Prinz Nawyd?«

»Was soll das heißen?«

»Kommt, Gadates, beleidigt mich nicht«, forderte der oberste Hofbeamte ihn auf. »Es ist offensichtlich, dass Ihr es wart, der dem Prinzen zu seiner Flucht verholfen hat.«

Die faltigen Gesichtszüge des Wesirs wurden hart, seine hagere Gestalt straffte sich. »Naywd wurde des Hochverrats überführt. Warum also sollte ich so etwas tun?«

»Oh, da fielen mir viele Gründe ein – zum Beispiel, weil Ihr der Lehrer des Jungen gewesen seid und schon immer eine Schwäche für ihn hattet.«

»Unsinn.«

»Oder weil Euch das Bündnis mit Archos ebenso ein Dorn im Auge gewesen ist wie ihm«, bot Hilalayan eine zweite, in seinen Augen nicht weniger plausible Variante an. »Oder aber, Ihr konntet nur einfach den Gedanken nicht ertragen, dass ein Mitglied des von Euch so geschätzten Hauses Tyras an die Astari ausgeliefert wird.«

»Und?«

»Ich verstehe Euer Ansinnen, auch wenn es meine Pläne vereitelt und mich in eine äußerst unangenehme Lage gebracht hat«, versicherte Hilalayan.

»Das bezweifle ich«, knurrte Gadates. »Was versteht jemand wie Ihr von Treue? Oder Ehre?«

»Vielleicht mehr, als Ihr denkt.«

»Habt Ihr mich deshalb mitten in der Nacht hierherbestellt? Um zu beteuern, welch ehrenhaftes Geschöpf Ihr seid?« Der Wesir lachte wieder. »Es hieß, es sei wichtig, also kommt zur Sache, Hofmarschall. Sagt mir endlich, dass Ihr vorhabt, mich zu erpressen. Dass Ihr zu Xusra laufen und ihm sagen wollt, dass ich es war, der den Prinzen aus dem Kerker befreit hat.«

»Dafür gibt es keinen Beweis«, wandte Hilalayan beschwichtigend ein.

»Als ob das einen Intriganten wie Euch stören würde! Wie viele Rivalen habt Ihr durch Verleumdung zerstört, den Ruf wie vieler Männer durch üble Nachrede geschädigt?«

»Ich weiß es nicht mehr«, gestand Hilalayan offen – etwas anderes als absolute Ehrlichkeit schien in diesem Fall fehl am Platz zu sein. »Aber ich versichere Euch, dass dies hier und heute nicht meine Absicht ist. Ich habe Euch nicht hierhergerufen, um Euch zu hintergehen, werter Gadates – sondern um Euch ein Bündnis anzubieten.«

»Ein Bündnis mit wem?«

Hilalayan lächelte abermals. »Mit mir natürlich. Ist das so schwer vorzustellen?«

Im fahlen Mondlicht, das durch die hohen Fenster fiel, sah Gadates ihn prüfend an. »Ihr und ich, Hilalayan«, sagte er dann, »sind wie Milch und Öl. Das eine mit dem anderen vermischen zu wollen, wäre aussichtslos.«

»Erlaubt mir einen anderen Vergleich, ehrwürdiger Wesir«, entgegnete der Hofmarschall beflissen. »Wir beide sind zwei Seiten derselben Münze. Wir mögen verschieden sein und unterschiedliche Methoden anwenden, aber wir handeln beide zum Wohl des Königs und des Reiches.«

»Und?«

»Ich denke«, fuhr Hilalayan vorsichtig fort (denn ab diesem Punkt wurde die Angelegenheit gefährlich), »wir wissen beide, dass es im Kronrat jemanden gibt, der andere Ziele verfolgt.« Er unterbrach sich und wartete die Reaktion seines Gegenübers ab, doch Gadates erwiderte nichts, sein Gesicht blieb unbewegt. »Xusra wollte diesen Krieg, er wollte ihn schon immer«, sprach der Eunuch deshalb weiter, »und er hat alles getan, um ihn zu bekommen. Selbst das Bündnis mit Archos, auf das ich einst so große Stücke hielt, sollte nur dem einen Zweck dienen, den Feind in Sicherheit zu wiegen und ihn dann zu überfallen.«

Der alte Wesir erwiderte nichts darauf, sondern starrte nur zu Boden.

»Euer Schweigen zeigt mir, dass Ihr mir zustimmt«, folgerte Hilalayan. »Ihr wisst, dass ich recht habe, so wie Ihr wisst, dass die Dinge in Altashar sich geändert haben. Der König ist nicht mehr der Mann, der er einst war … Astyragis ist niemals wie sein Bruder Artaban gewesen, hat dem Wein und den Frauen stets mehr zugesprochen als seinen königlichen Pflichten – doch so schlimm wie in diesen Tagen ist es noch nie gewesen. Der König ist nicht mehr er selbst, steht unter dem Einfluss Xusras und seiner Sektierer – folglich ist es an uns, das Reich und ihn zu schützen.«

Gadates betrachtete ihn, ohne dass festzustellen gewesen wäre, was hinter den noch immer reglosen Zügen vor sich ging. »Ihr wählt gefährliche Worte, Hofmarschall«, sagte er schließlich. »Was, wenn ich Euer Gerede als das verstehe, was es im Grunde ist, nämlich Hochverrat an unserem Herrscher? Wenn ich zu ihm gehe und ihm davon berichte? Und wenn ich ferner Xusra darüber in Kenntnis setze, dass Ihr gegen ihn intrigiert?«

Hilalayan starrte ihn an.

Der Hofmarschall fühlte Furcht in sich emporsteigen wie eine unverdaute Speise, und vielleicht, dachte er, war tatsächlich etwas von dem üppigen Nachtmahl dabei, das er am Vorabend verzehrt hatte. Schweiß trat ihm auf die Stirn, doch er bemühte sich, seine Unsicherheit zu verbergen.

»All das könntet Ihr tun«, räumte er stattdessen ein. »Doch damit würdet Ihr den einzigen Verbündeten aus dem Weg räumen, der Euch im Kronrat noch geblieben ist. Denn auch wenn wir sehr verschieden sind, weiser Gadates – ich kenne Euch seit vielen Jahren. Und deshalb weiß ich, dass auch Ihr nicht billigt, was im Thronsaal vor sich geht. Weder wollt Ihr einen König, der nur eine Marionette ist, noch wollt Ihr, dass ein fanatischer Priester an seinen Fäden zieht. Und ganz sicher wollt Ihr nicht, dass das Reich, das der große Artaban errichtet hat, in einem sinnlosen Krieg untergeht.«

»Ein Krieg gegen Westrien ist nicht sinnlos«, wandte der Alte ein. »Viele sind der Ansicht, dass er geführt werden muss, um die Grenzen des Reiches zu sichern. Auch Nawyd war dieser Meinung. Und wenn Vanheim tatsächlich angegriffen wurde, so zeigt das nur, dass sie alle richtiglagen.«

»Noch wissen wir nicht, was in Vanheim geschehen ist«, gab Hilalayan zu bedenken. »Alles, was wir haben, ist Xusras Wort – und Ihr werdet verzeihen, ehrwürdiger Gadates, dass ich diesem Wort nicht länger vertraue. Wie ich schon sagte: Xusra will diesen Krieg, und es geht ihm auch nicht darum, die Grenzen des Reiches zu sichern. Der Hohepriester des Feuerkults will die Flamme seiner Religion überall in Astray lodern sehen. Der Krieg, den er beginnen will, ist ein Eroberungsfeldzug, und wir alle werden teuer dafür bezahlen! Und nun, ehrwürdiger Gadates«, fügte Hilalyan hinzu, während er ihm die fleischige Rechte entgegenstreckte, »erwägt noch einmal, ob Ihr nicht doch die Hand ergreifen wollt, die ich Euch reiche …«

11

Südviertel, Hobheim
Unterdessen

Die Sonne über Westland war noch nicht aufgegangen, als Lorymar Thinkling das Südviertel betrat – jenen Teil der Stadt, wohin sich der Morwolf mutmaßlich zurückgezogen hatte.

Lorymar war nicht allein.

Elmer Kimling und mehrere Angehörige der Bürgerwehr begleiteten ihn – nach Kimlings Bekunden die tapfersten Männer und besten Bogenschützen, die er in seinen Reihen hatte. Außerdem zwei Menschenfrauen, die Lorymar für ihren Mut und ihre Tapferkeit bewunderte. Die eine war eine einfache Dienerin, die andere die einstige Prinzessin von Altashar, Tochter eines ebenso alten wie ehrwürdigen Geschlechts.

Es hatte Lorymar nicht gefallen, dass Nyasha dabei sein wollte, wenn ihr Getreuer Kalid – oder vielmehr das, was aus ihm geworden war – aus seinem Versteck gelockt werden sollte. Aber sie hatte darauf bestanden, und Lorymar war nicht in der Position, sie daran zu hindern.

Die Straßen und Gassen des Südviertels waren menschenleer. Die Einwohner hatten sich in ihren Häusern verschanzt und die Läden und Türen verschlossen. Die beiden Tage und vor allem auch Nächte, in denen der Morwolf in der Stadt sein Unwesen getrieben hatte, hatten deutliche Spuren hinterlassen. Selbst wenn es gelang, die Bestie zu töten, würden die Dinge nie mehr ganz so sein, wie sie es vorher gewesen waren.

Von jeher hatte Westland eine Sonderstellung unter den Regionen Astrays eingenommen; die Halblinge hatten sich nur um ihre eigenen Belange gekümmert, und die Menschen, ansonsten groß darin, sich einzumischen und einander gegenseitig das Leben schwer zu machen, hatten sie weitgehend in Ruhe gelassen, schon deshalb, weil es in Westland nichts zu holen gab; es gab keine Gemmen, die man aus dem Boden graben konnte, und die entlegenen Täler des Periwinkel hatten keinen strategischen Wert. So hatte das Westland über Jahrhunderte hinweg ein Leben in beschaulicher Ruhe geführt, selbst dann noch, als der Rest der Welt in Chaos und Krieg versunken war … doch diese goldene Ära war vergangen. Im Grunde, dachte Lorymar grimmig, hatte sie schon vor achtunddreißig Jahren geendet, als er seine Heimat verlassen hatte, doch starrsinnig wie die Halblinge waren, hatten sie sich all die Jahre geweigert, die Zeichen der Zeit zu erkennen. Latimers Bestreben, sich mit den Exekutoren zu arrangieren, war im Grunde ein hilfloser Versuch gewesen, die goldene Zeit zu verlängern, indem er Westland dem Schutz des Ordens anvertraute. Doch das war ein Irrtum gewesen. Die Zeit wartete auch nicht auf Halblinge, und es entbehrte nicht einer gewissen Ironie, dass ausgerechnet er für das Grauen Verantwortung trug, das Hobheim nun ereilt hatte. Denn hätte er Nyasha nicht nach Skaradag gebracht, hätten sie nicht den Morwald durchquert, und Kalid wäre niemals verwundet worden …

Doch eines hatte Lorymar schon vor langer Zeit gelernt: Dass es nichts half, nach Schuld zu suchen und die Frage nach der Verantwortung zu stellen. Zum Besseren wenden konnte die Dinge nur, wer selbst Verantwortung übernahm.

Lorymar hatte viele Jahre in der Fremde verbracht und unzählige Krüge Wein und Ambrosiak geleert, um diesen einfachen aber wahren Grundsatz zu vergessen.

Gelungen war es ihm nicht …

Sie erreichten den Marktplatz des Südviertels, wo gewöhnlich bis spät in die Nacht gefeilscht und gehandelt wurde. Jetzt lagen die Verkaufsstände verwaist, und die Trümmer einiger Kisten sowie zerfetzte Zeltplanen legten nahe, dass ein Kampf stattgefunden hatte.

»Sieht aus, als wären wir auf der richtigen Spur«, knurrte Kimling, während sie dem Pfad der Zerstörung folgten, quer über den Platz zu dessen anderer Seite. Dort, an der Mündung einer verwaisten Gasse, wartete eine grausige Entdeckung.

Lorymar kniete sich nieder, um den leblosen Körper zu untersuchen, der dort mit dem Gesicht nach unten im Rinnstein lag. Vorsichtig drehte er ihn herum – um eine finstere Verwünschung auszustoßen. Auch die Augen der anderen weiteten sich vor Entsetzen. Nyasha schlug die Hand vor den Mund, um sich selbst am Schreien zu hindern.

Der Mann hatte kein Gesicht mehr.

»Er ... hat es wieder getan«, stieß Kira gepresst hervor.

Lorymar nickte. »Aber wenigstens hat er uns eine Fährte hinterlassen.« Er deutete auf die Blutspur, die im noch spärlichen Licht des neuen Tages auszumachen war und sich in der dunklen Gasse verlor. Vetter Kimling und seine Leute tauschten Blicke, so als würde ihnen erst jetzt wirklich aufgehen, worauf sie sich eingelassen hatten.

»Also weiter«, knurrte Lorymar, ehe sie es sich anders überleben konnten, und übernahm die Führung.

Die Gasse war – wie so ziemlich jede in Hobheim – eine wirre Anordnung von Nischen, Vorsprüngen und Winkeln. Halblinge waren keine großen Baumeister, hatten aber ausgeprägtes Talent darin, sich Häuser zu bauen, die an Annehmlichkeit keine Wünsche offenließen. Was sie weniger beherrschten, war die klare Form. Jeder baute stets wild drauflos, was das chaotische Bild erklärte, das Hobheim bot. Für Halblinge, die es von jeher liebten, sich in enge Nischen und

Winkel zu ducken, war dieses organisierte Durcheinander der Inbegriff von Gemütlichkeit – für Menschen, die sich fortwährend irgendwo die Köpfe stießen, musste es ein Albtraum sein. Wie auch für solche, die auf der Suche nach einer blutrünstigen Bestie waren …

Buchstäblich hinter jeder Biegung und jedem Erker mochte der Morwolf lauern. Zwar hatte Lorymar seine Klinge gezückt, doch gab er sich keinen falschen Vorstellungen hin – der Augenblick, in dem sich die Bestie auf ihn stürzte, würde zugleich auch sein letzter sein. Ihre einzige Chance bestand darin, möglichst nah an ihren Schlupfwinkel heranzukommen.

Zu suchen brauchten sie wenigstens nicht.

Wie sich zeigte, hatte die vergangene Nacht noch mehr Opfer gefordert – zumeist greise Männer und Frauen, die sich nicht mehr rechtzeitig hatten in Sicherheit bringen können. Der Morwolf tötete ohne Reue und machte auch vor den Wehrlosen nicht halt. Umso wichtiger war es, dass er zur Strecke gebracht wurde, noch in dieser zu Ende gehenden Nacht …

Vetter Kimling ging hinter Lorymar, es folgten die beiden Frauen, die sich bei den Händen hielten und den Schrecken mutig trotzten. Die Nachhut bildeten die Wachen, denen der Angstschweiß in den Gesichtern stand. Wenn das die tapfersten Männer waren, die Hobheim zu bieten hatte, fragte sich Lorymar, wie mochten dann erst die Feiglinge aussehen?

Er selbst war nie ein Draufgänger gewesen. Die angeborene Vorsicht seines Volkes, die wohl daher rührte, dass Halblinge einfach kleiner und weniger stark waren als Menschen oder Astari, hatte ihn auch in der Fremde nicht verlassen. Und dennoch – im Vergleich kam er sich mutig vor. Oder vielleicht, dachte er, während ihm das Herz bis zum Hals schlug und er sich zwingen musste, einen Fuß vor den anderen zu setzen, hatte er auch nur besser gelernt, seine Furcht zu verbergen.

Ab und zu hielt er inne, griff in die Innentasche seines Mantels, holte das kleine Fläschchen hervor, das er bei sich trug, und gönnte sich einen Schluck – Kartoffelschnaps aus Claymor, der letzte Rest. Es wäre schade gewesen zu sterben, ohne das Zeug ausgetrunken zu haben, das die Cymrer wie sonst niemand zu brennen verstanden.

Endlich erreichten sie das Ende der Gasse. Sie mündete auf einen kleinen Platz, über dem sich ein hoher, aus Fachwerk errichteter und etwas baufällig wirkender Turm erhob. Rasch suchten die Gefährten in einer Nische Deckung.

»Ein Glockenturm«, stellte Lorymar flüsternd fest. »Warum ist er nicht besetzt?«

»Keiner der vier Türme ist mehr besetzt«, erklärte Vetter Kimling.

»Und wer wacht dann über die Stadt? Wer hält Ausschau nach Feuer und Unwetter?«

»Der Schwarze Turm ist doppelt so hoch – von dort aus kann man bis weit nach Cymria sehen«, erwiderte der Anführer der Bürgerwehr. »Folglich hat Exekutor Borkling es übernommen, über die Stadt zu wachen.«

»Und der Lordkanzler hat das zugelassen?« Lorymar sah Kimling fragend an, um sich gleich darauf selbst die Antwort zu geben. »Natürlich hat er, was sollte die dumme Frage?«

»Dein Bruder hat stets nach bestem Wissen gehandelt«, versicherte Vetter Kimling, und ein bitteres Lächeln huschte über sein blasses Gesicht, »aber er ist nicht wie euer Vater. Es ist gut, dass du nun hier bist, Lorymar.«

»Ist das dein Ernst, Vetter? Noch vor wenigen Tagen wolltet ihr, dass ich in der Grube ein blutiges Ende finde, und jetzt …«

»Na ja, es sind … seltsame Zeiten«, erklärte Kimling mit dem Halblingen eigenen Pragmatismus und lächelte abermals.

»In der Tat«, war alles, was Lorymar dazu einfiel.

In diesem Moment erklang ein Heulen.

Schaurig und seelenlos, der Schrei eines Morwolfs.

Und es kam geradewegs aus dem Turm …

»Er ist dort oben«, stellte Lorymar fest, an dem baufälligen Gebäude emporblickend.

»Dann werde ich zu ihm gehen«, erklärte Kira ohne Zögern.

»Nein.« Der Halbling schüttelte den Kopf. »Wenn Ihr das tut und bei Eurem Vorhaben scheitert, bekommen wir keine zweite Chance, um zu tun, was getan werden muss.«

»Was also verlangst du?«

»Versucht, ihn aus dem Turm zu locken – und dann tut, was getan werden muss. Und solltet Ihr scheitern, werden wir zur Stelle sein.«

Der Blick der Zofe ging reihum. Alle bekundeten ihre Zustimmung, auch Nyasha, was für Kira entscheidend zu sein schien. »Einverstanden«, erklärte sie. Sie griff unter ihren Umhang und zückte das Messer, prüfte kurz seine Schärfe. Dann schob sie es wieder zurück.

»Ihr müsst das nicht tun, Kira«, stellte Lorymar noch einmal klar. »Es genügt, wenn Ihr ihn aus seinem Versteck lockt.«

»Ich weiß«, versicherte sie mit zum Äußersten entschlossener Miene. »Aber ich will es so.«

Damit nickte sie Nyasha zu, und die beiden Frauen umarmten sich zum Abschied. Dann trat Kira aus der Deckung und hinaus auf den offenen Platz.

Ganz langsam, mit bedächtigen Schritten, ging sie dem Turm entgegen. Wenn sie Furcht empfand, so zeigte sie es nicht, ihre Bewegungen wirkten gefasst und überlegt – und Lorymar konnte nicht anders, als sie dafür zu bewundern. Was für Narren die Ostray doch waren, dachte er bei sich. Ihre Frauen waren ebenso stark, wie sie klug waren – und dennoch hatten jenseits des Bruchs nur die Männer das Sagen. Natürlich, räumte Lorymar in Gedanken ein, hatte das auch unübersehbare Vorteile. Wann immer er als des Königs Narr am Hof von Altashar auch nur einen Wunsch geäußert hatte, waren sofort willige Dienerinnen zur Verfügung gestanden, um ihn zu erfüllen. Und wann immer er …

Ein neuerliches Heulen riss ihn aus seinen Träumen und er ermahnte sich, seine Gedanken nunmehr im Hier und Jetzt zu belassen. Kira hatte den Turm jetzt fast erreicht – und das Heulen besagte wohl, dass der Morwolf Beute fühlte. Warmes, lebendes Fleisch, in das er seine Hauer schlagen konnte …

Lorymar schluckte hart.

Der Plan hatte ihm von Anfang an nicht behagt, jetzt gefiel er ihm noch weniger. Unruhe hatte längst von ihm Besitz ergriffen, nun steigerte sie sich allmählich in Panik. Unwillkürlich musste er an Jenya denken. Wo war die verdammte Astara, wenn sie dringend gebraucht wurde?

»Kalid!«, rief Kira in diesem Moment und streckte die Arme von sich, wie um zu belegen, dass sie unbewaffnet war und keine Gefahr von ihr ausging. »Kalid! Ich bin es …!«

Wie gebannt starrten Lorymar, Nyasha und die anderen auf den Turm – doch nichts regte sich. Alles blieb still, auch das Heulen war nicht mehr zu vernehmen.

»Erinnerst du dich an mich?«, fragte Kira. Sie sprach Ostragisch, das Vetter Kimling und seine Leute nicht verstanden. Entsprechend ratlos waren ihre Blicke. »Ich bin es, Kalid. Deine Kira … deine Geliebte.«

Lorymar bedachte Nyasha mit einem Seitenblick. Er konnte sehen, wie sich ihre Augen mit Tränen füllten. Auch er verspürte eine seltsame Trauer – und das, obwohl ihn eigentlich weder die Zofe noch ihr zur Bestie verwandelter Verehrer etwas angingen. Verdammt, was war nur los mit ihm?

Quälend lange Augenblicke verstrichen.

Nichts geschah.

Abermals rief Kira den Namen ihres Geliebten, und erneut schien er ungehört auf dem Platz und in den angrenzenden

Gassen zu verhallen – als im offenen Eingang des Turmes eine Gestalt erschien. Groß und sehnig, das Zerrbild eines Menschen.

Fell überwucherte nunmehr den ganzen Körper, Kopf und Antlitz entsprachen dem eines Wolfs. Seine Augen leuchteten wie jene der Bestien aus dem Morwald – und dennoch schien noch immer ein Funken von Menschlichkeit in ihm zu sein.

Denn die Kreatur griff Kira nicht an.

Stattdessen stand sie nur da und starrte die junge Frau an – und als Kira sich schließlich auf den Morwolf zubewegte, ruhigen Schrittes und scheinbar furchtlos, wich dieser zunächst zurück, so als scheue er sich davor, sich ihr zu zeigen, doch sie ging unbeirrt weiter. Nur wenige Schritte vor dem Turm blieb sie stehen und streckte die Hand nach ihm aus.

»Komm zu mir, Kalid«, forderte sie ihn auf. »Zeige dich mir, ich möchte dich sehen, Geliebter.«

Der Morwolf zögerte. Die Kreatur, die in der Keilergrube ein wahres Blutbad angerichtet und eine Spur des Todes durch die Stadt gezogen hatte, schien in diesem Augenblick tatsächlich etwas wie Furcht zu empfinden.

»Komm«, wiederholte sie und ließ sich gar nieder – und prompt wagte sich die Bestie aus ihrem Versteck.

»Sie macht das gut«, anerkannte Lorymar atemlos. »Sie macht das wirklich sehr gut …« Nyasha neben ihm nickte nur, als hätte sie nichts anderes erwartet.

Der Morwolf hatte sein Versteck verlassen, und im ersten Licht des Tages war die Kreatur in ihrer ganzen Scheußlichkeit zu erkennen: das zottige, von Räude befallene Fell und das faulige Moos; die zur Fratze entstellten Züge mit den mörderischen Fängen; die blutigen Klauen und der Schwanz, der unruhig über den Boden wischte …

»Kalid.« Von dem Entsetzen, das auch sie schütteln musste, zeigte Kira nichts. Ruhig sah sie der Bestie entgegen, die sich nun auf alle viere niederließ und auf sie zukam – und als würde sie weder Abscheu noch Furcht verspüren, öffnete Kira ihre Arme. »Komm zu mir, Geliebter«, forderte sie ihn auf.

Der Morwolf folgte ihr!

Gesenkten Hauptes kam er auf sie zu und schmiegte sich tatsächlich in ihre weit geöffneten Arme, und dann kauerten sie gemeinsam dort vor dem Turm, die Schöne und die Bestie …

»Los doch«, flüsterte Lorymar im Versteck. »Worauf wartet sie? Einen günstigeren Augenblick als diesen wird sie nicht bekommen …?«

Er konnte sehen, wie Kira auf die Bestie einsprach, wie sie etwas ins Ohr des Morwolfs flüsterte. Er nahm an, dass es Worte des Abschieds waren – und die Kreatur schien sie zu verstehen! Ein leises Knurren entrang sich ihrer Kehle, noch immer unternahm sie keine Anstalten, Kira anzugreifen oder ihr auf sonst eine Weise gefährlich zu werden.

»Was tut sie?«, fragte sich nun auch Vetter Kimling. »Warum hat sie ihm nicht längst das Messer ins Herz gestoßen …?«

Plötzlich merkte der Morwolf auf. Sein Haupt fuhr in die Höhe, seine Augen loderten.

Er hatte etwas gehört …

»Wir dämlichen Idioten«, hauchte Lorymar, dem klar wurde, dass sie einen Fehler begangen hatten.

Im nächsten Moment überstürzten sich die Ereignisse.

»Da sind sie schon!«, rief Kira und begann, mit den Armen zu rudern. »Du musst fliehen, Geliebter! Hörst du?«

»Nein!«, entfuhr es Lorymar. Sein Kopf flog herum, und er sah Nyasha an, die nicht weniger entsetzt aussah als er selbst – offenbar hatte auch sie nicht gewusst, was ihre Vertraute und Freundin im Schilde führte. Nun jedoch wurde es offenbar …

»Flieh, Geliebter! Flieh!«, schrie Kira und sprang auf – während gleichzeitig auch Lorymar aus seiner Deckung setzte. Elmer Kimling und die Wachen folgten ihm, die Bogen schussbereit erhoben. Der Kalid-Wolf sah sie kommen und reagierte nicht wie der Mensch, der er einst gewesen war – sondern wie die Bestie, in die er sich verwandelt hatte.

Mit der Pranke schlug er Kira beiseite, um sich den neuen Angreifern zu stellen. Von dem furchtbaren Hieb getroffen, sank Kira nieder – worauf Nyasha einen entsetzten Schrei ausstieß und ebenfalls aus der Deckung eilte, ihrer Freundin zu Hilfe.

»Nicht!«, rief Lorymar, doch es war schon zu spät – Nyasha lief zu ihrer leblos daliegenden Gefährtin, des Morwolfs ungeachtet. Vetter Kimling und die anderen wollten schießen, doch die Gefahr, dabei Nyasha zu treffen, war zu groß – und so tat Lorymar etwas, das er noch vor nicht allzu langer Zeit wohl für unmöglich gehalten hätte. Mit beiden Armen winkend, um die Bogenschützen daran zu hindern, die Pfeile von den Sehnen zu lassen, stellte er sich in ihre Schusslinie und eilte Nyasha hinterdrein. Die Prinzessin hatte den blutüberströmten Körper ihrer Freundin inzwischen erreicht und wollte schluchzend daneben niederfallen – als der Wolf auf sie zusprang und sie packte.

»Neeein!«, brüllte Lorymar Thinkling so laut, dass es von den Fassaden der Häuser widerhallte – doch nur einen Herzschlag später waren der Morwolf und seine Beute bereits im Turm verschwunden.

12

Eiserne Zitadelle, Skaradag
Zur selben Zeit

Weitere Gefangene waren unter fürchterlichem Geschrei ins Salz hinabgelassen worden – ihre erstarrten Körper hingen nun ebenfalls oben an den Zinnen, und nur noch Bray und Kai waren übrig geblieben.

Entsetzt hatten sie alles verfolgt.

Brays Verstand hatte ausgesetzt, kapitulierte angesichts des Grauens und der schrecklichen Erkenntnis, dass als Nächstes auch ihr dieses grässliche Ende drohte. In all den Jahren, in denen sie als Diebin unterwegs gewesen war, war das Salz stets eine Möglichkeit gewesen, jedoch eine unwahrscheinliche; genau wie all die anderen großen und kleinen Diebe, die in Skaradag über die Runden kommen mussten, hatte sie sich eingeredet, dass sie schon nicht gefasst werden, dass es im Zweifel andere erwischen würde, aber nicht sie …

Doch diese Hoffnung war trügerisch gewesen. Denn hier stand sie nun, von Grauen geschüttelt, während die vermummten Henker sie ergriffen.

»Du bist dran«, sagte einer.

Bray war nicht mehr Herrin ihrer selbst. Ein Teil von ihr war wie erstarrt vor Angst, ein anderer wollte, dass es möglichst rasch endete. In einem Impuls wollte sie vortreten – doch Kai, der sich noch immer an ihr festklammerte, ließ sie nicht.

»Nein, Bray! Nicht!«, schluchzte er verzweifelt – auch ihm war klar geworden, dass es diesmal kein Entrinnen gab.

Ihr Ende war besiegelt.

»Es tut mir leid, Kai«, versicherte sie. Sie strich dem Freund, der wie ein jüngerer Bruder für sie gewesen war, durch das schweißnasse Haar und küsste ihn zum Abschied auf die Stirn – dann wurde sie von den Henkersknechten auch schon gepackt. Die Vermummten wollten sie zum Pfuhl zerren, aber Kai hielt sie weiter umklammert, hielt sich an ihr fest wie ein Ertrinkender an einem Stück Treibholz. Obwohl Jarnhants Schergen mit grober Gewalt zu Werke gingen, gelang es ihnen nicht, sie voneinander zu lösen.

»Auch gut«, meinte Magistrat Gulfullur, der sich einmal mehr gebückt hatte, um seine Schuppensau zu streicheln, »wen sie es so unbedingt wollen, dann bleiben sie eben beisammen. Steckt sie beide gleichzeitig hinein, worauf wartet ihr?«

Den Henkern brauchte das nicht zweimal gesagt zu werden. Kurzerhand ergriffen sie alle beide, und schon einen Herzschlag später standen Bray und Kai am Rand des Pfuhls, der ihre Mitgefangenen alle verschlungen und als zu Salzsäulen erstarrte Abnormitäten wieder ausgespuckt hatte.

Nun war die Reihe an ihnen.

»Nein! Nein!«, kreischte Kai entsetzt, während die Henker sich anschickten, ihre Fußgelenke zusammenzubinden. »Bitte nicht! Lasst mich in Ruhe, hört ihr …?«

Die Henker lachten nur, Osric Jarnhant grinste in böser Genugtuung – und Keral Gulfullur schien am Wohlergehen seines Schoßtiers sehr viel mehr interessiert zu sein.

Bray schwieg. Nicht aus Tapferkeit oder weil sie ihren Feinden den Triumph nicht gönnen wollte. Sondern weil sie nicht mehr in der Lage war, irgendetwas zu sagen. Das Grauen hielt sie in seinen Klauen. Ein schauriges Klirren erklang, als die Kette mit dem Haken herabgelassen wurde. Bray schloss die Augen und versuchte, alles um sich herum auszublenden, die Henker und die gaffende Menge, sogar Kais heiseres

Schluchzen … vor allem aber den Pfuhl, der sie jeden Augenblick verschlingen würde.

Gleich…

»Halt!«, durchschnitt in diesem Moment eine Stimme die kalte Morgenluft, laut wie Donner und so klar wie Glas.

Alle, auch Jarnhant und Gulfullur und selbst die beiden Verurteilten, sahen unwillkürlich auf – nur um eine einsame Gestalt zu erblicken, die auf dem First eines Hauses stand.

Es war eine Frau.

Die wildlederne Kleidung, die sie trug, lag eng an ihrem Körper, ihr Umhang flatterte im Wind. Langes rotes Haar umwehte ihre blassen Züge, aus denen ein schmales, smaragdfarbenes Augenpaar so durchdringend auf den Platz und die versammelte Menge blickte, dass jeder Einzelne das Gefühl hatte, direkt von ihr angesehen zu werden.

»Dana«, hauchte Kai ungläubig – und auch Bray hatte Mühe zu begreifen, dass sie die Frau dort oben kannten.

Es war Jenya.

Einer Statue gleich stand sie dort oben, das Haar wie loderndes Feuer und in den Händen einen schussbereiten Bogen. Ein Raunen ging durch die Menge, selbst Jarnhant und Gulfullur standen starr vor Erstaunen, so unerwartet war das Auftauchen der Astara, so Ehrfurcht gebietend ihre Erscheinung. Und womöglich fragten sich einige der reichen Kaufleute und Bürger, die sich auf dem Platz tummelten, weshalb ihnen die atemberaubend schöne Frau so bekannt vorkam …

»Bürger von Skaradag, hört mich an!«, verlangte sie mit ihrer glasklaren Stimme. »Unrecht und Willkür haben lange genug in Skaradag geherrscht. Zeit, dass sich etwas ändert!«

»Ach herrje«, näselte Magistrat Gulfullur abschätzig. »Genügt es nicht, dass sich fortwährend irgendwelche Kerle zu Predigern berufen fühlen? Müssen es jetzt auch noch Frauen sein?«

»Wie lange wollt ihr noch zusehen?«, donnerte die Astara

weiter. »Wie lange wollt ihr euch noch gefallen lassen, dass euresgleichen gehenkt und an der Mauer zur Schau gestellt wird? Dass eure Kinder im Winter erfrieren und am Hunger sterben?«

»Das reicht«, knurrte Osric Jarnhant entschieden. »Zeit, ihr das Maul zu stopfen.«

»Tut das, mein Freund.« Gulfullur nickte ihm gönnerhaft zu. »Obwohl es eine Verschwendung ist – für ein Weib von solcher Schönheit hätte ich weit bessere Verwendung gehabt.«

Jarnhants Erwiderung war ein unwirsches Grunzen. Seine Gesichtszüge hatten sich verhärtet, seine Kieferknochen mahlten vor mühsam beherrschtem Zorn. Er sah an der Mauer empor, wo die Soldaten der Stadtwache postiert waren, darunter auch Bogenschützen. Mit einem Wink gab er ihnen zu verstehen, dass sie sich der großmäuligen Störerin annehmen sollten …

»Wer bist du?«, rief jemand aus der Menge zum Dach hinauf.

»Manche von euch kennen mich«, erwiderte die Astara. »Viele Jahre lebe ich nun schon in dieser Stadt, und in all dieser Zeit habe ich dabei zugesehen, wie sie sich veränderte. Die Reichen wurden immer reicher, die Armen immer ärmer, doch statt meine Augen zu öffnen für das Elend, habe ich sie geschlossen und mich mit dem schönen Schein getrogen. Schlimmer noch, ich habe mich daran gewöhnt, dass in Skaradag, der Perle des Nordens, Kinder in den Armen ihrer Mütter eines elenden Todes sterben, Männer für ein Stück Brot zu Mördern werden und Frauen ihre Körper verkaufen, um nicht verhungern zu müssen – während unweit davon Reichtum und Überfluss herrschen!«

Eine Woge der Unruhe ging durch die Reihen der Schaulustigen. Empörung lag plötzlich greifbar in der Luft, ausgelöst durch die Frau, die dort oben stand und das aussprach, was keiner sonst zu sagen und die meisten noch nicht einmal zu denken wagten …

»Jarnhant!«, schnappte Gulfullur, in seinen kleinen Augen blitzte es. Genau wie sein Schwein, das vom Futter abgelassen hatte und leise quiekte, schien auch er die Gefahr zu spüren …

Hektisch wiederholte der Stadtmarschall das Zeichen, das er den Bogenschützen gegeben hatte, und nun endlich regte sich etwas hinter den Zinnen. Ein Mann in der grünen Uniform der Stadtwache erschien, ein Pfeil wurde aufgelegt, die Sehne des Bogens zurückgezogen …

»Ich habe meine Augen vor der bitteren Wahrheit verschlossen«, fuhr Dana Jennara unterdessen unbeirrt fort, »doch diese beiden dort unten« – sie zeigte auf Bray und Kai – »haben sie mir geöffnet. Weder sind wir auf dieser Welt, um uns selbst zu genügen, noch steht geschrieben, dass wir jedes Unrecht widerspruchslos hinnehmen müssen. Wir können es ändern, Bürger von Skaradag, hier und je …«

»Jenya! Vorsicht!«

Bray schrie aus Leibeskräften – doch in diesem Moment löste sich der Pfeil des Schützen bereits von der Sehne, zuckte von der Mauer der Eisernen Zitadelle zu dem Haus hinüber, auf dem die Astara stand – und hätte sie geradewegs in die Brust getroffen, wäre sie dem Geschoss nicht ausgewichen, mit einer Schnelligkeit, die ihresgleichen suchte.

In einer einzigen fließenden Bewegung fuhr die Astara herum, nahm ihren eigenen Bogen hoch, zielte und schoss – der Pfeil stach in weitem Bogen herab und traf den Henker, der neben Bray stand und sie bewachte, in den Hals.

Röchelnd ging der Mann nieder, der weiße Sack über seinem Kopf färbte sich blutig rot. Und noch während die anderen Vermummten wirklich begriffen, was geschah, hatten Jennaras Pfeile bereits die übrigen niedergestreckt.

Chaos brach aus, alles geschah gleichzeitig.

Ein ganzes Rudel von Pfeilen und Armbrustbolzen schlug

von der Burgmauer zum Dachfirst hinüber – doch die Astara war bereits nicht mehr dort. Die steile Schräge des Daches nutzend, rutschte sie über die Schieferschindeln in die Tiefe und entging so den todbringenden Geschossen. Vom unteren Rand des Daches aus sprang sie todesmutig in die Tiefe, überschlug sich in der Luft und landete auf dem Zeltdach eines der Stände, die auf dem Marktplatz aufgebaut waren. Von dort glitt sie zu Boden und verschwand in der Menge – und von dort, wo sie verschwunden war, schien sich Unruhe nach allen Seiten auszubreiten, genau wie bei jenem Stein, der ins Wasser geworfen wurde und den Rayan der Krähensänger stets so gerne besungen hatte.

Bray hatte keine Zeit verloren. Von ihren Bewachern befreit, hatte sie sich gebückt und an den Fesseln um ihre Fußgelenke zu schaffen gemacht. Ihr Atem ging heftig, ihr Herzschlag raste, zu einem klaren Gedanken war sie nicht fähig – was sie antrieb, war Hoffnung, der schiere Wille zu entkommen.

Jarnhant bellte heisere Befehle, worauf sich seine Soldaten rings um das Podest formierten und die Schilde hoben – und das keinen Augenblick zu früh. Denn als hätte der Stadtmarschall es geahnt, flog in diesem Moment der erste Stein.

Das erste Geschoss prallte wirkungslos am Schild eines Wachsoldaten ab, jedoch wirkte es wie ein Signal – und im nächsten Moment bekamen Jarnhants Leute zu spüren, was es bedeutete, den Zorn des Volkes gegen sich zu haben. Weitere Geschosse wurden aus der Menge geschleudert, grobe Pflastersteine, die man aus dem Boden des Marktplatzes brach. Die Bogenschützen auf den Mauern erwiderten den Beschuss und versenkten ihre Pfeile in der Menge, wo sie blutigen Tribut forderten – und damit fielen auch die letzten Schranken.

Jennara hatte ausgesprochen, was die schweigende Menge dachte und sie damit aus ihrer Lethargie gerissen – doch es war die Brutalität von Jarnhants Schergen, die aus einer Bekundung von Unmut einen Aufstand machte. Von allen Seiten drängten wütende Menschen an das Podest heran – Tagelöhner, Bettler und Diebe, von denen die meisten wenig mehr als Lumpen am Leibe trugen geschweige denn bewaffnet waren. Doch es waren viele.

Die ersten hielten die Soldaten mit ihren Speeren noch auf Distanz, und einige zogen die Schwerter und schlugen damit wahllos auf die herandrängende Menge ein. Doch kaum hatten ihre Waffen blutige Wunden geschlagen, wurden sie ihnen auch schon entwunden. Einer nach dem anderen wurde vom Podest herabgezogen und verschwand in der zornigen Masse – und schon kurz darauf wurde über den wutverzerrten Gesichtern ein Speer in die Höhe gehalten, auf dem das blutige Haupt eines Wachsoldaten steckte. Über Jahrzehnte hatten die Armen von Skaradag ihre Wut, ihre Angst und ihre Verzweiflung in Zaum gehalten. Nun brach sie sich schrecklich Bahn.

Bray war es inzwischen gelungen, die Fesseln um ihre Fußgelenke abzustreifen. Rasch half sie auch Kai, der heftig aus seiner Beinwunde blutete und vor Schwäche und Aufregung am ganzen Körper bebte. Gehetzt sah sich Bray inmitten von Lärm und Chaos nach einem Fluchtweg um – als kein anderer als Osric Jarnhant persönlich auf sie zukam, sein Schwert in den Händen.

»Halt!«, brüllte er über das Geschrei der Menge hinweg. »Ihr seid verurteilte Verbrecher und geht ins Salz! Und wenn es das Letzte ist, was ich tue!«

Er schwang die Klinge, um Bray und Kai damit zurückzutreiben, geradewegs über den Rand des Pfuhls – doch es kam anders. Denn in einem letzten Ausbruch von Kraft und Mut oder vielleicht auch nur schierer Verzweiflung warf sich Kai nach vorn und stürmte dem Stadtmarschall unter heiserem Gebrüll entgegen. Jarnhants Schwerthieb entging er, indem er ihn kurzerhand unterlief. Dann hatte er den hageren Gesetzeshüter auch schon erreicht und warf sich auf ihn.

Jarnhant stieß eine Verwünschung aus. Mit aller Kraft versuchte er, den Jungen von sich abzuschütteln und seine Schwerthand wieder freizubekommen, doch Kai hielt ihn fest umklammert, wobei er weiter wie von Sinnen schrie. In ihrer bizarren Umarmung gefangen, gerieten beide ins Taumeln und kamen dem Rand des Pfuhls gefährlich nahe.

»Nicht!«, schrie Bray noch und wollte eingreifen – aber es war zu spät. Die beiden Kämpfenden strauchelten, und Jarnhants Fuß trat ins Leere.

Nun schrie auch der Stadtmarschall, als er und der Junge nach vorn in den Abgrund kippten. Endlich ließ Kai los, und indem er sich zur Seite drehte, und die Arme auswarf, bekam er den Rand des Pfuhls zu fassen. Bray warf sich bäuchlings zu Boden, schlitterte über das klamme Gestein bis zur Kante und packte Kai an den Unterarmen.

»Hab dich!«, stieß sie erleichtert hervor – doch zum Aufatmen bestand kein Anlass bestand.

Denn zwar hielt sie Kai, doch um den Unterleib des Jungen hatte Osric Jarnhant seine Arme geschlungen und klammerte sich nicht weniger unnachgiebig fest.

Das Gewicht war zu groß.

Bray merkte, wie Kais Arme ihrem Griff entglitten, und auch der Junge selbst konnte sich nicht länger an der Kante einklammern. Verzweifelt trat er um sich, um den Ballast, der an ihm zerrte und ihn in die Tiefe zu reißen drohte, loszuwerden. Jarnhant versuchte nun seinerseits, an dem Jungen emporzuklettern und zurück zum Rand zu gelangen. Stück für Stück zog er sich empor, Bray sah seine schmale, hassverzerrte Miene …

»Kai!«, rief sie verzweifelt, während sie merkte, wie die schweißnassen Arme des Freundes ihr entglitten.

Auch Kais Kraft ließ nach.

Jeden Augenblick würden seine Finger vom Rand abrutschen. Dann würde sowohl sein Gewicht als auch das des

Stadtmarschalls allein an Bray hängen – und so viel konnte sie nicht tragen. Kai wusste das und schrie in wilder Panik, trat um sich und zappelte – doch dadurch entrang er sich Brays Griff nur noch rascher.

»Kai, nicht!«, rief sie. »Du …!«

In diesem Moment geschah es.

Kai verlor den Halt. Seine Finger, mit denen er sich am Rand des Pfuhls eingekrallt hatte, rutschten ab. Es gab einen entsetzlichen Ruck – und die Arme des Freundes glitten Bray aus den Händen.

»Neeein!«, brüllte sie entsetzt, als Kai und Osric Jarnhant in die Tiefe stürzten.

13

Südviertel, Hobbeim
Währenddessen

Lorymar rannte, so schnell seine kurzen Beine ihn trugen.

Das Herz schlug ihm bis zum Hals, als er den blutüberströmten Körper von Kira erreichte. Ob Nyashas Zofe von Anfang an vorgehabt hatte, ihrem Geliebten zur Flucht zu verhelfen, oder ob sie im entscheidenden Moment einfach schwach geworden war, entzog sich Lorymars Kenntnis – er wusste nur, dass Kira bitter für ihre Entscheidung bezahlt hatte. Die Klaue des Wolfs hatte sie am Kopf getroffen, noch immer pulsierte Blut aus der Wunde, obschon das Leben bereits aus ihr gewichen schien. Für sie konnte Lorymar nichts mehr tun – aber für Nyasha.

Das kurze Schwert in den Händen, rannte er zum Eingang des Glockenturmes, und obwohl alles in ihm sich dagegen sträubte und ein gefühltes Dutzend innere Stimmen ihm dazu riet, rasch umzukehren und die Sache zu vergessen, trat er über die Schwelle.

Der Gestank, der ihm entgegenschlug, war im wahren Wortsinn bestialisch. Das Treppenhaus, das sich über ihm türmte, bestand aus einer windschiefen, baufällig wirkenden Treppe, die an den Wänden hinauf zum Gestühl führte. Dorthin musste der Morwolf mit der Beute geflohen sein.

»Natürlich«, knurrte Lorymar, »ganz oben hinauf – wohin auch sonst …?«

Er fasste sich ein Herz und erklomm die ersten Stufen, und obwohl er sich Mühe gab, dabei möglichst leise zu sein, knarrten sie unter seinen Tritten. Lorymar gab nichts darauf und stieg weiter, das Schwert mit der kleinen Faust umklammernd – und kam sich einfach nur lächerlich dabei vor. Unzählige Geschichten rankten sich um strahlende Helden, die in Bedrängnis geratene Jungfrauen aus den Klauen grässlicher Ungeheuer befreiten. Als Junge hatte auch Lorymar solchen Geschichten mit Verzückung gelauscht – aber er konnte sich nicht erinnern, dass auch nur in einer einzigen von ihnen der Held ein Halbling gewesen war und die Bestie ein Morwolf. Und auch was die Jungfrau betraf, war er sich nicht wirklich sicher …

Er ermahnte sich, dass dies nicht hierhergehörte, und stieg weiter, fluchte heiser, als sein Atem zu rasseln begann. Und in diesem Augenblick, da er ohnehin am liebsten umgekehrt wäre und Nyasha ihrem Schicksal überlassen hätte, erblickte er sie: Die leblosen Körper, die kopfüber an den lose herunterhängenden Glockenseilen hingen.

Einer von ihnen war ein Mensch, vermutlich ein Ordensdiener, der Rest Halblinge. Die Bestie hatte sie getötet und sie dann aufgehängt wie ein Jäger seine Beute, damit sie ausbluteten und das Fleisch abhing …

Lorymar spürte Übelkeit in sich aufsteigen – jetzt wusste er auch, woher der beißende Gestank rührte. Dass jemand, der dem Morfluch verfallen war, nicht mehr Herr seiner selbst war und zum Tier wurde, war eine Sache. Dies hier war noch schlimmer. Es war das Werk von jemandem, der die Kraft und den Instinkt eines Raubtiers besaß – und den menschlichen Hang zur Bosheit.

Vorsichtig spähte er hinauf, konnte oben im Gestühl die Glocke hängen sehen – aber keine Spur von Nyasha und ihrem Häscher. Hätte Lorymar es nicht besser gewusst, hätte er sie niemals dort oben vermutet. Doch er hatte den Wolf und seine Beute in diesem Turm verschwinden sehen, und es gab nur diese Treppe … Die Angst, Nyasha könnte verletzt oder gar tot sein, setzte ihm schwer zu, und er musste alle Beherrschung aufwenden, um nicht lauthals ihren Namen zu rufen.

Endlich näherte er sich dem obersten Stockwerk. Kühler Wind blies ihm entgegen und vertrieb den entsetzlichen Gestank, zudem drang heller Morgenschein durch die nach allen Seiten offenen Fenster. Atemlos langte Lorymar auf der hölzernen Balustrade an, die die Innenseite des Turms umlief, und schaute sich um. Das Schwert hatte er beidhändig erhoben, doch wohin er auch sah – da war niemand!

Lorymars Blick fiel auf die Leiter, die hinauf zum Glockenstuhl führte. Die Sprossen wiesen tiefe Kratzer auf, Hinterlassenschaften von mörderischen Klauen …

Sein Herz begann wie eine Trommel zu schlagen.

Dort oben war die Bestie also – was sollte er tun? Der Gedanke, den Glockenstuhl einfach in Brand zu stecken und dann zu fliehen, kam ihm in den Sinn. Aber da war Nyasha …

Einmal hatte er sie bereits verkauft.

Kein zweites Mal.

Mit pochendem Herzen trat er auf die Leiter zu, bemüht, dabei kein unnötiges Geräusch zu verursachen. Doch vermutlich, sagte er sich, hatte die Bestie ihn ohnehin längst gewittert und wusste, dass er kam …

Er fasste den Holm der Leiter mit einer Hand, während er mit der anderen weiter das Schwert umklammert hielt. So stieg er vorsichtig hinauf, Sprosse für Sprosse, dem Durchstieg zum obersten Stockwerk entgegen.

Das alte Holz knarrte unter ihm – und war da nicht noch ein anderes Geräusch? Ein heiseres, animalisches Schnauben …?

Der Durchstieg kam näher.

Lorymar hielt den Atem an, während er die letzten Sprossen erklomm, um sich dann vorsichtig aufzurichten und einen Blick in den darüberliegenden Raum zu …

»Vorsicht!«

Die sich heiser überschlagende Stimme Nyashas warnte ihn – und das keinen Augenblick zu früh.

Lorymar zuckte zurück, und dort, wo sich eben noch sein Kopf befunden hatte, wischte eine Pranke vorbei, mit einer so mörderischen Wucht, dass sie ihm vermutlich das Haupt von den Schultern gerissen hätte. Erschrocken tat der Halbling das Einzige, was ihm in den Sinn kam – er schlug mit der Klinge zu und erwischte die Klaue.

Die Bestie brüllte auf, stinkendes Morblut troff herab. Lorymar fluchte, als er davon besudelt wurde – hieß es nicht, schon das Blut eines Morwolfs reiche aus, um sein dunkles Erbe zu übertragen? Hastig wischte er sich über das Gesicht, dann stürmte er hinauf, nutzte die Gunst des Augenblicks, da die Bestie von Schmerz und Wut noch abgelenkt war.

Dann war er oben.

Wind zerrte an ihm, der durch die Schallöffnungen des Turmes blies. Im fahlen Licht des Morgens konnte Lorymar die große Glocke sehen, die über der Öffnung im hölzernen Boden hing – und er sah Nyasha, die in der Schräge des Spitzdachs kauerte, die schönen Züge von blankem Entsetzen gezeichnet.

»Nyasha!«

Sofort war er bei ihr, wollte sie bei der Hand fassen, um ihr auf die Beine zu helfen – als sie erneut einen entsetzten Schrei ausstieß. Gleichzeitig merkte Lorymar, wie ein dunkler Schatten auf ihn fiel.

Klein, wie er war, fuhr er blitzschnell herum, gewahrte die bedrohliche Gestalt und wollte erneut ausweichen – doch es war zu spät. Der Stoß, den der Morwolf ihm versetzte, traf ihn und schleuderte ihn zurück, sodass er mit dem Hinterkopf gegen einen Dachbalken krachte. Benommen ging der Halbling nieder, während bunte Flecke vor seinen Augen tanzten. Er schwang das Schwert, das er noch immer in der Hand hatte, aber seine Bewegungen waren zu kraftlos und ungenau, als dass sie die Bestie abgehalten hätten.

Ein heiseres Schnauben ausstoßend, das wie das wüste Echo menschlichen Hohngelächters klang, kam der Morwolf auf ihn zu, das grässliche Haupt nach vorn gereckt und die Zähne fletschend, von denen gelber Geifer troff. Die Augen der Bestie waren zu Schlitzen verengt, aus denen pure Mordlust hervordrang.

Lorymar stieß eine Verwünschung aus, packte sein Schwert mit beiden Händen im Bewusstsein, dass es ihm nichts nützen würde. Da hatte er, Lorymar Thinkling, den Großen Krieg und die Katastrophe überlebt, hatte sich die letzten Jahrzehnte zurückgezogen, um zu vergessen und Gras über die Geschehnisse von damals wachsen zu lassen – und kaum brach er seine Vorsätze und kehrte in seine alte Heimat zurück, ereilte ihn ein ebenso jäher wie schnöder Tod. Hätte ihm nicht das Herz vor Angst bis zum Hals geschlagen, hätte er vielleicht sogar darüber lachen können – so fand er es nicht im Mindesten witzig.

Der Morwolf war heran, er konnte seinen stinkenden Atem riechen. Schon riss die Bestie das Maul auf, holte mit den Klauen aus, um sein wehrloses Opfer zu zerfetzen …

»Kalid! Nicht!«

Es war Nyasha, die rief – und erneut hielt der Wolf inne.

Mit einem Blitzen in den Augen wandte er sich ihr zu und zischte feindselig, so als wollte er ihr zu verstehen geben, dass sie sich aus seinen Angelegenheiten heraushalten solle. Dann wandte er sich wieder seiner Beute zu – doch die war nicht so wehrlos, wie er angenommen hatte. Als die Bestie sich wieder zu Lorymar umwandte, schlug dieser zu.

Der Schwerthieb war weder gut platziert noch besonders kräftig geführt, aber er erwischte den Morwolf in der Seite und brachte ihm eine Wunde bei, die die Kreatur schmerzvoll aufheulen ließ. Dazu, einen zweiten Hieb anzubringen, kam

Lorymar nicht mehr – denn jetzt warf sich der Wolf nach vorn und hätte ihn mit den Klauen zerfetzt, wäre er nicht davon abgehalten worden.

Nyasha hatte den Augenblick genutzt, um sich von hinten an die Bestie heranzuschleichen und ihr ein Glockenseil um den Hals zu legen. Mit aller Kraft riss sie nun daran und brachte den Morwolf in Rückenlage. Mit den langen, klauenbewehrten Armen versuchte die Bestie, das Gleichgewicht zu halten, während sie dem Loch in der Bodenmitte entgegentaumelte – Nyasha riss er dabei mit.

»Nyasha!«, brüllte Lorymar entsetzt – doch er konnte nichts mehr tun.

Beide, die Prinzessin und der Morwolf, taumelten nach hinten ins Leere – und waren im nächsten Moment in der Öffnung verschwunden, die unterhalb der großen Glocke gähnte.

14

Skaradag
Zur selben Zeit

Stumm vor Entsetzen starrte Bray in den Abgrund, in die wabernden Dämpfe, die vom Grund des Pfuhls aufstiegen und in denen Kai und Osric Jarnhant verschwunden waren.

Einen endlos scheinenden Augenblick lang hegte sie noch die vage Hoffnung, dass Kai sich irgendwo hatte festhalten können und womöglich noch am Leben war. Doch dann wurde ihr klar, dass die Schreie der beiden verstummt waren, und das konnte nur eines bedeuten …

Ein Schatten fiel plötzlich auf sie.

Alarmiert fuhr Bray herum.

Jenya stand über ihr.

In ihren Händen hielt sie Schwerter, deren Klingen leicht gekrümmt waren und von Blut besudelt. Zu ihren Füßen lagen die leblosen Körper von vier Stadtwachen, die sie niedergestreckt hatte – und Bray hatte es noch nicht einmal wirklich wahrgenommen …

»Es tut leid«, sagte die Astara ernst. »Ihn kannst du nicht mehr retten, Bray. Aber dich.«

Woher sie die Kraft nahm, sich vom Boden aufzuraffen, wusste Bray nicht. In ihr war alles dunkel und tot, Grauen schüttelte sie, während um sie herum das Chaos tobte.

Ein blutiger Aufstand war auf dem Platz vor der Eisernen Zitadelle entbrannt. Marktstände waren in Brand gesetzt worden und brannten lichterloh, und zu dem Speer mit dem Kopf des Soldaten darauf hatten sich noch weitere gesellt, auf denen die wohlgenährten Häupter von Kaufleuten und anderen reichen Bürgern Darliks staken. Das Unrecht, das über so lange Zeit in Skaradag geherrscht hatte, rächte sich nun auf schreckliche Weise, und der gerechte Zorn der Armen war innerhalb kürzester Zeit zu blindem Blutdurst verkommen, der Unrecht mit neuem schrecklichem Unrecht vergalt. Auf dem Meer ihrer wutverzerrten Gesichter schwappte ein reicher Kaufmann heran, den sie auf ihren Händen weiterreichten. Die samtenen Kleider hatten sie ihm vom Leib gerissen, er schrie und zappelte in seiner Not, während es unaufhaltsam dem Pfuhl mit dem Salz entgegenging.

Die Stadtwachen oben auf den Zinnen schossen noch immer mit Pfeilen, doch sie taten es so wahllos, dass auch einige der Ihren getroffen wurden. Das Tor der Zitadelle schließen konnten sie nicht, denn der Magistrat befand sich noch immer außerhalb der Mauern. Zwar hatte Keral Gulfullur, der seine wohlgenährte Schuppensau nun auf den Armen trug, versucht, sich in Sicherheit zu bringen, doch waren seine Leute und er angesichts der herandrängenden Massen nicht weit gekommen – und dort stand er nun, auf halber Strecke zwischen dem Tor und dem Schafott, von zwei Dutzend seiner grün berockten Wachen umlagert, die die einzige Barriere zwischen ihm und dem entfesselten Zorn des Volkes bildeten. Und sowohl ihm als auch seinen Leuten war wohl bewusst, wie die Sache ausgehen würde …

»Wir müssen verschwinden«, drängte Jenya und steckte die Schwerter in die Scheiden auf ihrem Rücken.

Bray wankte, sie fühlte sich matt und kraftlos. Dennoch folgte sie der Astara zur anderen Seite des Podests, wo die Kette mit dem leeren Haken baumelte. Indem sie einen Mauervorsprung als Stiege benutzte, kletterte Jenya kurzerhand hinauf und setzte einen Fuß in den Haken, dann beugte sie sich hinab und reichte Bray eine Hand.

Bray wusste nicht recht, was die Astara bezweckte, aber es war ihr auch einerlei. Das Morden ringsum, das fürchterliche Geschrei der Menge, vor allem aber der Tod von Kai, dessen Leben sie eben noch in ihren Händen gehalten hatte – all das war zu viel für sie und sorgte dafür, dass sie nur noch äußerlich funktionierte. In ihrem Kopf herrschte Leere. Sie sah, was um sie vor sich ging, aber es drang nicht mehr zu ihr durch. Entsprechend gleichmütig nahm sie zur Kenntnis, dass die Menge den nackten, lauthals brüllenden Kaufmann inzwischen zum Podest getragen hatte – und ihn kopfüber in den tödlichen Pfuhl des Salzes warf.

Bray klammerte sich an die Astara, die sich wiederum an der Kette festhielt und mit aller Kraft von der Mauer abstieß. Die Kette schwenkte aus und mit ihr der hölzerne Ausleger, an dem sie hing – und so schwangen die beiden Frauen über das brodelnde, lärmende, blutige Chaos, in das der Vorplatz der Festung sich verwandelt hatte.

Aus dem Augenwinkel erheischte Bray einen Blick auf Keral Gulfullur und seine Wachen, die verzweifelt versuchten, den mächtigsten Mann der Stadt gegen die wütende Menge zu verteidigen, die nun auch aus den angrenzenden Straßen und Gassen drängte – doch es gelang ihnen nicht.

Ihr Kordon zerbrach, und die wütende Masse flutete einer Woge gleich über sie hinweg und ertränkte sie. Bray hörte einen spitzen, alles übertönenden Schrei, der ebenso gut von Keral Gulfullur stammen mochte wie von seinem Schoßtier. Und im nächsten Moment hielt einer aus der Menge ein blutiges Ding hoch, an dem etwas im hellen Morgenlicht blitzte – es war die rechte Hand des Magistrats, noch mit dem goldenen Siegelring.

Bray schauderte und wandte sich ab, vergrub ihr Gesicht an Jenyas Umhang, während sie über den Platz hinwegschwebten, auf dem sich der Zorn der Armen und Rechtlosen so grausam entlud. Und unwillkürlich kam ihr das Motto der

Stadt in den Sinn, das sich in diesen für die Reichen so bitteren Stunden auf bittere Weise bewahrheitete.

Maß für Maß.

15

Südlicher Glockenturm, Hobheim
Unterdessen

Die Glocke schlug laut und dröhnend.

Lorymar hatte sich zu Boden geworfen, schlitterte bäuchlings zum Rand der Öffnung in der Erwartung, Nyasha und den Morwolf in der Tiefe zerschmettert liegen zu sehen …

Doch er irrte sich.

Beide hatten sich vor dem Sturz in die Tiefe bewahren können und hingen am Seil der Glocke – die Prinzessin von Altashar unmittelbar unter dem metallenen Koloss, der dadurch in Schwingung geraten war und jetzt ein zweites Mal dröhnend anschlug, der Morwolf ein Stück unterhalb. Und während sich Nyasha panisch an das dicke Seil klammerte, um nicht doch noch in die Tiefe zu stürzen, suchte die Bestie sich davon zu befreien – denn der Strick lag noch immer um ihren Hals, und ihr eigenes Gewicht drohte sie zu strangulieren.

Keuchend, geifernd und an seinem ganzen räudigen Körper zappelnd versuchte der Morwolf, von dem Seil loszukommen, während Nyasha in wilder Panik schrie, weil sie jeden Moment den Halt zu verlieren drohte – und unter ihr klaffte die gähnende Tiefe des Turmes.

»Nyasha!«, brüllte Lorymar gegen den neuerlichen Glockenschlag an. »Hier, meine Hand!«

Er hatte seine Rechte über den Rand geschoben und streckte sie ihr entgegen – doch die Prinzessin ergriff sie nicht. Zum einen, weil sie nicht sicher war, ob ihre andere Hand ausreichen würde, um sich am Seil festzuhalten, zum anderen, weil der Morwolf unter ihr sich wie von Sinnen gebärdete und das Seil dadurch noch mehr zum Schwingen brachte – und mit ihm auch die Glocke!

Wieder ein Schlag – Lorymar hatte das Gefühl, als sei sein Schädel der Resonanzraum des dumpfen Tons, der aus der Glocke drang. In träger Langsamkeit neigte sie sich im Gestühl – schwang auf und ab und läutete erneut.

»Hilfe!«, schrie Nyasha und sah zu ihm herauf, einen flehenden Ausdruck im Gesicht. Lorymar wollte und würde nicht zusehen, wie sie in die Tiefe stürzte.

»Meine Hand!«, brüllte er noch einmal.

»Ich … kann nicht!« Sie schwang am Seil hin und her.

»Du musst«, beharrte er – während er entsetzt erkannte, dass sich der Morwolf von der Schlinge befreit hatte und sie nun als Trittleiter nutzte. Ein Tier, davon war Lorymar überzeugt, hätte so etwas niemals vermocht. Doch das Gehirn, das im hässlichen Schädel der Kreatur arbeitete, war noch das eines Menschen …

Der Morwolf brüllte, als er Nyasha über sich hängen sah, nur ein, zwei Mannslängen von ihm entfernt. Geifernd und mit vor Blutdurst lodernden Augen begann er am Seil heraufzuklettern – und Nyasha sah ihn kommen!

»Nein!«, schrie sie entsetzt.

»Sieh nicht hin«, riet Lorymar ihr. »Sieh zu mir, Nyasha! Sieh zu mir …« Ihre Blicke trafen sich, und trotz der drohenden Todesgefahr gelang ihm ein Lächeln, das sie ein wenig zu beruhigen schien. »Lass los, Nyasha!«, schärfte Lorymar ihr noch einmal ein. »Du kannst es! Ich glaube an dich …!«

Noch einmal schwang das Seil hin und her, tönte die Glocke, während die Bestie unter Nyasha aufholte. Schon trennte sie nur noch eine Klauenlänge …

Und Nyasha ließ los.

Lorymar packte zu und bekam ihre zierliche, zitternde

Hand zu fassen. »Jetzt die andere«, stieß er hervor – und im nächsten Moment hing Nyasha pan Tyras mit ihrem ganzen Körpergewicht an ihm, und er war unsagbar froh, dass es die Prinzessin von Altashar war, die dort unten hing, und kein Mitglied des Rats der Matronen. Dennoch hatte er das Gefühl, als würde sein kleiner Körper in der Mitte entzweigerissen. Er sah die Prinzessin dort hängen, buchstäblich zwischen Leben und Tod, und wusste, dass es allein bei ihm lag, ihr Leben zu retten – und so biss er die Zähne zusammen und zog mit aller Kraft.

Bäuchlings rückwärtskriechend, gelang es ihm, sich Stück für Stück vom Rand zurückzuziehen – und Nyasha damit zu ihm herauf.

Kaum hatten ihre Hände die Kante erreicht, hielt sie sich mit einer Hand daran fest, und das Gewicht, das an Lorymar zerrte, halbierte sich. Indem er seinen Oberkörper krümmte und seine Muskeln zum Zerreißen spannte, zog er sie weiter zu sich hoch. Ihr Oberkörper erschien und schließlich ihre Beine – und im nächsten Moment konnte sie ein Knie auf die Kante setzen.

Mit einem verzweifelten Aufschrei warf sie sich auf den festen Boden – und das keinen Moment zu früh, denn der Morwolf hatte am Seil aufgeholt. Seine Mörderklaue pflügte durch leere Luft, was ihn wütend aufbrüllen ließ. Und im nächsten Augenblick schien er den Vorsatz zu fassen, ebenfalls den Rand der Öffnung zu erklimmen.

Dazu durfte es nicht kommen!

Keuchend vor Erschöpfung und mit weichen Beinen hatte Lorymar sein Schwert wieder vom Boden aufgelesen und wankte zum Glockenstuhl. Die beiden Lager, auf denen die noch immer schwingende Glocke ruhte, waren mit eisernen Splinten gesichert – auf sie drosch der Halbling nun mit aller verbliebenen Kraft ein. Funken schlugen, mit einem hellen Klirren löste sich der Splint auf der einen Seite, dann kam der auf der anderen dran – und die Glocke löste sich aus ihrer Verankerung.

Es ging schnell – so schnell, dass der Morwolf vermutlich nie begriff, was geschah.

Gerade in dem Augenblick, da die Kreatur das Seil loslassen und zum Rand der Öffnung schnellen wollte, brach die Glocke aus dem alten Gebälk. Und mit einem letzten, dröhnenden Klang, der den Turm in seinen Grundfesten zu erschüttern schien, brach der bronzene Koloss in die Tiefe.

Lorymar konnte sehen, wie der Morwolf in die Tiefe stürzte, rücklings und sich wie von Sinnen gebärdend, dabei einen letzten grässlichen Schrei ausstoßend.

Einen endlos scheinenden Augenblick schien er in dem Schacht zu schweben, dann schlug er auf dem Boden auf – um nur einen Lidschlag später vom Gewicht der Glocke zermalmt zu werden.

Der Turm erbebte, und einen Augenblick lang fürchtete Lorymar, er würde einstürzen. Doch das alte Gemäuer trotzte der Gewalt, die ihm angetan wurde, und durch den Staub, der aus der Tiefe aufstieg und alles einhüllte, tastete er sich einen Weg zu Nyasha, die noch immer erschöpft auf den Dielen kauerte.

»Kannst du gehen?«, erkundigte er sich, hustend vor Staub.

Sie nickte nur, und er zog sie auf die Beine, und über die baufälligen Stufen stiegen der Narr und die Prinzessin hinab.

Lorymar war zu erschöpft, um Erleichterung zu fühlen, Grauen schüttelte ihn noch immer. Nyasha an der Hand führend, stieg er mit weichen Beinen in die Tiefe. Erst als er unten anlangte, gönnte er sich ein Aufatmen, zumal, als er den leblosen, fellbedeckten Körper sah, der unter den Trümmern der geborstenen Glocke hervorschaute.

Sie blieben nicht lange allein.

»Lorymar«, ließ sich Vetter Kimling vernehmen, der ihnen

inmitten von Staub und Trümmern entgegenkam. »Wie gut, dich wohlbehalten zu sehen! Wie hast du …?«

»Jetzt nicht«, beschied Lorymar ihm. Den Arm um Nyashas schmale Hüfte gelegt, führte er sie aus dem Turm, hinaus ins Licht eines klaren Morgens.

Die Bewohner des Südviertels, alarmiert vom Glockenschlag und dem grässlichen Lärm, hatten sich aus ihren Häusern gewagt und drängten auf den Platz, um zu sehen, was es gab. Auch um Kira hatten sich Schaulustige versammelt, die betroffen auf den leblosen Körper der jungen Frau starrten.

Nyasha eilte zu ihr und fiel bei ihr nieder, nahm ihre blutigen Hände in die ihren und murmelte Worte auf Ostragisch, so leise, dass auch Lorymar sie nicht verstand. Er blieb dennoch an ihrer Seite, weil er das Gefühl hatte, dass es das Richtige war, und während er dort stand, staubig und hustend und mit noch immer weichen Knien, wurde ihm bewusst, dass die Leute ihn anstarrten. Nicht mehr voller Abscheu und Missgunst wie noch vor wenigen Tagen.

Sondern voller Bewunderung.

16

Skaradag
Später am Tag

Schneller als ein Lauffeuer hatte sich die Nachricht vom Tod Keral Gulfullurs und seines Stadtmarschalls verbreitet – und als wäre dies das Signal gewesen, auf das die Armen und Verzweifelten der Stadt nur gewartet hatten, strömten sie aus den Straßen und Gassen Darliks in den reichen Teil der Stadt, um sich gegen ihre reichen Herren zu erheben.

Die Zitadelle, deren Tor nicht mehr hatte geschlossen werden können, wurde als Erstes gestürmt, danach die Häuser der Kaufleute und Saliger, und obwohl es manche gab, die zu Vernunft und Mäßigung riefen, gingen ihre Stimmen im zornigen Gebrüll der Masse unter. Furcht und Trauer, Wut und Schmerz – all das, was die Armen so lange hatten hinnehmen müssen, entlud sich nun in blindwütiger Zerstörung. Noch am Abend zuvor hatte sich Skaradag, die Perle des Nordens, wie gewohnt zur Ruhe begeben. Nun war eine neue Zeit angebrochen.

Das Recht des Stärkeren hatte die Seiten gewechselt, Gewalt herrschte in den Straßen: Die aufgebrachte Menge gegen versprengte Einheiten der Stadtwache, die zu retten suchten, was noch zu retten war; gegen reiche Bürger, in deren Häuser man eindrang und die man auf die Straße zerrte, um sie am nächstbesten Pfeiler zu erhängen; aber auch gegen Unschuldige, die nur das Pech hatten, zur falschen Zeit am falschen Ort zu sein. Die blinde Wut des Volkes nahm sich nicht die Zeit, zwischen Schuld und Unschuld zu unterscheiden, und so entbrannte ein entsetzliches Morden, das den ganzen Tag andauerte.

Auf dem Weg zurück zum Haus des Doppelten Mondes waren Jenya und Bray zwischen die Fronten geraten und hatten sich in eine Nebengasse geflüchtet – und spontan hatte sich Bray daran erinnert, dass sie diese Gegend kannte. Auch wenn es ihr vorkam, als wäre seither eine Ewigkeit verstrichen – erst vor wenigen Monden hatte der Krähensänger sie hierhergebracht, nachdem sie versucht hatte, seine Leier zu stehlen. Nun saß Bray wieder in jenem dunklen Kellerloch, zusammen mit der Astara, und wartete, während draußen die Welt, wie sie sie kannten, unterging.

Dennoch konnte Bray nur an eines denken …

»Ich hatte ihn«, flüsterte sie, während sie erschöpft auf dem Boden kauerte und immerzu fassungslos auf ihre Hände starrte. »Hier in meinen Händen. Ich hätte ihn retten können. Warum habe ich nur losgelassen …?«

»Du hättest es nicht verhindern können«, beschied die Astara ihr zum ungezählten Mal, die an dem schmalen Oberlicht stand und hinaus auf die Straße blickte. Brandgeruch lag in der Luft, der von den Feuern rührte, die die Aufständischen in ihrer Raserei gelegt hatten. Obwohl es erst Nachmittag war, hatte die Dämmerung bereits eingesetzt – oder war es der Rauch, der von den Häusern aufstieg und den Himmel über Skaradag verdunkelte?

Bray schloss die Augen.

Tränen brannten darin.

Wieder und wieder und wieder durchlebte sie den schrecklichen Augenblick, in dem sie den Griff um Kais Arme verlor und er schreiend in der Tiefe des Salzpfuhls verschwand.

»Ich hätte ihn festhalten müssen«, redete sie sich ein. »Er war mein Freund, ein Teil meiner Familie …«

»Nutzlos, sich mit Vorwürfen zu quälen«, beschied Jenya ihr. »Du hast getan, was du konntest.«

»So wie du, nicht wahr?«, spie Bray hervor.

Jenyas grüne Augen, die im Halbdunkel des Kellerlochs matt zu leuchten schienen, hielt ihrem wütenden Blick stand. »Wovon sprichst du?«

»Warum bist du nicht früher gekommen?«, fragte Bray, ihre Stimme bebend vor Trauer und hilflosem Zorn. »Er war noch so jung … du hättest ihn retten können!«

Die Astara ging nicht auf den Vorwurf ein. Stattdessen wandte sie sich wieder dem Fenster zu und spähte hinaus. Dumpfes Geschrei drang von der Straße herein und das Geklirr von Waffen. Der Widerschein von Feuer beleuchtete Jenyas Züge, die so stolz und unnahbar wirkten wie sonst auch. Doch Bray entging nicht die flüchtige Bewegung, mit der sich die Astara über die Augen wischte.

»Ist … es wahr, was du dort auf dem Platz gesagt hast?«, fragte sie zögernd. »Dass Kai und ich dir die Augen für das Unrecht geöffnet haben?«

»Und wenn es so wäre?«

»Dann … möchte ich dir danken«, erwiderte Bray leise.

»Ihr kleinen Menschen.« Die Astara lachte freudlos auf. »Wie leichtfertig ihr euch an Dinge wie diese klammert. Worte können trügerisch sein, mein Kind – vielleicht habe ich das alles ja auch nur gesagt, weil ich wusste, was meine Worte bei euresgleichen bewirken würden.«

»Das konntest du nicht. Schon oft waren Prediger in der Stadt oder Aufrührer, die von einer Revolte gesprochen haben. Doch sie alle endeten im Salz, ohne dass auch nur einer ihrem Aufruf gefolgt wäre.«

»Vielleicht war die Zeit ja einfach reif dafür«, gab Jenya zu bedenken. »Manchmal bedarf es nur eines Tropfens, um ein Gefäß zum Überlaufen zu bringen. Außerdem hatten all die Möchtegernrevolutionäre, von denen du sprichst, selbst am allermeisten Angst – und wenn die Menschen etwas wirklich fühlen können, dann ist es Angst.«

»Und du hast keine Angst?«

»Nicht vor solchen Dingen.«

»Und doch hast du dem Unrecht lange zugesehen.«

»Weil mir das Schicksal der Menschen gleichgültig geworden war«, beschied die Astara Bray mit entwaffnendem Blick.

»Und jetzt ist es das nicht mehr?«

»Wie es aussieht, wohl nicht.« Jenya sah wieder aus dem Fenster. Der lang gezogene, gequälte Schrei eines Mannes war zu hören, bis er abrupt endete.

»Wie lange wird das so weitergehen?«, fragte Bray.

»Bis ihre Wut erschöpft ist – oder es niemanden mehr gibt, den sie dafür bezahlen lassen können.«

»Ich habe es mir vorgestellt«, gestand Bray leise. »Oft habe ich mir gewünscht, dass die Armen ihre Macht erkennen, dass sie sich zusammenschließen und sich gemeinsam gegen das Unrecht erheben würden …«

»… aber in deiner Vorstellung war es eine glorreiche Stunde. Ein ruhmreicher Augenblick, in dem ganz Astray den Atem anhält und auf Skaradag blickt. In dem das gemeine Volk seine Stimme ergebt und nach Gerechtigkeit verlangt …«

»Warum bist du so zynisch?«, fragte Bray, der klar war, dass die Astara nichts von dem so meinte, wie sie es sagte.

»Weil es immer so ist«, gab Jenya achselzuckend zur Antwort. »Weil es immer so war und niemals anders sein wird. Heldentaten gibt es nicht, mein Kind. Ganz gleich, wie nobel die Absichten sein mögen, am Ende wird es immer schmutzig. Revolutionen kommen und gehen – gerecht jedoch sind sie niemals. Die Menschen haben viel Übung darin, ihre eigenen Scheiterhaufen aufzuschütten – alles, was es dann noch braucht, ist der Funke, der sie entzündet.«

»Und du warst dieser Funke«, folgerte Bray.

»Es wäre sowieso irgendwann geschehen. Ich habe die Dinge lediglich ein wenig beschleunigt, denn es war die einzige Möglichkeit, dich vor dem Salz zu retten.«

»Wieso?«, wollte Bray wissen. »Warum hast du deine Meinung geändert? Sagtest du nicht im Kerker, dass …«

»Wie ich schon sagte – du hast mir die Augen geöffnet.«

»Und was wirst du jetzt tun?«

»Was erwartest du denn?« Die Astara lächelte schief. »Dass ich mich zur Anführerin der Revolution aufschwinge?«

»Die Leute dort draußen könnten Führung gebrauchen«, war Bray überzeugt. »Andernfalls wird alles im Chaos enden.«

»Wir sprechen hier von Menschen – es endet immer im Chaos.«

»Umso mehr brauchen wir dich«, beharrte Bray und sah ihre Retterin herausfordernd an – doch die schien nicht gewillt, den Blick zu erwidern.

»Ich habe meine Erfahrungen gemacht«, beschied sie ihr nur, während sie weiter nach draußen starrte, wo die Feuer inzwischen noch heller loderten. »Und diese lehren mich, mich aus Dingen herauszuhalten, die mich nichts angehen.«

»Die dich nichts angehen?« Bray schüttelte verständnislos den Kopf. »Aber das hier geht dich etwas an! Du bist für das da draußen verantwortlich!«

»Mit Verlaub, mein Kind – die Verantwortung für das, was dort draußen passiert, liegt bei den Menschen. Gulfullur und seine gierige Bande haben es übertrieben. Es war nur eine Frage der Zeit, bis es zum Aufstand kommen und die Machtverhältnisse sich ändern würden.«

»Und daran willst du keinen Anteil haben.«

»Nein – denn ich werde die Stadt verlassen.«

Das kam so unerwartet, dass Bray aufsprang. »Aber…«

»Keine Sorge, vorher werde ich dich zum Haus des Doppelten Mondes bringen. Die Geschäfte dort habe ich in Seanas Hände gelegt, sie wird dafür sorgen, dass du …«

»Was aus mir wird, ist unwichtig«, stellte Bray klar. »Ich will nicht, dass du gehst.«

»Manchmal hilft es nicht, etwas zu wollen.«

»Wohin willst du gehen?«

»Das kann ich dir nicht verraten – aber der Abschied wird endgültig sein.«

»Du willst Skaradag für immer verlassen?« Bray schüttelte fassungslos den Kopf. Eine neue Angst bemächtigte sich ihrer – gerade erst hatte sie Kai verloren, sie wollte nicht auch noch die einzige andere Person verlieren, die ihrem Leben ein wenig Halt und Richtung gab … »Wieso?«

»Auch das kann ich dir nicht sagen.«

Bray nickte – allmählich fing sie an zu begreifen. »Deshalb also hast du dich anders entschieden … weil es für dich keinen Unterschied mehr macht. Du hattest ohnehin vor, die Stadt zu verlassen.«

»Das ist Unfug, und das weißt du.«

»Warum lässt du uns dann im Stich? Die Dienerinnen und alle anderen, die an dich glauben und in dir etwas sehen wie eine … eine …«

»Eine Mutter. Ist es das, was du sagen willst?« Die Astara hob spöttisch eine Braue. »Glaub mir, Mädchen – von mütterlichen Gefühlen bin ich weit entfernt. Und selbst, wenn es nicht so wäre, müsste ich gehen, denn es ist etwas geschehen … etwas, dem ich auf den Grund gehen muss. Denn wenn es sich bewahrheitet, wird alles, was dort draußen in den Straßen von Skaradag geschieht, nur der Anfang von etwas gewesen sein, das noch ungleich größer und grässlicher ist und das Ende von allem bedeuten wird!«

Bray starrte sie an.

In diesem Augenblick konnte Bray in ihren stolzen Zügen etwas sehen, von dem Jenya noch vorhin schlicht behauptet hatte, dass sie es nicht empfand – nämlich Angst. Bray wurde klar, dass es um mehr gehen musste als um das Schicksal einer einzelnen Stadt …

»Hat es etwas mit diesen Kreaturen zu tun?«, fragte sie, noch ehe sie darüber nachdenken konnte.

»Mit welchen Kreaturen?«

Bray zögerte.

Sie hatte es vermieden, der Astara von ihren Visionen zu berichten, weil sie nicht gewusst hatte, wie diese darauf reagieren würde. Nun jedoch schien der Augenblick gekommen zu sein, ganz gleich was die Folgen sein mochten …

»Vor zwei Nächten«, eröffnete sie zögernd, »hatte ich einen Traum. Ich meine, ich sah diese Bilder im Schlaf, aber es fühlte sich nicht an wie ein Traum, sondern wie etwas, das ich tatsächlich erlebte. Ich dachte, es läge an der Umgebung des Kerkers und daran, dass ich …«

»Was hast du gesehen?« Der Blick von Jenyas grünen Astaraugen war stechend geworden.

»Ich … sah eine Festung. Eine steinerne Burg über einem tiefen Abgrund«, gestand Bray leise. »Und da waren Krieger, die den Tiefen der Welt entstiegen, grässliche Krieger, mehr tot als lebendig. Sie fielen über die Soldaten in jener Festung her und töteten sie, einen nach dem anderen. Und dann, dann …«

»… wurden sie schließlich zu ihresgleichen«, vervollständigte die Astara leise.

»Ja«, bestätigte Bray, der ein Schauer über den Rücken rann. »Woher …«

»Auch ich hatte diesen Traum«, eröffnete Jenya.

»Was? Aber wie ist so etwas möglich?«

»Ist so etwas schon einmal vorgekommen?«, fragte die Astara, ohne die Frage zu beantworten. »Hattest du solche Visionen schon früher?«

Bray biss sich auf die Lippen. Es hatte keinen Zweck zu leugnen. »Manchmal. Als der Krähensänger noch am Leben war. Beim Spiel auf seiner Leier sah ich Bilder …«

»Ich habe diese Leier untersucht«, erklärte Jennara zu Brays Verblüffung. »Es ist nichts Besonderes an ihr.«

»Ich weiß«, versicherte Bray. »Rayan hat …« Sie unterbrach sich und schaute die Astara verwundert an. »Du hast meine Leier untersucht? Warum?«

»Um zu wissen, woran ich bin.«

»Dann – wusstest du von meinen Visionen?«

»Nicht wirklich. Aber ich habe geahnt, dass etwas an dir ist, Mädchen. Etwas, das dich von anderen Menschen unterscheidet.«

Bray starrte Jenya an. »Deshalb hast du mich in dein Haus geholt!«, folgerte sie. »Damit du mich im Auge behalten kannst!«

»Das war ein Beweggrund«, gab die Astara zu.

»Und dass ich Vertrauen zu dir fasse? Dass ich in dir eine Freundin sehe? Gehörte das auch zum Plan?«

»Nein – und auch deine Befreiung hatte nichts damit zu tun«, versicherte Jenya, »denn ich glaubte inzwischen, ich hätte mich in dir getäuscht und dass du eine ganz normale Sterbliche wärst …«

»Das bin ich!«, versicherte Bray. »Ich bin eine Diebin und hätte um ein Haar im Salz geendet! Normaler geht es nicht!«

»Aber du hattest diesen Traum und weißt von diesen Kreaturen – und das macht dich zu etwas Besonderem.«

Bray sah sie unverwandt an. »Dann wirst du mich nun töten. So wie du den Krähensänger töten wolltest.«

»Nein.« Die Astara schüttelte den Kopf. »Damals fürchtete ich, der Sänger könnte der Einzige sein, der jene Träume hätte, und damit hinter ein Geheimnis kommen, das die Existenz dieser Welt bedroht – doch inzwischen glaube ich, dass auch andere diese Bilder sehen. Und ich meine nicht nur dich und mich …«

»Was soll das nun wieder heißen?«

»Dass Lorymar Thinkling damals vermutlich recht hatte und es noch nicht vorbei ist. Diese Kreaturen, Bray, sind nicht nur Ausgeburten unserer Träume. Sie existieren wirklich, und sie bedrohen diese Welt.«

Bray wich bis an die kalte Mauer des Kellers zurück. »Dann hatte Rayan also recht … und es waren auch keine Trugbilder, die ich sah …«

»Was hast du noch gesehen?«, wollte die Astara wissen, und Bray sah keinen Grund mehr, es ihr nicht zu sagen.

»Dass das Ende kommen wird«, eröffnete sie flüsternd, es laut auszusprechen wagte sie nicht. »Ich habe es gesehen, in verschiedenen Visionen … zerstörte Burgen und brennende Städte, Blut und Tod überall …« Sie merkte, wie ihre Knie weich wurden, und sie sank an der Wand herab.

»Rayan hatte recht – du bist eine der Sieben. Eine der Legenden von Astray! Mit letzter Kraft sagte er es mir, aber ich wollte es nicht glauben. Das war es, was er meinte: Der Stein, der ins Wasser fiel und weite Kreise zog – das bist du gewesen!«

»Der Stein.« Die Astara nickte gedankenverloren. »So hat der Sänger mich gesehen.«

»Es war ein Bild«, glaubte Bray zu verstehen. »Rayan sagte, mit dem Stein der Astari hätte alles begonnen.«

»So war es«, stimmte Jenya unumwunden zu und hielt ihrem fragenden Blick stand. Einen Moment lang zögerte sie und schien sich erklären zu wollen, schüttelte dann jedoch den Kopf. »Hör gut zu«, sagte sie seufzend, »ich weiß nicht, warum es dem Schicksal gefallen hat, dem Sänger jene Fähigkeit zu verleihen, die auch du ganz offenbar besitzt – doch wenn dir etwas an deinem Leben liegt, so solltest du all diese Dinge möglichst rasch wieder vergessen.«

»Warum?«

»Weil sie zu groß sind.«

»Zu groß für mich?«

»Für dich. Für mich. Für jeden.«

»Aber du bist nicht irgendwer – sondern eine lebende Legende«, widersprach Bray in ehrlicher Bewunderung und zitierte aus dem Lied, das der Krähensänger ihr beigebracht hatte, der Hymne der Legenden von Astray:

Als Helden freier Völker in Reiches finst'rer Nacht
Woll'n diese Sieben trotzen Malfertas' böser Macht …

Die Astara seufzte. Tiefer und ausgiebiger, als Bray sie je zuvor hatte seufzen hören.

»Das haben wir«, versicherte sie leise und mit Resignation in der Stimme. »Aber die Welt hat es uns schlecht gedankt. Vieles ist geschehen, und manches davon ist anders gekommen, als wir es vorhergesehen hatten. Dennoch haben wir gehofft, dass die Opfer, die wir gebracht haben, nicht vergeblich sein würden. Doch nun scheint genau das der Fall zu sein.«

»Was hat es auf sich mit diesen Kreaturen?«, wollte Bray wissen. »Woher kommen sie? Und warum sehen wir sie in unseren Visionen?«

»Ich weiß es nicht mit Bestimmtheit. Nach allem, was ich zu wissen glaubte, dürfte all das nicht passieren – und doch geschieht es. Es ist Zeit, sich an die Vergangenheit zu erinnern, auch wenn keiner von uns das jemals wollte.«

»Und was genau bedeutet das?«

»Dass noch einmal zusammenfinden muss, was einst zerbrach«, entgegnete die Astara leise.

»Die Sieben Legenden«, sagte Bray. »Musst du deshalb die Stadt verlassen? Um die Legenden von Astray erneut zu vereinen?«

Der Blick der grünen Augen war Antwort genug.

»Dann komme ich mit dir«, erklärte Bray schlicht.

Die Astara lachte. »Nein.«

»Warum nicht?«

»Weil du keine von uns bist.«

»Aber ich habe gesehen, was du gesehen hast! Wir hatten denselben Traum, und das muss etwas bedeuten«, versicherte Bray aufgeregt. So vieles, das in der Vergangenheit geschehen und das ihr so schrecklich sinnlos erschienen war, bekam jetzt plötzlich eine Bedeutung. Die Visionen, die Lieder des Krähensängers – und auch sein trauriges Ende … »Ich kann helfen«, versicherte sie.

»Indem du dich beim Stehlen erwischen lässt?«

»Sehr witzig.« Bray blitzte sie wütend an, um gleich darauf betreten zu Boden zu blicken. »Du hast recht. Was Kai und ich getan haben, war dumm und leichtsinnig … und wir haben teuer dafür bezahlt. Kai hat sein Leben dafür gegeben. Aber etwas musste geschehen.«

»Offensichtlich«, bestätigte die Astara und sah wieder zum Fenster hinaus. Eine aufgebrachte Menschenmenge rannte vorbei, schrie lauthals nach Blut und Vergeltung. »Ich weiß, du hast in bester Absicht gehandelt«, versicherte Jenya. »Aber was immer dein Schicksal ist, es ist nicht das meine.«

»Woher willst du das wissen?«

»Hör auf, mir diese Fragen zu stellen!« Jenya schüttelte unwirsch die rote Mähne. »Du bist ein Mensch und ich eine Astara – und ich bin es leid …«

»Was?«, wollte Bray wissen, als sie plötzlich verstummte. »Was bist du leid?«

»Nichts«, versicherte Jenya und zwang sich wieder zur Ruhe. »Jede von uns geht den Weg, der ihr bestimmt ist. Ich werde die Stadt verlassen, und du wirst zum Haus des Doppelten Mondes zurückkehren. Seana wird dir Unterschlupf gewähren.«

»Ich will aber keinen Unterschlupf«, erklärte Bray trotzig. Sie wollte nicht in Skaradag bleiben. Die Herrschaft des Magistrats und der Saliger mochte gebrochen sein, aber niemand wusste zu sagen, was weiter werden würde. Zudem würde Bray hier keine Antworten auf ihre Fragen erhalten … »Ich will dich begleiten und herausfinden, wer ich bin«, erklärte sie.

Die Astara sah sie an und schien einen Moment zu zögern. Dann schüttelte sie den Kopf. »Geh nach Hause, Bray«, sagte sie dann. »Mögen die Sterne dich führen.«

Zum Abschied strich sie ihr über das Haar, dann wandte sie sich ab und wollte gehen.

»Und das ist alles?«, rief Bray ihr hinterher.

Die Astara wandte sich nicht mehr um, und Bray war klar, dass sie etwas unternehmen musste, und zwar auf der Stelle – oder die Astara würde im nächsten Moment diesen Keller verlassen und damit auch ihr Leben. Und Bray würde niemals erfahren, wer sie war oder warum sie diese Visionen hatte …

In ihrer Not dachte sie an Rayan und bat ihn um Hilfe, und ohne dass sie hätte sagen können, wieso sie es tat, wiederholte sie die letzten Worte, die der Krähensänger auf dieser Welt gesprochen hatte:

Im Meer des Vergessens, hinter Nebeln und Stürmen,
liegt die Hoffnung in Banden, in steinernen Türmen.

»Was?« Jenya, die schon auf den Stufen gewesen war, wandte sich noch einmal um. »Was hast du gesagt?«

Bray wiederholte die beiden Zeilen. »Das waren die letzten Worte des Sängers«, fügte sie hinzu. »Er meinte, ich würde eines Tages herausfinden, was sie bedeuten …«

Die grünen Augen der Astara starrten sie an, dass ihr ganz seltsam wurde. Es war unmöglich zu deuten, was hinter den so beherrschten Zügen vor sich ging, doch schließlich stieß Jenya ein einzelnes Wort hervor: »Tårannok.«

»Was heißt das?«, wollte Bray wissen.

»Du hast noch nie von Tårannok gehört.«

Bray schüttelte den Kopf.

»Sollten sie ihn dorthin gebracht haben?«, sagte die Astara mehr an sich selbst gewandt als an Bray. »Nach all den Jahren …«

»Wen?«, fragte Bray.

»Vielleicht«, überlegte Jenya weiter, ohne auf ihre Fragen einzugehen, »hängt doch alles zusammen. Womöglich ist hier etwas am Wirken, das noch sehr viel größer und umfassender ist. Wenn der Sänger tatsächlich die Gabe der Hellsicht besaß und Dinge gesehen hat, die mir verborgen blieben ...«

Sie unterbrach ihren Gedankengang, und ein innerer Ruck schien sie zu durchlaufen. »Ich danke dir, Bray«, sagte sie. »Du hast mir einen großen Dienst erwiesen.«

»Und?«

»Und was?«

»Was werden wir jetzt tun?«

»Du wirst hierbleiben – und ich mir ein Schiff suchen, das mich nach Osten bringt, zur Küste jenseits des Nifelgebirges.«

Bray deutete auf das schmale Oberlicht des Kellers und den Aufruhr, der sich jenseits davon abspielte. »Bei all dem Chaos?«

»Es muss einen Weg geben«, bestätigte die Astara, wirklich zuversichtlich klang es nicht. »Ich brauche ein Schiff ... ein Schiff nach Tårannok.«

Tårannok... da war schon wieder dieser Name. Und in diesem Augenblick hatte Bray das Gefühl, dass Rayan ihr ein zweites Mal zu Hilfe kam.

Mit einem stillen Lächeln griff sie in den Ausschnitt ihres zerschlissenen Hemdes und zog den kleinen Gegenstand hervor, der dort an einer dünnen Lederschnur baumelte.

Die Münze mit dem Loch.

»Hier«, sagte sie.

»Was soll das sein?«

»Das«, erklärte Bray feierlich, »hat der Krähensänger mir geschenkt. Er sagte, wenn ich jemals fortwollte aus Skaradag, würde diese Münze mir dabei helfen – wir wollen sehen, ob sie wert ist, was er versprach.«

17

Ruinen von Gondar
Sechs Tage später

Fast eine Woche war vergangen, und Nawyd hatte sich weiter erholt. Dank der Verbände, die sein schlangenhafter Retter ihm angelegt hatte, hatte sich der Biss der Spinne nicht entzündet, und auch dic Wirkung des Gifts hatte nachgelassen; hatte Nawyd sich an den ersten Tagen noch schwach und entkräftet gefühlt, spürte er nun merklich, wie seine Lebensgeister zurückkehrten.

Nicht nur, dass der Drak ihm regelmäßig Wasser zu trinken gab, das er aus den alten Zisternen der Ruinenstadt schöpfte; der Schlangenmann reichte ihm auch eine breiige Substanz zu essen, von der er sich auch selbst ernährte und deren genaue Zusammensetzung Nawyd lieber nicht wissen wollte. Das Zeug schmeckte fürchterlich, aber es erfüllte seinen Zweck und schenkte Nawyd neue Kraft. Seit zwei Tagen vermochte er wieder aufzustehen – weit gehen allerdings konnte er nicht. Denn noch immer war da die eiserne Fessel um sein Fußgelenk, die ihm der Drak trotz aller Proteste nicht abgenommen hatte. Für Nawyd stand damit fest, was der Echsenmensch im Schilde führte: Er hatte vor, Nawyd als seinen Sklaven zu halten. Und vielleicht, sagte sich der einstige Prinz von Altashar, würde er früher oder später doch noch auf den Gedanken kommen, ihn zu fressen.

Doch daraus würde nichts werden.

Nawyd hatte die Zeit nicht nur genutzt, um wieder zu Kräften zu kommen – er hatte auch einen Plan geschmiedet. Seit einigen Tagen wartete er nur noch auf die Gelegenheit, ihn in die Tat umzusetzen, und als sie endlich kam, zögerte er nicht. Die Phiole, die an der Schnur um seinen Hals hing, spielte dabei eine wichtige Rolle.

Nur ein einziges Mal hatte Nawyd das wächserne Siegel erbrochen und den Stopfen herausgezogen. Zaghaft hatte er an seinem Inhalt gerochen, nur um es sogleich wieder zu verschließen. Nicht, weil der Geruch des Gifts so stechend gewesen wäre oder unangenehm, sondern weil zusammen mit ihm Bilder in Nawyds Kopf aufgetaucht waren, verschwommene Eindrücke, so als ob er diesen Odem schon einmal gerochen hätte, vor undenklich langer Zeit – und nur noch seine Nase schien sich daran zu erinnern. Da er noch nicht einmal auf der Welt gewesen war, als sein Vater starb, hatte er sich darauf keinen Reim zu machen gewusst. Was hatte es mit diesen Eindrücken, mit dieser verschwommenen Erinnerung auf sich?

Am Ende hatte er sich damit getröstet, dass es auch ebenso gut nur ein seltsamer Zufall sein konnte – das Fläschchen erneut zu öffnen, hatte er dennoch nicht mehr gewagt.

Bis zu diesem Abend.

Der Drak, dessen Namen er noch immer nicht kannte (falls Echsenmenschen so etwas überhaupt hatten), war unterwegs gewesen, um in den Ruinen Gondars zu jagen. Wie Nawyd inzwischen wusste, setzte sich der Brei, den sein Gastgeber zuzubereiten pflegte, vor allem aus dem Fleisch von Kleintieren zusammen, die er in den Ruinen fing. Vögel, Schlangen und Mäuse, aber auch Ratten und große Käfer wanderten in den eisernen Kessel, der über der Feuerstelle der Behausung hing – und stets auch eine Klaue Wüstensand, die der Drak hinzufügte, weil es, wie er behauptete, seiner Verdauung zuträglich war. Wie ein menschlicher Magen darauf reagierte, schien ihm gleichgültig zu sein.

Um zu genesen und wieder zu Kräften zu kommen, hatte

Nawyd sich dazu überwunden, das Zeug hinabzuwürgen, während sein Gastgeber jede Portion zu genießen schien. An diesem Abend jedoch, dachte Nawyd mit grimmiger Genugtuung, würde sich der Genuss in Grenzen halten …

Der strenge Geruch rohen Fleisches erfüllte die Hütte. Immerhin schienen auch Drak etwas dagegen zu haben, auf Fell oder Federn zu beißen und an Knochen zu würgen, also häutete und rupfte er die Beute immerhin und löste das Fleisch von den größeren Knochen, ehe er es in den Kessel warf. Dort kochte es so lange, bis es beinahe zerfiel und in jene breiige Konsistenz überging, die der Echsenmann so zu schätzen schien, dass er jeden Tag verzückte Laute von sich gab, wenn er die tönernen Schalen in den Kessel tauchte, um sie mit *kolok* zu füllen, wie er das Gericht nannte. Nawyd pflegte er die Schüssel dann gewöhnlich auf den Boden zu stellen, damit er fressen sollte wie ein Hund. Die Schlange selbst nahm an der Feuerstelle Platz und aß, während draußen die Wüste in Dunkelheit und Kälte versank.

An diesem Abend jedoch sollte es anders werden.

»Mach mich los«, verlangte Nawyd, als der Drak ihm einmal mehr die Schüssel hinstellen wollte. »Mir ist kalt. Ich möchte auch am Feuer sitzen.«

Der Echsenmann legte den Kopf schief und betrachtete ihn argwöhnisch.

»Was denn? Hast du Angst vor mir?«, forderte Nawyd ihn heraus. »Ein stolzer Drak, der Angst vor einem Menschen hat? Noch dazu, wenn er unbewaffnet und schwach ist wie ich?«

Der Echsenmann schnaubte. Die kleinen Nasenlöcher zwischen seinen grünen Reptilienaugen blähten sich, während er einen Moment nachzudenken schien. Dann wandte er sich ab und trat zur Wand, um die Kette zu lösen – was Nawyd nutzte, um den halben Inhalt der Phiole über seine mit *kolok* gefüllte Schüssel zu gießen. Als der Drak ihm zischelnd befahl, sich zu erheben, hatte Nawyd das Fläschchen bereits wieder unter seine Tunika gleiten lassen. Wankend kam er auf die Beine, und dem Echsenmann hinterdrein, der ihn an der Leine führte wie der König von Altashar seinen kastrierten Löwen, humpelte er zur Feuerstelle.

»Setzen«, forderte der Drak ihn auf, was Nawyd auch tat – und just in dem Augenblick, da er sich niederließ, tauschte er seine Schüssel gegen die des Echsenmannes aus.

»Danke«, sagte er dazu. »Ich weiß das zu schätzen.«

Der andere nickte nur.

»Wollen wir essen?«

Der Drak nickte wieder, und Nawyd wollte nach der Schüssel greifen – als die Klauenhand des anderen ihn zurückhielt.

»Warten«, verlangte er.

»Was ist?«

»Alter Brauch in Drakistan. Wenn Gäste bei Tisch, tauschen Teller.«

»Was?« Nawyd machte große Augen – und noch ehe er reagieren konnte, hatten die Pranken des Drak seine eigene Schüssel zu Nawyd geschoben und sich dessen Portion genommen.

»So Brauch«, bekräftigte er, scheinbar zufrieden. »Schafft Frieden und Vertrauen. Gast wissen, dass keine Gefahr.«

»In der Tat«, entgegnete Nawyd nur. Ein wenig gequält starrte er auf den Brei vor sich, von dem er wusste, dass er alles andere als ungefährlich war – während der Drak es sich ungeniert schmecken ließ.

»Was?«, fragte der Echsenmann schlürfend und sah Nawyd über den Schüsselrand hinweg an. »Warum du nicht isst?«

»Ich warte noch.«

»Worauf? *Kolok* schmeckt nicht, wenn kalt.«

Nawyd schnaubte. Ganz abgesehen davon, dass der Schlangenfraß warm ebenso ungenießbar war wie kalt, gab es einen guten Grund, warum er sich zurückhielt – derselbe Grund, der seinem Vater das Leben gekostet hatte …

»Ich habe keinen Hunger«, erklärte er hilflos.

»Du wollten essen. Du wollten, dass ich dich losmache.«

»Ich weiß, aber ...«

»Essen!«, verlangte der Drak noch einmal und schlug mit der Faust auf den Tisch. Als Nawyd noch immer keine Anstalten unternahm, der Aufforderung Folge zu leisten, zückte der andere kurzerhand seine mörderische Klinge. »Jetzt«, verlangte er.

»Nein.« Nawyd schüttelte den Kopf.

»Warum nicht?«

»Weil ...«

»Weil Gift«, half der Drak kurzerhand aus – und hatte die Überraschung auf seiner Seite.

Nawyd war wie vom Donner gerührt.

»Ich wissen«, beantwortete der Echsenmann seine unausgesprochene Frage.

»Wo... woher?« Nawyd schüttelte ungläubig den Kopf. Weiter zu leugnen, würde wohl nur damit enden, dass der Drak ihm den Brei in den Schlund stopfte.

»Menschen.« Es war das erste Mal, dass Nawyd ein Echsenwesen lachen hörte. Es klang kehlig und gackernd ... und reichlich unverschämt. »Immer denken, dass klug. Dabei dumm. Entsetzlich dumm.«

»Du hast die Phiole untersucht, während ich ohne Bewusstsein war«, mutmaßte Nawyd.

»Schau an.« Der Drak verzog spöttisch das Schuppengesicht. »Doch klug.«

»Nicht klug genug.« Nawyd straffte sich innerlich. Dies musste das Ende sein – und er war selbst schuld daran. »Was wirst du jetzt tun? Mich töten?«

»Ich sollte«, bekräftigte der Drak grimmig. Das Schwert mit der Sägeklinge hielt er noch immer in seinen Klauen, bereit zum Hieb. »Du verdient – aber nicht tun«, fügte er hinzu und steckte die Klinge wieder weg. »Keine Ehre.«

Nawyd lachte freudlos auf. »Was weiß eine Schlange wie du schon von Ehre?«

»Drak nicht versuchen, hinterrücks zu vergiften«, brachte der andere in Erinnerung.

»Aber du hältst mich gefangen.«

Der Schlangenmann schüttelte den Kopf. »Nicht mein Gefangener.«

»Nein? Warum bin ich dann angekettet wie ein Hund?«

»Zu Schutz. Spinne nicht einzige Gefahr.«

»Und du erwartest, dass ich das glaube?«

»Nai«, gab der Drak kopfschüttelnd zu und sah ihn durchdringend an. »Denke, dass nicht aus Zufall begegnen.«

»Tatsächlich?« Nawyd blieb unbeeindruckt. Er hatte gehört, dass die Bewohner Drakistans allerhand Aberglauben pflegten. »Und warum denkst du das?«

»Weil geträumt«, entgegnete der Echsenmann zu Nawyds Verblüffung. Er machte eine ausgreifende Handbewegung und deutete auf seinen Kopf. »Viel Traum«, gab er bekannt – und sein Klauenfinger deutete auf Nawyd. »Von dir.«

»Ach ja.« Nawyd verzog das Gesicht. Er wusste nicht, was er davon halten sollte, wenn ein Drak von ihm träumte …

»Deshalb wissen, dass du kommen«, gab der andere bekannt. »Gift um deinen Hals – woher?«

Nawyd zögerte – andererseits, warum sollte er es dem Drak nicht verraten? Es spielte ohnehin keine Rolle mehr. Ganz abgesehen davon schien der Kerl ohnehin nicht recht bei Verstand zu sein …

»Ein Freund hat es mir gegeben«, eröffnete Nawyd, auf die Phiole deutend. »Er sagte, dass mit einem solchen Gift mein Vater ermordet worden sei – und ich habe es mir zur Aufgabe gemacht, den Mörder zu finden und ihn zu bestrafen.«

Die Augen des Drak verengten sich prüfend. »Das Wahrheit?«

»Eine andere gibt es nicht«, versicherte Nawyd.

Der Echsenmann sah ihn lange an, wobei einmal mehr nicht zu ergründen war, was hinter den fremdartigen, von gelber Schuppenhaut überzogenen Gesichtszügen vor sich ging. »Wenn Tod von Vater rächen, dann vielleicht doch Ehre«, erklärte er schließlich. »Ich dir helfe.«

»Du?« Nawyd lachte bitter. »Wie?«

»Weiß, woher Gift.«

Nun war Nawyd doch überrascht. »Du weißt, wer das Gift gemischt hat?«

»*Shi*«, bejahte der Drak in seiner Sprache.

»Und wer?«

Der Schlangenmann lachte so leise wie zischelnd. »Ich Echse«, erklärte er. »Nicht Dummkopf.«

»Warum sollte ich dir glauben?«, versuchte Nawyd es anders. »Du kannst mir alles Mögliche erzählen …«

»Zeichen«, sagte der Drak nur. »Auf Unterseite von Flasche.«

Nawyd hielt den Atem an. Es stimmte, in die Unterseite der Phiole war ein Zeichen eingraviert, ein Symbol aus einer fremden Schrift und Sprache – allerdings hatte er keine Ahnung, was es bedeutete. »Was ist das für ein Zeichen?«, wollte er wissen.

»Du mir folgen, ich dir sagen.«

»Dir folgen? Wohin?«

»Archos.«

»Archos«, echote Nawyd spöttisch. »Sonst nichts?«

»Archos«, beharrte der Drak voller Überzeugung.

»Hast du eine Ahnung, wie weit das von hier weg ist?«

»*Shi*. Schon dort gewesen – du auch?«

»Nein«, musste Nawyd zugeben. Er hatte in die Stadt der *hadathani* nie einen Fuß setzen wollen. Und der Gedanke, dorthin zu gehen, gefiel ihm auch jetzt noch nicht … »Die Spitzohren sind Mörder und Halsabschneider, einer wie der andere.«

»Du wollen Antwort? Dann mich dorthin begleiten.«

»Warum?« Nawyd sah den Echsenmann an – und plötzlich schoss blanker Zorn in seine Adern. »Haben die *hadathani* meinen Vater vergiftet? Stammt das Gift etwa von ihnen?«

»Ich dir sagen, wenn dort.«

Nawyd schnaubte – dieser Sohn einer giftigen Viper schien es tatsächlich ernst zu meinen. »Warum willst du unbedingt nach Archos?«, verlangte er zu erfahren. »Was willst du dort?«

Die gespaltene Zunge des Drak verschwand zwischen seinen Zähnen, er kniff das breite Maul zusammen.

»Verstehe«, knurrte Nawyd. »Und du erwartest, dass ich dir dennoch vertraue? Dass ich glaube, dass ich hier, mitten im Nirgendwo, in dieser von allen Göttern verlassenen Ruine, zufällig jemandem begegne, der mir helfen kann, die Mörder meines Vaters zu finden?«

»Du glauben Schicksal?«, fragte der Drak leise.

»Ich denke nicht.« Nawyd schüttelte den Kopf.

»Dann du besser fangen an.«

Nun war es Nawyd, der die Lippen zusammenkniff. Das alles wollte ihm nicht in den Kopf – andererseits, was hatte er zu verlieren? Zudem brannte alles in ihm darauf zu erfahren, ob es tatsächlich die Astari gewesen waren, die hinter dem Mord an seinem Vater steckten … »Hast du mich deshalb am Leben gelassen und mich gesund gepflegt?«, wollte er wissen.

»*Shi*. Gesehen kleine Flasche. Erkennen Schicksal.«

»Du irrst dich. Wenn es so wäre, wie du sagst, hätte ich dann versucht, dich zu töten?«

»Du Mensch«, sagte der Drak, als würde das alles erklären. »Außerdem nicht tot.«

»Trotzdem verstehe ich nicht, warum du mir helfen willst.«

»Nicht gesagt, dass helfen.«

»Was meinst du?«

»Du arbeiten«, erklärte der Schlangenmann. »Als mein *pamba* … Diener.«

»I-ich soll dein Diener sein?«

»*Shi.*« Der Drak nickte. »Menschen nicht mögen Draki. Deshalb besser nicht reisen allein.«

Nawyd wusste nicht, was er erwidern sollte. Dass ausgerechnet er, der Sohn des großen Artaban, einer Schlange als Diener zu Gebote stehen sollte, war absurd, geradezu lächerlich. Andererseits … er war kein Prinz mehr, und zumindest in einer Hinsicht hatte der Drak nur zu recht.

Nawyd wollte Antworten …

»Einverstanden«, erklärte er sich bereit.

»Dein Ehrenwort?«

Nawyd zögerte kurz, dann nickte er abermals.

»Gut«, sagte der Drak und reichte ihm die Klaue. »Shayak.«

»Nawyd«, nannte dieser auch seinen Namen – den Rest ließ er geflissentlich weg, es war ohnehin nicht mehr von Belang. Dann ergriff er die Reptilienklaue. Anders als erwartet, war sie nicht kalt und schleimig, sondern warm und trocken, und ihr Druck war angenehm.

»Handel besiegelt mit Ehre«, erklärte Shayak. »Morgen brechen auf Hyraka. Von dort weiter Westen.«

»Verstanden«, bestätigte Nawyd.

Dann saßen sie schweigend da und starrten ins Feuer.

»Ich habe Hunger«, sagte Nawyd nach einer Weile.

»Selbst schuld«, entgegnete der Drak, ohne seinen Blick von den Flammen zu wenden. »Dumm, du dein Essen vergiften.«

18

Altashar
Zur selben Zeit

Der Atem des Drachen.

Schwefel, versetzt mit Eukalyptus und Sandelholz.

Hilalayan, Hofmarschall von Altashar, holte tief Luft, um die eigentümliche Mischung in sich aufzunehmen und jede Faser seines massigen Körpers von Wärme durchfluten zu lassen.

Einmal mehr hatte er jenen Ort aufgesucht, der selbst in unruhigen Zeiten wie diesen Zuflucht versprach – das Drachenbad. Inmitten der dichten Dampfschwaden sitzend, die von dem Pfuhl in der Mitte der Kammer aufstiegen, hatte Hilalayan das Gefühl, ganz er selbst zu sein. Nicht das befangene, stets eine Maske tragende Wesen, das er außerhalb des Bades sein musste, um in dem fortwährenden Kampf, der bei Hofe tobte, nicht unterzugehen. Sondern ganz er selbst, nackt und bloß, in seiner ganzen Unvollkommenheit.

Doch Hilalayan hatte auch festgestellt, dass das Bad nicht nur dazu gut war, Körper und Geist einer Reinigung zu unterziehen. Sondern auch, um Verhandlungen zu führen – bar jeder Maske, jeder Kleidung und jedes Ornats, das das Auge täuschen mochte …

Die hölzernen Pantoffeln, in denen seine nackten, im Verhältnis zu seinem voluminösen Körper geradezu winzigen Füße steckten, klapperten über den steinernen Boden. Zielstrebig hielt er auf einen der Schemel zu, die den mit Glutsteinen aus Drakistan gefüllten Pfuhl umlagerten, und ließ sich mit einem wohligen Seufzen nieder. Erst dann gab er vor, die ebenso kleine wie schmächtige Gestalt zu bemerken, die ihm auf der anderen Seite des Drachenpfuhls gegenübersaß.

Inmitten des aufsteigenden Dampfs und der spärlichen Beleuchtung war der Mann kaum zu erkennen, doch Hilalayan wusste, mit wem er es zu tun hatte. Nicht von ungefähr hatte er für seinen Besuch im Bad diese ungewöhnlich frühe Stunde gewählt, in der das gemeine Volk noch keinen Zugang zum Haus des Drachen hatte …

»Seid Ihr das, Hilalayan?«, drang es von der anderen Seite herüber. Misstrauisch, verschlagen, übelwollend.

»Hohepriester Xusra.« Hilalayan gab sich nicht die Mühe, überrascht auszusehen. In Dunst und Halbdunkel wäre es ohnehin nicht zu sehen gewesen. Seine Stimme hingegen klang umso verblüffter. »Ihr hier? Ich hätte nicht erwartet, Euch an einem so weltlichen Ort wie diesem anzutreffen …«

»Auch der Körper eines Hohepriesters verlangt gelegentlich nach Reinigung«, beschied Xusra ihm barsch.

»Und ich dachte immer, die reinigende Kraft des Feuers genüge Euch. Da habe ich mich wohl geirrt – wie auch in anderer Hinsicht.«

»Wovon sprecht Ihr?«

»Als der Narr Lorymar Ghurab mir mitteilte, dass der König zum Krieg gegen Norya rüste und die Heirat seiner Nichte mit Elayan von Archos nur dazu missbrauchen wolle, die Westrier in Sicherheit zu wiegen, da hätte mir gleich klar sein müssen, dass Ihr dahintersteckt. Ich habe Euch unterschätzt, Xusra. Das war mein Fehler.«

»Dann tröstet Euch damit, dass Ihr nicht allein seid, Hilalayan. Die meisten Menschen neigen dazu, einen schmächtigen kleinen Mann zu unterschätzen.«

»So wie sie dazu neigen, einen Mann zu unterschätzen, dem die Attribute seines Geschlechts – nun sagen wir – abhandengekommen sind«, fügte Hilalayan hinzu. »Doch wir haben beide unsere scheinbaren Unzulänglichkeiten zum Ansporn genommen, mehr zu erreichen als jene, die uns verlachen. In dieser Hinsicht sind wir uns ähnlich, werter Xusra.«

»Und auch nur in dieser Hinsicht.«

»Das ist wahr. Denn zwar habe ich es als Hofmarschall von Altashar zu einigem Ruhm und Ansehen gebracht, jedoch würde ich meine Macht niemals dazu missbrauchen, den König zu hintergehen.«

»Das würde auch ich niemals tun«, versicherte Xusra ohne Zögern. »Unser aller Loyalität gilt dem Reich und dem Haus pan Tyras.«

»Und der Ewigen Flamme«, fügte Hilalayan hinzu.

»Höre ich da eine Spur von Sarkasmus?«

»Durchaus nicht«, versicherte der Hofmarschall. Die Hitze, die in der Kammer herrschte, zeigte nun Wirkung. Schweiß rann von seinem kahlen Haupt in den Nacken und von dort den bleichen Rücken hinab. »Aber ich denke, dass es Euch nicht nur darum geht, die Grenzen des Reiches zu sichern. Ihr wollt mehr, ehrwürdiger Xusra.«

Der Hohepriester schwieg einen Moment. Vermutlich dachte er über seine Antwort nach – wenn Hilalayan jedoch geglaubt hatte, dass Xusra sich zieren oder versuchen würde, seine Absichten zu verschleiern, so hatte er sich geirrt. »Ist es schlecht, mehr zu wollen?«, fragte er dagegen.

»Wenn das Reich dadurch gefährdet wird, durchaus.«

»Das Reich gefährdet? Wer sagt so etwas?«

»Ihr«, gestand Hilalayan offen. »Denn Ihr wollt den Krieg mit Westrien – und niemand vermag zu sagen, wie ein solches Abenteuer enden wird.«

»Es ist kein Abenteuer!« Xusra gestikulierte wild. »Seht Euch Westrien doch einmal an, Hofmarschall! Es ist kein einheitliches Reich wie Ostragien, sondern zersplittert bis ins Mark! Da sind einerseits die Astari, die auf ihren Inseln sitzen und noch immer so tun, als wären sie die Herren dieser Welt!

Die Noryer, die ihnen noch immer hörig sind, aber auch die rebellischen Cymrer. Dazu die Südländer, die alle eifersüchtig auf Archos' Reichtum blicken, und schließlich die großen Städte wie Brückstadt oder Skaradag, die sich längst nicht mehr von den Astari bevormunden lassen und einen Dreck um das scheren, was im Reich vor sich geht. Das Chaos der Jahre nach der Katastrophe hat in Westrien niemals aufgehört, deshalb ist es schwach und leicht zu besiegen!«

»Und der Orden der Exekutoren?«

»Eine Irrlehre, ein Aberglaube!«, war der Hohepriester überzeugt.

»Im Westen hat sich dieser Aberglaube nicht weniger schnell ausgebreitet als Euer Feuerkult im Osten.«

»Doch nur, weil die Menschen in Westray verwirrt sind. Weil sie nicht mehr wissen, woran sie glauben sollen und ihnen jeder Blick auf eine Welt, die größer ist als sie selbst, abhandengekommen ist. Der Orden redet den Leuten ein, dass außer dieser Welt nichts weiter existiere, und leugnet dabei nicht nur die Existenz von Magie, sondern auch die Macht des Feuers. Das ist Blasphemie, Hofmarschall!«

»Die Exekutoren würden dasselbe wohl von Euch behaupten.«

»Vielleicht – aber für uns spricht etwas, das der Orden nicht für sich in Anspruch nehmen kann.«

»Und das wäre?«

»Die Wahrheit«, eröffnete der Hohepriester mit derartiger Überzeugung, dass Hilalayan ein Verdacht überkam: Bislang hatte er stets angenommen, dass Xusra sich der Macht, die ihm das Amt des Hohepriesters eintrug, nur bediente, um seine Ziele zu erreichen … aber was, wenn es nicht so war? Wenn es ihm nicht aus bloßer Gier darum ging, den Einflussbereich seines Kultes zu erweitern? Was, wenn Xusra tatsächlich glaubte, was er da faselte? Wenn er sich auf einer heiligen Mission wähnte? Wenn er sich tatsächlich als auserwählt betrachtete, der Lehre des Feuers überall in Astray Geltung zu verschaffen …?

»Man kann die Wahrheit leugnen und versuchen, sich ihr zu entziehen, Hilalayan«, fügte Xusra hinzu, wie um diesen Eindruck zu bestätigen, »doch früher oder später wird man von ihr eingeholt. Denn die Wahrheit, werter Hofmarschall, leuchtet noch heller als jede Flamme!«

Seine Stimme hatte sich zuletzt überschlagen, wie sie es immer tat, wenn er erregt war, und Hilalayan hatte den Eindruck, seine kleinen Äuglein durch die Schwaden aus heißem Dampf blitzen zu sehen.

»Ihr, ich, der König – all das ist nicht mehr von Bedeutung, Hilalayan«, führte Xusra keuchend aus, nachdem er sich wieder ein wenig beruhigt hatte. »Wichtig ist nur der Auftrag, mit dem das Schicksal mich betraut hat: Es genügt nicht mehr, wenn nur der Osten Kenntnis von der Macht des Feuers hat – die Ewige Flamme muss überall in Astray brennen.«

»Und dann?«

»Dann wird ein neues Zeitalter in Astray anbrechen!«

»Ein Zeitalter des Krieges«, stieß Hilalayan hervor.

»Der Vollkommenheit«, verbesserte ihn der andere. »Denn wenn die letzte Schlacht geschlagen ist, wird es keinen weiteren Krieg mehr geben, keinen Streit und keine unreinen Gedanken. Astray wird vereint sein unter einer Herrschaft, so wie es einst war und wieder sein sollte.«

»Schön und gut – und auf wessen Haupt soll die Krone ruhen? Auf dem von Astyragis?«

»Wer immer dann vom Schicksal ausersehen wird, wird herrschen«, gab Xusra sich überzeugt.

»Hm«, machte Hilalayan und rieb sich das feiste Kinn. »Wer könnte das wohl sein? Ihr vielleicht?«

»Nun – würde die Ewige Flamme mir in ihrer Weisheit eine solche Verantwortung übertragen, würde ich mich ihr nicht entziehen.«

»Wie überraschend – und aufschlussreich«, versicherte der Hofmarschall.

»Nicht wahr? Aber Ihr dürft mir glauben, dass es für mich nicht weniger aufschlussreich gewesen ist.«

»Was meint Ihr?«

Wieder trat eine Pause auf der anderen Seite des Pfuhls ein. »Ich weiß, dass Ihr Euch mit Gadates getroffen habt«, sagte Xusra dann rundheraus. »Und ehe Ihr nun den ehrwürdigen Wesir des Verrats verdächtigt, möchte ich Euch lieber gleich sagen, woher ich meine Informationen habe – es gab einen Zeugen, der sich zum Zeitpunkt Eurer Zusammenkunft im alten Palast zufällig in der Nähe befand.«

»Ihr meint einen Spitzel«, konterte Hilalayan. Es war das Schlagfertigste, was ihm einfiel angesichts der Tatsache, dass sein Gegner ihn völlig überrumpelt hatte. Wie, in aller Welt, hatte Xusra von dem geheimen Treffen erfahren können? Die Antwort war, dass er seine Spione wohl überall hatte, dass der Palast voll davon war und man niemandem mehr trauen konnte. Allerdings bezweifelte Hilalayan, dass der Hohepriester auch den Inhalt des Gesprächs kannte, denn es war niemand in der Nähe gewesen, der hätte lauschen können …

»Nennt es, wie Ihr wollt«, fuhr der Hohepriester fort, und obwohl sein Gesicht in den dichten Schwaden kaum zu erkennen war, wusste Hilalayan, dass er dabei grinste. »Doch diesem Zeugen habe ich es zu verdanken, dass ich von Eurem Bündnis mit Gadates weiß – und auch von der Verschwörung, die Ihr plant.«

»Ihr wisst nichts«, widersprach Hilalayan und gab sich Mühe, dabei so überzeugt wie möglich zu klingen, »und wir planen auch keine Verschwörung.«

»Das behauptet Ihr, und womöglich glaubt Ihr es sogar. Denn Euer Bestreben richtet sich ja weder gegen den König noch gegen das Reich …«

»So ist es«, beeilte sich Hilalayan zu beteuern. Die Richtung, in die sich der Wortwechsel entwickelte, behagte ihm nicht. Noch mehr Schweiß rann über seine Stirn und in seinen Nacken, der Schwefel biss in seiner Nase.

»Stattdessen habt Ihr Euch nur Eurer gegenseitigen Unterstützung versichert, um gegen die wachsende Macht des Hohepriesters zu bestehen, richtig?« Xusra lachte leise. »Lasst Euch gesagt sein, Hofmarschall: Meine Macht ist auch des Königs Macht. Was immer ich entscheide, geschieht zum Wohl des erlauchten Astyragis.«

»Glaubt Ihr das wirklich?«

»Solltet Ihr anderer Ansicht sein, dann sagt es freiheraus«, forderte der Hohepriester Hilalayan auf – doch dieser zögerte.

Sein sowohl in den Schlichen der Diplomatie als auch in den Finten der Intrige geschultes Gespür warnte ihn. Wenn Xusra ihn derart provozierte, musste es einen Grund dafür geben – und dieser Grund konnte nur sein, dass der Hohepriester nichts gegen ihn in der Hand hatte. Von seinem Treffen mit Gadates mochte er erfahren haben, darüber hinaus jedoch wusste er jedoch nichts – wenn Hilalayan nun allerdings sein Schweigen brach und in die Falle tappte, die Xusra ihm stellte, würde dieses Gespräch wohl damit enden, dass er bei lebendigem Leib in Flammen aufging …

»Verehrter Xusra«, entgegnete er deshalb, wobei er seine Arme in einer Geste der Unschuld ausbreitete, »vergebt mir, wenn ich den Eindruck erweckt haben sollte, Euch zu misstrauen.«

Der Hohepriester lachte höhnisch. »Ihr wärt ein Narr, mir nicht zu misstrauen«, versicherte er, »doch habt Ihr mich unterschätzt, Hofmarschall. Oder glaubt Ihr, ich wüsste nicht, weshalb Ihr just zu der Stunde hierherkommt, in der auch ich das Bad des Drachen aufsuche? Erwartet Ihr, dass ich an einen solchen Zufall glaube?«

»Nun, ich …«

»Ihr seid gekommen, um mich auszuhorchen und um mehr über meine Pläne zu erfahren. Doch dazu braucht Ihr Euch nicht an mich heranzuschleichen, Hofmarschall, denn meine Pläne sind weder geheim noch schmiede ich sie im Verborgenen wie Ihr – es sind dieselben Pläne, die auch der König hegt. Astyragis träumt davon, Astray wieder unter einer Herrschaft zu vereinen, und warum sollte es nicht sein Haupt sein, auf dem die Krone ruht?«

»Ja«, stimmte Hilalayan zu. »Warum wohl ...?«

»Unbekleidet zu sein, bedeutet nicht zwangsläufig, auch nackt zu sein, Hofmarschall«, beschied sein Gegenüber ihm gönnerhaft. »Und ehe Ihr wieder ein Bündnis schließt, überlegt Euch, wem Ihr die Hand reichen wollt.«

»Wie meint Ihr das?«

»Damit will ich sagen, dass Ihr ebenso gut auch meine Hand ergreifen könnt, denn der ehrwürdige Gadates ist keine gute Wahl – es sei denn natürlich, Ihr fühlt Euch wohl in Gesellschaft eines Hochverräters.«

»Wie kommt Ihr ...?«

»Wir alle wissen, dass Prinz Nawyd nicht alleine aus dem Kerker entkommen konnte. Er hatte Hilfe. Von jemandem, der ihn sehr gut und lange kennt und ihn lieber tot in der Wüste sehen würde als den *hadathani* ausgeliefert – und ich denke, wir beide wissen genau, wer dieser Jemand gewesen ist.«

Xusra ließ seine Worte wirken wie eine Schlange ihr Gift. Dann erhob er sich von seinem Schemel und wandte sich zum Gehen. »Schon bald wird der Hochverräter seine gerechte Strafe bekommen«, kündigte er an. »Und mit ihm auch jene, die mit ihm paktieren.«

Damit wandte er sich ab und verschwand in den Dampfschwaden, die ihn schon im nächsten Moment verschluckten. Das Klappern seiner Pantoffeln entfernte sich, und Hilalayan blieb allein zurück.

Nein, dieses Gespräch war nicht so verlaufen, wie er es sich vorgestellt hatte. Und trotz der feuchten Hitze, die in der Kammer herrschte, fröstelte er.

19

Haus des Lordkanzlers, Hobheim
Unterdessen

Die Opfer des Morwolfs waren in allen Ehren beigesetzt worden – unter ihnen auch Kira.

Als erste Ausländerin, als erster Mensch überhaupt wurde sie auf dem Friedhof von Hobheim bestattet, und zu Lorymars Verwunderung nahm niemand daran Anstoß. Alle, selbst die verbohrtesten unter den Traditionalisten schienen einfach nur froh darüber zu sein, dass die grässliche Gefahr, die so unmittelbar über das Westland hereingebrochen war, gebannt war – eine Menschenfrau auf dem ehrwürdigen Friedhof von Hobheim zur letzten Ruhe zu betten, schien das kleinere Übel zu sein. Dass Kira in den letzten Augenblicken ihres Lebens schwach geworden, dass ihre Zuneigung zu ihrem Geliebten den Sieg über ihr Pflichtbewusstsein davongetragen hatte, hatte Lorymar niemandem erzählt; er hatte es für sich behalten, so wie alle anderen, die in jener Nacht dabei gewesen waren. Denn zum einen hatte Kira teuer für ihren Fehler bezahlt; zum anderen war sie es gewesen, die die Bestie aus ihrem Versteck gelockt hatte.

Sechs Tage lagen die dramatischen Ereignisse nun zurück, seither versuchten die Stadt und ihre Bewohner, wieder zur Normalität zurückzufinden.

Den Südturm würde man nach der Gewalt, die ihm angetan worden war, wohl abreißen, einen praktischen Nutzen hatte er ohnehin nicht mehr gehabt. Was aus seinem doppelt so großen schwarzen Gegenstück werden würde, war in diesen Tagen ebenfalls fraglich. Der größte Teil der Ordensdiener hatte die Stadt verlassen, um den Leichnam Thero Borklings nach Süden zu bringen, wo sich der Hauptsitz des Ordens befand; der Rest hatte sich im Turm verschanzt. Es war davon auszugehen, dass der Orden einen neuen Exekutor für das Westland ernennen und diesen nach Hobheim schicken würde mit dem Auftrag, den Tod seines Vorgängers eingehend zu untersuchen.

Eine Vorstellung, die dem amtierenden Lordkanzler schon jetzt Kopfzerbrechen bereitete …

»Was soll nur werden?«, fragte Latimer Thinkling immerzu, während er in seinem Audienzsaal auf und ab ging und sich dabei das wirre Haar raufte. »Sie werden einen neuen Exekutor schicken, einen Menschen vermutlich – was sollen wir ihm nur sagen?«

»Die Wahrheit«, meinte Lorymar achselzuckend, der am Tisch saß und die Beine hochgelegt hatte, während sein Bruder ihn beständig umkreiste.

»Welche Wahrheit? Dass mein lange verschollener Bruder zurückgekehrt ist?«

»Nein – dass eine Bestie aus dem Morwald den Fluss überquert und die Stadt in Furcht und Schrecken gestürzt hat. Den Rest behalte für dich, das geht die Schwarzen nichts an. Und auch von Nyasha brauchen sie nichts zu erfahren.«

»Neineineineinein.« Latimer war stehen geblieben und schüttelte heftig den Kopf. »Wie sollen wir das nur überstehen?«

»Wie wohl?« Lorymar lachte freudlos auf. »Wie man fast alles übersteht. Wie unser Volk bislang jede Krise gemeistert hat – indem wir uns kleinmachen und den Kopf einziehen. Damit sind wir immer gut gefahren.«

»Du machst dich über uns lustig.«

»Vielleicht, ein wenig«, gab Lorymar zu und nahm einen tiefen Schluck Heubier aus dem Zinnkrug, der vor ihm stand.

»Aber wenn, dann trifft der Spott auch mich, denn ich bin ein Halbling wie jeder andere, mit allen Fehlern und Schwächen, die unsere Art ausmacht. In der Fremde war mir das entfallen, so fürchte ich, aber inzwischen …« Er unterbrach sich, ehe er rührselig werden konnte, und nahm stattdessen noch einen weiteren Schluck.

»Dann … zürnst du mir nicht mehr?« Die Frage kam zaghaft, fast unterwürfig.

»Ach, nur weil du versucht hast, mich in der Grube in Stücke hacken zu lassen?« Lorymar konnte seine Bitterkeit nicht ganz verbergen.

Latimer sah beschämt zu Boden. »Ich war wütend all die Jahre«, gestand er leise ein. »Und wohl eifersüchtig …«

Lorymar versenkte sein freudloses Gelächter in der Tiefe des Krugs. »Warum, Bruder? Glaub mir, du hast das bessere Los gezogen. Du warst hier all die Jahre – ich hingegen allein in der Fremde, gequält von Erinnerungen, die …« Abermals unterbrach er sich, er wollte nicht über diese Dinge sprechen. »Nicht alles ist, wie es scheint«, sagte er stattdessen nur.

»Aber du hast dich in der Fremde bewährt und bist ein Krieger geworden!«

»Wohl eher ein Narr«, konterte Lorymar.

»Du warst im Krieg – ich hingegen habe die ganze Zeit nur hier gesessen.«

»Was nicht weniger wichtig war.«

»Aber ich wollte immer so sein wie du, zum Helden geboren …«

Lorymar lachte erneut auf, diesmal laut und dröhnend. »Kleiner Bruder, man wird nicht zum Helden geboren – es sind unsere Entscheidungen, die uns dazu machen. Und auf allen meinen Reisen«, fügte er leiser hinzu, »habe ich nicht einen Helden getroffen, der sich selbst so genannt hätte. Weißt du, wie es in Altashar heißt?«

»Wie denn?«, wollte Latimer wissen.

»Nur tote Helden sind wahre Helden – weil sie dann nämlich keine Fehler mehr begehen. Doch solange wir leben, werden wir immer auch falsche Entscheidungen treffen. Verstehst du, was ich damit sagen will, Latimer? Es ist nie zu spät für einen Helden, um auf seine alten Tage doch noch ein Feigling zu werden – so wie es für einen Feigling nie zu spät ist, noch ein Held zu werden. Ich jedenfalls habe die Hoffnung für mich noch nicht aufgegeben.«

Latimer schien einen Moment nachzudenken. »Du bist zu bescheiden, Bruder«, erklärte er dann, zog den goldenen Siegelring vom Finger und legte ihn vor Lorymar auf den Tisch.

»Was soll das?«

»Ich versuche, eine richtige Entscheidung zu treffen.«

»Indem du dich aus der Verantwortung stiehlst?«

»Indem ich tue, was ich längst hätte tun sollen, schon in dem Augenblick, da du die Stadt betreten hast. Ich gebe dir, was Dein ist, Bruder. Was immer Dein war.«

»Ich soll Lordkanzler sein?« Lorymar sah ihn ungläubig an, doch seinem Bruder schien es bitterernst zu sein. »Nach all den Jahren, die vergangen sind?«

»Es ist nie zu spät, richtig?«

Lorymar nahm den Ring, der einst ihrem Vater gehört hatte, und betrachtete ihn.

Der Baum und die Ähre.

Das Lordsiegel von Westland.

Dieser Ring und alles, was er beinhaltete, war einst sein Erbe gewesen, und es hatte eine Zeit gegeben, da hatte Lorymar keinen Augenblick daran gezweifelt, dass er diesen Ring einst tragen und die Nachfolge seines Vaters als Lordkanzler antreten würde … aber es war anders gekommen.

Sie war gekommen …

Für einen kurzen, süßen Moment versuchte Lorymar sich vorzustellen, was geschehen wäre, wenn sich die Dinge anders entwickelt hätten. Wenn er nicht jene Träume gehabt hätte und ihrem Ruf nicht gefolgt wäre … wenn er nicht *ihr* begegnet wäre und alles vergessen hätte, was er gewesen war. Wenn er nicht dabei gewesen wäre in Myracor und seine Hände nicht befleckt hätte mit … Er schüttelte den Kopf, unterbrach den Gedanken mit Gewalt, doch die Frage blieb bestehen: Was wäre geschehen, wenn er nicht zur Legende geworden wäre?

»Ich verdiene diesen Ring nicht, Latimer«, sagte er nach einer Weile. »Ich habe zu viele Fehler begangen, um seiner noch würdig zu sein.«

»Vielleicht«, räumte sein Bruder ein. »Aber du hast auch vieles wiedergutgemacht. Ohne dein Zutun wäre Hobheim womöglich verloren gewesen.«

»Ohne mein Zutun wäre es erst gar nicht zu alldem gekommen«, widersprach Lorymar leise. »Was auch immer geschieht, hat Folgen. Alles auf dieser Welt hängt zusammen – zumindest das habe ich in all den Jahren gelernt.« Noch einmal betrachtete er das Kleinod in seiner Hand, dann erhob er sich und trat auf seinen Bruder zu. »Ich mag der Ältere von uns beiden sein«, räumte er ein, »doch du bist der rechtmäßige Erbe, in jeder denkbaren Hinsicht. Du magst Angst haben und dir bisweilen selbst nicht trauen, aber das tue ich auch nicht. Und du magst falsche Entscheidungen getroffen haben, aber du hast aus ihnen gelernt. Und bei allem, was du getan hast, seit ich die Heimat verließ, hast du stets versucht, das Richtige zu tun.«

»U-und das bedeutet?« Latimer sah ihn verunsichert an.

Mit entschlossener Miene gab Lorymar ihm den Siegelring zurück. »Dass du Lordkanzler des Westlands bist und es auch bleiben wirst«, verkündete er dazu.

»U-und du?«

Lorymar atmete tief ein und aus. »Ich hatte nie vor zu bleiben«, hörte er sich dann selbst sagen. »Ohnedies habe ich noch eine Mission zu erfüllen.«

»Du gehst. Genau wie damals.«

»Nein, nicht wie damals.« Lorymar schüttelte den Kopf. »Damals bin ich gegangen, ohne mich auch nur einmal umzusehen – diesmal weiß ich unsere Heimat in guter Hand. Vetter Kimling wird dir helfen, dein Amt auszufüllen, Latimer, und auch andere werden zur Stelle sein, wenn du sie darum bittest.«

»Und was ist mit dir?«

Lorymar holte noch einmal tief Luft und zögerte – was sollte er seinem Bruder sagen? »Ich habe meine Heimat einmal im Stich gelassen«, begann er dann zögernd und jedes einzelne Wort erwägend, »dies wird kein zweites Mal passieren. Jedenfalls nicht, solange ich lebe. Das verspreche ich dir.«

Die Augen des Lordkanzlers hatten sich voll staunenden Unglaubens geweitet, während Lorymar sprach. Nun röteten sie sich deutlich. »In all den Jahren, in denen du fort warst«, gestand er flüsternd, »habe ich mir ein Bild von dir gemacht, Bruder.«

»Kein sehr vorteilhaftes, nehme ich an.«

Latimer lächelte verlegen. »Ich habe dich gehasst für das, was du mir angetan hast, wähnte dich in der Ferne inmitten großer Abenteuer und noch größerer Taten …«

»Da hast du dich geirrt«, stellte Lorymar fest.

»Das weiß ich jetzt.« Latimer nickte. »Aber als ich hörte, dass du zurückgekehrt seist, da …«

»… brach all die Wut aus dir hervor, die sich in all den Jahren aufgestaut hatte, aller Hass und aller Zorn.« Lorymar nickte wissend. »Glaub mir, damit kenne ich mich aus, Bruder.«

»Aber nun sehe ich, dass du anders bist«, brachte Latimer seine Beichte schonungslos zu Ende. »Anders als ich es vermutet hatte, und ich … ich wollte dich tot sehen …«

Weiter kam er nicht.

Tränen traten in seine Augen, und die Reue und der

Schmerz übermannten ihn. Der Lordkanzler von Westland begann hemmungslos zu weinen, und nachdem er Augenblicke lang unschlüssig vor ihm gestanden hatte, konnte Lorymar nicht anders, als sich ihm noch einen Schritt zu nähern und den Mann, der noch vor wenigen Tagen seinen Tod gewollt hatte, tröstend in den Arm zu nehmen.

»Kleiner Bruder«, sagte er nur.

Und für einen Moment fühlte es sich an, als wären sie wieder die kleinen Jungen, so wie damals, am Dorfteich im Periwinkel.

20

Hafen von Skaradag
Nach Mitternacht

Der Hafen von Skaradag stand in Flammen.

Schon am Nachmittag hatten die Aufstände auf das Hafenbecken übergegriffen. Die zahllosen Arbeiter, die hier für einen Hungerlohn schufteten und Salz und andere Waren auf die an den Kais ankernden Schiffe verluden, hatten sich gegen ihre Herren erhoben, und wie schon am Morgen vor der Eisernen Zitadelle erwies sich auch hier die schiere Anzahl der Armen und Entrechteten als ihre verheerendste Waffe.

An den hölzernen Ladebäumen entlang der Kais hingen die leblosen Körper unzähliger Kaufleute und Schiffskapitäne, die die entfesselte Horde hingerichtet hatte – ein schauriger Anblick im flackernden Licht der Feuer, die auf vielen Schiffen ausgebrochen waren. Wer die Zeichen der Zeit nicht rasch erkannt und die Segel gesetzt hatte, um sein Heil auf offener See zu suchen, den hatte der Zorn des Volkes ereilt; zwei Galeeren dwargischer Bauart standen lichterloh in Flammen, ebenso eine Reihe von Seglern aus südlichen Gefilden. Auch einige Salzschiffe, deren Ladung noch nicht gelöscht worden war, waren von den Aufständischen in Brand gesteckt worden – hellgelbe Flammen verschlangen sie und machten die Nacht zum Tag.

Die öffentliche Ordnung war zusammengebrochen, Gesetzlosigkeit herrschte nicht nur an den Kais, sondern auch in den Gassen. Die Ladenbesitzer hatten ihre Geschäfte verbarrikadiert, doch auch das hatte sie nicht vor der Plünderung bewahrt. In den Spelunken und Tavernen tranken die Aufständischen sich Mut an, ehe sie lauthals grölend auf Beutezug gingen – das über lange Zeit erlittene Unrecht schien in dieser Nacht jede Untat zu rechtfertigen.

Bray und Jennara hatten ihr Versteck verlassen. Durch Straßen und Gassen, in denen Gesetzlosigkeit herrschte und das Recht des Stärkeren rücksichtslos regierte, schlugen sie den Weg zum Hafen ein, um nach einem Schiff zu suchen, das sie von Skaradag fortbringen würde – ein Ansinnen, das an Irrsinn grenzte angesichts der brennenden Schiffe und des Chaos, das allenthalben in den Straßen herrschte. Im Vertrauen auf das, was der Krähensänger ihr erzählt hatte, wollte Bray es dennoch versuchen …

»Du!«, sprach sie einen Betrunkenen an, der aus einer der geplünderten Tavernen torkelte, eine Amphore vom teuersten Wein im Arm. »Weißt du, was das ist?«

Sie hielt ihm die Schnur mit der Münze unter die von Alkohol gerötete Nase, doch in den trüben Augen des Mannes flackerte kein Erkennen. Sie ließ ihn stehen und wandte sich an den nächsten, während Jenya ihr wie ein Schatten folgte, ihre Astarklingen in den Händen und sich wachsam umblickend.

»Und du bist sicher, das funktioniert?«, erkundigte sie sich wenig überzeugt bei Bray.

»Nein«, musste diese zugeben. »Ich weiß nur, was Rayan sagte: Dass ich zum Hafen gehen und diese Münze zeigen solle, wenn ich jemals von Skaradag fortwolle …«

»Und wem sollst du sie zeigen?«

»Das wiederum sagte er nicht.« Bray hielt die Münze einem Mann hin, der am Rand der sonst menschenleeren Gasse kauerte. Er sah elend aus, sein Bauch war aufgedunsen bis zum Platzen – vermutlich hatte er sich mit Essen vollgestopft, das er irgendwo gestohlen hatte, aber nach Monaten des Hungerns und Darbens war sein Magen nicht mehr daran gewohnt. Der Fremde schüttelte nur den Kopf, dann beugte er sich vornüber und übergab sich geräuschvoll.

»Dem hier wohl nicht«, meinte Bray trocken. »Es ging dabei sicherlich um einen Gefallen, den jemand Rayan schuldete.«

»Und wer ist dieser Jemand? Lass mich raten, er sagte es nicht.«

Bray zuckte mit den Achseln. Wenn sie ehrlich war, hatte sie bis zum heutigen Tag geglaubt, der Krähensänger hätte ihr nur wieder eine jener Geschichten erzählt, von denen er so viele gekannt und mit deren Vortrag er sich durchs Leben geschlagen hatte. Tatsächlich hatte sie die Münze mehr aus sentimentalen Gründen behalten, als aus der Hoffnung heraus, sie eines Tages wirklich gebrauchen zu können. Doch die Erkenntnis, dass Rayan recht gehabt hatte und Jenya tatsächlich eine der Sieben Legenden war, ließ vieles in einem anderen Licht erscheinen.

Einschließlich der Münze mit dem Loch …

»Ich verliere allmählich die Geduld«, stellte die Astara fest. »Wir irren schon die halbe Nacht umher.«

»Ich weiß, aber wir dürfen nicht aufgeben. Noch nicht«, beharrte Bray. Ihr war klar, dass dies ihre Bewährungsprobe war, ihre Chance, Jenya zu beweisen, dass sie mehr war als ein lästiges Anhängsel, dass sie ihr eine nützliche Gefährtin sein konnte … »Rayans Geschenk kann uns helfen, das fühle ich«, gab sie sich überzeugt – auch wenn es mit ihrer Überzeugung nicht wirklich weit her war.

Sie verließen die Gasse und bogen in eine Häuserreihe ein, die von den Aufständischen bereits geplündert worden war. Brandgeruch hing zwischen den Gebäuden, ein halbes Dutzend lebloser Körper lag umher, ihrer weltlichen Habe und selbst ihrer Kleider beraubt. Bray schauderte. In all den Jahren hatte sie sich den Aufstand der Entrechteten oft vorgestellt, ihn sogar herbeigesehnt – aber nicht so …

Sie ging auf eine Reihe abgerissener Gestalten zu, die am Straßenrand kauerten und ihre Zähne gierig in große Bratenstücke schlugen, die sie erbeutet hatten. Argwöhnische, furchtsame Augen blickten den beiden Frauen entgegen. Nicht alle Einwohner Skaradags wurden zu Mördern in dieser Nacht. Manche taten auch einfach nur das, was sie immer getan hatten: Sie hatten Angst.

»Ihr da«, sprach Bray sie an und zeigte ihnen die Münze. »Habt ihr so etwas schon einmal gesehen?«

Die meisten der ausgemergelten und von Ruß und Schmutz geschwärzten Gesichter blieben ausdruckslos. In einem Augenpaar jedoch flackerte wilde Panik. Wie von einer Schlange gebissen sprang der Mann auf, warf die Hammelkeule von sich und ergriff Hals über Kopf die Flucht.

»Warte ...!«, versuchte Bray ihn aufzuhalten – doch der Fremde war schon in der Dunkelheit verschwunden. Sie hatte keine Ahnung, was ihn so erschreckt hatte, aber es hatte ganz offenbar mit der Münze zu tun ...

»Wir sind auf dem richtigen Weg«, folgerte sie.

»Das wird sich zeigen«, knurrte die Astara.

21

Haus des Lordkanzlers, Hobbeim
Zur selben Zeit

Als es zaghaft an die Tür von Lorymars Quartier klopfte, nahm er es zunächst kaum wahr.

Er war zutiefst versunken – sowohl in seine Gedanken als auch im Heubier, von dem er sich ein kleines Fässchen in sein Gemach hatte bringen lassen. Und er hatte nicht vor, auch nur einen einzigen Schluck davon übrig zu lassen.

Anders als sein Bruder war Lorymar nie ein Denker gewesen. In jungen Jahren hatte er nur aus dem Bauch heraus gehandelt, hatte unbesonnen in den Tag hineingelebt und sich einen Dreck um andere geschert – insofern trafen Latimers Vorwürfe durchaus zu. Von den Erfahrungen, die Lorymar im Krieg gemacht hatte, von den Erinnerungen, die er seither wie eine Bürde bei sich trug, konnte Latimer nichts wissen, insofern hatte Lorymar nicht anders gekonnt, als seinem Bruder zu verzeihen. Dennoch verspürte er keine Erleichterung. Noch immer war da jene grässliche Leere in ihm, die er schon in Altashar verspürt hatte.

Und da waren die Träume, die er so sehr fürchtete, dass er nicht einschlafen wollte. Und wenn, dann nur mit vom Alkohol benebeltem Geist …

Abermals klopfte es, sodass er nicht mehr anders konnte, als sich dem Hier und Jetzt zu stellen.

»Ja doch«, knurrte er mit vom Alkohol schwerer Zunge, und mit verschwommenem Blick nahm er wahr, wie die Tür geöffnet wurde und eine ebenso schlanke wie große Gestalt eintrat, die sich bücken musste, um den niedrigen Sturz zu passieren.

Lorymar stieß eine leise Verwünschung aus.

Nyasha …

»Störe ich?«, fragte sie leise.

»Nicht doch, Prinzessin«, beteuerte er. »Und wenn, dann sollte ich das fragen. Wobei ich die Antwort bereits kenne und Ihr mit allem recht habt, was Ihr sagen wollt …«

»Nein«, beteuerte sie. »Deshalb bin ich nicht hier.«

Sie hatten einander gemieden in den letzten Tagen, zur Aussprache war es nicht gekommen. Und Lorymar bezweifelte, dass er im Augenblick in der richtigen Verfassung dazu war …

»Prinzessin«, begann er deshalb, »ich muss Euch sagen, dass ich nicht …«

»Ich bin keine Prinzessin mehr«, brachte sie in Erinnerung. »Und ich entsinne mich, dass du im Angesicht der Bestie weniger förmlich warst.«

»Ich weiß.« Lorymar nickte zwischen zwei Schlucken Bier. »Nehmt meine Entschuldigung dafür.«

»Ich will deine Entschuldigung nicht, Lorymar Thinkling. Ich brauche sie nicht mehr. Ich bin hier, um mich bei dir zu bedanken. Du hast mir das Leben gerettet.«

»Nachdem ich es zunächst zerstört habe«, ergänzte er und fuhr in einer unbestimmten Bewegung mit dem Bierkrug durch die Luft. »Das scheint mir kein großes Verdienst zu sein. Und was Kira und Kalid betrifft, so habe ich versagt.«

»Sitzt du deswegen hier?«, fragte sie und sah ihn unverwandt dabei an. »Ist das der Grund, warum du deinen Verstand in Unmengen von Wein ertränkst?«

»Bier«, verbesserte er. »Nach Wein steht der Sinn mir derzeit nicht. Und es ist nicht mein Verstand, den ich ertränke – sondern die Furcht.«

»Wovor? Die Gefahr ist gebannt, der Morwolf nicht mehr am Leben …«

»Glaubt mir, Prinzessin – der Morwolf ist es nicht, den ich fürchte.« Mit glasigen Augen starrte er sie an. »Die Zukunft ist es, die mir Angst macht. Das, was über uns kommen wird.«

Ihre Augen, trotz der späten Stunde wach und aufmerksam, verengten sich zu Schlitzen. »Wovon genau sprichst du?«

»Von Träumen«, lallte er drauflos, noch ehe er sich selbst am Sprechen hindern konnte. »Von Visionen, von Bildern im Schlaf …« Er unterbrach sich, als er sah, wie sich ihre hohe, von blauschwarzem Haar umrahmte Stirn in Falten legte. »Das ergibt keinen Sinn, nicht wahr?«

»Nein«, gab sie zu, und ohne dass er sie dazu aufgefordert hätte, rückte sie sich einen Schemel zurecht und nahm darauf Platz. »Warum?«, wollte sie wissen.

»Warum was?«

»Warum hast du das alles getan? Du bist mir gefolgt und hast nach mir gesucht, bist nach Westland zurückgekehrt, obwohl du wissen musstest, dass dein Bruder dir noch immer zürnte …«

»Oh ja«, versicherte der Halbling.

»… und das alles, nachdem du mich in Skaradag wie eine Ware für Geld verkauft hattest«, fuhr Nyasha unbeirrt fort. »Das ergibt keinen Sinn!«

»Nein«, gab er zu und betrachtete sie mit glasigem Blick. »Aber um Geld ist es dabei nie gegangen.«

»Worum dann?«

»Um Wissen … und Vergebung.«

»Ist das dein Ernst?«

»So wahr ich vor dir sitze, Prinzessin – warum sollte ich dich jetzt noch belügen? Was ich von Jenya wollte, waren Informationen. Und ich wusste, dass ich ihr etwas bieten musste, um sie zu bekommen.«

»Mich«, folgerte Nyasha. »Und? Hast du bekommen, was du haben wolltest?«

»Ja«, bestätigte er, um gleich darauf den Kopf zu schütteln:

»Und nein. Denn sie sind noch immer da, verstehst du? Noch immer hier drin, in meinem Kopf!« Er deutete auf seinen Schädel, der sich dumpf und schwer anfühlte, so als hätte er noch immer das Ungetüm von Turban auf, das er am Hof von Altashar stets hatte tragen müssen.

»Nein«, gestand sie leise, »ich verstehe nicht. Aber ich fange an zu begreifen, dass du nicht der bist, für den ich dich gehalten habe, Lorymar Thinkling. Wo ist der Narr geblieben? Wo der Halbling, den nichts zu berühren schien?«

»Den gibt es nicht mehr«, gestand Lorymar mit leichtem Lallen und zu seiner eigenen Ernüchterung. »Und vielleicht hat es ihn auch nie gegeben. Als Narr habe ich meine Rolle gespielt – vor dem König und seinem Hofstaat, vor dir und deinem Bruder, vor allem aber vor mir, denn des Narren Werkzeug ist die Maske, und sein Metier ist die Täuschung. Über die Jahre bin ich ein Meister darin geworden, mich und andere zu täuschen. Ich hatte geglaubt, der Vergangenheit entfliehen zu können, aber sie hat mich eingeholt, und jetzt lässt sie mich nicht mehr los.«

Nachdenklich starrte er in seinen leeren Krug, so als ob die Antworten auf seine Fragen dort drin zu finden wären. »Was ich dir angetan habe, tut mir leid, Nyasha«, flüsterte er. »Könnte ich es ungeschehen machen, so würde ich es tun.«

Sie nickte und schien eine Weile nachzudenken. »Glaubst du, ein Teil von ihm war noch er selbst?«, fragte sie dann.

»Von wem sprichst du?«

»Kalid.« Sie hob den Blick und sah Lorymar an. »Die ganze Zeit über trug er die Bestie in sich, aber er hat sie tapfer bekämpft, um Kiras und meinetwillen.«

Lorymar nickte. »Er war jung und stark und hatte einen eisernen Willen – das hat ihm wohl geholfen.«

»Nein.« Nyasha schüttelte den Kopf. »Ich denke nicht, dass es das war, das die Bestie so lange unter Kontrolle hielt. Ich denke, es war Zuneigung. Seine Liebe zu Kira.«

»Auch das ist möglich.« Lorymar nickte abermals – wenn er näher darüber nachdachte, sprach viel für diese Annahme. Plötzlich glaubte er zu verstehen. »Du machst dir Vorwürfe, richtig?«, mutmaßte er. »Weil du Kalid in die Arena geschickt hast, um mich zu töten …«

»Hätte ich es nicht getan, wäre der Wolf womöglich nicht aus ihm hervorgebrochen«, stimmte sie zu. »Liebe hat die Bestie zurückgehalten, Hass hat sie entfesselt.«

»Wenn es so ist, so habe ich meinen Teil dazu beigetragen«, gestand Lorymar ohne Zögern. Er wollte nicht, dass sie sich wegen irgendetwas Vorwürfe machte.

»Du hast getan, was du tun musstest, um am Leben zu bleiben«, erwiderte sie. »Wir alle müssen Entscheidungen treffen, an jedem einzelnen Tag, und nicht immer sind es die Entscheidungen, die wir treffen wollen, das weiß ich jetzt.« Sie unterbrach sich und wischte sich über die Augen, in deren Winkeln Tränen glänzten.

»Ich glaube dir«, verkündete sie dann. »Ich glaube dir, dass du bedauerst, was geschehen ist. Doch bei allem, was du mir angetan hast und was ich durchmachen musste …« Sie unterbrach sich und sah ihn an. »Auch ich bin nicht mehr die, die ich war«, stellte sie klar. »Als ich meine Heimat verließ, wusste ich nichts von der Welt da draußen und von den Gefahren, die dort lauern, war gefangen in einem Käfig mit Gitterstäben aus Gold …«

»So wie ich einst«, bestätigte Lorymar.

»Aber indem mir alles genommen wurde und ich erniedrigt wurde wie nie zuvor in meinem Leben, habe ich auch erstmals erkannt, was ich wert bin. Ich, verstehst du?«, fragte sie ihn und hob stolz das Haupt. »Nicht meine Familie und nicht der Titel, den ich trage. Nur ich allein.«

»Das verstehe ich gut«, versicherte er. »Wirklich sehr gut.«

»Aus diesem Grund«, fuhr sie leise fort, »hatte ich mich bereits vor langer Zeit entschlossen, dir nicht mehr zu zürnen.

Denn obwohl du bei alldem nur an dich selbst gedacht hattest, hattest du mir dennoch einen Dienst erwiesen.«

»Mir nicht mehr zu zürnen?« Er hob die Brauen. »Für mich hatte es den Anschein, als wolltest du mich in der Arena sterben sehen ...«

»So war es«, räumte sie ohne Zögern ein, »jedoch nur, weil du mir gefolgt warst. Ich hatte meinen Frieden mit dir gemacht, Lorymar Thinkling, zumal ich hier in Westland eine Bleibe gefunden und die Erfahrung gemacht hatte, dass nicht alle Halblinge so sind wie du. Aber als ich hörte, dass du mir auf den Fersen seist, da stand für mich fest, dass du mich wieder einfangen und nach Skaradag zurückbringen wolltest, und ich habe entsprechend gehandelt.«

»Ich habe dir gesagt, dass es nicht so ist.« Er seufzte. »Aber nach allem, was geschehen war, konnte ich wohl nicht erwarten, dass du mir glaubst.«

»Ich war eine Närrin«, gestand sie ein, »nicht weniger als du ein Narr gewesen bist. Das ist mir in dem Moment klar geworden, als du dein Leben gewagt hast, um das meine zu retten. Deshalb verzeihe ich dir.«

Lorymar sah sie an. Trotz seiner vom Heubier trüben Sinne und seines gedämpften Gemüts berührten Nyashas Worte ihn. »Danke«, sagte er nur. »Aber ich kann deine Großmut nicht annehmen, Prinzessin. Noch nicht.«

»Wovon sprichst du?«

»Ich will wiedergutmachen, was ich getan habe«, hörte er sich selbst sagen – er hatte lange und ausführlich darüber nachgedacht, aber nun, da er es aussprach, hörte es sich wahrlich an wie eine Idee aus dem Suff. »Ich will dich zurückbringen in deine Heimat, nach Altashar.«

»Ich kann nicht zurück«, wandte sie ein.

»Doch – denn ich werde sagen, dass ich dich entführt habe, und so wird kein Makel an dir haften bleiben.«

»Aber an dir«, konterte sie. »Wenn du das tust, wird mein

Onkel dich zur Kerkerhaft verurteilen oder vierteilen lassen. Oder Xusra lässt dich bei lebendigem Leib in Flammen aufgehen.«

»Vermutlich«, gab Lorymar zu. Nicht, dass er plötzlich so mutig geworden wäre, aber der Alkohol dämpfte die Furcht doch erheblich. »Aber das nehme ich in Kauf. Meinetwegen hast du alles verloren, Nyasha – und mit meiner Hilfe wirst du es auch wieder zurückbekommen.«

»Hast du denn nicht zugehört, du starrsinniger kleiner Mann? Man wird dich töten!«

»Und das wird meine Buße sein«, bestätigte er und deutete einmal mehr auf sein dröhnendes, vor Erinnerungen und Heubier überquellendes Haupt. »Und es wird dem hier ein Ende machen, ein für alle Mal.«

»Aber …«

»Möchtest du gerne wieder nach Hause, Prinzessin?«

Eine endlose Weile sah sie ihn an. Sein Blick sog sich dabei in ihren vornehmen, makellosen Zügen fest, und er verlor sich in ihren dunklen Augen. Schließlich nickte sie.

»Dann werden wir Westland verlassen und nach Brückstadt gehen«, gab er bekannt. »Von dort gelangen wir über den Bruch, und dann weiter nach Südosten. Schon zur Nacht des Feuers, Prinzessin, wirst du wieder zu Hause sein.«

Sie sah ihn wortlos an. Dann erhob sie sich in einem plötzlichen Entschluss und verließ die Kammer. Sie hatte die Tür kaum hinter sich geschlossen, als es erneut klopfte.

»Es ist offen«, knurrte Lorymar. »Noch immer …«

Die Tür schwang auf, Nyasha stand erneut auf der Schwelle. Ihr Mienenspiel allerdings hatte sich verändert. Die stille Melancholie war daraus gewichen, eine stumme Herausforderung lag jetzt darin. Und da war eine stille Glut in ihren Augen …

»Prin…zessin?«, fragte Lorymar verunsichert.

Sie trat ein und kam auf ihn zu – und noch ehe er wusste,

wie ihm geschah, beugte sie sich über ihn und küsste ihn weich und innig auf den Mund.

Im ersten Moment war er geschockt, ertappte sich sogar dabei, dass er mit den Händen ruderte und sich wehrte – ehe die Erkenntnis in seinen vom Suff getrübten Verstand einsickerte, dass er ein verdammter Narr war.

Also wehrte er sich nicht mehr.

Er erwiderte ihre Küsse, ließ es sich gefallen, dass ihre zarten Lippen über seinen schmächtigen Körper wanderten und ihn liebkosten und schließlich auch seine Leibesmitte fanden. Lorymar Thinkling war immer stolz darauf gewesen, dass kein Halbling, sondern ein ganzer Kerl in seinen Hosen wohnte – ungezählte Frauen hatte er in Altashar damit beglückt. Auch in dieser Nacht war trotz des Alkohols auf seinen alten Freund Verlass – und dies umso mehr, da Nyasha alles tat, wovon ein Mann nur träumen konnte …

Längst hatte sie sich ihres Kleides entledigt, rekelte sich vor ihm in ihrer ganzen unverhüllten Schönheit, und als er endlich in sie eindrang, schnaubend und mit Inbrunst, da war es ihm als berührten sich Vergangenheit und Gegenwart.

»Lorry«, flüsterte sie ihm ins Ohr.

»Jenya«, hauchte er.

Als er am nächsten Morgen erwachte, war alles, was in seinen Armen lag, das leere Fässchen Bier.

22

Hafen von Skaradag
Im Morgengrauen

Als der neue Tag über Skaradag heraufdämmerte, blickte er noch immer auf eine Stadt in Aufruhr und Flammen – und inmitten dieses Chaos suchten zwei Frauen nach einer Schiffspassage.

Es sah nicht gut aus.

Ein seetüchtiges Schiff war an den Kais nicht mehr zu finden, und wer auch immer die durchlöcherte Münze zu sehen bekam, sah sie entweder verständnislos an oder ergriff die Flucht. Brays Fragen, was es damit auf sich hätte, wurden nicht beantwortet, und so sah sie sich bei Tagesanbruch nicht nur mit den alten Rätseln konfrontiert, sondern auch noch mit einem weiteren. Ganz abgesehen davon, dass ihr die Zeit unter den Händen zerrann.

»Bray.« Jenya war stehen geblieben. Sie standen an einem der Kais, umgeben von den Überresten geplünderter Fässer und Kisten und von den schwelenden Wracks von Schiffen, die gebrannt hatten und auf Grund gesunken waren. Die rußgeschwärzten Überreste ihrer Masten bildeten einen bizarren Wald, in dem ein Nebel aus kaltem Rauch hing.

»Bitte«, flehte Bray und wandte sich zu ihr um. »Lass es uns noch weiter versuchen. Der Krähensänger sagte …«

»Du hattest deine Chance, Kind«, verkündete die Astara entschieden. Enttäuschung schwang in ihrer Stimme mit. »Der Münze zu folgen, war ein törichter Plan – naiv und töricht wie der Sänger selbst es gewesen ist.«

»Und die Vision, die er hatte?«, fragte Bray.

»Ich habe auch Visionen, Schätzchen«, erwiderte eine derbe Stimme unmittelbar hinter ihr. »Und ihr beide spielt eine wichtige Rolle darin!«

Bray fuhr herum.

Ein grobschlächtiger, bärtiger Kerl stand vor ihr, der sich irgendwo zwischen den Trümmern versteckt haben musste. In den Händen hielt er ein langes Messer, dessen rot gefleckte Klinge verriet, dass es in dieser Nacht schon Blut getrunken hatte – und der irrsinnige Glanz in den Augen des Mannes ließ vermuten, dass es ihm gefallen hatte …

»Geh nach Hause«, empfahl Jenya ihm und trat an Brays Seite, die beiden Klingen aus Astarstahl zur Abwehr erhoben. »Du willst nicht, dass ich dir diese in den Schlund stecke, oder?«

»Nein«, gab der Bärtige zu. »Aber ich glaube auch nicht, dass meine Kameraden das zulassen würden.«

Als wäre dies das vereinbarte Stichwort, huschten noch mehr Gestalten aus Rauch und Zwielicht heran, die alle nicht weniger abgerissen und grob aussahen als ihr Anführer – Tagelöhner, die sich bis gestern noch für ein paar Kupferstücke an den Kais verdungen hatten. Alle waren bewaffnet, die einen mit Klingen, andere mit tumben Totschlägern, an denen noch Blut und Haar ihrer bedauernswerten Opfer klebten.

Bray sog nach Luft. Rasch zog auch sie den Dolch, den sie einem toten Wachsoldaten genommen hatte – der Anführer der Meute lachte nur. »Pass auf, Mädel, du wirst dir sonst noch wehtun.«

»Das Risiko gehe ich ein«, versicherte Bray.

Der andere grinste, während seine Leute näher traten. Von einem Augenblick zum anderen waren Bray und die Astara eingekreist. Jenya stieß eine leise Verwünschung aus. Mit fünf oder sechs Gegnern wäre sie wohl fertiggeworden, aber nicht mit zwei Dutzend …

»Hast du es mit dem Sterben so eilig?«, fragte sie den Anführer und taxierte ihn scharf.

»Nicht unbedingt«, versicherte dieser, wobei er dämlich weitergrinste, die Zunge schwer vom Alkohol. »Aber ich bezweifle auch, dass du uns alle töten kannst.«

»Für dich würde es reichen.«

»Vielleicht – und dann würden meine Leute euch in Stücke reißen«, sagte der Anführer voraus. »Glaub mir, Weib, wir haben heute Nacht schon genug reiche Ratten erschlagen. Auf ein paar mehr oder weniger kommt es uns nicht mehr an.«

»Wir sind nicht reich«, beeilte sich Bray zu versichern. »Ich bin aus Darlik, genau wie ihr.«

»Vielleicht, vielleicht auch nicht.« Der andere grunzte. »Darauf kommt es nicht mehr an. Ich werde euch sagen, was jetzt passiert: Ihr werdet die Waffen niederlegen, und dann werdet ihr sehr, sehr freundlich sein – zuerst zu mir, und dann zu meinen Freunden. Dann hat jeder seinen Spaß, und ihr bleibt am Leben.«

»Glaubst du, dass wir danach noch am Leben bleiben wollen?«, fragte Bray voller Abscheu.

»Oh, eine stolze Kriegerin.« Das Grinsen des Bärtigen wurde noch breiter, während er an seinem Hosenstall zu nesteln begann. »Umso besser, das macht das Vergnügen noch …«

Weiter kam er nicht.

Indem sie sich um ihre eigene Achse drehte, sprang Jennara vor und schlug zu. Mit einem hellen Flirren schnitt der Astarstahl durch die Luft, traf den Mann in der Mitte der Halsbeuge und trennte ihm den Kopf vom Rumpf. Mit einem hässlich banalen Geräusch landete das noch immer grinsende Haupt auf dem Boden. Der kopflose Torso blieb noch einen Augenblick stehen, dann kippte er nach hinten. Jenya würdigte ihn keines Blickes mehr – sie hatte sich bereits den anderen Gesetzlosen zugewandt und taxierte sie aus ihren grünen, zu Schlitzen verengten Augen.

»Wer möchte der Nächste sein?«, fragte sie dazu.

Keiner der Kerle schien erpicht darauf, von ihrer Klinge ereilt zu werden, entgeistert starrten sie auf das herrenlose Haupt ihres Anführers. Aber wenn die Astara gehofft hatte, dass sie sich von Grauen geschüttelt zur Flucht wenden würden, hatte sie sich geirrt. Ob es am Alkohol lag, dem sie zugesprochen hatten, oder an all dem Grauen, den sie in dieser Nacht bereits gesehen hatten und das sie gleichgültig gemacht hatte – die Männer machten keine Anstalten zu fliehen.

Stattdessen fassten sie ihre Waffen fester und schienen entschlossen, sich von den Frauen zu holen, was ihr Anführer ihnen versprochen hatte.

»Jenya?«, fragte Bray. Inzwischen standen sie Rücken an Rücken, von den geifernden Kerlen umgeben.

»Ich weiß«, versicherte die Astara. »Wir werden unsere Haut teuer verkaufen – aber wir werden unterliegen.«

»Danke«, flüsterte Bray. »Für alles.«

»Gern geschehen.«

Einer der Kerle riss den fast zahnlosen Mund zu einem lauten Kampfschrei auf, den die anderen grölend beantworten. Instinktiv wollte Bray zurückweichen, aber sie konnte nicht. Die Klingen und Totschläger erhoben und die Zähne wie Raubtiere gefletscht wollten die Raufbolde vorrücken, um sich mit Gewalt zu nehmen, was die beiden Frauen ihnen verweigerten – als etwas Unerwartetes geschah.

Reihum traten hinter den Gesetzlosen plötzlich graue Gestalten aus dem Zwielicht. Lautlos wie Schatten huschten sie heran – und noch ehe die tumbe Meute begriff, was geschah, sanken die Ersten schon leblos nieder.

Die Gestalten, die in weite Umhänge gehüllt waren und Tücher vor den Gesichtern trugen, die nur schmale Sehschlitze frei ließen, handelten blitzschnell und kaltblütig. Rasiermesserscharfe Klingen blitzten im Morgenlicht, durchtrennten Kehlen und durchbohrten Herzen.

Brays Verstand hatte Mühe, Schritt zu halten. Eben noch hatten diese Männer Jenya und sie vergewaltigen wollen – und jetzt lagen sie in ihrem Blut, niedergestreckt von einem ebenso unheimlichen wie gnadenlosen Gegner, der ihr kaum weniger gefährlich erschien …

»Wer seid ihr?«, fragte Jennara, der es nicht anders zu gehen schien. Ihre Schwerter hielt sie noch immer zur Abwehr erhoben.

»Ganz ruhig, Tochter der Astari«, erwiderte einer der Vermummten und trat vor. Er war maskiert wie die anderen, hatte jedoch nur noch ein Auge – das andere war durch eine metallene Kugel ersetzt worden, die ihm ein schauriges Aussehen verlieh. »Wir sind nicht Euer Feind.«

»Wer seid Ihr dann?«, wollte Bray mit bebender Stimme wissen. »*Was* seid Ihr?«

»Seltsam, dass ausgerechnet du diese Frage stellst«, wandte sich der Vermummte an sie, und es klang, als würde er unter der Maske grinsen. »Denn du bist es, die uns gerufen hat – und die Unsichtbaren sind deinem Ruf gefolgt.«

23

Eiserne Zitadelle, Skaradag
Zur selben Zeit

Ein letztes Mal war Salacar-Syn an das Fenster seines Gemachs getreten und starrte hinaus auf das Flammenmeer, in dem die Stadt des Salzes versank und das sich beinahe über ganz Rikstedt erstreckte, von der Eisernen Zitadelle im Zentrum bis hinab zum Hafen. Die Hitze war bis zu ihm herauf zu spüren, bitterer Brandgeruch brannte in seiner Nase.

Zwar war die Zitadelle schon tags zuvor vom aufgebrachten Volk gestürmt worden, jedoch war es Salacars Schergen gelungen, die Aufständischen von dem Eckturm fernzuhalten, in dem sich sein Quartier befand – ob dies daran lag, dass der Pöbel die Macht des Ordens fürchtete, oder nur einfach daran, dass sich der Zorn der Massen vor allem gegen die Oberen der Stadt richtete, wusste Salacar nicht. Nur eines war ihm klar geworden: dass er von Glück sagen konnte, dem Sturm, der über Skaradag hinwegfegte, entgangen zu sein.

Osric Jarnhant, der gefürchtete Stadtmarschall, war tot, ebenso wie Magistrat Gulfullur, den die entfesselten Massen bei lebendigem Leibe zerfetzt hatten.

Auch mit den Saligern, die versucht hatten, sich im Burgfried der Zitadelle zu verschanzen, hatte es ein schlimmes Ende genommen – einige waren von den Zinnen des Turmes gestürzt worden, andere hatte man in den Innenhof geführt und dort regelrecht hingerichtet. Die kopflosen Körper, die noch immer den Hof übersäten, legten davon ein erschütterndes Zeugnis ab.

Was dazu geführt hatte, dass das Volk revoltierte, dass die Armen das Joch der Unterdrückung abschüttelten und sich gegen ihre reichen Herren wandten, wusste der Großexekutor nicht. Seine Spitzel hatten ihm Berichte über eine Hinrichtung zugetragen, die vor den Mauern der Zitadelle hatte vonstattengehen sollen und die wohl außer Kontrolle geraten war. Bisweilen bedurfte ein Fass, welches bereits bis zum Rand gefüllt war, nur noch eines winzigen Tropfens, um überzulaufen. Dieser Tropfen war wohl gefallen – und Salacar hatte nicht vor zu warten, bis die entfesselte Flut auch ihn erfassen und hinfortreißen würde …

»Seid Ihr bereit, ehrwürdiger Syn?«

Jadissa war eingetreten, Salacars rechte Hand. Als Exekutorin bekleidete sie das Amt, das Salacar selbst ausgefüllt hatte, als Thorgon-Syn noch Großexekutor von Morwa gewesen war. Nun war er auf den Posten nachgerückt – und Jadissa mit ihm …

»Bereit«, erklärte Salacar, der bereits die Rüstung trug und den schwarzen Umhang darüber. Sie hatten beschlossen, dass der frühe Morgen der beste Zeitpunkt wäre, um die Stadt zu verlassen – dann, wenn sich die Raserei der Menge erschöpft hätte und ihr Blutdurst nach einer ersten Pause verlangte …

»Die Ordensdiener werden einen dichten Kordon um Euch bilden, ehrwürdiger Syn«, kündigte Jadissa an. Pechschwarzes Haar, das glatt zurückgekämmt und zu einem strengen Zopf geflochten war, umrahmte ihre bleichen, scharf geschnittenen Züge, die Salacar stets an einen Falken erinnerten. Dennoch war die Exekutorin – eine der wenigen, die im Orden ihren Dienst versahen – auf eine eigentümliche, verstörende Weise schön … »Jeder von ihnen ist bereit, Euch unter Einsatz seines Lebens zu beschützen«, versicherte sie.

Salacar nickte.

Es war selbstverständlich und eigentlich auch keiner Erwähnung wert, dass die Wachen den Großexekutor nötigenfalls auch mit ihren Körpern zu schirmen hatten – es war ihre Pflicht, und sie hatten einen feierlichen Eid darauf geleistet. Jadissa erwähnte es nur aus einem Grund: Weil sie durchblicken lassen wollte, wie sehr ihr das Leben ihres Vorgesetzten am Herzen lag – während sie wohl gleichzeitig hoffte, dass sich ein Pfeil oder Brandgeschoss verirren und dem amtierenden Syn ein ebenso jähes wie unerwartetes Ende bescheren möge.

Salacar nahm es ihr nicht übel.

Auch er hatte stets auf seine Chance gelauert, Thorgon in seinem Amt zu beerben und auf den Posten des Großexekutors nachzurücken. Macht, das lehrte der Orden, war das einzige Mittel zur Durchsetzung von Willen – was nicht bedeutete, dass Salacar den Ehrgeiz seiner Untergebenen unwidersprochen hinnehmen musste …

»Danke, Jadissa«, sagte er, während er sich bereits zum Gehen wandte. »Es beruhigt mich, die Männer geschlossen hinter mir zu wissen – so wie es mich beruhigen wird, Euch statt meiner in Skaradag zu wissen.«

»E-ehrwürdiger Syn?« Unverständnis zeigte sich in Jadissas strengen Zügen, in denen sich der Widerschein der Feuer spiegelte.

»Ihr habt mich verstanden. In Anbetracht der Lage ist es dem Orden der Exekutoren unmöglich, die Stellung in Skaradag zu halten – ich werde mich daher nach Morwa zurückziehen und von dort aus den Rat informieren. Jemand muss jedoch in Skaradag verbleiben und die Lage für mich im Auge behalten – und ich könnte mir niemanden vorstellen, der dafür besser geeignet wäre als Ihr, Exekutorin Jadissa.«

»Ehrwürdiger Syn.« Die Untergebene verbeugte sich ergeben – der Widerstand war ihrer Stimme jedoch anzumerken.

»Es ist mir gelungen, den Fuß des Ordens in die Tore dieser Stadt zu setzen – diesen Triumph werde ich mir gewiss nicht von einer Meute hergelaufenen Pöbels nehmen lassen. Dort draußen« – er deutete zum Fenster hinaus – »entsteht das Fundament eines neuen Turmes, ein Monument neuer Macht, und daran wird sich nichts ändern, ganz gleich, was mit dieser Stadt geschieht und wer darüber herrscht. Habt Ihr das verstanden?«

»Ja, ehrwürdiger Syn.«

»Bleibt hier und verbergt Euch, solange Ihr müsst. Doch sobald die Lage es erlaubt, tretet auf als mein verlängerter Arm und Wille, und macht den Oberen der Stadt, wer immer sie dann sein mögen, klar, dass der Orden der Exekutoren Fuß gefasst hat in Skaradag und sich nicht wieder zurückziehen wird.«

»Ja, ehrwürdiger Syn.«

Jadissa verbeugte sich, und Salacar konnte sehen, dass ihr Widerstand erloschen war. Als treue Anhängerin des Ordens würde sie tun, was von ihr verlangt wurde – und womöglich verlor sie bereits den einen oder anderen Gedanken daran, Großexekutorin von Morwa zu werden, wenn Salacar erst in den dann neu errichteten Turm von Skaradag einzog. So jedenfalls, dachte Salacar bei sich selbst, hätte er wohl gedacht …

»Wir werden sehen«, sagte er, als lägen die Gedanken seiner Stellvertreterin tatsächlich wie ein offenes Buch vor ihm. Dann verließ er die Kammer und ließ Jadissa zurück, stieg die Treppen hinab zu seinen Wachen, die unten auf ihn warteten.

Und durch eine Welt, die aus den Fugen war und lichterloh brannte, trat der Großexekutor von Morwa die Flucht an, wissend, dass eine neue Zeit begonnen hatte.

DRITTES BUCH

Die Klippen von Tårannok

1

Palast von Altashar
Acht Tage später

Erneut war der Hohe Rat einberufen worden, zu nächtlicher Stunde und nur im Beisein der Räte und der königlichen Leibwächter. Astyragis, der wie immer auf dem Thron saß, wirkte noch abwesender als sonst, und Hilalayan begann sich zu fragen, ob es am vielen Wein lag, den der König trank, oder ob sich eine allgemeine, noch viel tiefer gehende Lethargie des Herrschers bemächtigt hatte. Eine Lethargie, die sich aus Melancholie und Einsamkeit speiste und aus der weder der Alkohol noch die Sklavinnen, die ihm zugeführt wurden, einen Ausweg boten. Dabei hatte der Hofmarschall erwartet, den König gerade in dieser Nacht wach und aufmerksam vorzufinden, denn die Beratung, die in diesen Augenblicken begann, würde von grundlegender Bedeutung sein: Die Kundschafter, die man in die Garnison von Makashar entsandt hatte, waren am Abend zurückgekehrt, und ihr Bericht mochte über das Wohl und Wehe von ganz Ostragien entscheiden …

Als die Tür des Thronsaals geöffnet wurde und der Anführer des Spähtrupps eintrat, erhob sich Hilalayan. Nicht so sehr, um dem Mann Ehre zu erweisen, als vielmehr, weil er sich das Heft des Handelns diesmal nicht aus den Händen nehmen lassen wollte.

»Im Namen seiner Majestät heiße ich Euch willkommen«, ergriff er traditionsgemäß das Wort, nachdem der Späher sich vor dem König verbeugt und seinen Respekt bezeugt hatte. »Wir hoffen, Ihr hattet eine gute Reise?«

»Danke, Exzellenz«, bestätigte der Offizier, ein Hauptmann aus den Reihen der Sturmreiter, und verbeugte sich abermals, wenn auch weniger tief als zuvor. Er schien bislang kaum dazu gekommen zu sein, sich von den Strapazen des langen Rittes zu erholen oder auch nur umzukleiden. Den schwarzen Burnus, an dem die Sturmreiter weithin zu erkennen waren, hatte er abgelegt, doch trug er noch das Hemd aus Kettengeflecht; als er das Gesichtstuch löste, kamen darunter bärtige, von Schlafmangel und Entbehrung gezeichnete Züge hervor.

»Was also habt Ihr zu berichten?«

Es war nicht Hilalayan, der gefragt hatte, sondern Xusra, der sich ebenfalls erhoben hatte und einmal mehr über die Gepflogenheiten hinwegsetzte, die für ihn ohnehin keine Bedeutung mehr zu besitzen schienen.

Hilalayan merkte, wie Gadates ihm einen Blick zuwarf, doch er missachtete es geflissentlich. Natürlich, er hatte dem alten Wesir die Hand zum Bündnis gereicht … aber das war *vor* der Unterredung gewesen, die Xusra und er im Drachenbad gehabt hatten. Wenn Gadates tatsächlich für die Flucht von Prinz Nawyd verantwortlich war, wie der Hohepriester behauptete, so konnte es nicht in Hilalayans Interesse liegen, sich mit einem Mann zu verbünden, dessen Stern derart im Sinken begriffen war …

Er verzichtete darauf, Xusra für den neuerlichen Verstoß gegen die Tradition zurechtzuweisen und hoffte, dass dieser es als Zeichen guten Willens verstehen würde. Auch Hilalayan richtete seinen fragenden Blick auf den Späher.

»Majestät, in Makashar hat man Kunde aus Vanheim erhalten. Demnach befand sich die Festung nicht mehr in unserer Hand, als die Expedition aus Yarowa eintraf. Das Banner von Altashar wehte nicht mehr über den Zinnen, die Besatzung wurde offenbar getötet, denn von ihr fehlt jede Spur.«

»Ha!«, machte Xusra und ballte in einer triumphierenden

Geste die Faust, so als wäre dieser schmähliche Verlust sein größter Erfolg. Und vielleicht, dachte Hilalayan bitter bei sich, war er das ja auch tatsächlich …

»Wer?«, fragte Astyragis nur, während er stieren Blickes auf den Hauptmann glotzte – zu weiterer Äußerung war er offenbar nicht in der Lage. »Wer hat es gewagt …?«

»Man kann bislang nur vermuten«, erstattete der Späher weiter Bericht. »Offenbar ist die Situation vor Ort unklar. Jedoch wurde in den Mauern von Vanheim ein noryscher Grenzer aufgegriffen, aber …«

»Norysche Grenzer«, fiel Xusra ihm verächtlich ins Wort. »Fürwahr, die Westrier haben seltsame Vorstellungen davon, wie die Grenze zwischen den Reichen verläuft. Vanheim war von jeher ein Teil Ostragiens und wird es auch immer bleiben!«

»So … ist es«, stimmte der König zu. Selbst das schien ihn bereits immense Kraft zu kosten.

»Soldaten aus Norya also, genau wie Ihr vermutet habt, Majestät«, fuhr der Hohepriester fort, ungeachtet der Tatsache, dass wohl er selbst es gewesen war, der diese Behauptung aufgestellt hatte.

»Norya«, echote Astyragis. Seine ausdruckslosen Augen schienen immer noch mehr in den mit Malachit geschwärzten Höhlen zu versinken, sodass sie dunklen Löchern glichen – Löchern, die das Antlitz des Herrschers allmählich verschlangen.

»Deshalb wissen wir noch längst nicht, wer diese Soldaten geschickt hat und ob sie mit Archos im Bunde stehen«, wandte Gadates ein. Der Wesir des Reiches war Kämpfen niemals aus dem Weg gegangen; aber die Erfahrung seines langen Lebens hatte ihn wohl auch gelehrt, dass Kriege stets Opfer bedeuteten – und dass sie auch verloren gehen konnten …

»Ist das nicht offensichtlich?«, fragte Xusra, der diese Bedenken nicht zu hegen schien – sein Bestreben, ein Heer gegen Brückstadt zu führen und die Flamme seines Kultes auch jenseits des Bruchs lodern zu lassen, überwog alle Bedenken.

»Nein, Hohepriester, das ist es durchaus nicht«, verneinte Gadates. Auch er erhob sich nun, trotz seines Alters und seiner hageren Gestalt noch immer eine Respekt gebietende Erscheinung. »Ihr habt selbst gehört, dass die Lage vor Ort noch unklar ist. Es könnte sich auch um eine marodierende Truppe von Söldnern gehandelt haben. Oder um Soldaten, die ihre Befehle missachtet und die Grenze unerlaubt überschritten haben.«

»Und das glaubt Ihr? Wollt Ihr leugnen, dass es sich beim Überfall auf Vanheim um einen kriegerischen Akt gehandelt hat? Wenn die gesamte Besatzung massakriert und beseitigt wurde.«

»Auch das wissen wir nicht mit Bestimmtheit.«

»Was denn?« Xusra lachte auf. »Wollt Ihr behaupten, all diese Männer hätten sich in Luft aufgelöst?«

»Nein – aber ihr Verschwinden allein ist noch kein Grund, um ganz Westrien den Krieg zu erklären. Vanheim ist eine Grenzfestung, nicht mehr und nicht weniger – Brückstadt hingegen ist eine große Stadt, in der auch Unschuldige leben, Familien mit Frauen und Kindern …«

»So ist das Gesetz des Krieges«, entgegnete Xusra kaltschnäuzig. »Ich habe es nicht geschrieben.«

»Aber Ihr bringt es zur Anwendung, und das ohne Not.« Gadates wandte sich von ihm ab und direkt an den König. »Erlauchter Herrscher, großer Astyragis! Bitte bedenkt, ehe Ihr Euch der Meinung Eures Hohepriesters folgt und einen Krieg gegen das Westreich beschließt, dass Ihr Euch und das Reich in ein Abenteuer stürzt, dessen Ende in keiner Weise absehbar ist!«

»Wozu wollt Ihr seiner Majestät raten, alter Mann?«, fragte Xusra spitz. »Dazu, sich feige zu verstecken, während sein Reich angegriffen wird?«

»Nein.« Der Wesir schüttelte den Kopf, wobei er den Hohepriester keines Blickes würdigte. »Aber solange wir nicht wissen, woher der Angriff tatsächlich kam und wer ihn befohlen hat, rate ich zur Vorsicht. Seit dem Ende des Krieges und der Großen Divergenz hat sich in Astray ein zerbrechliches Gleichgewicht entwickelt, in dem sich die Mächte die Waage halten. An diesem Gleichgewicht zu rühren bedeutet auch, alles aufs Spiel zu setzen.«

»Die Worte eines alten Zauderers«, spottete Xusra.

»Die Worte eines Mannes, der alt genug ist, um sich an den Krieg zu erinnern und an das Leid, das ihm folgt«, widersprach Gadates. »Lasst Euch von diesem da nicht täuschen, mein König: Der Westen mag verletzlich und schwach wirken, zerstritten wie er ist, aber es gibt dort noch immer bedeutende Mächte. Noch mögen diese untereinander uneins sein, aber das kann sich rasch ändern, wenn ein Angriff von außen erfolgt – und diese Mächte herauszufordern, würde bedeuten, einen schlafenden Löwen zu wecken. Ich kann mir nicht vorstellen, dass Ihr das wollt, mein erlauchter König und Herrscher!«

»Hört Euch das an, Majestät«, fauchte Xusra, noch ehe Astyragis antworten konnte. »Er stellt Eure Entscheidung infrage!«

»Noch hat der König nicht entschieden«, widersprach Gadates mit Donnerstimme, die weder seinem Alter noch seiner zerbrechlich wirkenden Positur zuzutrauen war. »Als sein Wesir ist es meine Aufgabe, ihn nach bestem Wissen zu beraten – und mein Ratschlag lautet, das Reich nicht in einen Krieg zu führen, den man nicht kontrollieren kann – und womöglich auch nicht gewinnen.«

»Und wenn dies der falsche Rat ist?«, wandte Xusra ein. »Wenn eben doch Archos hinter dem Überfall auf Norya steckte und just in diesem Augenblick, während wir hier sprechen, bereits den nächsten Angriff vorbereitet? Wie wir alle wissen, sind unsere Grenzbefestigungen in Yarowa nur schwach besetzt – wenn der Feind dorthin vorstoßen würde, hätte er leichtes Spiel und könnte ungehindert durch die Steppe Richtung Makashar marschieren – es sei denn, wir kommen ihm mit einem vernichtenden Schlag gegen Brückstadt zuvor und fallen unsererseits in Norya ein.«

»Auch für einen solchen Angriffsplan gibt es keinen Beweis«, wandte Gadates ein.

»Und deshalb wollt Ihr einfach nichts tun und abwarten?«, keifte Xusra dagegen.

Beide schwiegen und starrten sich an, die Luft im Thronsaal schien zu gefrieren. Und während der König dem Streit seiner obersten Berater ohne erkennbare Teilnahme beiwohnte, hatte Hilalayan das Gefühl, dass er am meisten gewinnen konnte, wenn er für Ausgleich sorgte …

»Nun«, wandte er mit betont sanfter Stimme ein, »wenn es keine Beweise für die Pläne von Archos gibt, so lasst uns danach suchen.«

»Wie?«, blaffte Gadates ihn an. Es war offenkundig, dass der Wesir ihm sein bisheriges Schweigen übel nahm, es ihm womöglich sogar als Verrat an ihrem erst unlängst geschlossenen Bündnis auslegte.

»Indem wir Fürst Yaron befragen«, eröffnete Hilalayan. »Als Vetter König Elayans sollte er in die Kriegspläne von Archos hinreichend eingeweiht sein, wenn es sie denn gibt.«

»Und Ihr denkt, er wird uns alles sagen, wenn wir ihn nur freundlich darum bitten?«

»Das sicher nicht«, gab der Hofmarschall mit mattem Lächeln zu. »Ein wenig … Überredungskunst von unserer Seite wird dafür wohl erforderlich sein.«

»Einverstanden!«, pflichtete Xusra bei – Hilalayan hatte angenommen, dass dies ein Vorschlag nach dem rachsüchtigen Geschmack des Hohepriesters war.

Gadates allerdings wand sich mit Grausen. »Ihr wollt einen

Mann gefangen nehmen und foltern, der als offizieller Gesandter seines Herrschers bei uns weilt? Ihr wollt das Gastrecht, eine der ältesten und heiligsten Traditionen Ostragiens, derart mit Füßen treten?«

»Ungern natürlich«, räumte Hilalayan bereitwillig ein, »aber wenn es der Wahrheit dient … Solange wir nicht wissen, ob Archos dahintersteckt, sollten wir nichts gegen Westray unternehmen, das habt Ihr selbst gesagt. Also brauchen wir Gewissheit, oder nicht?«

»Nicht auf Kosten unserer Ehre und all dessen, was unseren Ahnen heilig war«, entgegnete der Wesir verdrießlich und verschränkte demonstrativ die Arme vor der schmalen Brust. »Der große Artaban hätte das niemals zugelassen«, fügte er hinzu und sandte dem Hofmarschall einen Blick, der so strafend war, dass er nicht anders verstanden werden konnte denn als Aufkündigung ihres noch jungen Bundes.

Hilalayan fühlte sich unwohl unter diesem Blick und seltsam elend, doch darauf konnte er keine Rücksicht nehmen. In Zeiten wie diesen musste jeder auf sich selbst achten …

»Ich bitte Euch, Gadates«, sagte er. »Bedenkt, was auf dem Spiel steht!«

»Nichts anderes tue ich«, versicherte der Wesir, und zumindest für einen kurzen Augenblick bewunderte Hilalayan ihn für seine Standhaftigkeit. »Macht gemeinsame Sache mit dem Priester, wenn Ihr müsst. Verratet die Werte und Traditionen unseres Volkes – aber verlangt nicht von mir, dass ich mich daran beteilige.«

»Das müsst Ihr nicht, werter Wesir«, versicherte Xusra von der anderen Seite des Runds. »Der König wird nichts dagegen einzuwenden haben, wenn Ihr Euch aus dem Rat zurückzieht – und keiner von uns wird schlecht von einem Mann denken, der die besten Jahre seines Lebens in den Dienst des Reiches gestellt hat und sich nun auf sein Altenteil zurückzieht.«

»Das könnte Euch so passen.« Gadates lachte auf, und seiner ältlichen Erscheinung zum Trotz glomm plötzlich ein jugendliches Feuer in seinen Augen. »Gebt Euch keinen Illusionen hin, Priester! Ich werde nicht weichen, weder vor Euch noch vor dem Eunuchen, der schlangengleich mit doppelter Zunge spricht. Mein Platz ist an der Seite meines Königs!«

»Gadates!«, versuchte Hilalayan ihn zur Ordnung zu rufen. »Ich bitte Euch, tut das nicht! Sucht nicht die Konfrontation ...«

»Ich wünschte, ich müsste es nicht, aber ich kann nicht anders«, war der Wesir überzeugt. »Mein König, als Euer Wesir und einstiger Lehrer, als Ratgeber, der bereits Eurem Bruder diente, ersuche ich Euch, den Plänen des Hohepriesters Einhalt zu gebieten! Xusra mag vorgeben, für Euch und das Reich zu sprechen, doch in Wahrheit ist er nur daran interessiert, seine eigene Macht zu mehren!«

»Was sagt Ihr da? Hütet Eure Zunge!«, zischte Xusra erbost.

»Einen Krieg zu führen, sollte niemals der erste Schritt eines Herrschers sein, sondern stets nur der letzte! Bedenkt, was Ihr damit wagt! Es gibt andere Möglichkeiten, die Grenzen des Reiches zu sichern, ohne dass Hunderte oder gar Tausende dafür sterben müssen!«

»Das ... ist wahr«, ließ Astyragis sich vernehmen, leise und nachdenklich, so als müsste jedes einzelne Wort zunächst den Weg aus dem Labyrinth seiner Gedanken finden.

»Setzt nicht leichtfertig aufs Spiel, was Euer Bruder, der große Artaban, geschaffen hat! Denkt daran, dass Ihr der Ehre des Hauses pan Tyras verpflichtet seid!«

Die Worte schienen den König wachzurütteln.

Mit einem Mal wirkte er nicht mehr ganz so abwesend, der Fokus seines Blicks schien wieder im Hier und Jetzt zu liegen, dem Wein zum Trotz. »Ehre«, bestätigte er heiser – zumindest daran schien ihm gelegen zu sein.

»Majestät«, keifte Xusra, »mit Verlaub, Ihr habt es nicht nötig, Eure Ehre von jemandem infrage stellen zu lassen, der selbst ehrlos gehandelt hat!«

»Was faselt Ihr da?«, knurrte Gadates.

»Ihr wollt, dass ich es laut ausspreche? Wir alle hier wissen, dass des Königs verräterischem Neffen Nawyd pan Tyras die Flucht aus dem Kerker nur mit fremder Hilfe gelingen konnte – doch was, denkt Ihr, wird seine Majestät der König sagen, wenn er erfährt, dass Ihr es wart, der Nawyd befreit hat?«

»Was?«, schnappte Astyragis. Die Augen in seinen dunklen Höhlen weiteten sich.

Auch Hilalayan war überrascht – hatte Xusra die noch ausstehenden Beweise gefunden? Oder setzte der Hohepriester in diesem Moment nur einfach alles auf eine Karte?

»Ist das wahr, Gadates?«, verlangte der König nun zu wissen. Die Art und Weise, wie er jedes einzelne Wort betonte, ließ vermuten, wie schwer es ihm fiel, sich zu konzentrieren, gerade so, als ob er in sich unter einem magischen Bann befände.

Der hagere Körper bebend, die knochigen Hände zu Fäusten geballt – so stand Gadates vor seinem Herrscher. Natürlich hätte er alles abstreiten können, zumal Xusra seine Anschuldigung vermutlich nicht einmal beweisen konnte …

Aber er tat es nicht.

»Ja, es ist wahr, mein König«, bestätigte er. »Ich habe Nawyd aus seinem Kerker befreit – aber nicht, weil ich ihn für unschuldig hielt oder das Gesetz nicht anerkennen würde. Was Nawyd getan hat, ist unverzeihlich, denn auch er hat das Gastrecht verletzt und seine Klinge mit unschuldigem Blut befleckt. Doch als treuer Diener des Hauses Tyras konnte ich nicht zulassen, dass des Artabans Sohn den *hadathani* übergeben wird, ausgeliefert wie ein gemeiner Verbrecher. Nawyd mag große Schuld auf sich geladen haben, aber er ist ein Prinz von königlichem Geblüt, und ebenso wie seine Schwester darf auch er keine Figur in dem Spiel sein, das Euer mondgesichtiger Hofmarschall spielt, noch der machthungrige Hohepriester!«

»Seht Euch vor mit dem, was Ihr sagt«, riet Xusra ihm.

»Oh nein.« Gadates schüttelte den Kopf. »Ich habe viel zu lange geschwiegen, Hohepriester, habe schweigend dabeigestanden und zugesehen, wie Ihr das Herz unseres Königs mit Euren Worten und Gedanken vergiftet habt. Und dabei ist es Euch stets nur um Euch selbst gegangen, darum, die Flamme Eurer unseligen Religion, die schon so vielen Menschen einen grausamen Tod gebracht hat, auch in Westray lodern zu lassen – und ich hoffe, nein, ich bete zu den alten Göttern, dass Eure Pläne misslingen und Ihr am Ende dasselbe Schicksal erleiden möget, das Ihr so vielen Unschuldigen habt zukommen lassen!«

»Das reicht!«, fiel Xusra ihm ins Wort, so laut und keifend, dass sich seine Stimme überschlug. »Habt Ihr es gehört, mein König? Er hat gestanden, sich Eurem direkten Befehl widersetzt zu haben und ein Hochverräter zu sein – und schlimmer noch, ein Blasphemist, der die Wahrheit der Ewigen Flamme leugnet! Wir alle wissen, dass dieses schrecklichste aller Verbrechen nur eine Ahndung kennt …«

»Ich bin Wesir des Reiches und ein treuer Diener des Hauses Tyras!«, schrie Gadates über das Keifen des Hohepriesters hinweg. »Nur Astyragis der Löwe, Herrscher von Altashar und König von Ostragien, Bewahrer der Traditionen und Hüter von Isos, darf über mich ri…«

Das letzte Wort ging in einen gellenden Schrei über – und im nächsten Moment geschah das, was Hilalayan längst befürchtet hatte. Gadates, der aufrecht vor seinem König gestanden hatte, krümmte sich plötzlich wie unter heftigen Schmerzen und schrie entsetzlich, als das Feuer in seine Eingeweide fuhr.

Schon einen Herzschlag später war es unmöglich zu sagen, was zuerst gebrannt hatte. Die Flammen schlugen aus Gadates' Augenhöhlen, und auch sein Körper brannte plötzlich lichterloh, seine Kleidung, selbst der Turban auf seinem Haupt.

Doch statt schreiend hin und her zu rennen, wie Hilalayan es bei anderen gesehen hatte, die Xusras Flammenblick zum Opfer gefallen waren, blieb der alte Wesir auf der Stelle stehen. Sein Geschrei war verstummt. Gespenstisches Schweigen trat ein, nur noch das Fauchen der Flammen war zu hören. Der brennende Turban fiel von Gadates' Haupt und rollte über den Boden davon.

»Haltet ein, Hohepriester!«, rief Astyragis, der erst jetzt wirklich zu begreifen schien, was geschah. »Löscht die Flammen!«, rief er seinen Leibwächtern zu. »Löscht sie …!«

Als zwei Männer mit Wasser kamen, war Gadates – oder das, was noch von ihm übrig war – bereits in die Knie gebrochen. Sie schütteten es über ihn, und die Flammen erloschen.

Gadates fiel hintenüber und blieb reglos liegen – ein rauchendes, verbranntes Bündel Mensch.

Hilalayan schluckte sein Entsetzen hinunter, zusammen mit dem grässlichen Gestank von verbranntem Fleisch, der die Luft im Thronsaal tränkte. Rasch eilte er zu dem entsetzlich zugerichteten Wesir, mit dem er noch vor wenigen Tagen ein Bündnis zu schließen hoffte – nun war vom ehrwürdigen Gadates nichts mehr übrig geblieben als eine verbrannte Hülle, die Gliedmaßen wenig mehr als verkohlte Stümpfe.

Und dennoch war noch Leben in ihm …

»Gadates!« Hilalayan fiel bei ihm nieder. Die leeren, ausgebrannten Augenhöhlen des Wesirs schienen ihn anzustarren.

Der zu Tode Verwundete stöhnte. Sein Schmerz musste weit jenseits von dem sein, was ein Mensch ertragen konnte, dennoch schien er sprechen zu wollen.

Sein Mund öffnete sich, die verbrannten Lippen suchten ein Wort zu formen …

»Ja?«, fragte Hilalayan und beugte sich dicht über ihn.

»Na… Nawyd«, drang es tonlos und kaum verständlich aus der Kehle des Sterbenden. »Nehmt Euch … seiner …«

Dann verstummte Gadates.

Der ehrwürdige Wesir von Altashar war tot.

2

Vergessene See, westlich des Nifelgebirges
Zur selben Zeit

Er wurde Nogen gerufen.

Allerdings bezweifelte Bray, dass dies sein wirklicher Name war, denn in der bordischen Sprache bedeutete dieses Wort schlicht »irgendwer«, und es passte gut zu jemandem, der sein Gesicht stets unter einer Maske verbarg.

Rayan hatte nicht übertrieben. Die Münze mit dem Loch, von der er einmal gesagt hatte, er hätte sie von niemandem bekommen, war ungleich mehr als ein Glücksbringer oder Talisman. Es war das Zahlungsmittel einer Gemeinschaft, die außerhalb der in Astray herrschenden Mächte existierte; die sich weder dem Ost- noch dem Westreich zugehörig fühlte und die nach ihren eigenen Regeln lebte. Nur wenige dieser Münzen wurden ausgegeben, gewöhnlich nur dann, wenn ein Mitglied der Gemeinschaft jemandem von außerhalb sein Leben verdankte; und die Dienstleistungen, die man damit erwerben konnte, waren entsprechend einzigartig: Sie reichten von Raub und Schmuggel bis hin zu Entführung und Mord. Oder sie konnte auch darin bestehen, zwei Frauen aus der brennenden Stadt Skaradag nach Tårannok zu bringen.

Anders als die Diebeszunft der Krähen, der Bray einst angehört hatte, waren Nogen und seine Leute jedoch mehr als nur eine verschworene Gemeinschaft mit dem Ziel, sich zu bereichern. Sie nannten sich die »Unsichtbaren«, und das waren sie auch, denn stets verbargen sie ihre Gesichter unter Tüchern und Kapuzen, die nur die Augen frei ließen, und die Flagge, die am Hauptmast ihres Schiffes flatterte, war so schwarz wie die Nacht – keine andere Farbe, kein Wappen, kein Symbol. Wer das Antlitz eines Unsichtbaren sah, so hieß es, hatte sein Leben verwirkt, und Bray bezweifelte nicht, dass Nogen und die Seinen es tatsächlich so hielten.

Sie hatte von den Unsichtbaren gehört – die Kaufleute hatten manchmal von ihnen gesprochen –, sie jedoch stets für eine Ausgeburt allzu lebhafter Ängste gehalten. Doch wie sie nun feststellen musste, entsprach alles der Wahrheit.

Die Unsichtbaren existierten.

Und Rayan war ihr Freund gewesen.

Wann, so fragte sich Bray, während sie am Bug des Seglers stand, der die grauen Wellen der See durchpflügte, würde der Sänger jemals aufhören, sie zu überraschen?

»Warum Tårannok?«, fragte eine Stimme neben ihr.

Sie schaute auf. Kapitän Nogen war zu ihr getreten, wie immer in seinen dunkelgrauen Mantel gehüllt, die Gesichtszüge unter dem schwarzen Tuch verborgen. Sein verbliebenes Auge sah prüfend auf sie herab. An den Anblick des anderen, das durch eine Metallkugel ersetzt worden war und schaurig schimmerte, hatte Bray sich inzwischen gewöhnt.

»Warum nicht?«, fragte sie ein wenig hilflos dagegen – schließlich kannte sie die Antwort selbst nicht wirklich.

»Bist du je dort gewesen?« Der Unsichtbare, dessen Stimme ein wenig klang wie das Knirschen von altem Leder, entblößte die Zähne zu einem Grinsen. »Ist ein hässlicher Flecken Erde.«

»Wenn schon.« Bray zuckte mit den Schultern. »Die Dana und ich müssen dorthin.«

»Sie ist eine Sterngeborene, oder?«

Sterngeborene – so wurden die Astari im Süden genannt. Obwohl er aus Bordland stammte, schien der Kapitän, dessen Alter unmöglich zu schätzen war, weit herumgekommen zu sein.

»Und wenn?« Sie versuchte zu erkennen, was hinter der Maske vor sich ging.

Vergeblich.

Nogen lachte leise und knirschend. »Du brauchst keine Angst vor mir zu haben, Kleine – das Ding um deinen Hals schützt dich und deine Freundin. An Bord dieses Schiffes seid ihr sicher, darauf habt ihr mein Wort.«

»Danke«, sagte Bray, wenn auch nicht sehr überzeugt. Obwohl sie schon zwölf Tage mit den Unsichtbaren reisten, konnte sie sich an die Gesellschaft so vieler bis an die Zähne bewaffneter und zur Unkenntlichkeit vermummter Gestalten nicht recht gewöhnen.

Außerdem – auch wenn sie ihnen geholfen und sie von Skaradag fortgebracht hatten: Die Unsichtbaren waren ruchlose Mörder und Piraten, die kein Gesetz kannten und nur ihren eigenen Regeln folgten. Kein Wunder, dass der Anblick der durchlöcherten Münze bei einigen Seeleuten Furcht ausgelöst hatte …

Nogen lachte wieder – ein Lachen ohne Freude, aber, soweit Bray es sagen konnte, auch ohne Hinterlist. Sie wandte sich wieder der schaumgekrönten See zu, in deren Dünung der Bug des Seglers sich hob und senkte. Es wäre ihr lieber gewesen, wieder mit ihren Gedanken allein zu sein, aber der Kapitän blieb unbeirrt bei ihr, still wie ein Schatten.

»Darf ich Euch etwas fragen?«, sagte Bray deshalb. Das Schweigen war ihr unangenehm.

»Natürlich – aber ich kann nicht versprechen, dass irgendwer antwortet.«

Ein freudloses Grinsen huschte über Brays Züge – die Unsichtbaren gefielen sich darin, solche Wortspiele zu treiben. Aber womöglich war es für sie auch mehr als nur ein Spiel. Vielleicht waren sie tatsächlich überzeugt, nicht mehr für sich selbst zu existieren und nur noch ein Teil der Gemeinschaft zu sein …

»Wie habt Ihr von der Münze erfahren? Und wie uns gefunden?«

»Die Unsichtbaren kennen Mittel und Wege, sich zu informieren«, entgegnete der Vermummte unbestimmt. »Wir haben Augen und Ohren in jeder Stadt und jedem Hafen.«

»Auch in einer Stadt im Aufruhr?«

»Gerade in einer Stadt im Aufruhr«, versicherte er, und einmal mehr kam es ihr vor, als würde das Gesicht unter der Maske grinsen. »Als die Revolte begann, ließ ich Segel setzen und vor der Küste kreuzen. Wir beobachteten aus sicherer Entfernung, was auf dem Festland vor sich ging, und bereiteten uns darauf vor, an Land zu gehen und zu ernten.«

»Zu plündern«, drückte Bray es weniger freundlich aus.

»Hätten wir es nicht getan, wären wir nicht zur Stelle gewesen, um euch zu retten«, hielt Nogen dagegen. »Ein Informant kam zu mir und berichtete von zwei Frauen, die eine Lochmünze dabeihätten – und wir handelten.«

»Und dafür sind wir Euch dankbar.«

Nogen nickte. »Darf ich dich auch etwas fragen?«

»Natürlich – aber ich kann nicht versprechen, dass Bray antwortet«, versetzte sie mit keckem Lächeln.

»Sagt dir der Name Lahad etwas?«

Bray war verblüfft. »Sollte er das?«

»Hör auf, mit mir zu spielen, Kleine«, beschied der Kapitän ihr ernst. »Lahad ist der Name des Mannes, der dir diese Münze gegeben hat. Es ist ein Copredo* – Lahads Währung.«

Bray nickte – der Geheimbund der Unsichtbaren schien also aus vielen Kapitänen und Schiffen zu bestehen. Und jeder von ihnen schien seine Rechnungen in seiner eigenen Währung zu begleichen … Gleichzeitig durchschaute sie noch einen anderen Zusammenhang, denn das wenige Besso, das sie von fremden Kaufleuten aufgeschnappt hatte, genügte,

* Kupfermünze aus Bessos

um zu verstehen, dass *lahad* »niemand« bedeutete – und hatte Rayan nicht gesagt, dass ihm die Münze »von niemandem« gegeben worden sei?

So hatte der alte Fuchs das also gemeint.

»Lahad«, wiederholte sie.

Der andere nickte.

»Habt ihr alle solche vielsagenden Namen?«

»Unsichtbare haben gar keine Namen – sie lassen hinter sich, wer sie einst waren. Ich heiße nicht *Irgendwer*, Kleine – ich *bin* irgendwer.«

»Ich verstehe.«

»Das bezweifle ich.« Der andere nickte. »Du bist Lahad nie begegnet, oder?«

Brays Zögern währte nur einen Augenblick – eine Lüge würde ohnehin nicht lange standhalten. Zudem befanden sie sich seit etwas mehr als einer Woche auf See. Hätten Nogen und seine Leute es darauf angelegt, ihre beiden Passagiere zu töten, hätten sie es ohnehin längst getan.

»Nein«, gab sie deshalb unumwunden zu. »Ein Freund gab mir die Münze. Er sagte, sie würde mir helfen, einst von Skaradag fortzukommen.«

»Und das hat sie getan«, bestätigte Nogen. »Wenn ein Unsichtbarer ein Versprechen gibt, so ist es, als hätten alle Unsichtbaren dieses Versprechen gegeben. Dein Freund muss Lahad einen großen Gefallen erwiesen haben – und das wiederum bedeutet, dass er tapfer und klug sein muss.«

»Das war er«, bestätigte Bray. »Beides.«

»Er ist nicht mehr am Leben.«

Bray schüttelte den Kopf. Tränen standen ihr plötzlich in den Augen – oder vielleicht war es auch nur der raue, nach Salz und Seetang riechende Wind, der um den Bug des Schiffes strich. »Sein Name war Rayan«, sagte sie leise. »Er war Sänger von Beruf – und der beste Mensch, den ich je kannte. Ein Speer aus dem Hinterhalt tötete ihn.«

»Dann möge er jetzt Frieden haben«, erwiderte der Pirat. »Als seine Erbin hat sich die Schuld der Unsichtbaren auf dich übertragen – doch ich muss dich warnen.«

Bray sah überrascht zu ihm auf.

»Die Sterngeborene – wie gut kennst du sie?«, wollte Nogen wissen. Der Blick seines einen Auges intensivierte sich.

»Was meint Ihr?«

»Niemand geht freiwillig nach Tårannok«, entgegnete der Unsichtbare düster. »Was weißt du über die Inseln des Vergessens?«

»Genug«, behauptete Bray, die keine Lust verspürte, sich Vorhaltungen machen zu lassen. Schon gar nicht von jemandem, dessen Gesicht sie noch nie gesehen hatte.

»Du weißt gar nichts«, widersprach er leise.

»Woher wollt Ihr das wissen?«

»Weil du dich nicht davor fürchtest.«

Bray sah dem Piraten prüfend in das eine Auge, während sie sich fragte, ob er es ernst meinte oder sich einen Scherz mit ihr erlaubte. Aber erneut war da keine Hinterlist zu erkennen. Dafür ehrliche Sorge.

»Sie hat es dir nicht gesagt, oder?«, fragte er und sah sie durchdringend dabei an. »Sie hat dir nicht gesagt, was für ein Ort Tårannok ist.«

»Natürlich hat sie«, widersprach Bray nicht ohne Trotz, sich an das wenige erinnernd, das Jenya ihr nach langem Drängen offenbart hatte. »Es ist ein Gefängnis.«

Nogen ließ wieder sein kehliges Gelächter hören. »Es ist sehr viel mehr als das. Auf die Insel des Vergessens werden nur jene gebracht, für die der Tod noch eine zu milde Bestrafung wäre – Königsmörder, Ketzer und noch Schlimmeres. Eingesperrt in ein dunkles Loch, fristen sie dort ein trostloses Dasein und verlieren allmählich den Verstand. Im Grunde«, fügte der Pirat flüsternd hinzu, »sind sie alle längst tot. Mit dem Unterschied, dass sie noch atmen.« Er bemerkte das Befremden, das seine Worte in Brays Zügen hervorriefen, und lachte wieder. »Aber das alles hast du ja bereits gewusst.«

»Natürlich«, behauptete Bray, auch wenn ihr klar war, dass es nicht sehr überzeugend klang.

»Und ich dachte schon, die Sterngeborene hätte dir vielleicht nicht die ganze Wahrheit bezüglich des Ziels eurer Reise gesagt. Die Krakensee ist kein Gewässer, das man leichtfertig ansteuern sollte oder in Unkenntnis der Gefahren – und Tårannok schon gar nicht.«

»Dennoch habt Ihr nicht gezögert, uns hinzubringen«, wandte Bray ein.

»Weil du Lahads Münze hattest und es dein Wunsch war«, bestätigte der Kapitän. »Und wir Unsichtbaren pflegen unsere Schulden stets bis auf den letzten Copredo zu begleichen.«

Brays einzige Antwort war ein Nicken – während ihr zugleich klar wurde, dass sie der Astara einige Fragen stellen musste.

3

Kerker von Altashar
Am Abend

Hilalayan fühlte sich elend.

Ein Gefühl wachsender Bedrückung begleitete den Hofmarschall von Altashar, während er durch die langen Gänge des Palastes schritt. Warum hatte Xusra ihn in den Kerker gerufen? Was wollte der Hohepriester von ihm?

Die Empörung des Königs wegen des grausamen Todes des Wesirs war nur von kurzer Dauer gewesen – inzwischen ließ Astyragis Xusra wieder gewähren. Nein, schlimmer noch, er war ihm hörig geworden. Und das bedeutete, dass Xusra nun die wahre Macht in Altashar in den Händen hielt.

Die Bilder des sterbenden Gadates standen Hilalayan noch immer vor Augen. Innerhalb von Wimpernschlägen war aus dem so stolzen wie unbeugsamen Reichswesir ein verbrannter Haufen Fleisch geworden, und obwohl Hilalayan wiederholt Zeuge von Exekutionen durch Feuer gewesen war, hatte es ihn diesmal besonders entsetzt. Vielleicht, weil er das Opfer diesmal gut gekannt hatte; vielleicht, weil er mit ihm noch vor wenigen Tagen ein Bündnis geschlossen und sich nicht daran gehalten hatte; vielleicht aber auch nur einfach deshalb, weil ihn insgeheim die Furcht plagte, ebenfalls auf solch grässliche Weise zu enden …

Er erreichte die Treppe zum Kerker, und mit jedem Schritt, den er weiter in die Tiefe stieg, nahm Hilalayans Unruhe zu.

Er mochte dieses düstere Gemäuer nicht und mied es, soweit es ihm möglich war. Das letzte Mal hatte er Prinz Nawyd hier besucht, kurz nachdem er ihn des Hochverrats überführt hatte. Damals war Hilalayan der festen Überzeugung gewesen, das Richtige zu tun … Inzwischen zweifelte er. Zu viel war in den seither vergangenen Monden geschehen, als dass Hilalayan sich seines Handelns noch hätte sicher sein können. Oder seiner Loyalitäten. Das Wichtigste für Hilalayan war stets Hilalayan gewesen, und er hatte von frühester Jugend an einen feinen Instinkt dafür entwickelt. Die Ausnahmestellung, die er als Eunuch innehatte, war ihm dabei oftmals hinderlich gewesen – und mindestens ebenso oft auch von Nutzen. Doch in diesem Fall schienen die alten Mechanismen zu versagen.

Eine neue Macht hatte in Altashar Einzug gehalten und die Verhältnisse verändert – und seit Gadates' gewaltsamem Tod trieb Hilalayan die Angst um, dass sich die Dinge, die das Reich verändert hatten, womöglich nicht mehr zurückstellen ließen …

Er erreichte das Ende der Treppe, tauchte ein in die Düsternis und den erbärmlichen Gestank. Stöhnen war zu hören, das aus vergitterten Löchern drang, und hin und wieder auch ein verzweifelter Hilferuf, der nicht erhört werden würde.

Dies war kein Ort der Gnade.

Schon auf halber Strecke nahmen Xusras Diener den Hofmarschall in Empfang – Anhänger des Flammenkults, wie ihr Herr barhäuptig und in feuerfarbene Gewänder gehüllt. Furcht ergriff von Hilalayan Besitz, obschon er sich einzureden versuchte, dass der Hohepriester ihn nicht in den Kerker zu rufen brauchte, wenn er ihn loswerden wollte. Und nach allem, was geschehen war, hatte Xusra ja auch keinen Grund mehr, Hilalayan zu zürnen … oder?

Sie führten ihn in ein Gewölbe, das von Feuerkörben beleuchtet wurde. Die Wände wurden von Anhängern des Kults gesäumt, das einzige Möbelstück war ein aus Metall gefertigter Stuhl, der in der Mitte des Gewölbes stand und über dem die Decke rußgeschwärzt war. Auf dem Stuhl saß, in Ketten gelegt und seiner Kleider beraubt, Fürst Yaron von Archos!

Der Cousin König Elayans von Archos war ein Astar, wie er im Buche stand, von hohem Wuchs und stolzer Haltung, seiner misslichen Lage zum Trotz. Das schwarz gelockte Haar wallte offen über seine Schultern, sein nackter Oberkörper ließ stählerne Sehnen und Muskeln erkennen. Die Gesichtszüge Yarons waren scharf und fein geschnitten und hatten die hohen Wangenknochen der Sterngeborenen, ebenso wie deren spitz zulaufende Ohren, auch wenn sie unter dem dichten Haar kaum zu erkennen waren. Die schwarzen Brauen des Astar waren in schierem Unverständnis hochgezogen, er schien sich weder auf seine Umgebung noch auf den bemitleidenswerten Zustand, in dem er sich befand, einen Reim machen zu können.

»Was soll das?«, erkundigte er sich in seinem fast makellosen Ostragisch. »Warum werde ich behandelt wie ein Verbrecher? Weshalb bin ich hier?«

»Um der Wahrheit willen, Fürst Yaron«, entgegnete die kleine, orangerot gewandete Gestalt, auf deren kahlem Haupt das Feuermal prangte und aus deren Augen blanke Rachsucht schlug – Xusra.

»Was für eine Wahrheit? Wovon sprecht Ihr? Ich protestiere gegen diese erniedrigende Behandlung! Ich bin ein Blutsverwandter König Elayans von Archos und als sein Gesandter am Hof von Altashar! Dies bedeutet, dass ich dem Schutz des Gastrechts unterstehe und niemand Hand an mich legen darf …«

»Jedenfalls nicht, solange unsere Reiche sich nicht im Krieg befinden«, fiel der Hohepriester ihm genüsslich ins Wort.

»Was soll das heißen?«

»Wollt Ihr leugnen, dass Elayan von Archos kriegerische Absichten gegen Ostragien hegt? Dass seine Hochzeit mit

Prinzessin Nyasha pan Tyras nur dazu dienen sollte, König Astyragis in Sicherheit zu wiegen, während gleichzeitig die Invasion seines Reiches vorbereitet wurde?«

»Invasion? Wovon sprecht Ihr?« Yarons Blick glitt Hilfe suchend umher – und blieb an Hilalayan haften. »Hofmarschall!«, rief er aus, scheinbar erleichtert. »Bitte sagt diesem Fanatiker, der ganz offenkundig den Verstand verloren hat, dass Archos keine feindseligen Absichten gegen Altashar hegt! Alles, was wir getan haben, diente dem Frieden und der Verständigung zwischen unseren Völkern!«

»Schöne Worte«, anerkannte Xusra spöttisch. »Vielleicht interessiert es Euch zu erfahren, dass es unser geschätzter Hofmarschall ist, dem Ihr Eure Anwesenheit hier zu verdanken habt.«

»Was?« Yarons Blick verriet ungläubiges Entsetzen.

»Er war der Ansicht, dass wir Euch bezüglich der Pläne Eures Vetters befragen sollten …«

»Gleichwohl nicht auf diese Weise!«, wandte Hilalayan ein.

»Auf welche Weise denn?«, fuhr Xusra ihn an. »Seid Ihr womöglich auch der Ansicht, dass das Gastrecht nicht verletzt werden dürfe? So wie der jüngst von uns gegangene Gadates?«

»Nein«, beeilte sich Hilalayan zu versichern.

»Das dachte ich mir – deshalb habe ich Euch hergebeten. Ihr sollt wissen, was Euer Vorschlag bewirkt hat.«

»Hofmarschall!«, rief Yaron. »Ich dachte, zwischen uns wäre Freundschaft …«

»Das dachte ich auch«, versicherte Hilalayan und blickte beschämt zu Boden.

»Was habt Ihr erwartet?«, zog Xusra über den Gefangenen her, vor dem er sich wie wild gebärdete. »Habt Ihr ernstlich geglaubt, dass das Gespinst Eurer Lügen noch weiter verfangen würde? Dass wir Euch Glauben schenken würden?

Uns von Euch und Eurem Vetter an der Nase herumführen lassen?«

»Ihr habt den Verstand verloren!«

»Was wisst Ihr über die Eroberung der Festung Vanheim durch norysche Truppen?«, fragte Xusra, statt zu antworten.

Yaron sah ihn verständnislos an. »Nichts!«

»Aber Ihr wisst, dass Vanheim erobert wurde?«

»Ihr habt es mir gerade verraten.«

Xusra lachte laut und meckernd. »Nein, mein Freund, so kommt Ihr nicht davon! Der Überfall auf Vanheim ist Teil eines abgekarteten Spiels, das Euer werter Cousin sich ausgedacht hat. König Elayan gab vor, sich mit uns verbünden zu wollen – in Wahrheit hatte er die ganze Zeit über nichts anderes vor, als uns anzugreifen!«

»Ihr redet Unsinn!«, widersprach Yaron entschieden. »Warum sollte mein Vetter so etwas tun?«

»Das weiß ich nicht – aber Ihr seid ja hier, um es mir zu erklären.«

»Da gibt es nichts zu erklären!«

»Glaubt Ihr, dass ich mich mit dieser Antwort zufriedengebe? Dann gehört auch Ihr zu denen, die den Fehler machen, mich zu unterschätzen.« Xusra war vor dem Gefangenen stehen geblieben und fixierte seinen Blick auf ihn – und während er immer intensiver auf ihn starrte, wurde Yaron merklich unruhiger.

»Was soll das?«, rief er so laut, dass es von der Decke widerhallte. »Was tut Ihr da?«

»Nichts weiter«, versetzte Xusra mit böser Gelassenheit, »nur Eurem Gedächtnis ein wenig auf die Sprünge helfen …«

»Was ist das?« Panisch blickte Yaron an seinem nackten Körper herab. »Mir wird plötzlich heiß, entsetzlich heiß …«

»Das«, erklärte Xusra genüsslich, »ist die Flamme der Wahrheit – und sie wird so lange in Euch brennen, bis Ihr Euch entschließt, endlich Euer Schweigen zu brechen!«

»Da gibt es nichts zu brechen!«, versicherte der andere – der Schmerz schien immer noch zuzunehmen, denn seine makellosen Züge verzerrten sich. »Ich habe Euch nichts zu sagen!«

»Das bezweifle ich«, widersprach Xusra und fletschte die Zähne, während er weiter auf den Gefangenen starrte – und erstmals entfuhr Yaron ein Stöhnen, während sein nackter Körper sich verkrampfte.

Hilalayan schluckte. Die Physis der Astari unterschied sich von der der Menschen, nicht von ungefähr währte ihr Leben sehr viel länger. Das bedeutete auch, dass sie in der Lage waren, sehr viel größeren und schlimmeren Schmerz zu ertragen – ein Mensch hätte vermutlich bereits laut geschrien.

»Ich frage Euch noch einmal, Fürst Yaron – was wisst Ihr über den Überfall auf Vanheim? Was über die Invasion, die Ostragien bevorsteht?«

»Es gibt keine Invasion! So glaubt mir doch endlich ...«

»Natürlich«, sagte Xusra nur – und intensivierte seine Bemühungen, worauf Yaron die Zähne zusammenbiss und heißer Dampf aus seinem Inneren wölkte.

Hilalayan würgte die Übelkeit hinunter, die in ihm aufsteigen wollte. Wenn er ehrlich war, hatte er stets daran gezweifelt, dass der Hohepriester des Feuerkults tatsächlich die Gabe besaß, die Kraft der Ewigen Flamme zu beschwören. Er hatte sich eingeredet, dass es sich dabei um eine Täuschung handeln müsse, um einen Taschenspielertrick, mit dem Xusra und die Seinen sich den Respekt des Volkes sicherten. Doch hier, in diesem Augenblick, kam er zu der Erkenntnis, dass Xusra deswegen Hohepriester war, weil er diese fürchterliche Gabe tatsächlich besaß ...

In diesem Moment begann Yaron laut zu schreien.

»Sagt es mir!«, herrschte Xusra ihn an, den Feuerblick weiter auf sein Opfer gerichtet. »Sagt mir, was Euer Vetter im Schilde führt! Plant er die Eroberung des Ostens? Die Niederwerfung von Altashar? Macht den Mund auf, Yaron, ehe es zu spät ist!«

»Ich kann nicht!«, schrie der andere und warf von Schmerzen gequält das Haupt hin und her. Sein Haar hing jetzt in schweißnassen Strähnen. »Ich kann Euch nicht sagen, was ich nicht weiß!«

»Lasst Euch die Treue zu Eurem Cousin nicht das Leben kosten! Brecht Euer Schweigen und sagt mir, was ich wissen will, und dies hier wird enden!«

»Ich … kann nicht …«

Mit Entsetzen sah Hilalayan, wie das Haupt des Mannes zu qualmen begann – die Qualen, die er litt, mussten furchtbar sein. Und er selbst trug Schuld daran …

»Xusra«, wandte er sich an den Hohepriester, während Yaron laut zu schreien begann.

»Was?«

»Haltet ein, ich bitte Euch! Der Mann weiß nichts!«

»So sicher seid Ihr Euch?« Xusra schüttelte den Kopf. »Habt Ihr schon einmal einen Astar verhört?«

»Nein«, musste Hilalayan zugeben.

»Aber ich, und die Sterngeborenen sind sehr viel widerstandsfähiger, als Ihr Euch vorstellen könnt – und sehr viel verschlagener. Selbst unter Qualen vermögen sie noch zu lügen und zu täuschen!«

Hilalayan starrte auf den Gefangenen. Die Farbe seiner Haut hatte sich verändert, war jetzt feuerrot, und der Gestank verbrannten Fleisches stieg von ihr auf.

»Gesteht endlich!«, brüllte Xusra den Gefolterten an. »Gesteht, dass Ihr Vanheim überfallen habt! Dass Elayan die Eroberung von Ostragien plant!«

»Nein! Neeein …!«

»Gesteht!«, beharrte er mit keifender Stimme. »Gesteht, und die Qual wird ein Ende haben!«

Yaron schrie wie von Sinnen, zu Artikulation schien er

nicht mehr fähig. Den Kopf hatte er in den Nacken gelegt, sein Brustkorb hatte sich geweitet, die Flamme, die in seinem Inneren tobte, schien kurz vor dem Ausbruch zu stehen.

»Gesteht!«, schrie Xusra, dass seine Stimme sich überschlug. »Plant Euer Vetter die Invasion? Will er Altashar vernichten?«

Ein schrecklicher Augenblick, in dem der Gefangene vor Schmerz zu vergehen schien, dann ein einziges Wort, ein verzweifelter Schrei: »Ja!«

Im nächsten Moment brach loderndes Feuer aus seinen Augen, und einen Herzschlag später war sein ganzer Körper in Flammen. Fürst Yaron schrie und wand sich in seinen Fesseln – vergeblich.

Xusra und seine Anhänger schauten ungerührt zu, wie das Feuer den Vetter des Königs von Archos verzehrte, dem Versprechen zum Trotz, das der Hohepriester ihm gegeben hatte. Hilalayan ertrug den Anblick nicht länger.

Er wandte sich ab und wollte das Gewölbe verlassen, doch Xusra war nicht gewillt, ihn einfach ziehen zu lassen.

»Habt Ihr auch gut zugesehen, Hofmarschall?«, fragte er.

»Was meint Ihr?«

»Lasst Euch das eine Lehre sein«, schärfte der Hohepriester ihm mit überlegenem Lächeln ein – dass er soeben einen Mann qualvoll getötet hatte, schien ihn nicht zu berühren. »Das nächste Mal, wenn Ihr etwas fordert, überlegt Euch gut, welche Folgen es hat. Der Feuerkult bekommt stets, was er will, das sollte Euch inzwischen klar geworden sein.«

Hilalayan nickte – was blieb ihm auch anderes übrig?

»Der König hat seine Wahl getroffen, und auch Ihr solltet Euch in Zukunft gut überlegen, auf wessen Seite Ihr steht«, fügte Xusra hinzu. »Es sei denn, Ihr wollt ebenfalls aus dem Leben scheiden.«

Alles in Hilalayan verkrampfte sich, während er gleichzeitig versuchte, nach außen gelassen zu bleiben. Der Geruch von verbranntem Fleisch brannte in seiner Nase, ihm war übel.

»Dazu«, versicherte er dem Hohepriester, während er sich zögernd abwandte, »werde ich Euch keinen Anlass geben.«

4

Vergessene See
Währenddessen

»Jenya?«

Bray hatte die Tür der Kajüte geöffnet, die sie und ihre Begleiterin sich teilten, und spähte hinein.

Wie so oft in den letzten Tagen fand sie die Astara auf dem kahlen Boden sitzend. Ihr rotes Haar fiel offen über ihre Schultern, die Augen hatte sie geschlossen und war tief in sich versunken, des heftigen Seegangs ungeachtet, der das Schiff auf seinen Wellen tanzen ließ.

»Jenya?«, fragte Bray noch einmal. »Kann ich dich sprechen?«

Nun schlug die Astara die Augen auf. Im Halbdunkel der Kajüte blitzten sie in geheimnisvollem Grün. »Was gibt es?«

»Ich habe Fragen«, erwiderte Bray. Sie trat vollends ein und schloss die Tür hinter sich.

»Setz dich.«

Bray kam der Aufforderung nach, schon weil es schwer war, sich auf den schwankenden Planken auf den Beinen zu halten.

»Du hast mit Nogen gesprochen«, stellte Jenya fest, noch ehe Bray etwas sagen konnte.

»Woher…?«

»Dein Mienenspiel verrät dich. Du bist aufgebracht. Und du willst Antworten.«

»Ist es wahr, dass Tårannok ein Kerker ist? Eine Strafkolonie für jene, deren Verbrechen so entsetzlich waren, dass der Tod für sie als noch zu milde erachtet wird?«

»So sagt man.«

»Dass niemand dort freiwillig hingeht, geschweige denn wieder von dort zurückkommt?«

»So heißt es.«

»Warum hast du mir das nicht gesagt?«

»Hätte es denn einen Unterschied gemacht?«, fragte die Astara mit entwaffnender Offenheit dagegen – und traf damit einen wunden Punkt. Bray war so versessen darauf gewesen, Skaradag zu verlassen und Jenya zu folgen, dass ihr jeder Ort recht gewesen wäre. Sie wollte Antworten – auch wenn sie dafür zu einem Kerker am Ende der Welt reisen musste …

»Aber das ist nicht der wahre Grund, warum du so aufgebracht bist, oder?«, hakte die Astara weiter nach, für die ihre junge Begleiterin ein offenes Buch zu sein schien.

»Nein«, gab Bray nach kurzem Zögern zu. »Wohl nicht.«

»Nogen hat dich vor mir gewarnt« Jenya lächelte. »Die Unsichtbaren mögen keine Astari, und sie haben auch keinen Grund dazu. In den Tagen des alten Reiches wurde Piraterie unnachgiebig verfolgt, und ihre Feindschaft mit uns hat eine lange und wenig ruhmreiche Tradition.«

»Dann … wusstest du, was es mit jener Münze auf sich hatte, die Rayan mir gab?«

»Nein. Aber ich ahnte es.«

»Und wieder hast du nichts gesagt«, murrte Bray. »Du hast mich im Nebel stochern lassen wie ein unwissendes Kind.«

»Bist du das nicht?«

»Im Vergleich zu dir? Doch, sicher«, gab Bray unumwunden zu. »Aber ohne meine Hilfe wärst du nicht auf diesem Schiff und noch weit entfernt von Tårannok.«

»Meinst du?« Ein hintergründiges Lächeln spielte um Jenyas Züge. »Ich hätte dir die Münze auch einfach abnehmen und dich in Skaradag bei deinesgleichen zurücklassen können. Dennoch möchte ich dir danken.«

»Wofür denn?« Bray blies verächtlich durch die Zähne.

»Dass du mir eine Chance gegeben hast, mich zu ändern«, erwiderte die Astara, und ihr Lächeln wurde sanfter. »Du hattest recht mit allem, was du über mich gesagt hast und gedacht … Ich hatte mich in Skaradag versteckt, war wohlhabend und selbstgefällig geworden und habe die Augen vor dem Elend der Welt verschlossen. Der verflixte Halbling war der Erste, der mich aus meiner Lethargie zu wecken suchte, doch ohne dich und den Sänger wäre es nie so weit gekommen.«

Nun musste auch Bray lächeln. Es war das erste Mal, dass sie aus dem Mund der Astara etwas wie Dankbarkeit oder gar Verbundenheit vernahm. »Gern geschehen«, versicherte sie.

»Womöglich steckt hinter alldem«, – Jenya machte eine ausgreifende Handbewegung, die nicht nur das Schiff und seine Besatzung, sondern auch die See und im Grunde ganz Astray einzuschließen schien –, »sehr viel mehr, als wir im Augenblick erahnen.«

»Das sagtest du schon einmal – aber ich verstehe es noch immer nicht. Du sprichst in Rätseln wie immer.«

Sie lächelte wieder. »Bitte entschuldige. Ich bin so sehr daran gewohnt, mit meinen Gedanken allein zu sein, dass ich noch immer vergesse, sie zu teilen.«

»Wirst du mir dann jetzt sagen, wohin genau unsere Reise geht? Und was das Ziel unserer Mission ist?«

»Hast du je von den Inseln des Vergessens gehört?«

»Nur, was man aus den alten Liedern kennt«, erwiderte Bray und musste einmal mehr voller Wehmut an Rayan denken – und an seine Leier, die in Skaradag zurückgeblieben war, im Haus des Doppelten Mondes. Natürlich hatte Bray daran gedacht umzukehren und sich das Letzte zu holen, was ihr von dem Sänger geblieben war. Doch Bray hatte schon vor geraumer Zeit herausgefunden, dass ihre Fähigkeit nicht mit dem Instrument in Verbindung stand, sondern dass sie sie genau wie Rayan tief in sich trug. Und da Jenya nicht auf sie gewartet hätte, hatte Bray entscheiden müssen, ob sie ihrer Vergangenheit oder ihrer Zukunft folgen wollte. Und sie hatte sich für die Zukunft entscheiden, wo immer diese auch liegen mochte …

»Was Nogen dir erzählt hat, ist wahr, Bray – Tårannok ist ein Kerker, womöglich der dunkelste und schrecklichste dieser Welt«, erklärte die Astara. »Ein Turm aus Felsgestein, zu allen Seiten von Wasser umgeben, das von grässlichen Kreaturen aus den Tiefen der Welt verseucht ist. Niemandem ist je die Flucht von dort gelungen – und doch müssen wir jemanden von dort befreien.«

»Wenn es weiter nichts ist.« Bray schnitt eine Grimasse, um ihr Schaudern zu verbergen. »Wen?«, wollte sie dann wissen.

»Einen der Sieben«, eröffnete die Astara.

»Es … sind noch mehr von Euch am Leben?«, fragte Bray erstaunt. »Ich dachte immer …«

»Das solltet ihr auch denken.« Jenya lächelte.

»Warum?«

Das Lächeln verschwand aus Jenyas Gesicht. »Es gab Gründe«, erwiderte sie. Es war offensichtlich, dass sie mehr darüber nicht sagen wollte – und Bray respektierte das.

Vorerst …

»Wen wollt Ihr befreien?«, fragte sie stattdessen und zitierte das Lied der Legenden, auch ohne Leier:

Ein Krieger jung, mit blankem Schwert und einem Eid geschworen;
ein Halbling der, in früher Zeit, die Heimat hat verloren;
ein Dwarg aus Nordheim stößt dazu, von Perneraks Geraten;
hinzu ein Heiler aus Khadir, von Óphiras Gestaden;
ein Urok gar, ein Unhold, aus fernem Totem Land;
dazu ein Drak, der vielen auch als Schlange ist bekannt.
Als Letzte zu dem Bunde stößt, von uraltem Blut,
eine Tochter der Astari, das Herz so rein wie gut.

»Damit bist du dann wohl gemeint«, fügte sie lächelnd hinzu, obschon sie noch immer nicht glauben konnte, tatsächlich einer der Legenden aus jenem Lied gegenüberzusitzen. »Wer wird in Tårannok gefangen gehalten? Der Drak?«

»Der Krieger«, gab Jenya zurück. Sie wich Brays fragendem Blick aus, er schien ihr unangenehm zu sein. »Sein Name ist Kynrik.«

»Kynrik?« Bray hob die Brauen und beugte sich neugierig vor. »Sprechen wir von *dem* Kynrik? Kynrik dem Tapferen? Dem Schwertkämpfer? Der ganz allein eine Armee in die Flucht schlug? Dem Helden von Wertal?«

»Solltest du ihm jemals begegnen, würde ich dir raten, ihn nicht so zu nennen.«

»Warum nicht? Zahllose Lieder handeln davon!«

»Vielleicht hat er jene Zeit ja ein wenig anders in Erinnerung als die Sänger und Barden«, gab Jenya zu bedenken.

»Was ist schiefgelaufen?«, wollte Bray wissen. »Warum ist ein Held wie Kynrik in Tårannok gefangen?«

»Wer sagt, dass etwas schiefgelaufen ist? Vielleicht wollte er es ja so.« Die Astara seufzte. »Es ist eine lange Geschichte.«

»Es ist eine weite Reise.«

Jenya seufzte abermals. Erstmals schien sie nach den passenden Worten suchen zu müssen. Der Blick ihrer grünen Auge schien dabei weit in die Vergangenheit zu schweifen …

»In den Tagen«, begann sie dann, »als die Rote Legion über das Angesicht dieser Welt marschierte und alles zu ersticken drohte, traten ihr sieben Kämpfer entgegen …«

»Sieben Legenden«, bestätigte Bray andächtig, »eine aus jedem Volk …«

»Bitte«, rief Jenya sie energisch zur Ordnung. »Es ist schwer genug, Wahrheit und Legende zu trennen, sogar für mich. Könntest du bitte sachlich bleiben?«

»Verzeih.«

»Auf Wegen, die ich bis heute nicht wirklich begreife, fanden wir zusammen – und stellten uns Kaiser Malfertas entgegen. Wir schmiedeten ein Bündnis gegen ihn, und es gelang uns, ihn zu besiegen. Myracor, die alte Hauptstadt, ging unter, der Weltenbruch entstand.«

»Wie ist es dazu gekommen?«, wollte Bray wissen.

»Das tut nichts zur Sache«, beschied die Astara ihr barsch. »Doch obgleich der Kaiser besiegt war, die Schlacht geschlagen und das Böse bezwungen, war der Kampf der Legenden noch nicht zu Ende. Denn in den Wirren, die auf die Große Divergenz folgten, entsann sich niemand mehr ihrer Taten, und sie selbst hatten an der Last dessen zu tragen, was sie gesehen und getan hatten … Und so zerstreuten sie sich in alle Winde, und jeder für sich suchte Vergessen – auch Kynrik.«

»Er gehörte dem Orden der Paladine an, nicht wahr?«

»Ja.« Die Astara nickte. »Und es wurde ihm schlecht gedankt.«

»Und deshalb ist er in Tårannok?« Bray runzelte die Stirn.

»Er hätte fliehen können, schon vor langer Zeit«, erwiderte Jenya. »Aber er war wohl der Ansicht, dass er büßen müsste für das, was geschehen war.«

»Büßen?« Bray schüttelte verständnislos den Kopf. »Aber er ist ein Held! Eine Legende! Wenn bekannt würde, dass er noch am Leben ist, würde das den Menschen Mut geben und Hoffnung!«

»Ich denke, genau deshalb hat er sich entschieden, auf den Inseln des Vergessens zu bleiben«, mutmaßte die Astara.

»Und du hast gewusst, dass er dort gefangen sitzt?«, fragte Bray ungläubig. »Die ganze Zeit über?«

»Nein … Natürlich wusste ich von der Auflösung des Ordens und auch, dass er eingekerkert worden war. Aber ich hätte ihn nicht in Tårannok vermutet – dein Lied jedoch hat mir die Augen geöffnet: *Im Meer des Vergessens, hinter Nebeln und Stürmen …*«

»*… liegt die Hoffnung in Banden, in steinernen Türmen*«,

brachte Bray den Vers zu Ende. »Wieso wusstet Ihr sofort, dass Kynrik gemeint war?«

Jenya lächelte wissend. »Kynrik stammt aus Cymria, Bray. In der Sprache seiner Heimat bedeutet sein Name ›Hoffnung‹.«

»Ich verstehe.« Bray nickte verblüfft.

Die Hoffnung in Banden, in steinernen Türmen …

»Ich wusste dass einige Paladine nach Tårannok gebracht worden waren«, versicherte die Astara leise, so als wollte sie sich selbst rechtfertigen. »Aber ich hätte niemals geglaubt, dass …« Sie unterbrach sich, schüttelte langsam den Kopf. »Oder vielleicht«, fügte sie leise hinzu, »habe ich mich auch nur selbst betrogen all die Jahre …«

»Wie lange ist das her?«, wollte Bray wissen.

Die Astara sah sie unverwandt an. »Achtzehn Jahre.«

»Achtzehn Jahre? Und du denkst, er ist noch immer dort?«

Sie nickte.

»Aber…« Bray schürzte die Lippen, wusste nicht, wie sie es ausdrücken sollte, ohne die Astara zu verletzen. Die Sache schien ihr nahezugehen … sehr nahe.

»Ich weiß, was du sagen willst.« Jenya hielt ihrem Blick stand und nickte. »Die Inseln des Vergessens tragen ihren Namen nicht von ungefähr. Ich weiß nicht, wen wir dort antreffen werden, Bray. Wird Kynrik noch der Krieger sein, der er einst war?« Ein wehmütiges Lächeln huschte über ihre Züge. »Wohl kaum – Menschen pflegen auf andere Weise zu altern als Astari, und ihr Verstand ist wie ein Grashalm im Wind.« Ein Schatten legte sich über ihre Züge. »Wird er sich noch erinnern an das, was gewesen ist? Wird er noch klaren Verstandes sein? Ich weiß es nicht«, gab sie sich selbst die Antwort, und für einen Moment glaubte Bray, Tränen in ihren schmalen Augen glänzen zu sehen.

»Und die anderen Legenden?«, fragte Bray. »Wo sind sie geblieben?«

»Zwei hast du bereits kennengelernt.«

»Zwei?« Bray hob die Brauen – sie wusste nur von einer lebenden Legende, und die saß ihr in der Kajüte gegenüber. »Aber wer? Doch nicht etwa …?«

»Ich fürchte doch«, versicherte Jenya mit einem schiefen Grinsen. »Auch Lorymar Thinkling gehörte einst zu den Sieben.«

Bray lachte ungläubig – sie hatte gewusst, dass Thinkling und die Astara einander von früher kannten, aber aufgrund der Vertrautheit, die die beiden pflegten, hatte sie eher an eine – nun – *berufliche* Bekanntschaft gedacht …

»Also ist er der Halbling, von dem in der Sage die Rede ist?«

»Man würde es ihm nicht ansehen«, bestätigte Jenya. »Aber es steckt mehr in dem kleinen Mistkerl, als man vermuten sollte. Er spürte die Veränderung, noch bevor ich es tat, deshalb kam er nach Skaradag.«

»Und wohin ist er gegangen?«

»Nach Süden, nehme ich an.« Die Astara zuckte mit den Schultern. »Auch von den anderen weiß ich nicht genau, wo sie sich aufhalten. Alles, was es gibt, sind Gerüchte, denen ich nachgehen werde – so soll einer der Sieben ein Leben in Kontemplation gewählt und sich jenseits der Berge in ein Kloster in Ugarya zurückgezogen haben. Aber ich weiß es nicht mit Bestimmtheit.«

»Und dennoch wirst du versuchen, deine einstigen Gefährten zu finden.«

»So wie sie versuchen werden, mich zu finden«, bestätigte Jenya, »ein paar jedenfalls, denn wir alle sind miteinander verbunden und teilen jene Visionen – so wie du sie mit uns teilst. Und wir alle fühlen in diesen Tagen die Last der Vergangenheit. Was, wenn der Kampf, den wir einst kämpften, noch nicht vorbei war? Wenn wir uns in trügerischer Sicherheit wogen, der Feind in Wahrheit aber noch nicht besiegt ist?

Was dann?« Sie sah Bray an, schien jedoch keine Antwort zu erwarten, denn sie sprach weiter: »Es gab eine Zeit, da glaubte ich, die Vorsehung hätte sich geirrt – doch nun könnte alles, was einst geschehen ist, einen tieferen Sinn bekommen – und es war kein anderer als der Sänger, der dies offenbart hat.«

Bray wusste nicht, was sie darauf erwidern sollte.

Lange Zeit hatte sie selbst geglaubt, dass Rayan, der Krähensänger, ein hoffnungsloser Träumer sei. Unerschütterlich hatte er an seinem Glauben an die alten Legenden festgehalten, allen Widerständen zum Trotz – und nun stellte sich heraus, dass er tatsächlich recht gehabt hatte …

»Also hat er nicht vergeblich gelebt«, sagte Bray leise.

»Wie ich schon sagte – es gibt einen Grund für all das hier«, gab die Astara sich überzeugt. »Die Legenden müssen zu Ende bringen, was sie einst begonnen haben, oder das Böse wird erneut über die Welt kommen. Und diesmal wird es sie verschlingen.«

5

Drachenbad, Altashar
Tags darauf

Hilalayan holte tief Luft.

Er sog die Schärfe des Eukalyptus in seine Lungen und genoss es zu fühlen, wie der Duft des Sandelholzes sich wie Balsam auf seine geschundene Seele legte.

Wann immer er in der Vergangenheit von Sorgen bedrückt worden war; wann immer er sich allein gefühlt hatte und schwach, war er hierhergekommen, um sich zu erholen. Er hatte den Duft der ätherischen Öle genossen, hatte Körper und Geist hineinsinken lassen in die wohlige Wärme und war gestärkt daraus hervorgegangen – doch an diesem Tag verfehlte das Bad im heißen Dampf seine Wirkung. Gewiss, es war angenehm, doch die Sorgen, die den Hofmarschall bedrängten, und die Ängste, die wie ein Geschwür in seiner Brust wucherten, ließen sich dadurch nicht beseitigen.

Wann immer er die Augen schloss, um sich zu entspannen, sah er wahlweise Gadates oder Fürst Yaron vor sich, wie sie in Flammen aufgingen – und obwohl es völlig still war in der Kammer, in deren Zentrum sich der Pfuhl mit dem heißen Wasser befand, hatte er das Gefühl, ihre gellenden Schreie zu hören. Instinktiv presste er die Hände auf die Ohren, doch die Schreie verstummten nicht.

So froh Hilalayan einerseits darüber war, dass Xusras Zorn den Wesir getroffen hatte und nicht ihn, so sehr reute ihn auf der anderen Seite, das Bündnis mit Gadates auf diese feige Weise aufgekündigt zu haben. Womöglich, sagte er sich, könnte der wackere alte Wesir noch am Leben sein, hätte Hilalayan ihn nicht im Hohen Rat im Stich gelassen – und Xusra damit zu verstehen gegeben, dass Gadates über keinen Rückhalt mehr verfügte.

Die Taktik des Hohepriesters lag auf der Hand. Zuerst hatte er sich das Wohlwollen und die Gunst des Königs gesichert, nun ging er daran, seine Gegner zum Schweigen zu bringen. Solange Nawyd noch da gewesen war und dieser mit Gadates eine Einheit gebildet hatte, waren Xusra die Hände gebunden gewesen. Doch indem Hilalayan Nawyds Verrat aufgedeckt und somit dafür gesorgt hatte, dass dieser aus dem Kronrat entfernt wurde, hatte er dem machthungrigen Hohepriester den Weg bereitet – ironischerweise in der festen Überzeugung, sich selbst damit einen Gefallen zu tun und seine eigene Position im Rat zu festigen.

Es war eine krasse Fehleinschätzung gewesen – die ihm nun womöglich zum Verhängnis werden würde. Es sei denn, es gelang ihm, Xusra klarzumachen, dass er nicht sein Feind, dass er keine Bedrohung für ihn war. Denn entgegen seiner Beteuerungen ging es dem Hohepriester nicht darum, Verbündete zu finden. Sein Ziel war es, einen Keil zwischen seine Feinde zu treiben und sie dann nacheinander zu vernichten.

Lorymar Ghurab und Prinz Nawyd hatten sich selbst aus dem Spiel genommen, Gadates und Fürst Yaron einen grausamen Tod im Feuer gefunden. Blieb nur noch Hilalayan als letzte Reminiszenz an die Anfangstage des Reiches und die Ära des großen Artaban.

Wie stolz Altashar einst gewesen war, ein Zentrum nicht nur der Macht, sondern auch der schönen Künste, der Wissenschaften und des freien Handels! Davon war kaum noch etwas übrig. Indem er alle Fertigkeiten, die seinen eigenen Ambitionen hinderlich erschienen, als Blasphemie verfolgte und unbarmherzig bestrafte, hatte der Feuerkult die Aufsicht über das öffentliche Leben an sich gerissen. Und nun holte er sich auch noch die Macht …

Was mit Astyragis geschehen war, warum der einstmals so stolze und mächtige Herrscher immer noch weiter in Lethargie versank und die Regierung zunehmend seinem Hohepriester überließ, entzog sich Hilalayans Kenntnis; anders als früher hatte er keinen persönlichen Zugang mehr zum König und vermochte deshalb nicht zu beurteilen, wie dieser sich fühlte oder was er empfand. Nur eines war offensichtlich: dass Astyragis sich mehr und mehr aus der wirklichen Welt zurückzog, während Xusra mehr und mehr davon Besitz ergriff, von der Bucht von Drakis bis zu den Dünen der Feuerwüste, vom Gebirge bis zu den schroffen Klüften Drakistans. Endlose Weiten, über denen eine sengende Sonne loderte … Hitze, brütende Hitze …

Hilalayan fuhr sich über die Stirn.

Das Atmen fiel ihm schwer, der heiße Dampf brannte in seinen Lungen. Er musste loslassen, musste versuchen, sich zu entspannen, die Ruhe wiederfinden, die er früher stets in diesen Hallen vorgefunden hatte … den Atem des Drachen …

»Hilalayan.«

Er schreckte auf, als er die Stimme unmittelbar neben sich vernahm. Jemand hatte sich im Schutz der Dampfschwaden genähert, eine hagere Gestalt, die langsam näher trat. Die Schwaden lichteten sich – und Hilalayan blickte in das geschwärzte, grässlich entstellte Gesicht Fürst Yarons.

Der Eunuch schrie gellend auf.

»Ihr habt mich verraten«, sagte Yaron mit tonloser Stimme, wobei gelber Rauch aus seinem Rachen wölkte. »Ihr habt beteuert, in der Fremde mein Freund zu sein – und mich dann verraten.«

»Das … wollte ich nicht«, beteuerte Hilalayan, nackt wie er war, und nahm schützend die Arme über den Kopf, als könnten seine bleichen, speckigen Glieder den Schrecken fernhalten. »Ich wollte nicht, dass es so endet.«

»Ihr seid schuld daran«, beharrte Yaron und bleckte Reihen schwarzer Zähne. »Und Ihr werdet für Euren Verrat bezahlen …«

»… ebenso wie für Euren Verrat an mir.«

Hilalayan warf den Kopf herum und ächzte: Auf der anderen Seite stand Gadates – oder besser das, wozu der Zorn der Flammen ihn gemacht hatte, und seine leeren, ausgebrannten Augenhöhlen schienen voller Anklage auf den Hofmarschall zu starren. »Wozu habt Ihr mich zu jener Unterredung gerufen? Wozu mir ein Bündnis angetragen, wenn Ihr es schon kurz darauf wieder gebrochen habt? Ihr seid ein Feigling, Hilalayan!«

»Das … ist wahr«, musste der Hofmarschall wimmernd zugeben.

»Statt Xusra gemeinsam die Stirn zu bieten, habt Ihr mich hintergangen – nun seht, was aus mir geworden ist!«

»Das wollte ich nicht«, beteuerte Hilalayan hilflos. Tränen waren ihm in die Augen getreten und rannen an seinen feisten roten Wangen herab. »Ich schwöre, dass ich das nicht wollte …«

»Dafür ist es zu spät. Xusra wird Euch holen, so wie er uns geholt hat, in seinem Auftrag sind wir hier. Macht Euch bereit zu sterben, Hilalayan, hier und jetzt.«

Damit beugte er sich vor, um mit den verstümmelten, verbrannten Gliedmaßen nach seinem Opfer zu greifen – während von der anderen Seite Fürst Yaron näher trat, um sich ebenfalls auf ihn zu stürzen und ins dunkle Reich des Todes zu reißen …

»Nein«, winselte Hilalayan, »nein …« – und ein flüchtiger Gedanke, ein kurzes Aufflackern von Verstand sagte ihm, dass dies nicht real sein konnte.

Gadates war tot, ebenso wie Fürst Yaron, also konnten sie unmöglich hier sein und sich an ihm rächen …

»Ihr seid nicht wirklich!«, warf er den beiden Schreckgestalten vor. »Keiner von euch …«

Tatsächlich waren sie plötzlich verschwunden. Und im selben Augenblick nahm Hilalayan wahr, dass die heiße Luft in der Kammer längst nicht mehr nach Eukalyptus und Sandelholz duftete, sondern seltsam süßlich – und dass der Rauch, der aus Fürst Yarons Schlund gekommen war, in Wahrheit aus dem Pfuhl aufstieg und den bitteren Odem des Todes auf seinen Schwingen trug …

»Gift!«

Die Erkenntnis allein genügte, um Hilalayan aufspringen zu lassen – weit kam er jedoch nicht. Schwindel befiel ihn, und er verlor das Gleichgewicht, schlug auf den steingetäfelten Boden. Er stieß sich das Kinn blutig, doch der Schmerz hatte auch zur Folge, dass er für einen Moment wieder klar denken konnte.

Er musste hinaus.

Hinaus …

Auf die Beine kam er nicht mehr. Wie ein auf den Rücken gefallener Käfer wand er sich am Boden im vergeblichen Bemühen, sich aufzuraffen, während er merkte, wie das Gift mit jedem Atemzug weiter in seine Lungen kroch und ihm die Lebenskraft raubte. Schließlich begnügte er sich damit, sich herumzurollen und bäuchlings über den Boden zu kriechen, dem Ausgang entgegen, der unendlich fern zu sein schien. Stück für Stück kam er voran, einer riesigen bleichen Schnecke gleich, nackt und glänzend vor Schweiß. Durch die Schwaden konnte er den Ausgang sehen, ein dunkles Loch, dessen andere Seite Leben verhieß …

Mit zusammengebissenen Zähnen schleppte er sich weiter. Seine Bewegungen wurden matt und kraftlos, seine Hände rutschten auf dem feuchten Boden ab, doch endlich erreichte er den Ausgang – nur um festzustellen, dass er verschlossen war.

»Nein, nein«, keuchte der Hofmarschall von Altashar, während ihn die hässliche Erkenntnis befiel, dass dies das Ende war.

Bäuchlings auf dem Boden liegend, schlug er mit geballten Fäusten gegen das Holz der Tür, doch mehr als ein dumpfes Pochen brachte er nicht zustande. Die Riegel an der Außenseite hielten gleichgültig stand, fruchtlos prallten seine Bemühungen ab.

»Hilalayan ...«

Er hörte die Stimmen hinter sich und blickte zurück, und durch die Schwaden sah er zwei schaurige Gestalten näher kommen – Gadates und Yaron, bereit, ihn zu vernichten.

Abermals schlug er gegen die Tür, matt und verzweifelt, während sein Blick sich bereits einzutrüben begann.

»Nun gehörst du uns, Hofmarschall ...«

Die Schatten seiner Verfolger fielen auf ihn. Er schloss die Augen, warf ein letztes Mal die Fäuste gegen das Holz der Tür ... und sie fielen ins Leere!

Gleichzeitig streifte Hilalayan ein Zug frischer Luft, und jemand packte ihn an den ausgestreckten Armen und schleifte ihn bäuchlings über den Boden. Die feuchte Hitze des Dampfbades fiel hinter ihm zurück, und mit ihm auch das Gift, das die heiße Luft durchtränkte – und die Geister der Vergangenheit.

Noch ein Stück weit wurde Hilalayan gezogen, dann ließ man ihn liegen und drehte ihn herum. Jemand setzte einen Becher an seine Lippen, und Hilalayan trank, nahm gierig das Wasser in sich auf, das nicht nur Kühlung, sondern auch Linderung brachte. Mit jedem Schluck, den er machte, und mit jedem Atemzug, den er tat, ließ auch das Brennen in seinem Brustkorb nach. Sein Kopf wurde klarer und ließ wieder den einen oder anderen Gedanken zu, und auch sein Blick schärfte sich – und mit Verblüffung erkannte er, wem er die Rettung im letzten Augenblick zu verdanken hatte.

Es war der hünenhafte Sklave aus Ophir, der jeden Tag im Drachenbad seinen Dienst versah. Achtlos war Hilalayan stets an ihm vorbeigegangen, kannte noch nicht mal seinen Namen.

»Danke … Freund«, stieß er hervor.

Der Sklave nickte, und ein Lächeln huschte über sein dunkles Gesicht, das Hilalayan glücklich erwiderte – dann erst wurde ihm bewusst, dass er soeben nur mit knapper Not einem Mordanschlag entgangen war.

6

Tårannok, Vergessene See
Sechs Tage später

Der Wind hatte nachgelassen, die graue See hatte sich geglättet. Dafür war Nebel aufgezogen, der im Licht der untergehenden Sonne mattrot leuchtete.

Kapitän Nogen hatte die Segel reffen lassen; von den Ruderschlägen der Besatzung getrieben, fuhr das Schiff in den Nebel ein, und es war offenkundig, dass die Unsichtbaren einige Übung darin hatten, denn es ging beinahe lautlos vonstatten. Nur das Knarren der Riemen und das leise Schlagen der Wellen gegen den Bug waren zu hören.

»Wie weit noch?«, wollte Bray flüsternd von Jenya wissen, die neben ihr auf dem Achterdeck stand.

»Schhh«, machte die Astara nur und gebot ihr zu schweigen, während sie hinaussah in den milchig roten Dunst. Um sich gegen die Kälte zu schützen, hatte sie ihren Umhang eng um die Schultern gezogen und die Kapuze über den Kopf geschlagen. Ihr rotes Haar quoll darunter hervor und umrahmte ihre angespannten Gesichtszüge.

Bray nahm an, dass sie nicht nur der bevorstehenden Mission wegen unruhig war. Sondern auch, weil sie nicht wusste, was sie am Ziel ihrer Reise erwartete. War der einstige Gefährte, den sie zu finden und zu befreien hoffte, wohlauf und am Leben? Oder würde er sie nicht mehr wiedererkennen, weil die lange Nacht von Tårannok ihm längst den Verstand geraubt hatte?

In diesem Augenblick begannen die Inseln des Vergessens

sich aus dem Nebel zu schälen, ganz allmählich, Ruderschlag für Ruderschlag. Den Türmen einer gewaltigen Burg gleich ragten sie auf, so als wären sie aus den Tiefen des Meeres emporgewachsen – riesige steinerne Nadeln, deren spitze Gipfel sich in der Glut des roten Nebels verloren.

»Verstehst du jetzt, wovon ich sprach?«, raunte Nogen Bray zu, und einmal mehr kam es ihr vor, als würde er unter der Maske grinsen. Er stand selbst am Ruder des Seglers, der gefährlichen Untiefen wegen, die diesen Teil der See durchzogen.

»Ja«, gab Bray flüsternd zu. »Jetzt verstehe ich.«

Der Anblick der Türme hatte etwas Einschüchterndes, ja Bedrückendes … Bray fühlte, wie eine tiefe innere Traurigkeit von ihr Besitz ergriff, eine Einsamkeit, wie sie sie zuletzt verspürt hatte, als Rayan starb. Allein der Gedanke, an diesem Ort Monde, Jahre oder gar Jahrzehnte zu verbringen, brachte sie an den Rand einer Panik.

»Ruhig«, sprach Jenya ihr zu, als könnte sie ihren inneren Aufruhr fühlen. »Wir sind nicht gekommen, um zu bleiben.«

»Schöne Worte, Sterngeborene«, meinte Nogen mit leisem Spott. »Hoffen wir, dass die Geister des Vergessens sie auch gehört haben.«

»Ich glaube nicht an Geister, Kapitän. Nur an die Macht des Schicksals – und auch an der habe ich lange gezweifelt.«

Nogen erwiderte nichts darauf. Stattdessen gab er seinen Leuten Zeichen, die Fahrt zu verlangsamen. Die Ruderer holten die Riemen ein, und das Schiff glitt lautlos weiter, den Felsentürmen entgegen. Jetzt konnte Bray erkennen, dass der Fels bearbeitet worden war, dass es Erker und Vorsprünge mit Zinnen gab und Fenster … Unten am Wasser waren Anlegestellen, von denen in den Stein gehauene Treppen zu den Toren hinaufführten, die die Form riesiger, weit aufgerissener Schlünde hatten und mit gepanzerten Türen verschlossen waren. Jedoch nur bei einem der Türme, der noch mächtiger und größer zu sein schien als die anderen, war der Eingang von Fackeln beleuchtet.

»Das«, erklärte Janya überflüssigerweise, »ist Tårannok, die größte der Vergessenen Inseln. Wie es heißt, wurde die Feste einst von den Ahnen der Uroks erbaut.«

»So sieht sie auch aus«, kommentierte Bray trocken.

Nogen lachte leise. »Du wirst mir fehlen, Mädchen. Dein Humor gefällt mir.«

»Das ist mein Ernst«, versicherte Bray.

»Ich weiß – genau das meine ich.«

Inzwischen hatten seine Leute das kleine Beiboot klargemacht, das sie auf der Gräting des Seglers transportierten, und es zu Wasser gelassen. Neben Ruder und Paddel verfügte es auch über ein kleines Segel, das sie aber nicht brauchen würden, um nach Tårannok hinüberzugelangen.

»Geht jetzt«, wies Kapitän Nogen die beiden Frauen an. Er wirkte plötzlich unruhig. Seine Stimme bebte, was sie bislang nie getan hatte. Offenbar, dachte Bray, ließ dieser düstere Ort auch einen Unsichtbaren nicht unberührt.

»Das werden wir«, versicherte Jenya. Sie trug die Hosen aus engem Wildleder und die ebenfalls lederne Rüstung, die leicht war und dennoch hinreichend Schutz versprach. Darüber den Umhang, unter dem sie die Astarklingen verbarg.

Bray hatte die Zeit genutzt, um ihre zerschlissene Kleidung auszubessern und um einen Gürtel zu ergänzen, an dem sie einen Dolch trug und allerlei nützliches Zeug in den Taschen – Dinge, die sie sich auf dem Schiff zusammengesucht hatte und die ein Dieb gut gebrauchen konnte. Mit einer entschlossenen Bewegung schlug sie die Kapuze ihres Skyors hoch. »Dann los«, bestätigte sie und nickte Nogen zu. »Habt Dank für alles, Kapitän.«

»Keine Ursache.« Der Unsichtbare nickte. »Die Bezahlung allerdings steht noch aus«, fügte er hinzu und streckte verlangend die Hand aus. Bray nickte, sie nahm die Lederschnur mit der Münze ab, die sie noch immer um den Hals trug, und legte beides auf seine Hand.

»Gut«, sagte er. »Unsere Schuld ist damit abgegolten.«

»Ihr wart zur rechten Zeit am rechten Ort«, anerkannte Bray.

»Irgendwer ist stets zu Diensten.« Nogen deutete eine Verbeugung an.

»Bis später.«

Bray wandte sich ab und folgte Jenya hinab aufs Hauptdeck, wo die Astara bereits dabei war, über eine schmale Strickleiter in das zu Wasser gelassene Boot zu steigen. Bray tat es ihr gleich, dann wurde die Leine gelöst, und die Strömung erfasste den Nachen und trug ihn lautlos davon. Wie sie vereinbart hatten, kletterte Bray nach vorn in den Bug und nahm das Paddel, während Jenya im Heck das Ruder bediente.

In der schwachen Dünung kamen sie rasch voran, und als Bray sich nach wenigen Paddelschlägen noch einmal umblickte, waren Kapitän Nogen, sein Schiff und seine Besatzung bereits im dichten Nebel verschwunden.

Unsichtbar …

Tårannok war dafür nun umso deutlicher zu sehen.

Immer höher und bedrohlicher ragte die gewaltige Felsenburg vor ihnen auf, deren Fenster wie Augen auf sie starrten. Die Sonne war inzwischen untergegangen, sodass die rote Glut verblasst war und die See in Dunkelheit versank. Leise glitt das Boot durch das nun schwarze Wasser, das völlig still lag, fast wie auf einem See.

»Seltsam hier«, murmelte Bray, mehr an sich selbst gewandt. »Wie im Auge eines Sturms …«

»Wer sagt dir, dass es nicht so ist?«, flüsterte Jenya von hinter ihr.

Sie lenkten das Boot in einem weiten Kreis und näherten sich Tårannok von der Rückseite. Wachen waren weit und breit nicht zu sehen, weder vorn am Haupttor noch auf den

Zinnen. Aber der Fackelschein, der aus den Fenstern drang, zeigte, dass sie dort waren – und dass die beiden Frauen auf der Hut sein mussten.

Im Schutz der hereinbrechenden Dunkelheit steuerten sie die Insel an. Es gab ein hässlich kratzendes Geräusch, als der Kiel des Bootes über Felsgestein schrammte, das knapp unter der Wasseroberfläche zu liegen schien. Untiefen durchsetzten das Gewässer – und hatte sich an Backbord nicht soeben etwas bewegt? Bray starrte in die Nacht, konnte jedoch nichts erkennen. Über die Schulter warf sie Jenya einen fragenden Blick zu, den diese jedoch ignorierte. Hatte sie es nicht bemerkt?

Bray wollte sich flüsternd erkundigen, als der Nachen auf Grund lief. Sie sprang ins Wasser, das ihr nur bis zu den Knien reichte, und verzurrte das Boot an den kantigen Felsen, die rings um Tårannok aus dem Wasser ragten, abwehrend und feindselig.

»Das ist zu kurz«, stellte Jenya fest. »Die Leine muss dreimal so lang sein.«

»Wieso?«

»Frag nicht. Tu einfach, was ich sage.«

Bray beschloss, dass es nicht der Augenblick war für Diskussionen, also löste sie das Seil noch einmal und machte das Boot so fest, dass die Leine gut vier Schritt lang war. Wozu das gut sein sollte, entzog sich ihrer Kenntnis.

»Komm jetzt.«

Gemeinsam wateten sie das kurze Stück zum Ufer, das sich steil aus dem Wasser hob. Das Felsgestein war von scharfkantigen Muscheln und glitschigem Seetang überwuchert, dennoch huschte die Astara leichtfüßig hinauf. Bray, die an derlei waghalsige Kletterpartien eigentlich viel eher gewohnt war, hatte Mühe, ihr zu folgen – vor allem dann, als die eigentliche Felswand begann und es fast senkrecht emporging.

Jenya kletterte voraus.

Scheinbar ohne große Anstrengung setzte die Astara einen Fuß über den anderen und zog sich empor, fand scheinbar mühelos den nächsten Tritt oder Halt, auch wenn er nur wenige Fingerbreit war. Bray folgte ihr, so gut sie es vermochte, ohne Jenyas Führung wäre es ihr allerdings wohl nicht gelungen. Auf einem Vorsprung verharrte sie kurz, um Atem zu schöpfen – und beging den Fehler, nach unten zu sehen.

In Skaradag war sie oft des Nachts über Dächer gehuscht und hatte nie ein Problem damit gehabt – hier jedoch war es anders. Ob es an der Höhe lag, an der Tatsache, dass dort unten Dutzende tödlicher Pfähle aufragten oder einfach nur an der Natur dieses düsteren Ortes – Bray musste an sich halten, um nicht laut zu schreien. Mit aller Kraft kämpfte sie die Panik nieder und hörte plötzlich die beruhigende Stimme der Astara neben sich, die wieder ein Stück heruntergeklettert war.

»Ruhig«, flüsterte sie ihr ins Ohr. »Sieh nicht nach unten, hörst du? Du darfst nicht nach unten sehen, Bray. Dort unten ist nur Verzweiflung – oben gibt es Hoffnung.«

Ein flüchtiges Lächeln huschte über ihre von der Kapuze umrahmten Züge, dabei sah sie Bray tief in die Augen – und Bray merkte, wie sie von neuem Mut erfüllt wurde. Ihrer Furcht zum Trotz löste sie sich von dem Vorsprung und kletterte der Astara hinterher, an der fast senkrecht aufragenden Felswand empor. Ihr Ziel war das schmale Fenster, das dort hoch über ihnen schwebte und aus dem fahler Lichtschein drang.

»Woher weißt du, dass das das richtige Fenster ist?«, stieß Bray atemlos hervor. »Kennst du den Weg?«

Aber die Astara antwortete nicht.

7

Feuertor, Hyraka
Zur selben Zeit

Der Weg durch die Wüste lag hinter ihnen. Sieben Tage hatten sie dafür gebraucht, der Marsch war entbehrungsreich und lang gewesen und hatte Nawyd alles abverlangt – anders als seinem echsenhaften Begleiter, dem weder die Hitze noch die sengenden Strahlen der Sonne etwas auszumachen schienen. Und auch nicht die drückende Stille, die über der leblosen Landschaft lag, in der bizarre Felsengebilde wie steinerne Mahnmale aufragten.

Je näher sie Hyraka gekommen waren, desto besser wurde Nawyds Laune. Ein Teil von ihm hatte nicht mehr damit gerechnet, jemals wieder in die Zivilisation zu gelangen, und er freute sich darauf, endlich wieder Menschen zu sehen. Die Laune seines drakischen Begleiters hingegen sank – aus demselben Grund.

Als die Mauern und Türme von Hyraka am südlichen Horizont auftauchten, atmete Nawyd innerlich auf. Nicht nur, dass er aus der Sklaverei entkommen war und das Spinnengift überlebt hatte – wenn der Drak die Wahrheit sprach, so hatte Nawyd erstmals auch eine Spur, was die Mörder seines Vaters betraf. Dass er dafür den Diener des Echsenmannes spielen musste, gefiel ihm nicht, aber es schien ein geringer Preis zu sein im Vergleich zu dem, was er gewinnen konnte.

Groß und prächtig und von Türmen gesäumt ragte das Feuertor, eine von insgesamt drei Pforten, vor ihnen auf. Zur Zeit des alten Reiches war Hyraka eine bloße Festung gewesen, eine militärische Garnison, die die südliche Grenze des Reiches gegen das wilde und unzivilisierte Drakistan sicherte. Diesem Zweck diente sie auch heute noch, bedingt durch die Lage am Kreuzungspunkt der südlichen und der westlichen Handelsstraße war Hyraka jedoch auch zu einem Stützpunkt des Handels geworden; zahlreiche Karawansereien gab es hier und Kontore, in denen Waren von der anderen Seite des Meeres umgeschlagen wurden, ehe sie nach Turanien und in andere Teile Ostrays gebracht wurden. Entsprechend hatte Hyraka sich beständig vergrößert und war zu einer Stadt geworden – der Festungscharakter jedoch war geblieben. Trutzig und wehrhaft stellte es sich dem Besucher dar, mit hohen, von Dreieckszinnen gesäumten Mauern. Dahinter ragten hohe Türme auf, die teils von Zinnen, teils von halbrunden Kuppeln gekrönt wurden und über denen die Farben Ostrays wehten. Die Soldaten, die an den Toren und auf den Mauern ihren Dienst versahen, trugen den roten Rock des Reiches, mit Panzerungen aus Leder und Kettengeflecht, dazu spitz zulaufende Kegelhelme mit Nackentüchern zum Schutz vor der sengenden Sonne. Bewaffnet waren sie mit gekrümmten Klingen und langen Glaiven, und Nawyd entging nicht, dass Shayak sie misstrauisch beäugte. Mehr noch, erstmals glaubte er, einen Anflug von Furcht in den Zügen des Echsenmannes zu erkennen.

Noch immer wusste Nawyd nicht, wer der Drak eigentlich war. Sie hatten nicht viel gesprochen während des Marsches – tagsüber war Nawyd zu sehr damit beschäftigt gewesen, auf den Beinen zu bleiben und seinem noch immer geschwächten Zustand zum Trotz ein Bein vor das andere zu setzen; nachts hatten sie sich darin abgewechselt, Wache zu halten, während der andere geschlafen hatte. Das heißt, nur Nawyd hatte im eigentlichen Sinn geschlafen. Der Drak war stattdessen in eine Art Starre verfallen, aus der er beim Anzeichen der geringsten Gefahr augenblicklich erwacht war. Anfangs hatte sich Nawyd noch darüber gewundert, ebenso wie über die Tatsache, dass Draki offenbar niemals die Augen schlossen. Doch mit der Zeit hatte er sich daran gewöhnt – so wie er sich an den strengen Geruch gewöhnt hatte, der seinen geschuppten Herrn auf Schritt und Tritt begleitete.

Die Wächter am Feuertor ließen sie passieren.

Sie schienen nicht besonders erbaut vom Anblick des Echsenmannes, hinderten ihn jedoch nicht daran, die Stadt zu betreten – und so gelangte Nawyd pan Tyras, des großen Artabans Sohn, zum ersten Mal nach vielen Monden zurück in die Zivilisation. Natürlich war Hyraka nicht Altashar. Es gab hier keine prächtigen Paläste, keine Lustgärten und wohl auch keine Schule für Gelehrte. Lediglich die alte Zitadelle ragte als Monument der Macht und Herrlichkeit des Reiches inmitten der Häuser auf und spendete Schutz und Schatten.

Ihr erster Weg führte die beiden Besucher zum Basar der Stadt – hier wollten sie sich mit Essen versorgen und anschließend eine Unterkunft suchen, wo sie sich von den Strapazen des Tages erholen konnten. Die Bezahlung stellte kein Problem dar – wie Nawyd festgestellt hatte, war sein Begleiter im Besitz funkelnder Edelsteine, die wohl aus den Bergen Drakistans stammten und von jedem halbwegs gescheiten Kaufmann als Zahlungsmittel angenommen würden. Er bewahrte sie in einem ledernen Beutel auf, den er wie seinen Augapfel hütete.

Den Markt zu finden war nicht schwer:

Man brauchte nur dem Strom der Menschen zu folgen und fand sich in einem Gewirr enger Straßen und Gassen wieder, zu deren beiden Seiten Handwerker und Händler ihre Waren feilboten. Hier gab es Nüsse, dort frischen Kräutertrank, Öle und Gewürze, dort süßes Gebäck, Datteln und Orangen. Hier bot ein Schreiber seine Dienste an, dort plärrte ein Bettler um Almosen, und am Ende einer Gasse stellte ein Fleischer die Bestandteile eines jüngst geschlachteten Rindes zur Schau.

Der Geruch, der sich unter denen zum Schutz vor der Sonne aufgehängten Segeldächern ballte, war so intensiv, dass es Nawyd den Atem raubte. Überhaupt war es verwirrend, sich nach der langen Einsamkeit der Wüste nun wieder inmitten von Lärm und Gedränge wiederzufinden. Er fühlte sich fremd und fehl am Platz und ahnte, wie sein Begleiter empfinden musste – zumal er immer wieder mit abweisenden, bisweilen feindseligen Blicken bedacht wurde.

»Elender Schlangenmensch«, zischte ein altes Weib, dessen wettergegerbte, faltige Züge sich von denen des Drak gar nicht so sehr unterschieden. »Deinesgleichen ist nicht erwünscht in dieser Stadt!«

»Allerdings nicht!«, stimmte ein Wasserverkäufer zu. »Jeder weiß, dass diese verdammten Schlangen nur Krankheiten und Ungeziefer einschleppen!«

»Zieh lieber die Kapuze über«, riet Nawyd seinem Begleiter, während er ihn in eine Seitengasse zog. »Ich will nicht, dass wir Ärger kriegen.«

»Ebenfalls nicht will«, versicherte Shayak und zog die Kapuze seines Überwurfs über das Haupt. Aufgrund seiner Körpergröße ragte er zwar noch immer aus der Menge, jedoch war er nicht mehr auf den ersten Blick zu erkennen.

Im Grunde konnte Nawyd den Hyrakai ihre Feindseligkeit nicht verdenken. An der Außengrenze des Reiches liegend, war ihre Stadt im Lauf der Geschichte oft den Angriffen der Echsenmänner ausgesetzt gewesen. Zwar war es den Draki nie wirklich gelungen, Hyraka einzunehmen, jedoch war die Festung oft von ihnen bestürmt worden, und wer seinen Fuß in das Gebirge setzte, das sich südlich der Stadtmauern erhob, musste damit rechnen, durch die barbarischen Echsenwesen einen grausamen Tod zu erleiden.

Oder noch Schlimmeres …

Sie traten unter den Baldachin eines Obsthändlers, auf dessen Tisch sich die buntesten Früchte häuften: Orangen und

Zitronen, Granatäpfel und Feigen, dazu Unmengen an Datteln, sowohl frischen als auch getrockneten als Wegzehrung in der Wüste. Shayak trat auf den Verkaufstisch zu, deutete auf die getrockneten Früchte und hob zwei Klauenfinger.

»Zwei Sack«, verlangte er dazu.

Der Verkäufer, ein dürrer Kerl mit grauem Bart, nickte beflissen und schien gewillt, den Wunsch zu erfüllen – als er jedoch aufblickte und das Gesicht unter der Kapuze sah, fiel ihm das Grinsen aus dem Gesicht. »Ich verkaufe nicht«, erklärte er ebenso barsch wie unerwartet.

»Datteln hier, du verkaufen«, beharrte der Drak mit eifrigem Nicken. »Zwei Sack.«

»Bist du schwerhörig? Kein Wunder, ihr Schlangen habt ja keine Ohren. Also noch mal: Ich verkaufe nicht, verstehst du?«

»Nicht von Datteln hier?«

»Nein – nicht an schmutzige Schlangen!«, blaffte der Händler.

»Ist das dein letztes Wort?«, erkundigte sich Nawyd.

»Mein allerletztes«, bekräftigte der Mann.

Nawyd nickte seinem Begleiter zu, und Shayak griff in den Beutel. Als er seine Reptilienhand wieder hervorzog, lagen funkelnde Edelsteine darin. Das Grinsen des Händlers kehrte zurück, um sogleich wieder zu verschwinden. Er schien hin- und hergerissen.

»Das ist weit mehr, als zwei Säcke mit Datteln wert sind«, stellte Nawyd klar. »Also nimm das Zeug und gib dem Drak, was er haben will!«

Die Blicke des Händlers huschten zwischen den Edelsteinen, Nawyd und Shayak hin und her. Offenbar trug er einen inneren Kampf aus, wog seine guten moralischen Vorsätze gegen den Wert der Gemmen ab – und griff schließlich zu.

»Zwei Säcke«, bestätigte er und reichte sie Nawyd. »Und jetzt verschwindet!«

Nawyd zögerte. Er atmete tief ein und aus, seine Rechte ballte sich zur Faust. Was fiel diesem Kerl ein, so mit ihm zu sprechen?

In alter Gewohnheit erwog er, den Obsthändler am Kragen seines Mantels zu packen und ihn auf der Stelle zur Rechenschaft zu ziehen – aber zum einen sagte ihm sein Verstand, dass das unklug gewesen wäre in Anbetracht der Soldaten, die überall in der Stadt patrouillierten. Zum anderen war er längst kein Prinz mehr, sondern der Diener eines Echsenmenschen – und stand damit weit unter einem ehrbaren Kaufmann. Er begnügte sich damit, dem Mann einen missliebigen Blick zuzuwerfen, dann wandte er sich ab, und sie folgten dem Strom der Menschen die Gasse hinab.

»Ich danke«, sagte Shayak.

»Wofür?«, erwiderte Nawyd barsch. »Ich habe es nicht für dich getan. Ich habe schließlich auch Hunger.«

Sie erstanden noch Brot und Dörrfleisch sowie Schafskäse, über den der Drak allerdings die Nase rümpfte.

»Faule Milch«, kommentierte er sichtlich angewidert. »Stinkt entsetzlich.«

»Und das von dir«, versetzte Nawyd mit freudlosem Grinsen.

»Warum?« Der Echsenmann schaute an sich herab. »Was meint?«

»Vergiss es«, rief Nawyd ihm zu. »Suchen wir uns lieber eine Unterkunft für die Nacht, ehe die Karawansereien alle belegt sind. Es scheint viel los zu sein in der Stadt.«

Shayak widersprach nicht, und sie gingen zurück zur Hauptstraße und verließen den Basar. Sie waren noch nicht weit gekommen, als ihnen erneut lautes Geschrei entgegendrang – und diesmal waren es keine Lebensmittelhändler, die ihre Waren anpriesen … Nawyd stieß eine Verwünschung aus, als sein Begleiter und er auf einen Platz traten, um den sich eine Masse von Menschen drängte. In der Mitte waren drei Haufen aus trockenem Holz errichtet worden. Auf jedem von ihnen ragte ein Pfahl auf.

Und an jeden dieser Pfähle war ein Drak gekettet.

»Bei Isos' Ruinen!«, entfuhr es Nawyd, während Shayak etwas in seiner eigenen Sprache flüsterte. In diesem Moment trat eine Gruppe von Männern auf den Platz, deren orangerote Kutten Nawyd nur zu gut kannte. Es waren Priester des Feuerkults, und genau wie ihr Oberhaupt am Hof von Altashar trugen auch sie die Häupter kahl geschoren und mit dem Mal der Roten Flamme darauf ...

»Hört mich an, Bürger von Hyraka«, sprach der Anführer der Gruppe zu den Schaulustigen, die sich um die Scheiterhaufen versammelt hatten. »Es ist gut, dass ihr gekommen seid, um als Zeugen dessen zu dienen, was nun geschehen wird. Diese Kreaturen hier« – er wandte sich den drei Draki zu, die sich vergeblich in ihren Fesseln wanden – »gehören einer niederen Art an, einer Rasse verschlagener und gefährlicher Geschöpfe. An den Klauen eines jeden Einzelnen von ihnen klebt das Blut unschuldiger Menschen, und es wäre unser gutes Recht, ihnen zu geben, was sie verdienen, und sie einfach zu töten ...«

Zustimmende Rufe wurden laut, zornig geballte Fäuste wurden in die Luft gereckt.

»Aber«, fuhr der Feuerpriester fort, »in unserem Großmut haben wir beschlossen, ihr Leben nicht einfach auszulöschen, sondern sie der reinigenden Kraft der Flammen zu übergeben, auf dass ihre Seele geläutert werde und man ihnen die Möglichkeit gebe, für ihre Untaten zu büßen!«

»Sie sollen brennen«, bestätigte jemand aufgebracht.

»Brennen sollen sie«, echote es aus der Menge.

»Brennen! Brennen! Brennen ...!«

Im Nu bildete sich ein Chor, der den Feuertod der Drak verlangte – was dem Feuerpriester ein zufriedenes Lächeln in die ebenso schmalen wie asketischen Gesichtszüge zauberte.

»Das werden sie«, bestätigte er, »und zwar hier und jetzt! Möge die Kraft des Feuers sie reinigen!«

»Feuer! Feuer! Feuer!«, echote es, dass es von den Fassaden der umliegenden Häuser widerhallte. Der Priester nickte nur und wandte sich dann den drei Gefangenen zu, denen längst klar geworden war, welches grausame Schicksal sie erwartete.

Zwei von ihnen schienen sich damit abgefunden zu haben und starrten ihren Henkern ebenso gefasst wie hasserfüllt entgegen. Der Dritte – wohl der Jüngste von ihnen – zerrte nach wie vor an seinen Fesseln und stieß dazu Laute aus, die jämmerlich und elend klangen. Niemals hätte Nawyd geglaubt, dass solche Laute aus dem Schlund eines Drak kommen konnten – anders als Shayak, der wie vom Donner gerührt dastand und auf die grässliche Szenerie starrte.

»Feuer! Feuer! Feuer!«, forderte die Menge – worauf der Priester seinen Gefolgsleuten zunickte. Mit Fackeln traten diese vor und legten Brand an die aufgeschichteten Haufen. Beißender Rauch stieg auf – und im nächsten Augenblick brannten die drei Scheiterhaufen lichterloh.

Die Draki schrien entsetzlich, als die Flammen an ihnen emporleckten – auch jene, die sich bislang beherrscht hatten. Wie von Zinnen zerrten sie an den Ketten, suchten dem grausamen Tod zu entkommen, den die Menschen ihnen zugedacht hatten, während die Schaulustigen begeistert schrien und der Feuerpriester und seine Gefolgschaft einen beschwörenden Gesang intonierten, der der Macht des Feuers huldigte.

Nawyd merkte, wie Shayak neben ihm zuckte. Die Hand des Drak glitt zu dem Schwert unter seinem Überwurf.

»Nicht!«, hielt er ihn zurück.

»Draki! Muss helfen …!«

»Du kannst nichts tun«, beharrte Nawyd. »Wenn du es versuchst, wirst du genauso sterben wie sie.«

»Du auch sagen, wenn dort Menschen brennen?«

»Allerdings.« Nawyd sandte seinem Begleiter einen vielsagenden Blick. »Ich kenne diese Leute.«

Shayak fragte nicht nach, aber er schien zu begreifen, dass es Nawyd ernst war. Trauer und Resignation sprachen aus seinen grünen Augen.

»Wir sollten gehen«, war Nawyd überzeugt, »ehe …«

»He, du!«, rief in diesem Moment jemand hinter ihnen.

Beide fuhren herum.

Vor ihnen stand der Priester des Feuerkults, begleitet von seinen Anhängern und einem Dutzend bewaffneter Soldaten.

»Sieh an«, knurrte er. »Habe ich mich doch nicht geirrt. Noch ein Frevler in unserer Mitte!«

»Mein Herr hat nichts getan!«, versicherte Nawyd schnell, noch ehe Shayak etwas erwidern konnte.

»Dein Herr?« Der fanatische Blick des Priesters traf ihn.

»Ich bin sein Diener«, erklärte Nawyd – warum es ihm so leicht über die Lippen ging, wusste er selbst nicht zu sagen.

»Ein Mensch als Diener einer Schlange«, spöttelte der andere. »Was es nicht alles gibt.«

»Mein Herr ist ein ehrbarer Drak«, versicherte Nawyd.

»Ein ehrbarer Drak, ich verstehe – so wie die da drüben«, versetzte der Priester, nach den Echsenmännern deutend. Nur noch die lodernden Silhouetten waren zu sehen, die sich im Todeskampf wanden. »Nur für den Fall, dass Ihr fremd sein solltet in der Stadt und nicht mitbekommen habt, was diese elenden Würmer getan haben – sie haben eine Karawane überfallen und alle getötet, auch die Frauen. Und was sie mit den Kindern angestellt haben, wollt Ihr vermutlich gar nicht wissen.«

»Vielleicht«, gab Nawyd unumwunden zu. »Aber mein Herr hat nichts damit zu tun.«

»Ist das so?« Der Priester, der fast zwei Köpfe kleiner war als Shayak, blickte misstrauisch zu ihm hinauf. »So bist du nicht wie die anderen Kreaturen deines Schlages? Glaubst an die Macht des Feuers und an seine reinigende Kraft?«

Shayak erwiderte nichts darauf – doch die Art, wie sich sein gelbes Reptiliengesicht verzog, sprach Bände.

»Ich denke, das ist Antwort genug«, stellte der Feuerpriester fest. »Er ist ein Barbar und Ungläubiger. Nehmt ihn fest!«

»Was?«, schnappte Nawyd, während die Soldaten bereits vortraten, um Shayak zu ergreifen. »Das könnt Ihr nicht tun! Er hat nichts getan!«

»Noch nicht«, räumte der Priester ein. »Aber wir werden gewiss nicht warten, bis es so weit ist – zudem hat er soeben gestanden, dass er nicht an die Macht des Feuers glaubt. Heute brennen jene – morgen wird dieser brennen.«

»Nein!«, protestierte Nawyd und stellte sich den Wachen in den Weg. »Das dürft Ihr nicht!«

»Geh zur Seite, Bursche«, fuhr der Priester ihn an, »oder willst du an seiner Seite brennen?«

Nawyd holte tief Luft, wollte dem Priester, aus dem derselbe Hochmut und dieselbe Grausamkeit sprach wie aus seinem obersten Herren Xusra, seinen ganzen Zorn entgegenschleudern – doch eine Echsenklaue legte sich auf seine Schulter und beschwichtigte ihn. »Nicht«, redete Shayak ihm zu. »Alles gut.«

»Alles gut?« Nawyd sah ihn ungläubig an. »Hast du nicht verstanden, was …?«

»Doch«, versicherte der Drak, holte den ledernen Beutel hervor, den er stets bei sich trug, und reichte ihn Nawyd. »Gut darauf achten«, sagte er dazu. »Mein Leben.«

Nawyd konnte nicht mehr fragen, was das bedeuten sollte – die Soldaten stießen ihn unsanft beiseite und ergriffen Shayak, und statt sein Schwert zu ziehen und seine geschuppte

Haut so teuer wie möglich zu verkaufen, ließ der Drak es willenlos geschehen, während der Priester breit dazu grinste.

»So ist es gut«, lobte er. »Nur eine Schlange, die brennt, ist eine gute Schlange.«

Damit führten sie den Echsenmann ab.

Nawyd blieb allein zurück.

8

Tårannok
Währenddessen

Er hatte es wieder getan.

Und wieder und wieder.

Anfangs war es nur im Schlaf geschehen, sodass er sich anderntags nicht daran erinnert hatte. Aber dann hatte es ihn auch im Wachen überkommen, und er hatte alles darangesetzt, das, was er in seinen Visionen vor Augen sah, mit den Händen abzubilden. Warum er das getan hatte, wusste er selbst nicht zu sagen. Wollte er andere warnen? Sicher nicht – er hatte schon einmal versucht, die Welt zu retten, und es war ihm nicht gut bekommen. Vermutlich hoffte er nur, die Geister, die ihn verfolgten, auf diese Weise loszuwerden, sie im Hier und Jetzt zu bannen, indem er die Bilder aus seinem Kopf auf den nackten Fels der Zellenwand malte.

Als Farbe hatte ihm gedient, was immer er in die Hände bekommen hatte, vor allem das Blut von Ratten, die er mit fauligen Brotresten angelockt und gefangen hatte. Mit akribischer Sorgfalt hatte er gearbeitet, damit alles genauso aussah, wie er es in seinem Kopf sah – ausgerechnet er, der er das Schwert der Feder stets vorgezogen und mit Verachtung auf die Kunst geblickt hatte und sie als überflüssige Zeitverschwendung abgetan.

Ein Paladin schert sich nicht um derlei Dinge.

Ein Paladin ist nur einem Herren hörig.

Und dieser Herr ist der Stahl …

Nicht dass er in der ewigen Nacht seiner Zelle etwas gesehen hätte. Aber es hatte ihn nicht davon abgehalten zu tun, was er seiner Überzeugung nach tun musste. Er konnte nicht anders, es war ein Zwang, dem er nachkommen musste, oder er würde den Verstand verlieren ... oder hatte er ihn bereits verloren?

Einen Irren hatten sie ihn genannt, hatten ihn beschimpft und geschlagen und ihm alles weggenommen, was er zum Malen benutzen konnte, doch er hatte immer neue Wege gefunden ... Und als zuletzt keine Ratten mehr da gewesen waren, deren Blut er als Farbe benutzen konnte, hatte er mit den bloßen Fingern gemalt, bis sie bluteten und dunkle Spuren an den Wänden hinterließen.

Schmerz war ihm gleichgültig. Das Bild musste fertig werden, nur das zählte – und es stand kurz vor der Vollendung.

Sich um seine Achse drehend, betrachtete er die Wände. Obschon es völlig dunkel war in seiner Zelle, konnte er alles genau sehen. Jede Einzelheit stand so deutlich vor seinem geistigen Auge, als wäre es taghell. Dabei hatte er die Sonne schon lange nicht mehr gesehen ... sehr lange.

Eine Ewigkeit.

»Bald«, flüsterte er mit tonloser Stimme, die wie er selbst nur noch ein Schatten war. »Bald ...«

Als er die leisen Schritte vor der Zellentür hörte, glaubte er, dass sie erneut gekommen wären, um ihn zu schlagen. Seit dem Tag, da er mit der Arbeit an dem Bild begonnen hatte, hatten sie ihn jeden Tag misshandelt, ihn mit Fäusten und Tritten malträtiert. Doch er hatte nicht aufgegeben. Das Bild musste vollendet werden, oder er würde keine Ruhe finden – und Ruhe war das, wonach sich sein gepeinigter Geist und sein gealterter Körper am allermeisten sehnten ...

Die Schritte hielten vor der Zellentür.

Er konnte hören, wie der Riegel zurückgezogen wurde und die Tür mit metallischem Krächzen aufschwang. Unwillkürlich wich er zurück – und musste die Augen mit den blutigen Händen schirmen, als der Lichtschein einer Fackel in das Dunkel der Zelle fiel. Nur verschwommen nahm er wahr, dass jemand eintrat. Doch weder packte noch beschimpfte man ihn, und das ließ ihn aufmerken.

Zögernd ließ er die Hände sinken, blinzelte gegen den lodernden Feuerschein – und stellte überrascht fest, dass es keine Wachen waren, die seine Zelle betreten hatten, sondern zwei Frauen. Die eine war jung, beinahe noch ein Kind; die andere groß und schlank und dabei von unnahbarer, beinahe überirdischer Schönheit, die an diesem düsteren Ort so unpassend wirkte wie eine Rose auf einem Haufen Dung. Feuerrotes Haar umrahmte ihre edlen Züge, aus denen ihn ein exotisches Augenpaar aufmerksam musterte. Ihren prüfenden Blick erwidernd fragte er sich, ob die beiden wohl wirklich wären oder auch wieder nur ein Trugbild, das seine erschöpften Sinne ihm vorgaukelten – als ihm klar wurde, dass er zumindest eine der Frauen kannte.

Aus einem anderen, einem früheren Leben.

Auch wenn er sich nicht an ihren Namen erinnerte …

Der Mann stand vor ihnen und starrte sie mit fiebrigen Blicken an – und Bray verspürte tiefe Enttäuschung.

Nach allem, was sie über den Mann wusste, der dort im Halbdunkel der Kerkerzelle vor ihnen stand, mochte er noch keine sechzig Winter gesehen haben – tatsächlich sah er jedoch aus wie ein Greis. Ein langer, von hellem Grau durchzogener Bart hing von der unteren Hälfte seines Gesichts, auf seinem Haupt wucherte Haar, das ihm bis weit über die Schultern reichte und in schmutzigen, zottigen Strähnen hing. Die Kleider, die an seinem sehnigen Körper hingen, waren wenig mehr als stinkende Fetzen. Arme und Beine waren nackt und wiesen zahllose Blessuren auf, an den Gelenken traten die Knochen hervor. Und der Blick des tiefblauen Augenpaars war so glasig und entrückt, dass er geradewegs durch Jenya und sie hindurchzugehen schien.

Dieser alte Mann, dieses menschliche Wrack, das sich offenbar kaum auf den Beinen halten konnte und dem Wahnsinn verfallen schien, sollte Kynrik sein?

Der Tapfere?

Der Schwertkämpfer?

Der Held von Wertal?

Nicht nur, dass es Bray schwerfiel, dies zu glauben, sie weigerte sich geradezu. Denn hätte sie versucht, den traurigen Anblick, der sich ihnen bot, mit dem in Einklang zu bringen, wovon die alten Lieder handelten, wäre sie womöglich in verzweifeltes Gelächter ausgebrochen. Deshalb also hatten sie Skaradag verlassen, hatten die Gesellschaft von Piraten in Kauf genommen und waren unter Einsatz ihres Lebens an den Mauern von Tårannok emporgeklettert – um nun einem Greis gegenüberzustehen, der kaum Herr seiner Sinne war …

»Wer seid ihr?«, fragte er entgeistert und mit einer Stimme, die wie ein Echo ihrer selbst klang.

»Kynrik«, begrüßte Jenya ihn leise – der Anblick des Mannes, der einst ein kaiserlicher Paladin gewesen war, schien auch sie zu verstören.

»Woher …?«, fragte der Alte verständnislos. »Wer …?«

»Jenya«, stellte sich die Astara vor. »Weißt du noch?«

»Jen-Jenya«, wiederholte er – Erkenntnis flackerte dabei jedoch nicht in seinen trüben Augen.

Er zog sich in die Tiefe seiner Zelle zurück, und sie folgten ihm. Dabei erfasste der Lichtschein der Fackel das gesamte Kerkerloch – und Bray sah es.

Ohne Zweifel – dies war der Kerker eines Wahnsinnigen!

Auf der einen Seite der Kammer waren zahllose Striche in die Wand eingeritzt, die wohl eine Art Kalender darstellen sollten und die ermessen ließen, wie lange er sich schon in diesem dunklen Loch befand. Die übrigen Wände jedoch waren allesamt mit Malereien beschmiert, die stets nur dasselbe Motiv zeigten: eine grässliche Gestalt, die mit loderndem Blick auf den Betrachter starrte und einem grässlichen Albtraum entsprungen schien.

Gemalt waren all diese Monstren mit Blut, das sich der dem Irrsinn Verfallene offenbar selbst abgenötigt hatte – doch Brays Entsetzen steigerte sich noch, als ihr klar wurde, dass sie diese Schreckgestalten schon einmal gesehen hatte.

In ihren Visionen …

»Du hast sie also auch gesehen«, sagte Jenya leise, der die Ähnlichkeit ebenfalls nicht verborgen blieb.

»Wen?«

»Sie«, erwiderte die Astara nur, auf die Zeichnungen an den Wänden deutend. »Wo hast du sie gesehen, Kynrik?«

»Hier drin« Er deutete auf sein ergrautes Haupt.

Die Astara nickte und sah sich um. Sie schien Bedrückung zu fühlen an diesem finsteren Ort. »Wie lange bist du schon hier, Freund?«, fragte sie flüsternd.

»Achtzehn Winter, elf Monde und acht Tage«, gab Kynrik tonlos zurück, wobei er auf den improvisierten Kalender deutete. »Ein Strich für jeden Tag«, erläuterte er dazu. »Immer wenn sie Essen bringen.«

Bray schürzte die Lippen. Sie bezweifelte, dass es besonders kräftigende Mahlzeiten gewesen waren, die man dem Gefangenen gebracht hatte, jedoch wohl mehr als in anderen Kerkern. Denn während man die Menschen dort allmählich verhungern ließ, ging es in Tårannok darum, sie möglichst lange am Leben zu halten, damit sie in Einsamkeit und Dunkelheit allmählich den Verstand verloren. Dem Helden von Wertal war dies wohl bereits widerfahren …

»Du weißt, warum ich hier bin, oder?«, fragte Jenya und sah ihn prüfend dabei an. »Wenn du sie auch gesehen hast, weißt du, was das bedeutet.«

Kynrik sah sie an, doch sein glasiger Blick schien geradewegs durch sie hindurchzugehen.

»Unser Kampf, Kynrik. Er ist noch nicht zu Ende.«

Ob er verstand, was sie meinte, war nicht eindeutig festzustellen. Statt etwas zu erwidern, deutete er nur an sich herab auf die eiserne Schelle, mit der sein rechtes Fußgelenk an die Wand gekettet war.

»Ich bin hier, um dich zu befreien«, erläuterte die Astara. »Die Welt braucht uns noch ein letztes Mal.«

Der Held von einst bedachte sie mit einem seltsamen Blick. »Die Welt kann mich mal«, versicherte er dann – und wie um seine Worte zu unterstreichen, ließ er ein profanes Geräusch aus seinen Gedärmen fahren. »Bohnen«, kommentierte er dazu – und das war mehr, als Bray ertragen konnte.

Der Unterschied zwischen dem, was Rayan ihr erzählt hatte, und dem, was sie hier sah und in diesem Moment auch roch, war so krass und überwältigend, dass sie nicht länger an sich halten konnte. »Schämt ihr Euch nicht?«, fuhr sie den Alten an. »Ist Euch nicht klar, dass es noch immer Menschen gibt, die an Euch glauben? Die sogar ihr Leben für Euch gelassen haben?«

Kynrik wandte das von wildem Haar überwucherte Haupt, so als würde er Bray erst jetzt bemerken.

»Wer ist die da?«, wollte er wissen.

»Unsere Verbündete«, entgegnete Jenya. »Und sie hat recht. Wir brauchen den Mann, der du einst warst, Kynrik.«

Wieder bedachte er sie mit jenem seltsam leeren Blick. »Der ich einst war.« Seine Augen verengten sich und wurden schmal. »Wer war ich einst?«

Sie hielt seinem Blick stand und taxierte ihn ihrerseits. Und dann sprach sie laut aus, was Bray insgeheim schon die ganze Zeit über befürchtet hatte.

»Du erinnerst dich nicht, oder?«, fragte sie leise – seine Antwort war Schweigen.

»Mein alter Freund, was haben sie nur mit dir gemacht …?«

Kynrik erwiderte nichts darauf. Dafür verzerrten sich seine Züge plötzlich in heller Panik, und er riss den Mund auf und stieß einen Schrei aus, der weithin zu hören war.

»Was tut er?«, rief Bray entsetzt.

»Verdammter Narr«, knurrte Jenya.

»Wachen!«, brüllte der Gefangene, heiser, aber sehr viel lauter, als es seinem krächzenden Organ zuzutrauen gewesen war. »Hierher …!«

»Die Fesseln, schnell!«, ordnete Jenya an – und Bray handelte.

Rasch bückte sie sich, öffnete eine der kleinen Taschen an ihrem Gürtel und entnahm ihr zwei Nadeln aus Fischknochen. An Bord des Piratenschiffes waren sie eigentlich zum Ausbessern von Segeltuch verwendet worden, aber sie ließen sich auch zu anderen Zwecken gebrauchen. Bray schob die beiden Nadeln in das Schloss der Schelle, die Kynrik an seinem linken Bein trug, stocherte ein wenig darin herum – und im nächsten Moment fiel das Eisen mit leisem Klirren ab.

»Du bist frei«, erklärte Jenya dazu.

»Ich darf aber nicht gehen.«

Sie grinste freudlos. Dann packte sie ihn kurzerhand bei seinen Kleiderfetzen und schob ihn zur niederen Tür hinaus – und der einstige Held, der weder darauf gefasst noch ausreichend bei Kräften war, ließ es geschehen, obschon er lautstark protestierte.

»Bray!«, rief die Astara und warf ihr die Fackel zu. Bray fing sie auf und schlüpfte ebenfalls hinaus auf den Gang, den angeblich Vorfahren der Uroks in das schwarze Gestein geschlagen hatten. Auf beiden Seiten mündeten weitere Zellentüren. Elende Gestalten kauerten dahinter, die Jenyas Fackel im Vorbeihuschen aus der Dunkelheit riss.

Bray sah verkrüppelte Körper, milchige Augenpaare und

ausgemergelte Mienen, von denen es schwer vorstellbar war, dass sie einst Menschen gehört hatten.

Jenya hatte eine ihrer Klingen gezückt. In der einen Hand hielt sie das Schwert, mit der anderen zog sie den noch immer lauthals fluchenden Kynrik hinter sich her, während Bray die Fackel hielt und nach hinten sicherte. Sie erreichten die Treppe, die sich senkrecht durch den Turm wand und über die sie herabgekommen waren. Eigentlich hatten sie auf diesem Weg auch wieder entkommen wollen – doch daran war nicht mehr zu denken.

Stampfende Schritte und das Klirren von Waffen drangen aus der Tiefe herauf, dazu aufgeregtes Geschrei und keuchender Atem – und schon im nächsten Augenblick erschien ein Trupp von Wächtern in grauen Waffenröcken und mit rostigen Kesselhauben. Die roten Schnapsnasen darunter und die wuchernden Bärte ließen vermuten, dass es um die Disziplin der Wachen von Tårannok ebenso schlecht bestellt war wie um ihre Moral.

»Seht ihr?«, krächzte Kynrik, und Bray hatte das Gefühl, dass er es mit einer gewissen Genugtuung sagte. »Man will mich nicht gehen lassen …«

9

Hyraka
Später

Nawyd war frei!

Zum allerersten Mal in seinem Leben trug er keine Fesseln. Weder sichtbare noch solche, die nicht zu sehen waren.

Er war der Diener eines Drak gewesen und davor ein Sklave, der meistbietend hatte verkauft werden sollen. Davor hatte er auf einer Oase inmitten von ödem Niemandsland festgesessen und davor als Gefangener im königlichen Kerker von Altashar.

Und wenn Nawyd ehrlich zu sich selbst war, musste er sich eingestehen, dass er auch davor schon ein Leben in Unfreiheit geführt hatte, eingeengt in den Zwängen und Normen, mit denen es einherging, Thronfolger und Erbe eines Reiches zu sein. Gewiss, er hatte auch viele Privilegien genossen und es hatte ihm an nichts gefehlt; er hatte im Überfluss gelebt, und die schönsten Frauen waren ihm gefügig gewesen; aber auch, wenn ein Käfig goldene Gitterstäbe hatte, blieb er dennoch ein Käfig.

All das lag nun jedoch hinter ihm.

Nawyd war frei von allen Fesseln, und er hätte Hyraka verlassen und gehen können, wohin auch immer es ihm beliebte – doch er empfand keine Erleichterung darüber. Im Gegenteil, er fühlte sich elend und leer wie lange nicht, und auch wenn es ihm widerstrebte, es sich einzugestehen – der Grund dafür war, dass Shayak nicht mehr an seiner Seite war.

Nicht, dass der Gestank des Echsenmannes ihm gefehlt

hätte oder seine verkorkste Sprechweise, und es hatte ihm auch gewiss nicht gefallen, den Diener des Drak spielen zu müssen. Aber nach Wochen und Monaten, in denen sich Nawyd mit Fragen gequält hatte, die um den Tod seines Vaters kreisten, hatte er nun erstmals eine konkrete Spur gehabt, der er nachgehen konnte und die ihm endlich Antworten bescheren würde – doch so unvermittelt, wie er auf sie gestoßen war, hatte er sie nun wieder verloren.

Seine Aussichten, die Mörder Artabans nach all den Jahren noch zu finden und zur Rechenschaft zu ziehen, waren ohnehin nicht groß gewesen – ohne die Hilfe Shayaks jedoch, der den Ursprung des Gifts zu kennen schien und somit einen festen Anhaltspunkt, war es ein hoffnungsloses Unterfangen.

Natürlich konnte Nawyd sich auch auf eigene Faust auf die Suche machen, konnte die See überqueren und in Archos nach dem geheimnisvollen Giftmischer Ausschau halten, der den tödlichen Trunk angeblich zubereitet hatte und womöglich die Hintermänner des feigen Mordes kannte. Aber von der Phiole einmal abgesehen, hatte er nicht die geringste Spur, und er beherrschte zwar die Sprache der Westrier, kannte jedoch deren Gepflogenheiten nicht. Seine Suche würde also zwangsläufig der nach der Nadel im Heuhaufen gleichen, und entsprechend gering war die Aussicht auf Erfolg.

Die Einsicht gefiel Nawyd nicht, aber wie er es auch drehte und wendete – er brauchte den Drak!

In der schmalen Seitengasse kauernd, in die er sich zurückgezogen hatte und in der es scheußlich nach Rattenkot stank, öffnete Nawyd den Beutel, den Shayak ihm gegeben hatte. Darin befanden sich, wie er erwartet hatte, die Edelsteine, mit denen der Echsenmann zu bezahlen pflegte. Allerdings schien sich noch etwas darin zu befinden – ein harter, etwa faustgroßer Gegenstand, der sich jedoch nicht herausnehmen ließ. Wie Nawyd feststellte, war der Beutel doppelt genäht; das Innenfutter war kleiner als die Tasche selbst, sodass es dazwischen eine Art Geheimfach gab.

Indem er die grobe Naht öffnete, beförderte er den Gegenstand zutage. Dem Drak schien viel daran zu liegen, denn er hatte ihn als sein »Leben« bezeichnet.

Das Ding war in Streifen aus weichem Leder eingewickelt, die Nawyd zuerst entfernen musste. Dann endlich hielt er das Kleinod in den Händen. Es war kein Goldklumpen, wie er fast erwartet hatte, und auch kein besonders großes Juwel.

Es war ein Stein.

Allerdings war er eiförmig und bestand aus einem seltsamen, schwarz schimmernden und von grünen Adern durchzogenen Gestein, wie Nawyd es noch nie zuvor gesehen hatte. Was immer das Gebilde war, es war Shayak mehr wert gewesen als seine eigene Existenz – Nawyd nahm an, dass es von kultischer Bedeutung für ihn war. Er beschloss, es in den doppelten Boden des Beutels zurückzulegen und gut darauf aufzupassen – jedenfalls so lange, bis er es seinem rechtmäßigen Besitzer zurückgeben konnte …

Nawyd stieß eine Verwünschung aus, denn ihm wurde klar, dass er unbewusst bereits eine Entscheidung getroffen hatte.

Eine Entscheidung, die gefährlich für ihn war und die womöglich damit enden würde, dass er entweder bei lebendigem Leibe verbrannt oder verhaftet und doch noch nach Altashar ausgeliefert werden würde.

Die Entscheidung, Shayak zu befreien.

Wie er das anstellen wollte, wusste Nawyd nicht, aber es war die einzige Möglichkeit, an die für ihn so wichtigen Informationen zu kommen. Außerdem, das kam erschwerend hinzu, sehnte sich alles in ihm danach, den Anhängern des Feuerkults Schaden zuzufügen – und mit ihnen auch ihrem Oberhaupt Xusra.

Mit dem kleinen Vermögen, das ihm zur Verfügung stand,

würde es nicht weiter schwierig sein, sich Waffen zu besorgen und die entsprechenden Stellen zu schmieren, damit …

Sein Gedankengang wurde unterbrochen, als jemand vor ihn trat. Gleichzeitig fühlte Nawyd eine Schwertspitze an seiner Kehle. »Keine Bewegung«, verlangte eine Stimme, die gedämpft unter einem Gesichtstuch hervordrang.

Nawyd blickte auf.

Eine vermummte Gestalt stand vor ihm, die einen weiten Burnus trug. Das Augenpaar, das aus dem schmalen Sehschlitz starrte, schien weder Nachsicht noch Milde zu kennen.

»Hier bist du also«, sagte die Stimme.

Nawyd hob die Brauen. »Wer …?«

Statt zu antworten, löste die Gestalt das Tuch um ihr Haupt. Schulterlanges sandfarbenes Haar kam darunter zum Vorschein, das auf Nawyd fremd wirkte, anders als die ebenmäßigen Züge und die dunklen Augen, von denen er wusste, dass er sie kannte.

Die Erkenntnis traf ihn wie ein Hammerschlag.

»Inara«, stieß er verblüfft hervor.

10

Tårannok
Zur selben Zeit

»Vienmana!«, brüllte der Anführer des Trupps, als er die beiden Frauen gewahrte. In dem wilden Kauderwelsch aus Bordisch und Dwargisch, das von den Menschen entlang der Krakenküste gesprochen würde, bedeutete es wohl etwas wie »Feinde«, wie Bray annahm – denn schon im nächsten Moment hatte er seine Klinge gezückt und ging damit auf Jenya los.

Die Astara parierte seinen Angriff mühelos.

Funken stoben, als ihr Stahl und das schartige Schwert des Wächters aufeinandertrafen. Indem sie Kynrik von sich wegstieß, beschrieb Jenya eine blitzschnelle Drehung. Der Wächter riss seine Klinge hoch, aber er war zu langsam – Jenyas Schwert schnitt tief in sein linkes Bein. Kreischend brach der Wächter in die Knie. Die Astara fing den wankenden Kynrik wieder auf, während sie ihrem verwundeten Gegner gleichzeitig einen Tritt vor die Brust versetzte und ihn zurückstieß.

Die nachdrängenden Soldaten brüllten vor Wut, als ihr Anführer ihnen entgegenstürzte und sie von der Treppe stieß. Als zeterndes, ineinander verkeiltes Knäuel von Muskeln, Bärten und Metall rumpelten sie die Stufen hinab ins darunterliegende Stockwerk, was der Astara ein breites Grinsen entlockte.

»Und jetzt?«, wollte Bray wissen. »Nach unten können wir nicht mehr, da sind zu viele von denen.«

»Aber nach oben.« Jenya bedeutete ihr, sich um Kynrik zu

kümmern, der sich an die nackte Felswand stützte. Er keuchte, sein eigenes Geschrei hatte ihm den Atem geraubt. Zudem schüttelte er immer wieder den Kopf, wie um eine tiefe Benommenheit von sich abzuschütteln. Nach all den Jahren, die er in Gefangenschaft verbracht hatte, begann er das Geschenk der Freiheit wohl ganz allmählich zu begreifen – an alles andere, was einst gewesen war, schien er sich jedoch nicht mehr zu erinnern.

So leer, sagte Bray sich, musste Rayan sich damals gefühlt haben, als er den Stein der Astari in der Schatzkammer der Eisernen Zitadelle vermutete* – und ihn dennoch nicht fand …

»Los, die Treppe hinauf«, drängte Jenya, während sie zurück in den Stollen mit den Zellen huschte.

»Und was wirst du tun?«, fragte Bray.

»Verwirrung stiften«, lautete die knappe Antwort, während die Astara bereits dabei war, die Riegel der Kerkerzellen aufzuziehen. Bei einigen musste mit einem Schwerthieb nachgeholfen werden, so eingerostet war das alte Eisen, das teils über Jahrzehnte nicht mehr geöffnet worden war. Aber mit hässlichem Krächzen schwang eine Tür nach der anderen auf …

»Ihr seid frei!«, rief Jenya mit lauter Stimme, die auch bis in den letzten, dunkelsten Zellenwinkel drang. »Fangt etwas damit an!«

Damit huschte sie zurück zu Bray, die bereits dabei war, Kynrik die Stufen hinaufzubugsieren, seinen linken Arm über ihre Schulter gelegt. Sie konnte hören, wie die Kerkertüren knarrend aufschwangen, und wandte sich kurz um, erblickte in Fetzen gehüllte, verwahrloste Gestalten, von denen manche kaum noch etwas Menschliches hatten. Teils humpelten sie aus ihren Zellen, teils krochen sie. Und zumindest in den Augen derer, die noch etwas Leben in sich hatten, konnte Bray die Glut der Rache leuchten sehen …

* siehe TOTE HELDEN. DIE LEGENDEN VON ASTRAY Bd. 1

»Los, hinauf!«, drängte Jenya, die sich wieder zu ihnen gesellt hatte, und half Bray dabei, den Gefangenen die steilen Stufen hinaufzuschieben.

Zwar wehrte er sich nicht dagegen, aber er unternahm auch nichts, um den beiden Frauen ihre Arbeit zu erleichtern. Stufe für Stufe schleppte er sich hinauf.

Geschrei drang aus der Tiefe. Offenbar hatten die Wachen sich neu formiert und die Verfolgung aufgenommen und trafen nun auf die befreiten Gefangenen. Und auch wenn diese unbewaffnet waren und am Ende ihrer Kräfte – dem hektischen Gebrüll nach und dem Waffengeklirr hatten die Wachen alle Mühe, sich gegen den vermeintlich schwächeren Gegner zu behaupten. Diese Lektion hatte Bray in ihren jungen Jahren bereits gelernt: dass ein Feind, der nichts zu verlieren hatte, unerbittlicher und gefährlicher war als jeder andere.

Sie folgten den Treppenstufen bis ans Ende, bogen dann nach rechts in den Stollen ab, aus dem sie gekommen waren, und an dessen Ende Bray das Fenster wusste, durch das Jenya und sie eingedrungen waren. Gitter gab es nicht in Tårannok – zum einen, weil die Gefangenen ihre Zellen ohnehin nie verließen und an den Wänden festgekettet waren. Zum anderen aber auch, weil es keinen Ort gab, wohin sie hätten fliehen können.

Kapitän Nogen hatte recht gehabt: Es war eine verrückte Idee gewesen, freiwillig hierherzukommen. Zumal man die Mission als gescheitert ansehen musste.

Eisige Luft, die nach Salz und Seetang roch, blies ihnen entgegen, als sie das Fenster erreichten. »Was jetzt?«, keuchte Bray. An der fast lotrecht ansteigenden Felswand emporzuklettern, war schwer genug gewesen – hinabzuklettern, war schlicht unmöglich.

»Du kannst Fragen stellen«, meinte Jenya und beugte sich vor, um einen Blick in die Tiefe zu werfen. »Wir springen.«

»Was?« Das seichte Wasser und die Felsen, die am Fuß des Turmes aus dem Wasser ragten, waren das Erste, woran Bray denken musste. »Das ist keine gute Idee!«

»Vertrau mir«, sagte die Astara. Sie nahm Bray die Fackel aus der Hand und rammte sie kurzerhand in eine Wandhalterung. Dann packte sie Kynrik an den Schultern.

»Ich will aber auch nicht«, erklärte der.

»Ich weiß«, erwiderte sie nur, und ein verwegenes Grinsen huschte über ihre vom Fackelschein beleuchteten Züge. Damit und noch ehe der Gefangene etwas erwidern konnte, schob sie ihn durch die schmale Öffnung. Entkräftet wie er war, leistete Kynrik keinen Widerstand – und kippte im nächsten Moment ins Leere. Die Astara sprang ohne Zögern hinterher.

»Jenya …!«

Bray setzte zum Fenster und blickte hinaus – doch in der dunklen Tiefe war von den beiden nichts mehr zu sehen. Nur das Rauschen von Wellen war zu hören, die gegen den Fuß des Turms schlugen, und hin und wieder eine Ahnung von weißer Gischt …

Bray prallte zurück.

Ganz gewiss hatte sie nicht vor, es Jenya gleichzutun und sich in den schwarzen Abgrund zu stürzen … Andererseits brauchte sie nur in den Stollen zu lauschen und das Geschrei der Wachen zu hören, um zu wissen, dass sie auch unmöglich bleiben konnte. Es sei denn, sie wollte Kynrik als Dauergast in Tårannok ablösen.

Sie stieß eine Verwünschung aus und beugte sich vor. Ein heftiger Windstoß fuhr ihr ins Haar. Offenbar hatte das Wetter gedreht, ein Sturm zog auf.

Bray zögerte noch immer.

Doch dann konnte sie plötzlich Schritte hören, die sich die Treppe herauf näherten, dazu das Klirren von Waffen und Rüstungen. In wenigen Augenblicken würden die Wachen hier sein, und dann …

Bray brachte den Gedanken nicht zu Ende.

Sie schlüpfte durch die Öffnung, schloss die Augen und sprang mit beiden Beinen einfach ab, hinein in die bodenlose Schwärze.

11

Hyraka
Unterdessen

»Überrascht, mich zu sehen?«

Inara lächelte, aber es lag keine Milde darin. Es war das freudlose Grinsen von jemandem, der gelitten hatte – und der den gefunden hatte, den er dafür bezahlen lassen wollte …

»Ein wenig«, gab Nawyd unumwunden zu.

»Hattest wohl gedacht, dass ich dort draußen in der Wüste umgekommen wäre?« Ihr Grinsen wurde noch breiter. »Da muss ich dich enttäuschen. Ich bin gut darin, am Leben zu bleiben – genau wie du, ganz offenbar.«

»Das verdanke ich dir«, erwiderte Nawyd. »Hättest du mir nicht dein Messer gegeben …«

»Du hast eine seltsame Art, deine Dankbarkeit zu zeigen«, fiel sie ihm ins Wort.

»Was hast du erwartet? Dass ich reumütig zurückkehren würde, um wieder ein Sklave zu sein?«

Sie ließ die Antwort offen, aber ihr Mienenspiel verriet, dass sie ihm zürnte. Mehr noch, fast hatte es den Anschein, als würde sie ihm die Schuld an ihrem Schicksal geben …

»Dein Haar«, sagte er nur.

»Hat die Farbe gewechselt«, bestätigte sie beiläufig.

»Warum die Maskerade?«

Sie legte den Kopf schief und sah ihn herausfordernd an. »Vielleicht, weil ich deine Vorlieben kannte. Tote Blutegel, zwei Monde lang in Wein und Essig eingelegt – mehr braucht es nicht, um helles Haar zu schwärzen.«

»So genau wollte ich es nicht wissen«, versicherte er. »Wo sind die anderen?«

»Deine Mitgefangenen?« Sie lachte freudlos auf. »Ich nehme an, der Sturm hat sie geholt.«

»Das denke ich auch.« Nawyd nickte – dass er selbst es gewesen war, der die Überlebenschancen seiner Kameraden vermindert hatte, indem er den Dolch für sich behalten hatte, verschwieg er. »Und deine Leute?«

»Ebenfalls tot, einer wie der andere.«

Nawyd unterdrückte mit Mühe ein Grinsen – es wäre ihm wohl schlecht bekommen. »Verdammter Sturm«, knurrte er stattdessen.

»Ja«, stimmte sie bitter zu, »nur dass es nicht der Sandsturm war, der sie getötet hat.«

»Nein? Was ist geschehen?« Nawyd ahnte, dass er nun den Grund für ihren Zorn erfahren würde.

»Sturmreiter«, erwiderte sie nur.

Sturmreiter!

Nawyd erstarrte innerlich. Die *Rakashi* waren die Elite der königlichen Armee. Sie kamen nur zum Einsatz, wenn es um Missionen von besonderer Dringlichkeit ging – bedeutete das, dass man die Suche nach ihm noch immer nicht aufgegeben hatte? Waren die schwarz gewandeten Krieger auf ihren Kamelen seinetwegen nach Süden geschickt worden? Um einen aus der Kerkerhaft entflohenen Hochverräter wieder einzufangen, der einst Teil der königlichen Familie gewesen war?

»Was haben Sturmreiter so weit im Süden zu schaffen?«, gab er sich ahnungslos.

»Ich weiß es nicht«, erwiderte sie, jedes Wort betonend. »Aber ich weiß, dass sie auf dem Weg nach Hyraka waren, und dass meine Leute und ich ihnen dabei in die Quere gekommen sind. Sie hatten im Sturm ein paar ihrer Tiere verloren, also wollten sie unsere – und meine Leute waren nicht bereit, sie ihnen zu geben. Also kam es zum Kampf.«

»Es ist unklug, Sturmreitern nicht zu geben, was sie wollen«, entgegnete Nawyd.

»Meine Leute wurden niedergemacht bis auf den letzten Mann«, berichtete sie, und die Schrecken des Kampfes schienen ihr dabei noch immer klar vor Augen zu stehen. »Dann war nur noch ich übrig, und sie …«

Inara verstummte.

Für einen Moment – und es war das allererste Mal – hatte er das Gefühl, den Menschen hinter dem Schutzwall zu erblicken, den diese Frau rings um sich errichtet hatte. Doch schon einen Lidschlag später war dieser Eindruck verflogen, und sie wirkte wieder beherrscht und abweisend wie zuvor. »Ich habe als Einzige überlebt«, schloss sie ihren Bericht, »und gelangte hierher.«

»Verstehe.«

»Nichts verstehst du! Gar nichts!«

»Ich habe dir nichts getan, Inara«, brachte Nawyd in Erinnerung. »Du warst es, die mich gefangen nahm und als Sklaven verkaufen wollte.«

»Wer sagt, dass ich das nicht immer noch will?«

»Du bist nach Hyraka gekommen, um mich wieder einzufangen?«

»Mir war klar, dass das die einzige Richtung war, in die du gegangen sein konntest, also bin ich dir gefolgt – und hier sind wir also wieder.«

»Und die Sturmreiter? Sind sie auch in der Stadt?«

»Das nehme ich an.«

»Hast du deshalb die Farbe aus deinen Haaren gewaschen und sie abgeschnitten?«, wollte Nawyd wissen. »Oder verbindet dich etwas anderes mit Hyraka und du hast Angst, erkannt zu werden?«

»Unsinn«, knurrte sie, aber die Veränderung in ihrer Stimme legte nahe, dass er eine verwundbare Stelle getroffen hatte.

»Was willst du jetzt tun?«

»Was wohl? Dich zu einem handlichen Bündel verschnüren und mitnehmen«, gab sie barsch zurück.

»Das denke ich nicht.«

»Und warum nicht?«

Nawyds Antwort kam in Form einer Handvoll Sand, die er rasch vom Boden aufgelesen hatte und ihr ins Gesicht warf. Mit einer Verwünschung auf den Lippen wandte Inara sich instinktiv ab – und im nächsten Moment hatte er ihr die Waffe bereits entwunden und bedrohte sie damit.

»Na los«, forderte sie ihn auf, sich die brennenden Augen reibend. »Worauf wartest du? Stich schon zu!«

»Nein.« Er schüttelte den Kopf. »Ich möchte dir ein besseres Geschäft vorschlagen.«

»Ein besseres Geschäft?« Sie ließ die Hände sinken. Aus tränenden Augen sah sie ihn misstrauisch an. »Welcher Art?«

Nawyds Kieferknochen mahlten, während er angestrengt überlegte. Der Gedanke, Inara in seine Pläne einzubeziehen, war ihm soeben erst gekommen. Aber je länger er darüber nachdachte, desto mehr hatte er für sich …

»Ist dir der Feuerkult bekannt?«

»Wem nicht?«

Nawyd nickte. »Die Anhänger des Kults halten jemanden gefangen, der wichtig für mich ist. Ich habe vor, ihn zu befreien.«

Sie lachte auf. »Da hättest du dir nicht solche Mühe zu geben brauchen, dem Sandsturm zu entkommen – denn wenn du das versuchst, wird es dich auf jeden Fall das Leben kosten.«

»Kommt darauf an.«

»Worauf?«

»Wie gut es mir gelingt, die Wachen abzulenken«, erwiderte Nawyd mit einem ebenso breiten wie schmutzigen Grinsen, das Inara sogleich zu deuten wusste.

»Nein«, widersprach sie kopfschüttelnd.

»Durchaus«, beharrte er – während er gleichzeitig in den Beutel griff und eine Handvoll funkelnder Edelsteine hervorholte, die im Licht der Nachmittagssonne glänzten. »Für dich«, sagte er nur dazu.

Inara musterte ihn und schien einen Moment nachzudenken.

Dann kehrte das überlegene Lächeln in ihr Gesicht zurück. »Warum hast du das nicht gleich gesagt?«

12

Quälende Augenblicke lang stürzte Bray in die Tiefe, gefangen zwischen Leben und Tod, während sie nur inständig hoffte, dass es wenigstens schnell gehen würde … im nächsten Moment war sie schon unten. Dass sie die ganze Zeit geschrien hatte, wurde ihr erst bewusst, als sie in das eisig kalte Wasser der See eintauchte und ihr Schrei verstummte.

Dunkelheit umgab sie und eine unheimliche Stille, sodass sie sich für einen bangen Augenblick lang die Frage stellte, ob sie noch am Leben war. Dann allerdings bemerkte sie, wie ihre Lungen zu kribbeln begannen, und sie paddelte mit den Armen und schlug mit den Beinen – und durchstieß im nächsten Moment die Oberfläche.

Gierig sog sie die kalte Luft in ihre Lungen, während sie zu begreifen versuchte. Die Felsen – wo waren sie geblieben? Und wieso war das Wasser um den Turm plötzlich so tief und von Wellen bewegt …?

»Bray, hierher!«

Sie warf sich im kalten Wasser herum, erblickte in kurzer Distanz den Nachen. Jenya war bereits an Bord und dabei, Kynrik heraufzuhieven, der den waghalsigen Sprung wohl ebenfalls überstanden hatte (auch wenn es bei ihm wohl eher ein Sturz gewesen war). Vor Aufregung am ganzen Körper zitternd, schwamm Bray zu dem Boot und half, den im wahrsten Wortsinn gefallenen Helden in den Nachen zu bugsieren. Dann zog sie sich selbst mit letzter Kraft aus dem Wasser.

»Warum sind wir nicht tot?«, fragte sie atemlos.

»Die Flut kommt sehr schnell in diesem Teil der See«, erklärte die Astara. »Sie hat uns gerettet ...«

In diesem Moment bohrte sich mit hässlichem Pochen ein Pfeil in die Achterducht des Bootes und blieb bebend stecken.

»... aber was nicht ist, kann ja noch werden«, fügte Bray hinzu, als rings um den Nachen noch weitere Pfeile einschlugen und plitschend im dunklen Wasser verschwanden.

»Verdammt«, knurrte Jenya mit für eine Astara seltener Direktheit – gleich in mehreren Fensteröffnungen des Turms waren Bogenschützen aufgetaucht und nahmen sie unter Beschuss!

Schon bohrte sich ein weiterer Pfeil ins Holz des Schiffes und verfehlte Kynrik nur um Haaresbreite. »Ihr hättet das nicht tun sollen«, beschied er seinen Retterinnen vorwurfsvoll.

»Halt die Klappe«, konterte Jenya, während sie mit einem Schwerthieb die Leine kappte. Die Köpfe zwischen die Schultern gezogen, griffen Bray und sie nach Paddel und Ruder und brachten das Boot in Bewegung, während weitere Pfeile auf sie niederprasselten. Doch zum einen hatten die Wachen von Tårannok wohl keine große Übung im Zielen, zum anderen sorgte der Wind dafür, dass die Geschosse allesamt fehlgingen – und im nächsten Moment war das kleine Boot von Dunkelheit und Nebel umgeben.

»Gut so«, knurrte Jenya, die über die Schulter zurückblickte. »Wir sind für sie nicht mehr zu sehen.«

»Aber wir sehen auch nichts mehr«, wandte Bray ein. »Wie sollen wir da das Schiff der Unsichtbaren finden?«

»Gar nicht.«

»Was soll das heißen?«

»Die Reise führte von Beginn an nur in eine Richtung – warum, glaubst du, hat der gute Nogen die Bezahlung für seine Dienste bereits kassiert?«

Weil es der Abschied war, gab Bray sich in Gedanken die Antwort. Natürlich, wie hatte sie nur so naiv sein können? Der Schuld wegen, in der die Unsichtbaren gestanden hatten, waren sie bereit gewesen, die beiden Frauen nach Tårannok zu bringen.

Aber auch nicht mehr …

»Und wie kommen wir jetzt zurück?«

»Vorerst gar nicht – wir steuern die Krakenküste an und gehen dort an Land. Dann sehen wir weiter.«

»Die Krakenküste ansteuern …« Bray hörte auf zu rudern. Wenn sie aus den Gesprächen der Seeleute, die sie als Kind in den Spelunken Skaradags belauscht hatte, eines gelernt hatte, dann dass es keine gute Idee war, an der Krakenküste an Land zu gehen. Schmuggler und Menschenhändler gab es dort und anderes Gesindel – von den Kreaturen, die der Küste ihren Namen gaben, ganz zu schweigen.

»So war es von Anfang an geplant«, erwiderte die Astara. »Unser nächstes Ziel liegt südlich des Gebirges – und der direkte Weg ist stets der kürzeste.«

»Aber nicht der sicherste.«

Nicht Bray hatte das gesagt, sondern Kynrik, der auf der Querducht in der Mitte des kleinen Bootes kauerte und sich das lange, vor Dreck und Salz fast stehende Haar raufte. Der Gestank, der von ihm und seinen verdreckten Kleidern ausging, war so verheerend, dass es Bray den Atem verschlug.

»Hast du einen besseren Vorschlag?«, fragte Jenya.

»Ihr hättet nicht kommen sollen.«

»Ist ein bisschen spät, um sich darüber noch Gedanken zu machen, oder?« Die Astara schnitt eine Grimasse.

»Ich hätte in Tårannok bleiben müssen. Es war meine Bestimmung, dort zu sterben.«

Jenya widersprach. »Ich glaube, dass du eine höhere Bestimmung zu erfüllen hast, als in einem dunklen Loch am Ende der Welt zu verrecken. Und vielleicht wirst du uns irgendwann noch dankbar dafür sein, dass wir unser Leben riskiert haben, um dich aus diesem Loch herauszuholen.«

Er stierte sie an. Wenn er Dankbarkeit empfand, so verbarg er sie gut. Statt zu antworten, ließ er wieder seine Gedärme sprechen.

»Seid Ihr sicher, dass wir den Richtigen aus Tårannok befreit haben?«, fragte Bray.

»Du zweifelst daran.«

»Das ist nicht, wovon die alten Lieder berichten!«

»Er ist … in die Jahre gekommen«, räumte Jenya ein.

»Er ist ein Wrack!«

»Vielleicht, ein wenig.«

»Er kann sich noch nicht einmal daran *erinnern*, jemals ein Held gewesen zu sein!«

»Ich kann euch hören«, murrte Kynrik.

»Du hast recht, er ist ein Wrack«, gestand die Astara ungerührt zu. »Aber glaub mir, ich habe ihn trotz allem wiedererkannt. Du hättest ihn einst sehen sollen, in seiner strahlenden Rüstung, das Schwert in den Händen! Er hat Wertal ganz allein gegen eine drückende Übermacht verteidigt!«

»Wertal«, echote Kynrik.

Zum ersten Mal hatte Bray das Gefühl, dass er sich an etwas entsann, doch es schienen keine angenehmen Erinnerungen zu sein, denn er verzog das Gesicht und schlug mit geballten Fäusten gegen seine Schläfen. Bray sah Jenya fragend an – hatte die Astara nicht gesagt, dass man Kynrik auf Wertal nicht ansprechen sollte? Nun hatte sie es doch getan, und offenbar mit voller Absicht …

»Ja, Wertal«, bekräftigte sie. »Weißt du noch?«

Er hob den Blick und sah sie an. »Ich will nichts mehr wissen. Ich habe lange gebraucht, um zu vergessen.«

»Ich weiß«, versicherte sie, während Bray und sie weiterruderten und das Boot durch die flachen Wellen trieben, fort von Tårannok und hinein in die Nacht. »So wie wir alle, mein Freund. Aber es ist an der Zeit, sich wieder zu erinnern.«

»Ich will nicht.«

»Du musst.«

Kynrik starrte sie an. »Du bist ein Miststück.«

»Sehr gut.« Die Astara nickte zufrieden. »Offenbar kehrt deine Erinnerung wieder.«

Bray war nicht sicher, ob sie das beruhigen sollte.

13

Hyraka
Am nächsten Abend

Fünf neue Scheiterhaufen waren auf dem Marktplatz errichtet worden. Nawyd hatte keine Ahnung, wer die anderen armen Kerle sein würden, deren Seelen von den Flammen gereinigt werden sollten, wie die Anhänger des Feuerkults es ausdrückten. Aber er wusste, dass einer von ihnen Shayak sein würde – und er war gekommen, um dies zu verhindern.

Von seinem Posten aus, den er auf einem flachen, nur von einer niederen Mauer gesäumten Dach bezogen hatte, konnte Nawyd den gesamten Platz überblicken.

Er sah die Händler, die im Lichtschein von Laternen Dörrfleisch, Brot und andere Nahrungsmittel verkauften; die Schaulustigen, die sich wie am Abend zuvor auf dem Platz versammelten, um das grausige Geschehen zu beobachten; dazu die Soldaten der Garnison in ihren roten Waffenröcken.

Und da waren ein Flötenspieler und eine Tänzerin, die sich von der anderen Seite des Platzes her auf dessen Mitte zubewegten – er, während er eine fröhliche Weise trällerte, sie, indem sie sich fortwährend um ihre Achse drehte und die bunten Schleier ihres Gewandes flattern ließ.

Den Flötenspieler hatten sie auf dem Basar ausfindig gemacht – ein drahtiger kleiner Mann, der einen schmutzigen Turban trug und dem ein Auge fehlte. Nawyd hatte ihm gesagt, was er zu tun hätte, und der Einäugige hatte keine Fragen gestellt – der kleine Edelstein, den er für seine Dienste bekam, war vermutlich mehr, als er in seinem ganzen bisherigen Leben besessen hatte.

Inara hatte auf dem Basar zunächst ein Kleid kaufen müssen; außerdem hatte sie ein öffentliches Bad besucht, in dem sie den Schmutz der zurückliegenden Tage von sich abgewaschen hatte – und das wohl, wie Nawyd vermutete, gleich in mehrfacher Hinsicht. Ihr blondes Haar hatte sie mit duftenden Salben einreiben und ein glitzerndes Band hineinflechten lassen, sodass es nicht länger aussah wie in aller Hast mit dem Messer abgeschnitten; das Kleid, das sie ausgewählt hatte, bestand aus vielen Schichten halb durchsichtiger Seide, die ihren makellosen Körper bald ganz verhüllten, bald tiefe Einblicke gewährten, je nachdem, wie sie sich bewegte. Dies und die Anmut ihrer Bewegungen sorgten dafür, dass sie die Blicke auf sich zog – sowohl jene der Schaulustigen als auch die der Wachtposten. Und Nawyd sagte sich, dass sie die Gemmen, die er ihr dafür bezahlte, allemal wert war.

Inara und der Flötenspieler hatten jetzt die Mitte des Platzes erreicht. Während der Musikant zurückblieb, näherte sich die junge Frau den Soldaten ohne Scheu, tanzte um sie herum und betörte sie mit Reizen gleichermaßen wie mit Blicken. Die Kerle ließen sich das nur zu gerne gefallen – begehrliche Augenpaare blitzten unter den Helmen, und grinsende Zahnreihen waren zu sehen, während die Tänzerin um sie herumwirbelte und ihre Schleier flattern ließ.

Dann traten die Anhänger des Feuerkults auf.

Ihre orangefarbenen Roben leuchteten im Licht der Fackeln, als ob sie selbst in Flammen stünden, ihre Gesichter waren zu Masken erstarrt. Bei sich führten sie die fünf Gefangenen, die an diesem Abend brennen sollten – neben vier Männern, die vermutlich verurteilte Verbrecher waren, auch Shayak.

Es versetzte Nawyd einen Stich ins Herz, den Drak unter den Todgeweihten zu sehen, und unwillkürlich fragte er sich, was der Echsenmann in diesem Augenblick wohl denken mochte. Die ganze Zeit während ihres langen Marsches nach Hyraka hatte Shayak nicht ein Wort des Hasses verloren, weder auf die Menschen noch auf sonst jemanden. Andere seiner Art mochten Mörder und Menschenfresser sein, auf ihn traf dies jedoch nicht zu. Auch jetzt, da er seinem Ende entgegensah, war weder Wut noch Aggression an ihm zu erkennen, im Gegenteil wirkten seine von Schuppenhaut überzogenen Züge, als wären sie aus Stein gemeißelt – auch dann, als aus der Menge ein Stein geflogen kam und ihn an der Schläfe traf, begleitet vom Gelächter der Menge.

Der Drak wankte, aber er fiel nicht, und so schlug die Schadenfreude der Meute in Wut um. Flüche und wüste Beschimpfungen begleiteten Shayak auf dem Weg zum Scheiterhaufen, und Nawyd ertappte sich dabei, dass er sich in diesem Augenblick schämte, ein Mensch zu sein.

Endlich erreichte der Zug die Hinrichtungsstätte. Der Feuerpriester blieb stehen und hob die Arme, um der grölenden Menge Einhalt zu gebieten.

»Bürger von Hyraka«, schrie er mit lauter Stimme, »auch an diesem Abend haben wir uns wieder versammelt, um einige, die der Macht des Bösen verfallen sind, der reinigenden Kraft des Feuers zu übergeben, auf dass die Zahl der Sünder geringer und die der Geläuterten in dieser Stadt größer und größer werde!«

Die Zuschauer schrien begeistert Beifall, aber ein Gefühl sagte Nawyd, dass es weniger die Aussicht auf Läuterung war, die die Menge derart in Euphorie versetzte, als vielmehr die Aussicht auf ein grausiges Schauspiel.

»Jene hier«, fuhr der Priester fort, auf die Gefangenen deutend, »sind allesamt dem Bösen verfallen. Die einen, weil sie sich an fremdem Besitz vergriffen haben – jener dort«, – er deutete auf Shayak –, »weil seine bloße Existenz gegen das Gesetz der Schöpfung verstößt. Eine krude, grausame Bestie ist er, die nur die Macht des Feuers reinigen und in eine bessere Existenz überführen kann. Sie alle werden deshalb brennen.«

»Brennen! Brennen!«, schrie die Menge.

»Möge die Kraft des Feuers sie alle reinigen!«, rief der Priester mit effektheischender Geste, worauf heiserer Jubel losbrach. Gleichzeitig wirbelte eine filigrane, in halb durchsichtige Schleier gehüllte Gestalt heran und begann, die verblüfften Gefangenen zu umtanzen.

»Tochter der Sünde!«, schrie der Priester aufgebracht, wobei die Farbe seines Gesichts in Widerstreit mit jener seiner Robe zu geraten schien. »Was fällt dir ein, diese Zeremonie zu entweihen? Hinweg mit dir – oder willst du auch den Flammen übergeben werden?«

Mehrere hyrakische Frauen schrien begeistert, wohl weil sie dies für eine gute Idee hielten – die Tänzerin jedoch wirbelte weiter und erreichte im nächsten Moment den gefangenen Drak.

»Das genügt!«, brüllte der Feuerpriester aus Leibeskräften. »Ergreift sie und werft …«

Er verstummte jäh.

Die Worte blieben ihm förmlich im Hals stecken, zusammen mit dem Pfeil, der aus dem Dunkel der hereinbrechenden Nacht herangeflogen war und seine Kehle durchbohrt hatte.

Ein Augenblick seltsamer Stille trat ein, der jedoch nur einen Herzschlag währte.

Dann geschah alles gleichzeitig.

Während der Feuerpriester sich an den durchbohrten Hals griff und langsam niederging, durchschnitt Inara Shayaks Fesseln – und schon im nächsten Moment waren beide auf der Flucht. Ein Angehöriger des Feuerkults, der sich ihnen in den Weg stellen wollte, sank mit einem Pfeil in der Brust nieder.

Spätestens jetzt begriff auch die Menge, was vor sich ging. Schreie wurden laut und Panik brach auf dem Platz aus. Die einen ergriffen die Flucht, andere stürmten in die Mitte des Platzes, wobei sie mit den Soldaten aneinandergerieten, die wiederum versuchten, die vier verbliebenen Gefangenen an der Flucht zu hindern. Und die Tatsache, dass zwei der Soldaten von Pfeilen getroffen niedersanken, trug auch nicht dazu bei, die Situation zu beruhigen.

Nawyd sah es mit grimmiger Genugtuung.

Von seinem Versteck auf dem Dach aus schickte er noch einen weiteren Pfeil auf Reisen, der allerdings fehlging – dann entdeckte ihn eine der Wachen und warf ihren Speer nach ihm. Zeit, das Versteck aufzugeben.

In gebückter Haltung zog sich Nawyd zurück. Vom Dach sprang er auf einen Baldachin und ließ sich von dort zu Boden gleiten. Das Durcheinander, das auf dem Richtplatz herrschte, hatte bereits auf die angrenzenden Gassen übergegriffen, die wachsende Unruhe stiftete nur noch mehr Verwirrung.

Mit einem Grinsen huschte Nawyd die Gasse hinab, zwängte sich vorbei an Schaulustigen, die ihm entgegenströmten und wissen wollten, was es auf dem Platz gab. Indem er in eine schmale Seitengasse bog, ließ er die Menge hinter sich, und nach ein paar weiteren Biegungen gelangte er in eine Sackgasse. An deren Ende warteten zwei Gestalten – die eine groß und mit reptilienhaften Zügen, die andere kleiner und zierlicher.

»Gut gemacht«, raunte Nawyd Inara zu, die sich mit einem verwegenen Grinsen revanchierte. Ihr buntes Kleid trug sie jetzt unter einem dunklen Umhang verborgen.

»Du?« Shayak sah ihn an. Die Verwunderung in seinen grünen Echsenaugen schien keine Grenzen zu kennen.

»Ich«, bestätigte Nawyd nur.

»Was getan?«

»Was wohl? Ich habe dich befreit!«

Das Mienenspiel des Echsenmannes verfinsterte sich, er rollte mit den grünen Augen. »Du kein Recht!«, fuhr er Nawyd an. »Du Gefahr! Gefahr für Leben!«

»Beruhige dich«, versetzte Inara trocken. »Eigentlich war es eher *mein* Leben, das er in Gefahr gebracht hat.«

»Wo Tasche?«, brüllte der Drak, wobei seine Klauen an den Kragen von Nawyds Burnus schossen, zupackten und ihn in die Höhe rissen. »Wo mein Leben? Wo …?«

Nawyd wusste nicht, wie ihm geschah. Von groben Pranken geschüttelt, versuchte er zu begreifen, was der Echsenmann, den er soeben erst vor dem grausamen Feuertod bewahrt hatte, von ihm wollte – dann wurde es ihm plötzlich klar!

Der lederne Beutel, den Shayak ihm anvertraut hatte!

Der schwarze Stein, der sich darin befand …

»Es ist … in Sicherheit«, stieß Nawyd hervor. »Karawanserei … ich habe ihn dort gelassen.«

Es schien einen Moment zu dauern, bis die Bedeutung der Worte an das Bewusstsein des Schlangenmenschen drang. Dann, mit einem verblüfften Schnauben, ließ er jäh von Nawyd ab und stellte ihn wieder auf den Boden.

»Es ist alles in Ordnung«, versicherte Nawyd, sich den dröhnenden Schädel reibend. »Und jetzt sollten wir verschwinden, ehe Verstärkung aus der Garnison eintrifft und sie jede Gasse nach uns durchkämmen.«

»Verstanden«, sagte der Drak.

Und hätte Nawyd es nicht besser gewusst, hätte er gesagt, dass der Echsenmann dabei dankbar lächelte.

14

Altashar
Zur selben Zeit

Eine Woche war seit dem gemeinen Mordanschlag vergangen – eine Woche, in der Hilalayan sein Quartier im Palast von Altashar nicht mehr verlassen hatte.

Die offizielle Begründung dafür war, dass er sich nicht wohlfühlte und unter Übelkeit litt, und soweit es die Nachwirkungen des Giftes betraf, das er eingeatmet hatte, entsprach das auch den Tatsachen.

Aber es war nur die halbe Wahrheit.

Denn der eigentliche Grund dafür, dass der einstmals so mächtige Hofmarschall seine Gemächer nicht mehr verließ, war Furcht ... die nackte Angst davor, erneut das Ziel eines feigen Mordanschlags zu werden.

Die Wachen vor den Türen – dazu reichte sein Einfluss noch aus – hatte er verstärken lassen und ihnen eingeschärft, niemanden zu ihm vorzulassen, es sei denn, er selbst hätte ausdrücklich nach jener Person verlangt. Doch nach allem, was geschehen war, konnte er sich nicht sicher sein, dass die Soldaten ihrer Pflicht auch tatsächlich nachgingen. Jemand in Altashar wollte seinen Tod, und es gehörte nicht viel dazu, sich auszurechnen, wer dieser Jemand war.

Im Nachhinein kam es ihm fast lächerlich vor, dass er jemals geglaubt hatte, Xusra besiegen zu können. Mehr noch, in den Anfangstagen des Kults, als der Feuerpriester nicht mehr gewesen war als ein Speichellecker und Emporkömmling, hatte er ihn mit Missachtung gestraft, in der festen Überzeugung, dass der Kult um das Ewige Feuer nur eine Randerscheinung bleiben würde, eine Mode, die sich wie so viele andere im Lauf der Zeit wieder verlieren würde.

Doch das war er nicht.

Die alten Götter, denen Kaiser Malfertas und seinesgleichen noch gehuldigt hatten, mochten die Katastrophe nicht überstanden haben; in der Mehrheit hatten die Völker Astrays sich von ihnen abgewandt. Doch das bedeutete nicht, dass die Menschen nicht die Sehnsucht nach einem neuen Glauben hegten – und während Hilalayan diese Sehnsucht stets als Schwäche abgetan hatte, hatten Xusra und die Seinen sie erkannt und bedient.

Als in Altashar der erste Tempel den alten Göttern entzogen und der Ewigen Flamme geweiht wurde, da hätte Hilalayan stutzig werden müssen; vielleicht, sagte er sich, hätte damals noch die Möglichkeit bestanden, auf den König Einfluss zu nehmen und den Kult in seinen Anfängen zu ersticken. Doch dann kamen neue Tempel hinzu: auch in Medras, Abydon, Satrapos, Phrygos und Makashar begannen die Menschen der neuen Religion zu huldigen, und die Flamme, die Xusra und seine Sektierer entzündet hatten, weitete sich zum Flächenbrand aus, der spätestens dann, als auch König Astyragis unter den Bann des Hexenpriesters geriet, nicht mehr aufzuhalten war.

Bis hinauf nach Nabara erstreckte sich der Einfluss des Kults inzwischen und hinunter bis nach Hyraka, doch statt dies zu sehen und die notwendigen Schlüsse zu ziehen, hatte Hilalayan weiter an seinem Amt und seinem Einfluss festgehalten und versucht, die Dinge in seinem Sinn zu beeinflussen, in völliger Verkennung der Tatsache, dass die wahre Macht längst in den Händen anderer lag. Vor einer Woche nun hatte er die Früchte dieser Torheit geerntet – und wäre um ein Haar daran zugrunde gegangen.

Noch immer spürte er die Nachwirkungen des Gifts, fühlte

sich schwach und ausgelaugt. Während er in den ersten Tagen nichts bei sich hatte behalten können, konnte er inzwischen wenigstens wieder leichte Speisen zu sich nehmen, und auch das Brennen in seinen Lungen ließ allmählich nach. Nichtsdestotrotz erinnerte ihn jeder rasselnde Atemzug daran, dass er dem Tod nur mit knapper Not entgangen war, und er scheute sich davor, hinauszugehen und anderen Menschen zu begegnen. Ob man ihm die Entschuldigung, er wäre infolge einer Magenverstimmung unpässlich und könne an den Sitzungen des Rates nicht teilnehmen, inzwischen noch glaubte, bezweifelte er, aber auch das spielte keine Rolle mehr – der Kronrat war zu einer Farce verkommen und faktisch nicht mehr existent, und allein schon die Tatsache, dass der König kein einziges Mal nach ihm gefragt, sich nach seinem Zustand erkundigt oder auch nur seine Anwesenheit gefordert hatte, sprach in dieser Hinsicht Bände.

Dass Hilalayan die Tage in seinem Quartier verbrachte und versuchte, wieder zu Kräften zu kommen, bedeutete freilich nicht, dass er das Interesse an dem verloren hätte, was außerhalb seiner Gemächer vor sich ging. Einige ihm verpflichtete Hofbeamte waren damit betraut, für ihn zu spionieren und ihn über das auf dem Laufenden zu halten, was im Palast geschah. Nicht, dass sich Hilalayan noch eingebildet hätte, darauf Einfluss nehmen zu können, doch er hoffte, auf diese Weise wenigstens vorgewarnt zu sein, wenn der nächste Schlag gegen ihn erfolgte. Denn eines war ihm nur zu klar geworden: dass es keine Möglichkeit gab, sich mit Xusra zu arrangieren.

Ganz gleich, was Hilalayan unternehmen, wie sehr er auch versuchen mochte, sich auf die Seite des Hohepriesters zu schlagen – Xusra wollte seinen Tod. Und da Hilalayan diesem Wunsch durchaus nicht entsprechen wollte, musste er wohl oder übel nach einem anderen Ausweg suchen …

Als es an die Tür seines Schlafgemachs klopfte, zuckte er zusammen. Auf dem Diwan liegend, auf dem er die letzten

Tage verbracht hatte, sich in Weltschmerz und Selbstmitleid suhlend, lauschte er.

Drei kurze Klopfzeichen.

Ein langes, dann eine Pause.

Und wieder drei kurze.

Das vereinbarte Signal.

Schwerfällig erhob er sich und schlich zur Tür.

»Die Losung?«, fragte er halblaut.

»Sargons Tod«, kam es leise zurück.

Hilalayan atmete innerlich auf. Er entriegelte die Tür und öffnete sie einen Spalt. Die dunklen Augen und der spitze schwarze Kinnbart von Troas erschienen, Hilalayans engstem Vertrauten. Der Hofmarschall öffnete die Tür gerade weit genug, um ihn hereinschlüpfen zu lassen, dann schloss er sie wieder und schob den Riegel vor.

»Nun?«, erkundigte sich Hilalayan, während er sich bereits wieder auf sein Lager zurückzog.

»Es gibt Neuigkeiten, Herr – und sie werden Euch nicht gefallen.«

»Als ob es darauf noch ankäme.« Mit resignierendem Lachen ließ Hilalayan sich wieder auf den Diwan sinken.

»Ich komme soeben aus dem Thronsaal«, erstattete Troas Bericht. Die Tatsache, dass er das Haupt dabei halb gesenkt hielt und Hilalayan nicht in die Augen sehen konnte, verhieß nichts Gutes. »Der Kronrat wurde aufgelöst.«

»Was?«

»Der Hohepriester hat es vorhin verkündet, und die Kanzlei vervielfältigt den Erlass bereits.«

»Also ist es unumkehrbar.« Hilalayan stockte der Atem. Nicht, dass er sonderlich überrascht gewesen wäre, zumal der Rat ja ohnehin nicht mehr wirklich existiert hatte. In den letzten Monden war nur noch der engste Beraterkreis des Königs zusammengetreten, und auch dieser hatte sich beständig verkleinert … Dennoch war es bitter, es nun mit dieser Endgültigkeit zu erfahren. Dass Xusra keine Skrupel hatte, sich an einer Institution zu vergreifen, die so ehrwürdig war, dass nicht einmal der Kaiser sie angetastet hatte, sagte alles darüber, wie weit es im Reich gekommen war.

»Wie es heißt, wird der König seine Entscheidungen künftig direkt treffen und an die Beamten weiterleiten.«

»Der König – oder vielmehr der, der den König lenkt.« Hilalayan lachte freudlos. »Und was ist mit dem Posten des Hofmarschalls? Hat Xusra sich auch dazu geäußert?«

Troas' Blick senkte sich noch weiter, sog sich am Muster des Teppichs fest. »Das Amt des Hofmarschalls existiert nicht mehr. Es wurde mit dem heutigen Tage abgeschafft.«

»Ich verstehe.« Hilalayan nickte und war dankbar dafür, bereits zu liegen – andernfalls wäre er wohl von den noch immer schwachen Beinen gekippt. Xusra mochte darin versagt haben, ihn vom Leben zum Tode zu befördern – sein Amt und seine Stellung bei Hof jedoch hatte er vernichtet.

»Und das ist noch nicht alles, Herr«, fuhr der Hofbeamte bedrückt fort. »Im Namen des Königs hat Xusra auch den Krieg gegen Westrien ausgerufen. Den Oberbefehl über die Streitmacht, welche sich in Makashar formiert hat, wird er selbst übernehmen.«

»Er selbst?« Hilalayan horchte auf. »So wird er Altashar verlassen?«

»Ja, Herr, schon heute Nacht. Seine Priester werden an seiner statt die Regierungsgeschäfte übernehmen.«

»Und der König?«

»Wird unter ihrer Obhut in Altashar verbleiben.«

»Unter ihrer Obhut.« Hilalayan lachte bitter auf. »So kann man es auch nennen.«

»Herr, Ihr müsst mit dem König sprechen«, sagte Troas und sah nun doch auf. Sein Blick war flehend. »Was der Hexenpriester tut, gefährdet alles, wofür Altashar steht. Alles, was Artaban der Große aufgebaut hat.«

»Ihr wisst das und ich weiß das«, versicherte Hilalayan. »Aber der König nicht.«

»Dann müsst Ihr es ihm sagen!«

Hilalayan sah ihn müde an. »Wie könnte ich das? Seht mich an, Troas – ich bin krank und schwach, ein geschlagener Mann.«

»Aber Ihr habt noch immer großen Einfluss bei Hofe! Die Beamten stehen hinter Euch …«

»Sicher.« Hilalayan nickte – so wie er hinter Gadates gestanden hatte, fügte er in Gedanken hinzu. »Und ich weiß ihre Treue zu schätzen, glaubt mir. Aber es ist zu spät. Xusra will die Flamme des Kults überall brennen sehen, und es ist zu spät, um ihn noch aufzuhalten. In diesen Tagen, mein alter Freund, muss jeder an sich selbst denken.«

»Versucht es, Herr, noch ein letztes Mal«, drängte Troas. »Wenn Xusra die Stadt verlassen hat, mögt Ihr den König aufsuchen. Vielleicht gelingt es Euch, zu ihm durchzudringen und ihn zu warnen. Wollte Ihr das nicht versuchen, nur noch ein letztes, einziges Mal?«

Hilalayan sah seinen einstigen Untergebenen an, sah die vage Hoffnung in seinem furchtsamen Blick – und ein wenig war es, als würde der ehrwürdige Gadates ihm dabei über die Schulter blicken.

»Gut«, hörte er sich selbst erwidern. »Ein letztes Mal …«

15

Krakenküste, Vergessene See
Der nächste Tag

Als der Morgen über der See heraufdämmerte, die sich nach allen Richtungen im schmutzigen Grau des Nebels verlor, hatten die drei Flüchtlinge ein gutes Stück Weg hinter sich gebracht.

Jedenfalls hoffte Bray dies inständig.

Die ganze Nacht hindurch hatten sie gepaddelt und das Boot beständig vorangetrieben, und obwohl sie in Dunkelheit und Nebel kaum etwas erkennen konnten und auch keinen Kompass hatten, schien Jenya nie einen Zweifel an ihrem Kurs gehegt zu haben. Unbeirrt saß sie auf der Achterducht und steuerte den Nachen, so als könnte sie den dichten Nebel mit Blicken durchdringen. Bray blieb nichts, als ihr zu vertrauen. Die Astara hatte schon wiederholt bewiesen, dass sie zu erstaunlichen Dingen fähig war, auch wenn sie immer wieder betonte, dass sie nur noch ein schwacher Abglanz der Jenya von einst war – was für eine Lichtgestalt sie einst gewesen sein musste, einer Legende würdig! Bei Kynrik hatte Bray schon sehr viel größere Schwierigkeiten, sich dies vorzustellen – der Held von Wertal hatte die Nacht auf dem Boden des Nachens verbracht, zusammengerollt wie ein Kleinkind und dabei lauthals schnarchend. Und das war nachweislich nicht der Stoff, aus man Legenden strickte …

»Wie lange noch?«, wollte Bray von der Astara wissen.

»Nicht mehr lange. Wir müssten die Küste bald erreichen.«

»Woher weißt du das? Bist du schon einmal hier gewesen?«

»Ich war schon an vielen Orten, Kind.«

»Würde es dir etwas ausmachen, mich nicht ständig so zu nennen?«, fragte Bray. »Ich bin kein Kind mehr.«

Jenya lächelte schwach. »Im Vergleich zu den Astari sind alle Menschen Kinder. Jedenfalls, solange sie nicht das Gegenteil bewiesen haben.«

»Und habe ich das etwa nicht?«, fragte Bray. »Ich bin mit dir nach Tårannok gegangen, war an deiner Seite, die ganze Zeit …« Mit einem Blick auf Kynrik wollte sie noch hinzufügen, dass es für nichts und wieder nichts gewesen war, verkniff es sich aber.

»Das warst du«, beteuerte die Astara. »Aber jetzt hast du Hunger und Durst und bist kurz davor, dich wie ein verwöhntes Kind zu beschweren.«

»Woher …?« Bray biss sich auf die Lippen. Sie war tatsächlich hungrig, und ihr Wasserschlauch war leer. Allerdings war die Frage, woher sie Proviant und frisches Wasser bekommen würden, nur eine von vielen, die sie beschäftigte.

»Eine Legende fragt nicht«, beschied Jenya ihr. »Sie klagt nicht, und sie besiegt ihre Furcht.«

»Ich bin keine Legende«, wandte Bray ein.

»Nein«, gab die Astara zu, und ein entwaffnendes Lächeln glitt dabei über ihre Züge. »Noch nicht.«

Bray wusste nicht wieso, aber auch sie musste lächeln. »Wenigstens sind wir unbeschadet entkommen«, sagte sie, auch um sich selbst auf bessere Gedanken zu bringen. »Und auch ihre Pfeile haben uns nicht erwischt.«

»Das war auch nicht notwendig«, grunzte es vom Boden des Nachens herauf. Kynrik war erwacht und richtete sich schwerfällig auf – ein wirres Bündel aus Haaren, Dreck und Mensch, das noch keine Spur weniger übel roch als am Tag zuvor.

»Guten Morgen«, grüßte Jenya mit übertriebener Freundlichkeit.

Kynriks einzige Erwiderung war ein Stöhnen. Er rieb sich die Augen und schaute sich um, so als müsse er erst begreifen, was geschehen war. Schließlich stöhnte er wieder.

»Was meinst du damit?«, fragte Bray unverwandt. »Warum brauchten uns die Pfeile der Wachen nicht zu erwischen?«

»Sieh dich doch mal um, Mädchen! Weißt du, wo wir sind?«

Bray ließ ihren Blick kurz umherschweifen. »Im Nebel«, entgegnete sie trocken.

»Ja – vor der verdammten Krakenküste. Und hast du eine Ahnung, warum die so heißt?«

Bray antwortete nicht. Natürlich wusste sie, warum die Küste nördlich des Gebirges so genannt wurde, die Seeleute in den Hafenspelunken von Skaradag hatten schließlich oft genug davon erzählt. Allerdings musste Bray zugeben, dass sie nie groß darüber nachgedacht hatte.

Bis zu diesem Augenblick …

»Die Biester sind hier«, verkündete Kynrik gelassen. »Diese Gewässer sind geradezu verseucht von ihnen.«

»Wirklich?« Bray sah hinaus auf die See. Der Wellengang war nur mäßig, aber plötzlich beruhigte sie das nicht mehr.

»Allerdings – und sie werden kommen und uns holen.«

Bray, die vorn im Bug hockte, bedachte ihn mit einem wütenden Blick. »Du sagst das, als ob dir völlig gleichgültig wäre, was aus uns wird!«

»Und genauso ist es auch.« Der einstige Held hielt sich ein Nasenloch zu und blies den Inhalt des anderen geräuschvoll heraus. »Ich habe mit dem Leben schon vor langer Zeit abgeschlossen, Schätzchen.«

»Ich bin nicht dein Schätzchen«, wies Bray ihn zurecht. »Außerdem könntest du ein bisschen dankbarer sein, wir haben dich aus deinem stinkenden Loch befreit!«

Nun war es Kynrik, der sie mit einem Blick bedachte –

energischer, als Bray es erwartet hatte. »Ich habe nicht darum gebeten«, brachte er in Erinnerung. »Was soll das alles? Warum seid ihr hier? Wieso habt ihr mich nicht einfach dort gelassen, wo ich war?«

»Du kennst die Antwort«, beschied Jenya ihm.

»Wie habt ihr mich überhaupt gefunden?«

»Wir sind Hinweisen gefolgt«, entgegnete die Astara ausweichend. »Und irgendwann konnte ich deine Anwesenheit fühlen, alter Freund. Da wusste ich, dass wir auf dem richtigen Weg waren.«

Während Kynrik diese Enthüllung mit gewohntem Gleichmut zur Kenntnis nahm, horchte Bray auf. »Du … kannst die Anwesenheit von Menschen fühlen?«

»Von jedweden Lebewesen – allerdings haben meine Fähigkeiten merklich nachgelassen.«

»Ich verstehe.« Bray nickte. »Deshalb weißt du so genau, wo die Küste ist und in welche Richtung du das Boot steuern musst.«

»So ist es – und dasselbe Gefühl sagt mir leider, dass Kynrik recht hat. Etwas nähert sich uns aus der Tiefe. Es ist stark und voller Zorn. Und es ist ganz gewiss kein Mensch.«

Alarmiert sah Bray sich um. Außer den grauen, sich beständig hebenden und senkenden Wogen, die das Boot umgaben, konnte sie nichts entdecken, doch sie bezweifelte keinen Augenblick, dass die Astara die Wahrheit sagte.

»Wir sollten verschwinden«, erklärte sie und stach das Paddel ein.

»Allerdings – Kynrik, nimm ein Paddel und hilf ihr!«

»Einen Scheiß werde ich.« Der Held grunzte wieder. »Ich habe nicht um Rettung gebeten. Also seht allein zu, wie ihr zurechtkommt.«

Jenyas Züge verhärteten, die grünen Augen der Astara verengten sich. »Du tust, was ich sage«, zischte sie ihn an. »Verstanden?«

»Noch immer ganz die Alte.« Kynrik spuckte aus. »Ehrlich gesagt konnte ich deine herrische Art noch nie leiden …«

»Du erinnerst dich also?«

»… denke ich jedenfalls«, fügte er grübelnd hinzu.

»Eigentlich war eher das Gegenteil der Fall«, erwiderte die Astara in einer Redseligkeit, die der Situation nicht angemessen war. »Es gab eine Zeit, da …« Sie unterbrach sich und schüttelte den Kopf. »Egal. Vielleicht ist es besser, wenn du dich *daran* nicht erinnerst. Und jetzt nimm das verdammte Paddel und rudere um dein Leben, denn das Monstrum wird jeden Augenblick hier sein!«

In diesem Augenblick platschte es unmittelbar neben dem kleinen Boot.

Bray fuhr herum, um etwas Schwarzes, Langes zu sehen, das sich für einen kurzen Moment schlangengleich aus dem Wasser hob, um sich sogleich wieder zurückzuziehen.

»Wie ich schon sagte«, knurrte Kynrik, der es ebenfalls gesehen hatte. »Ihr hättet nicht kommen sollen.«

16

Karawanserei, Hyraka
Zur selben Zeit

Die Nacht über hatten sie sich versteckt gehalten – nun jedoch, da der neue Tag anbrach, rüsteten sie sich zum Aufbruch.

Die Karawanserei, die Nawyd ausgewählt hatte, lag im Westen der Stadt, unweit des Morgentores, von dem aus die Westroute in Richtung Küste führte, nach Satrapos. Rund sechshundert Meilen waren es bis dorthin, eine Wegstrecke, für die sie im besten Fall rund zwanzig Tage brauchen würden. Da Nawyd jedoch davon ausging, dass man womöglich Soldaten aussenden würde, die nach ihnen suchen sollten, würden sie wohl sehr viel langsamer vorankommen, sich abseits der Hauptroute bewegen müssen und vor allem auch nachts reiten.

Ganz bewusst war er bei Shayaks Befreiung im Hintergrund geblieben und hatte es Inara überlassen, den Echsenmann von seinen Fesseln loszuschneiden; wenn die Sturmreiter erfuhren, dass ein junger Mann, auf den seine Beschreibung passte, in die Befreiung des Drak verwickelt war, würden sie sich fraglos ebenfalls an seine Fersen heften. So jedoch würden alle nur von einer Tänzerin berichten, die die Blicke der Männer auf sich gezogen und den gefangenen Echsenmann befreit hatte – und diese Tänzerin existierte in gewisser Weise nicht mehr.

Mithilfe jener unappetitlichen Mischung, von der sie Nawyd berichtet hatte, hatte Inara die Farbe ihres Haars abermals geändert; es war jetzt wieder rabenschwarz, zudem hatte sie es weiter abgeschnitten, sodass es ihr jetzt nur noch bis zum Nacken reichte. Das Schleiergewand, das sie während ihrer denkwürdigen Darbietung getragen hatte, hatte sie verbrannt; mit dem Mantel, den sie jetzt trug, dem Turban und dem dreckverschmierten Gesicht konnte sie bei flüchtigem Hinsehen auch als junger Mann durchgehen.

Shayak zu verkleiden, war schon weitaus schwieriger – ein weiter Burnus und ein Gesichtstuch mussten genügen. Und eine Handvoll Edelsteine, die Nawyd den Wachen am Westtor zukommen lassen wollte.

Er hatte alles vorbereitet; Pferde standen bereit, dazu Kamele für das Gepäck – Wasser für mehrere Tage und Proviant für drei Wochen. Auf einen Führer hatte Nawyd bewusst verzichtet. Jeder zusätzliche Mitwisser bedeutete auch zusätzliche Gefahr.

»Hier«, sagte er und gab Inara einen kleinen Lederbeutel, der die vereinbarte Anzahl an Gemmen enthielt. »Du hast es dir verdient, Inara. Jeden einzelnen Stein.«

Sie nahm den Beutel entgegen und öffnete ihn, warf einen prüfenden Blick hinein. »Du hast Wort gehalten«, anerkannte sie. »Ihr beide«, fügte sie mit Blick auf den Drak hinzu, der auf seinem Lager kauerte und den Lederbeutel an sich presste, der ihm mehr zu bedeuten schien als alles andere.

»Shayak dankt«, erklärte er zischelnd. »Niemals vergessen.«

»Schon gut.« Sie winkte ab und hielt demonstrativ den Beutel mit den Edelsteinen hoch. »Ich wurde gut dafür bezahlt.«

»Nai«, widersprach er und erhob sich. Die Decke der Kammer in der alten Karawanserei war so niedrig, dass er sich nicht vollständig aufrichten konnte. In gebückter Haltung kam er auf sie zu. »Du mehr getan, alle beide. Lange her, dass von Menschen Wohltat. Sehr, sehr lange«, fügte er hinzu, und Nawyd nahm an, dass er es auch so meinte.

Draki, das wusste er, wurden sehr viel älter als Menschen – vorausgesetzt, sie endeten nicht auf den Scheiterhaufen des Feuerkults. Dennoch war Nawyd die Dankbarkeit des Echsenmannes unangenehm. Es kam ihm vor, als würde er seine eigene Art verraten, indem er sie annahm … »Ich hatte keine andere Wahl«, brachte er deshalb in Erinnerung. »Wir beide haben einen Handel, vergiss das nicht – ich bin noch immer dein Diener, und ich erwarte nach wie vor, dass du deinen Teil des Handels erfüllst.«

»Nai«, sagte Shayak wieder, und es klang noch entschiedener als zuvor. Der Blick seiner grünen Augen richtete sich durchdringend auf Nawyd.

»Nein? Was soll das heißen?«

»Kein Handel mehr«, erklärte der Drak kurzerhand. »Handel nur, weil Shayak dein Leben gerettet und du in seiner Schuld. Du arbeiten als Diener für Hilfe ich dir geben. Jetzt aber auch du Shayak vor Tod bewahrt. Und dazu Leben gerettet«, fügte er hinzu, wobei er die Klaue schützend auf den Beutel mit dem Stein legte, den er jetzt wieder bei sich trug.

»Der Inhalt dieser Tasche bedeutet dir viel, nicht wahr?«, fragte Nawyd.

»Alles«, gab der Echsenmann unumwunden zu. »Geschworen, Menschen niemals wieder zu vertrauen. Menschen verschlagen, grausam und selbstsüchtig – aber nicht alle.« Er nickte seiner Befreierin zu, dann ging sein Blick zu Nawyd. »Gehen Archos«, bestätigte er mit grimmiger Entschlossenheit. »Aber nicht mehr Handel, nicht mehr Diener. Gehen Freunde.«

Damit streckte er Nawyd auffordernd die schuppenbesetzte Rechte entgegen.

Nawyd war sprachlos. Während die Menschen, mit denen er es in letzter Zeit zu tun gehabt hatte, tatsächlich skrupellos, gierig und verschlagen gewesen waren, reichte ihm ausgerechnet ein Schlangenmann die Hand zur Freundschaft – wenn er mit etwas nicht gerechnet hatte, dann war es das.

Er zögerte dennoch, sich an all das erinnernd, was ihm von Kindesbeinen an über die Draki erzählt worden war. Doch nach allem, was er erlebt hatte und erfahren, waren die Menschen die eigentlichen Barbaren. Sie waren es, die mordeten, vergifteten und verbrannten, die ruchlos und selbstsüchtig waren – und er nahm sich selbst noch nicht einmal dabei aus.

Warum also nicht die Hand eines Drak ergreifen?

Zumal, wenn es Vorteile versprach …

»Einverstanden«, erwiderte Nawyd deshalb, und zum zweiten Mal reichten sie einander die Hände, was Shayak mit einem feierlichen Knurren besiegelte.

»Schön für euch«, kommentierte Inara ebenso trocken wie unbeeindruckt. »Und habt ihr beiden Turteltauben auch daran gedacht, was aus mir wird?«

»Was soll schon aus dir werden?« Nawyd sah sie an. »Du hast deine Belohnung und kannst damit tun und lassen, was dir beliebt.«

»Dann komme ich mit euch nach Satrapos.«

»Was? Nein!«, sagte Nawyd reflexhaft.

»Wieso nicht?«

»Weil es so nicht vereinbart war.«

»Ist das der Grund? Oder trägst du mir noch immer nach, was zwischen uns gewesen ist?«

»Da war nichts«, knurrte Nawyd. »Also nimm deine Bezahlung und verschwinde.«

»Und wenn mich jemand erkennt? Wenn sie mich fassen?«

»Ich bin sicher, du kannst auf dich aufpassen.«

»Ich nicht«, widersprach sie und sah ihn entwaffnend an. »Indem ich dir half, deinen geschuppten Freund hier zu befreien, habe ich alles riskiert, das solltest du nicht vergessen.«

»Das tue ich nicht«, versicherte Nawyd, »aber …«

»… du traust mir nicht«, riet sie.

»Ich habe nicht viel Grund dazu.«

»Aber Shayak vertraut«, ergriff der Drak für die junge Frau Partei. »Inara geholfen, ihn befreien.«

»Weil wir sie dafür bezahlt haben«, gestand Nawyd zu. »Hätte ich ihr Geld gegeben, dich zu töten, hätte sie auch das getan.«

»Und das glaubst du?« Sie blitzte ihn wütend an.

»Das *weiß ich*«, verbesserte er schnaubend, wobei er selbst nicht sagen konnte, was ihn so wütend machte. Es war wohl nur ein Gefühl – nicht mehr und nicht weniger.

»Und wenn ich dich vom Gegenteil überzeuge?«

»Wie willst du das tun?«

»Ich kenne Satrapos, bin oft dort gewesen. Wenn ihr ein Schiff nach Archos sucht und einen Kapitän, der keine Fragen stellt, kann ich euch helfen.«

Nawyd stand unentschlossen da. Shayak und er wechselten einen Blick, und zum ersten Mal war ihm, als wüsste er genau, was der Echsenmann in diesem Moment dachte.

»Also schön«, erklärte er sich seufzend einverstanden. »Komm mit uns, wenn dir so viel daran liegt.«

»Danke.« Inara neigte das Haupt und verbeugte sich. »Ihr werdet es nicht bereuen.«

»Das bezweifle ich«, maulte Nawyd leise.

Und eine dumpfe Vorahnung sagte ihm, dass er recht behalten würde.

17

Krakenküste
Währenddessen

Den Augenblick, da das schwarze Etwas die Wasseroberfläche durchstieß und riesenhaft vor ihnen emporwuchs, würde Bray bis zu ihrem Tod niemals vergessen – und vermutlich, dachte sie, würde es bis dahin nicht mehr lange dauern.

Es war ein Tentakel!

Ein Greifarm so lang und dick wie ein Baum ragte vor ihnen aus dem Wasser, von schwärzlich grüner Farbe und mit großen Saugnäpfen bewehrt. Zum Ende hin verjüngte er sich, ehe er in einen mörderischen, gebogenen Dorn überging, dem Stachel eines Skorpions ähnlich. Drohend schwebte dieser Stachel über ihnen – um im nächsten Moment herabzustoßen.

Bray schrie, zu etwas anderem war sie nicht fähig – anders als Jenya, die aufgesprungen war und ihre Schwerter gezückt hatte. Aufrecht auf der Achterbank stehend, konterte sie die Attacke des Tentakels mit ihrem Stahl, parierte den Dorn wie eine feindliche Klinge, und ging sofort zum Gegenangriff über. Mit einem hellen Kampfschrei wirbelte die Astara herum und hieb mit aller Kraft zu – die Klinge schnitt knapp oberhalb des Dorns in die ledrige Fischhaut des Tentakels und durchtrennte ihn. Der Dorn verschwand platschend im Wasser, der verstümmelte Tentakel jedoch spickte zurück in den Himmel, wobei er eine Fontäne grünen Gifts und schwarzen Blutes nach sich zog, die im nächsten Moment auf die Insassen des Bootes niederprasselte.

Bray schrie noch lauter, diesmal nicht nur vor Entsetzen, sondern auch vor Ekel, denn das Zeug stank wie die Pest – doch das war erst der Anfang gewesen. Denn rings um das Boot schossen plötzlich noch weitere Greifarme in die Höhe, Bray zählte sieben – und jeder einzelne war mit einem giftigen Dorn bewehrt …

»Rudert!«, schrie Jenya aus Leibeskräften. »Rudert, verdammt noch mal!«

Bray brauchte das nicht zweimal gesagt zu werden. In fieberhafter Eile stach sie das Paddel ins Wasser und suchte das Boot aus dem Wald der Tentakel zu manövrieren. Selbst Kynrik schien es inzwischen vorzuziehen, das Paddel zu benutzen, als von einem riesigen Giftstachel durchbohrt zu werden.

Doch als schienen die Fangarme ihre Absicht zu erraten, versperrten fünf von ihnen den Weg, während zwei weitere Jenya attackierten, die noch immer im Heck des Bootes stand. Einen der Tentakel erwischte die Astara mit ihren Klingen. Zwar gelang es ihr nicht, ihn erneut zu durchtrennen, doch schoss ein Schwall von dunklem Blut hervor, der den Fangarm dazu brachte, den Angriff abzubrechen. Der zweite Tentakel hingegen schoss so schnell heran, dass sie ihn nicht mehr abwehren konnte. Blitzschnell legte sich der Fangarm um sie, zog sich zu wie eine riesige Henkerschlinge und riss die Astara in die Höhe.

»Jenya!«, brüllte Bray, doch ihr Schrei ging in dem Tosen unter, mit dem weiße Gischt in die Höhe schoss – und plötzlich bildete sich im Wasser ein Strudel! Ein dunkler, von mörderischen Zähnen umgebener Schlund tauchte aus der Tiefe auf, groß genug, um das Boot zu verschlingen.

Verzweifelt stach Bray das Paddel ins Wasser, ruderte um ihr Leben. Doch schon im nächsten Moment hatte die Strömung den Nachen erfasst, und er begann, den Schlund des Kraken zu umkreisen. Zunächst noch langsam, dann immer schneller …

Plötzlich fuhr einer der Tentakel herab. Zwar wurde weder Bray noch Kynrik getroffen, doch der Dorn schlug durch den Boden des Bootes, und Seewasser drang ein.

Bray wartete nicht, bis das Boot kenterte. Einem jähen Impuls gehorchend, warf sie das Paddel weg und sprang über Bord, hinein in das eisig kalte Wasser – und schwamm, so schnell und kräftig sie nur konnte. Flüchtig blickte sie sich nach Kynrik um, konnte ihn inmitten von Gischt und Wellen jedoch nicht mehr ausmachen. Im Bewusstsein, dass der Sog des Kraken wohl an der Oberfläche am stärksten wäre, holte sie Luft und tauchte unter, war im nächsten Moment von der Dunkelheit und Kälte der See umfangen.

Und da erst sah sie ihn wirklich.

Der Krake war gigantisch!

Ein Monstrum, groß wie ein Haus, mit einem sackartigen Körper, der sich in der dunklen Tiefe verlor, und acht Tentakeln, die sich unentwegt ringelten und bewegten … Als Bray von etwas getroffen wurde, war ihr sofort klar, dass es nur einer der Fangarme sein konnte, und tatsächlich legte sich im nächsten Moment etwas um ihre Hüfte und zog mit furchtbarer Gewalt zu. Die Atemluft wurde ihr aus den Lungen gepresst und entschwand in einer Traube blubbernder Blasen – während der Tentakel sie nach unten zog, hinab in die Tiefe.

Hilflos strampelte Bray, ruderte mit den Armen und schlug auf den Fangarm ein. Doch dessen Saugnäpfe hatten sich an ihr festgesogen und wohl nicht vor, sie jemals wieder freizugeben.

Bray merkte, wie ihre Lungen zu brennen begannen. Das Blut rauschte in ihrem Kopf, ihre Augen weiteten sich vor Panik und Entsetzen. Plötzlich ein Gedanke: der Dolch an ihrem Gürtel!

Hektisch tastete sie danach, was wegen des Tentakels um ihre Hüfte nicht einfach war … doch Bray gab nicht auf.

Sie hatte nicht so viel durchgestanden, hatte nicht die Gefangenschaft eines Großexekutors, die Salzminen von Skaradag und ihre eigene Hinrichtung überlebt, um jetzt auf diese Weise zu enden, gefressen von einem riesigen, schleimigen Monstrum …

Oder doch?

Als Bray den Griff des Messers zu fassen bekam, erlahmten ihre Kräfte bereits. Ihre Lungen krampften, sie konnte ihre Bewegungen nicht mehr kontrollieren. Zwar gelang es ihr noch, das Messer aus der Scheide zu ziehen, doch noch während sie damit zustechen wollte, schwanden ihr die Sinne.

Dunkle Schleier fielen um sie herab, und eine seltsame Gleichgültigkeit ergriff von ihr Besitz, während sie in ihrem Kopf die Stimme Rayans des Krähensängers hörte:

Im Meer des Vergessens, in Nebeln und Stürmen,
liegt die Hoffnung in Banden auf steinernen Türmen.

Dann verlor sie das Bewusstsein.

18

Königlicher Palast, Altashar
Wenig später

Es war der letzte Versuch.

Die letzte Möglichkeit.

Hilalayan wusste selbst nicht zu sagen, warum er es tat. Sicher nicht, weil Troas und die anderen Hofbeamten, denen er in all den Jahren vorgestanden hatte, es von ihm erwarteten – er hatte Versprechen und Zusagen aus weit geringeren Gründen gebrochen als aus der Sorge um sein eigenes Leben. Doch so unglaublich es ihm auch selbst erscheinen mochte – irgendwo tief in seinem Inneren schien nach wie vor die Hoffnung zu keimen, dass all dies vorbeigehen mochte wie ein böser Traum. Dass die Veränderungen umkehrbar wären und man mit nur etwas gutem Willen wieder zurückfinden konnte auf den Weg, der Altashar groß und mächtig gemacht hatte … auch wenn Hilalayans Verstand ihm sagte, dass es dazu bereits zu spät war.

Die ganze Zeit über hatte er sein Quartier nicht mehr verlassen, weder zu den Mahlzeiten noch um seine Notdurft zu verrichten. Die Speisen, die er sich in seine Räume bringen ließ, hatte er vorkosten lassen, die Wachen abermals verstärkt und alle denkbaren Maßnahmen ergriffen, damit Xusras Mörderhand ihn nicht in seinem Gemach ereilte. Doch zu seiner Erleichterung wie zu seiner Verwunderung hatte der Hohepriester keinen neuerlichen Versuch unternommen, ihn zu beseitigen.

Im Grunde hatte er dazu auch gar keinen Anlass mehr.

Der Kronrat war aufgelöst worden, ebenso wie das Amt des Hofmarschalls. Xusra hatte seinen Willen bekommen, die Priester des Feuerkults besetzten nun die höchsten Posten im Reich – und Hilalayan hatte nicht mehr die Macht, etwas daran zu ändern, war so zahnlos wie der Löwe zu König Astyragis' Füßen.

Dennoch wollte er sich nicht kampflos in sein Schicksal fügen. Einen letzten Vorstoß wollte er noch unternehmen, einen letzten Versuch, das Ohr des Königs zu gewinnen …

In der Nacht hatte Xusra Altashar verlassen und war nach Makashar aufgebrochen, um den Befehl über das dort versammelte Heer zu übernehmen. Zwar wimmelte es im Palast dennoch noch immer von rot gewandeten Sektierern, die nicht weniger verschlagen und grausam waren als Xusra selbst. Doch kannte Hilalayan noch immer Mittel und vor allem auch Wege, auf denen man im Palast von einem Ort zum anderen kommen konnte, ohne gesehen zu werden. Auch Xusra kannte sie vermutlich, doch da Argwohn seine hervorstechendste Charaktereigenschaft war, ging Hilalayan nicht davon aus, dass er sie seinen Untergebenen alle enthüllt hatte. Schließlich konnten jene geheimen Gänge, die noch auf die Tage des alten Reiches zurückgingen, zum Guten wie zum Schlechten genutzt werden, zur Flucht wie zum feigen Mord.

Die Kenntnis dieser verborgenen Wege hatte Hilalayans Vorgänger im Amt des Hofmarschalls ihm erst auf dem Sterbebett enthüllt … Stets hatte er sich dagegen gewehrt, einen Eunuchen als Nachfolger zu bekommen. Bis er begriffen hatte, dass dieser Eunuch in Wahrheit sein einziger Verbündeter gewesen war.

Die Gänge, die hinter den Wänden des Palasts verliefen, waren ebenso eng wie dunkel, und nicht selten hausten Ratten darin. Nun erschien es ihm fast wie eine glückliche Fügung, dass er infolge der Vergiftung erheblich Gewicht verloren hatte. Die Zähne vor Abscheu zusammengebissen und eine Öllampe in den Händen zwängte sich Hilalayan durch das Gewirr der schmalen Fluchten, das ihn bis in die königlichen Gemächer führte. In einer dunklen Nische entstieg er dort dem geheimen Labyrinth, ironischerweise beschirmt von einer Statue Artabans des Großen, der mit reglos steinerner Miene auf ihn herabblickte.

Sieh mich nicht an, dachte Hilalayan. *Ich bin es nicht, der dein Erbe mit Füßen tritt …*

Hilalayan löschte die Öllampe und huschte durch die von Mondlicht beleuchtete Vorhalle, und schon im nächsten Moment befand er sich im Gemach des Königs. Wenn er jedoch erwartet hatte, Astyragis an der Tafel speisend vorzufinden, beim Genuss von Wein oder zumindest in Gesellschaft liebreizender Frauen, so wurde er enttäuscht.

Der König war allein.

Und weder trank er noch amüsierte er sich, sondern lag in seinem riesigen, von seidenen Schleiern umrahmten Bett. Im ersten Moment nahm Hilalayan an, dass der König schliefe, und wollte sich auf leisen Sohlen wieder aus dem Gemach schleichen – als er entdeckte, dass Astyragis' Augen offen waren.

»Hilalayan …«

Die Schleier dämpften gewiss des Königs Stimme, aber Hilalayan kam es vor, als drangen die Worte wie aus weiter Ferne zu ihm …

»Hilalayan, mein Hofmarschall …«

Hilalayan stand wie versteinert. Es war zu spät, um sich zurückzuziehen … »Ich bin hier, mein König«, entgegnete er deshalb hölzern und trat etwas näher. Astyragis war bekleidet, trug sein volles Ornat. Vermutlich hatte ihn nur eine vorübergehende Müdigkeit übermannt.

»Kommt näher, Hofmarschall … muss Euch etwas … sagen.«

»Majestät?« Hilalayan fühlte einen Kloß seinen Hals hinauf- und wieder hinabwandern. Etwas stimmte nicht. Warum wunderte sich Astyragis nicht über seine Anwesenheit? Und warum nannte er ihn nach wie vor seinen Hofmarschall? Hatte Xusra ihn nicht über seine jüngsten Maßnahmen in Kenntnis gesetzt?

Eine dunkle Vorahnung ballte sich in Hilalayans Magengrube wie eine unverdaute Speise, während er noch näher an seinen König herantrat. Die von dunklen Höhlen umlagerten Augen sahen ihn erwartungsvoll an.

»Nun?«, fragte er. »Habt Ihr es getan?«

»Was meint Ihr, Majestät?«

»Habt Ihr den Verräter getötet?«

Was Hilalayan vor allem verspürte, war Verwirrung. Aber da war auch ein Hauch von Entsetzen, gepaart mit großer Vorsicht ... »Wen meint Ihr, mein König?«

»Ihr wisst, wen ich meine ... habt Ihr ihn getötet, wie ich es Euch aufgegeben habe? Habt Ihr ihm das Gift verabreicht?«

Noch immer war Hilalayan nicht sicher, was dies werden sollte ... eine Prüfung? Stellte der König seine Loyalität auf die Probe? Oder waren es nur die sinnlosen Worte eines von Alkohol benebelten Geistes?

»Der Hohepriester ist die Wurzel allen Übels«, fügte Astyragis leise hinzu. »Er und niemand sonst.«

»Xusra?«, fragte Hilalayan vorsichtig. Jähe Hoffnung keimte in ihm. Wenn der König zu dieser Überzeugung gereift war, bestand womöglich doch noch eine Chance, ihn zu ...

»Was habe ich nur getan?«, flüsterte Astyragis. Aus den Augen des Königs traten Tränen, die das Malachit verwischten und dunkle Spuren in seinem Gesicht hinterließen. »Alles verraten, alles verloren ...«

»Nichts ist verloren, Majestät«, widersprach Hilalayan leise. Er war jetzt ganz an die königliche Schlafstätte herangetreten, nur noch der seidene Vorhang trennte ihn von seinem

Herrscher. »Ihr müsst Euch nur ausruhen und wieder zu Kräften gelangen, dann wird alles gut werden. Nichts ist endgültig.«

»Glaubt Ihr das wirklich?« Der König lachte freudlos – und Hilalayan sah den dünnen Blutfaden, der aus Astyragis Mundwinkel rann und sich zu den gezackten Spuren des Malachit gesellte.

»Was ist Euch, Majestät …?«

»Was mir ist?« Astyragis lachte kehlig, worauf sich der Blutfaden noch verstärkte. »Der verdammte Xusra ist mir.«

»Was soll das heißen?«

Der König sah ihn direkt an – und das war Antwort genug. Hilalayan blickte in das wie von Sprüngen gezeichnete Gesicht, sah die Getriebenheit in den Augen des Königs, den flackernden Irrsinn. Dies war nicht mehr der Mann, der in Nachfolge seines Bruders den Thron von Altashar bestiegen hatte; und auch nicht jener, der der Genusssucht verfallen war und dem der Narr Lorymar Ghurab Scharen schönster Jungfrauen zugeführt hatte.

Astyragis pan Tyras war nur noch ein Schatten seiner selbst und zu seinen einstigen Taten nicht mehr fähig, im Guten wie im Schlechten …

»Was immer geschehen ist, es ist noch nicht zu spät, um es rückgängig zu machen«, behauptete Hilalayan dennoch. »Gebt mir meine Machtfülle zurück, Majestät, und ich versichere Euch …«

»Denkt Ihr das wirklich?«, fiel der König ihm ins Wort.

»Ihr seid nur erschöpft und müsst Euch ausruhen.«

»Es ist mehr als das, Hofmarschall. Ich bin krank, an Körper und an Geist, und Xusra hat mich verraten. Er hat gesagt, dass seine Medizin mich wieder gesund machen würde, doch das war eine Lüge. Ich fühle mich schwach und elend, und von Tag zu Tag wird es schlimmer …«

»Medizin? Welche Medizin, Majestät?«

»Jene dort.« Astyragis deutete auf den goldenen Becher, der auf dem Beistelltisch neben dem Bett stand. »Tag für Tag hat Xusra sie mir eingeflößt. Er behauptete, sie würde mich heilen, aber sie ist von bösen Geistern durchsetzt, Artabans Fluch …«

Der König redete offenbar wirr. Dennoch griff Hilalayan nach dem Becher, der noch halb gefüllt war. Vorsichtig roch er daran – und prallte zurück.

Dieser Geruch!

Unter Tausenden hätte er ihn herausgekannt!

Es war derselbe süßliche Odem, den er auch im Drachenbad gerochen hatte. An jenem bitteren Tag, da Xusra seinen Tod gewollt hatte …

»Das hat Xusra Euch gegeben?«

»Ja, Hofmarschall.«

Die Erkenntnis traf Hilalayan wie ein Hammerschlag.

Der Zustand des Königs, seine ständige Lethargie und sein zunehmender geistiger Verfall war nicht dem Wein zuzuschreiben oder dem ausschweifenden Leben, das er geführt hatte – sondern dem Gift, dass ausgerechnet der Mann ihm verabreicht hatte, der sein engster Vertrauter war …

Hilalayan stellte den Becher zurück. Sein Herz schlug wie wild in seiner Brust ob dieser Erkenntnis. Es hätte tausend Dinge gegeben, die er dem König hätte sagen wollen – doch er musste vorsichtig sein.

»Ihr dürft diese Medizin nicht mehr trinken, Majestät«, sagte er, um Gelassenheit ringend. »Und ich werde sofort nach Iladrim dem Heiler schicken.«

»Glaubt Ihr denn, er könnte mich noch retten?« Astyragis lachte wieder, wobei erneut Blut über seine Lippen trat. »Mein Weg zur Unterwelt ist bereitet, es gibt kein Zurück mehr. Dies ist meine Bestrafung.«

»Eure Bestrafung? Wofür?«

»Ich hätte es nicht tun dürfen«, erwiderte Astyragis rätselhaft. »Ich hätte ihm die Treue halten müssen, egal, was geschehen war. Er war mein eigen Fleisch und Blut ...«

Hilalayan glaubte zu verstehen. Der König sprach von Prinz Nawyd, seinem leiblichen Neffen ...

»Er hatte sich gegen Euch gewandt«, suchte er den Herrscher zu beschwichtigen. »Er hat Eure Autorität missachtet und sich Euren Befehlen widersetzt. Ihr konntet nicht anders handeln.«

»Aber ich hätte ihn nicht vergiften dürfen«, lautete die geflüsterte Antwort. »Nun erhalte ich meinen Lohn dafür ...«

»Ihn vergiften?« Hilalayan schüttelte den Kopf. »Aber nein, mein König! Ihr irrt Euch, Euer Neffe wurde nicht vergiftet!«

Astyragis sah ihn direkt an. »Wer spricht von meinem Neffen?«, fragte er.

Hilalayan merkte, wie die kalte Hand des Entsetzens nach seinem Herzen griff. »Majestät«, flüsterte er schaudernd, obschon er sich vor der Antwort fürchtete, »von wem, bei Isos' starken Säulen, sprecht Ihr dann?«

»Ich hätte ihn nicht vergiften dürfen«, keuchte Astyragis, statt zu antworten. »Ich habe den Zorn der alten Götter erregt, und sie bestraften mich, indem sie Xusra schickten. So wie sie jeden bestrafen, der seinen Bruder tötet.«

»Euren Bru...?« Hilalayan wagte nicht, es zu wiederholen.

Astyragis nickte, langsam und endgültig.

»Artaban der Große, König von Altashar und Ostray, starb von gemeiner Mörderhand – und ich, Astyragis, sein leiblicher Bruder, habe sie geführt.«

VIERTES BUCH

Die Flammen von Altashar

1

Krakenküste
Um die Mittagszeit

Das Erste, was Bray wahrnahm, war das Rauschen der Brandung.

Gleichmäßig.

Gleichgültig.

Dann erst bemerkte sie das Zupfen an ihren Kleidern. Und das Krabbeln winzig kleiner Beine über ihre nackten Beine.

Jäh schlug sie die Augen auf. Helles Tageslicht blendete sie, und sie blinzelte. Ihr Blick brauchte einen Moment, um sich zu schärfen – dann erkannte sie etwas, das nur wenige Handbreit vor ihrem Gesicht kauerte.

Es hatte einen schwärzlichen, flachen Körper, der auf einer Vielzahl knochiger Beine ruhte. Stielaugen schienen Bray neugierig anzustarren. Und da waren Zangen …

Erschrocken schoss Bray in die Höhe, was nicht nur diese Krabbe, sondern auch all die anderen auf ihr und um sie herum bewog, die Flucht zu ergreifen und sich ins nahe Wasser zu stürzen – zwei Dutzend kleine Aasfresser, die sie offenbar für tot gehalten hatten.

»Macht, dass ihr fortkommt, ihr Mistviecher!«, rief Bray ihnen wütend nach. Sie las einen Stein vom Boden auf und schleuderte ihn den Krabben hinterher. »Ich bin noch nicht tot, habt ihr verstanden …?«

Dann erst hielt sie inne.

Blickte erstaunt an sich herab.

Ihre Kleider waren zerrissen und klamm, angetrocknetes

Salz brannte auf ihrer Haut, und sie fühlte sich schwach und entkräftet – aber sie war tatsächlich am Leben!

Wie war das möglich?

Das Letzte, woran sie sich erinnerte, war der Arm des Kraken, der sie gepackt und in die Tiefe gezogen hatte, die schreckliche Dunkelheit … Bray sah prüfend nach der Lederscheide an ihrem Gürtel – sie war leer. War es ihr doch noch gelungen, auf den Tentakel einzustechen? Und hatte dieser sie losgelassen? Aber wie war sie ans Ufer gelangt? War sie geschwommen?

Es kam Bray selbst unglaublich vor, aber so musste es gewesen sein, denn die Nacht war längst zu Ende, und es war heller Tag. Zudem befand sie sich nachweislich nicht mehr auf See, sondern an einem flachen, von Felsbrocken übersäten Kiesstrand, hinter dem sich karge Hügel erhoben. Davor lag die See, die in flachen Wellen gegen das Ufer brandete. Dunst und Nebel ließen das Meer und den Himmel zu einer grauen Masse verschwimmen.

Bray merkte, wie ihre Beine wackelig wurden, und sie sank an Ort und Stelle wieder nieder. Sie fröstelte im Wind, der über die Küste strich, also zog sie die Beine an sich und schlang die Arme darum, wie sie es in Skaradag in kalten Winternächten oft getan hatte. Dann versuchte sie, ihre Gedanken zu ordnen.

Auch wenn sie es sich nicht recht erklären konnte, hatte sie den Kampf mit dem Kraken überlebt und war irgendwo an Land gespült worden – allein.

Was sollte Bray nun tun?

Nach ihren Gefährten suchen in der Hoffnung, dass auch sie überlebt hatten und an Land gespült worden waren, irgendwo an dieser rauen Küste? Bray gab sich keinen Illusionen hin – zum einen war sie zu schwach für eine lange Suche, zum anderen waren die Chancen, dass ihre Gefährten lebten, äußerst gering. Mit Entsetzen erinnerte sie sich, wie der Tentakel Jenya aus dem Boot gerissen hatte – vermutlich hatte der Krake sie gefressen. Auch Kynrik hatte Bray aus dem Blick verloren – der alte Mann, so nahm sie an, hatte noch nicht einmal Anstalten unternommen, um sein Leben zu kämpfen, vielleicht war ihm der Angriff des Kraken sogar willkommen gewesen. Kapitän Nogen hatte recht gehabt: Die Gefangenen von Tårannok waren längst schon tot, auch wenn ihr Herz noch schlug.

Ihre Gefährten waren also vermutlich tot, Bray musste allein sehen, wie sie zurechtkam.

Zuallererst würde sie nach Trinkwasser suchen müssen, danach sich etwas Essbares beschaffen – auch wenn sie keine Ahnung hatte, wie und wo. In den dunklen Gassen und Häuserschluchten von Skaradag hatte Bray die harte Schule des Überlebens durchlaufen und es darin zu einer gewissen Meisterschaft gebracht. Hier jedoch war sie eine Fremde, verloren und allein …

»Bei allen sieben Höllen! So ein verdammter Mist!«

Bray fuhr hoch. Hatten ihre Sinne ihr gerade einen Streich gespielt, oder …?

»So eine Scheiße! Warum konnte ich nicht einfach tot sein? Warum nicht, verdammt noch mal?«

Kynrik!

Unter Tausenden von Stimmen hätte Bray das raue Organ des Helden von einst herausgekannt. Und auch wenn sie es noch vor ein paar Stunden für unmöglich gehalten hätte, war sie in diesem Moment unsagbar froh, die Stimme zu hören, die von jenseits des nächsten Felsbrockens kam. Ihrer Erschöpfung zum Trotz sprang Bray auf, eilte über den knirschenden Kies und umrundete den Felsen – um erleichtert aufzuatmen.

Es war Kynrik, zweifellos.

Nicht mehr ganz so verdreckt, aber noch genauso verwahrlost wie zuvor kauerte der Held von Wertal auf dem Kies. Abgesehen von einigen Blessuren schien er unverletzt. Seine Kleider waren durchnässt, Haar und Bart klebten in salzigen

Strähnen an ihm. Aber offenbar hatte er sich ebenso retten können wie Bray …

»Habe ich darum gebeten, befreit zu werden?«, polterte er weiter vor sich hin – dass er nicht mehr allein war, hatte er noch gar nicht bemerkt. »Nein, habe ich nicht! Und jetzt …«

»Hallo«, grüßte Bray zaghaft.

Kynrik sah auf. In seinen Augen funkelte es wild.

»Du«, schnaubte er nur. Wenn er erfreut darüber war, nicht allein zu sein, oder auch nur überrascht darüber, dass zumindest eine seiner Gefährtinnen noch lebte, so verbarg er es gut. Tatsächlich schien es ihm herzlich gleichgültig zu sein.

»Wir … wir haben überlebt«, sagte Bray, um überhaupt etwas zu sagen. Kynriks vorwurfsvoller Blick war kaum zu ertragen.

»Ja«, kam es knurrend zurück. »Fragt sich nur, wie lange. Diese verdammten Krabbenbiester hatten schon angefangen, an mir rumzuknabbern.«

»An mir auch«, stimmte Bray zu. Sie überwand sich und trat näher. »Weißt du, was mit Jenya geschehen ist?«, fragte sie dann hoffnungsvoll.

»Nein.«

»Vielleicht hat sie es ebenfalls geschafft und wurde irgendwo an Land gespült …«

»Vielleicht«, brummte er und starrte wieder hinaus in den Nebel. »Vielleicht auch nicht.«

»Und?«

»Und was?«

»Ist das alles, was dir dazu einfällt?« Bray stemmte die Arme in die Hüften. Sie konnte nicht verstehen, wie jemand so gleichgültig sein konnte – zumal, wenn er dem Tod soeben mit knapper Not entgangen war. »Wenn eine Chance besteht, dass Jenya noch lebt, sollten wir nach ihr suchen.«

»Dann such doch.«

Bray holte tief Luft. Ihr Temperament drängte sie dazu,

dem vermeintlichen Helden eine geharnischte Erwiderung an den Kopf zu werfen, ihm vorzuhalten, dass er all die Gefahren und Entbehrungen nicht wert gewesen sei … Aber sie ließ es bleiben. Einerseits, weil sie einsah, dass es nichts geändert hätte. Andererseits, weil sie sich den Atem sparen wollte. Stattdessen wandte sie sich ab und kletterte auf den Felsen, den sie vorhin umrundet hatte.

Es war mühsamer, als sie erwartet hatte, weil sie noch immer erschöpft war und ihre Glieder bei jeder Anstrengung schmerzten. Dennoch gelang es ihr, den Felsbrocken zu erklimmen und von oben Ausschau zu halten.

Das Ergebnis war ernüchternd.

Denn zwar konnte sie nach beiden Seiten blicken, bis sich der Strand im Nebel verlor – doch so weit ihr Auge reichte, sah sie nur Treibholz am Strand und hin und wieder den verrottenden Kadaver eines Fischs. Von der Astara jedoch fehlte jede Spur.

Niedergeschlagen kehrte Bray zu Kynrik zurück, der noch immer unbewegt dort kauerte. »Nichts«, gestand sie widerwillig ein. »Keine Spur von ihr.«

Der andere blies verächtlich durch die Nase. »Weißt du, wie lang diese Küste ist? Ebenso gut könntest du in einem Heuhaufen nach einer Nadel suchen – oder dich damit abfinden, dass das Miststück tot ist.«

Bray glaubte, nicht recht zu hören. »Dieses … Miststück hat alles aufgegeben, um zu helfen! Sie hat ihr Leben geopfert beim Versuch, dich zu retten!«

»Ich hab es dir schon mal gesagt, und ich sage es wieder: Ich habe nicht um Rettung gebeten.« Er wandte sich zu ihr um und sah sie an, und sie erschauderte unter dem Blick seiner stahlblauen Augen. »Was willst du von mir? Eine Entschuldigung?«

»Mitgefühl«, erwiderte Bray. »Ein wenig Bedauern vielleicht.«

Alles, was von Kynrik zu hören war, war ein leises Knurren. Dann wandte er seine Aufmerksamkeit wieder der milchig weißen Leere zu, und Bray fragte sich allen Ernstes, ob dieser Mensch überhaupt noch etwas empfand. Die lange Zeit im Kerker hatte ihn abstumpfen lassen, hatte ihn gleichgültig gemacht, sowohl seinem eigenen Schicksal gegenüber als auch dem anderer. Selbst dann, wenn sie ihr Leben für ihn eingesetzt hatten.

In hilfloser Wut ballte sie die Fäuste. Am liebsten hätte sie ihn weiter beschimpft, aber ihr war klar, dass sie im Grund auch auf sich selbst zornig war. Was hatte sie erwartet? Dass sie nach all den Jahren einen strahlenden Helden aus dem Kerker holen würden? Der Kerl war eine Ruine, ein Schatten des Mannes, der er vielleicht einmal gewesen war. Im Kerker von Tårannok war ein gefühlloses Etwas aus ihm geworden, das sich nicht an die angeblich so ruhmreiche Vergangenheit erinnerte – oder vielleicht, sagte sich Bray, wollte er sich auch gar nicht erinnern. Was immer damals in Wertal geschehen war, war womöglich nicht so glorreich, wie die Überlieferung glauben machen wollte.

Es war gut, dachte Bray bitter, dass Rayan nicht mehr am Leben war – auf diese Weise war zumindest ihm diese Enttäuschung erspart geblieben.

Mit einem resignierenden Seufzen ließ sie sich auf den Kies nieder, für den Augenblick zu erschöpft, um aufzubrechen und sich auf die Suche nach trinkbarem Wasser zu machen. Sie wusste, dass es das Nächste war, das sie tun musste, wenn sie am Leben bleiben wollte – denn auch wenn sie nicht die einzige Überlebende war, von Kynrik war keine Hilfe zu erwarten.

Doch im Moment war sie zu schwach dazu und musste noch ein wenig ausruhen. Und so saßen der einstige Paladin und die junge Diebin aus Skaradag schweigend nebeneinander und starrten hinaus in den trüben Nebel.

»Was für eine Scheiße«, sagte Kynrik noch einmal.

2

Kloster Var'a'shek, Ugarya
Zur selben Zeit

Die schwielige, von ledrig grüner Haut überzogene Hand hielt das Buch, das klein und zerbrechlich darin wirkte.

Viele, die es nicht besser wussten, behaupteten, dass Uroks nicht lesen könnten; dass ihr Verstand ganz einfach zu primitiv wäre, um etwas so Komplexes wie das ugarysche Alphabet zu erfassen. Aber natürlich war das Unfug, wie so vieles, das über Uroks behauptet wurde.

Ein Urok war in der Lage, Lesen und Schreiben zu erlernen wie jedes andere denkende und fühlende Wesen in Astray. Er nahm sich nur selten die Zeit dafür, weil er damit beschäftigt war, seinesgleichen oder anderen Kreaturen die Schädel einzuschlagen, sie mit dem Schwert zu durchbohren oder auf sonst eine Weise vom Leben zum Tod zu befördern.

Anders als *er*.

Worfeck wusste nicht mehr, wann er das erste Mal festgestellt hatte, dass er anders war als die meisten von seiner Art. Anders in vielerlei Hinsicht.

Nicht, dass er kein Krieger gewesen wäre. Dass nicht einst auch er ein Mann des Schwertes gewesen wäre, der zahllose Feinde erschlagen, seine Klinge in ihrem Blut gebadet und seinen Gürtel mit ihren Skalps verziert hätte.

Doch er hatte nie Vergnügen dabei empfunden.

Weder dabei noch bei irgendetwas anderem, das er je getan hatte. Ein Schamane hatte ihm einst gesagt, dass am Tag seiner Geburt eine dunkle Wolke über dem Dorf gestanden hatte.

Diese Wolke, so kam es Worfeck vor, begleitete ihn bereits sein ganzes Leben …

Es war still in der Kammer.

Der Urok war gerne hier.

Er mochte diese Stille, so wie er die Abgeschiedenheit mochte, nicht von ungefähr war er hierhergekommen. Eine lange Reise lag hinter ihm – doch hier, am Ende der Welt, hatte er zum ersten Mal das Gefühl, eine Heimat gefunden zu haben.

Sein kurzer, dicker Zeigefinger glitt über das Pergament des Büchleins, während er die ugaryschen Zeichen entzifferte. Dass Uroks in der Lage waren zu lesen, bedeutete nicht, dass es ihnen leichtfiel – noch dazu, wenn es sich um die Schriften Shan'dors handelte, des Urvaters und Begründers der Gemeinschaft des Windes. Shan'dors Worte und Wirken zu begreifen, war nicht einfach. Schon die menschlichen Brüder der Gemeinschaft brachten nahezu ihr ganzes Leben damit zu, die Gedanken des Gründers nachzuvollziehen und auf diese Weise zu einer höheren, erfüllteren Art des Seins zu gelangen – um wie viel mehr galt dies erst für einen Urok, der aus den Niederungen der Barbarei nach Var'a'shek gekommen war!

Der Wind ist dein Gefährte.
Er fragt nicht, doch er antwortet,
er gibt und er nimmt.
Den Sturm trägt er heran, den schweren,
auf seinen Schwingen und prüft die Herzen der Seinen.
Er bringt das Leben und trägt es hinfort.
Wir alle sind nur Blätter im Wind.
Blätter im Wind.

So lautete der erste und wichtigste Abschnitt im *Kod'a'shek*, dem »Buch des Windes«, das Shan'dor in seiner Weisheit verfasst und seinen Nachfolgern übergeben hatte, auf dass sie dem Pfad der Weisheit folgten …

Der Wind fragt nicht, doch er antwortet.
Wir alle sind nur Blätter im Wind.
Blätter im Wind.

Blätter, die vom Wind verweht wurden, hinterließen keine Spuren in der Welt – und genau dies war das Bestreben der Gefährten des Windes: Ein Leben in Kontemplation und Stille zu begehen, an dessen Ende sie zurückblicken und sich sagen konnten, dass sie das Leben in Astray weder im guten noch im schlechten Sinne verändert hatten und keine Spuren hinterlassen würden.

Kein materieller Besitz.

Kein Weib und keine Familie.

Keine Waffen und kein Feind, den man tötete.

Mit anderen Worten: das genaue Gegenteil von dem, was einen Urok ausmachte und was Worfeck vom Tag seiner Geburt an eingebläut worden war. Doch tief in seinem Inneren hatte er stets gefühlt, dass dies nicht die Antwort war, nicht die Lösung all der Rätsel, die ihn umgaben.

Hätte er schon früher von der Lehre Shan'dors erfahren, wäre er wohl schon in jungen Jahren ein Gefährte des Windes geworden – es hätte der Welt und ihm selbst manches erspart …

Wir alle sind nur Blätter im Wind.
Blätter im Wind.

Var'a'shek war das größte der Klöster, die sich dem Wind und der Bewahrung der Lehre Shan'dors verschrieben hatten – und doch gab es vermutlich niemanden hier, der den Leitsatz des Gründers tiefer verinnerlicht hatte als Worfeck.

Der Urok – der Einzige, der im Kloster des Windes weilen und die *rukha*, das Gewand der Bruderschaft, tragen durfte – hatte am eigenen Körper erfahren, was es bedeutete, ein Blatt im Wind zu sein. Mächten ausgeliefert, die sich nicht kontrollieren ließen. Dennoch waren jene Mächte heraufbeschworen worden – und hatten nicht nur ihre Spuren in der Welt hinterlassen.

Sondern eine tiefe Kluft.

Wir alle sind nur Blätter im Wind.
Blätter im Wind.

Worfeck wiederholte die Worte unentwegt. Flüsternd murmelte er sie vor sich hin in der Hoffnung, dass sie ihm Ruhe bringen, dass sie seinen Verstand davor bewahren würden, in den dunklen Abgrund des Wahnsinns zu stürzen. Dass er nicht weit davon entfernt war, konnte er fühlen.

In all den Wintern, die er nun schon im Kloster des Windes weilte, hatte er stets Ruhe in der Kontemplation gefunden – doch seit einigen Tagen nicht mehr. Auch das Studium der weisen Schriften vermochte ihn nicht mehr zu beruhigen – zu vertraut war das, was er im Traum gesehen hatte, zu schrecklich die Erinnerungen, die es weckte.

Gewöhnlich träumten Uroks nicht.

Vielleicht, weil ihr Verstand doch schlichter war als der anderer Wesen. Vielleicht belogen sie sich selbst aber auch nur weniger als andere Kreaturen Astrays, sodass ihre inneren Stimmen nicht im Schlaf zu ihnen zu sprechen brauchten; doch es war eine Tatsache, dass die meisten Uroks ihr Leben verbrachten, ohne auch nur ein einziges Mal Bilder im Schlaf zu sehen.

Auch in dieser Hinsicht unterschied sich Worfeck von seinen Artgenossen, denn er hatte geträumt. Damals, vor langer Zeit, als alles begonnen hatte – und jetzt wieder.

Er war erwacht und hatte sich an Dinge erinnert, die er im Schlaf gesehen hatte. Dinge, die ihn noch immer erschauern ließen und die bestätigten, was im Grunde immer seine Überzeugung gewesen war: dass die Welt untergehen würde – und dass niemand, weder Mensch noch Urok, es verhindern konnte.

Wir alle sind nur Blätter im Wind.
Blätter im Wind.

In diesem Moment klopfte jemand an die Tür seiner Zelle. Widerstrebend und ein wenig unwillig blickte Worfeck von den weisen Worten auf.

»Ja?«

Die Tür wurde geöffnet, und ein blasser junger Mann trat ein, der wie Worfeck selbst die Robe der Brüder des Windes trug. Das helle Gelb seiner Schärpe freilich wies ihn als Novizen aus, der noch nicht lange im Kloster weilte.

»Bruder Baumblatt«, sagte der Novize mit vor Angst bebender Stimme – der Umgang mit einem Urok schien für ihn ungewohnt zu sein. »Der Abt verlangt dich zu sprechen. A-a-auf der Stelle.«

3

Krakenküste
Währenddessen

»Also?«

Mit vor der Brust verschränkten Armen hatte Bray sich vor Kynrik aufgebaut und sah ihn fragend an.

»Also was?«

»Wie steht es? Willst du hierbleiben, bis du Wurzeln schlägst? Oder willst du mitkommen?«

»Wohin?«

Bray schnaubte. Sie mochte keine einsilbigen Antworten. Vor allem dann nicht, wenn sie von jemandem kamen, an den sie so große Erwartungen gehabt hatte … »Du warst einst ein Held, eine Legende!«, fuhr sie ihn an. »Kannst du dich wirklich nicht mehr erinnern? Oder ist es dir nur einfach gleichgültig geworden?«

»Wo ist der Unterschied?«, fragte er, ohne seinen Blick vom Horizont zu wenden.

»Die meisten Menschen halten euch für tot«, fuhr Bray fort, die sich damit einfach nicht zufriedengeben wollte. »Wenn bekannt würde, dass zumindest einige der Legenden von Astray noch am Leben sind, würde ihnen das wieder Hoffnung geben! Sie daran erinnern, dass es einmal etwas wie Selbstlosigkeit und Edelmut in dieser Welt gegeben hat!«

Genau genommen waren das nicht ihre Worte – Rayan hatte sie einst gesprochen, sie waren ihr im Gedächtnis haften geblieben. Und Bray hatte das Gefühl, dass es genau das war, was der Sänger in diesem Augenblick gesagt hätte …

»Du weißt nichts«, war alles, was Kynrik darauf erwiderte. »Lass mich in Ruhe.«

»Du kannst nicht einfach hierbleiben!«, widersprach Bray entschieden. »Du musst etwas tun!«

Nun wandte er doch den Blick und taxierte Bray vom Scheitel bis zur Sohle. »Vielleicht habe ich ja schon etwas getan«, knurrte er dann. »Vielleicht bin ich es ja gewesen, der dich aus dieser verdammten Brühe gezogen hat.«

Bray musste an sich halten, um nicht laut zu lachen. »Selbst wenn du deine Gleichgültigkeit für einen Augenblick überwunden hättest, alter Mann – woher hättest du die Kraft dafür nehmen sollen, ausgezehrt und schwach wie du bist?« Sie schüttelte den Kopf. »Behalte deine Scherze für dich, ich habe für heute schon genug gelacht.«

Kynriks einzige Antwort war ein Schulterzucken.

Ansonsten blieb er unbeirrt sitzen.

»Wie du willst. Ich werde jetzt gehen – in diese Richtung«, kündigte sie an und deutete zwischen die felsigen Hügel, die sich jenseits des Kiesstrandes erhoben. Und jenseits davon, im fernen Dunst, die schneebedeckten Hänge des Urok-Gebirges.

Bray wusste, dass es an der Küste Siedlungen gab, Fischerdörfer und kleine Städte, die im Einflussbereich Perneraks lagen und von Menschen und Dwargen bewohnt wurden. Zwar genossen diese Siedlungen keinen besonders guten Ruf, da sie als Schlupfwinkel für Schmuggler, Sklavenhändler und anderes lichtscheues Gesindel dienten. Vermutlich unterhielten auch die Unsichtbaren dort einige Stützpunkte, und Bray hatte keine Münze mehr, um sich ihre Dienste zu sichern. Doch eine Diebin, davon war sie überzeugt, würde sich zusammenstehlen können, was sie zum Überleben brauchte.

Zuerst würde sie nach einem Bach oder einer Quelle suchen; danach dem Verlauf der Küste nach Westen folgen, weil es ihr die Erfolg versprechendere Richtung zu sein schien.

Und natürlich würde sie unterwegs die Augen nach Jenya offen halten – auch wenn ein Teil von ihr inzwischen schon akzeptiert hatte, dass die Astara nicht mehr unter den Lebenden weilte und entweder dort draußen auf See ertrunken oder ein Opfer des Kraken geworden war. Und es erschreckte Bray, wie rasch sie ganz offenbar bereit gewesen war, dies zu akzeptieren.

Die Seuche der Gleichgültigkeit, dachte sie bitter, hatte offenbar auch schon auf sie übergegriffen.

Sie wartete noch einen Moment, ob eine Reaktion von Kynrik erfolgte – ein Wort des Abschieds etwa oder eine Geste des Danks. Aber der vermeintliche Held kauerte nur dort auf dem Kies, verwahrlost wie er war und starrte hinaus auf die neblige See.

Das war genug.

»Leb wohl«, knurrte Bray kaum vernehmlich, dann wandte sie sich ab und ging den sanft ansteigenden Strand hinauf. Der Kies knirschte unter ihren Füßen, und die kalte Seeluft fuhr in ihr Haar und ihren zerfetzten Skyor und ließ sie frösteln.

Und im nächsten Moment war ihre Reise schon zu Ende.

Unvermittelt war Hufschlag zu hören, und noch ehe Bray das Ende des Strands erreicht hatte, erschienen fünf Reiter auf dem Kamm, allesamt bewaffnet und gerüstet.

»Verdammt«, entfuhr es ihr.

Die Reiter waren Dwarge. Und wenn es etwas gab, das jedes Kind in Bordland wusste, dann dass mit den gedrungenen Bewohnern des Nordgebirges nicht zu spaßen war.

Warum sie es tat, wusste sie später nicht mehr zu sagen – schließlich war Kynrik bislang weder hilfreich noch von Nutzen gewesen. Doch in dem Augenblick, da sie die fremden Reiter erblickte, fuhr sie auf dem Absatz herum und rannte zu dem alten Knaben zurück, der unten am Wasser kauerte und die Ankunft der Dwarge noch nicht einmal bemerkt zu haben schien. Gleichzeitig gaben die Reiter ihren Pferden die Sporen und jagten auf donnernden Hufen die Anhöhe herab.

Sie holten Bray ein, gerade als diese bei Kynrik anlangte. Jetzt kam auch der einstige Paladin nicht mehr umhin, die Abwesenheit der Reiter zu registrieren. Doch weder blickte er auf noch reagierte er auf sonst eine Weise. Er hatte wohl tatsächlich den Verstand verloren.

Die Dwarge umkreisten die beiden Menschen auf ihren Tieren – kurzbeinige Steppenpferde aus Ugarya, die man mit cymrischen Schlachtrossen gekreuzt hatte, damit sie in der Lage waren, schwer gepanzerte Reiter zu tragen. Rüstung und Bewaffnung der Dwarge ließen vermuten, dass sie aus Pernerak stammten, wenngleich sie weder Wappen noch Zunftzeichen trugen. Ihre gehörnten Helme bedeckten die obere Hälfte ihrer Gesichter, darunter ragten rote und schwarze, geflochtene Bärte hervor.

Die Pferde wieherten und tänzelten unruhig, als ihre Reiter sie mit Gewalt zum Stehen brachten, und zwar so, dass sie Bray und Kynrik umzingelten. Vier von ihnen hatten ihre Äxte drohend erhoben. Der fünfte lenkte sein Tier geradewegs vor die beiden Menschen, und wie um seine Überlegenheit zu beweisen, nahm er mit provozierender Langsamkeit den Helm ab.

Das Gesicht, das darunter zum Vorschein kam, war wettergegerbt und von Falten zerfurcht. Ein kleines, listiges Augenpaar lugte unter buschigen schwarzen Brauen hervor. Die knollenförmige Nase und der Ansatz der Wangen waren purpurrot, und der Atem des Dwargs stank zehn Schritte gegen den Wind nach Bier …

»Wer seid ihr?«, verlangte er zu wissen. Sein Bordisch war nicht gut und hatte den harten dwargischen Akzent, aber man konnte ihn gut verstehen.

»Schiffbrüchige«, sagte Bray das Erste, was ihr in den Sinn

kam. »Unser Segler ist vergangene Nacht vor der Küste gesunken.«

»Ein Segler? Vor der Krakenküste?« Der Anführer der Dwarge lachte. »Ihr Langbeine seid schon ein komisches Völkchen.«

»Der Kapitän hatte die Gefahren wohl unterschätzt«, führte Bray weiter aus. »Ein Krake griff das Schiff an. Dabei lief es auf ein Riff auf und zerschellte.«

»Und der Rest der Besatzung?« Der Dwarg sah sich demonstrativ am Strand um. »Wo sind die anderen?«

»Wir sind die einzigen Überlebenden«, erklärte Bray, ohne mit der Wimper zu zucken. »Den Rest hat der Krake gefressen.«

»Was ist mit dem Schiff?«, fragte der Dwarg mitleidlos weiter. »Wenn du die Wahrheit sagen würdest, müssten hier überall Trümmer verstreut sein. Und Treibgut«, fügte er mit einem habgierigen Funkeln in den Augen hinzu.

»Ich weiß nicht, wie es dazu kam«, stellte Bray sich unwissend – die Erfahrung hatte sie gelehrt, dass es bisweilen am besten war, nichts zu wissen. »Und ich weiß auch nicht, was das Schiff geladen hatte. Es war ein Piratensegler. Wir beide waren an Bord gefangen und sollten als Sklaven verkauft werden.«

»Ein Piratensegler also.« Die kurzen Finger des Dwargs kraulten nachdenklich seinen Bart. »Unter was für einer Flagge ist das Schiff denn gesegelt?«

»Der schwarzen«, erwiderte Bray. »Habt ihr je von den Unsichtbaren gehört?«

Die Blicke, mit denen die Reiter sich verständigten, verrieten, dass die Bruderschaft Nogens ihnen durchaus ein Begriff war.

»Und der da?«, fragte der Anführer, auf Kynrik deutend.

Bray streifte den gefallenen Helden mit einem Seitenblick. Von ihm war nichts zu erwarten, also würde sie selbst helfen müssen. »Das ist mein Großvater«, flunkerte sie in ihrer Not weiter. »Nur mit Mühe konnten wir den Unsichtbaren entkommen. Könnt ihr uns helfen, edle Herren?«

»Sie nennt uns edle Herren.« Die Gesichter unter den Helmen grinsten.

»Bitte weist uns nicht ab. Wir brauchen eure Hilfe«, fügte Bray hinzu, die ihre Chance witterte.

Der Dwarg und seine Leute wechselten Blicke. »Also gut«, erklärte er sich dann einverstanden. »Wir sind eine Patrouille aus Krakenwacht. Ihr könnt mit uns kommen, wenn ihr wollt.«

»Wirklich?«

»Natürlich. Ihr bekommt zu essen und könnt euch ausruhen. Dann sehen wir weiter.«

»Danke«, sagte Bray, »das ist sehr freundlich.«

Sie war so froh darüber, auf solch unerwartete Weise Hilfe zu erhalten, dass sie ihren angeborenen und in Skaradag über Jahre gepflegten Argwohn für einen Moment vergaß – und das listige Funkeln in den Augen des Dwargs übersah.

4

Var'a'shek, Kloster des Windes
Zur selben Zeit

»Ihr verlangtet mich zu sprechen, Meister?«

Abt Vargyas war ein kleiner Mann, selbst für einen Menschen. Und er war alt – älter, als die meisten Uroks in ihrem kriegerischen Leben wurden. Als Worfeck auf die Schwelle der Kammer trat, die dem Vorsteher des Klosters zugleich als Rückzugsort und als Arbeitszimmer diente, sah der Abt von den Schriftrollen auf, über denen er beim Schein einer Talgkerze gebrütet hatte. Vargyas' Augen lagen tief in ihren Höhlen, vor Anstrengung waren sie gerötet. Dennoch lag eine Milde und Freundlichkeit in ihnen, die man bei Menschen meist vergeblich suchte. Sein Haupt war kahl, jedoch bedeckte ein weißer Bart seine schmale, von der dunkelgrünen Schärpe des Klosterabts geschmückte Brust.

»Baumblatt«, sagte er und nickte wohlwollend. »Komm herein. Ich habe dich erwartet.«

Worfeck nickte. Er hatte sich an den Namen gewöhnt, den man ihm hier gegeben hatte. So wie er sich daran gewöhnt hatte, dass er sich ducken musste, um Türen zu passieren, die von und für Menschen gebaut waren; die Durchgänge im Kloster des Windes waren besonders niedrig, weil das beständige Bücken die Brüder Demut lehren sollte und sie daran erinnern, dass sie nichts weiter waren als Blätter im Wind.

Nachdem sich der Urok durch die Tür gezwängt hatte, schloss er sie hinter sich. Sodann trat er vor den Abt, der seinen Platz am Lesetisch aufgab und ihm entgegenkam, auf einen schlichten Stock aus Lindenholz gestützt.

»Gefällt es dir hier bei uns?«, wollte er wissen.

»Meister?« Worfeck legte den Kopf schief und sah den Abt aus gelben, blutunterlaufenen Augen fragend an. In all der Zeit, die er nun schon Mitglied der Gemeinschaft war, hatte Vargyas ihm manche Frage gestellt – diese jedoch noch nie.

»Ich möchte gerne wissen, ob es dir hier bei uns gefällt«, wiederholte der Abt lächelnd. »Ich meine, ob du dich wohlfühlst unter deinen Mitbrüdern.«

»Nun – ja«, bestätigte Worfeck nickend und zugleich verunsichert. Wohlfühlen und Gefallen waren nicht die Kategorien, in denen Uroks gewöhnlich dachten. »Ich habe hier gefunden, wonach ich suchte, Meister, nämlich Frieden.«

»Und das ist gut so.« Vargyas nickte. »Ich will dir ein Geständnis machen – damals, als du zu uns gekommen bist, war ich sicher, dass du uns bald wieder verlassen würdest.«

»Warum, Meister?«

»Erinnere dich«, forderte der Abt ihn auf. »Du warst eine gebrochene Kreatur, eine gejagte Existenz. Du hast uns nicht verraten, woher du gekommen bist oder was du zuvor getan hattest, und wie es bei uns Sitte ist, hat dich auch niemand danach gefragt. Jeder von uns hat schließlich eine Vergangenheit, und wir alle sind nichts als Blätter im Wind.«

»Blätter im Wind«, bestätigte Worfeck mit der korrekten Formel.

»Ich war noch ein junger Mann damals«, fuhr Vargyas fort, »unerfahren und noch weit davon entfernt, diesem Kloster vorzustehen. Aber von Beginn an gehörte ich zu denen, die dafür waren, dich in unsere Reihen aufzunehmen. Denn was für eine Wahrheit wäre die Lehre des Windes, wenn sie nur für einige Wesen Astrays gelten würde, und nicht für alle?«

»Ich weiß«, versicherte Worfeck nickend. »Und dafür bin ich Euch dankbar.«

»Deshalb habe ich dich nicht rufen lassen, Bruder Baumblatt«, versicherte der Abt. »Sondern weil es Gerüchte gibt.«

»Welcher Art?«

»Die Brüder, die ihre Zelle im selben Trakt haben wie du, behaupten, dass du im Schlaf sprichst. Mehr noch, manchmal hören sie dich nachts laut schreien. Zwar verstehen sie deine Worte nicht, denn sie sind in einer anderen, fremden Sprache. Jedoch sagen alle, dass es schrecklich klinge, voller Zorn und Todesangst.«

»Das … tut mir leid«, versicherte Worfeck stammelnd. Ihm war nicht bewusst gewesen, dass er im Schlaf gesprochen, geschweige denn geschrien hatte. Gemessen an dem, was er dieser Tage in seinen Träumen sah, verwunderte es ihn allerdings auch nicht besonders …

»Und du weißt, wie es in den Lehren Shan'dors heißt – wer des Nachts spricht, der schweigt bei Tage. Ich muss dich also fragen, Bruder Baumblatt, was du uns verschweigst.«

»Ich … nichts«, beeilte sich Worfeck zu versichern.

»Ich will ehrlich mit dir sein. Schon damals gab es viele, die nicht wollten, dass ein *hekyman* in unsere Gemeinschaft aufgenommen wird. Für die einen war es ein Vergehen an Shan'dors Lehre, die anderen hatten wohl einfach nur Angst. Was sie schließlich überzeugte, war nicht so sehr der Glaube daran, dass die Wahrheit Shan'dors für alle Kreaturen Astrays Bestand haben müsse – sondern die Aussicht, jemanden in unseren Reihen zu haben, der notfalls willens und in der Lage sein würde, seine Mitbrüder zu beschützen und sie zu verteidigen. Jemand, der keine Furcht kennt und notfalls auch eine Waffe zu führen weiß.«

»Das … wusste ich nicht«, erwiderte Worfeck einigermaßen verblüfft. *Hekyman'or* – Steinmänner – so wurden Uroks ihrer Härte und Körperkraft wegen von den Menschen Ugaryas genannt. Allerdings war er nicht auf den Gedanken gekommen, dass dies die Gründe waren, derentwegen man ihn in die Gemeinschaft aufgenommen hatte …

»Wir alle sind, was wir sind«, fuhr Abt Vargyas fort. »Weder können wir es ändern noch hilft es uns zu leugnen. Wann immer wir es versuchen, werden wir früher oder später von der Wahrheit eingeholt, ganz gleich, was wir sein wollen oder welchen Namen wir uns auch geben mögen.«

»Was wollt Ihr damit sagen, Meister?«

»Ich denke, das weißt du, Baumblatt. Ich will damit sagen, dass ich dich bewundere für das, was du geschafft hast. Du hast der Gewalt entsagt und Dinge erreicht, die kein anderer deiner Art jemals erreicht hat – doch womöglich kommt eine Zeit, da der Krieger in dir nach seinem Recht verlangt.«

»Nein!«, begehrte Worfeck auf – etwas lauter, als er beabsichtigt hatte, und fletschte dabei wohl auch für einen Moment die Hauer, denn Vargyas wich unwillkürlich vor ihm zurück. »Bitte verzeiht, Meister, das wollte ich nicht. Ich …«

»Schon gut.« Der Abt hob beschwichtigend die freie Hand. »Da ist nichts, wofür du dich rechtfertigen müsstest. Wie ich schon sagte – wir alle sind, was wir sind. Die Frage, die ich dir stellen muss, ist eine andere – denn wie du weißt, ist unser lieber Mitbruder Osvath spurlos verschwunden. Und ich kann nicht zulassen, dass sich Gerüchte unter unseren Mitbrüdern verbreiten. Denn Gerüchte, mein Freund, bedeuten Furcht, und Furcht bedeutet das Ende von Vertrauen. Ohne Vertrauen aber kann unsere Gemeinschaft nicht existieren.«

Bruder Osvath.

Worfeck erinnerte sich an den jungen Anwärter mit der gelben Schärpe. Vor wenigen Tagen war er spurlos verschwunden. Zuletzt hatte man ihn in der Nähe des Brunnenhauses gesehen, danach nicht mehr. Nahm Meister Vargyas etwa an…?

»Ich habe nichts damit zu tun!«, beteuerte der Urok rasch.

»Es besteht kein Zusammenhang zwischen seinem Verschwinden und deinen nächtlichen Zornesausbrüchen?«

»Nein«, beteuerte Worfeck, »natürlich nicht! Glaubt Ihr wirklich, ich hätte ihm ein Leid zugefügt?«

»Es gibt manche, die das glauben«, entgegnete der Abt ausweichend. »Und es ist kein Geheimnis, dass es dir bisweilen schwerfällt, deinen Zorn zu beherrschen. Die älteren unter unseren Brüdern zweifeln bereits, ob es nicht doch ein Fehler war, dich in unsere Reihen aufzunehmen …«

»Es war kein Fehler«, beteuerte Worfeck, diesmal nicht laut und energisch, sondern leise, beinahe ängstlich. »Bitte glaubt mir, mein Meister! Dieses Kloster und die Lehre Shan'dors sind alles, was ich habe, meine einzige Heimat! Ich würde lieber sterben, als meinen Mitbrüdern ein Leid zufügen und die Lehre Shan'dors zu beflecken, das müsst Ihr mir glauben!«

Vargyas sah zu ihm auf, blickte ihm eine endlos scheinende Weile in das grüne, von Narben verunstaltete Gesicht.

»Ich glaube dir«, erwiderte er schließlich. »Doch ich muss dich ersuchen, in dich zu gehen.«

»Ja, Meister.«

»Erforsche dein Inneres, Baumblatt. Vernichte, was dir solchen Schmerz bereitet, und besiege die Vergangenheit. Ich will nicht, dass die Zweifler unter uns recht bekommen.«

»Das werden sie nicht«, versicherte der Urok. »Ich werde aufhören, im Schlaf zu sprechen, das verspreche ich Euch, Meister. Und meine Mitbrüder brauchen keine Angst vor mir zu haben. Ich bin ein Kind des Windes, genau wie sie.«

»Dann kehre in deine Zelle zurück und erforsche dich selbst, Bruder Baumblatt«, trug der Abt ihm auf. »Der Wind fragt nicht, doch er antwortet.«

»Er gibt und er nimmt«, bestätigte Worfeck.

Damit verbeugte er sich, so tief seine wuchtige Gestalt es zuließ, wandte sich ab und wollte die Kammer verlassen.

»Noch eine letzte Sache«, rief Vargyas ihn zurück.

»Ja, Meister?«

»Du hast nie gesagt, woher du damals gekommen bist, und keiner von uns hat dich je danach gefragt – aber das bedeutet nicht«, fügte der Abt mit weisem Lächeln hinzu, »dass wir es nicht zumindest ahnen …«

5

Krakenwacht
Am Abend

Krakenwacht war eine Festung – und sie hatte fraglos schon bessere Zeiten gesehen. Ein gutes Stück landeinwärts erhob sie sich inmitten bizarr geformter grauer Felsen – eine Trutzburg aus Türmen und einer hohen Ummauerung, an strategisch günstiger Position am Ende eines Tals gelegen, das den Zugang zum Hinterland öffnete.

In den Tagen des alten Reiches hatten hier die Wächter von Pernerak residiert und im Auftrag des Kaisers Zölle eingetrieben; doch mit dem Untergang des Reiches und der Großen Divergenz war der Handel im Norden nahezu zum Erliegen gekommen; zwielichtiges Gesindel trieb sich seither an den nördlichen Gestaden herum, und Pernerak, einst die Schatzkammer des Reiches, war nur noch ein Schatten seiner selbst; zwar hatten am Ende auch die Dwarge in den Kampf um die Herrschaft des Reiches eingegriffen, doch hatten sie zu den Verlierern gehört. Der Form nach mochte der Dwargenkönig noch immer als Vasall Myracors gelten, aber da die alte Hauptstadt nicht mehr existierte und das Land gespalten war, fühlten sich die Dwarge keiner Seite wirklich zugehörig. Folglich hatten sie sich auf ihre eigenen Belange konzentriert und sich in ihren steinernen Städten, die bis tief unter die Berge des Nifelgebirges reichten, verkrochen. Die Grenzen ihres Einflussgebiets sicherten sie, so gut sie es vermochten, aber es war nicht zu übersehen, dass es um die Moral ihrer Truppen ebenso schlecht bestellt war wie um ihre Anzahl.

Gerade mal ein Dutzend Mann zählte die Besatzung von Krakenwacht, und genau wie die Männer, die Bray und Kynrik am Strand aufgegriffen hatten, machte auch der Rest einen recht verwahrlosten Eindruck. Die Äxte waren schartig, das Kettengeflecht der Rüstungen hatte Rost angesetzt – die Zier eines Reiches sah anders aus. Und was Gerstensaft und andere berauschende Getränke betraf, so hatte Bray schon am Strand die Feststellung gemacht, dass die Dwarge von Krakenwacht diesen offenbar häufiger zusprachen, als gut für sie war.

Immerhin, der Anführer des Trupps, der den Namen Gorbold trug, hielt Wort. Die Dwarge brachten die beiden Schiffbrüchigen in ihre Burg, wo es Bray und Kynrik gestattet wurde, sich auszuruhen und von den Strapazen der vergangenen Nacht zu erholen. Später dann wurden sie zum Nachtmahl in die Halle der Burg gerufen. Gorbold und seine Leute saßen dort am Ende einer langen Tafel, die einst wohl aufgestellt worden war, um einer zehnmal so großen Besatzung Platz zu bieten. Man forderte Bray und Kynrik auf, sich zu setzen, und es wurden Dörrfleisch und Zwieback aus den Beständen der Garnison gereicht, dazu humpenweise Bier, das Gorbold und seine Leute nur so in sich hineinschütteten. Und Bray konnte sich des Eindrucks nicht erwehren, dass die Blicke, mit denen die Soldaten sie bedachten, immer begehrlicher wurden, je mehr Bier sie tranken.

»Gefällt es dir hier bei uns?«, fragte Gorbold sie schließlich.

Bray nickte höflich. »Es ist trocken. Und ihr habt zu essen und zu trinken«, fügte sie hinzu und griff nach dem steinernen Krug, den man ihr eingeschenkt hatte. »Auf unsere Retter«, sagte sie und prostete den Dwargen zu, die ihrerseits die Krüge hoben und den Inhalt hinunterstürzten, wobei die gefühlte Hälfte davon in ihren Bärten versickerte.

»Lange her, dass wir Damenbesuch in Krakenwacht hatten«, versicherte einer.

»Kann ich mir denken«, erwiderte Bray unsicher. In Skaradag hatte sie öfter mit geilen alten Säcken zu tun gehabt – jedenfalls oft genug, um zu wissen, dass das Gespräch dabei war, sich in eine für sie ungünstige Richtung zu entwickeln. »Stammt ihr alle aus Pernerak?«, fragte sie deshalb, um das Thema zu wechseln.

»Die meisten von uns«, bestätigte Gorbold, während er sie mit leuchtenden Augen taxierte. »Ein paar kommen auch aus dem Norden. Und unser Kommandant stammt aus Wertal …«

»Wertal.«

Es war das erste Mal, dass Kynrik etwas sagte, seit sie die Burg betreten hatten. Und er sagte auch nur dieses eine Wort, aber Bray merkte, wie er sich neben ihr verkrampfte.

»Ja, Wertal«, versicherte Gorbold. »Hast du was dagegen?«

Kynrik schwieg und starrte weiter vor sich hin. Sein Dörrfleisch hatte er noch nicht einmal angerührt.

»Dein Großvater spricht nicht viel, was?« Gorbold zwinkerte ihr gönnerhaft zu. »Ist sicher öde, mit einem so schweigsamen alten Sack zu reisen.«

Du meinst, im Gegensatz zu einem Kerl, der dauernd dummes Zeug lallt?, dachte Bray reflexhaft. Glücklicherweise konnte sie sich daran hindern, es laut auszusprechen. »Es geht«, antwortete sie stattdessen und bedachte Kynrik mit einem bedauernden Blick. »Die Begegnung mit dem Kraken ist ihm nicht bekommen. Seither ist er nicht mehr derselbe.«

»Hat sich wahrscheinlich vor Angst in die Hosen geschissen.« Gorbold und seine Kumpane lachten derb. »Riechen tut er jedenfalls so.«

»Du erwähntest den Kommandanten von Krakenwacht«, wechselte Bray abermals das Thema. »Ich dachte, du wärst …«

»Schön wär's ja.« Der andere lachte wieder. »Unser Kommandant heißt Stannoth. Er ist ein alter Haudegen. Ein Veteran des Krieges, musst du wissen.«

»Ich verstehe«, erwiderte Bray. Wäre sie nicht so damit beschäftigt gewesen, die linke Hand des Dwargs im Auge zu behalten, die ihr immer näher kam, hätte sie vielleicht bemerkt, wie Kynrik sich neben ihr noch mehr verkrampfte.

»Du wirst ihn noch kennenlernen«, versicherte Gorbold und zwirbelte seinen Bart, wobei er breit grinste. »Ganz sicher wirst du das.«

Seine Leute lachten, und Bray merkte, wie sich ihre Nackenhaare sträubten. Diese Dwarge führten etwas im Schilde – und sie bezweifelte, dass es für sie und Kynrik gut ausgehen würde …

Von außerhalb der Halle war plötzlich Poltern und Geklirr zu hören. Jemand näherte sich schweren, klirrenden Schrittes. Das Gelächter Gorbolds und seiner Leute verstummte, alle sahen zum Eingang – in dem im nächsten Moment ein weiterer Dwarg erschien.

Er war kräftiger als die anderen und auch ein wenig größer. Der Harnisch und die eisernen Schulterstücke, die er trug, betonten seine ohnehin schon breite Gestalt, sodass er ungeheuer wuchtig und einschüchternd wirkte, wozu auch der gehörnte Helm auf seinem Kopf beitrug. Sein Bart war mehrfach geflochten, auf dem Rücken trug er ein wuchtiges Breitschwert, dessen Griff über seine linke Schulter ragte. So eindrucksvoll seine Erscheinung jedoch sein mochte – seine Gesichtszüge waren geradezu abstoßend, denn eine Narbe verlief quer darüber, und seine Nase fehlte ganz.

Das, dachte Bray, war dann wohl Stannoth.

Der Kommandant von Krakenwacht.

»Wie ich sehe, haben wir Gäste«, stellte er fest, wobei er Bray aus seinen kleinen Augen musterte.

»Schiffbrüchige, Herr«, erläuterte Gorbold kurzerhand. »Wir haben sie am Strand aufgegriffen. Dachte mir, dass es schade wäre, sie einfach dort zu lassen.«

»Allerdings.« Seine eisenbeschlagenen Stiefel klirrten metallisch, als Stannoth in die Halle eintrat. Langsam schritt er die Tafel ab und kam auf Bray zu. »Wäre verdammt schade gewesen, wenn sich die Krabben das frische Fleisch geholt hätten.«

»Mein Name ist Bray«, stellte Bray sich vor und stand auf. »Im Namen meines Großvaters möchte ich Euch danken für…«

»Habe ich dir erlaubt, zu sprechen?« Stannoths Stimme überschlug sich, so herrschte er sie an.

»Nein, Herr.« Bray wich unwillkürlich zurück, bis sie gegen Kynrik stieß, den das alles jedoch nichts anzugehen schien. Er rührte sich noch nicht einmal. »Ich dachte nur …«

»Deine Aufgabe, Menschenweib, ist es nicht, zu denken, sondern Stannoth von Krakenwacht zu Diensten zu sein.«

Bray hob die Brauen und sah zuerst ihn, dann Gorbold fragend an.

»Eine kleine Gefälligkeit an meinem Herrn«, meinte dieser achselzuckend. »Sieh es als Bezahlung an. Irgendwie müsst ihr schließlich für Speis und Trank aufkommen.«

»Du hast nicht gesagt, dass es etwas kostet.«

»Nichts im Leben ist kostenlos, Schätzchen«, feixte der Dwarg, während sein Herr Bray lüstern musterte.

»Bringt sie in mein Quartier«, wies Stannoth seine Leute schließlich an. »Aber vorher steckt sie in ein Fass mit Wasser. Sie stinkt wie alter Fisch.«

Er hatte kaum zu Ende gesprochen, da drängten schon mehrere Dwarge heran und ergriffen Bray.

»He!«, rief sie laut. »Lasst mich gefälligst los!«

Doch die Dwarge kümmerten sich nicht darum. Im Gegenteil, sie lachten nur, und an ihren Rüstungen aus Eisen und Kettengeflecht prallten Brays Schläge wirkungslos ab.

»Kynrik!«, rief Bray in ihrer Not und sah auf den Helden von einst, der reglos am Tisch kauerte – doch der zeigte weiter keine Reaktion. Und Kommandant Stannoth wiederum schien es zu amüsieren, dass sie einen verwahrlosten Greis um Hilfe rief.

»Wer ist denn das?«, fragte er, mit den beringten Fingern auf Kynrik deutend.

»Ihr Großvater«, erklärte Gorbold.

»Oh.« Stannoth machte ein verdrießliches Gesicht. »Da kriege ich es aber mit der Angst zu tun. Nicht, dass Opa nachher noch kommt und mich verprügeln will, weil ich seinem Augenstern die Seele aus dem Leib gevögelt habe!«

Seine Leute lachten derb und schrien mit vom Alkohol schweren Zungen Beifall. Bray stieß eine Verwünschung aus und wand sich im Griff ihrer Häscher – vergeblich.

»Vielleicht«, sagte Stannoth und zog sein Schwert, »sollte ich dem alten Bastard aber auch einfach das Herz aus der Brust schneiden. Dann wäre Ruhe, sein Gestank würde nicht mehr meine Burg verpesten, und die Krabben hätten auch noch was davon.«

»Schwein!«, zischte Bray.

»Das reicht.« Er fuchtelte mit der Klinge vor Kynriks starren Zügen herum. »Bringt sie schon mal hinauf – ich komme gleich nach und kümmere mich um sie.«

»Und danach dürfen wir sie haben?«, fragte Gorbold, mit feisten Backen grinsend.

»Was dann noch übrig ist«, versicherte sein Kommandant, und wieder lachten alle, während Bray davongeschleppt wurde. Sie wollte schreien, aber eine grobe, schweißnasse Pranke hielt ihr den Mund zu und brachte sie zum Schweigen.

»Dein Schwert«, sagte plötzlich jemand.

Es war Kynrik, und da er bislang nichts gesagt hatte, richteten sich aller Augen auf ihn.

»Hast du was gesagt, Alter?«, erkundigte sich Stannoth, wobei er sich drohend zu Kynrik herabbeugte.

»Dein Schwert«, wiederholte Kynrik, auf die Waffe des anderen starrend. »Woher hast du es?«

»Woher ich es …?« Der Kommandant von Krakenwacht machte große Augen. »Stinkender alter Sack, ich wüsste nicht, was dich das angeht!«

»Es ist das Schwert eines kaiserlichen Paladins«, fuhr Kynrik fort, auf die Klinge deutend, die auffallend breit war und in die oberhalb der Parierstange ein Rubin eingelassen war, der im Licht des Kaminfeuers tiefrot schimmerte.

»Was du nicht sagst, alter Mann.« Stannoth rollte spöttisch mit den Augen. »Kennst dich richtig gut aus, was? Aber du hast recht – dieses Schwert habe ich einst einem Paladin abgenommen. Der Bastard hatte viele meiner Brüder getötet – und er hat mir das hier verpasst«, fügte er hinzu, auf seine verunstalteten Gesichtszüge deutend. »Aber dafür hat er bezahlt, denn er endete in einem finsteren Loch – und ich habe seine Klinge bekommen.«

»Du hast sie ihm gestohlen.«

»Na und?« Stannoth lachte. »Dort, wohin er ging, hatte er gewiss keine Verwendung mehr dafür.«

»Richtig«, räumte Kynrik ein. »Aber jetzt will er sie wiederhaben.«

Der Dwarg glotzte ihn verständnislos an.

»Denn dieses Schwert gehört mir«, wurde Kynrik deutlicher. »Und ich will es wiederhaben.«

»Was?« Der Kommandant von Krakenwacht beugte sich so weit vor, dass seine entstellten, verstümmelten Züge unmittelbar vor Kynriks Gesicht schwebten. »Was hast du gesagt?«

»Ich erinnere mich«, entgegnete der einstige Paladin. »Es ist meine Klinge. Und ich … will sie zurück.«

»Alter Narr«, spottete Stannoth. »Kannst du überhaupt etwas sehen unter all dem Fell? Geschweige denn einen klaren Gedanken fassen?« Unter dem Gelächter seiner Leute benutzte er seine freie Hand, um das strähnige, verwilderte Haar aus Kynriks Gesicht zu streifen – und plötzlich erstarrte er.

Einen Augenblick stand er reglos.

»Das … ist nicht möglich«, entfuhr es ihm dann, während sich seine Augen in ungläubigem Entsetzen weiteten.

Einen Augenblick lang schien die Zeit in der Halle stillzustehen.

Dann schlug das Erstaunen in Stannoths Augen in Entsetzen um, denn nicht länger saß Kynrik einfach nur da. Mit einer Schnelligkeit, die ihm keiner der Anwesenden, am allerwenigsten Bray, zugetraut hätte, zuckte seine rechte Hand empor und stach genau dorthin, wo sich im Gesicht des Dwargs einst seine Nase befunden hatte.

»Nein«, stieß Stannoth noch hervor, während Kynriks Finger sich tief in das Innere seines Schädels wühlten.

»Doch«, widersprach dieser.

6

Bucht von Drakis
Zur selben Zeit

Es war ein trauriger Anblick.

Früher hatte es Hilalayan stets mit Glück und Stolz erfüllt, auf die nächtliche Silhouette von Altashar zu blicken; auf die Türme und Kuppeln, die im Licht Tausender von Öllichtern und Feuern schimmerten, statt wie die Städte des Nordwestens in Nacht und Nebel zu versinken, sobald die Sonne am Horizont versunken war. Der Sieg des Lichts über die Dunkelheit, so hatte ein kluger Mann einst gesagt, bedeutete zugleich auch den Sieg der Zivilisation über die Barbarei. Entsprechend hatte der Anblick des nächtlichen Altashar für Hilalayan stets den Inbegriff von Kultiviertheit bedeutet und die Überlegenheit Ostrays gegenüber den Städten und Reichen des Westens symbolisiert. Doch von diesen Empfindungen war nichts geblieben. Denn als der einstige Hofmarschall von Altashar in dieser Nacht auf die Königsstadt blickte, tat er es im Bewusstsein, es zum letzten Mal zu tun.

Zum letzten Mal für sehr lange Zeit.

Womöglich auch für immer.

Die Entscheidung schmerzte noch immer, dennoch war sie ihm leichtgefallen. Sein ganzes Leben lang hatte Hilalayan stets über einen gesunden Instinkt für die richtige Taktik verfügt – dafür, wann es Zeit war, auf seinen Positionen zu beharren und einen Gegner zu bekämpfen, oder wann man besser Zurückhaltung übte oder, wie in diesem Fall, den vollständigen Rückzug antrat. Es war dieser Instinkt gewesen, der seinen raschen Aufstieg bei Hofe ermöglicht hatte, der ihn Bündnisse hatte schließen und andere hatte aufkündigen lassen. Hilalayan hatte es stets verstanden, neue Freunde zu finden und seine Gegner in Schach zu halten, auch vor der Intrige hatte er nicht zurückgeschreckt, um seine Position zu festigen. Doch in jüngster Zeit hatte sich alles geändert.

Auf die alten Verhältnisse war kein Verlass mehr gewesen. Verbündete waren zu Gegnern geworden und einstige Gegner Verbündete; und eben jener Instinkt, der Hilalayan in all den Jahren ein so verlässlicher Ratgeber gewesen war, hatte ihn, so schien es, in den letzten Monaten verlassen. Mit dem selben untrüglichen Gespür, das ihn früher stets die richtigen Entscheidungen hatte treffen lassen, hatte er nun die falschen getroffen und sich Leute zu Feinden gemacht, deren Nähe er beizeiten hätte suchen sollen.

Über die Gründe mochte er nicht nachdenken. Vielleicht hatten sein Amt und die vielen Jahre, in denen er es nun schon innehatte, ihn träge und unvorsichtig werden lassen; oder vielleicht – was noch ungleich schlimmer gewesen wäre – hatte sich in ihm auch etwas geregt, das andere, weniger pragmatische Naturen als Gewissen gedeutet hätten. Letztlich spielte es keine Rolle, *weshalb* er verloren hatte – Tatsache war, dass er im Spiel um die Macht in Altashar auf die falschen Karten gesetzt hatte und deshalb besiegt worden war.

Und nicht nur er ...

Noch immer klangen ihm Astyragis' Worte in den Ohren. Hatte der König im Fieberwahn gesprochen? War das Geständnis, das er Hilalayan gemacht hatte, nichts weiter als das geistlose Geschwafel eines Mannes gewesen, der dem Irrsinn nahe war?

Hilalayan wünschte es sich beinahe, aber sein Verstand sagte ihm, dass es nicht so war und dass Astyragis pan Tyras womöglich zum allerersten Mal in seinem Leben die uneingeschränkte Wahrheit gesagt hatte ... denn es erklärte so vieles.

Es erklärte, warum der große Artaban, Einiger des Reiches und Begründer der Dynastie von Altashar, in der Blüte seines Lebens einen so plötzlichen Tod erlitten hatte.

Es erklärte, warum sein Bruder Astyragis so überaus bereitwillig die Regentschaft für Artabans noch ungeborenen Sohn Nawyd übernommen, den Thron jedoch bis zum heutigen Tag nicht freigegeben hatte.

Und natürlich erklärte es auch, weshalb der Kult des Feuers, der bis dahin nur eine von vielen rivalisierenden Sekten im Reich gewesen war, als eindeutiger Sieger aus jenem Streit hervorgegangen und sogar der König selbst zu jener neuen Religion konvertiert war.

Astyragis hatte nicht gesagt, dass er seinen Bruder vergiftet hatte, sondern nur davon gesprochen, dass er die feige Mörderhand gelenkt hätte – und es gehörte nicht viel dazu, sich auszumalen, wer der tatsächliche Mörder gewesen war. Ganz offenbar hatte Xusra alles von langer Hand vorbereitet – doch sein Plan endete nicht damit, seinen eigenen Kandidaten auf den Thron von Altashar zu setzen und seinem Kult auf diese Weise zu nie gekannter Macht zu verhelfen. Er wollte noch mehr, weshalb Astyragis nun dasselbe dunkle Schicksal ereilte, das schon seinen Bruder getroffen hatte.

Auch er war vergiftet worden, ganz langsam, Tag für Tag ein wenig mehr … Und während der König von Altashar eines grausamen Todes starb und der legitime Thronfolger in der Feuerwüste verschollen war, bereitete Xusra einen geheimen Krieg gegen Westrien vor und träumte vermutlich davon, dereinst selbst den Thron von ganz Astray zu besteigen, geradeso wie Malfertas …

Nein, gestand Hilalayan sich frustriert ein, während er an der hölzernen Reling stand und auf die Lichter von Altashar blickte, die mehr und mehr in der Ferne verschwanden – auf seinen Instinkt war kein Verlass mehr gewesen.

Noch niemals zuvor in seinem Leben hatte er einen Gegner derart krass unterschätzt, und er fand keinen Trost in der Tatsache, dass er dabei nicht der Einzige gewesen war. Auch Nawyd, Gadates und Astyragis selbst hatten den Machthunger und die Verschlagenheit des Feuerpriesters unterschätzt – und nicht zuletzt auch der Große Artaban.

Die Stadt zu verlassen, war die einzige Möglichkeit gewesen. Natürlich hatte Hilalayan darüber nachgesonnen, ob sich aus dem, was der König ihm offenbart hatte, Kapital schlagen ließ; aber da es niemanden mehr gab, vor den er sein Wissen hätte bringen können, keine Institution mehr, die es gewagt hätte, sich gegen die Macht des Hexenpriesters aufzulehnen, war es ohne Nutzen. Im Gegenteil – erhielten seine Feinde Kenntnis von seiner Mitwisserschaft, mochte es Hilalayans Leben entscheidend verkürzen. Und wenn Hilalayan eines ganz gewiss nicht wollte, dann eines feurigen oder sonst wie gearteten jähen Todes sterben. Also hatte er das Einzige getan, was ihm übrig blieb, und seine letzten noch vorhandenen Verbindungen genutzt, um sich eine Schiffspassage nach Abydon zu verschaffen.

Nicht, dass er den Widerstand aufgegeben hätte – Xusra hatte ihn hintergangen, hatte ihn verraten und in den Staub getreten, und seinem sanftmütigen Auftreten zum Trotz verzieh der Eunuch so etwas nicht; doch Rache war ein Ansinnen, das dann am besten gedieh, wenn es mit langem Atem vorbereitet wurde. Noch war Hilalayan nicht am Ende.

Seine letzten Trümpfe hatte er noch nicht ausgespielt, noch gab es Verbündete, deren Hilfe er suchen konnte, auch wenn er dafür zum Hochverräter werden musste. Und noch gab es Menschen, die auf seiner Lohnliste standen und für ihn arbeiteten, und das nicht nur in Altashar. An diese letzten Möglichkeiten klammerte er sich, während die fernen Lichter von Altashar in der glitzernden See zu versinken schienen.

Noch gab es Möglichkeiten.

Warum nur, fragte er sich, fühlte sich diese Reise zur See dann wie eine Flucht an?

7

Krakenwacht
Währenddessen

Das derbe Gelächter war jäh verstummt.

Mit trüben, vom Alkohol benebelten Blicken starrten die Dwarge von Krakenwacht auf den leblosen Körper ihres Anführers, der lautlos niedergegangen war und nun unter dem Tisch lag, in einer schreiend roten Lache, die sich immer weiter unter ihm ausbreitete. Der Mann, der dafür verantwortlich war, saß noch immer am Tisch – ein verwahrloster Greis, der dabei war, seine blutige Rechte an seinen schmutzigen Kleiderfetzen abzuwischen.

Erst ganz allmählich schien den anderen Dwargen zu dämmern, was geschehen war. Auch Bray konnte es kaum fassen. Hatten ihre Augen sie auch wirklich nicht getäuscht? Hatte der offenbar dem Irrsinn verfallene Kynrik gerade wirklich den Kommandanten von Krakenwacht mit bloßer Hand getötet?

Es musste wohl geschehen sein, denn im nächsten Moment ließen ihre Häscher von ihr ab und griffen nach den Waffen – was dann geschah, war so unglaublich, dass Bray es noch vor wenigen Augenblicken nicht für möglich gehalten hätte.

Gorbold war der Erste, der aus seiner Lethargie erwachte.

Indem er den Kopf schüttelte, um die Benommenheit des Bieres loszuwerden, riss er sein kurzes Schwert aus der Scheide und setzte damit auf Kynrik zu, um es ihm kurzerhand in den Hals zu stoßen – doch als er bei ihm anlangte, saß der einstige Schwertkämpfer nicht mehr auf seinem Stuhl.

Stattdessen hatte er sich mitsamt des Sitzmöbels nach hinten fallen lassen und sich zur Seite weggerollt. Noch im Aufstehen bekam er Stannoths herrenloses Schwert zu fassen, führte es in einer engen Aufwärtsbewegung empor und durchstieß damit Gorbolds ungeschützte Kehle.

Der Dwarg würgte an seinem Blut und starrte Kynrik aus weit aufgerissenen Augen an – doch der gefallene Paladin reagierte nicht. Weder schien er Bedauern noch Genugtuung zu empfinden, als er die Klinge beidhändig aus dem zu Tode verwundeten Gegner riss. Doch in dem Moment, da sich seine Hände um den Griff der Waffe schlossen, schien eine Veränderung mit ihm vor sich zu gehen: Seine Gestalt straffte sich, seine Züge versteinerten – und von einem Augenblick zum anderen schien ihn eiserne Entschlossenheit zu erfüllen.

Nun gab es für die anderen Dwarge kein Halten mehr. Mit blanken Klingen griffen sie an, doch das Bier, das sie in ihrer Gier hinabgestürzt hatten, machte ihre Manöver langsam und durchschaubar – und Kynrik wiederum bewegte sich schneller, als Bray oder irgendjemand sonst es ihm zugetraut hätte.

Die ersten beiden Gegner fielen ihm zum Opfer, weil sie ihn schlicht unterschätzten; die nächsten beiden, weil sie den Tod ihrer Kameraden wutentbrannt rächen wollten und darüber alle Vorsicht fahren ließen. Die Klinge Stannoths beidhändig umklammernd, ließ er sie wie eine Sense kreisen – einer der Angreifer büßte seine Hände ein, der andere wurde im Gesicht getroffen und sank blutüberströmt zu Boden.

Bray sah atemlos zu.

Noch nie zuvor hatte sie jemanden auf diese Art und Weise kämpfen sehen. Die Stadtwachen Osric Jarnhants waren wenig mehr als bezahlte Schläger gewesen, und wenn die Angehörigen der einzelnen Diebeszünfte aneinandergeraten waren, so hatte es stets in primitiven Messerstechereien geendet. Gewiss, auch die Astara hatte ihre Klingen geschickt einzusetzen gewusst, und ihre Bewegungen waren ebenso elegant wie tödlich; die Härte und Kompromisslosigkeit, mit der Kynrik seine Waffe führte, kannte jedoch keinen Vergleich. In seinen Händen schien das Schwert, von dem er behauptet hatte, dass es ihm gehöre, zum Leben zu erwachen und mehr zu sein als nur der verlängerte Arm dessen, der es führte. Ein eigener Wille schien die Waffe zu erfüllen, so schnell und scheinbar federleicht wirbelte sie durch die Luft und bewegte sich stets dorthin, wo sie gebraucht wurde: Hier parierte sie klirrend eine Dwargenklinge, dort stoben Funken, als sie auf das Blatt einer Axt prallte; dann wieder schnitt sie durch Kleidung, Haut und Muskeln und entfesselte Ströme von Blut, in denen die Krieger von Krakenwacht versanken.

Anders als die Dwarge kämpfte Kynrik nicht mit Körperkraft, von der ihm kaum etwas geblieben war; was seinen beherrschten, niemals überflüssigen und stets präzisen Bewegungen zugrunde lag, war Erfahrung. Das unauslöschliche Wissen eines Kämpfers, der in seinem Leben bereits viele Gefechte durchstanden und zahllose Gegner getötet hatte.

Auch wenn es lange her war …

Das Kampfgebrüll, mit dem Stannoths Leute sich auf Kynrik gestürzt hatten, war merklich leiser geworden. Nur noch eine Handvoll war übrig, und genau in diesem Augenblick wurde ein weiterer von Kynriks Klinge durchbohrt. Einer wandte sich zur Flucht – und als seine schreckgeweiteten Augen Bray erfassten, schien ihm die rettende Idee zu kommen, denn seine Züge hellten sich merklich auf. Auf seinen kurzen Beinen huschte er heran, packte Bray und wollte sie mitreißen, wohl um sie als Geisel oder Schild zu missbrauchen – doch Bray war darauf vorbereitet.

Ihre Klinge hatte sie schon gezückt, als der Kampf begonnen hatte – in ihrer besoffenen Überheblichkeit hatten die Dwarge ihr die Waffe nicht abgenommen. Und als der Fliehende sie ergriff und mitreißen wollte, stach sie zu.

Die Klinge drang nicht tief ein, erwischte den Soldaten unterhalb des linken Ellbogens. Dennoch brüllte er wütend auf, fuhr herum und schlug mit der Axt zu.

Bray duckte sich blitzschnell, das schartige Blatt verfehlte sie nur um wenige Fingerbreit. Die Wucht, die er in den Schlag gelegt hatte, brachte den betrunkenen Dwarg jedoch ins Taumeln, und Bray stieß ein zweites Mal zu.

Diesmal fuhr die Klinge bis zum Heft in seinen Hals. Die Axt ließ er fallen und blickte entsetzt an sich herab, sah, wie sich sein Bart mit dunklem Rot tränkte. Mit vor Zorn und Schmerz verzerrter Fratze stürzte er sich daraufhin auf Bray. Seine Pranken fuhren an ihre Kehle und würgten sie, und mit dem Gewicht seines gedrungenen Körpers rang er sie nieder.

Der Dolch, der im Hals des Dwargs feststeckte und glitschig war von Blut, entrang sich ihrem Griff, sodass sie unbewaffnet war und nichts anderes tun konnte, als mit bloßen Händen auf ihren Gegner einzuschlagen. Das war freilich wirkungslos – die Pranken um Brays Hals zeigten dafür umso größere Wirkung. Sie bekam keine Luft mehr, hatte Flecke vor den Augen, genau wie damals, als sie in den Katakomben der Eisernen Zitadelle um ein Haar ertrunken wäre. Vergeblich rang sie nach Atem – alles, was sie sah, waren die weit aufgerissenen Augen des Dwargs, der die Zähne bleckte wie ein tollwütiges Tier und hasserfüllt auf sie starrte. Sein Blick schien bereits ins Jenseits gerichtet zu sein, und er wusste wohl, dass die Klinge in seiner Schlagader sein Ende besiegelt hatte – doch der unbedingte Wille, seine Gegnerin mit ins Verderben zu reißen, hielt ihn am Leben.

Brays Herzschlag hämmerte, Blut rauschte in ihrem Kopf, sie hatte das Gefühl, ihr Brustkorb würde jeden Augenblick platzen. Ihr Blick verschwamm, ihr Bewusstsein flackerte wie eine Kerze im rauen Nordwind …

… als der Griff ihres Peinigers sich plötzlich löste.

Der Blick des Dwargs wurde noch starrer und leerer, als er es ohnehin schon gewesen war. Dann rann Blut aus seinen

Mundwinkeln, und um nächsten Moment brach er zusammen, genau über Bray, die keuchend nach Atem rang. Mit buchstäblich letzter Kraft stieß sie ihn zur Seite, kroch rücklings über den Boden, bis sie mit dem Rücken gegen die steinerne Wand stieß und begriff, dass die Gefahr vorüber war.

Der Dwarg war tot.

Über ihm stand Kynrik, die blutige Klinge in der Hand, und Bray hegte nicht mehr den geringsten Zweifel, dass es tatsächlich seine war.

In der Halle der Burg war es still geworden, nur noch leises Stöhnen war hier und dort zu hören.

Der Kampf war zu Ende.

Kommandant Stannoth und die Dwarge von Krakenwacht lagen erschlagen oder schwer verwundet in ihrem Blut – und das nur, weil sie denselben Fehler gemacht hatten, den auch Bray begangen hatte: Sie hatten den abgehalfterten alten Mann mit dem verwahrlosten Haar und dem verwilderten Bart unterschätzt …

In diesem Moment verließen Kynrik die Kräfte.

Die Klinge sank herab, und hätte er sie in diesem Moment nicht als Stock benutzt und sich auf sie gestützt, wäre er wohl umgefallen. Gebeugt stand er da, keuchend und stöhnend, ein ergrauter Mann in stinkenden Fetzen.

Und doch sah Bray ihn jetzt mit anderen Augen.

8

Reglos saß Bray inmitten der leblosen Körper der Dwarge.

Zwei von ihnen hatten noch lange genug gelebt, um sie mit wüsten Verwünschungen zu überziehen – helfen hatte sie auch ihnen nicht gekonnt, so tief und schwer waren ihre Verwundungen gewesen, und so waren die Männer elend verblutet.

Schaudernd dachte Bray an den ebenso kurzen wie heftigen Kampf. Nie zuvor hatte sie jemanden mit größerer Entschlossenheit kämpfen sehen.

Seine Art, sich zu bewegen, seine Kaltblütigkeit, seine gnadenlose Härte … für kurze Zeit hatte Bray nicht den Eindruck gehabt, es mit einem alten Mann zu tun zu haben, der so viele Jahre seines Lebens in der Einsamkeit von Tårannok verbracht hatte. In diesen wenigen, für die Zwerge so tödlichen Momenten hätte man glauben können, dass er noch immer ein unerschrockener Held wäre, eine der Sieben Legenden – doch seltsamerweise empfand Bray keine Erleichterung darüber. Alles, was sie verspürte, war Verwirrung.

Nach dem Kampf war Kynrik verschwunden.

Wohin er gegangen war, wusste sie nicht, er hatte der Stätte seines blutigen Wirkens einfach den Rücken gekehrt und die Halle verlassen. Seither war er nicht zurückgekehrt, und Bray hätte unmöglich zu sagen vermocht, wie viel Zeit verstrichen war.

Inzwischen war es tiefe Nacht. Ein dunkler Himmel war

jenseits der schmalen, hohen Fenster der Halle zu sehen. Mondlicht fiel in fahl leuchtenden Schäften ein. Zusammen mit dem erlöschenden Kaminfeuer bildete es eine schaurige Beleuchtung, und inmitten der düsteren Szenerie kauerte Bray am Ende der langen Tafel und brüstete düster vor sich hin, fragte sich, wie in aller Welt sie in diese Situation geraten war.

Zuerst der alte Faginor.

Dann Rayan der Krähensänger.

Zuletzt die Astara Jenya.

Sie hatte wohl ein gewisses Talent dafür, den falschen Leuten nachzulaufen. Leuten, die sie in ihre Obhut nahmen und ihr neue Wege wiesen – nur um dann zu sterben und sie allein zurückzulassen. Wann, so fragte sie sich, würde sie endlich klüger werden?

Ein Geräusch ließ sie herumfahren.

Vom anderen Ende der Halle trat eine Gestalt ein, die im spärlichen Licht kaum zu erkennen war. Aber sie trug Schwert und Rüstung, und das genügte, um Bray hochfahren zu lassen und den Dolch zu zücken, den sie von Blut gereinigt hatte.

»Wer…?«, wollte sie fragen – als der Fremde in das schräg einfallende Mondlicht trat.

Bray erstarrte.

Es war Kynrik – und er war kaum wiederzuerkennen.

In den Tiefen der Dwargenburg hatte er offenbar alles gefunden, was er benötigt hatte, um wieder wie ein Mensch auszusehen: Sein Haar war kurz geschnitten, sein Bart gestutzt, sodass er nur noch das Kinn bedeckte; auch hatte er sich gewaschen und stank nicht mehr zehn Schritte gegen den Wind. Die Fetzen, die er am Leib getragen hatte, hatte er gegen wollene Beinkleider und eine Tunika getauscht. Ebenso wie das Kettenhemd, das er darüber trug, war sie für Dwarge gedacht und reichte ihm deshalb nicht bis zu den Knöcheln, sondern endete an den Knien. Ein breiter Gürtel um seine Hüften half zudem zu kaschieren, dass sie für seine abgemagerte Gestalt zu weit waren. Die eisernen Schulterstücke hingegen ließen ihn breit und eindrucksvoll wirken, und aus den blauen Augen blitzte eiserne Entschlossenheit. Das Schwert, das er Stannoth abgenommen hatte, hing in einer schlichten Scheide an seiner Seite. Bray hatte gesehen, was es in seinen Händen anzurichten vermochte.

»Du ... Ihr seid es«, stieß Bray hervor – die vertraute Anrede, die stets ein wenig verächtlich gewesen war, erschien ihr plötzlich nicht mehr passend.

»Das bin ich wahrhaftig«, lobte er grimmig und kam auf sie zu. Seine Bewegungen waren bedächtig, jedoch selbstsicherer als zuvor und nicht mehr von Resignation gezeichnet, so als hätte Bray es plötzlich mit einer anderen Person zu tun.

»Ihr seht ... fast wie ein Mensch aus«, anerkannte sie.

»Wenn du das sagst.« Er deutete auf den Gang, aus dem er gekommen war. »Ich habe mir die Burg näher angesehen. Es gibt ein Vorratslager, dort können wir uns mit Proviant eindecken. Und eine Waffenkammer.«

»Nicht zu übersehen.« Sie nickte.

»Bei Tagesanbruch verschwinden wir. Ich möchte keiner weiteren Patrouille in die Arme laufen.«

»Die Patrouille sicher auch nicht«, versicherte Bray trocken. »Wie habt Ihr ...? Ich meine ...«

»Woher ein vertrottelter alter Krüppel die Kraft nimmt, ein Schwert zu führen?«, fragte er mit entwaffnender Offenheit.

»Nun ... so hätte ich es vielleicht nicht ausgedrückt, aber ...«

»Womöglich gehört weit weniger dazu, als du denkst«, entgegnete er in einem Anflug von Traurigkeit, der ihn für einen Augenblick verletzlich wirken ließ, ehe die alte Härte in seine Züge zurückkehrte. »Wenn es dich beruhigt – ich war danach am Ende meiner Kräfte, und noch jetzt schmerzt jeder einzelne Knochen in meinem Leib.«

»Ich habe mich noch nicht bei Euch bedankt.«

»Diese Mistkerle hatten es verdient«, fügte er hinzu, ohne die leblosen Körper auch nur eines Blickes zu würdigen. »Und wenn es dich tröstet – ich habe es nicht für dich getan.«

»Für wen dann?«

Sein warnender Blick verriet ihr, dass die Frage ein wenig forsch gewesen war.

»Als Ihr das Schwert saht, schien das etwas in Euch zu verändern«, fügte sie deshalb erklärend hinzu.

Kynrik nickte. »Es ist meine Klinge. Einst wurde sie mir gestohlen, nun habe ich sie wieder.«

»Von wem? Stannoth?«, Bray blickte in Richtung des Kommandanten, der leblos in seinem Blut lag.

»Er und ich waren alte Bekannte – in dem Augenblick, als ich das Schwert sah, fiel es mir wieder ein. So wie manches andere.«

»Dann erinnert Ihr Euch wieder? Ihr wisst wieder, wer Ihr seid und was damals geschehen ist?«

»Ich erinnere mich an manches«, schränkte er ein, »und das wenigste davon ist angenehm. Die Einsamkeit von Tårannok ist wie ein Schleier, der sich über alles legt. Man beginnt zu vergessen, was vorher war oder dass es eine Welt außerhalb dieser Mauern gibt – und am Ende vergisst man auch sich selbst.«

»Aber Ihr nicht«, beharrte Bray. »Ihr habt nicht den Verstand verloren so wie viele andere. Und Eure Erinnerung kehrt wieder.«

»Genug davon, um mich zu erinnern, dass ich verraten wurde«, versicherte er. »Und dass der Orden der Paladine damals das Opfer einer Intrige wurde.«

»Es heißt, in der Zeit der Divergenz hätten sich die kaiserlichen Paladine gegen die Sache der Freiheit verschworen.«

»Nichts davon ist wahr. Die meisten meiner Brüder haben gegen Myracor gekämpft, genau wie ich selbst, doch unsere

Hilfe wurde uns schlecht gedankt. Man bezichtigte uns des Verrats. Unser Orden wurde zerschlagen, seine Mitglieder in alle Winde zerstreut und von den Exekutoren verfolgt, bis kaum einer von ihnen mehr übrig war.«

»Und Ihr?«, wollte Bray betroffen wissen – von diesen Dingen berichteten weder die alten Lieder, noch wurde in den Spelunken Skaradags darüber gemauschelt. Im Gegenteil hatte auch sie bislang gedacht, dass die Paladine eine eher unrühmliche Rolle in der Geschichte gespielt hatten …

»Ich versteckte mich, doch ich wurde verraten. Dwarge machten mir den Prozess und steckten mich in den Kerker. Den Rest der Geschichte kennst du.«

»Ich verstehe«, sagte Bray – obwohl sie das Gefühl hatte, dass da noch ungleich mehr war. Dinge, an die der Held von einst sich entweder nicht mehr erinnerte oder, was ihr noch wahrscheinlicher erschien, sich nicht mehr erinnern wollte …

»Ein Paladin und sein Schwert«, erklärte er mit eisernem Blick, »sind durch ein enges Band verbunden. Die Klinge eines Paladins ist sein Leben. Sein Gewissen. Die Quelle seiner Stärke. Und sein Gedächtnis.«

»Und deshalb habt Ihr Euch erinnert«, folgerte Bray, ohne behaupten zu können, dass sie tatsächlich verstand. Das alles grenzte an etwas, das es eigentlich in Astray nicht mehr geben durfte – Magie.

Kynrik nickte nur. »Ich weiß, was ich getan habe, und ich behaupte nicht, dass ich es nicht verdient hätte, all die Jahre in Dunkelheit zu verbringen, fernab von der Welt und allen Menschen. Aber ich erinnere mich auch daran, dass ich verraten wurde. Und jemand wird dafür bezahlen.«

»Ihr wollt Rache?«

»Gerechtigkeit«, verbesserte er. »Dir kann es egal sein, Mädchen. Ich gehe nach Süden. Wenn du willst, kannst du dich an meine Fersen heften, aber halte den Mund, verstanden?«

»Und die Mission?«

»Welche Mission?«

»Ihr wisst, wovon ich spreche. Die Astara hat es Euch gesagt«, beharrte Bray.

Der Schwertkämpfer schüttelte den Kopf. »Was immer sie vorhatte – es ist nicht meine Mission.«

»Aber Jenya …«

»Sie hat ihr Leben riskiert und es verloren. Ich habe sie nicht darum gebeten. Sie ist …« Er unterbrach sich und sah zu Boden, so als würde ihm in diesem Moment erneut etwas einfallen … etwas, das ihn beschämte. »Was geschehen ist, kann ich nicht ändern. Ich habe eigene Angelegenheiten zu klären.«

»Ihr meint Eure Rache?«, hakte Bray nach. »Und wenn jene, die Ihr sucht, gar nicht mehr am Leben sind? Das alles ist ziemlich lange her …«

»Er lebt«, versicherte Kynrik grimmig. »Ich weiß es.«

»Wer ist es? Von wem sprecht Ihr?«

Seine Antwort war ein Kopfschütteln. Es war ein Geheimnis, das er nicht offenbaren wollte – und Bray begann zu verstehen, warum die Legenden in der Überlieferung so zwiespältig gesehen wurden und die Welt sie größtenteils vergessen hatte. Womöglich lag es daran, dachte sie, dass sich die Menschen vor ihnen gefürchtet hatten …

»Aber die Astara sagte, dass es keine andere Wahl gäbe«, versuchte sie es noch einmal. »Dass es noch nicht vorbei sei.«

»Für mich ist es vorbei. Ich habe länger gebüßt als jeder andere.«

»Sagtet Ihr nicht, Ihr wolltet Gerechtigkeit? Das Schicksal der Welt stünde auf dem Spiel!«

»Das Schicksal der Welt?« Er lachte spöttisch auf. »Du weißt doch gar nicht, was du da sagst.«

»Ich bin keine Legende«, räumte Bray verzweifelt ein.

»Aber ich kenne die Bedrohung. Ich habe sie in meinen Visionen gesehen, genau wie Ihr.«

»Ich habe gar nichts gesehen.«

»Und was ist mit den Kreaturen, die Ihr an die Wände Eurer Zelle gemalt habt? Es sind die Schreckgestalten aus meinen Träumen gewesen – und auch aus Euren! Und Ihr wisst, was sie bedeuten, noch sehr viel besser als ich!«

»Und wenn es so wäre?«

Bray sah ihn an, erschrocken über die Kälte in seinen Augen. »Unsere Welt wird untergehen«, sagte sie flüsternd, und ohne, dass sie es wollte, traten Tränen in ihre Augen. »Ist Euch das völlig gleichgültig?«

»Nein – aber ich weiß auch, dass ich es nicht ändern kann.«

»Könnt Ihr es nicht oder wollt Ihr es nicht?«

»Das macht keinen Unterschied. Ich habe diese Schlacht bereits einmal geschlagen, Mädchen, und deshalb weiß ich, dass es mehr zu verlieren, als zu gewinnen gibt. Ich wurde gejagt wie ein Tier, und man hat mir alles genommen, das mir je etwas bedeutet hat, und mich in ein finsteres Loch gesteckt. Mein Leben ist mir gleichgültig geworden, und das der anderen Menschen ebenso. Die Welt und ich sind quitt, verstehst du?«

Bray nickte widerstrebend.

Was blieb ihr auch übrig?

»Im Morgengrauen breche ich auf. Wenn du mitkommen willst, such' bis dahin zusammen, was du brauchst – Wasser, Proviant, einen Umhang gegen die Kälte, vielleicht ein Schwert.«

»Verstanden.« Sie nickte. »Nur eines noch …«

»Was?« Er schnaubte unwirsch.

»Ihr wart es tatsächlich, oder? Ihr seid es gewesen, der mich aus dem Wasser gezogen hat. Andernfalls wäre ich dort draußen auf See elend ertrunken.«

Er knurrte. »Wie hätte ich das tun sollen? Ich bin nur ein alter Mann.«

Bray nickte. »Danke trotzdem«, sagte sie leise und sah ihn offen an. »Und es tut mir leid, was Euch widerfahren ist. Das ist mein Ernst.«

Er erwiderte ihren Blick, und für einen kurzen Moment hatte es den Anschein, als würden seine eisenharten Züge ein wenig milder werden. »Ist nicht mehr zu ändern«, beschied er ihr dann barsch. »Und noch etwas, Mädchen.«

»Ja?«

»Nenn mich nie wieder deinen Großvater, verstanden?«

9

Makashar
Drei Wochen später

Makashar war eine stolze Festung.

Am nördlichen Ufer des Sees gelegen, der ihr seinen Namen gab, erhob sich der »Schild von Dushara«, wie die gewaltige Burg genannt wurde, auf einem hohen Fels inmitten von Feldern und grünender Landschaft. Ihre strategisch günstige Lage am Seidenweg, einer der meistbereisten Straßen des Reiches, ermöglichte es, dass von hier aus ganz Dushara und Teile von Abyssia kontrolliert werden konnten. Die Garnison von Makashar, zu der neben Abteilungen von Fußvolk und Bogenschützen auch Sturmreiter gehörten, zählte fünftausend Mann. Hinzu kamen rund viertausend leicht bewaffnete Hilfstruppen, die im Kriegsfall aus den umliegenden Gegenden eingezogen werden konnten, sowie weitere dreitausend, die aus den umliegenden Städten Medras, Assir, Anur und Phrygos zusammengezogen werden konnten, sofern ein königlicher Befehl dazu vorlag – und für diesen Befehl hatte Xusra gesorgt.

Indem er Astyragis zu seinem willenlosen Diener gemacht hatte, hatte der Hohepriester des Feuerkults jene Befugnisse bekommen, von denen er immer geträumt hatte – schon damals, als er nicht mehr als ein Wanderprediger gewesen und von Dorf zu Dorf gezogen war in der Hoffnung auf ein Stück Brot und ein Dach über dem Kopf.

Bevor er sich selbst entdeckt hatte.

Und die Gabe, die ihm verliehen worden war …

Eine Weisheit in Altashar besagte, dass ein hoher Berg nicht an einem Tag bestiegen wurde – daran hatte sich Xusra stets gehalten. Seine Strategie war ein Vorgehen der kleinen Schritte gewesen, nichtsdestotrotz hatte sie ihn seinem Ziel stetig nähergebracht. Er hatte den Kult gefördert und ihm eine Vormachtstellung unter den neuen Religionen Ostrays verschafft, die nach dem Untergang von Myracor aufgekommen waren; er hatte es verstanden, sich am Hof von Altashar einzuschleichen und dort unentbehrlich zu machen; indem er den Bruder des Königs auf den Thron brachte, hatte er sich selbst ein gutes Stück Macht gesichert – doch er war noch längst nicht zufrieden gewesen.

In diesem Augenblick, da er hoch auf seinem feuerroten Ross sitzend die breite, von Soldaten gesäumte Straße zum Burgtor von Makashar hinaufritt, ging ihm auf, wie weit der Weg war, den er zurückgelegt hatte.

Er hatte sie alle getäuscht.

Den großen Artaban und seinen Sohn Nawyd, den alten Gadates und den ehrsüchtigen Astyragis, der nie aus dem Schatten seines Bruders hatte treten können – und schließlich auch den mondgesichtigen Hofmarschall Hilalayan. Sie alle hatte er bezwungen, einen nach dem anderen, und nun hielt ihn nichts mehr davon ab, endlich das zu tun, was er vom ersten Augenblick an beabsichtigt hatte, da er die Macht des Feuers in sich gespürt und sie zum ersten Mal eingesetzt hatte: die Flamme des Krieges nach Astray tragen, damit ein reinigendes Feuer die Welt entzünde und ihm, Xusra, dem ersten seines Namens, auf den Thron verhelfe, der sein Anrecht und Erbe war …

»Ein Hoch auf Xusra, Hohepriester des Feuerkults und Oberbefehlshaber des Heeres!«

Einer seiner Feuerpriester, der ihm vorausritt, gab die Losung zum wiederholten Mal aus, und wieder beantworteten die Soldaten, die mit ihren blitzenden Helmen die Straße säumten und mit ihren Schilden und Speeren die militärische Macht Ostragiens repräsentierten, den Ruf. Ob es ihnen ein echtes Bedürfnis war oder ob sie sich lediglich vor Strafe fürchteten, wusste Xusra nicht zu sagen, und es interessierte ihn auch nicht wirklich; wichtig war nur, dass die insgesamt zwölftausend Krieger seinem Befehl gehorchten und gen Westrien marschierten, um die Pläne, die er so lange im Geheimen gehegt hatte, endlich Wirklichkeit werden zu lassen. Den Glanz des Fanatismus sah er bislang nur in den Augen weniger, doch bald schon würde sich dies ändern – spätestens dann, wenn das Heer von Sieg zu Sieg eilte und der Wahn der Masse das Heer ereilte.

Mit Genugtuung sah Xusra das ungläubige Staunen, mit dem die Männer auf ihn blickten und auf das Tier, auf dem er saß. Der ursprüngliche Gedanke war es gewesen, dem Pferd eine Schabracke überzuwerfen, die wie Xusras Robe feuerrot hatte sein sollen.

Doch dann hatte Xusra einen anderen Einfall gehabt ...

Ein Pferd von schreiend roter Farbe, so hatte er sich gesagt, würde noch ungleich mehr Aufsehen erregen, und so hatte er seine Diener angewiesen, einen Schimmel zu beschaffen, dessen Fell sie rot färben sollten. Anfangs hatten sie es mit Farbe versucht, die aus dem Hennastrauch gewonnen wurde, doch das Ergebnis war nicht das gewesen, was Xusra sich vorgestellt hatte. Also hatte er das nächstliegende getan und das Tier mit dem Blut eines eigens geschlachteten Artgenossen überschütten lassen – und abgesehen davon, dass es nun erbärmlich stank und die Fliegen in Scharen angelockt wurden, verfehlte der Anblick seine Wirkung auf die Männer nicht.

Ganz gleich, was sie von ihm gehört haben oder wofür sie ihn halten mochten – von diesem Augenblick an, davon war Xusra überzeugt, zweifelte niemand mehr daran, dass er willens und in der Lage war, sie zum Sieg über Westrien zu führen.

Vor dem Tor der Burg, das weit offen stand, wurde Xusra erwartet. Der Garnisonskommandant und seine Stellvertreter saßen dort auf ihren Pferden, im besten Ornat und mit Rüstungen, die im Glanz der Sonne funkelten. Auch sie schien der Anblick des blutigen Pferdes zu verstören – mehr konnte sich Xusra nicht wünschen.

»Willkommen in Makashar, Hohepriester Xusra«, sagte einer von ihnen und lenkte sein Tier ein wenig vor. »General Veysi, Kommandant von Makashar.«

»Ich grüße Euch, General«, entgegnete Xusra. Effektheischend breitete er die Arme aus und ließ den Blick über das Umland zu Füßen der Festung schweifen, wo die Hilfstruppen und das Fußvolk ihre Lager aufgeschlagen hatten. »Wie ich sehen kann, wurden die Befehle des Königs ausgeführt.«

»Zwölftausend Krieger stehen Euch zu Gebote, Hohepriester Xusra«, beschied ihm Veysi. Was der Offizier selbst davon hielt, war nicht festzustellen, Bart und Wangenschutz seines kegelförmigen Helmes bedeckten den größten Teil seines Gesichts.

»*Kommandant* Xusra«, verbesserte dieser lächelnd. »Daran, so fürchte ich, werdet Ihr Euch gewöhnen müssen, General.«

»Gewiss Ho… Kommandant.« Veysi verbeugte sich im Sattel, und seine Untergebenen taten es ihm gleich, wobei einige nach wie vor wie gebannt auf das blutrote Pferd blickten.

»Nun denn«, meinte Xusra und trieb das unruhig schnaubende Tier noch ein Stück auf die Männer zu, »so fordere ich Euch auf, mir zu übergeben, was mein ist.«

»So sei es«, bestätigte Veysi – und händigte ihm den kurzen Stab aus Zedernholz aus, den er in den Händen hielt. Der goldene Knauf am Ende stellte den Kopf eines Löwen dar.

Der Feldherrenstab von Altashar.

Xusra nickte zufrieden. Wie hatte er sich danach gesehnt, dieses Symbol geballter Macht endlich in den Händen zu halten – nun war es so weit. Und er wollte keine Zeit verlieren.

In einer Geste, von der er wusste, dass sie an Symbolkraft kaum zu überbieten war, drehte er sein Pferd herum, sodass er wieder zu den Soldaten blickte und hob den Stab.

»Im Namen von Astyragis dem Löwen, Herrscher von Altashar und König von Ostragien, Bewahrer der Traditionen und Hüter von Isos«, verkündete er so laut, dass es weithin zu hören war, »nehme ich diesen Stab in Empfang, auf dass ich die ruhmreichen Streiter Ostragiens zum Sieg über Brückstadt führen und all jene vernichten werde, die die Macht und Wahrheit des Feuers nicht anerkennen!«

»Ein Hoch auf Xusra, Hohepriester des Feuerkults und Oberbefehlshaber des Heeres!«, rief der Diener wieder – und diesmal waren es nicht nur ein paar Hundert Kehlen, die den Ruf beantworteten, sondern Tausende.

Einer Welle gleich, die nach allen Seiten schwappte, setzte die Euphorie der Soldaten sich die Straße hinab fort und erfasste auch jene, die unterhalb der Festung lagerten. Und schließlich erscholl auch die Burg selbst von Jubelrufen wider. Ihre blanken Waffe schwenkend, schrien die Krieger Ostragiens, dass die Luft erzitterte und der Burgfelsen zu erbeben schien.

Xusra nickte nur.

Mit einem zufriedenen Lächeln drehte er sein blutrotes Pferd auf der Hinterhand herum und wandte sich wieder Veysi zu.

»Und nun, General«, sagte er, »möchte ich Euch bitten, mir meine Festung zu zeigen …«

10

Wald nordwestlich von Kloster Var'a'shek, Ugarya
Zur selben Zeit

Es war besser geworden.

Worfeck hatte nicht mehr im Schlaf gebrüllt.

Allerdings nicht etwa deswegen, weil er sein Innerstes erforscht und die Vergangenheit besiegt hätte, wie Meister Vargyas es von ihm verlangt hatte – sondern weil er sich fortan selbst geknebelt hatte, wann immer er sich auf seinem kargen Lager zur Ruhe bettete. Das hatte immerhin geholfen, die Mitbrüder zu beruhigen und die Gerüchte einzudämmen, die auf dem Klosterberg die Runde gemacht hatten. Worfeck selbst freilich hatte es nichts weiter eingetragen als Schmerzen in seinem Kiefer. Die Albträume waren geblieben, ebenso wie die Bilder, die Worfeck darin sah – Eindrücke von scheußlichen Kreaturen, die dazu angetan waren, selbst das Herz eines Uroks mit Grauen zu erfüllen. Und sie schienen immer stärker zu werden …

»Kannst du schon etwas wittern, Bruder?«

Die Stimme eines seiner beiden Begleiter riss Worfeck aus seinen Gedanken. Sie hatten die schützenden Mauern des Klosters verlassen und befanden sich inmitten eines kleinen Waldes, der sich an einen nach Westen abfallenden Hang schmiegte. Ein schmaler Pfad wand sich in Schlangenlinien daran hinab, an dessen Rändern bunte Blumen sprossen, ein Bach rauschte in der Nähe. Dennoch war die Ruhe trügerisch, denn einer der Beobachtungsposten, die die Bruderschaft des Windes unterhielt, hatte gemeldet, dass ein Fremder den

Wald betreten hatte. Und Fremde bedeuteten in diesem Teil der Welt meist Ärger …

Worfeck blieb stehen, legte den Kopf in den Nacken und witterte. Seine Schnauze, die weit empfindlicher war als die grotesk kleinen Nasen der Menschen, nahm den Geruch des nahenden Frühlings wahr; den Odem der feuchten Erde und den erbärmlichen Gestank eines toten Wildschweins, das irgendwo in der Nähe unter dem dichten Farn verweste.

Doch keine Spur eines Eindringlings.

»Seltsam«, knurrte er.

»Was ist seltsam, Bruder Baumblatt?«

Die beiden jungen Mönche, die ihn begleiteten, sahen ihn nervös an, während sie sich wie zwei Ertrinkende an ihre Speere klammerten. Fraglos waren die Waffen nur dazu da, die beiden zu beruhigen – bei einem Kampf wüssten sie ohnehin nichts damit anzufangen. Dann würde alle Hoffnung auf der schweren Keule liegen, die Worfeck über der Schulter trug. Die Keule war ein Relikt aus einer Zeit, auf die der Urok nicht stolz war. Aber wie Abt Vargyas gesagt hatte, hatten die Brüder des Windes ihn nicht zuletzt deshalb in ihre Reihen aufgenommen, damit er sie notfalls auch beschützte. Und obwohl er dem Dasein als Krieger eigentlich entsagt hatte, wollte Worfeck unbedingt beweisen, dass er zur Gemeinschaft gehörte und seine Brüder sich auf ihn verlassen konnten.

»Nichts«, erklärte er deshalb und nickte den beiden zu. »Es ist alles in Ordnung, ihr braucht euch keine Sorgen zu machen.« Damit wollte er weitergehen.

»Ist der Eindringling ein Urok?«

Worfeck seufzte. »Nein«, versicherte er – zumindest das konnte er mit einiger Sicherheit ausschließen.

»Dann vielleicht ein Vlathul? Diese räuberischen Kerle dringen manchmal bis weit nach Westen vor.«

»Nein«, wehrte Worfeck ab. »Auch kein Vlathul.«

»Dann vielleicht ein Wolfsmensch? Wie es heißt, sind die Wälder jenseits des Abgrunds voll davon …«

Worfeck schnaubte. Er blieb stehen und wandte sich zu den beiden um. »Nein«, wiederholte er noch einmal. »Es ist nichts dergleichen.«

»Was ist es dann, Bruder Baumblatt?«

»Ich weiß es nicht. Meister Vargyas hat uns geschickt, um es herauszufinden, und genau das werden wir tun.«

»Wenn du es sagst.«

»Fürchtet nichts, meine jungen Brüder. Wir alle sind nur Blätter im Wind.«

»Blä-Blätter im Wind«, kam es zurück.

Sie setzten ihren Weg fort, folgten weiter dem sich schlängelnden Pfad. Es war einer der ersten Tage des Jahres, an denen die Sonne das triste Grau der Wolken durchbrochen hatte und wärmende Strahlen zum Boden schickte – doch bis ins finstere Gemüt des Uroks drangen sie nicht vor. Zu düster waren seine Gedanken, zu grässlich die Erinnerung an seine Träume, als er sie einfach …

Abrupt blieb er stehen.

Vor ihm, nur einen Steinwurf entfernt, war eine einzelne Gestalt zwischen den Bäumen aufgetaucht. Ein Mensch, wie Worfeck halb beruhigt und halb beunruhigt zur Kenntnis nahm.

»Halt!«, rief er und hob die Keule, was ihm keinerlei Mühe bereitete – auch wenn sie sich in seinen Pranken seltsam ungewohnt anfühlte nach all den Jahren. »Wer bist du und was willst du hier?«

Die Gestalt trat zwischen den Bäumen hervor.

Sie war nicht sehr groß; gegen den Urok, dessen dunkelgrüne Muskelberge sich unter der grauen Kutte abzeichneten, wirkte sie filigran und zerbrechlich. Sie trug einen ramponiert aussehenden Umhang; eine weite Kapuze verhüllte den größten Teil ihres Gesichts.

»Ein Urok bei der Bruderschaft des Windes?«, fragte sie, auf Worfecks *rukha* deutend. »Das sieht man nicht alle Tage.«

»Was geht es dich an, Fremder?«, knurrte Worfeck – worauf der Eindringling die Kapuze zurückschlug und seine Züge enthüllte.

Der große Urok wankte vor schierer Fassungslosigkeit, als ihm klar wurde, dass es die Vergangenheit war, in deren blasses, von rotem Haar umrahmtes Gesicht er blickte.

»Du«, ächzte er.

»Hallo, Worfeck.«

Jenya konnte sich ein Lächeln nicht verkneifen – die Verblüffung, die sich im grünen, nicht eben schönen Gesicht des Uroks zeigte, war so maßlos, als begegnete er einem Geist. Dazu, sagte sie sich, hatte beileibe nicht viel gefehlt …

»Jen… Jenya«, knurrte er. Es schien ihm schwerzufallen, den Namen auszusprechen, aus welchem Grund auch immer. »Bist du es wirklich?«

»Wer sollte ich sonst sein? Ein Trugbild? Ein Wechselbalg in Gestalt deiner alten Freundin?«

»Jenya«, sagte er noch einmal, und in seinen gelben Augen leuchtete etwas auf, das die Astara fast für Wiedersehensfreude hätte halten mögen. Trotz der Tatsache, dass sie mit einem Urok sprach …

»Bist du überrascht, mich zu sehen?«

Er nickte bedächtig. »Ein Eindringling wurde gemeldet.« Er blickte auf die Keule in seiner Pranke. »Ich dachte, ich müsste …« Er unterbrach sich und sah sie prüfend an. »Was willst du hier, Jenya?«

»Freust du dich nicht, mich zu sehen?«

»So heiße ich nicht mehr. Ich bin ein Kind des Windes. Man nennt mich Baumblatt.«

»Der Name passt nicht zu dir«, befand Jenya kopfschüttelnd.

»Woher willst du das wissen?«

»Weil ich dich kenne – besser als jeder andere hier«, fügte sie mit Blick auf die beiden jungen Mönche hinzu, die im Hintergrund warteten. Die Speere in ihren Händen waren alt und rostig, und vermutlich wussten sie sie noch nicht einmal zu gebrauchen – kein Wunder, dass sie den Urok vorgeschickt hatten.

»Du kennst mich nicht«, versicherte Worfeck. »Nicht mehr. Was geschehen ist, liegt lange zurück …«

»Und doch dauert es noch immer an.«

Äußerlich blieb der Urok unbeeindruckt, ein grünhäutiges, muskelstrotzendes Monument der Gleichgültigkeit. Doch Jenya konnte fühlen, dass ihre Worte ihn bis ins Mark erbeben ließen.

»Du weißt es bereits, oder?«, hakte sie nach. »Du hast sie auch gesehen, in deinen Träumen …«

»Nein!«, versicherte Worfeck ebenso barsch wie schnell – doch die Tatsache, dass er sich gleich darauf verstohlen nach seinen Mitbrüdern umblickte, strafte seine Antwort Lügen. »Nein«, bekräftigte er trotzdem noch einmal, wenn auch leiser und weniger barsch. »Ich habe nichts gesehen.«

»Du warst schon immer ein schlechter Lügner.«

Der Urok, der sie um gut zwei Köpfe überragte und so breit war wie zwei Männer, wich ihrem Blick aus wie ein Knabe, der etwas angestellt hatte und nun Schelte fürchten musste. Ein Schnauben entfuhr ihm, er bleckte die Hauer. »Hat ja doch keinen Zweck«, knurrte er. Sein Westrisch war eingerostet und hatte einen ugaryschen Akzent angenommen, aber man konnte ihn gut verstehen.

»Was meinst du?«

»Einfach alles«, erwiderte er und zuckte resignierend mit den breiten Schultern. »Egal, was du sagst, und egal, was ich entgegne – es wird nichts ändern.«

»Ich verstehe.« Sie nickte und lächelte höflich – sie kannte den Urok aus alter Zeit gut genug, um zu wissen, dass sie vorerst nicht mehr erreichen würde. »Gewährt die Bruderschaft des Windes einer erschöpften Reisenden wenigstens Unterschlupf? Eine wärmende Mahlzeit und ein Dach über dem Kopf?«

Worfeck sah sie prüfend an, so als wüsste er genau, was sie im Schilde führte. »Unser Kloster befindet sich nicht weit von hier jenseits des Waldes«, erwiderte er mit einer vagen Handbewegung gen Südosten. »Shan'dors Lehre gebietet, Fremden Zuflucht zu gewähren und das Gastrecht zu achten. Aber ich warne dich, Astara«, fügte er hinzu und bleckte abermals die Zähne. »Die Menschen dort sind meine Freunde und stehen unter meinem persönlichen Schutz. Wenn du die Regeln nicht achtest ...«

»Sieh an«, unterbrach sie ihn und konnte sich ein Grinsen nicht verkneifen. »Da steckt ja doch noch etwas vom alten Worfeck in dir.«

11

Satrapos
Zur selben Zeit

Satrapos war eine Metropole.

Nach all der Zeit, die er in der Abgeschiedenheit der Wüste verbracht hatte, war schon Hyraka Nawyd als der Inbegriff pulsierenden Lebens erschienen; doch erst, als seine Gefährten und er die Stadt an der Küste des Tharysmeers erreichten, fiel ihm wieder ein, wie groß, bunt und vielfältig Ostragien tatsächlich war.

An Größe und Reichtum stand Satrapos Altashar in nichts nach; Altashar mochte der Sitz des Königs sein und die prunkvolleren Paläste und schöneren Gärten besitzen; Satrapos jedoch hatte die höheren Mauern und prächtigeren Türme, vor allem aber Kontore, die zum Bersten mit Waren aus allen Teilen der bekannten Welt angefüllt waren. Die Stadt lebte vom Handel und ihrer günstigen Position am Endpunkt sowohl des Wasserweges, der von Abydon herunterführte, als auch der Westroute aus Hyraka. Das Tharysmeer öffnete den Kaufleuten der Stadt den Zugang nach Ophira und Westrien, und das fruchtbare Schwemmland des Flusses Isos, in dessen Delta die Stadt lag, ernährte ihre Bürger. All das hatte Satrapos großen Wohlstand eingetragen, zumal die Herren der Stadt es stets verstanden hatten, sie aus politischen Ränken weitgehend herauszuhalten.

Im Schutz der Mauer, die die Stadt zur Landseite hin schützte, waren Reichtum und Wohlstand im Lauf von Jahrhunderten beständig gewachsen, und noch nicht einmal der

Krieg und die Große Divergenz hatten ihr etwas anhaben können; andererseits hatten alle Herrscher, von den Kaisern der alten Zeit bis zu den Königen Altashars, großen Wert auf die Steuerzahlungen gelegt, die zweimal jährlich aus Satrapos eintrafen und eine wichtige Einnahmequelle darstellten; und da die Stadtoberen es stets verstanden hatten, sich mit zusätzlichen Geschenken an die Krone einzuschmeicheln, war Satrapos zu allen Zeiten unbehelligt geblieben, selbst unter der Herrschaft des irrsinnigen Malfertas.

Wenn Altashar etwas wie das Haupt des Reiches war, so war Satrapos sein Magen: prall gefüllt und vollgefressen und unentwegt verdauend ... so jedenfalls roch es in den Gassen, die Nawyd und Inara durchstreiften. Ungezählte Gerüche hingen in den dunklen Schluchten, die sich zwischen den aus Lehm errichteten Häusern erstreckten, und unter den Baldachinen der Läden und Geschäfte; einige davon wohlriechend, andere weniger, die einen süß, die anderen bitter, einmal frisch und verheißungsvoll, ein anderes Mal faulig und Ekel erregend.

»Ist das auch sicher der Weg zum Hafen?«, fragte Nawyd, während sie sich durch Scharen mit Turbanen gewandeter Männer kämpften, von denen die meisten wohl Kaufleute waren. Aber auch Gepäckträger waren darunter und Wasserverkäufer mit ihren Bauchläden. Dazwischen kauerten Bettler, die um milde Gaben flehten, und balgten sich streunende Hunde um karge Reste. »Sieht mir eher aus wie der Weg zum Basar ...«

»Welchen meinst du?«, fragte Inara zurück. »In Satrapos gibt es sieben Basare, und auf jedem wird etwas anderes verkauft. Wein und Gewürze auf dem einen, Teppiche und Geschmeide auf einem anderen, Glas und Messing auf ...«

»Du scheinst dich wirklich gut auszukennen«, anerkannte Nawyd. Wie viele Besucher hatte auch er sein Gesichtstuch vorgeschlagen – nicht nur, um die Gerüche von seiner Nase fernzuhalten, sondern auch, um seine Züge zu verbergen. Zwar bot die schiere Menschenmenge um ihn herum einen gewissen Schutz. Nach den Erfahrungen von Hyraka musste er jedoch damit rechnen, dass man auch nach Satrapos Soldaten entsandt hatte, die nach ihm suchen sollten.

»Ich war schon öfter hier«, gestand Inara, ohne jedoch näher darauf einzugehen.

Was genau bedeutete das? Stammte sie aus der Gegend? Hatte sie schon früher hier zu tun gehabt? Einmal mehr ging Nawyd auf, wie wenig er von ihr wusste. Auch nach den drei Wochen, in denen sie gemeinsam den Süden der Barra Harik durchquert hatten, gab ihm die junge Frau noch immer Rätsel auf. Er hatte sich revanchiert, indem er auch ihr kaum etwas über sich erzählt hatte, und irgendwie schien ihr das zu gefallen.

Er schob sich eine der Datteln in den Mund, die er an einem Stand gekauft hatte. Sie schmeckten nicht süß, sondern waren in Salmiaksalz eingelegt worden – eine Spezialität aus Satrapos, der Nawyd allerdings nichts abgewinnen konnte, wie er missmutig feststellte.

Inara lachte auf. »Ich habe dir gesagt, sie würden dir nicht schmecken. Du solltest mir mehr vertrauen.«

»Das tue ich«, versicherte er – worauf sie nur lachte.

Während Shayak in ihrer Unterkunft geblieben war, um unnötiges Aufsehen zu vermeiden, hatten Nawyd und Inara sich auf den Weg gemacht, um eine Passage nach Archos zu ergattern. Nicht, dass es schwierig gewesen wäre, unter den Dutzenden von Seglern, die im Hafen von Satrapos vor Anker lagen, einen auszumachen, der die Segel gen Westen setzte – jeden Tag liefen Schiffe aus, die Waren nach Inan oder zu den Inseln brachten. Die Herausforderung bestand darin, einen Kapitän zu finden, der keine überflüssigen Fragen stellte, wenn ein Drak, eine junge Frau und ein Mann aus Altashar an Bord gingen …

Der Weg zum Hafen führte tatsächlich über einen Basar. Das Stimmengewirr und der Staub, der wie eine gelbe Glocke über dem Platz hing, verbargen zunächst, womit auf diesem Markt gehandelt wurde. Es wurde Nawyd erst klar, als sie eines der Verkaufspodeste passierten und die Stimme des Händlers heiser an sein Ohr drang …

»Sehen Sie! Sehen Sie und staunen Sie, werte Herren und hohe Damen! Nirgendwo werdet Ihr auch nur annähernd die Qualität finden, die Hakan Minerbo Euch bietet: Feinste Ware aus den entlegensten Gebirgen Drakistans …«

Es war der Sklavenmarkt.

Nicht, dass Nawyd sich daran gestört hätte – Sklaven waren Teil der ostragischen Kultur und von dieser nicht wegzudenken. Doch dieser Sklavenmarkt war anders als jener in Altashar, denn auf den Verkaufspodesten drängten sich keine Menschen, sondern Draki – schlangenhäutige Kreaturen aus dem wilden Hinterland, die man in Ketten gelegt und ganz offenbar geprügelt hatte. Der Glanz in ihren Augen war erloschen, es waren geschlagene, entwürdigte Geschöpfe, die sich vor den Peitschen ihrer Häscher fürchteten und alles taten, was von ihnen verlangt wurde – und aus einem Grund, den er selbst nicht ganz verstehen konnte, fühlte Nawyd sich elend dabei.

»Gut, dass Shayak nicht hier ist«, knurrte er.

»Warum?«, fragte Inara grinsend. »Hast du Angst, seine Gefühle könnten verletzt werden?«

Nawyd schickte ihr einen strafenden Blick, während er sich eine weitere Salzdattel nahm und sie durch das Gewirr von Staub und Stimmen gingen. »Du redest Unsinn«, beschied er ihr.

»Ach ja? Dann sag mir, warum du Shayak in Hyraka unbedingt befreien wolltest.«

»Das habe ich dir schon gesagt – weil ich ihn brauche.«

»Nun bist du es, der Unsinn redet. Du hast ihn befreit, weil du mit ihm gefühlt hast. Und weil du mit dem Feuerkult noch eine Rechnung offen hast.«

»Wer sagt das?«, fragte Nawyd ein wenig zu schnell.

Sie kicherte nur. »Du hast etwas an dir, mein Freund. Etwas, das dich dazu drängt, Unrecht zu widerstehen und dich für die Schwachen einzusetzen – eine ziemlich gefährliche Eigenschaft, wenn man alt werden will.«

Sie hatten die andere Seite des Platzes erreicht und folgten dem Verlauf einer Straße, die zwischen hohen, kuppelgekrönten Häusern hindurchführte.

»Wer sagt, dass ich alt werden will?«, fragte Nawyd unwirsch zurück.

»Genau das meine ich. Dein Leben bedeutet dir nicht halb so viel wie dein Durst nach Gerechtigkeit … und obwohl du das Gegenteil behauptest, brauche ich nur in dein Gesicht zu sehen, um zu wissen, dass das auch Draki einschließt. Ob es dir gefällt oder nicht – du fühlst mit deinem schuppigen Begleiter.«

»Unsinn«, sagte Nawyd wieder.

»So?«, fragte sie und lächelte lauernd. »Was befindet sich in dem Beutel, den der Drak wie seinen Augapfel hütet?«

»Das weißt du nur zu gut.«

»Seine Edelsteine, gewiss.« Sie nickte. »Aber da muss auch noch etwas anderes sein. Shayak gehört nicht zu der Sorte, die sich viel aus Reichtum macht.«

»Du irrst dich schon wieder«, versicherte Nawyd – aus irgendeinem Grunde wollte er ihr nichts darüber sagen. Vermutlich auch deshalb, weil er selbst nicht genau wusste, was er davon halten sollte.

»Und du lügst schon wieder«, stellte sie mit entwaffnendem Lächeln fest. »Wie ich schon sagte, du bist leicht zu durchschauen – so wie damals bei unserer ersten Begegnung in Hyraka, als ich die Sturmreiter erwähnte.«

Nawyd spuckte die Dattel aus, auf der er ohnehin nur lustlos herumgebissen hatte. »Was meinst du?«

»Du hast überrascht reagiert, fast ein wenig furchtsam«, gab Inara sich überzeugt.

»Blödsinn.«

»Wüsste ich es nicht besser, würde ich sagen, du hast in Altashar etwas ausgefressen und bist abgehauen – und wenn sie die Sturmreiter schicken, um dich wieder einzufangen, dann kann es keine Kleinigkeit gewesen sein. Vielleicht hat es ja auch etwas mit dem Feuerkult zu tun ...«

»Du irrst dich schon wieder«, beteuerte Nawyd und gab sich Mühe, dabei überzeugend zu klingen – in Wahrheit merkte er, wie seine Nackenhaare sich sträubten. Der Verlauf, den das Gespräch nahm, behagte ihm nicht.

»Versteh' mich richtig – sollte es so sein, hast du meine ganze Bewunderung«, versicherte ihm Inara lächelnd. »Und ich wiederum hätte im Gegenzug gerne etwas dafür, dass ich mein Wissen für mich behalte.«

Nawyd verkrampfte sich. »Drohst du mir gerade?«

»Nicht doch.« Ihr Lächeln wurde zu einem Grinsen. »Aber den Stadtherren von Satrapos dürfte kaum daran gelegen sein, einen flüchtigen Verbrecher zu beherbergen und sich auf diese Weise den Zorn des Königs zuzuziehen – wenn ich also behilflich sein kann, dergleichen zu verhindern ...«

Nawyd fühlte jähen Zorn. Er stieß Inara in eine enge Seitengasse, die sich unvermittelt öffnete, packte sie und drückte sie gegen die kühle Wand aus Lehm. »Du willst mich erpressen?«

Inara lachte nur. »Wie schön«, stieß sie hervor. »Wir kommen uns endlich näher ...«

»Davon kann keine Rede sein! Ich sollte dir deinen hübschen Hals umdrehen, hier und jetzt!«

»Vielleicht«, gab sie zu. »Das Problem ist nur, dass du mich willst, nicht wahr?«

»Was?« Nawyd sah sie entgeistert an. Versuchte sie ihn jetzt zu umgarnen? Nachdem sie gerade erst angedroht hatte, ihn an die Behörden zu verraten?

»Gib es ruhig zu«, verlangte sie. »Schon damals am Feuer konntest du deinen Blick nicht von mir wenden.«

»Das ist vorbei.« Nawyd schüttelte den Kopf. »Ich bin weit Besseres gewohnt als dich.«

»Darauf möchte ich wetten.« Sie lachte unverschämt, obschon er seine Hand weiter an ihrer Kehle hatte.

Nawyd verabscheute sich selbst dafür – aber sie hatte recht. Da war etwas an ihr, das ihm tatsächlich keine Ruhe ließ und ihn bisweilen fast um den Verstand brachte … ihr Geruch, ihr Haar, ihre dunklen Augen, vielleicht auch nur die Tatsache, dass sie ihn an früher erinnerte. Aber wenn sie jetzt anfing, ihn zu erpressen, würde ihm wohl keine andere Wahl bleiben, als …

Sie kicherte albern.

»Was ist?«, wollte er wissen.

»Du überlegst, ob du mich töten sollst.«

»Und? Ist das so lächerlich?«

»Nein, aber überflüssig. Ich bin nicht dein Feind, Nawyd. Wer immer es auch sein mag – ich bin es nicht.«

Er sah in ihr Gesicht, in die fast schwarzen, tiefgründigen Augen, konnte jedoch nicht erkennen, was in ihnen vor sich ging. »Was willst du?«, fragte er deshalb. »Was führst du im Schilde?«

»Ich will mitkommen«, erklärte sie. »Mit nach Archos.«

»Das geht nicht.« Er schüttelte den Kopf.

»Warum nicht? Ich bin eine gute Reisegefährtin, wie du inzwischen weißt. Ich kenne die Wüste, und mit einem Schwert vermag ich ebenso gut umzugehen wie mit einem Pferd oder Kamel.«

»Das ist es nicht«, versicherte er.

»Dann nimm mich mit.«

»Und dann? Was wirst du tun, wenn du in Archos bist? Eine Frau aus Ostray, allein unter den *hadathani* …«

Sie hob die Brauen. »Sorgst du dich etwa um mich?«

»Und wenn?«

»Dann müsste ich wohl vermuten, dass du tatsächlich etwas für mich empfindest.«

Beide sahen einander in die Augen.

Ihre Lippen schwebten dicht vor seinen, während sich ihr Busen unter dem Stoff ihres Kaftans hob und senkte. Im nächsten Augenblick begegneten sich ihre Münder in einem innigen Kuss, in dem sich all die Leidenschaft Bahn brach, die Nawyd so lange zurückgehalten hatte. Er schmeckte die herbe Süße ihrer Lippen, spürte ihren Körper, der sich verlangend an seinen drängte – und riss sich dennoch von ihr los.

»Verdammt, Weib«, stieß er hervor. »Was tust du mit mir?«

»Ich habe nichts getan«, versicherte sie. »Das bist du selbst gewesen.«

Er nickte und wandte sich ab, blickte unschlüssig zu Boden. »Also schön«, knurrte er schließlich. »Begleite uns nach Archos, wenn du unbedingt willst.«

»Mehr wollte ich nicht.« Sie lächelte wieder. »Dann brauchen wir jetzt wohl drei Passagen über das Meer.«

Er nickte wieder, wobei er selbst nicht wusste, ob er sich über diese Wendung freuen oder darüber wütend sein sollte. Von ihrer ersten Begegnung an hatte Inara ihm vor allem eines gebracht – Ärger …

Sie verließen die Seitengasse und kehrten auf die Hauptstraße zurück, die im weiteren Verlauf auf den Gewürzmarkt führte – einen großen, von einer Säulenhalle umgebenen Platz, unter deren Vordächern die Händler ihre Waren verkauften, ein buntes Durcheinander von Stimmen, Farben und Gerüchen.

Und inmitten dieses Durcheinanders erkannte Nawyd plötzlich ein bekanntes Gesicht!

Er traute seinen Augen nicht – doch es konnte kein Zweifel bestehen. Er kannte den bleichen, kahlhäuptigen Mann, der dort im Schatten eines Baldachins stand und mit einem Händler feilschte.

»Hilalayan«, zischte er.

12

Kloster Var'a'Shek
Am Abend

Der Ausblick war atemberaubend.

Noch nie zuvor hatte Jenya ein Kloster des Windes besucht. Natürlich hatte sie von den Windburgen gehört, die die Anhänger der Lehre Shan'dors auf den Gipfeln einsamer Felsenberge zu errichten pflegten. Noch niemals zuvor jedoch hatte sie eine davon betreten, und das aus gutem Grund, denn die Mönche der Bruderschaft blieben meist unter sich.

Wie bei allen Klöstern des Windes führten exakt 999 in den Fels gehauene Stufen auf das hohe Plateau, das den Tempel des Windes und die Unterkünfte der Mönche barg. Die Geduld und Präzision, mit der die Anhänger Shan'dors beim Bau zu Werke gegangen waren, stand für ihr ganzes Leben, das von innerer Ruhe und dem Streben nach einer vollkommenen, friedlichen Existenz erfüllt war. Es war ein hartes, einfaches Leben, das die Mönche führten, hoch über den Nebeln, den Winden ausgesetzt und der Welt entrückt. Sie lebten in kleinen, in den Fels gehauenen Zellen; das Brunnenhaus und der Gemeinschaftsraum, in dem auch die Mahlzeiten eingenommen wurden, waren hingegen aus Stein gemauert und großzügiger bemessen. Den Mittelpunkt der von einer aus Natursteinen errichteten Mauer umgebenen Anlage bildete der Tempel des Windes, ein kuppelförmiger Bau, in dem die Mönche allen Kräften der Natur huldigten, vor allem aber der des Windes, in dem sie den Ursprung allen Lebens sahen. Der Wind war es, der allen Wesenheiten Leben einhauchte und es dereinst auch wieder davontrug; und die Sterblichen selbst waren nichts als Blätter im Wind, den waltenden Mächten ausgeliefert.

Am südlichsten Punkt der Ummauerung stehend, konnte die Astara durchaus nachvollziehen, woher die Mönche ihre Überzeugung nahmen: Im Licht der Sonne, die fern im Westen versank, breiteten sich die Hügel und Wälder Ugaryas vor ihr aus, bis sie weit im Süden im Dunst verschwanden. Der Himmel schien in Flammen zu stehen, das Land leuchtete golden, unwirklich wie ein Gemälde. Nichts schien von hier oben aus betrachtet eine Rolle zu spielen, nichts von größerer Wichtigkeit als die Naturgewalten, die diesen Fels und diese Hügel, die ganze überwältigende Schönheit geschaffen hatten.

Und doch war all dies bedroht – auch wenn es den Sterblichen nicht bewusst war …

»Gefällt es dir?«

Sie hatte Worfecks Gegenwart gespürt, noch ehe er sie angesprochen hatte. Vertraute Empfindungen stiegen in ihr auf, sentimentale Wehmut, die ihr Urteilsvermögen trüben mochte und die sie deshalb rasch wieder verdrängte.

»Es ist schön«, gab sie nickend zu. »Ich kann verstehen, warum du hierhergekommen bist.«

»Es mag schön sein«, gab der Urok zu und verzog das grüne, narbige Gesicht. »Aber deshalb bin ich nicht hier.«

»Ich weiß«, versicherte sie.

»Meister Vargyas lässt fragen, ob es dir an etwas fehlt«, wechselte Worfeck das Thema.

»Du meinst, abgesehen davon, dass man mir meine Waffen abgenommen hat?«

»Dies ist ein Ort des Friedens«, erklärte der Urok mit einer gleichmütigen Geste. »Es gibt hier keine Verwendung für deine Klingen. Wenn du uns verlässt, erhältst du sie zurück.«

»Immerhin etwas.« Sie lächelte dünn. »Hast du dem Abt verraten, dass wir uns kennen?«

»Natürlich. Im Kloster des Windes gibt es keine Lügen.«

»Dann hast du ihm auch gesagt, wer du bist? Was du einst getan hast?«

Worfeck antwortete nicht, was eigentlich schon alles sagte.

»Weiß er es oder weiß er es nicht?«, hakte Jenya dennoch nach.

»Was macht es für einen Unterschied?«

»Einen wesentlichen – denn falls er manche Dinge noch nicht weiß, würden sie ihn vielleicht sehr interessieren …«

»Das würdest du nicht tun.«

»Glaubst du?« Die Astara sah ihn herausfordernd an. »Du solltest mich besser kennen. Was würden deine Brüder wohl sagen, wenn ich ihnen offenbaren würde, wer du tatsächlich bist, mein alter Freund? Dass du einer der sieben …«

»Sie wissen es bereits«, rückte der Urok leise heraus. »Oder ahnen es zumindest.«

»Dann ist es dir gleichgültig, wenn ich ihnen von früher erzähle? Von deiner Vergangenheit? Von dem, was du während des Krieges getan hast?«

»Was du tun musst, das tu«, erwiderte Worfeck mit einer Ruhe, die Jenya überraschte. Sie hatte gehofft, den Urok aus der Reserve zu locken, aber so einfach wie früher war das wohl nicht mehr.

»Meine Brüder sind anders als alle Menschen, die ich je getroffen habe«, fügte er erläuternd hinzu. »Sie haben mir eine Heimat gegeben, sind meine Familie. Und sie werden mir vergeben, denn sie wissen, dass ich genau wie sie nur ein Blatt im Wind bin.«

»Die Lehre Shan'dors.« Die Astara nickte.

»Du kennst Shan'dor?«

»Nicht persönlich.« Jenya lächelte schwach. »Aber ich kenne seine Lehre – und deshalb weiß ich, dass es nicht die deine ist. Du bist kein Blatt, Worfeck. Und auch nicht bloß ein Baum. Du bist ein Berg. Ein Krieger. Eine Legende.«

»Ninsh!«, verneinte er entschlossen auf Ugarysch, wobei Dampf aus seinen Nüstern fuhr. »Das alles liegt hinter mir!«

»Das dachte ich auch – aber was, wenn es nicht wahr ist? Wenn wir uns all die Jahre etwas vorgemacht haben? Ich weiß nicht genau, was es ist, das wir in unseren Träumen sehen, alter Freund – aber wenn etwas in den Trümmern von Myracor überlebt haben sollte, dann …«

»… dann werden die Dinge ihren Lauf nehmen«, brachte der Urok den Satz auf seine Weise zu Ende. »Wir können es nicht ändern. Wir alle sind nur Blätter im Wind.«

»Das denkst du nicht wirklich.«

»Doch«, versicherte er. »Wenn es das Schicksal der Welt ist unterzugehen, so wird genau das geschehen. Es ist töricht, sich dagegen zu wehren. Schon damals war es töricht.«

»Kynrik ist tot«, eröffnete Jenya unvermittelt.

In den grünen Zügen des Uruks zuckte es kaum merklich. »Nicht zu ändern«, sagte er dann.

»Er war in Tårannok«, fuhr sie fort. »Die letzten achtzehn Winter. Davor in anderen Kerkern.«

»Wir alle haben gebüßt für das, was wir getan haben, jeder auf seine Weise.«

»Wir haben versucht, ihn von dort zu befreien, aber …«

»Wir?« Worfeck sah die Astara fragend an.

»Eine junge Frau aus Skaradag. Ihr Name war Bray«, erwiderte Jenya. Den Namen auszusprechen fiel ihr schwerer, als sie sich eingestehen wollte. »Sie hatte dieselben Visionen wie wir. Seltsam, oder nicht?«

Wenn der Urok überrascht war, verbarg er es gut. Seine grüne Miene blieb unbewegt.

»Es gelang uns, Kynrik aus Tårannok zu befreien, aber auf dem Rückweg wurden wir von einem Kraken angegriffen. Ich konnte mich mit knapper Not aus seinen Fängen befreien und an Land retten, aber Kynrik und Bray haben es nicht geschafft.«

»Wie ich schon sagte. Nicht zu ändern.«

Jenya seufzte. Die stoische Art des Uroks begann sie zu ärgern. »Ist das alles, was dir dazu einfällt? Kynrik war dein Gefährte, dein Waffenbruder, dein Freund! Und Bray war beinahe wie eine Tochter für mich!«

»Sie waren nur Blätter im Wind«, entgegnete Worfeck mit demonstrativer Gleichgültigkeit. »So wie wir alle.«

»Würdest du das auch sagen, wenn es um deine Mitbrüder ginge? Die dich in ihre Gemeinschaft aufgenommen und dir eine Heimat gegeben haben? Sagtest du nicht, dass sie deine Freunde seien? Deine Familie? Dass sie unter deinem Schutz stünden?«

»Das tun sie, denn sie haben nichts Unrechtes getan.«

»Auch Bray nicht«, wandte die Astara ein, »und dennoch ist sie tot. Und es werden noch viele weitere Unschuldige sterben, wenn wir nicht tun, was wir tun müssen! Es ist unsere Pflicht, Worfeck – auch die deine!«

»Ich bin kein Krieger mehr«, wandte der furchterregende Hüne ein. »Ich habe genug vom Kämpfen und Töten. Ich habe diesen Dingen schon vor langer Zeit entsagt.«

»Dann musst du dich ihrer entsinnen! Die Finsternis kehrt zurück, Worfeck – und diesmal wirkt sie nicht nur durch die Menschen! Denke an das, was du im Traum gesehen hast – es könnte das Ende von allem bedeuten!«

»Wenn es so ist«, entgegnete der Urok schlicht, »können wir es nicht ändern. Wir alle sind nur …«

»… Blätter im Wind, ich weiß schon.« Die Astara schnaubte. Allmählich verlor sie die Geduld. »Soll das heißen, dass wir einfach zusehen und den Dingen ihren Lauf lassen sollen? Auch wenn wir womöglich die Schuld daran tragen?«

Ihre Stimme war lauter geworden, aber Worfeck reagierte nicht darauf. »Hätten wir nicht getan, was wir getan haben, wäre schon damals alles verloren gewesen«, brachte er in Erinnerung. »Außerdem haben wir alle dafür bezahlt. Wir sind zu Ausgestoßenen geworden.«

»Aber Astray wurde gerettet«, wandte Jenya ein.

Der Urok knurrte verächtlich. »Wozu? Doch nur, um in zwei Hälften zu zerfallen, die sich argwöhnisch belauern. Die Menschen brauchen die Finsternis nicht, um einander zu massakrieren, Jenya. Sie haben sie nie gebraucht.«

»Es gibt auch Gute unter ihnen«, brachte die Astara in Erinnerung, doch Worfecks Miene blieb so reglos, wie er selbst unbeeindruckt blieb.

»Ich habe meinen Frieden gefunden, Jenya«, versicherte er, »ich muss nicht länger danach suchen. Und ich wünsche dir, dass auch du deinen Frieden noch finden wirst.«

»Und die Vergangenheit ist nicht mehr von Bedeutung? Deine alte Heimat? Deine Familie?«

Zum ersten Mal war eine Reaktion zu erkennen, ein Flackern in den Augen wie bei einem Feuer, das neue Nahrung fand. »Vorsicht«, sagte er leise, wobei sich sein breiter Brustkorb heftig hob und senkte.

»Entschuldige«, sagte Jenya und hob in einer schuldbewussten Geste die Hände. »Ich gönne dir deinen Frieden, Worfeck«, versicherte sie, »so wie ich ihn jeder anderen Kreatur in dieser Welt gönne. Aber ein fahrender Sänger hat mich daran erinnert, dass wir nicht sind wie andere. Wir sind Legenden, Worfeck – und wir tragen Verantwortung für das, was wir getan haben. Wenn die Menschen einander umbringen und ihr Schicksal besiegeln wollen, so ist das ihre Sache – aber ich möchte nicht daran schuld sein, verstehst du das?«

Der Urok erwiderte nichts. Stattdessen trat er an ihr vorbei an die Brüstung der Mauer, die ihm nur bis zum Gürtel reichte, und blickte hinaus auf das weite Land. Die Schatten der Bäume waren lang geworden, das Licht des Tages verlosch. Die Täler waren bereits in Finsternis versunken, und es würde nicht mehr lange dauern, bis sie auch die Hügel erreichte.

»Die Gegend südlich der Berge ist unsicher«, sagte er dann leise. »Wenn du es wünschst, werde ich Meister Vargyas bitten, dir eine Eskorte mitzugeben, die dich nach Brückstadt bringt.«

»Und – das ist alles?« Jenya sah ihn prüfend an.

Noch einen Moment ließ der große Urok den Blick seiner gelben Augen über die dunkelnde Landschaft schweifen, dann wandte er sich zu Jenya um und sah sie unverwandt an. »Das ist alles«, bestätigte er.

»Dein letztes Wort?«

»Ja, Astara. Mein letztes Wort.«

Es war derselbe Moment, in dem aufgeregtes Geschrei vom Brunnenhaus herüberdrang.

13

Wälder von Yarowa
Zur selben Zeit

»Nicht …!«

Mit einem Aufschrei schoss Bray in die Höhe.

Kalter Schweiß stand ihr auf der Stirn, sie brauchte einen Moment, um ins Hier und Jetzt zurückzufinden.

Dunkle Nacht.

Eine Lichtung im Wald.

Eine erlöschende Feuerstelle.

Verwirrt sah sie sich um. Wo war sie geblieben? Die dunkle Gestalt mit den leuchtenden Augen, die über ihr gestanden und auf sie herabgestarrt hatte …?

Brays Atem ging stoßwiese, ihr Herz hämmerte in ihrer Brust. Namenlose Panik hatte von ihr Besitz ergriffen und blankes Entsetzen schüttelte sie, während sie die grässlichen Bilder und Eindrücke in ihrem Kopf zu verwinden suchte. Erst ganz allmählich dämmerte ihr, dass sie wieder geträumt hatte.

Eine Vision, sagte sie sich selbst.

Es ist nur eine Vision gewesen …

Bray wusste selbst nicht, ob sie darüber erleichtert oder bestürzt sein sollte. Denn einmal mehr hatte sich ihr Traum derart wirklich angefühlt, dass es ihr Angst machte. Noch immer fühlte sie den Blick jener toten und dennoch kalt leuchtenden Augen auf sich ruhen, spürte die Beklemmung, die sie dabei empfunden hatte, und das Grauen, das mit eisiger Kälte in ihre Eingeweide gefahren war.

Am ganzen Körper zitternd redete sie sich ein, dass es nichts als ein Albdruck gewesen war, eine Vision wie andere zuvor. Doch es ließ sich nicht leugnen, dass es sich verändert hatte. Anfangs hatte Bray immer nur dann Bilder gesehen, wenn sie auf Rayans Laute spielte, inzwischen kamen die Träume von ganz allein. Und was immer das zu bedeuten hatte, Bray bezweifelte, dass es ein gutes Zeichen war.

Im Halbdunkel blickte sie sich nach Kynrik um, doch ihr Begleiter war nicht auf seinem Schlafplatz, den er sich auf der anderen Seite des Feuers eingerichtet hatte.

»Kynrik ...?« Aus irgendeinem Grund wagte sie nicht, seinen Namen laut zu rufen, wohl weil sie sich noch immer halb im Traum wähnte. Niemand antwortete, der Held von einst blieb verschwunden.

Im Lauf der drei Wochen, die sie nun schon zusammen reisten, hätte sich Bray manches Mal gewünscht, dass Kynrik der Schwertkämpfer einfach verschwunden wäre. Nie zuvor hatte sie einen wortkargeren, halsstarrigeren und abweisenderen Menschen kennengelernt, und für jemanden, der in Skaradag aufgewachsen war, mochte das schon etwas heißen; im Augenblick allerdings hätte sie sogar Kynriks Gesellschaft der Einsamkeit vorgezogen ...

Etwas stimmte nicht.

Zwar war Bray vollständig erwacht und wieder Herrin ihrer Sinne, doch die Angst blieb bestehen. Mehr noch, auch das mulmige Gefühl in ihrem Bauch, das stets von Gefahr kündete und ihr im Lauf ihres Lebens bereits manches Mal den Hals gerettet hatte, dauerte an.

Ist es womöglich gar kein Traum gewesen?

Der Gedanke entsetzte sie. Wie ein Kind, das sich im Dunkeln fürchtete, hätte sie am liebsten nach der wollenen, von der Nacht klammen Decke gegriffen und sich darunter verkrochen. Aber Bray war kein Kind mehr, schon längst nicht mehr. In Skaradag wurde man früh erwachsen und lernte, sich den Gefahren zu stellen. Vorsichtig erhob sie sich, die Hand am Griff ihres Dolchs, auch wenn er ihr lächerlich vorkam angesichts der Bedrohung, die in der Luft lag. Die Geräusche ringsum waren verstummt. Kein Rascheln im Unterholz war zu hören, keine Fledermaus, die durch die Luft flatterte, kein Kauz, der schrie. So als ob die Tiere des Waldes geflohen wären …

Bray huschte zu Kynriks Lager. Die Decke war kalt, er musste also schon vor einer Weile aufgebrochen sein. Im Lauf ihrer gemeinsamen Reise hatte er es sich zur Gewohnheit gemacht, die Wachschicht in der zweiten Nachthälfte zu übernehmen; anders als Bray schien er kaum Schlaf zu benötigen, und oft schon hatte sie sich gefragt, woher er die Kraft dazu aus seinem auf den ersten Blick so ausgezehrten Körper nahm; andererseits schien es weniger Kraft zu sein, die ihn bewegte, als vielmehr eiserne Disziplin. Und die Aussicht, sich an jener Person zu rächen, der er die Schuld an seinem traurigen Schicksal gab.

Von Krakenwacht aus waren sie nach Süden gezogen, durch die Täler, die sich zwischen den Gebirgsketten erstreckten, bis in die Hügel von Yarowa. Da es in diesem Teil des Reiches kaum Straßen gab, waren sie auf schmalen Wegen gereist oder hatten sich ihre eigenen Pfade gesucht, die sie immer weiter nach Süden führten, Brückstadt entgegen. Die Stadt am Weltenbruch, über die Bray schon so viel gehört hatte und um die sich zahllose Geschichten rankten, war Kynriks erklärtes Ziel; was dann geschehen würde, darüber sprach er kein Wort. Bray konnte vorerst nichts anderes tun, als ihm zu folgen – anfangs noch mit großem Argwohn. Sie hatte schließlich nicht wissen können, was für eine Sorte Mensch er war – nach allem, was er mit den Dwargen von Krakenwacht angestellt hatte, hatte sie es vorgezogen, Abstand zu wahren. Zudem war er schließlich ein Mann, der seit Jahrzehnten keine Frau mehr gesehen geschweige denn gehabt hatte – im Haus des Doppelten Mondes hatte es Kerle gegeben, bei denen schon nach ein paar Stunden der Notstand ausgebrochen war. Doch auch in dieser Hinsicht schien sich der einstige Paladin von einem gewöhnlichen Mann zu unterscheiden, und irgendwann war Bray für sich zu dem Schluss gekommen, dass sie es weit schlimmer hätte erwischen können. Kynrik mochte kein großer Redner sein und ein grober Klotz, aber in seiner Gesellschaft war sie wenigstens einigermaßen sicher.

Hatte sie jedenfalls angenommen …

Plötzlich ein Rascheln im Gebüsch.

Bray ging in die Hocke, zückte instinktiv den Dolch. Die Augen zu Schlitzen verengt suchte sie das Dunkel mit Blicken zu durchdringen. Der Strauch dort – hatte er sich nicht soeben bewegt? War da etwas? Ein Schatten oder …?

Ihr ohnehin schon rasender Herzschlag wollte aussetzen, als sich eine Hand auf ihren Mund legte und ihn versiegelte. Sie wollte sich wehren und mit dem Dolch zustoßen, aber eine vertraute Stimme war plötzlich an ihrem Ohr.

»Ich bin es.«

Kynrik!

»Kein Laut«, schärfte er ihr flüsternd ein. »Wir werden beobachtet …«

Sie nickte knapp, und darauf ließ er sie wieder los. Verblüfft wandte sich Bray zu ihm um. Der Paladin hatte sein Schwert in der Hand, Sorge stand in seinen kantigen Zügen zu lesen – und war da auch eine Spur von Furcht?

»Komm«, ordnete er an und wandte sich um, und sie folgte ihm ins Unterholz. Der Norden Yarowas war keine sehr gastliche Gegend; größere Städte gab es nicht, nur kleine Dörfer, die sich wie hingeworfen in die hügelige, von Felsen und Wäldern übersäte Landschaft duckten. Zudem zogen Rudel von Raubtieren umher, vierbeinige ebenso wie menschliche …

Im Unterholz wurde es noch dunkler. Bray konnte nicht sehen, wohin Kynrik gegangen war, als sie plötzlich erneut gepackt und zur Seite gezogen wurde, in den hohlen Stamm einer Eiche, die von einem Blitz getroffen worden und ausgebrannt war. Der bittere Brandgeruch war noch immer da und überdeckte alles andere – und Bray dämmerte, dass dies der Grund war, warum Kynrik dieses Versteck gewählt hatte.

»Was …?«, wollte sie flüsternd fragen, aber er gebot ihr abermals zu schweigen. Stattdessen deutete er auf einen Spalt in der verkohlten Rinde, und Bray beugte sich vor und spähte hinaus. Zunächst konnte sie nichts erkennen.

Dann sah sie das kaltweiße Leuchten, das durch die noch laublosen Äste drang.

Augen …

Und mit einem Mal ging ihr eine schreckliche Erkenntnis auf: Die Kreatur, die sie im Traum gesehen, die über ihr gestanden und mit glühenden Augen auf sie herabgeblickt hatte, existierte wirklich – und sie war dort draußen, nur einen halben Steinwurf von ihr entfernt!

Die Erkenntnis traf sie wie ein Hammerschlag.

Ihre Knie wurden weich, und wäre es im Inneren des hohlen Baumes nicht so eng gewesen, wäre sie wohl von den Beinen gekippt. So verharrte sie an das feuchte, verkohlte Holz gestützt und starrte weiter hinaus, zugleich entsetzt und doch seltsam fasziniert von der Kreatur, die dort draußen in der Dunkelheit lauerte und deren Augen so unirdisch leuchteten.

Erst dann fühlte sie die Angst.

Es war noch weit schlimmer als in ihrem Traum. Bray hatte das Gefühl, als griff eine eisige Klaue in ihre Brust, umklammerte ihr noch immer heftig schlagendes Herz und quetschte es mit aller Kraft. Ein leises Wimmern entfuhr ihr – das die Kreatur draußen aufhorchen ließ.

Bray hielt den Atem an.

Kynrik hinter ihr flüsterte eine Verwünschung.

Die Glutaugen starrten genau in ihre Richtung. Vermochten sie das Dunkel zu durchdringen?

Bray hielt den Atem an. Von Angst geschüttelt, hinderte sie sich daran, auch nur einen weiteren Laut von sich zu geben – während sich die Kreatur in Bewegung setzte.

Es knackte, und das Unterholz teilte sich. Im spärlichen Mondlicht, das durch die dicke Wolkendecke sickerte, konnte Bray nicht allzu viel erkennen – doch sie sah eine gedrungene, bucklig wirkende Gestalt durch das Unterholz kommen, deren Arme in lange Klauen ausliefen.

Sie kannte diese Kreatur!

Mehrmals bereits war sie ihr begegnet – sowohl in ihren Träumen als auch an den Wänden von Kynriks Kerkerzelle. Auch der alte Paladin schien das Monstrum wiedererkannt zu haben, und selbst er schien nicht ohne Furcht zu sein.

Die Kreatur blieb stehen und legte das unförmige, nach vorn gewölbte Haupt in den Nacken wie ein Tier, das Witterung aufnahm. War es ein denkendes, fühlendes Wesen? Oder tatsächlich nur ein Raubtier? Eine Mischung von beidem? Bray hatte Männer von den Tiefen des Morwaldes erzählen hören, von den finsteren Geschöpfen, die dort hausten …

In diesem Moment konnte sie ihn riechen, den beißenden Gestank der Verwesung, der die Kreatur begleitete, so als wäre sie kein lebendes, atmendes Wesen, sondern in Wahrheit längst tot und würde langsam verrotten. Ein Zischen war zu hören wie von einer Schlange, schwärzliche Haut schimmerte im Mondlicht … und da waren Knochen. Blankes Gerippe, das für einen Moment im fahlen Licht des Mondes bleichte, ehe es wieder in der Dunkelheit verschwand.

Bray ertrug den Anblick nicht länger, ebenso wenig wie die Bosheit und den Gestank. Sie kniff die Augen zu, wünschte sich an einen anderen Ort, doch vor ihrem geistigen Auge blieb das grässliche Bild bestehen.

Sie hörte die schleppenden Schritte des Scheusals, wie sie sich langsam über den Waldboden näherten, und rechnete damit, dass sie jeden Augenblick in ihrem Versteck aufgespürt und ein grausames Ende finden würden. Kynrik hinter ihr straffte sich, seine Hand schloss sich fester um den Griff des Schwerts – auch wenn Bray bezweifelte, dass eine Waffe aus gewöhnlichem Stahl diesem Wesen etwas anhaben konnte, von dem sie noch nicht einmal wussten, was es war oder woher es kam.

Niemals zuvor in ihrem Leben, noch nicht einmal vor ihrer Hinrichtung in Skaradag, hatte sie solch namenloses Grauen empfunden wie in diesem Augenblick. Ihr Verstand setzte aus, sie wusste nicht mehr, was sie tat oder dachte, und womöglich hätte sie in ihrer Panik laut geschrien, hätte sich Kynriks Hand nicht abermals auf ihren Mund gelegt und ihn versiegelt.

So warteten sie, starr vor Entsetzen, endlos scheinende Augenblicke – und endlich konnten sie hören, wie sich die schleppenden Schritte wieder entfernten.

Zaghaft öffnete Bray die Augen, konnte den gedrungenen Schatten zwischen den Bäumen verschwinden sehen. Dann noch ein letztes Aufblitzen jener kalt leuchtenden Augen – und die Kreatur war im Dunkel der Nacht verschwunden.

Bray und Kynrik warteten lange, bis sie sich wieder regten, und noch länger, bis sie ihr Versteck verließen. Als sie es schließlich wagten, dämmerte im Osten bereits der neue Morgen, und das Licht des heraufziehenden Tages vertrieb nicht nur die Schatten des Waldes, sondern auch die in ihren Herzen.

Bray war die Erste, die endlich das Schweigen brach.

»Was war das?«, fragte sie ihren Begleiter.

Der Blick, den Kynrik ihr schickte, war voller Unheil. »Etwas, das es eigentlich nicht geben dürfte«, erwiderte er leise. »Etwas aus der Vergangenheit.«

14

Hyraka
Am anderen Morgen

Hilalayan war vor Angst wie erstarrt.

Er hatte ihre Nachricht bekommen und sich beim Gewürzmarkt eingefunden, wo *sie* ihn hatte treffen wollen – einer jener Spitzel, die noch auf seiner Liste standen und ihm entweder Geld, Freiheit oder einen Gefallen schuldeten, im besten Fall von allem etwas.

Dass ihm ausgerechnet hier nun Straßenräuber auflauerten, war ein weiterer jener Tiefschläge, die das Leben ihm in letzter Zeit so gerne zu versetzen schien …

»Was wollt ihr?«, herrschte er die beiden vermummten Gestalten an, die ihn bedrohten, während er mit dem Rücken zur Wand am Ende der Gasse stand. Im Nachhinein schalt er sich einen Narren dafür, dass er sich so in die Enge hatte treiben lassen – doch obschon seine Reise nun schon einige Wochen andauerte, hatte sie aus einem Hofbeamten noch keinen erfahrenen Abenteurer gemacht. Von Altashar aus hatte ihn das Schiff zunächst nach Bacra gebracht und von dort nach Abydon. Unter Einlösung eines weiteren Gefallens hatte er sich unter falschem Namen einer Karawane angeschlossen und war auf dem Wasserweg nach Satrapos gereist, um die Kontaktperson zu treffen.

Und nun das …

»Was glaubt Ihr wohl, was wir von Euch wollen, Hilalayan von Altashar?«, fragte die größere der beiden Gestalten, die ihr Schwert gezogen hatte und damit bedrohlich auf seine

Kehle zielte. Etwas an ihrer Stimme, die gedämpft durch das Gesichtstuch drang, kam Hilalayan bekannt vor, aber er war zu aufgeregt, um auch nur einen klaren Gedanken zu fassen.

»Wie nennt Ihr mich?«, gab er sich unwissend, während ihm kalter Schweiß auf die Stirn trat.

»Euer Name ist Hilalayan«, kam die Antwort prompt, »aber ich nenne Euch einen elenden Verräter.«

»Was? Ich …« Hilalayan wusste nicht, was er erwidern sollte. Das Herz schlug ihm bis zum Hals, in der bedrückenden Enge und brütenden Hitze, die schon um diese frühe Zeit in der Gasse herrschte, schwitzte er wie ein Schwein.

»Wollt Ihr leugnen, dass Ihr der seid, von dem ich spreche, Hilalayan, Hofmarschall von Altashar?«

»Ich … ich …«, stammelte Hilalayan, während er gleichzeitig herauszufinden versuchte, wem das Augenpaar gehörte, das ihn durch den Sehschlitz des Gesichtstuchs musterte. Und diese Stimme, die ihm so bekannt vorkam …

»Leugnet es nicht, Hofmarschall – denn ich kenne Euch besser, als es Euch recht sein kann«, erwiderte der Mann in diesem Augenblick – und nahm das Gesichtstuch ab.

Hilalayan wankte wie unter einem Fausthieb.

»Ihr«, ächzte er.

Nawyd genoss den Augenblick.

Mit tiefer Befriedigung hatte er den Schweiß auf Hilalayans kahler Stirn gesehen und die Todesangst in seinen kleinen, zusammengekniffenen Augen, und mit Genugtuung sah er jetzt das maßlose Erstaunen in den feisten, fleischigen Zügen des Hofmarschalls von Altashar.

»Hilalayan«, sagte er und ließ den Namen des Erzfeindes auf seiner Zunge zerfließen wie mit Pfeffer gewürzten Wein. Die Schwertklinge zielte weiter nach des Hofmarschalls bleicher Kehle. »Welcher Laune des Schicksals ich diese unverhoffte Wendung zu verdanken habe, weiß ich nicht – aber ich bin entschlossen, sie bis zur Neige auszukosten.«

»Bi-bitte«, flehte der Hofbeamte, auf dessen kahlem Haupt sich Schweißperlen bildeten. »Tut das nicht ...«

»Was soll ich nicht tun? Was genau meint Ihr? Eure Kehle durchbohren? Euch mit gleicher Münze heimzahlen, was Ihr mir angetan habt? Ihr könnt Euch nicht vorstellen, wie ich diesen Augenblick herbeigesehnt habe in all der Zeit, da ich gelebt habe wie ein Hund, ausgestoßen von meinesgleichen ...«

»Ihr ... Ihr trugt selbst Schuld daran! Hättet Ihr Euch nicht gegen die Pläne des Königs gestellt ...«

»Schweigt!«, fuhr Nawyd ihn an und verstärkte den Druck hinter der Waffe, worauf ein dünnes rotes Rinnsal Hilalayans feisten Hals hinabrann. »Was wisst Ihr schon? Was von der Bürde, die es bedeutet, Artabans Sohn zu sein?«

»Ihr hattet ... eine große Zukunft«, stieß der Hofmarschall hervor. »Alles hätte Euch gehören können ...«

»Wenn was?«, fiel Nawyd ihm ins Wort. »Wenn ich meine geliebte Schwester wie eine Ware verkauft hätte?« Er verzog angewidert das Gesicht. »Sogar ein schmieriger Intrigant wie Ihr sollte verstehen, dass ich das nicht konnte! Aber Ihr musstet ja mit dem Feuerpriester gemeinsame Sache machen ...«

»Habe ich nicht«, würgte Hilalayan, dessen Augen immer noch größer wurden. »Xusra hat sich gegen mich gewandt ... ich bin aus Altashar geflohen!«

»Und Ihr erwartet, dass ich Euch das glaube.«

»Es ist die Wahrheit! Lasst mich reden ...«

»Natürlich – um Zeit zu gewinnen, bis Eure Sturmreiter kommen und Euch befreien!«

»Nicht doch! Sie wissen nicht einmal, dass ich hier bin!«

Hilalayan schwitzte, Todesangst stand in seinem Gesicht. Fraglos hätte er in diesem Augenblick alles gesagt, um sein erbärmliches Leben zu retten. Doch ein Gefühl sagte Nawyd, dass es dennoch lohnte, dem Hofmarschall zuzuhören. Durchbohren konnte er ihn dann immer noch.

»Also?«, verlangte er grimmig zu wissen und lockerte den Druck hinter der Waffe. »Aber ich rate Euch, fasst Euch kurz!«

Der Hofmarschall keuchte, griff sich an den blutenden Hals. Erst jetzt ging Nawyd auf, dass Hilalayans Erscheinung nicht wirklich der des obersten Hofbeamten von Altashar entsprach – sein Mantel war fleckig und hatte Risse, und die Tatsache, dass er lose an ihm schlotterte, ließ vermuten, dass der Hofmarschall seit ihrer letzten Begegnung auch einige Pfunde verloren hatte …

»Gadates ist tot«, begann er.

»Was?«

»Xusra«, sagte Hilalayan nur. »Er hat ihn …«

»Verbrannt?«, fragte Nawyd tonlos. Grauen schüttelte ihn. Gadates war einst sein Lehrer gewesen, und er war es auch, dem er seine Freiheit und sein Leben verdankte! In Gedanken nahm er Abschied von seinem alten, weisen Freund – um sich sofort wieder auf das Hier und Jetzt zu besinnen.

»Und mein Onkel?«

»Er ist am Leben, aber nur noch ein Schatten seiner selbst. Xusra hat sein Vertrauen missbraucht und ihm eine falsche Medizin verabreicht, die einen alten Mann aus ihm gemacht hat, willensschwach und leicht zu beeinflussen.«

»Und Ihr?«, wollte Nawyd wissen. »Was habt Ihr getan?«

»Was ich tun konnte, um dem Hexenpriester Einhalt zu gebieten, habe ich unternommen«, versicherte der Hofmarschall. »Schließlich jedoch musste ich in Altashar um mein Leben fürchten und bin geflüchtet.«

»Ganz allein? Von allen verlassen?«

»In der Tat.«

Nawyd konnte nicht anders, als bitter aufzulachen. Ausgerechnet der Mann, der gegen ihn intrigiert, der ihn in den Kerker gebracht und an den Feind hatte ausliefern wollen, war nun selbst das Ziel von Ränken geworden. Vielleicht, dachte er grimmig, gab es doch etwas wie Schicksal …

»Xusra rüstet zum Krieg gegen Westrien«, fuhr Hilalayan fort, den Spott geflissentlich überhörend. »Er träumt davon, die Flamme seines Kultes überall in Astray zu verbreiten – doch ein Krieg gegen Westrien wird nicht den Sieg bringen, sondern den Untergang!«

»Und? Was schert es mich?«

»Ihr seid der Prinz von Altashar!«

»Längst nicht mehr.« Nawyd schüttelte den Kopf. »Das habt Ihr selbst zu mir gesagt.«

»Aber jemand muss Xusra Einhalt gebieten …«

»Warum? Weil es Euren Plänen dienlich ist?« Nawyd spuckte aus. »Ich habt Eure Intrigen lange genug gesponnen, Hilalayan. Ich werde Eurem jämmerlichen Dasein ein Ende setzen, hier und jetzt, auf dass Ihr keinen Schaden mehr anrichten könnt.«

»Aber Ihr irrt Euch, Nawyd! Ich bin auf Eurer Seite!«

»Seit wann?« Nawyd lachte auf und hob die Klinge wieder. »Ihr werdet erst aufhören zu intrigieren, wenn Euer Haupt nicht mehr auf Euren Schultern sitzt. Und deshalb …«

Die Worte blieben ihm im Hals stecken.

Denn plötzlich fühlte Nawyd selbst eine Klinge an seiner Kehle, und der Druck dahinter ließ erkennen, dass es ernst war. »Lass die Waffe fallen«, säuselte eine Stimme in sein Ohr.

Es war Inaras.

»Was soll das?«, begehrte Nawyd auf. »Hast du den Verstand verloren, Weib?«

»Durchaus nicht. Ich tue nur, was mir befohlen wurde. Und jetzt lass dein Schwert fallen, oder ich schneide dir die Kehle durch!«

Nawyd wog seine Möglichkeiten ab. Ganz gleich, was er auch tat und wie schnell er sich bewegte – ihre Klinge, scharf wie ein Rasiermesser, würde ihn schwer verwunden, vermutlich tödlich. Mit einer Verwünschung ließ er seine Waffe fallen, die mit dumpfem Klirren auf dem Boden landete.

Hilalayan, der darüber sichtlich erleichtert war, atmete auf und grinste. »Ich muss zugeben, mein Kind, dass ich in Sorge war«, räumte er ein. »Und dass ich sehr erfreut bin, dich zu sehen.«

»Die Freude ist meinerseits, Meister«, versicherte Inara, ohne Nawyd dabei aus den Augen zu lassen. Der blickte von einem zum anderen, überrumpelt und fassungslos.

»Meister?«, hakte er nach. »Ihr kennt Euch?«

»In der Tat«, bestätigte Hilalayan mit feistem Lächeln. »Inara ist mir treu ergeben und war mit der heiklen Aufgabe betraut, Euch ausfindig zu machen.«

»Du … bist seine Spionin«, stieß Nawyd hervor.

»Meine Dienerin«, drückte der einstige Hofmarschall es anders aus. »Und sie ist wirklich gut, nicht wahr?«

Nawyd starrte Inara in maßlosem Erstaunen an – und kam sich wie ein Narr dabei vor. Die ganze Zeit über, während sie so getan hatte, als ob sie unbedingt bei ihm bleiben wollte, hatte sie in Wahrheit den Auftrag gehabt, ihn zu überwachen …

»Du hast mich absichtlich hierhergeführt«, knurrte Nawyd an Inara gewandt.

»Durchaus nicht«, entgegnete Hilalayan an ihrer Stelle. »Dass wir einander inmitten dieses pulsierenden, aus allen Poren stinkenden Molochs begegnen, war eigentlich nicht vorgesehen – aber wo es nun einmal geschehen ist, bleibt uns nur, das Beste daraus machen.«

»Was meint Ihr?«

»Der ursprüngliche Plan sah vor, dass Inara Euch nach Archos begleiten sollte«, erklärte der einstige Hofmarschall bereitwillig.

»Und jetzt?«

»Nach Archos werdet Ihr dennoch reisen – nun allerdings als mein Gefangener.«

»Ihr … wollt mich ausliefern«, folgerte Nawyd.

»Es bleibt mir nichts anderes übrig, das werdet Ihr verstehen. Ich werde König Elayan vor dem bevorstehenden Angriff auf Westrien warnen – und damit er mir glaubt, werde ich ihm, sozusagen als Beweis meiner Loyalität, den Mann übergeben, der seine Gesandten getötet und seine Braut entführt hat. Und mit etwas Glück«, fügte er hinzu, »wird es mir auf diese Weise doch noch gelingen, einen Krieg zwischen den Reichen zu verhindern.«

15

Kloster Var'a'Shek
Spät in der Nacht

Jenya hatte kein Auge zugetan.

Etwas war vorgefallen, das konnte sie deutlich spüren. Und obwohl niemand ihr sagen wollte, was genau im Brunnenhaus geschehen war, war ihr klar, dass sich etwas Bedeutsames, mehr noch, etwas Bedrohliches ereignet haben musste. Von den vielen, teils widersprüchlichen Gefühlen, die die Mönche des Klosters verspürten, übertraf eines nämlich alle anderen.

Furcht.

Nackte, kalte Todesangst.

Die Astara konnte sich nicht erklären, was die Mönche derart aufgebracht hatte. Nur zu gerne hätte sie Worfeck danach gefragt, aber seit dem Vorfall hatte sie den Urok nicht mehr gesehen. Unmittelbar nachdem die Schreie aus dem Brunnenhaus gedrungen waren, hatte man die Astara in ihr Quartier gebracht und sie angewiesen, dort zu bleiben – und obwohl ihre natürliche Neugier sie dazu drängte, das Gebot zu missachten und den Dingen auf den Grund zu gehen, hatte sie ausgeharrt. Schon deshalb, weil sie das Gastrecht nicht verletzten und Worfeck nicht noch mehr gegen sich aufbringen wollte. Ruhe allerdings fand sie keine – zu viel ging ihr im Kopf herum.

Der Verlust ihrer Freunde an die unbarmherzige See.

Die Visionen von Tod und Untergang.

Und der hässliche Verdacht, daran schuld zu sein …

Es war weit nach Mitternacht, als jemand verhalten an die Tür ihrer Zelle klopfte.

»Ja?«

Sie schwang sich von dem kargen Lager, auf dem sie in voller Bekleidung gelegen hatte, unfähig sich zu entspannen, und öffnete die Tür.

»Vergebt mir, verehrte Astara – ist es einem demütigen Besucher erlaubt, Euch zu sprechen?«

Eigentlich hatte Jenya Worfeck erwartet. Vor ihr stand jedoch ein Mensch – ein Mann von geringem Wuchs und gebeugter Haltung, dessen weißer Bart bis auf die Brust reichte. Weisheit sprach aus den Augen des Alten, jedoch lag auch etwas Gehetztes darin, und Jenya fühlte dieselbe Furcht, die sie auch bei den anderen Mönchen verspürte.

»Verzeiht mir, wenn ich Euch um diese späte Stunde noch störe«, bat der Mann. »Ihr seid zu Gast bei unserer Gemeinschaft und habt das Recht, Euch auszu…«

»Worum geht es?«, wollte Jenya wissen. Würde sie nun endlich erfahren, was vorgefallen war?

»Mein Name ist Vargyas«, stellte der Alte sich vor, auf die dunkelgrüne Schärpe deutend, die er über seiner grauen Kutte trug. »Ich bin der Abt dieses Klosters.«

»Ich grüße Euch.« Die Astara nickte knapp. »Mein Name ist …«

»Ich weiß, wer Ihr seid, unser Bruder Baumblatt hat es uns berichtet«, versicherte der Alte mit einer beschwichtigenden Geste. »Und ich weiß auch, *was* Ihr seid«, fügte er hinzu, »deshalb beseelt mich die Hoffnung, dass Ihr uns bei der Beurteilung eines …«, – er unterbrach sich und suchte nach den passenden Worten –,« … höchst rätselhaften Sachverhalts helfen könnt.«

»Was für ein Sachverhalt?«, wollte Jenya wissen. Etwas an der Art, wie der Vorsteher des Klosters sprach und wie er sie dabei ansah, wollte ihr nicht gefallen. Oder vielleicht, dachte sie, lag es auch nur daran, weil sie zum ersten Mal nach beinahe drei Jahrzehnten ihre Herkunft nicht verbarg …

»Es geht um ein Mitglied unserer Gemeinschaft«, begann der Abt zögernd. »Einen Mitbruder, der unlängst aus unserer Mitte verschwunden ist …« Er unterbrach sich abermals und blickte zu Boden. Die Sache schien ihm nicht nur Angst zu machen, sondern ihn auch unangenehm zu berühren. Offenbar verspürte er Reue, wenngleich Jenya nicht ausmachen konnte, worauf sie sich bezog.

»Und nun ist er plötzlich wiederaufgetaucht?«, vermutete sie kurzerhand.

Abt Vargyas' Züge verrieten Überraschung. »Woher wisst Ihr …?«

Sie lächelte matt. »Wäre es nicht so, würdet Ihr wohl kaum von einem Rätsel sprechen«, erklärte sie. »Und vermutlich auch nicht mitten in der Nacht an meine Tür klopfen und um Rat bitten, sondern bis morgen früh damit warten.«

»Das ist wahr.« Er nickte, schien ernüchtert. »Ich verstehe jetzt, was Bruder Baumblatt meinte, als er mir im Umgang mit Euch zur Vorsicht riet.«

»Wie schmeichelhaft.« Sie schnitt eine Grimasse.

»Bitte nehmt das nicht persönlich – wir Kinder des Windes sind nicht daran gewohnt, Besuch zu haben, und mehr noch als den Regeln der Höflichkeit sind wir der Wahrheit verpflichtet, so hat es Shan'dor uns gelehrt.«

»Und ich bin überzeugt, dass den Menschen viel erspart bleiben würde, wenn sie sich weniger an die Gesetze der Höflichkeit denn an die Wahrheit halten würden«, versicherte die Astara mit mildem Lächeln. »Sorgt Euch nicht, ehrwürdiger Abt. Ich kenne Euren Bruder Baumblatt schon sehr lange und zu einer Zeit, da er noch keine Schärpe trug.«

»Viele von uns sind etwas anderes gewesen, ehe die Macht des Windes sie hierhergetragen hat«, entgegnete Vargyas ausweichend. »Vermutlich auch Ihr.«

»In der Tat«, stimmte Jenya zu, während sie sich gleichzeitig fragte, was der fromme Mann wohl erwidern würde, wenn sie ihm offenbarte, welche Art Geschäft sie in Skaradag betrieben hatte.

»Die Vergangenheit ist hier nicht von Belang«, fuhr er fort. »Nur die Gegenwart zählt, das Hier und Jetzt.«

Jenya konnte nicht anders, als leise zu seufzen. »Ich wünschte, es wäre so«, sagte sie leise. »Aber ich nehme nicht an, dass Ihr gekommen seid, um mit mir philosophische Fragen zu erörtern.«

»Nein«, gab er zu. »Wie ich schon sagte, geht es um ein Rätsel, vor dem wir alle stehen und das unseren verschwundenen Bruder Osvath betrifft. Bruder Baumblatt meinte, dass Ihr vielleicht Rat wisst.«

»Warum? Weil ich eine Astara bin?«

»Nein – sondern weil Ihr in der Vergangenheit bereits manches gewesen seid«, entgegnete der Alte rätselhaft, und sie gestand sich ein, dass sie ihn wohl unterschätzt hatte. Er wusste offenbar mehr, als sie vermutet hatte, und sie war auch nicht in der Lage, sein wahres Wesen zu erfühlen. Früher vielleicht, aber jetzt nicht mehr … »Versteht Ihr, was ich damit sagen will?«

»Ich denke schon.«

»Und werdet Ihr uns helfen?«

»Ich will sehen, was ich tun kann«, erklärte sie sich bereit, worauf er sich nickend abwandte und ihr vorausging.

Mönche mit Fackeln standen auf dem Hof und säumten den Weg zum Brunnenhaus, das sich im Schatten der eindrucksvollen Tempelkuppel erhob. Das Gefühl von Furcht, das Jenya schon zuvor verspürt hatte, wurde noch stärker, spiegelte sich in den Mienen der Männer, die sie mit einer Mischung aus Argwohn und Neugier betrachteten. Die meisten der Ordensbrüder schienen aus Ugarya und dem benachbarten Yarowa zu stammen, aber auch Cymrier und Südländer waren darunter. Offenbar, sagte sich Jenya, stimmte es, was Abt Vargyas behauptet hatte – dass die Herkunft keine Rolle spielte, sobald man ein Anhänger Shan'dors wurde.

Die Tür zum Brunnenhaus war geschlossen. Eine riesenhafte Gestalt stand davor, offenkundig mit der Aufgabe betraut, andere am Betreten des Gebäudes zu hindern – es war Worfeck. Anstelle von Betroffenheit stand Ingrimm in den kantigen Zügen des Uroks zu lesen. Ihre Blicke trafen sich, doch es war der Astara nicht möglich, auch nur zu erahnen, was hinter seiner grünen Stirn vor sich ging. Als der Abt vor ihn trat, beugte Worfeck jedoch das Haupt und trat respektvoll beiseite. Jenya konnte sich nicht entsinnen, ihn jemals so ergeben, beinahe unterwürfig erlebt zu haben, und das noch dazu aus freien Stücken.

Sollte sie sich irren und er sich tatsächlich derart verändert haben? Immerhin waren mehr als drei Jahrzehnte vergangen, und auch die Welt hatte sich gewandelt – warum also nicht auch ein Urok?

Abt Vargyas zog die Tür auf, die sich knarrend vor ihnen öffnete. Nur er und die Astara traten ein, während Worfeck draußen blieb und weiter Wache hielt. Offenbar sollte niemand sehen, was sich im Brunnenhaus befand – warum?

War das Rätsel, von dem Abt Vargyas gesprochen hatte, so grässlich?

Jenya fühlte Beklommenheit, als sie hinter dem Abt in das Halbdunkel trat. Zwei in Wandhalterungen steckende Fackeln verbreiteten blakenden Schein, in dem die Einfassung des Brunnens zu sehen war – eines Schachtes, der Dutzende von Klaftern in die Tiefe fiel und aus dem die Mönche ihr Trinkwasser schöpften.

Davor jedoch, aufgebahrt auf einem Lager aus hölzernen Dielen, lag der leblose Körper eines Mannes. Den Kleidungsfetzen nach zu urteilen, die noch an ihm hingen, handelte es sich um einen Mönch, die Reste einer einstmals gelben

Schärpe kennzeichneten ihn als jemanden, der sich um Aufnahme in den Orden beworben hatte. Der Körper des Mannes jedoch und seine Gliedmaßen waren entstellt und grässlich anzusehen.

Allenthalben fehlte das Fleisch auf den Knochen, so als wäre es weggefressen oder bei lebendigem Leibe weggebrannt worden; und als wäre der Leichnam tatsächlich der Gewalt von Flammen ausgesetzt gewesen, war er geschwärzt. Jedoch tränkte weder Brandgeruch noch der Gestank verbrannten Fleisches die Luft, und die Schwärze war auch nicht die Folge von Verbrennung; vielmehr schien eine teerige, seltsam glänzende Masse den Körper des Toten zu überziehen, von den Enden der Gliedmaßen, die kaum noch als solche zu erkennen waren, hinauf bis zum Haupt. Am schrecklichsten war das Gesicht des Toten anzusehen: Zur Hälfte war es ebenfalls von jener grauenhaften Masse überzogen, zur Hälfte lag der Knochen blank, sodass Jenya in eine leblose Schädelfratze blickte.

Der Anblick verursachte ihr Übelkeit, und das nicht nur, weil der Leichnam schrecklich zugerichtet war und der entsetzliche Gestank der Verwesung davon aufstieg; sondern vor allem deshalb, weil die Astara in diesem Moment erkannte, dass sie dergleichen schon gesehen hatte – in ihren Träumen.

Abt Vargyas sah die Betroffenheit in ihren Zügen, deutete sie jedoch in seinem Sinn. »Sicher versteht Ihr jetzt mein Dilemma«, sagte er leise. »Sosehr die Nachricht von Bruder Osvaths Verschwinden meine Mitbrüder aufgebracht hat – seine unverhoffte Rückkehr würde sie fraglos noch mehr beunruhigen.«

»Aber einige von ihnen haben ihn doch bereits gesehen«, wandte Jenya ein, die den Blick nicht von dem grässlich entstellten Leichnam wenden konnte.

»Gerüchte machen die Runde, das ist wahr.«

»Und die Wahrheit?«, fragte Jenya. »Ich dachte, die Wahrheit gelte den Anhängern Shan'dors mehr als alles andere.«

»Auch das ist wahr – doch in diesem Fall muss ich jene schützen, die mir anvertraut wurden.«

Jenya nickte – vor allem dann, wenn sich die Wahrheit als schlimmer erwies als jedes Gerücht. Es war nicht das erste Mal, dass sie mitbekam, wie vermeintlich eiserne Regeln gebeugt wurden. Es war eine Eigenart der Menschen, sich Normen aufzuerlegen, denen sie unmöglich gerecht werden konnten. Und obwohl ihnen dies klar sein musste, versuchten sie es mit anrührendem Eifer wieder und wieder …

Sie bückte sich und nahm den Toten näher in Augenschein.

»Habt Ihr dergleichen schon einmal gesehen?«, erkundigte sich Abt Vargyas.

»Ja«, bestätigte die Astara, und das war nicht gelogen.

»Könnt Ihr uns sagen, was mit Bruder Osvath geschehen ist?«

»Nein«, gestand sie nicht weniger wahrheitsgemäß.

»Wurde er von einem wilden Tier angegriffen?«

»Sicher nicht.«

»Oder – was ein günstiger Wind verhindern möge – von einer ansteckenden Seuche befallen?«

»Auch das nicht«, war die Astara überzeugt.

»Oder hat ihn womöglich ein … ein anderes Wesen getötet?«

Jenya sah Vargyas prüfend an und glaubte plötzlich, den Grund für seine Schuldgefühle zu erkennen. »Nein«, erwiderte sie leise. »Ich kenne keine Kreatur Astrays, das so etwas zustande brächte – auch kein Urok, ehrwürdiger Abt.«

Vargyas zuckte kaum merklich zusammen. Seine blassen Züge erröteten. »Sind meine geheimen Gedanken für Euch so offensichtlich?«

Jenya lächelte matt. »Ihr habt einen Urok in Eure Reihen aufgenommen – ein Wesen, das Euch an Körperkraft und Stärke weit überlegen ist und das jeden von Euch mit Leichtigkeit töten könnte. Es wäre seltsam, wenn Ihr dergleichen Bedenken nicht hegen würdet.«

»Doch sie sind unberechtigt?«

»Ich kann nicht behaupten, dass ich besonders viel über Uroks weiß«, entgegnete die Astara ausweichend, »aber diesen einen kenne ich sehr wohl. Und obschon ich gestehen muss, dass finstere Abgründe in ihm schlummern, kann ich Euch versichern, dass er dies hier nicht zu verantworten hat. Ich fürchte nur, dass Euch das kein großer Trost sein wird.«

Sie bückte sich, hob einen Stein vom Boden auf und stocherte damit in der teerigen Substanz herum, die den Körper des Toten überzog. Sie war weich und klebrig, und für einen Moment hatte Jenya das Gefühl, sie würde vor der Berührung zurückweichen – oder war dies nur eine Täuschung? Andererseits hatte die Astara den Eindruck, etwas zu fühlen. Eine Kälte und Bosheit, wie sie zuletzt nur …

»Was sollen wir tun?«, fragte Abt Vargyas leise.

Jenya erhob sich. Viele Gedanken schossen ihr zugleich durch den Kopf, Beobachtungen und Folgerungen, aber auch wilde Befürchtungen, die sie mit aller Macht zurückdrängen musste, damit sie sich ihrer nicht bemächtigten.

»Der Leichnam sollte verbrannt werden«, ordnete sie schließlich an.

»Das entspricht nicht der Lehre Shan'dors«, widersprach der Abt. »Unser Glaube sieht es vor, die Körper unserer verstorbenen Mitbrüder über den Felsen aufzubahren, damit der Wind, der sie einst gebracht hat, wieder …«

»Ihr solltet tun, was ich sage«, verlangte die Astara mit einer Stimme, die keinen Widerspruch duldete. »Ich bin überzeugt, dass Shan'dor es verstehen würde.«

»Was befürchtet Ihr?«

»Ich weiß es nicht.« Sie beugte sich noch einmal hinab und berührte die Substanz mit dem Stein. »Aber was immer das hier sein mag, es ist von etwas durchdrungen, das dunkel ist und böse, und es sollte vernichtet werden, ehe …«

»Ehe was?«, hakte der Abt nach, als sie sich unterbrach.

»Das wollt Ihr nicht wissen«, beschied sie ihm, während sie sich in dem niederen Gewölbe umblickte. »Der Leichnam wurde hier im Brunnenhaus gefunden?«

»So ist es.«

»Und hier wurde Bruder Orvath auch zuletzt gesehen?«

Vargyas nickte. Jenya nahm eine der Fackeln aus der Halterung, trat damit an die Einfassung des Brunnens und leuchtete hinab in den Schacht. Der Lichtschein der Fackel verlor sich bereits in wenigen Klaftern Tiefe, jedoch waren schwarze Spuren auf dem Fels zu erkennen – geradeso, als ob etwas aus dem dunklen Abgrund heraufgekrochen wäre.

»Ihr solltet den Schacht verschließen«, empfahl sie kurzerhand. »Schafft Steine herbei und werft sie hinab, je mehr, desto besser.«

Abt Vargyas' ältliche Züge zerknitterten sich in einem erfolglosen Versuch, Haltung zu bewahren. »Ich fürchte, Ihr versteht nicht«, ächzte er. »Die Brüder unseres Ordens haben mehr als zwanzig Winter gebraucht, um dem Berg die Quelle abzutrotzen. Sie haben tief hinabgegraben, bis in die Felsen, auf denen Ugarya ruht.«

»Und wollt Ihr, dass Euer Orden die nächsten zwanzig Winter erlebt?«, fragte die Astara und sah ihn verärgert an. »Dann tut, was ich sage! Denn was immer Euren Mitbruder getötet hat, es ist aus diesem Schacht ge…«

Sie unterbrach sich, als ihr klar wurde, dass der Blick des alten Abts nicht mehr auf sie gerichtet war, sondern auf etwas, das hinter ihr emporwuchs – und im selben Moment fühlte Jenya die eisige Kälte.

Sie fuhr herum – und ihr Herzschlag wollte aussetzen, als sie den Leichnam Bruder Osvaths erblickte. Nicht länger lag er leblos auf der Bahre, sondern hatte sich erhoben und stand nun vor ihr, in seiner ganzen, von Bosheit durchdrungenen Abscheulichkeit. Welche dunkle Kraft ihn erfüllte, wusste die Astara nicht zu sagen. Aber ein kaltes, unirdisches Leuchten drang aus den vorhin noch leeren Augenhöhlen der Schädelfratze.

»Bei den Mächten des Windes«, ächzte Vargyas entsetzt.

»Raus hier«, zischte Jenya.

»A-aber es ist Bruder Osvath …«

»Schon längst nicht mehr«, wehrte die Astara ab.

In diesem Moment überstürzten sich die Ereignisse.

Der Wiedergänger, von frevlerischer Kraft erfüllt, warf sich plötzlich nach vorn und hätte Abt Vargyas ergriffen, hätte Jenya diesem nicht einen harten Stoß versetzt und ihn so außer Gefahr gebracht. Dadurch allerdings geriet sie selbst in die Reichweite der grässlichen Gestalt. Instinktiv griff sie nach ihren Klingen, nur um sich sogleich daran zu erinnern, dass sie ihr abgenommen worden waren.

Im nächsten Augenblick war der Wiedergänger bereits bei ihr. Eine seiner zu Klauen deformierten Hände fuhr an Jenyas Kehle und schmetterte die Astara mit furchtbarer Gewalt an die Wand, die andere schickte sich an, ihren Körper zu durchbohren und sich in ihre Eingeweide zu wühlen.

Jenya überwand ihr Entsetzen und griff beherzt zu, fing die Klaue auf halbem Wege ab – doch die Kraft der Kreatur war überwältigend, und es war nur eine Frage von Augenblicken, bis sie den Widerstand der Astara gebrochen haben würde.

Jenya biss die Zähne zusammen. Muskeln und Sehnen spannten sich zum Zerreißen, und sie merkte, wie ihre Sinne vor Anstrengung schwanden, während die toten Augen auf sie starrten. Keuchend holte sie Atem und wollte ihn gebrauchen, um das einzige Wesen zu rufen, das ihr jetzt noch helfen konnte – aber mehr als ein verzweifeltes Ächzen kam nicht über ihre Lippen.

Die Klaue kam näher, und all ihren Fähigkeiten und ihrer

Erfahrung zum Trotz war die Astara überzeugt, dass ihr Ende gekommen sei – als plötzlich die Tür des Brunnenhauses aufflog. Sie wurde regelrecht aus den Angeln gerissen, und der massige, von roher Kraft strotzende Körper eines Uroks platzte herein.

Worfeck erfasste die Situation mit einem einzigen Blick seiner kleinen, blutunterlaufenen Augen.

Ein heiseres Schnauben drang aus seiner Kehle, dann war er auch schon zur Stelle, packte den Wiedergänger mit den Pranken und riss ihn von Jenya weg und hoch in die Luft.

Der Wiedergänger gab ein scheußliches Kreischen von sich – dann verschwand er im Brunnenschacht, in den der Urok ihn kurzerhand warf. Noch einen Augenblick lang war das Gewölbe von einem kalten, unirdischen Leuchten erfüllt.

Dann war es vorbei.

Keuchend lehnte Worfeck an der Ummauerung und starrte in die bodenlose Tiefe. Keuchend und auf wankenden Beinen trat Jenya zu ihm, und blickte ebenfalls hinab, doch von dem Widergänger war nichts mehr zu sehen.

»Danke«, hauchte sie nur.

»Hm«, kam es mürrisch zurück.

»Und jetzt?«, fragte sie, wobei sie ihren großen, grünhäutigen Retter fragend von der Seite ansah. »Ist Nein immer noch dein letztes Wort?«

16

Brückstadt
Fünf Wochen später

Das Gasthaus trug den Namen »Zum Tiefen Vergessen« – und das war kein Zufall, denn es erhob sich auf einem der zahllosen, senkrecht abfallenden Felsvorsprünge, auf denen Brückstadt ruhte, und wer von der schmalen Balustrade stürzte, die das steinerne Gebäude umlief, der fiel tatsächlich dem Vergessen anheim. Denn unterhalb erstreckte sich die unergründliche Tiefe des Abyss.

In den Tagen vor der Katastrophe war Brückstadt nur eine Siedlung von vielen gewesen, die sich nördlich der Kaiserstadt Myracor erstreckten; eine Brücke hatte es auch damals schon gegeben – ein schmaler Steg über den Fluss Armyr, der Astray einst durchflossen hatte, bis der Weltenbruch den Kontinent gespalten und Wasser wie Ufer in die Tiefe gerissen hatte. Doch während die Divergenz weite Landstriche Astrays verwüstet hatte, hatte sie sich für Brückstadt als Glücksfall erwiesen, denn eine Laune des Schicksals hatte es gewollt, dass sich die Siedlung just an der engsten Stelle des Grabens befand, der Astray seither teilte – und so bildete die große Brücke die einzige, die den Osten und den Westen miteinander verband.

Entsprechend groß war ihre Bedeutung und entsprechend hoch die Zölle, die die Herren der Stadt erhoben. Was auch immer den Seidenweg heraufkam und nach Westrien gebracht werden sollte, musste die Klamm von Brückstadt passieren, und so war die unbedeutende kleine Siedlung innerhalb weniger Jahrzehnte zu einer wahren Metropole angewachsen – einer Stadt, wie es in ganz Astray keine zweite gab.

Denn während andere Städte in der Ebene gebaut waren und sich über das Land erstreckten, traf auf die Stadt am Bruch das genaue Gegenteil zu. Brückstadt war vertikal errichtet, entlang der Felswände und Nischen auf der westlichen Seite des Bruchs. Türme und Söller schienen direkt aus dem Fels zu wachsen und sicherten Plattformen, auf denen sich wiederum Straßen erstreckten und Häuser erhoben. Während andernorts Länge und Breite die bestimmenden Maße waren, reckte sich in Brückstadt alles dem Himmel entgegen, und steile Treppen verliefen zwischen den Häusern und Hallen, die sich an die steilen Klüfte schmiegten. Einem riesigen, halbrunden Amphitheater gleich umlagerte die Stadt die Brücke, die von Ostray herüberschlug; ein gewaltiger Fels, im Zuge der Divergenz aus seinen Grundfesten gerissen, war umgestürzt und hatte aus purem Zufall die Voraussetzung zur Errichtung der Brücke geschaffen, denn nirgendwo sonst in Astray war der Weltenbruch so schmal, dass er sich durch ein von Menschen errichtetes Bauwerk überwinden ließ.

Mit dem Brückenfelsen als Fundament jedoch waren gewaltige Pfeiler errichtet worden, die die Brücke trugen – ein riesiges, von Türmen gesäumtes Gebilde, das nicht in einem oder in zehn Jahren entstanden war, sondern in beinahe vier Jahrzehnten; denn im Grunde war die Brücke noch immer nicht fertig, sondern wurde fortwährend erweitert und befestigt. Und das raue Klima des Nordens mit Wind und Stürmen bedingte es, dass das Mauerwerk beständig ausgebessert werden musste.

Vom Gasthaus aus ließ sich alles überblicken: die Stadt mit ihren spitzen, vom Regen glänzenden Dächern, den hohen Schornsteinen und dem Rauch, der zum grauen Himmel aufstieg; die Kluft, über deren unergründlichen Tiefen wie immer dichter Nebel lag; und auch die Brücke, die sich in kühnem Bogen über den Abgrund spannte, bis hinüber nach Ostray, das hinter den Regenschleiern mehr zu erahnen als wirklich zu sehen war.

Lorymar Thinkling war schon einmal hier gewesen. Damals war Brückstadt noch ein Dorf gewesen und die Brücke nicht mehr als ein irrwitziges Konstrukt aus Seilen und Holz. Aber er hatte genau in diesem Zimmer, an diesem Fenster gestanden, nach Ostray geblickt und sich gefragt, ob dort tatsächlich seine Zukunft liegen mochte – oder ob er lieber den Inhalt des Fläschchens trinken sollte, das er in seinen Händen hielt, und das allen Kummer, alle Furcht und alle düsteren Erinnerungen auf einen Schlag beenden würde.

Zumindest diese Frage brauchte er sich heute nicht mehr zu stellen, denn es war definitiv nicht seine Zukunft, die dort in Ostray auf ihn wartete, sondern sein Ende.

Er war es leid.

Er war müde und erschöpft, und zumindest ein Teil von ihm war froh, dass es bald enden würde.

Keine Träume mehr.

Keine Bilder.

Keine Reue.

Natürlich war es einmal mehr nur sein Verstand gewesen, der ihm geraten hatte, dasselbe Gasthaus aufzusuchen wie damals – schließlich hatte es hier ordentliches Essen und ein sauberes Bett zu einem vernünftigen Preis gegeben, und es war nicht einzusehen, wieso sich daran etwas geändert haben sollte. Vielleicht aber, gestand er sich widerstrebend ein, war auch ein klein wenig Sentimentalität dabei gewesen.

Er war erleichtert darüber, dass sie Brückstadt endlich erreicht hatten. Die Route, die sie genommen hatten, war weit und beschwerlich gewesen. Noch in Hobheim hatten sie sich mit Pferden und Proviant versorgt, waren dann zunächst nach Claymor geritten und hatten dort ein Schiff bestiegen, auf dem sie ein Stück weit den Ystros hinabgefahren waren. In

Doornach waren sie wieder von Bord gegangen und hatten Graya in östlicher Richtung durchquert. An den Ausläufern des Haymos-Gebirges hatte ein heftiges Unwetter ihre Reise für mehrere Tage unterbrochen. Davon abgesehen, waren sie jedoch gut vorangekommen, hatten den Opalsee umrundet und vor zwei Wochen Magya erreicht, die letzte Etappe ihrer Reise, das sie zu Pferd durchquert hatten. Vor zwei Tagen schließlich hatten sie ihr Ziel erreicht und waren in Brückstadt eingetroffen.

Die Stadt am Bruch hatte sich nicht verändert seit ihrem letzten kurzen Besuch im vergangenen Jahr*; es war Lorymar, der sich verändert hatte. Auf eine Weise, von der er selbst nicht zu sagen vermochte, ob sie ihm gefiel. Doch es ließ sich nicht leugnen, dass der Halbling, der vor rund einem halben Jahr Prinzessin Nyasha pan Tyras unter falschen Versprechungen aus ihrer Heimat gelockt und nach Skaradag entführt hatte, ein anderer war als der, der nun am Fenster stand und in den nebelverhangenen Abgrund blickte. Und es waren zwei Frauen gewesen, die diese Veränderung bewirkt hatten.

Zunächst Jenya, deren Hilfe er in seiner Bedrängnis so dringend gesucht hatte – und nun auch noch ausgerechnet Nyasha, der er so übel mitgespielt hatte.

Im Lauf ihrer Reise waren sie einander nähergekommen – nicht unbedingt körperlich, sondern auf »zwischenmenschliche« Weise, wie die großen Leute es in ihrem Hochmut nannten. An den vielen Abenden, die sie gemeinsam am Feuer und in ungezählten Tavernen verbracht hatten, hatten sie einander von sich erzählt – sie von ihrer Jugend in Altashar, vom frühen Tod ihres Vaters und von ihrem Bruder, den sie innig liebte; er von seiner Kindheit im Periwinkel, von seinem Vater und seinem Bruder und der Pflicht, der er sich als junger Mann entzogen hatte.

* siehe TOTE HELDEN. DIE LEGENDEN VON ASTRAY Bd. 1

Über die Gründe, die ihn dazu geführt hatten, sprach er nicht, ebenso wenig wie über die Ereignisse während des Krieges, die er schlicht überging. Nicht, dass es noch eine Rolle gespielt hätte, aber er wollte Nyasha mit diesem Wissen nicht belasten. Viel wichtiger war, dass er sie wohlbehalten zurück in ihre Heimat brachte. Das war seine Aufgabe, und diesmal würde er sich ihr nicht entziehen. Und nicht nur, weil er das Gefühl hatte, es ihr schuldig zu sein. Sondern auch, weil er sich dabei ertappte, dass er etwas für diese Menschenfrau empfand.

Er bewunderte ihren Geist und ihre Schönheit gleichermaßen, doch er hätte sich lieber die Zunge abgebissen, als ihr davon zu erzählen, folglich ahnte sie nichts von seinen Gefühlen. An die Nacht in Hobheim, von jenem Traum, den er gehabt und den ihm sein vom Alkohol benebelter Verstand vorgespiegelt hatte, hatte er noch manches Mal denken müssen, und es war wohl besser, wenn es genau das blieb – ein schöner Traum.

Ein Klopfen an die Tür seines Quartiers riss ihn unsanft aus seinen Gedanken. Nyasha, sagte er sich. Sie hatte das benachbarte Zimmer bezogen, und sie wollten gemeinsam zum Markt, um Proviant einzu…

Die Kinnlade fiel ihm herunter, als er die Tür öffnete.

Denn auf der Schwelle stand nicht Nyasha, sondern eine andere Frau, nicht weniger schön als die Prinzessin und dabei strahlend wie Sternenlicht.

»Jen-Jenya …?«, ächzte er.

»Mach den Mund wieder zu, Lorry«, beschied sie ihm. »Ich bin es wirklich.«

»Was? Aber …«

Sie lächelte schwach. »Ich hätte mir denken können, dass ich dich hier finde – du warst schon immer ein sentimentaler Hund.«

»Sentimental? Ich?« Er schüttelte entschieden den Kopf.

»Es war eine Überlegung mit kühlem Kopf! Das Bier hier ist in Ordnung, und die Betten sind es ebenfalls. Außerdem …«

»Natürlich«, sagte die Astara nur. Sie trug lederne Kleidung aus Wildleder, die eng an ihrem vollendeten Körper lag. Ihr Lächeln wurde breiter.

»U-und warum bist du hier?«

»Aus demselben Grund wie du«, erwiderte sie. »Etwas hat uns gerufen.«

»Oh nein.« Er winkte ab. »Nicht das wieder. Mich hat überhaupt nichts gerufen. Ich bin hier, um …«

»Willst du sagen, dass du es nicht im Traum gesehen hättest? Die Stadt über dem Abgrund? Die spitzen Türme? Die Brücke?«

»Das tut nichts zur Sache«, behauptete er, wobei er selbst nicht wusste, ob er ihr das einzureden versuchte oder sich selbst. Sollte er tatsächlich deswegen das Bedürfnis gehabt haben, nach Brückstadt zu gehen? Es stimmte, er hatte keine Sekunde daran gedacht, den Ystros bis Archos hinabzufahren und dann ein Schiff zu besteigen – warum?

»Brückstadt ist nur eine Durchgangsstation meiner Reise«, stellte er trotzdem klar. »Ich habe versprochen, Prinzessin Nyasha zurück nach Altashar zu bringen.«

»Ich weiß«, sagte Jenya nur.

»Du weißt …? Woher?«

Sie grinste wieder. »Deine Prinzessin ist unten im Schankraum. Sie hat mir alles berichtet, was in Westland geschehen ist. Wie es aussieht, bist du ein Held, Lorry.«

»Na ja.« Er errötete und kratzte sich verlegen am Hinterkopf. »So würde ich es nicht …«

»Du bist immer ein Held gewesen, du wolltest es nur nicht wahrhaben. Ein Held, Lorymar Thinkling, ist jeder, der sich selbstlos für andere einsetzt.«

»Ich bin nicht selbstlos. Nie gewesen.«

»Ansichtssache«, konterte die Astara und wandte sich zum Gehen. »Komm mit«, verlangte sie.

»Wohin?«

»Hinunter in den Schankraum. Ich muss dir etwas zeigen.«

Lorymar starrte sie fassungslos an. Nicht nur, weil Jenya schon immer eine Art gehabt hatte, Anweisungen zu erteilen, die keinen Widerspruch duldeten. Sondern auch, weil er mit ihr am allerwenigsten gerechnet hatte.

»Wo-woher …?«, stammelte er. »Wieso bist du hier? Ich meine, du warst doch in Skaradag …«

»Eine lange Geschichte«, versicherte sie. »Komm mit, dann kriegst du sie zu hören.«

Lorymar starrte sie weiter an. Dass sie plötzlich beide wieder hier waren – *ausgerechnet hier* –, und das auch noch zum selben Zeitpunkt, wollte ihm einfach nicht in den Schädel. »Schön, ich komme«, murmelte er, trat zu ihr hinaus und zog die Tür hinter sich zu. Dann folgte er ihr über die steile Treppe, deren Stufen für Menschen gemacht waren und entsprechend groß für ihn, und sie gelangten in den Schankraum, der um diese Tageszeit noch menschenleer war. Nur Nyasha war dort, und ihrem Gesichtsausdruck nach war sie von der Begegnung mit der Astara ebenso überrumpelt worden wie er selbst. Der Blick, mit dem sie Lorymar bedachte, verriet Argwohn und Furcht, und das konnte er ihr nicht verdenken.

»Ich schwöre, ich habe nichts davon gewusst, Nyasha«, versicherte er und hob die Rechte wie zum Eid. »Ich versichere dir, hätte ich auch nur geahnt, dass …«

»Was?«, sagte eine Stimme hinter ihm, so dunkel und abgrundtief wie ein Brunnenloch.

Lorymar stand wie vom Donner gerührt. Jäh begriff er, dass der furchtsame Blick Nyashas nicht so sehr ihm galt, als vielmehr dem riesenhaften Koloss, der hinter ihm stand – und dessen Stimme er auch nach all den Jahren sofort erkannte.

Langsam wandte er sich um, während er sich für den Anblick wappnete. Dann stand er tatsächlich vor ihm. Grün, leibhaftig und doppelt so groß wie er.

»Fleischberg«, stieß Lorymar hervor.

Die gelben Augen des Uroks verengten sich zu Schlitzen, während er ihn von oben herab betrachtete. »Kümmerling«, erwiderte er den Gruß und nickte. Seine grünen, narbigen Gesichtszüge verrieten keine Regung.

Lorymar schüttelte den Kopf. Lag er in Wahrheit oben in seinem Zimmer im Bett? War er vor Erschöpfung eingeschlafen und träumte das alles nur? Schließlich wäre es nicht das erste Mal gewesen, dass seine Sinne ihm einen Streich spielten …

Aber zwei Dinge sprachen dagegen.

Zum einen der strenge Geruch, der von dem Urok ausging.

Zum anderen die Tatsache, dass auf eine schräge Art und Weise alles zusammenpasste …

»Du bist auch hier«, stellte der Halbling wenig geistreich fest. Die Tatsache, dass der Urok seine Muskelberge unter einer unscheinbaren grauen Kutte verbarg, über die eine hellgrüne Schärpe verlief, machte das unverhoffte Wiedersehen noch verwirrender.

»Gut erkannt.« Der Hüne nickte, ohne auch nur eine Miene zu verziehen. Seltsamerweise sprach er mit ugaryschem Akzent.

Lorymar wandte sich um und sah Jenya fragend an. »Ist er mit dir hier?«, wollte er wissen. »Oder seid ihr euch erst hier begegnet?« Seine Blicke flogen zwischen beiden hin und her.

»Wir sind zusammen gekommen«, versicherte Jenya.

»Natürlich«, bestätigte Lorymar, obwohl er überhaupt nichts verstand. »Hattet wohl Sehnsucht nach all der Zeit, wie?«

»Nicht wirklich«, knurrte der Urok.

»Ich fand Worfeck in einem Kloster des Windes in Ugarya«, fügte Jenya erklärend hinzu.

»In einem Kloster? Dort bist du gewesen?« Lorymar starrte den Riesen an – schon der Gedanke war lächerlich. »Was hast du dort gemacht? Knochenmus?«

»Ich bin nicht mehr der, der ich einst war«, brummte der Urok gelassen. »Ich bin jetzt ein Gefährte des Windes. Mein Name ist Baumblatt.«

»Na klar«, lachte Lorymar und wandte sich wieder Jenya zu. »Was soll das? Habt ihr vor, als gemischtes Gauklerduo durchs Land zu reisen?«

»Es ist mein Ernst«, versicherte der Urok.

»Genau das meine ich«, konterte der Halbling.

»Ich denke«, meinte Jenya, »du weißt sehr genau, warum wir hier sind – aus demselben Grund, der auch dich nach Brückstadt getrieben hat. Oder glaubst du, dass es Zufall ist, dass wir uns hier begegnen?«

»Fang nicht wieder damit an«, maulte Lorymar. »Ich glaube nicht an Schicksal, das habe ich dir schon einmal gesagt. Und nur weil du den Fleischberg angeschleppt hast …«

»Baumblatt«, verbesserte dieser.

»… fange ich gewiss nicht plötzlich an, daran zu glauben«, fuhr der Halbling unbeirrt fort.

»Schicksal?« Nun war es Nyashas Blick, der sich fragend auf ihn richtete. »Wovon spricht sie, Lorymar? Was soll das alles?«

»Das wüsste ich selbst gern, meine Teure.« Lorymar schnaubte. »Ihr müsst nämlich wissen, dass ich nur aus einem einzigen Grund nach Brückstadt gekommen bin – um Nyasha zurück in ihre Heimat zu bringen.«

»Natürlich«, erwiderte Jenya gelassen. »Wenn du das glauben willst, rede es dir nur weiter ein – aber tief in deinem Inneren weißt du, dass es nicht so ist.«

Lorymar schnappte nach Luft – als die Tür zum Schankraum geöffnet wurde.

Zwei Gestalten traten aus der grauen Regenwand ins Trockene und schüttelten ihre durchnässten Umhänge ab – die eine groß und kräftig, die andere schmal und zierlich.

Gerade wollte Lorymar dennoch losplärren, ihrer Anwesenheit zum Trotz, als die beiden die Kapuzen zurückschlugen – und jenes Gefühl von atemloser Überraschung, das er gerade erst gehabt hatte, wiederholte sich.

Denn die kleinere der beiden Gestalten war keine andere als Bray, die junge Diebin aus Skaradag.

Und auch den anderen kannte er.

»Kynrik«, entfuhr es ihm.

Der Schwertkämpfer war seit ihrer letzten Begegnung sichtlich gealtert, jedoch nicht nur an Jahren. Sein kurz geschnittenes Haar war von Grau durchzogen und umrahmte ein Gesicht, in dem Schmerz und Entbehrung tiefe Spuren hinterlassen hatten. Seine Haltung jedoch war so aufrecht wie einst, und das Blau seiner Augen war ungebrochen. Von seiner Rüstung war unter dem Umhang kaum etwas zu sehen, doch erkannte Lorymar sie als die eines kaiserlichen Paladins.

Immerhin war Lorymar diesmal nicht der Einzige, der überrascht war. Auch Worfeck – oder Baumblatt, wie er sich jetzt nannte – schien nicht damit gerechnet zu haben, Kynrik hier zu begegnen, und auch der Krieger und Bray schienen überrascht. Augenblicke lang standen sie nur da und starrten einander an, so als wären sie alle Geister aus des anderen Vergangenheit.

Die Diebin war die Erste, die sich regte. Mit Tränen in den Augen trat sie auf Jenya zu und umarmte sie, und die Astara, die gewiss keine Freundin sentimentaler Regungen war, erwiderte die Umarmung voller Fürsorge.

»Ich … ich dachte, du wärst …«

»Das dachte ich zunächst auch von euch«, versicherte die Astara. Sie lösten sich voneinander und sahen einander tief in die Augen, und es schien ein stummes Einvernehmen zwischen ihnen zu geben. Dann ging Jenya zu Kynrik und wollte auch ihn begrüßen, aber der Schwertkämpfer wich zurück.

»Bleib mir vom Hals«, wies er sie barsch und mit einer abwehrenden Handbewegung an. »Ich erinnere mich wieder. An jede Einzelheit«, fügte er hinzu und funkelte Lorymar dabei so wütend an, dass dieser unwillkürlich zurückwich.

Jenya schien nicht überrascht zu sein. »Ich habe deine Nähe gefühlt«, versicherte sie, ohne mit der Wimper zu zucken. »Von dem Augenblick an, da du die Stadt betreten hattest.«

»Seit wann hat ein Miststück wie du Gefühle?«, konterte Kynrik.

Jenyas Miene verhärtete sich, betretenes Schweigen trat ein – und Lorymar wurde das Gefühl nicht los, dass manche Dinge noch genauso waren wie vor fast vier Jahrzehnten. Gerade so, als hätte man die Zeit angehalten …

»Ich will jetzt nicht darüber reden«, erwiderte die Astara leise. »Das alles ist lange her.«

»Hier vielleicht«, räumte Kynrik ein und deutete wieder auf seinen Kopf, ehe er mit der Faust auf seine Brust schlug. »Aber nicht hier drin.«

»Es tut mir leid, was geschehen ist«, begann sie, worauf er freudlos auflachte, »aber ganz gleich, was zwischen uns war – du solltest es nicht zum Vorwand nehmen, dich deiner Verantwortung zu entziehen.«

»Welcher Verantwortung?«

»Du weißt, wovon ich spreche«, erwiderte sie und ließ ihren Blick in die Runde schweifen, von Kynrik zu Lorymar, dann zu Worfeck, zu Bray und wieder zurück zu Kynrik. »Ihr alle wisst es, denn wir hatten denselben Traum, genau wie damals. Dieser Traum hat uns alle hierhergeführt, und das kann nur eines bedeuten …«

»Mich nicht«, versicherte Lorymar.

»Mich auch nicht«, pflichtete Kynrik ihm in seltener Einhelligkeit bei. »Alles, was ich will, ist Rache.«

»Du wirst sie bekommen«, war die Astara überzeugt. »Alles hängt zusammen, Kynrik.«

»Alles? Was meinst du?«

»Einfach alles«, entgegnete sie rätselhaft. Was wir insgeheim stets befürchtet haben, ist eingetreten. Die Dunkelheit, die wir einst entfesselten, um die Welt zu retten, droht sie nun zu verschlingen, und die Menschen ahnen es noch nicht einmal.«

»Und?«, fragte Kynrik dagegen. »Was gilt es mir?«

»Die Sieben Legenden müssen zu Ende bringen, was sie einst begonnen haben«, war die Astara überzeugt, und Lorymar hatte das Gefühl, dass sie nicht so sehr aus ihrer eigenen Überzeugung, als vielmehr mit der Weisheit ihrer jahrtausendealten Rasse sprach. »Die Zeit ist reif. Astray braucht seine Beschützer noch ein letztes Mal. Vier von ihnen haben bereits zusammengefunden, drei fehlen noch – und die Zeit naht, da die erste Schlacht dieses neuen Krieges geschlagen wird.«

»Wo?«, wollte Bray wissen, die davon zum ersten Mal hörte.

Noch einmal ließ Jenya ihren Blick in die Runde schweifen. »Hier, in Brückstadt«, erwiderte sie dann. »Dunkle Mächte wirken in Astray – und die Sterblichen sind ihre willigen Diener.«

Epilog

Vanheim
Zur selben Zeit

Sie kam.

Aus der Tiefe kroch sie empor, erfüllt vom Durst nach Rache.

Über zwei Generationen hatte die dunkle Saat im Abgrund gelauert, hatte sich gelabt an dem, was sie dort in der finsteren Tiefe vorgefunden hatte, und war beständig gewachsen – bis sie schließlich befreit worden war. Und nun war sie stark genug, um zurückzukehren ans helle Licht des Tages.

In dunklem, übelwollendem Bestreben suchte sie die Körper jener, die gefochten hatten und gefallen waren ... Nicht ein Einziger von ihnen war übrig geblieben, alle hatten sie ihr Leben gelassen im Versuch, sich dem Zorn zu widersetzen, der all die Jahre in der Tiefe geschwelt hatte, von Dunkelheit umgeben und genährt von einer Energie, deren Ursprung nicht in dieser Welt lag – und der nun nach Ausbruch verlangte. Und so waren sie alle Teil jener Armee geworden, gegen die sie soeben noch gekämpft hatten ... Sie veränderten sich, wurden zu Schergen der Finsternis, und indem sie den Befehlen jener dunklen, auf Rache und Zerstörung bedachten Macht folgten, besetzten sie die Wehrgänge, die Türme und Söller und errichteten das Banner der Finsternis über den Zinnen.

Die erste Bastion der Menschen war gefallen – nicht in einer großen, aufsehenerregenden Schlacht, sondern im Handstreich, nahezu unbemerkt in einem entlegenen Teil ihrer

Welt. Und während sich die Sterblichen in kleingeistigem Streit ergingen und um die Vorherrschaft rangen, würde die Saat der Finsternis aufgehen, und ihre Reihen würden sich verstärken mit jeder Schlacht, die die Sterblichen schlugen.

Zwist und Zwietracht gab es genug in dieser gespaltenen Welt. Nun bekamen sie einen Zweck und ein Ziel. Die Zeit war reif, da die aus Willkür Erschlagenen, die in blinder Gier Ermordeten und die sinnlos Gefallenen sich unter einem Banner versammeln würden, um sich an der Welt der Sterblichen zu rächen – jener Welt, die sie geboren hatte und genährt, die ihnen Freude und Hoffnung gegeben hatte, nur um sie dann in den finsteren Abgrund des Todes zu stürzen.

Zu Dutzenden kamen sie.

Zu Hunderten.

Und bald schon würden es Tausende sein.

Die Vergangenheit warf lange Schatten und verfinsterte die Welt, und es entbehrte nicht einer gewissen Ironie, dass ausgerechnet jenes Element, das einst zur Rettung Astrays eingesetzt worden war, die Schuld daran trug.

Der Stein der Astari.